grafit

Dieses Buch ist ein Roman. Handlungen und Personen sind frei erfunden.
Ähnlichkeiten mit lebenden oder toten Personen der Neuzeit sind nicht gewollt
und rein zufällig.

Bibliografische Information der Deutschen Nationalbibliothek
Die Deutsche Nationalbibliothek verzeichnet diese Publikation
in der Deutschen Nationalbibliografie; detaillierte bibliografische Daten sind
im Internet über http://dnb.d-nb.de abrufbar.

© 2023 by GRAFIT in der Emons Verlag GmbH
Cäcilienstraße 48, D-50667 Köln
Internet: http://www.grafit.de
E-Mail: info@grafit.de
Alle Rechte vorbehalten
Umschlaggestaltung: finken & bumiller | buchgestaltung und grafikdesign unter
Verwendung der Bildmotive shutterstock/Igor Faun, shutterstock/Denis Gorlach
Gestaltung Innenteil: DÜDE Satz und Grafik, Odenthal
Lektorat: Nadine Buranaseda, typo18, Bornheim
Druck und Bindearbeiten: CPI – Clausen & Bosse, Leck
ISBN 978-3-98659-013-0
1. Auflage 2023

Ab Seite 530 findet sich ein Glossar.

Wilfried Eggers

Hammaburg

Eine Wikinger-Saga

grafit

I. HAMMABURG

Kraft ohne Weisheit stürzt durch die eigene Wucht.
Horaz, 65 bis 8 vor Christus

1

Am 12. April im Jahr des Herrn 845, zwei Wochen nach dem Fest der Wiederauferstehung Jesu Christi, erwachte Bischof Ansgar im Grauen des aufsteigenden Morgens mit einem Gefühl von Gefahr. Bildete er sich das ein oder hatte er etwas gehört? Ein Plätschern und Knarren, das nicht passte zur Hammaburg. Man musste nach dem Rechten sehen. Er warf das Schafsfilz beiseite, stieg in die Holzschuhe, zog das Skapulier über den Kopf und verließ seine Zelle.

Es war kalt und vor dem ersten Gebet, der Prim. Der Tag hatte noch nicht begonnen. Ansgar blieb stehen, witternd sog er die Luft ein.

Wieder dieses Plätschern, ziemlich deutlich. Das Wasser der Elbe, wie es um die Stützpfosten der Schifflände strudelte? Das Knarren, schon wieder! Sicher eine halb offene Tür an ledernen Scharnieren. Nein, nicht möglich. Alle Türen waren geschlossen. Der Wind schlief. Ansgar eilte Richtung Elbe.

Als er den Wehrgang erreicht hatte, stellte er sich auf die Zehenspitzen und warf einen Blick über die Palisaden.

»Sackerment! Dreckbankerte, verfluchte!«

Drachenschiffe schoben sich durch den Nebel. Ansgar sauste das Blut in den Adern. Männer, sehr viele, alle bewaffnet mit Lanze, Bogen, Axt und Sax. Im Bug des ersten ein Riese mit lederner Haube, er hielt ein Schwert in der Faust. Schweigend sah er dem Ufer entgegen. Weidengestrüpp, Schilf und die schwarzen Pfähle und Planken der Schifflände. Der Schwertmann hob seine Waffe, die Klinge glänzte im fahlen Licht. Die Ruderer refften die weiß-braun gestreiften Segel. Mit stillem Schlag näherten sie sich dem Land. Das war es, was Ansgar gehört hatte, das Plätschern des Wassers längs der Borde, das Knarren der Riemen auf dem Dollbord.

Worauf war das Pack aus? Dass die Kerle nicht mit friedlichen Absichten kamen, erkannte man an den Drachenköpfen am Bug der Schiffe und ihren offenen Rachen, aus denen es schrecklich rot glühte. Ein Raubzug? Dänische Räuber, solche mussten es sein! Jeder hatte von ihnen gehört. Was wollten die hier, wo es außer ein paar Kelchen und vergoldeten Kruzifixen nichts zu holen gab? Die Hammaburg, sie war nicht reich. Die Kirche! Sie lag ungeschützt außerhalb der Burg, weil nicht genug Platz gewesen war. Ihr dunkler Turm ragte wie ein Wegweiser aus dem Nebel. Das Kostbarste befand sich darin, die Reliquien.

Wie verteidigen? War doch der Graf mit dem besseren Teil der Mannschaft unterwegs, den Zensus einzutreiben. Die verbliebene Besatzung zählte kaum zwanzig Leute, die meisten mit gichtigen Füßen und krummen Rücken.

Was Ansgar gesehen hatte, waren nicht sechshundert Drachenschiffe, sondern höchstens zehn und in Wahrheit acht. Zwei hatten angelegt, ein drittes schickte sich dazu an. So schnell er konnte, rannte Ansgar zur Unterkunft der Wachleute, weckte den Hauptmann und hieß ihn Alarm rufen mit dem Kriegshorn.

»Der Graf! Er wird heute zurückerwartet. Man muss ihm entgegenreiten, damit er mit seinen Leuten zu Hilfe kommt!«

Schlaftrunken griff der Hauptmann nach seinen Kleidern.

»Geschwind!«

Ansgar lief zurück und warf einen zweiten Blick über die Brustwehr. Am Ufer wimmelte es von Menschen. Die Männer balancierten auf übergelegten Rudern von Bord zu Bord und sprangen an Land, wobei sie Kriegsgeschrei machten und die Waffen gegen ihre Schilde schlugen. Wehe den Frauen! Fünf Langschiffe hatten inzwischen angelegt und die ersten Männer schleuderten Seile und Haken über den Wallgraben, die sich in den Palisaden verfangen sollten. Ein Pfeil schlug neben Ansgars Kopf ein und blieb zitternd im Holz einer Palisade stecken.

»Männer! Hierher!«, brüllte Ansgar.

»Zu spät!«, schrie der Hauptmann, der jetzt neben ihm stand und außer Atem war. »Seht, wir müssen fliehen, es ist alles verloren! Wir können nur noch unser Leben retten!«

Hinter dem Burgwall, auf dem Geviert von nicht mehr als fünfundsiebzig Schritten Durchmesser, liefen die Leute in Panik durcheinander. Sie stürzten aus den Häusern, liefen wieder hinein, um Vorräte, Kleidung oder Werkzeug zu holen. Eltern rissen ihre Kinder aus dem Schlaf, rafften Zeug zusammen und flohen zum Nordtor, um sich in den Wäldern außerhalb der Burg zu verbergen. Das Westtor war schnell geschlossen worden. Nur wenige Verteidiger folgten Ansgars Befehl und nahmen ihre Posten am Wall ein. Sie verschossen einige Pfeile, umklammerten ihre Lanzen und warfen Speere. Sie trafen selten oder nur die Schilde der Angreifer und der Speer war weg.

»Ich habe keine Angst!«, raunzte Ansgar vom Ringwall hinab, trieb trotzig den Rotz aus der Nase, indem er sich einen Nasenflügel zudrückte. Mutig reckte er seine schmale Gestalt.

Unter ihm legten die Drachenschiffe an, eines an das andere.

»Ihr tut mir einen Gefallen, wenn ihr mich ins Paradies befördert!«, rief Ansgar den Dänen zu. »Nichts ist seliger als der Märtyrertod!« Er streckte die Rechte aus und zeigte den Dänen den aufgestellten Mittelfinger. »Ihr Söhne von tausend Männern, ihr stinkenden Bocksärsche, ihr Drecksbatzen, der Zagel soll euch verdorren!«

Die Dänen scherten sich nicht um sein Reden, sie drängten zuhauf an den Wallgraben, legten Bretter und warfen Hakenseile und Speere.

Ansgar rannte hinter den Palisaden auf und ab, sodass die Pfeile ihn verfehlten.

Er holte Luft und schrie: »Ihr Furznickel! Arschgesichter! Galgenstricke! Hühnerärsche!«

Die Dänen schienen nicht zu verstehen, was er ihnen zurief. Vermutlich ist es ihnen gleich, dachte Ansgar, schließlich sind sie allesamt Heiden, und wären sie Christen, nähmen sie es als Osterwitz. Man soll lachen zu Ostern, denn die Auferstehung ist ein Sieg über den Tod und ein Grund zur Freude.

»Ich befehle«, rief Ansgar mit mächtiger Stimme, »ich befehle euch …!«

Er hielt inne, weil ihm gewahr wurde, dass ihm keiner zuhörte. Die wenigen Verteidiger hatten die Brustwehr verlassen, jetzt folgte ihnen sogar der Hauptmann, er brüllte Kommandos und zerhieb die Luft mit seinem Schwert.

Nirgends formte sich Ordnung.

Ansgar war allein. Ein zottliger Dänenkopf zeigte sich vor ihm, ein unbehelmter mit lachendem Gesicht. Als Ansgar den Sax sah, der sich gleich in seine Gedärme bohren sollte, ein kurzes und schneidiges Schwert, da packte ihn die Wut und er einen der Steine, die zur Verteidigung bereitlagen. Er schleuderte ihn dem Mann gegen den Kopf.

»Kotzensohn, verdammichter!«

Es knirschte, der Heide ließ das Grinsen fürs Erste sein. Er fiel rücklings auf eine Traube von Männern am Fuß des Walls und riss ein paar mit sich. Sie trudelten in den Wallgraben und zappelten im Wasser. Dennoch, bald würden die Dänen merken, dass es keine Verteidiger mehr gab außer Ansgar, dem Erzbischof der Hammaburg.

Ein neuer Tag brach an, für Ansgar würde es wohl der letzte sein.

2

Vor dem Westtor, in einiger Entfernung von der Burg, umgeben von Erlen und Weiden und einem Schilfgürtel am Ufer der Elbe, befand sich ein Klumpen niedriger Hütten aus Holz, Stroh und Lehm. Dort hatten sich die Handwerker angesiedelt, derer die Burgbewohner bedurften, Leute von nah und fern, aus vielen Völkern. Wigmodier, einige Chauken, slawische Abodriten, die von Norden her über den Limes Saxoniae gekommen waren, und Menschen aus dem Süden. Sie alle waren niederes Volk und lebten wenig bewaffnet und ungeschützt auf Wurten, die gerade hoch genug waren, dass das Wasser nicht bei jeder Sturmflut durchs Haus floss, und die Hoffnung bestand, dass nicht jedes Kind an Husten oder Fieber starb.

Mathes war vom Tröten und Quieken des Horns erwacht. Er dachte zuerst, man hielte eine Übung ab, wie es manchmal geschah, wenn die Mannschaften faul geworden waren. Oder ein Betrunkener machte schlechte Scherze mit schrägen Tönen oder der Graf wäre von seiner Steuerreise zurückgekehrt und man begrüßte ihn. Plötzlich hörte Mathes, wie über ihm etwas auf das Reet plumpste, ein ungewöhnliches Geräusch, als wäre ein Rabe darauf gelandet. Dann hörte er Schreie drüben vom Ringwall her und das schlaftrunkene Grunzen seines Vaters, des Gerbers, unten in der Kammer. Es begann zu knistern.

»Vater, ich glaube, unser Dach brennt!«, rief Mathes, indem er sich eilte, die Leiter hinabzusteigen.

Der Vater war schon in seine Beinkleider gefahren und wollte die Tür entriegeln. Dazu kam er nicht mehr, denn die wurde mit einem gewaltigen Ruck aufgerissen. Mathes stockte das Blut in den Adern. Er konnte sich nicht mehr bewegen, nicht atmen, weshalb er alles sehen und hören musste, was nun geschah. Er sah das Blut an den nackten Armen des bärtigen Kerls, der in der Tür stand. Dass auf der Schneide seines Schwerts das erste Licht des Tages bläulich schimmerte. Dass der Vater seinen Scherdegen hoch in der Hand hielt. Dass die Vaterhand mit dem Degen im Staub auf dem Boden lag. Dass der Bärtige lachte. Dass das Blut aus dem handlosen Arm des Vaters schwallte, auf Wand, Boden und Gesicht. Dass dem Vater die Hand fehlte, mit der er seinen Mörder hatte würgen wollen. Dass der Mörder zurückwich, einen eleganten Schritt nur. Dass der Vater schwankte. Dass der Mörder dem Vater das Schwert in den Bauch stieß und es nach oben ruckte. Und dass der Vater zu Boden sank, langsam, als wäre ihm schwindlig, mit einem Seufzer.

Mathes erwachte aus seiner Starre, als der Mörder über den toten Vater weg in das Haus stieg und sich umsah, schnaufte und die Nase krauste wie ein witterndes Tier. Mathes legte sich flach, schob sich zurück auf den Schlafboden. Das Feuer röhrte im Reet, das Haus würde sich gleich mit Rauch füllen. Mathes hörte, wie der Mörder in einer Sprache, die er nicht verstand, Selbstgespräche führte. Als die Kammertür knirschte, wagte sich Mathes vor zur Kante. Der Mörder verschwand in der Kammer.

Mathes kletterte die Stiege hinab, der Rauch nahm seinen Platz ein. Sein Herz hämmerte, das Blut rauschte ihm in den Ohren. Er schlich zur Leiche, kniete neben ihr nieder. Ließ sich nicht beirren, als der Mörder die Mutter gefunden hatte und sie kreischte und um Hilfe nach ihrem toten Mann rief. Er schob und drückte die Rechte unter den Leichnam und fand das Streicheisen in der warmen Hand des Vaters. Mathes zog beides hervor, griff nach den Fingern, entriss ihnen das Metall, ließ die Hand fallen.

Die Kammertür, er durfte sie nicht öffnen, durfte sich nicht der Mutter zeigen, durfte nicht auf ihre Schreie hören und das geile Lachen des Mörders. Er durfte nicht auf das Kampfgetümmel und die Todesschreie draußen hören, auch nicht auf das Schmatzen und Fressen der Flammen und das Krachen im Dach. Er musste warten, bis die Lust dem Mörder die Sinne genommen hatte. Der lachte jetzt nicht mehr. Keuchte. Keuchte schneller.

Mathes schob den Stahl zwischen die Zähne, hob die Tür an, damit sie nicht knarrte. Jetzt stand er am Lager seiner Eltern, über dem Mann, der die Mutter unter sich begraben hatte und auf- und niederfuhr und nichts mehr wahrnahm. Mathes packte das Schleifgerät mit beiden Händen. Er fixierte die Stelle im Nacken des Mörders, die er treffen musste, wie bei den Ochsen, die er zu schlachten gelernt hatte. Vater hatte es ihm beigebracht, gerade vor einer Woche, als wäre es Vorsehung gewesen. Vor hundert Jahren.

Mathes hob das Streicheisen und hielt den Atem an. Er war nicht einmal sechzehn Jahre alt.

3

Graf Bernhard hatte es eilig. Er war in den Marsch- und Moorlanden Nordalbingiens unterwegs, um den Zensus von den Abodriten und Sachsen einzutreiben. An diesem letzten Tag seiner Reise hatte er zum Aufbruch befohlen, noch vor Sonnenaufgang. Es zog ihn in die Heimat. Er wollte die Zeit nicht mit Frühstücken vergeuden, sondern zur Hammaburg reiten, so schnell wie möglich. Dort würde man reichlich zu essen haben und anständiges Bier dazu. Er sehnte sich nach seinem Strohsack und nach Ruhe. Frau und Kinder waren fort nach Herseveld, die Schwester zu besuchen, da konnte er tun und lassen, was er wollte.

Der Tross bestand aus den zwanzig besten Soldaten, über die er auf der Hammaburg verfügte. Aufrechte sächsische Kerle, die ein Schwert zu führen vermochten. Die wenigen Berittenen, je zwei, bildeten die Vor- und Nachhut. Der Weg verlief durch Buchen- und Haselwälder. In den Senken wuchs Weidengestrüpp, dort stand das Wasser und es war schlammig, denn das letzte Stück wurde oft benutzt, man hatte es mit Baumstämmen, Ästen und Gestrüpp befestigt. Trotzdem, Bernhards Pferd versank bis über die Fesseln im Morast, dem Fußvolk blieben die Stiefel stecken. Zum Glück regnete es gerade nicht. Obwohl es kaum dämmerte, fand das Pferd seinen Weg. Nach Hause ging immer.

Graf Bernhard ließ die Zügel schleifen. Er dachte darüber nach, ob die Anordnungen des Großen Karl hier, so weit im Norden, jemals befolgt worden waren. Wälder und Forsten sollten gut in Obacht genommen werden, hatte er befohlen: »Wo ein Platz zum Roden ist, rode man aus und dulde nicht, dass Felder sich bewalden, und wo Wald sein soll, da dulde man nicht, dass es zu sehr behauen und verwüstet werde.« Dennoch, rund um die Hammaburg gab es kaum Eichen und keine Erlen mehr. Aus den Eichen hatte man Pfosten für die Gebäude und Palisaden gemacht, aus den Erlen die Fundamente des Burgwalls. Es wäre gut, dachte Bernhard, würden sich die Oberen an ihre eigenen Anordnungen halten. Tun sie das je?

Diese Zensusreisen verdarben ihm die Laune. Obwohl es von den Kanzeln gepredigt wurde, das Volk war wenig willig, dem Grafen zu geben, was des Grafen war. Nirgendwo war man willkommen. Man konnte aufkreuzen, wo man wollte. Keiner konnte die Herrschaft leiden, wenn sie den Zensus begehrte. Wenige hatten Silber, viele redeten sich auf Fronarbeit heraus, die sie schließlich nicht verrichteten, und manche wurden renitent. Überall sah man in saure Gesichter. Kehrte man ihnen den Rücken, hellten sie sich wieder auf. Wer da umherreiste, musste gute Nerven und scharfe Klingen mitbringen. Deshalb hatte Bernhard den besseren Teil der Mannschaft mitgenommen.

Man konnte es den Leuten kaum verübeln, waren sie doch gezwungen, ihn und sein Gefolge zu verköstigen. Im Frühjahr waren die Fässer fast leer und es würde dauern, bis man sie wieder würde füllen können. Wer ohne volle Vorratskammer in den Winter gegangen war, wer nicht genug Grütze, Pferdebohnen und Erbsen eingelagert hatte, der lief Gefahr, im Frühling zu verhungern.

Der Hunger war ein ungebetener Gast in fast jeder Hütte. Die Versuchung, das Saatgetreide zu verzehren, war groß. Ein Drittel der Ernte fraß das Vieh, vom zweiten Drittel aß man und entrichtete den Zins an Herrn und Kirche. Das letzte Drittel der Ernte musste für die Aussaat in den Fässern verbleiben. Wer sich nicht daran hielt, konnte sich sicher sein, im Sommer zu darben und spätestens im nächsten Winter zu verhungern, es sei denn, er verdingte sich gegen tägliche Kost oder er wurde vom Fronbauern zum Bettler und ging fort, einen besseren Ort zu suchen. Viele endeten als Wegelagerer.

Seit Karl der Große zu seiner Zeit die Reste der aufständischen Sachsen aus Nordalbingien hatte deportieren und ins Frankenland fortbringen lassen, um an ihrer Stelle die slawischen Abodriten anzusiedeln, war das Steueraufkommen nicht gerade in den Himmel gewachsen. Das Silber im Steuersack war weniger geworden. Nach ein paar Jahren waren die Sachsen nämlich zurückgekehrt, jedenfalls viele von ihnen. Sie wollten in ihre Heimat zurück. Das war verständlich, aber gegen das Gesetz des Königs. Nun lagen sie im Streit mit den Wenden, die ihre Häuser bewohnten und ihre Felder bewirtschafteten. Die beiden Völker bekriegten sich gegenseitig und wo Krieg war, war weder Ernten noch Vererben, sondern Sterben und Verderben und mancher Hof verwaist, weil die Männer gefallen waren. Der Erbfolgekrieg hatte alles noch schlimmer gemacht. Zum Glück war der Aufstand der Sachsen gegen die fränkische Herrschaft endgültig niedergeschlagen.

Je weiter man nach Norden kam, desto schlimmer wurde es. Dort lebten nicht viele reiche Leute, die meisten waren arme Schlucker, die sich und ihre Familien mit Mühe durchbrachten. Nur entlang der feuchten Niederungen der Elbe gab es ein paar reiche Bauern. Sie wohnten auf Wurten, ihre Felder und Wiesen waren fett und fruchtbar, da sie von den Fluten des Flusses gedüngt wurden. Sie ernährten die Rinder, sommers mit frischem Gras und winters mit dem Heu, das gewonnen wurde. Die reichsten Bauern besaßen Pferde, mit denen sie die Grasnarbe pflügen und auf großen Äckern Gerste, Emmer, Einkorn oder Hafer säen konnten. Sie ernteten mehr, als sie verbrauchten, und mit dem Überschuss bezahlten sie die Schmiede, Küfer und Stellmacher, die ihnen die Werkzeuge richteten und die Vorratsfässer und die Wagen bauten. Die Elbebauern hatten die größten Häuser.

Alle anderen lebten von der Hand in den Mund und hatten nichts oder wenig übrig, weshalb Graf Bernhard regelmäßig Probleme hatte, seinen Herren zu erklären, warum der Steuerbeutel nie voll wurde, zumal er den größten Teil des Zensus selbst verbrauchte, für sich und seine Mannschaft und zur Unterhaltung des Burgwesens. Der Abt und seine Mönche aßen nicht schlecht, auch die Wachleute nicht, gleich wie viele von ihnen ihre Spieße in gichtigen Händen führten, ihre Mägen knurrten ebenso laut. Gleichzeitig musste man achtgeben auf Zensusreisen, denn die aufständischen Bauern und Halbfreie hätten dem Adel und der Kirche fast die Macht entrissen. Seit gerade drei Jahren ging es wieder einigermaßen voran.

»Ach ja«, seufzte Bernhard. Er spürte ein Ziehen im Bauch. War das Hunger? Oder war ihm die anstrengende Reise auf den Magen geschlagen? Man konnte sehr lange grübeln, ob es richtig war, was man tat. Das Leben war wie eine Wanderung durch unbekannte Gefilde. Man wusste nie, was einem blühte. Er beschloss, höchstens drei Tage zu rasten. Anschließend würde er sich aufmachen müssen zu den Wigmodiern im Elbe-Weser-Dreieck. Bei der Gelegenheit würde er nach Herseveld reiten, zu Frau und Kindern.

Langsam wurde es hell. Was war das? Bernhard traute seinen Augen nicht. Mit einem Ruck zog er die Trense stramm, dass sein Pferd steilte und der Hauptmann fast aufgeritten wäre.

»Was ist los, Euer Durch...?«

»Sehe Er dort!«, rief Graf Bernhard, den Zeigefinger ausgestreckt.

»Ja?«

»Rauch! Es brennt!«

Durch das Geäst der noch blattlosen Bäume sahen sie eine dunkle Säule gen Himmel steigen. Eine Regenwolke könne es sein, wandte der Hauptmann ein, wenn auch eine seltsam geformte.

»Brand! Riecht Er es nicht?«, rief Bernhard und stieß seinem Pferd die Sporen in die Weichen.

»He! Mir nach!«, schrie der Hauptmann, als hätte er etwas zu sagen.

Und dann sah Graf Bernhard die zwei Soldaten der Vorhut. Sie waren umgekehrt und galoppierten ihnen entgegen.

4

Der Mann bäumte sich auf, mit einem Schrei stieß er ein letztes Mal zu. Jetzt stieß auch Mathes zu, rammte ihm den nadelspitzen Stahl in den Rücken. Und der Lustschrei wurde zum Todesschrei, der kleine Tod zum großen.

Ein Zucken noch und ein Schnarren, als der letzte Atem den Räuber verließ.

Mathes packte die Leiche am Wams, zerrte sie von der Mutter und ließ sie neben dem Ehelager auf den Lehmboden plumpsen. Der Räuber rollte auf den Rücken, in den Augen Erstaunen und im Gesicht Entzücken.

»Lena? Lena! Wo ist Lena?«, schrie die Mutter. Sie sprang auf und brachte ihre Kleider in Ordnung.

Lena! Der Schlafraum der Eltern füllte sich mit Rauch, es knackte, knisterte und fauchte über ihnen.

»Ich hol sie!«, brüllte Mathes. »Du musst raus!«

Er stürzte zurück in die Diele. Brennendes Reet, tödlicher Qualm, höllisches Prasseln. Er bekam keine Luft. Hustend sprang Mathes über seinen toten Vater und vor die Tür, pumpte Luft in seine Lungen und stürzte zurück. Die Leiter nach oben, sie war noch intakt, hinauf in den Rauch, hinein in den fauchenden Rachen des Feuers, den freien Arm vor dem Gesicht, bis in die Kammer unter dem Spitzboden. Er packte das leblose Bündel, zerrte es zur Stiege, rückwärts hinunter, das Bündel hinterher. Eine brennende Dachlatte warf ihn von der Leiter, er landete auf dem Rücken, die Schwester fiel auf ihn, er drehte sich um, auf alle viere, zerrte sie hinter sich her, über den Vater hinweg, wälzte sich über die Schwelle, schnappte nach Luft, keuchte, hustete, versuchte aufzustehen, schwankte.

»Vater, wir müssen ihn …«

»Er ist tot! Fort, fort! Jetzt!«

Mathes packte Lena und sie stürmten um das Haus herum hinunter in das dichte Schilf an der Brack.

Dort warfen sie sich nieder. Alle Häuser brannten. Die Feuersbrunst trieb schwarzen Rauch, brennende Strohwische und Funken hinauf in den grauen Morgenhimmel. Sie hörten das Stöhnen Sterbender und das Geschrei der Angreifer und die mächtige Stimme Ansgars.

»Nach drüben, zum Nordtor, alle zum Nordtor, und fort!«

»Lena, Magdalena, mein Herz, wach auf«, flüsterte die Mutter und schüttelte ihr Kind, zog es aus der schafwollenen Decke, in die es gehüllt war.

Als es endlich die Augen öffnete, warf sich die Mutter über das Mädchen und weinte und lachte und bedeckte es mit Küssen.

Als Mathes seine Hände sah, überfiel ihn der Schmerz. Er teilte das Schilf, kroch durch den Modder hinunter zur Brack und tauchte sie in das dunkle Wasser. Er stöhnte auf.

Plötzlich Stimmen in fremder Sprache.

»Pst«, flüsterte Mathes und duckte sich nieder.

Magdalena schrie. Die rechte Seite ihres Gesichts bedeckte eine rote Wunde, über der sich schon Blasen bildeten. Die Mutter hielt ihr den Mund zu. Zu spät. Die Stimmen näherten sich und bald umrundete ein Pulk fremder Männer in gehörigem Abstand das brennende Haus, den roten Feuerschein im Gesicht, Äxte und Kurzschwerter in den Fäusten. Der Anführer rief einen Befehl, sie schwärmten aus, schon stand einer der Männer vor dem niedergetretenen Schilf und rief die anderen zu sich.

Mathes erhob sich langsam.

Der Mann sagte etwas, was Mathes nicht verstand. Deshalb schüttelte er den Kopf.

Der Mann rief seine Kumpane herbei, und der Anführer, der einen Bart hatte und zottelige Haare, in denen das Grau des Alters zu sehen war, schob den ersten beiseite und sagte in der Sprache der Sachsen: »Wer ist da noch?« Er deutete in das Dickicht. »Wir haben ein Kind gehört.«

Sie waren entdeckt, alle drei.

»Komm, Mutter, komm her.« Und als sie aufgestanden war, mit der wimmernden Schwester im Arm, fügte Mathes hinzu, sich dem

Räuber zuwendend: »Lasst meine Mutter und meine Schwester! Sie sind verletzt, seht Ihr das nicht?« Seine Stimme schlug in ein hohes Fisteln um, wie immer, wenn er aufgeregt war.

»Und du, bist du etwa nicht verletzt, Knirps?«, fragte der Mann mit einem Blick auf Mathes' verbrannte Hände und stieß ihm fast das Schwert ins Gesicht. »Komm raus!«

»Was wollt Ihr von uns, wir haben nichts getan!« Wieder spielte Mathes' Stimme verrückt.

»Mitkommen!«, befahl der Mann und drückte Mathes die Schwertspitze an die Hüfte. »Ich werde dich lehren, was es bedeutet, Regnar zu widersprechen! Du bist ein Kind, was hast du mir zu sagen!«

»Lasst meinen Sohn!«, schrie die Mutter.

»Mutter, wir müssen ihnen gehorchen, sonst töten sie uns!«

»Was sagst du da?«, schrie der Däne und hielt Mathes erneut die Klinge seines Schwerts an den Hals. Sein Bart war unter dem Kinn geflochten und mit einem Lederband verziert. Er war mehr als einen Kopf größer.

Mathes hatte Chaukisch gesprochen, eine Sprache, die er von seiner Mutter gelernt hatte. Sie war eine Chaukin und stammte von einer der Wurten an der Weser.

»Ich habe ihr gesagt, dass wir mitkommen müssen«, antwortete Mathes. Immerhin konnte er vermuten, dass auch die anderen Räuber kein Chaukisch verstehen würden. Die Hände brannten wie Feuer, und sein Kopf, den die brennende Dachlatte getroffen hatte, klopfte wie der Hammer des Schmieds.

Die Räuber nahmen sie in ihre Mitte und trieben sie zur Landestelle, an der die Schiffe lagen. Gebunden wurden sie nicht. An Flucht war nicht zu denken, denn weit würden sie nicht kommen. Magdalena weinte unablässig, die rechte Hälfte ihres Gesichts war rohes, blasiges Fleisch. Mathes krümmte der Schmerz, er ließ den blutenden Kopf hängen und wusste nicht, wohin mit seinen wunden Händen.

Einige der Krieger kehrten von der Burg zurück, sie stießen eine Herde Menschen vor sich her. Den Mönchen hatten sie die Hände auf die Rücken gefesselt. Andere trugen klimpernde Säcke und Fässer, in denen eine Flüssigkeit schwappte, Wein aus dem Kloster. Die Räuber brachten die Beute zum Landungssteg hinunter und verteilten sie auf den Schiffen. Sie schienen gute Laune zu haben. Wie war das möglich? Die Kirche brannte, einer riesigen Fackel gleich, das Feuer fraß sich durch die Hütten der Handwerker, die Flammen warfen Glut und Asche in den Himmel.

Der Anführer der Bande, der sich Regnar nannte, gab am Ufer Anweisung.

Als er die gefangenen Männer sah, rief er einen Befehl und wies auf Mathes und die Seinen, wobei Mathes die silberne Spirale am rechten Arm des Mannes auffiel. Er trug eine goldene Spange an seinem Gürtel und eine zweite an seiner linken Brust, die den ledernen Umhang hielt. Er musste reich sein.

Die Mönche wurden zu den anderen Gefangenen gebracht. Einem von ihnen rutschte die Kapuze vom kahlen Kopf. Regnar warf einen prüfenden Blick auf ihn. Das Ergebnis war schlecht, er gab einem der Männer einen Wink, einem Blonden, der, seinem bartlosen Gesicht nach zu urteilen, wenig älter war als Mathes, aber größer und breiter. Der Blonde trat halb hinter den zitternden Mönch, legte ihm seine Linke auf die Schulter, als wollte er ihn beruhigen. Doch bevor der Mönch noch einen Atemzug tun konnte, hatte der Blonde den Sax aus dem Gürtel gezogen und stieß ihn dem Mann in die Eingeweide, mit einer geschmeidigen, fast lässigen Bewegung. Langsam ließ er den Sterbenden zu Boden gleiten, beugte sich zu ihm hinab, um die blutige Waffe am Mönchsgewand abzuwischen, schob sie zurück in den Gürtel und nahm seinen Platz wieder ein, als wäre nichts geschehen. Kein Blut haftete an ihm und seinen Händen, sein Gesicht zeigte denselben gleichmütigen Ausdruck wie vor der Mordtat.

»Wo habt ihr das Gold versteckt?«, fragte Regnar die Mönche.

Stumm und gesenkten Hauptes standen sie da.

Hinter Regnars Rücken lärmte es. Er drehte sich um. Ein Däne hatte einen groß gewachsenen Mönch an der braunen Kutte gepackt und stieß ihn vor den Anführer. Mathes erkannte Christopherus, den

Vorsteher des Skriptoriums. Er war ein freundlicher Mann, nicht mehr der Jüngste, der den Kindern Lesen und Schreiben beibrachte. Christopherus' Augen flackerten, als er den toten Mönch zu Füßen der Räuber in seinem Blut liegen sah. Er richtete sich auf zu ganzer Länge und reckte das Kinn.

»Was wollt Ihr wissen?«, rief Christopherus und schüttelte die Hand ab, die seine Schulter hielt. Er überragte Regnar fast um Haupteslänge, er war so lang, dass Mathes seine Tonsur nicht sehen konnte.

»Er will wissen, wo das Gold versteckt ist«, quiekte Mathes mit hoher Stimme dazwischen. »Und wenn Ihr es ihm sagt, will er Euch am Leben lassen.«

»U-und we-we-wer ga-garantiert uns das?« Einer der Mönche war hervorgetreten, ein kleiner Mann mit einem Bauch unter der braunen Kutte.

»Ich«, sagte Regnar. »Wer frech wird, der wird Pech haben und sich nicht mehr am Leben laben.« Er nickte dem Jungen zu, der den anderen Mönch ermordet hatte.

»Halt!«, rief Christopherus und trat dem Anführer kaltsinnig vor die Brust. »Es ist unter dem Altar, im Boden vergraben. Bruder Nikodemus wird es Euch zeigen.«

»Nein, du!«, befahl Regnar und nickte dem Blonden ein zweites Mal zu.

Bevor sich Nikodemus bewegen konnte, hatte der Bursche ihm mit einer blitzschnellen Bewegung die Kehle durchgeschnitten und war zur Seite getreten. Das Blut schoss in rhythmischem Schwall aus dem Hals des kleinen Mannes und tränkte seine Kutte. Das Entsetzen in den Augen des Toten erlosch und er sank mit einem letzten Röcheln um.

Christopherus hatte die Lider geschlossen. Seine Lippen bewegten sich zu einem stillen Gebet. Regnar wandte sich in der Sprache der Dänen an seine Männer, von denen sogleich mehrere in die Richtung verschwanden, in der das Haus von Mathes und seiner Familie brannte. Zwei schickte er mit Christopherus fort.

»Sie sollen Erlendur suchen«, sagte Regnar zu Mathes. »Du weißt nicht etwa, wo er zu finden ist?«

Mathes brachte kein Wort heraus, schüttelte stumm den Kopf. Zwei Menschen hatte der junge Däne getötet. Er hatte sie geschlachtet wie Vieh, schlimmer noch. Die Mutter betete immer, bevor sie ein Huhn schlachtete. Sie bedankte sich für die Eier, die es ihnen gelegt hatte, und für das Fleisch, das sie essen würden. Erst dann schlug sie ihm den Kopf ab. Der Vater hatte einmal behauptet, es sei eine Sünde, Tiere zu töten, und der Mensch habe das Recht dazu nur, wenn es notwendig sei, um sich zu ernähren oder zu kleiden.

Nach kurzer Zeit kehrten die Männer zurück. Einer ging auf Regnar zu, und sie sprachen leise miteinander. Mathes, der keine Bewegung gewagt hatte, bekam kaum etwas davon mit. Das Feuer in seinen Händen stieß ihn in die Ohnmacht.

5

Es dauerte nicht lange, da kamen ihnen in langer Kette fliehende Burgbewohner entgegen. Sie trugen ihre Kinder im Arm, das Entsetzen in den Gesichtern und Bündel auf den Rücken. Viel mehr als ihr Leben hatten sie nicht gerettet. Von ihnen erfuhr Graf Bernhard, was passiert war.

Die Dänen hatten die Burg gestürmt, alle Menschen getötet, derer sie habhaft werden konnten oder die sich wehren wollten. Die kräftigsten und jungen hatten sie geraubt, um sie zu versklaven. Sie hatten die Frauen vergewaltigt und die Kirche angezündet, von den Häusern ganz zu schweigen. Bernhard atmete tief durch. Wenigstens wusste er seine Frau und die Kinder in Herseveld in Sicherheit. Ab sofort musste er den Menschen, die ihr Leben gerettet hatten, Weg und Ziel geben.

Der kleine Bischof lief herbei, in seinem lehmverschmierten Unterkleid und mit rußigem Gesicht erkannte man ihn nur an der Tonsur. Er blieb vor Bernhards Pferd stehen und rang nach Luft. Nach und nach wurde er von Geflohenen umringt, denn er war der Vertreter Gottes auf Erden und den Menschen der Hammaburg der Hirte.

»Alles verloren«, keuchte er und sah abgehetzt aus. Die Furchen, die die österliche Askese in sein Gesicht gegraben hatte, waren womöglich noch tiefer geworden.

Allein habe er die Burg nicht verteidigen wollen. Das wäre zu viel der Aufopferung gewesen, nämlich Selbstmord, was Gott verbot. Also sei er dem Hauptmann nach und den fliehenden Einwohnern gefolgt, während die ersten Nordmänner die Palisaden erklommen hätten, ausgeschwärmt seien und die Langsamen und Unentschlossenen erschlagen hätten. Dabei sei ihm die Kukulle abhandengekommen.

Bernhard wusste genug und stellte keine Fragen. Er starrte auf den Rauch über den Bäumen. Unter den Geflohenen erhob sich leises Jammern, einige beteten.

Tränen liefen Ansgar übers Gesicht.

»Verfluchte Heiden!«, rief er und seine Stimme überschlug sich. »Viele Leben sind verloren, die kostbare Bibel, auch verloren, verbrannt! Unersetzlich! Die Kirche – nur Asche! Diese Heiden, sie sollen in der Hölle braten und alle Teufel sollen auf sie scheißen …«

»Äh.« Bernhard kannte die Fluchtiraden seines Bischofs.

»… und pissen!« Ansgar hatte ein Bündel im Arm.

Bernhard ahnte, was der Erzbischof darin trug. Ein Säugling war es nicht, obwohl es so aussah. Die Reliquien hatte er gerettet, in einem Krug, eingewickelt in Tücher, damit er nicht zerbrach, darin die bleichen Knochen und vertrockneten Überreste von Willehad von Bremen. Ansgar hatte behauptet, Willehad habe nach seinem Tode vierunddreißig Wunder bewirkt, denn so viele Blinde seien an seinem Grabe sehend, Lahme und Verkrüppelte gehend, Taube hörend und Stumme sprechend geworden. Also habe er Willehads Grab geöffnet, um die Leiche gerecht zu zerteilen, ihre Wunderkraft werde für die Hammaburg mitreichen.

Und tatsächlich hatte Ansgar kürzlich von einer Frau berichtet, die über Unfruchtbarkeit geklagt hatte und guter Hoffnung wurde, schon bald nachdem Bruder Christopherus den Krug mit Willehads sterblichen Überresten unter Gebeten und Gesängen ihrem Leib aufgelegt hatte. Wo der sein Kreuz geschlagen hatte, konnte man sich denken. Das hatte Bernhard für sich behalten. Mit der kirchlichen Macht musste man sich gut stellen, wollte man die weltliche nicht einbüßen, zumal Christopherus Ansgars ganzes Vertrauen genoss – wenn er noch lebte.

Die Dänen hatten an Reliquien kein Interesse, das wusste man von Berichten aus dem Frankenland, aus Bremen, Köln und Paris. Bei Heiden würde das Wunder sowieso nicht wirken, das stand fest, sie geschahen nur dem, der Gott treu im Glauben ergeben war. Bücher ließen sie ebenfalls liegen, sie verbrannten sie nur oder zerrissen sie. Was glänzte und klimperte, das nahmen sie, Gold und Silber, Metallenes jeglicher Art. Gläserne Trinkbecher hatten es ihnen besonders angetan, sie waren ihnen kostbarer noch als rare Metalle, sie benutzten sie, nach allem, was man hörte, sogar als Zahlungsmittel. Nur die Reliquien waren gerettet. Und die lateinische Bibel?

Es gab außer Ansgar ohnehin niemanden auf der Burg, der Latein verstand. Graf Bernhard hatte sich abgemüht, schreiben zu lernen, und es am Ende nicht weiter gebracht als der Große Karl, was folglich keine Schande war. Die vielen verschiedenen Buchstaben hatten ihn verzweifeln lassen. Sie waren ihm in den Rücken gefahren, er hatte sich vor Schmerzen kaum noch bewegen können. Es war erst besser geworden, als er die Leserei eingestellt hatte. Buchstaben und Bücher, das ist wohl nur für Mönche, dachte er.

»Ein furchtbares Unglück.« Bernhard seufzte und schrubbte sich den Bart. Er hob den Kopf und rief: »Der Allmächtige prüft unsere Festigkeit! Wir werden eine neue Kirche bauen!« Man durfte keine Verzagtheit zeigen, man musste sich Mut einreden, damit die anderen den ihren nicht verloren.

Ohne Kirche wäre er diesen Erzbischof los, der, das musste er zugeben, kein übler Kerl war und sich nicht schonte, anders als so mancher Kirchenfritze, die trüben Blickes waren und außer Beten nicht viel konnten. Mit Ansgars Hilfe war die Burg auf Vordermann gebracht worden. Umso schlimmer dieser Tag.

Ohne den Segen der göttlichen Macht war der weltliche Thron, auf dem ein Graf hockte, nur noch halb so hoch und nicht mehr als eine dicke Sohle unter dem Stiefel und er, Bernhard, wäre wie früher einer, der sich die Macht nur genommen hat. Deshalb war er begeistert gewesen, als Ansgar vor vierzehn Jahren als Erzbischof nach Hammaburg gekommen war. Obwohl es nervte, wenn man nicht allein das Sagen hatte und seinem Beichtvater das ein oder andere vorenthalten musste, weil man ihm täglich über den Weg lief. Man war gezwungen, sein Seelenheil aufs Spiel zu setzen.

Man musste Entschlossenheit zeigen, wollte man die Leute halten nach dieser Katastrophe.

»Zehntausend Baumstämme und viele Hunderttausend Schaufeln und Körbe Erde!«, rief Bernhard. »Das kann nicht alles umsonst gewesen sein!«

Ansgar schüttelte den Kopf.

Bernhard fürchtete, dass dieser Tag der Anfang vom Ende der Hammaburg sein würde. Woher sollte man die Mittel für den Wiederaufbau nehmen? Die Einkünfte aus dem Kloster Turholt in Flandern, auf die sich der Bischof bisher hatte verlassen können, standen ihm nicht mehr zu. Denn bei der Teilung des Reiches nach dem Tode Ludwigs des Frommen war Flandern an Karl den Kahlen gefallen, der diese Vergünstigung sofort gestrichen hatte. Warum sollte er seinem Bruder Ludwig, genannt der Deutsche, mit Geld helfen, den maroden Norden zu sanieren? Ein großes Land ohne Grenzen wäre besser gewesen. Man musste keine Zölle zahlen und kein Geld wechseln.

Grenzen hinderten den Handel, jeder wollte seinen eigenen Vorteil und verschliss seine Kräfte damit, die Nachbarn niederzuhalten. Sie hatten Krieg gegeneinander geführt und viele Menschen für sich sterben lassen. Flandern war Ausland geworden und hatte sogleich Zölle eingeführt. Als würde das Leben besser, wenn man nur an sich dachte. Aus dem Ausland erhielt Ansgar keine Mittel. Ohne die würde er einen zweiten Aufbau der Burg nicht schultern können. Viele starke Hände würde es außerdem brauchen.

Wer würde nach diesem Tag noch auf den Schutz der Kirche vertrauen? Die Tüchtigsten würden fortgehen und sich ein besseres Leben suchen. So war es immer gewesen und so würde es immer sein. Die Tüchtigsten kamen aus der Fremde und gingen in die Fremde. Die Dummen, die Untätigen, die Ängstlichen, sie blieben zu Hause. Es war einfacher, Altes zu wiederholen, als Neues zu wagen. Der Fluch dieses Überfalls würde neue Bewohner auf lange Zeit fernhalten.

Gleich was man darüber dachte, es war gut, dass der Bischof die Reliquien gerettet hatte, das war ein Zeichen der Hoffnung, denn ohne Reliquien würde die Hammaburg ein unbedeutender Ort werden. Nur, wo würde er sie verwahren? Wem sie anvertrauen? Bernhard beschloss, seine Gedanken für sich zu behalten. Der Bischof war nicht auf den Kopf gefallen und würde nicht anders denken.

»Wie viele Angreifer?«, wollte er wissen. »Wie viele Schiffe?«

Ansgar überlegte. »Viele. Ich habe sie nicht gezählt. Wie sollte ich so schnell, ich … Zwanzig, mindestens. Eines neben dem anderen. Bord an Bord.«

Bernhard schwieg einen Moment. Auf einem Schiff, das so lang war, wie man gehört hatte, hatten dreißig oder gar vierzig Männer Platz. Das machte im schlimmsten Fall insgesamt zwanzig mal vierzig, das waren …

»Das sind viel mehr, als wir Bewohner auf der Hammaburg haben«, sagte er. Hatten, dachte er.

Mit zwanzig Schiffen und ihrer Besatzung konnten es vierzig bewaffnete Fußsoldaten und weniger als zwei Schock weiterer Einwohner nicht aufnehmen, zumal Letztere nur mit Knütteln bewaffnet waren. Mit der auf der Burg verbliebenen Wache war nicht zu rechnen. Einige von ihnen befanden sich im Zug der Flüchtlinge, und wer nicht in die Sklaverei verschleppt war, hatte vermutlich sein Leben gelassen, ganz zu schweigen von den Mönchen. Wer von ihnen noch lebte, lag wahrscheinlich auf den Knien und dankte Gott, anstatt zu kämpfen.

»Sinnlos, sinnlos«, murmelte Bernhard. »Sie haben alles zerstört«, fügte er laut hinzu. »Wenn sie es nur auf die Burg abgesehen haben, dann … vielleicht … Wir müssen hin!«

Ansgar sah sich ratlos um.

»Was ist?«, fragte Graf Bernhard. »Wollt Ihr etwa nicht zurück?«

»Sie sind so viele«, sagte Ansgar leise. »Wir können niemanden mehr retten. Wir müssen warten, bis …«

Bevor Ansgar weiterreden konnte, rief eine junge Frau, die sich vor Bernhards Pferd gedrängelt hatte und barfuß im kalten Schlamm stand und schwankte: »Sie haben mein Kind erschlagen! Ich muss es begraben! Und wo ist mein Mann? Wir müssen zurück und Ihr müsst uns beschützen!« Ihre Stimme überschlug sich, sie bückte sich, packte einen Ast, der am Wegesrand lag, schüttelte ihn und schritt aus, zurück zur Hammaburg.

Ansgar drehte sich um und trottete hinterher. Ob ihn der Mut verlassen hatte? Graf Bernhard befahl ein Pferd für Ansgar und den Übrigen, zurückzubleiben und bereit zu sein, sich in den Wäldern zu verbergen. Er selbst ritt, begleitet von Ansgar, mit der Vorhut voran, alle Sinne gespannt. Alles Mist, dachte Bernhard. Das hatte man davon, wenn man ein Reich regierte, das zu groß war. Kaiser Karl musste zu seiner Zeit die Probleme im höchsten Norden seines Reichs lösen oder wenigstens, was Bernhard wahrscheinlicher schien, so tun, damit die Leute nicht auf dumme Ideen kamen. Deshalb hatte er die Hammaburg errichten lassen, auf einem Geestsporn direkt an der Elbe, umgeben von Wasser, angeblich als Bollwerk gegen die heidnischen Wenden im Norden. Die hatte er selbst dort angesiedelt. Konnte das jemand begreifen?

Vor knapp dreißig Jahren war Ludwig, den man den Frommen nannte, seinem Vater Karl auf den Thron gefolgt. Er war in Südfrankreich aufgewachsen und in Aachen gekrönt worden. Kein Wunder, dass er sich wenig oder gar nicht gekümmert hatte um diesen entferntesten Zipfel seines Reichs, sich nie hatte blicken lassen, hier im Norden. Und wo mochte sein Nachfolger jetzt stecken, Ludwig der Deutsche? Regiert wurde unten in Worms, vielleicht auch in Paderborn, was um einiges näher war, oder neuerdings in Frankfurt oder Regensburg oder weiß Gott wo. Oder gar in Rom, lachhaft, obwohl dort das Zentrum der christlichen Welt war. Jedenfalls beriet man sich nicht in Bremen oder da, wo man die Verhältnisse besser beurteilen konnte. Bernhard baten sie nicht um seine Meinung, einen kleinen Grafen, der nicht viel zu sagen hatte. Die Hammaburg war zu weit fort von der Macht und zu nah am Reich der Dänen. Er hatte sich schon oft gefragt, ob es sinnvoll gewesen war, ausgerechnet an der Grenze zur Herrschaft der Heiden eine Burg zu bauen.

Wäre die Kirche nicht gewesen, die Burg wäre verfallen. Aber sie war auch, was sich heute bewiesen hatte, nicht stark genug, den Dänen die Stirn zu bieten. Im Norden war das Kreuz schwach. Ludwig konnte noch so fromm sein, Streit um die Herrschaft gab es trotzdem, und das auch noch mit seinen eigenen Söhnen, was ebenso unchristlich wie vorhersehbar gewesen war. Sie waren übereinander hergefallen wie wütende Eber. Wer in Frieden leben wollte, musste zuvörderst in seiner Familie Ordnung halten. Das gelang nicht jedem.

Im Jahre 843, also gerade vor zwei Jahren, hatten die fränkischen Streithähne in Verdun endlich einen Vertrag geschlossen und das Reich unter sich aufgeteilt. Auf diese Idee hätten sie auch gleich verfallen können, dachte Bernhard, anstatt gegeneinander einen Krieg zu führen, den keiner gewinnen konnte. Nun hatte der Sohn Ludwigs des Frommen, den man Ludwig den Deutschen nannte, das Sagen in Sachsen. Was ein großes Glück war, sorgte er doch dafür, dass die christliche Ordnung der Frankenherrschaft blieb.

Den Dänen war nicht zu trauen.

»Da steckt der Dänenkönig dahinter«, sagte Bernhard. »Was meint Ihr?«

Ansgar schnappte nach Luft. Er hatte wohl Probleme mit dem Gleichgewicht, weil er den Krug nicht fahren lassen wollte und nur eine Hand für die Zügel blieb. Sicher taten ihm die Schenkel weh und das Pferd machte keinen geraden Gang.

»Göttrik hätte ich das zugetraut«, sagte er. »Aber das ist lange her. Mit seinem Nachfolger Hemming sind wir einigermaßen gut ausgekommen. Karl wollte ihn gar zum Christentum bekehren. Er hat mit ihm einen Friedensvertrag geschlossen, wonach die Eider die südliche Grenze des Dänenreichs sein sollte.«

»Und keinen Schritt weiter.« Bernhard nickte.

»Horik, Hemmings Nachfolger, ist ein Heide, ein verfluchter Hundsarsch durch und durch.« Mit Horik kannte sich Ansgar aus.

»Eben.«

»Er hat verlangt«, sagte Ansgar, »dass ihm die Oberherrschaft über die Friesen und die Abodriten übertragen wird und er ganz Nordalbingien zu Lehen erhält.«

»Und deshalb«, stimmte Bernhard zu, »macht er uns das Leben schwer, auch an der friesischen Küste ist er eingefallen mit seinen Mannen.« Wer sonst sollte den Angriff befohlen haben?

Hemming hatte sich nicht lange auf seinem Thron gehalten. Und schon nach drei Jahren hatten es die Franken mit Horik zu tun gekriegt, der sich nicht mehr an den Friedensvertrag zu halten schien. Kein Wunder, denn einen vertragstreuen Heiden, den gab es nicht. Auf Heiden war kein Verlass, zumal das Frankenreich in drei Teile zerfallen war und er nicht befürchten musste, zur Rechenschaft gezogen zu werden. Ein günstiger Zeitpunkt also. Doch das Schlimmste war, Horik bekannte sich mit großer Festigkeit zum Heidentum. Schließlich habe er die alten Götter um Hilfe gebeten und seine Gebete seien erhört worden, sonst säße er nicht auf dem dänischen Thron.

Der Überfall auf die Hammaburg war nach allem, was man vermuten konnte, kein Raubüberfall gewesen, womit sich die Nordleute sonst die Frühjahrs- und Sommerzeit vertrieben, sondern eine als Raubfahrt getarnte Kriegsfahrt, die der neue Dänenkönig befohlen hatte, um Ludwig dem Deutschen zu zeigen, wo Thors Hammer hing. Und dass Thor mächtiger war als dieses Weichei, das die Christen zu ihrem Helden erkoren hatten, obwohl es sich kampflos hatte kreuzigen lassen. Die bremischen Missionsversuche im Dänenreich hatten nichts gefruchtet.

»Wenn man hier Ruhe haben will, müssen die Menschen im Norden zu Christen werden«, sagte Bernhard. »So einfach ist das.«

Ansgar nickte. »Heiden! Sie sind wie grausame Tiere, die unter der Herrschaft des Teufels stehen. Nur eine Taufe kann sie seinen Krallen entreißen. Der Gott der Christen ist mächtiger als alle heidnischen Götzen, deren Anbetung nur den Geist verwirrt und böse macht.«

Einstweilen sind die Dänen mächtiger, dachte Bernhard. Wann werden wir Ruhe vor den Dänen haben? Man musste damit rechnen, dass der Überfall auf die Hammaburg nicht der einzige in der Gegend bleiben würde. Vor drei Tagen hatte er mit seinem Gefolge die Burg Esesfelth und den dortigen Grafen Egbert den Zweiten aufgesucht. Ein ganz passabler Kerl, der sich zu behaupten wusste und wenig Angst hatte, was auch nötig war, weil er die Dänen fast vor der Nase hatte. Er residierte elbabwärts am rechten Ufer in einer anständigen Burg, ähnlich der Hammaburg.

Auch Esesfelth war auf Befehl des ehrwürdigen Kaisers Karl gebaut worden, vor bald vierzig Jahren. Sie hatte den Dänen und einer Belagerung standgehalten. Was, wenn die Dänen auf dem Weg zur Nordsee dort einen zweiten Überfall wagten? Würde Egbert das gleiche Glück haben wie sein Vater? Bernhard beschloss, Graf Egbert zu warnen.

Er befahl seinem Hauptmann, den besten Reiter herbeizuholen. Der befand sich im Tross, der mit Abstand den Vorausreitenden gefolgt war.

»Name?«

»Siegbert.«

»Von?«

»Siegbert von Vörde.«

»So! Vörde! Lasse Er sich vom Hauptmann berichten, was geschehen ist. Sodann reite Er zur Burg Esesfelth und berichte dem Grafen dort. Mag Er sein Pferd zuschanden reiten. Es kommt auf jeden Augenblick an! Die Dänen, sie sind imstande, auch Esesfelth anzugreifen!« Bernhard warf sein Pferd herum. »Vorwärts!«

Der Weg nach Esesfelth, vermutete er, würde sicher sein, da er mit seinen Leuten gerade von dort gekommen war und die Galgenschwengel wohl für eine Weile vertrieben hatte. Der Pfad führte am erhöhten Ufersaum der Elbe entlang, durch schütteren Wald, er war breit genug zum Reiten. Nur die Furten konnten den Reisenden aufhalten, man musste zwei Nebenflüsse überqueren. Traf man nicht zur rechten Zeit ein, musste man auf niedrigeres Wasser warten.

Eine zweite Furcht trieb Bernhard um. Würden sich die Dänen zum anderen, zum südlichen Ufer der Elbe wenden, um Stethu zu überfallen, zu rauben, zu brandschatzen und zu morden wie hier? Der Handelsort lag auf dem Weg der Dänen. Er war über eine schmale Au von der Elbe her schnell erreichbar. Bernhard wusste seine Frau und die drei Kinder in Herseveld bei der Schwägerin, der Ehefrau des Grafen Heinrich von Stethu, den man den Kahlen nannte. Von Stethu nach Herseveld waren es nur wenige Schattenstriche scharfen Ritts über meistens trockene Geestwege, zu Fuß konnte man in dreifacher Zeit hinkommen.

Sollte sich der Graf gar in Stethu selbst aufhalten, was er häufig tat, wäre sein Leben unmittelbar in Gefahr. Womöglich kamen die Dänen auf die Idee, auch Herseveld zu plündern. Bernhard trieb sein Pferd an. Es galt, keine Zeit zu verlieren. Die Schiffe der Dänen waren womöglich schneller als ein Pferd auf gewundenem Pfad.

Herseveld lag nur einen Tagesritt entfernt, elbabwärts und südlich im Binnenland auf der Geest.

Auch Ansgar setzte sein Pferd in Bewegung, indem er auf dessen Rücken umherrutschte. Man sah von Weitem, dass er kein guter Reiter war, schon gar nicht mit dem kostbaren Krug unter dem Arm, der unter allen Umständen unversehrt bleiben musste. Schief saß er auf seinem Gaul und kämpfte um sein Gleichgewicht.

Bald waren sie der Hammaburg so nah gekommen, dass man sich verbergen musste, wollte man nicht gesehen werden. Denn rund um die Burg war der Horizont frei, die Sicht nicht von Wäldern oder gar Hügeln versperrt. So schwer es ihnen fiel, sie durften erst weiter, wenn gewiss war, dass die Schiffsmänner ihr Vernichtungswerk vollendet hatten und abgezogen waren.

Bernhard schickte einen Kundschafter aus, nachdem er ihm eingeschärft hatte, sich nicht erwischen zu lassen. Sie mussten aushalten, bis er zurückkehren würde.

6

Schaukeln. Nackte Unterschenkel, Muskeln, die sich spannten und entspannten. Eine Trommel. Ächzen. Hinter den Schenkeln Holzplanken, in den Fugen schwarzer Teer. Rauschen. Plätschern. Nackte Füße, schmutzig und haarig, die sich gegen Holme stemmten.

»*Hæ, hæ, hæ!*« Und jedes Mal ein Schlag auf der Trommel.

Eine Faust hieb Mathes auf die Schulter. Der Schmerz brüllte.

»*Hæ, hæ, hæ!*«

Mathes stöhnte und brachte den Kopf hoch. Männer auf Ruderbänken, Männer in löchrigem Lederzeug. Schweiß in den bärtigen Gesichtern. Gebeugte Gefangene, verlorene Leben.

Er wurde von hinten gepackt und fortgezogen, zum Achtersteven des Schiffs, wo man ihn fallen ließ wie einen Sack. Er blieb liegen.

»Wie heißt du?«, fragte Regnar, der über ihm stand.

»Mathes«, antwortete Mathes, diesmal mit einer Stimme, die plötzlich so tief war wie nie. Er wusste nicht, ob er nicht besser einen anderen Namen gesagt hätte, Feuerbrand in den Händen.

»So. Mathes. Mathes der Quieker ist ein Mann geworden, wie? Jetzt musst du nur noch wachsen, dann könntest du beinahe zu gebrauchen sein.«

Regnar lachte über seine Bemerkung. Er beschirmte die Augen mit der flachen Hand. In seiner fremden Sprache sagte er etwas zu einem der beiden Männer, die es sich auf Bündeln bequem gemacht hatten und sonst nichts taten. Der Angesprochene stand auf und lief geduckt durch die Reihen der Ruderer zum Bug.

»Steh auf!«, verlangte Regnar.

»Kann ich nicht, meine …«, quiekte er.

»Kannst du!« Regnar packte Mathes am Kragen und zog ihn zu sich hoch. »Eigentlich hätten wir dich gleich einen Kopf kürzer machen sollen, Winzling, wie die anderen. Aber wir haben gedacht, wer einen Mann töten kann, der kann auch arbeiten. Deshalb haben wir dich mitgenommen. Damit du Ersatz leisten kannst, nur deshalb.«

»Ich habe keinen Mann getötet«, log Mathes. Er hätte am liebsten gar nicht geantwortet, wegen seiner missratenen Stimme, die ihm nicht gehorchte.

»Dann können wir dich wohl nicht brauchen«, sagte Regnar. »Und warum hat es in deinem Haus nach Menschenfleisch gerochen?«

»Mein Vater ist …«

»Aha, und wer hat deinen Vater getötet?«

Mathes schwieg.

»Ich sollte dich vielleicht über Bord werfen lassen«, sagte Regnar, die Faust unter Mathes' Kinn. »Die Elbe hier ist so tief wie zwei große Männer, wenn einer auf den Schultern des anderen steht. Du wirst ersaufen. Kannst du etwa schwimmen?«

Mathes schüttelte den Kopf. Das war einfacher, als Ja zu sagen.

»Also. Ich verlange eine Antwort. Du hast Erlendur, einen unserer besten Männer, getötet oder etwa nicht?«

Sollte Mathes antworten? Und was? Antwortete er nicht, würde Regnar ihn womöglich über Bord werfen. Und log er, würde Regnar ihm nicht glauben und ihn ebenfalls über Bord werfen. Obwohl es nicht stimmte, dass er nicht schwimmen konnte, bis zum Ufer, bis dort drüben, wo die Morgensonne den Schilfgürtel in friedlich glänzendes Gelb tauchte, würde er es nicht schaffen. Nach Westen hin schien sich der Fluss uferlos bis zum Horizont zu dehnen.

»Wird's!«

»Ja. Ihr habt recht.«

»Hm.« Der Mann ließ Mathes fallen.

Er stützte sich mit den Händen ab und ihm wurde schwindlig, als ihn der Schmerz durchfuhr. Mathes spürte den zornigen Blick des Räubers auf seinem Kopf.

»Er hat meinen Vater getötet und meine Mutter geschändet!« Das Feuer, das in seinen Händen brannte, war mächtiger als seine Angst, und Mathes schaffte es, Regnar in die Augen zu sehen. »Was hättet Ihr mit einem Mann getan, der Eure Mutter schändet?« Seine Stimme war sogar tief.

Regnar ließ ein schallendes Gelächter fahren und hieb Mathes ein zweites Mal auf die Schulter.

»Ich hätte ihm die Sehnen zerschnitten, dass er fortan nur kriechen kann und verhungert!«, rief er und ballte die Hände zu Fäusten. »Nein, ich hätte ihm die Eier abgeschnitten und dann hätte ich ihm …!«

Bevor Regnar die richtige Folter- oder Hinrichtungsmethode einfiel, sagte Mathes: »Ich habe ihn nur erstochen, sonst nichts.« Und weil Regnar wieder lachte, lauter als zuvor, fasste er Mut und fragte: »Warum habt Ihr den Bruder Eckart von Corvey töten lassen und den Bruder Nikodemus von Bremen? Sie hatten Euch beide nichts getan, sie hatten nur …«

»Nutzlose Fresser!«, höhnte Regnar. »Mickrig und kahlköpfig der eine, krummbeinig, fett und dumm der andere. Wahrscheinlich, weil er zu viel auf den Knien gelegen hat, wie sie es beim Beten machen, die Christen. Schlappärsche! Sie jammern und beten den ganzen Tag, aber sie beschicken nichts. Sie taugen nichts, zumal sie, was das Schlimmste ist, auch noch feige sind. Bist du ein Christ?«

Schon wieder so eine Frage.

»Ihr hättet sie laufen lassen können.«

»Du sollst meine Frage beantworten, Junge. Die sollen froh sein, dass wir ihnen nicht vorher noch den Blutaar geritzt haben.«

»Was ist ein Blutaar?«, fragte Mathes.

»Du bist neugierig, Junge. Pass auf, dass du nicht zu viele Fragen stellst. Jedenfalls scheinst du wenigstens nicht feige zu sein und wer neugierig ist, lernt schnell. Ein Blutaar? Wenn du es unbedingt wissen willst: Wir schneiden ihnen den Rücken auf, machen die Rippen vom Rückgrat los und spreizen sie wie Flügel, das ist ein Blutaar.« Er fixierte Mathes aus kalten Augen. »Also, bist du ein Christ?« Er ließ sich nicht ablenken.

»Ich bin nicht getauft«, antwortete Mathes.

»Gut für dich, mein Junge. Taufen! Wasser über den Kopf! Auch wieder so ein Blödsinn! Also bist du kein Christ.«

»Bei lebendigem Leib?«, fragte Mathes.

»Was, das Taufen?«

»Nein, den Blutaar.«

Regnar ließ sein dröhnendes Lachen hören. »Natürlich. Das ist unsere Rache, wenn wir richtig wütend sind.«

Konnten Menschen so grausam sein? Konnte man so etwas überleben, nur kurze Zeit? Oder gab der Däne bloß an? Es gab vieles, was Mathes nicht wusste. Zutrauen würde er es diesen Räubern.

»He, nun sag endlich, wie hast du Erlendur nach Walhall befördert? Er war einer unserer besten Kämpfer.«

Walhall? Mathes fragte nicht, nicht schon wieder. Er würde irgendwann herausbekommen, was das Wort bedeutete.

»Ich«, Mathes zögerte, »ich habe ihm das Schärfeisen meines Vaters in den Rücken gestoßen, als er meine Mutter, als er …«

»Als er es mit deiner Mutter getrieben hat?« Regnar sah zu einem der anderen Schiffe, das längsseits segelte. Eine Wolke verdunkelte die Sonne.

Mathes folgte seinem Blick über die schwarzen Wellen. Hinter den Schilden, die man entlang der Bordkante aufgesteckt hatte, leuchtete die blaue Kapuze seiner Mutter, ihr einziges wertvolles Kleidungsstück. Wie hatte sie es fertiggebracht, das mitzunehmen? Sie war also weder getötet noch zurückgelassen worden. Denn nachdem er ohnmächtig geworden war, wer weiß, wie lange, hatte er sich nach seinem Erwachen auf diesem Schiff wiedergefunden. Ob Magdalena bei ihr war? Welches Schicksal stand ihnen bevor? Und welches den anderen, die geraubt worden waren? Wie würde seine Zukunft sein? Würde er je wieder frei sein? Würde er wieder gesund werden, seine Hände gebrauchen können? Würde er je wieder in die Heimat zurückkehren? Was würde aus Mutter und Magdalena werden? Würde er sie wiedersehen? Würde Mutter ihm je wieder über das Haar streichen, ihn in den Arm nehmen, würde er ihre Wärme spüren?

Es waren mehr Fragen, als in seinen Kopf passten. Der schmerzte noch von dem brennenden Holz, das daraufgefallen war. Er fragte sich, ob er gestorben und in einem anderen Leben wiederaufgewacht war, denn obwohl es nur wenig mehr als einen halben Tag zurücklag, konnte er sich nicht mehr vorstellen, wie es war, als er gestern Abend in die Giebelkammer zu seinem Schlaflager gestiegen und ohne Sorgen eingeschlafen war. Ab jetzt würde er immer Sorgen haben und Angst, er würde stets auf der Hut sein müssen. Es würde sehr lange dauern, bis er vielleicht eines Tages die Chance zu einem freien Leben erhalten würde. Er würde von nun an das Leben eines Erwachsenen führen müssen. Und viel lernen würde er müssen, vor allem die Sprache der Nordmänner, so schnell wie möglich.

Immerhin war es gut, dass er sich nicht über Bord hatte werfen lassen. Er war nicht ertrunken. Und es war gut, dass er nicht zu viel verraten hatte. Er konnte schwimmen. Und es war noch besser, dass er das Schabeisen des Vaters im Fußleder trug. Wann hatte er es dort hineingesteckt? War es, bevor er diesen Erlendur erstochen hatte? Oder danach? Ein Schabeisen, so gut wie ein Messer! Nein, nicht so gut. Ein Messer war besser, man konnte es ebenso werfen. Sein Wurfmesser, das er stets bei sich getragen, mit dem er geübt hatte, mit den anderen Jungen auf der Hammaburg, das hatte an seiner Schlafstatt gelegen und war verbrannt und verloren. Mathes war einer der Besten gewesen.

»Und sollte einer von euch meiner Mutter etwas antun wollen, den werde ich auch erstechen!«, sagte Mathes.

Am liebsten hätte er sich auf den Mund geschlagen, die dumme Drohung verschluckt, doch Regnar warf nur den Kopf zurück und lachte sein dröhnendes Lachen.

»Wenn du ein Messer hättest! Du bist mir einer, du Knirps!«, rief er. »Ein Sklave, ein quiekendes Kind, das dicke Backen macht, nicht zu glauben. Du fängst an, mir zu gefallen, Kleiner. Erlendur, du bist ein Idiot. Ich habe Zweifel, ob du an der Tafel der Helden Met trinken und Lieder singen wirst und in Niflheim können sie dich nicht gebrauchen. Ich hätte nicht gedacht, dass du so blöd bist wie Ragnar Lodbrok, der es auch nicht abwarten konnte. Der war immerhin durchtriebener als du und wusste sich zu helfen. Na ja, bis er in einer Schlangengrube endete. Hör zu, Sklave Mathes der Stecher, du wirst einen Mann abgeben, den wir brauchen können. Musst nur größer und kräftiger werden und die Stimme eines Mannes kriegen und heile Hände. Wer weiß, vielleicht wirst du Gefallen finden an unserem Leben.«

Die Männer hatten die Ruder ein- und das Segel aufgezogen und sich in loser Kumpanei zueinandergesetzt. Erst jetzt sah Mathes, dass die meisten von ihnen zerrissene Kleidung trugen und schmutzig waren, die Haare und Bärte lang und verfilzt.

Regnar rief etwas in seiner Sprache. Einer der Männer, einer mit einem gewaltigen Rücken, der nicht weit vor Mathes auf einer Ruderbank gesessen hatte, erhob sich, drängte sich durch seine Kumpane auf den Ruderbänken und verschwand unter dem queren Segel nach vorn zum Bug.

Der Mann war ein Riese, einen Kopf größer als alle anderen, mit einer breiten Brust und einer Lederhaube auf dem Kopf. Rostbraune Haare fielen ihm über die Schultern, sein Bart war von gleicher Farbe und reichte ihm bis auf die Brust. In der einen Faust hielt er einen Beutel, in der anderen ein Bündel schimmeliger Lappen. Er ließ sich vor Mathes auf die Knie und gab ihm aus dem Beutel zu trinken. Er stank durchdringend nach altem Schweiß. Während Mathes trank, trafen sich ihre Blicke. Der Riese nickte freundlich und riss die Lappen in Streifen. Leise in seiner fremden Sprache brummend, nahm er Mathes' Hände, umwickelte sie mit den Streifen und befestigte sie mit Knoten an den Gelenken, alles so zart, wie man es seinen Pranken nicht zutraute. Mathes empfand keinen größeren Schmerz dabei.

»Atli Eisenseite ist unser bester Schwertmann«, sagte Regnar. »Er ist heilkundig und steht im Bunde mit Sif, der schönsten aller Frauen, die goldenes Haar hat. Wer sie um Beistand bittet, dem hilft sie womöglich. Vielleicht steht sie dir bei und du kannst deine Hände wieder gebrauchen. Wahrscheinlich ist das nicht, denn du bist kein Nordmann, sondern nur ein Sachse und dazu ein halber Christ und wirst den Brand bekommen und deine Hände werden zuerst sterben. Wir werden dir einen Gefallen tun und dich vorher ersäufen.«

Wer Sif sei und Ragnar Lodbrok, wollte Mathes fragen, aber Regnar hatte sich abgewandt und das Gespräch war beendet. Nicht der Däne, sondern der Schmerz war jetzt sein Herr. Er brannte Mathes nieder und machte es ihm schwarz vor den Augen, dass er seine Hände nicht mehr sehen konnte, die zu grauen Klumpen geworden waren, nicht das Langschiff mit seiner Mutter und nicht das jenseitige Ufer, an dem dunkle Bäume langsam vorüberglitten, als müssten auch sie fort und wären nicht angewachsen. Mathes dachte, die schöne Frau mit dem goldenen Haar, die will ich bitten, meine Hände zu heilen, damit ich Mutter und Schwester retten und meinen Vater rächen kann. Schaden würde es bestimmt nicht. Es schien ohnehin besser, kein Christ zu sein.

Die Mutter hatte sich vor Jahren taufen lassen, bald nachdem sie und Vater zur Hammaburg gekommen waren und ihre Hütte gebaut hatten. Und doch war sie geschändet und geraubt worden. Der Gott der Christen hatte sie nicht beschützt. Der Vater hatte sich nicht taufen lassen wollen. »Warum soll ich dem Teufel, allem Teufelsdienst und Teufelswerken abschwören, wie sie es sagen, und verlangen, wenn ich gar nicht an den Teufel glaube und anstelle des Christengottes lieber die Sonne anbete, deren Wärme uns das Leben spendet, und Wodan, der das Wetter braut?« Ihm war es egal gewesen, ob er sich einem fränkischen Christen gegenübersah oder einem sächsischen Herrn, der sich nur hatte taufen lassen, um gemeinsame Sache mit ihm zu machen.

Sein Vater hatte von der Irminsul erzählt, die die Franken gefällt hatten, und von den Tausenden Sachsen, die der Frankenkönig hatte köpfen lassen, weil sie sich nicht hatten taufen lassen wollen, ein schreckliches Blutgericht, womit sich die sogenannten Christen ewigen Zorn verdient hätten. Vor mehr als zwei Menschenaltern sei das geschehen, hatte der Vater gesagt, und doch stehe dieses Blutgericht in der Erinnerung eines jeden Sachsen, der Ehre und Gewissen habe, und so werde es noch viele Menschenalter bleiben. Dennoch, der Vater war des kirchlichen Drängens überdrüssig geworden, ihm musste um der Familie willen die nächste Mahlzeit wichtiger sein als der rechte Glaube. Zuerst das Brot, das galt immer. Er selbst sei getauft worden, hatte er dem Bischof vorgelogen, damals an der Weser, als er bei den Chauken gewesen sei, von wo er Mutter mitgebracht habe.

Die Eltern hatten zwei Kinder zu Grabe tragen müssen, einen

Jungen und ein Mädchen, die geboren worden waren, als Mathes dem Vater bereits bei seiner Arbeit hatte helfen können. Die waren vom Bischof in geweihte Erde gelegt worden. Der Vater hatte, gemeinsam mit Mathes, seinem Ältesten, heimlich dem Grab beigegeben, was für die Reise über den Fluss ins Jenseits vonnöten war, einen Beutel mit Einkorn, ein hölzernes Amulett und Pfeil und Bogen. Und was Mathes betraf, hatte sich Vater zuletzt mit der Taufe einverstanden erklärt, allein wegen der Geschäfte, denn was sei schon dran an einer Kelle Wasser? Es lief ja nur über den Kopf und nicht hinein.

Dennoch, die Taufe war unterblieben, weil der Bischof nicht die rechte Zeit gefunden und Mathes wichtige Pflichten vorgeschützt und Ausreden gehabt hatte. So war er, wie die Christen sagten, ein Heide geblieben wie der Vater. Und als Heide wollte er sterben wie der Vater, wenn seine Hände den Brand bekommen würden. Und wenn nicht, wollte er an nichts anderes denken als daran, wie er Mutter und Schwester befreien könnte. Er würde von diesen Räubern und Ungeheuern fliehen, fort von ihnen. Und niemals würde er am Leben mit den Räubern Gefallen finden. Immerhin schienen sie ihn am Leben halten zu wollen, sonst hätten sie ihn längst getötet. Und Wasser zum Trinken hätte er auch nicht erhalten.

»*Hæ!*«, rief es vorn am Bug, nur einmal.

Der Trommelschlag war verstummt, die Ruderblätter blieben eingezogen. Der Ostwind, der mit der Ebbe eingesetzt hatte, trieb das Schiff westwärts, wo der Fluss in ein großes Meer münden sollte, er blies in das Segel, ein riesiges, fast quadratisches Stück Tuch in breiten grauen und braunen Streifen, das oben und unten an zwei Querbalken befestigt war, die wiederum ein Kreuz mit dem Mast bildeten. Der Bug tauchte tief in die Wellen ein und die Gischt spritzte hoch gegen die Schilde auf dem Dollbord.

Das Segel wurde schräg gestellt. Das Schiff bewegte sich nach links, auf das südliche Ufer der Elbe zu. Die Mündung eines Flusses tauchte auf im Schilf-und-Baum-Gürtel entlang des Ufers. Was würde geschehen?

7

Im schärfsten Galopp kehrte der Kundschafter zurück. Er hatte rote Augen und rief aus, bevor er heran war. Graf Bernhard schnitt ihm mit einer heftigen Bewegung das Wort ab und gab seinem Pferd die Sporen.

Obwohl sich Ansgar gewappnet hatte gegen den Anblick, der ihn erwartete, grauste es ihn, als er die niedergebrannte Kirche sah. Und als er durch das Nordtor auf die Hammaburg ritt, stöhnte er auf und seine Augen wollten sich schließen. Wehe, wehe! Es war, als wäre er da, der Jüngste Tag, und der Höllenfürst hätte die Herrschaft und seine Henker und Folterknechte ausgeschickt.

Auf dem Platz zwischen Kloster und Verwaltungs- und Wohngebäuden lagen viele Leichen. Männer, Frauen, Kinder – niemanden hatten sie verschont, die verfluchten Räuber. Die Kirche, das stolze Werk vieler Hände, war eine Ruine. Das eingestürzte Gebälk qualmte, Flammen flackerten aus der Glut auf und ihre Hitze hinderte sie am Näherkommen. Die Vorratshäuser leer, das Vieh geschlachtet und fortgetragen, die Wohngebäude niedergerissen, zerstört, auch sie ein Raub der Flammen, das Kloster eine rauchende Ruine.

Die Geflohenen knieten nieder bei den umherliegenden Leibern, ob vielleicht noch Leben in ihnen wäre, und wenn nur ein Funke. Sie beteten und fluchten, sie schworen Rache, rauften Haare und Kleidung, sie weinten oder schwiegen. Für jedes Geschehen unter dem Himmel gibt es eine Zeit, stand geschrieben, und das war die Zeit zum Töten und zum Sterben, zum Niederreißen, zum Klagen und zum Weinen, die Zeit zum Hassen und die Zeit zum Schweigen.

Viele der Opfer waren von hinten erschlagen oder niedergestochen und zerhackt worden, sie hatten fliehen wollen, sie waren nicht im Kampf gefallen. Die Frau, die zur Rückkehr gerufen hatte, fand ihren Mann, seine Hände waren in die Erde gekrampft, seine abgehackten Füße weit hinter sich. Kinder lagen mit eingeschlagenen Schädeln neben ihren geschändeten Müttern, die Sonne trocknete ihre toten Augen. Die Dänen hatten töten und die Herren sein wollen über das Leben. Warum?

Noch nie hatte sich Ansgar so machtlos gefühlt.

Er ging wie taub zwischen den rauchenden Trümmern umher, ohne Tat und Ziel, den in Lumpen eingebundenen Krug mit den Reliquien unter den Arm gepresst, rang er die Hände, schlug sie sich vors Gesicht und murmelte vor sich hin.

Vierzehn Jahre hatte er hier in unablässiger Tätigkeit verbracht mit dem Auftrag, die Abodriten und Wenden Nordalbingiens, dem nördlichsten Teil des dreigeteilten karolingischen Reichs, zum Christentum und zu Gott zu bekehren. Unzählige Reisen hatte er unternommen, bis hin zum Danewerk, hinter dem die Stadt Haithabu lag, und zurückgekehrt war er stets nach Hause, so hatte er es gefühlt. Er hatte hier, seit seiner Absendung vom Kloster Corvey, seine Bestimmung gefunden, als die Hammaburg Sitz eines Erzbischofs unter seiner Leitung geworden war. Er hatte den Ringwall, den Wallgraben und das Plankenwerk ertüchtigen, vor allem hatte er die Marienkirche errichten lassen, außerhalb des Ringwalls vor dem Nordtor, da für sie kein Platz mehr gewesen war. Ungeschützt, aber das machte keinen Unterschied.

Obwohl kleiner als andere Kirchen im Süden, hatte sie, dreischiffig, fünfunddreißig mal zwanzig Fuß, fast allen Erwachsenen Platz zum Gebet geboten. Nichts davon war mehr da. Eine Schule hatte er eingerichtet, das Große Haus war das Zentrum der Burg und ihrer mehr als zweihundert Bewohner gewesen. Alles war vernichtet, das Werk vieler emsiger Hände, zu Gottes Ehren, vernichtet von Heiden. Hatten sie zeigen wollen, dass ihre verfluchten Götter mächtiger waren als Gott der Allmächtige, der seinen eigenen Sohn geopfert hatte?

Plötzlich liefen drei Kinder aus einem der zusammengebrochenen Wohnhäuser herbei. Ihnen folgte ein Mann. Sie hatten sich in einem Erdkeller versteckt und waren verschont worden. Es waren Geschwister und ihr Vater, die ihre Mutter unter den heimkehrenden Flüchtigen wiederfanden. Jauchzend fiel sich die Familie in die Arme, während andere Mütter über den Leichen ihrer Kinder weinten. Die Überlebenden krochen aus den Trümmern, verletzte und unversehrte. Andere, die sich in Schilf und Büschen versteckt hatten, kamen von außerhalb des Ringwalls dazu. Einige waren gar in die Priele eingetaucht, hatten nur die Nasen ausstecken lassen und wären fast erfroren. Und wieder andere kamen von entfernteren Bauernwurten und den Handwerkerhäusern außerhalb der Burg her.

»Mein Gott!«, flehte Ansgar und streckte die Hände zum Himmel. »Hast du uns verlassen?« Den Reliquienkrug hatte er endlich abgelegt, dieser Hölle war auch mit den vertrockneten Resten von Willehads Leiche nicht beizukommen. »*Deus aemulator et ulciscens, Dominus ulciscens. Dominus et habens furorem ulciscens Dominus in hostes suos et irascens ipse inimicis suis*«, murmelte er.

»Was?«, fragte Bernhard.

»Der Herr ist ein eifriger Gott und ein Rächer, ja, ein Rächer ist der Herr und zornig. Der Herr ist ein Rächer wider seine Widersacher und der es seinen Feinden nicht vergessen wird!« Den letzten Halbsatz rief Ansgar, so laut er konnte, denn es sollte eine Beschwörung sein. »So ungefähr jedenfalls«, fügte er leise hinzu. Es war nicht leicht, den lateinischen Text in die eigene Sprache zu setzen.

»Glaubt Ihr das noch, nach dem, was hier geschehen ist?«, fragte der Graf. »Dass Gott für uns Rache nimmt?« Und gab sich selbst die Antwort: »Können wir uns rächen? Nein, das können wir nicht. Sie sind mächtiger als wir, mit diesen verdammten Schiffen, die so schnell sind, als hätte der Teufel selbst sie gebaut.«

Diesen Schiffsmännern war nichts anzuhaben. Ihre Überfälle waren wie Blitz, Donner und Sturmflut, man konnte sich nicht wehren.

Ansgar klappte die Arme auseinander.

»Liebe deinen Nächsten wie dich selbst«, sagte Bernhard. »So steht es geschrieben, oder nicht? So habt Ihr es gepredigt, unzählige Male. Nun sagt, liebt Ihr die Dänen, die Frauen, Kinder und friedliche Mönche umbringen? Wie soll das gehen?«

Ansgar klappte die Arme noch einmal auseinander.

»Ich weiß es nicht. Ich weiß es nicht. Es schien so leicht.« Plötzlich rief er mit einer Stimme, die donnerte, als wollte er, dass die Toten wiederauferstehen: »Himmel sackerment! Dass euch der Teufel hole! Ich verfluche euch im Namen Gottes, der Heiligen Jungfrau und unseres Herrn Jesus Christus und aller Heiligen! Dass die Raben euch fressen! Stinkende Tellerlecker! Kuhgeher! Euer Bauchfluss sei gelb wie Hühnerdreck! Eure Gemächte sollen verfaulen! Die Schwindsucht soll euch ankommen, die Wassersucht, die Gicht, das Ohrensausen, das …!«

Ansgars Stimme überschlug sich, er zählte alle Krankheiten auf, bis ihm der Speichel aus den Mundwinkeln troff, er machte alle Heiligen zu seinen Zeugen und verpflichtete sie, den Räubern Übles anzutun.

Irgendwann hielt Ansgar heiser und erschöpft inne und sah sich nach Luft ringend um, als wäre er das erste Mal auf der Hammaburg. Und so war es auch. So hatte er sie noch nie gesehen. Sprüche helfen hier nicht, dachte er, weder Gebete noch meine verfluchten Zungensünden, die ich nicht unterlassen kann, und es nützt wenig zu fuchteln, als wollte ich fliegen lernen. Lächerlich ist meine Wut, weil sie kein Ziel hat. Wenn Gott uns nicht hilft in der größten Not, müssen wir uns selbst helfen, und dann, vielleicht, hilft uns Gott.

Man musste zuerst die Verwundeten versorgen und den Sterbenden beistehen, anschließend die Toten bestatten und Ordnung schaffen, so viel instand setzen, wie zum Weiterleben notwendig war. Die Dänen waren nicht ausgeschwärmt. Sie hatten die umliegenden Bauernhöfe nicht angegriffen. Die meiste Saat auf den Feldern war schon ausgebracht, die Dänen hatten sich nicht die Mühe gemacht, sie zu zerstören. Ob man genug Vorräte würde schaffen können für den nächsten Winter?

Der Frühling regierte, der Sommer stand vor der Tür. Bald würde man das Vieh auf die Weiden treiben, wo es sich selbst ernähren konnte. Die Gebäude waren so gut wie alle unbewohnbar. Sie hatten fünf Monate Zeit, neue zu bauen, neue Vorräte zu schaffen, sich auf den nächsten Winter vorzubereiten. Eine lange Zeit, die bei allem, was zu tun war, zu kurz sein konnte. Außerdem musste man gerüstet sein gegen den nächsten Überfall. Denn es war klar, der Angriff hatte sich nicht gegen die Sachsen gerichtet, sondern gegen die fränkische Obrigkeit, gegen den König der Franken selbst, Ludwig den Deutschen, der hier der Herrscher war mit seinem nördlichsten Posten. Man war in Gefahr. Umso mehr, würde die Hammaburg wiederhergestellt sein.

Sollte er womöglich weichen und fortgehen?

Man durfte nicht rasten. Zuerst, wer lebte noch und wer war zur Arbeit in der Lage?

Ansgar bat Bernhard, seine Mannen antreten zu lassen und die notwendigen Befehle zu geben. Ochsen sollten beschafft und geschlachtet werden, damit Fleisch in großen Mengen zur Verfügung stand, eine kostbare Speise, die rar war und selten im Frühling, wenn das Vieh halb verhungert auf die Weiden mehr gezogen als getrieben wurde. Nur wer satt war, konnte Hoffnung schöpfen, und die brauchte man fast mehr als ein Dach über dem Kopf. Das Leben musste weitergehen. Es stand niemals still.

Die zwanzig Leute, mit denen Graf Bernhard unterwegs gewesen war, waren gottlob unversehrt. Unter den Wachmannschaften, die auf der Burg verblieben waren, gab es viele Tote und Verschleppte. Wehrfähig waren nur wenige. Auch von den Bewohnern der Burg waren schrecklich viele tot.

Die meisten Toten und Entführten beklagten die Mönche. Auf sie hatten es die Dänen wohl besonders abgesehen. Allein unten vor der Landungsbrücke lagen sieben, die Feinde hatten sie hingeführt, um sie dort zu ermorden. Sie hatten ihnen alle Kleider genommen. Keines ihrer Opfer hatte eine Waffe getragen. Jeder Mönch war auf eine andere Weise hingerichtet worden, der eine grausamer als der andere, so grausam, dass Ansgar beschloss, das, was er gesehen hatte, in keine Chronik aufzunehmen, nur dass sie Märtyrer geworden waren und eines ewigen Lebens sicher, zu Füßen des Allmächtigen. Das war wenig tröstlich für die Lebenden. Bruder Christopherus war nicht dabei. Er musste unter den Geraubten sein.

»Wann werdet Ihr aufbrechen, den Zins im Süden einzutreiben?«, wollte Ansgar wissen.

Die zweite Zensusreise in den Süden müsse warten, antwortete Bernhard, obwohl die Einnahmen dringend für den Wiederaufbau erforderlich seien. »Stethu ist in Gefahr. Ich muss hin und auf dem

Weg meine Schwester und ihre Familie in Herseveld warnen, ihnen beistehen, falls es nötig ist.«

Ansgar hatte den Krug mit den Reliquien nicht losgelassen. Wo sollte er ihn bergen? Der Krug war ein kostbares Stück, das er aus seiner Zeit in Corvey mitgebracht hatte. Er stammte aus der Töpferei Rottmünde, das man von Corvey aus, hatte man erst die Weser überquert, im zwölften Teil eines Sommertags erreichen konnte. Er war gefertigt worden aus Lehmwülsten auf einer sich drehenden Scheibe und fast unbeschädigt, nur vom Rand an der Öffnung waren drei kleine Stücke abgebrochen. Der Krug erinnerte Ansgar nicht nur an seine glückliche Zeit in Corvey, sondern auch an sein Gelübde, unter dessen schwerer Pflicht er stand. Er wollte eine Vita religiosa führen, ein bedingungslos religiöses Leben. Er wollte sein Leben der Bekehrung der Heiden im Norden widmen, was dringend erforderlich war. Das war ihm jetzt klarer als je zuvor, denn wer außer Christus würde diese Schiffsmänner lehren können, was Gnade ist?

Vorhin hatte er noch geglaubt, der Mut hätte ihn für alle Zeit verlassen. Nun, da er in diesem Krug die Gebeine eines Heiligen trug, zwischen weinenden und stöhnenden Menschen und rauchenden Trümmern auf der Hammaburg, an diesem 12. April im Jahre des Herrn 845, fühlte er sich entschlossener als jemals zuvor. Eben noch dünkte er sich schwach und ohnmächtig. Jetzt fühlte er, wie die Kraft der Reliquien ihn füllte. Er würde es nicht zulassen, dass das Böse ihn von seinem Gelübde entzweite.

Er würde eine Kirche in Haithabu gründen. Dort wimmelte es von Heiden, dort war der Heide Horik ihm noch näher am Pelz. Der würde danach trachten, Ansgar einen Kopf kürzer zu machen, ließe er sich dort blicken. Die Hammaburg war leicht zu schleifen gewesen.

Nach allem, was man wusste, war Haithabu die größte Stadt des Nordens. Dort sollten mehr als zweimal tausend Menschen leben. Die Stadt war von einem mächtigen Ringwall umgürtet, ganz zu schweigen vom Danewerk mit seinen Wehrgräben und Ziegelmauern. War Haithabu zum Christentum bekehrt, hatte Gott Einfluss auf den ganzen Norden. Denn da trafen sich Händler von überall her. Vielleicht hatte der Allmächtige diese Katastrophe gar zugelassen, um ihn, Ansgar, in den Norden zu senden. Und war nicht Harald Klak bis vor fast zwanzig Jahren der König von Jütland gewesen, also auch von Haithabu, und hatte er sich nicht taufen lassen, mitsamt Frau, Sohn und Gefolge im Stift St. Alban? War nicht König Ludwig sein Pate geworden und hatte nicht er, Ansgar, seinerzeit der Vorsteher der Klosterschule von Corvey, Harald auf dem Weg zurück nach Jütland zusammen mit vielen Mönchen begleitet, die Gottes Wort nach Haithabu tragen sollten und darüber hinaus in den Norden? Daraus war nichts geworden. Horik hatte Harald vertrieben, die Mönche waren, soweit er sie nicht umgebracht hatte, geflohen und das Bekehrungswerk von Haithabu war unterblieben. Wann war je ein großes Werk beim ersten Versuch Wirklichkeit geworden? Man musste es ein zweites Mal versuchen, und wenn es sein musste, auch ein drittes.

Dafür brauchte er Zeit und Unterstützung, und die erhielt er nur in Bremen. Vor allem brauchte er neue Bücher. Auf der Hammaburg gab es keine mehr. Sie waren alle verbrannt. Sogar die fünf Bände der kostbaren Bibel waren verloren, ein Mönch in Corbie hatte sie in der neuen karolingischen Minuskel kopiert, abgeschrieben von der Bibel des Abts Maurdramnus, die allein das unverfälschte Wort Gottes enthielt. Er hatte gehofft, irgendwann die anderen sieben Bände in seinem Skriptorium zu sehen, und nun hatte er gar nichts mehr. Doch lieber wollte Ansgar gar keine Bibel haben als eine, der man nicht trauen konnte. Falsche Worte führten zu falscher Lehre und die kostete den, der sie verbreitete, die Seligkeit des ewigen Lebens, eine Erkenntnis, die der Große Karl im ganzen Frankenreich zum Gesetz erhoben hatte.

»Der Herr hat's gegeben, der Herr hat's genommen, wie es dem Herrn gefallen hat!«, rief Ansgar. »Der Name des Herrn sei gepriesen!«

Plötzlich hatte er Hunger. Er hatte an diesem grausamen Tag nichts gegessen.

»Macht ein Bratfeuer!«, rief er, noch lauter und ohne des Grafen Bernhard zu achten. »Wer kann den ersten Ochsen schlachten?«

8

Stethu war ein Handelsort, den man, linksseitig von der Elbe abzweigend, über einen sich durch die Marschen windenden Fluss schnell erreichen konnte. Die Leute von der Hammaburg pflegten oft dorthin zu reisen, wegen des Handels, meistens zu Wasser.

Die Schiffsmänner landeten am Ufer der Elbe, nicht weit von der Mündung des Flüsschens, machten aber kein Lager, sondern schickten nur zwei Kundschafter aus. Als sie zurückgekehrt waren, gingen alle wieder an Bord und ruderten hinüber zum nördlichen Ufer der Elbe, wo man sich zur Nacht lagerte.

Die Dänen schlugen zwei Schiffslängen vom Ufer entfernt Pfähle in den Grund des Flusses, befestigten ihre Schiffe daran und legten eines längsseits an das andere, sodass man von Bord zu Bord gehen konnte. Dort, wo der Segelbaum schwenkte und keine Ruderer saßen, befand sich die größte freie Fläche. Sie war mit einem Tuch überspannt worden, darunter mussten die Entführten die Nacht verbringen. Über die Dollborde hinweg konnte man sich umsehen. Einige Ruderbänke entfernt saß ein Däne. Er hatte seinen Sax vor sich auf die nächste Bank gelegt. Es bestand kein Zweifel, an eine Flucht war nicht zu denken.

Mathes bemerkte erst jetzt, dass er nicht allein war. Er hatte die Fahrt im Heck des Schiffs verbracht, wohin ihn der Däne geschleppt hatte. Der Schmerz hatte ihm die Wahrnehmung für alles andere genommen. Vielleicht war er öfter ohnmächtig gewesen, er konnte sich nicht an den Lauf der Zeit erinnern. Neben ihm lagen und saßen die Kinder. Sie hatten in der Nachbarschaft gewohnt, Geraubte wie er. Schweigend und mit trockenen Augen hockten sie neben ihm.

Die Älteste hieß Irmin, sie war größer als Mathes. Ihre Eltern hatten auf den Äckern der Hammaburg gearbeitet und Körbe geflochten, sie war schon einem Mann versprochen, denn sie würde bald eine Frau sein. Ihre Augen waren von der Farbe frisch aufgeblühter Veilchen. Neben ihr fühlte er sich wie ein Kind, besonders wegen seiner Stimme, die wie ein bockiges Pferd war und auf und ab sprang. So wie Mutter hatte sie ihr Gesicht mit Dreck schmutzig und hässlich gemacht.

Die Nacht senkte ihre schwarze Hand auf die Gefangenen. Es war still. Nur das Wasser gurgelte entlang der Bordwände. Manchmal warf es den Schein der Feuer zurück, die am Ufer lohten. Darüber brieten geraubtes Federvieh und ganze Schafe. Man konnte das Fleisch riechen und die verhaltenen Gespräche der Räuber hören, mitunter ein unterdrücktes Lachen. Offensichtlich bemühten sich die Räuber, leise zu sein. Die Gefangenen hatten Brot bekommen und Wasser. Mathes wunderte sich, dass er essen konnte, seine Hände gehorchten ihm. Der Hunger besiegte den Schmerz.

»Kinder? Seid ihr noch da?«, flüsterte es von jenseits der Bordwand.

Mathes reckte den Hals. »Wer bist du?«

»Christopherus. Bruder Christopherus. Wie geht es deinen Händen?«

»Sie brennen. Die ganze Zeit.«

Mathes atmete auf. Also hatten sie nicht alle Mönche umgebracht. Christopherus war nur als Sklave fortgeführt worden, der lange Mönch mit dem großen Kopf, der ein wenig vornübergebeugt ging, sodass seine Tonsur bereits von Weitem leuchtete. Mit den Kindern hatte er gern gescherzt. Er war dem Erzbischof von Corvey nach Bremen und von dort zur Hammaburg gefolgt, um die sieben freien Künste zu lehren: Grammatik, Rhetorik, Dialektik, Arithmetik, Geometrie, Musik und Astronomie. Ohne diese Künste, hatte er immer gesagt, sei es nicht möglich, den Sinn der Dinge zu erkennen, die der Schöpfer in der Natur erschaffen habe. Jetzt sah Mathes den Kopf des Mönchs gegen den Himmel, die Tonsur schimmerte so nah, dass er ihn hätte berühren können. Er hörte Flüstern. Offenbar lagen neben Christopherus weitere Gefangene.

»Deine Mutter wird wieder gesund werden. Und ich denke, auch deine Schwester. Die Verbrennung ist nicht so groß. Sie wird es schaffen.«

»Gott sei Dank!«, rief Mathes, erschrak und blickte zum Wachposten hin, der sich nicht zu rühren schien.

»Ihr wolltet den Bruder Nikodemus retten«, sagte Mathes.

»Gott hat es nicht zugelassen.«

»Ihr wart sehr mutig.«

»Manchmal muss man Angst haben, um sich zu retten, und manchmal Mut. Und manchmal wird man vor lauter Angst mutig. Die Dänen hassen Feigheit. Es ist besser, frech zu sein. Ein wenig und nicht zu viel.«

»Das habe ich auch schon gemerkt«, sagte Mathes.

»Was werden sie mit uns tun?«, fragte Irmin.

Mathes spürte, dass sie neben ihn rückte, um Christopherus besser verstehen zu können.

Christopherus schwieg und sagte nach einigen langen Atemzügen: »Sie werden uns fortbringen, in die Sklaverei. Vielleicht sehr weit. Wir müssen uns fügen und für sie arbeiten. Verkaufen sie uns, irgendwann, irgendwohin, müssen wir für andere arbeiten.«

»Werden sie mich an einen Mann verkaufen?«, fragte Irmin.

»Das ist möglich, meine Tochter.«

»Dann will ich lieber sterben wie meine Mutter und mein Vater!«

»Der Allmächtige bestimmt, was mit uns geschieht«, sagte Christopherus leise.

»Über mich soll er nicht bestimmen. Ich will nicht die Sklavin eines Mannes sein. Eher werde ich sterben und ins Wasser springen!«

»Du weißt es jetzt noch nicht«, sagte Mathes. »Vielleicht musst du nur arbeiten, so wie ich, und kannst leben.« Haben wir ein Problem, haben die Frauen zwei, dachte Mathes. Das war ungerecht.

»Werden wir je zurückkommen?«

Christopherus schwieg.

»Ich weiß es nicht«, sagte er schließlich. »Ich bin auch ein Geraubter, wie ihr.«

»Warum lässt Gott es zu, dass die Nordmänner siegen, obwohl sie Heiden sind?«, fragte Irmin.

»Niemand kennt die Wege des Herrn.«

»Vielleicht hilft er uns doch, in unserer Gefangenschaft«, wandte Mathes ein.

»Wir müssen unser Schicksal annehmen und vertrauen«, flüsterte Christopherus.

»Ob meine Hände wieder gut werden?« Mathes hielt die verbundenen Klumpen in die Höhe, obwohl fast nichts zu sehen war.

»Ich kann dir leider nicht helfen«, antwortete Christopherus. »Immerhin haben sie dich verbunden. Meine Arzneien sind nun wohl alle vernichtet. Der Klostergarten …« Er hielt inne.

Mathes wusste, wovon er sprach. Vom Karlsgarten, wie Christopherus ihn nannte. Über zwanzig verschiedene Heil- und Gemüsepflanzen waren dort angebaut worden, selbst Thymian, seine Lieblingspflanze, hatte er durch die Winter gebracht. Zwanzig von dreiundsiebzig immerhin und mehrere Obstbäume, deren Anbau der Große Karl im siebzigsten Kapitel seines *Capitulare de Villis* befohlen hatte.

Davon hatte Christopherus in der Klosterschule berichtet, mit Freude und Stolz. Alles vernichtet. Ganz zu schweigen von den antiken Werken des Vergil und Horaz, auf die Christopherus besonders stolz gewesen war, im Gegensatz zu Ansgar, der ihnen misstraute, weil sie aus heidnischer Zeit stammten und Gott nicht huldigten. Ansgar hatte nach dem Vorbild von Corvey ein Skriptorium aufgebaut, in dem, unter der Aufsicht von Christopherus, die berühmten Werke kopiert worden waren. Vergil und Horaz, so weit im Norden! Auch das alles vernichtet. Ein großer Schatz der Zivilisation war an diese Räuber und Zerstörer verloren gegangen. Es war nichts mehr übrig außer rauchenden Trümmern. Ihre Weisheiten waren dennoch nicht verloren dem, der sie studiert hatte. An eine, die Christopherus zitiert hatte, erinnerte sich Mathes: *Wer über See geht, der wechselt den Himmel, nicht den Charakter.* War das richtig? Würde er derselbe bleiben, obwohl er sich schon jetzt als ein anderer fühlte?

»Wir könnten beten«, sagte Christopherus. Er wartete einige Atemzüge lang und sprach: »Herr, der du uns beschützest, wir sprechen zu dir in unserer Not. Es gibt Tage, an denen die Last, die wir zu tragen haben, tief in unsere Schultern schneidet und uns niederdrückt, dass wir glauben, nicht mehr leben zu können. Es gibt Nächte, in denen der Weg unseres Lebens uns trostlos und unendlich erscheint und der Himmel über uns grau und bedrückend ist und wir keine Hoffnung mehr haben, wo unsere Herzen weinen und unsere Seelen ihre Zuversicht verlieren, Herr, gib uns Hoffnung und beschütze uns …«

»Amen«, flüsterte Irmin mit dünner Stimme.

Als Mathes wieder sprechen konnte, sagte er: »Meint Ihr, das hilft?«

»Oh ja«, erwiderte Christopherus. »Ein Gebet hilft uns, den Mut zu bewahren, ihn nicht zu verlieren. Das ist die Hauptsache, dass wir nicht verzweifeln. Gott gibt uns Mut, wenn wir zu ihm beten.«

»Und? Hilft Gott?«, wollte Mathes wissen.

»Gott ist nicht unser Handlanger, der springt, wenn wir beten. Kein Freier würde das tun, oder? Gott hat seine eigenen unergründlichen Wege.«

Mathes tauchte die Hände abermals ins Wasser und stöhnte auf. Große Brandblasen hatten sich gebildet. Sie juckten und er hätte sie aufgerissen, wäre der Schmerz nicht gewesen. Er hätte Christopherus gern von Sif erzählt, der Frau mit den goldenen Haaren, und ihn gefragt, ob er sie kannte. Aber das traute er sich nicht.

»Was ist mit deinem Vater?«

»Sie haben ihn umgebracht«, antwortete Mathes. »Ich habe …« Seine Stimme versagte. Nie würde er den Anblick des Mörders vergessen. Wie ein Tier hatte er im Haus nach Beute gewittert, nachdem er den Vater … »Sind die Nordmänner keine Menschen, sondern Tiere?«

»Sie sind Heiden.«

»Sind Heiden keine Menschen?«

»Alle sind Menschen. Heiden benehmen sich mitunter wie Tiere. Und wenn man ehrlich ist, gilt das auch für viele Christen.«

»Ihr seid doch kein Tier!«

»Ich hoffe nicht«, flüsterte Christopherus. »Ich bin nur ein schwacher Mensch.«

»Sind die Christen besser als Heiden?«

»Ich weiß es nicht. Jedenfalls haben sie die Möglichkeit dazu. Der Mensch ist ein schwaches Wesen.«

Es gab viel, was er Christopherus hätte fragen wollen. Zum Beispiel, warum ein Heide in einer anderen Sprache als seiner Muttersprache Gedichte sprach, bevor er jemanden ermorden ließ.

»Was wird morgen sein?«, fragte Mathes nur, denn eine weitere Zukunft konnte er sich nicht mehr vorstellen.

Plötzlich Geschrei am Ufer. Schiffsmänner sprangen über die Flammen und liefen ins Dunkle. Ein Reiter sprengte durch das Lager, im Feuerschein seine erhobene Faust mit einem Schwert, das nach rechts und links hieb, sein fliegender Haarschopf.

»Weg da, weg!«

Der Reiter verschwand, das Geschrei blieb eine Weile, ebbte ab und verstummte. Der Wachmann an Bord hatte sich erhoben. Er ließ seinen Sax von der einen in die andere Hand gleiten. Die Klinge blitzte bläulich im Mondlicht. Langsam ließ er sich wieder nieder.

»Wer war das?«, wisperte Mathes. »Es muss ein Sachse gewesen sein.«

»Ja«, sagte Christopherus. »Es sieht so aus, als wäre das einer von unseren Leuten gewesen. Er kam von Osten her und ist nach Westen geritten, dorthin, wo Esesfelth liegt.«

»Sie haben ihn nicht gefangen, oder?«

»Ich glaube nicht, Junge. Wir würden das mitbekommen. Sieh, sie stehen und reden aufeinander ein. Sie streiten sich. Und jetzt stößt der eine den anderen um. Der steht auf und will dem Angreifer an den Kragen. Man hält ihn fest!«

»Was hat das zu bedeuten?«, wollte Mathes wissen.

»Wenn du mich fragst, haben sie einen Posten ausgestellt, weit vor dem Lager. Der ist wohl eingeschlafen und hat den Reiter nicht bemerkt und der Reiter den Posten nicht. So ist er dem Lager so nah gekommen, bis es für ihn zu spät war, und er konnte nicht mehr zurück.«

»Das Feuer, das muss er doch gesehen haben.«

»Wer weiß?«, überlegte Christopherus laut. »Vielleicht haben ihn irgendwelche Dänen überrascht, die weit außerhalb des Lagers waren, vielleicht beim Feuerholzsuchen, oder andere, die als Wachen ausgestellt waren, haben ihm den Rückweg versperrt. Und dann haben die Leute am Feuer ihn bemerkt, vielleicht hatten sich einige schon zum Schlafen hingelegt. Der Reiter hat seinem Pferd die Sporen gegeben und sie niedergeritten und sich mit dem Schwert durchgehauen, bevor die Schiffsmänner zu den Waffen greifen konnten. Ha! Ein tüchtiger Kerl! Graf Bernhard hat ihn nach der Burg Esesfelth geschickt.«

»Meint Ihr, es kommt Hilfe?«

»Das können wir nicht wissen«, flüsterte Christopherus. »Wir können nur hoffen. Wir müssen hoffen! Und auf alles vorbereitet sein. Wirst du schlafen können?«

Jetzt war der Schmerz wieder da. Mathes hatte ihn nicht gespürt. »Ich will es versuchen.«

»Du brauchst jeden Funken Kraft, Junge. Gute Nacht. Der Allmächtige beschütze dich.«

Mathes fror. Er war müde und kraftlos wie ein Sterbender von diesem Tag, an dem er erwachsen geworden war. Von jetzt an würde es wohl keinen Abend mehr geben, an dem er sich nicht vor dem Morgen fürchten würde, und keinen Morgen, der einen sicheren Abend versprach. Er war allein und für sich selbst verantwortlich. Und er würde niemandem verraten, dass er ein kleines Schabemesser im Stiefel trug.

9

Mit dem ersten Licht des folgenden Tages verließen sechs Reiter die Hammaburg und den Umkreis der besiedelten Wurten, Weiden und Felder. Die Sorge um seine Familie trieb Bernhard nach Herseveld, dem Sitz des Grafen von Stethu. Weil man die Dänen noch in der Nähe vermutete, verbot sich der Seeweg. Sie mussten den beschwerlichen Pfad durch die Sümpfe nehmen. Er war tückisch, verlief oft auf schwankendem Grund, machte viele Windungen und verlangte Vorsicht und Zeit. Sie sputeten sich, denn es galt, das Licht zu nutzen.

Bernhard hatte fünf der tapfersten seiner Soldaten bei sich. Sie waren sein Geleit, da mit Banden und Räubern auch unter den Wigmodiern zu rechnen war. Er hatte den nächsten Morgen abwarten müssen. Der Weg nach Herseveld nahm einen ganzen Tag in Anspruch und man durfte nur bei Tageslicht reisen. Er hatte alle Anordnungen getroffen, damit wenigstens die provisorische Instandsetzung der Burg begonnen werden konnte. Der Bischof würde ein Übriges tun.

In den Schwemmgebieten des Flusses standen die Erlen- und Weidenstangen so dicht, dass es kaum ein Durchkommen gab. Man musste sie biegen, sich durchzwängen oder sie abschlagen. Ehe man sich's versah, trat man in schwarzes Wasser und tiefe Tümpel, in denen das Fußleder stecken blieb.

»Verflucht!«, schimpfte Bernhard, als ihm ein Ast ins Gesicht schlug.

Niemand reagierte, jeder hatte genug mit sich selbst zu tun.

Die Pferde zogen sie an Nesselstricken hinter sich her. Die Weiden hatten schon ausgetrieben, der Blick durchs Geäst reichte nur wenige Schritte. Der Pfad war erkennbar an den gestutzten Ästen, den Schnitt- und Bruchstellen sowie an hier und da in die Tümpel geworfenem Stangenholz, das den Füßen Halt gab. In wenigen Wochen wuchs der Pfad wieder zu, jedenfalls in der hellen Zeit. In der

dunklen wurden die elbischen Auen von den Herbst- und Winter-
fluten heimgesucht.

Diethard ging voran, er hatte ein gutes Auge, war auch der kräf-
tigste der Männer und der ausdauerndste, wenn es darum ging, im
Weg stehende Äste niederzumachen. Er hatte Bernhards Familie
in den ersten Märztagen bei Frost und Schnee in das vermeint-
lich sichere Herseveld gebracht und kannte sich aus. Kurz vor der
Zensusreise nach Nordalbingien hatte er Diethard mit dem Mönch
Alardus nach Herseveld geschickt, um Nachricht zu holen. Alardus
war einer der Märtyrer, ermordet von den Dänen.

Zwar war man im Stangenwald der Elbsümpfe vor Überfällen
halbwegs sicher. Hier hatte der Wegelagerer keinen Vorteil vor dem
Wanderer. Doch trieben Aufhocker ihr Unwesen, Ertrunkene, die
ihrem unbekannten Grab entstiegen und dem nächtlichen Wanderer auflauerten, ihm auf den Rücken sprangen, sich von ihm
tragen ließen, ihn grausten und auszehrten, bis er tot niederfiel.
Wem sich ein Untoter in den Nacken krallte, der konnte ihn weder
abschütteln noch sich umdrehen. Sein Leben erhielt nur, wen das
Licht des neuen Tages erlöste, denn das floh der Aufhocker wie
der Geißfüßige das Kreuz. Man durfte niemals den Weg verlieren
und musste vor Sonnenuntergang am Ziel sein. Es waren grausige
Gestalten, die der Huckup annehmen konnte, mal war er eine
alte Frau, mitunter ein Irrlicht oder gar ein Werwolf, ein Teufels-
bündner, dessen haariges Antlitz und gelbe Augen den Wanderer
wahnsinnig machte.

Was war das? Er fasste den Knüttel fester, den er als Gehstock,
Astbieger und Waffe trug. War da nicht ein Schatten fortgesprungen?
Hatte es dort geblitzt? Hatten sich die Äste bewegt? Hörte er ein
Kratzen?

Die Angst kroch ihm in den Nacken. Schon war er ein Dutzend
Schritte zurückgefallen, hob sein Schwert, stützte sich auf seinen
Knüttel und buchstabierte, gerade so laut, dass er sich selbst hörte,
mit zitternder Stimme, was er sich eingeprägt, wieder und wieder
im Gedanken aufgesagt hatte.

»Nx vukl lkh bidbn dfnrkhchbn erkst
Thfmbnnflkh chfs chekst
Thfrdfn dkvvfl gk bbnt
Vuklkh thfn xrfidpn
Slbhb mkt tfn cpl bpn.«

Niemand hatte die Teufelsbeschwörung gehört. Und niemand durfte
sie hören, sollte sie wirksam sein. Vor allem durfte der Teufel selbst
sie nicht verstehen, weshalb es sich um einen geheimen Spruch
handelte, dessen Bedeutung nur wenigen Eingeweihten bekannt
war. Hoffentlich hatte er keine Buchstaben verwechselt. Bernhard
horchte um sich her, hielt den Atem an und spannte durchs Geäst.

Diethard war stehen geblieben und wandte sich um. »Herr Graf,
ist etwas?«

»Nichts, es ist nichts. In diesen teuflischen Sümpfen ist ein
schlechtes Fortkommen, meine ich.«

»Ja, Herr Graf, ein grimmig krummer Weg«, knurrte Diethard.
Ein lautloses Lachen spreizte seinen Bart. Er spuckte aus und hieb
einen Ast nieder.

»Geht nur, geht!«, rief Bernhard. »Nur fort von hier!«

Er wartete, bis sich die Gefährten entfernt hatten und er ihre
Schritte, das Knacken der Äste und das dumpfe Geräusch der Pfer-
dehufe nicht mehr hören konnte. Noch einmal sprach er seine Beschwörung, etwas lauter jetzt, damit es im Umkreis wirken konnte.
Er horchte, hörte nichts als das Klopfen eines Spechts und ein gars-
tiges Knarren, das wie ein Fluch aus den Tiefen des Waldes klang.

Endlich steckte er das Schwert zurück in die Scheide, klemmte
das Seil in eine Astgabel, faltete die Hände und sprach nur für sich:
»Jetzt will ich bitten den mächtigen Christus, der jedes Menschen
Rettung ist, der den Teufel in Fesseln schlug. In seinem Namen
will ich gehen, jetzt will ich den Abtrünnigen erschlagen mit dem
Knüppel.«

Er hob den Knüppel und schlug ihn so kräftig mehrmals in das
Gebüsch um sich her, wie er konnte. Dann sputete er sich, die anderen einzuholen.

Am Nachmittag hatten sie den Geestrücken erreicht und machten sich erleichtert an den Aufstieg. Der Weg wurde breiter und deutlicher, denn hier war der Boden trocken und sie befanden sich im Wald. Es duftete nach Bärlauch, Moos und moderndem Laub, der Aronstab schob sich aus der winterlichen Blätterschicht und die stille Luft war erfüllt vom Gezwitscher der Vögel. Sie konnten ihre Pferde wieder besteigen. Der Pfad wand sich durch die braunen Reste des letztjährigen Farns, der seine grünen Knoten zeigte und sich bald ausrollen würde. Aus den Kätzchen der Haselsträucher staubte es gelb, wenn man sie streifte. Die Sonne blitzte durch die noch lichten Kronen der Eichen und Buchen.

Man konnte wieder denken.

Man müsste einen besseren Weg durch die Sümpfe machen, dachte Graf Bernhard, das Astwerk entfernen und die Gangspur aufschütten, dass sie trocken liegt, und Birken an ihren Rändern pflanzen. Ihre Wurzeln würden den Weg halten. Die vielen Windungen begradigen und so die Strecke kürzer machen, dann würde ein kräftiger Läufer von der Hammaburg nach Herseveld laufen und ein anderer noch am selben Tag zurück. Man müsste einen Karrenweg herrichten, der breit genug war, Waren zu transportieren. Man müsste, man müsste. Zu viel. Man wusste manchmal nicht, wo einem der Kopf stand. Hatte man Nahrung beschafft und ein Dach über dem Kopf und Feuerung für den Winter, blieb keine Zeit, sich das Reisen zu erleichtern.

Bernhard befahl, dass jetzt Rainulf voranging und sich der Trupp auseinanderzog. Rainulf war der beste Schwertkämpfer und jenseits der Sümpfe lauerte eine andere Gefahr. Wegelagerer konnten sich im Dickicht beidseits des Wegs verstecken, sich auf abseitigen Lichtungen sammeln und den Reisenden einkreisen. Und fliehen und sich vor Verfolgung verstecken, sollte der Überfall an der Gegenwehr des Opfers scheitern. Es galt, Augen und Ohren offen zu halten und auf jede Bewegung, jedes Geräusch im Wald zu achten. Hatte man die elbischen Sümpfe hinter sich, kam man gut voran.

Bernhard dachte an den Bischof, dem er das Kommando über die Hammaburg übertragen hatte. Ansgar würde alles veranlassen, was notwendig war, um den nächsten Winter zu überstehen, dessen war sich Graf Bernhard sicher. Eigentlich wäre es seine Pflicht gewesen, auf der Hammaburg zu bleiben und den Wiederaufbau selbst zu leiten. Wenigstens hätte er einen Bericht schreiben lassen und nach Bremen schicken müssen, sofern einer der Mönche übrig war, der nicht entführt oder erschlagen worden war und schreiben konnte. Später, alles später.

Es dämmerte, als sie die ersten Lichtungen erreichten, und es war fast dunkel, als sie in Herseveld eintrafen. Der Ort bestand aus einem Haufen strohgedeckter Hütten und wenigen steinernen Häusern, von denen eines größer war als die anderen, mit einem Rundturm versehen, auf dem eine Brustwehr mit aufgemauerter Zinne thronte. Eine kleine Festung, immerhin sicherer als ein einfaches Steinhaus.

Es schauderte Bernhard, während sie den Friedhof passierten. Bei seinem letzten Besuch hatte sein Schwager ihn genötigt, mit ihm drei Gräber zu öffnen. Drei Untote, von denen es hieß, sie machten die Wälder und Moore der Umgegend unsicher. Gebete und Exorzismen hatten den Fluch nicht lösen können. Zwei der Toten waren ermordet und auf dem Friedhof bestattet worden, der dritte war ihr Mörder gewesen, den einer der Söhne der Ermordeten erschlagen und weit jenseits der Mauer am Waldesrand auf dem Schindanger verscharrt hatte, dort, wo die Tiere gehäutet wurden und der Rest für die Füchse und Raben liegen blieb. Sie hatten dem ersten einen schweren Stein auf den Kopf gelegt, den zweiten umgedreht, dass er bäuchlings lag, ihm die Füße gefesselt und den Leichnam mit Steinen beschwert. Dem dritten, dem Mörder, hatten sie den Schädel zertrümmert, einen Fels daraufgewälzt, die Unterschenkel abgeschlagen und neben den Kopf gelegt. Sie würden nicht wieder gehen können, weshalb sich Bernhard zu dieser Gruselarbeit bereitgefunden hatte, denn die Wege mussten sicher sein.

Graf Bernhard konnte nicht anders, als nach den Gräbern zu schauen. Ob die Kreuze bewegt worden waren? Der Anger schien gar frisch aufgegraben. Bernhard bekreuzigte sich. Ihm stieg der Pestgeruch der Toten in die Nase und er sah vor sich, wie sich damals im Schein des Kienspans die Würmer in den Eingeweiden umeinanderschlangen. Er zwang den Blick nach vorn und gewahrte die Wache am Turm. Er rief ihnen zu, hielt sein Gesicht so gut wie möglich ins letzte Zwielicht und wurde mit seinen Mannen eingelassen.

Der Graf, so erfuhren sie, war fort nach Stethu. Am Morgen war er aufgebrochen, Bernhards Frau und Kinder waren mit der Schwägerin gefolgt, den Markt zu besuchen, auf dem es Tücher zu kaufen geben sollte und Mutterwein aus dem Rheinland. Das behauptete der vom Grafen eingesetzte Stellvertreter, ein grimmiger Mann, der seinen Speer in einer schmutzigen Faust hielt.

Sie mussten weiter, vielleicht konnten sie das Schlimmste verhindern. Der Weg nach Stethu führte durch trockene Wälder, des Tags war es nicht viel mehr als ein Ritt von einem Fuß sommerlichen Schattens. Nun war es dunkel geworden und des Nachts konnte man leicht vom Pfad abkommen, sodass Bernhard beschloss, die müden Glieder auszuruhen und morgen aufzubrechen, im ersten Licht.

10

»Die Dänen!«, hatte er hervorgestoßen. »Die Hammaburg!«

Erst nachdem die Frau ihm einen Arm unter die Schultern geschoben und etwas Tresterwein eingeflößt hatte, wofür sie sich auf die Schlafbank neben ihn hatte knien müssen, schlug Siegbert von Vörde die Augen auf. Er starrte in das Gesicht über ihm. Ein Husten schüttelte ihn. Entweder war der Wein zu sauer und er hatte sich verschluckt oder er litt gar an Schwindsucht. Als das Feuer aufloderte und der Rauch seinen Weg aus dem Giebel fand, beruhigte er sich.

»Trinkt«, flüsterte die Frau und lächelte. Sie hatte einen weichen Blick und trug eine Haube, unter der braune Haare hervorlugten.

Er wollte sich stolz auf die Ellenbogen aufstützen, sich aufrichten, aber der Schmerz warf ihn zurück.

»Bleibt liegen«, flüsterte sie. Es klang streng. Sie schwenkte einen Kienspan und sah ihn prüfend an.

Er stöhnte auf und nickte gehorsam.

»Wo bin ich?«, krächzte er.

»Auf Burg Esesfelth«, war die Antwort.

Also doch. Er war es selbst gewesen, der vor den Dänen gewarnt hatte. Er musste ohnmächtig geworden sein und man hatte ihn in diese Hütte getragen. »Und wieso bin ich nass?«

»Wir mussten Euch mit Wasser übergießen und wieder zum Leben erwecken. Und jetzt Schluss mit dem Gerede!«

Eine herbeigerufene Magd hielt den Kienspan, während die Frau ihm die zerfetzten Beinkleider abschnitt und die Wunden mit Essig reinigte. Er sog die Luft heftig ein, seine Beine brannten, als steckten sie in einem Ameisenhaufen.

»Gut, gut, gut«, sagte sie wie zu einem Kind und legte zuletzt stramme Wickel gegen den Blutfluss.

Wieder schob sie einen Arm unter seinen Kopf und half ihm, sich aufzurichten, damit seine Lippen die Kanne erreichen konnten. Sie hielt ihn, ihre Brust schmiegte sich seiner Wange an und er trank. Sie duftete köstlich nach Kräutern und Milch und Honig. Wann hatte Siegbert von Vörde zuletzt eine Frau berührt?

Sie zog den Arm unter seinem Kopf heraus.

»Au«, stöhnte Siegbert von Vörde, sank zurück und lächelte selig. Er fühlte sich schon viel besser, obwohl er nur halb bei Sinnen war.

Graf Egbert von Esesfelth beobachtete die Szene aus einem bequemen Stuhl heraus. Siegbert erkannte den mittelgroßen Mann an der Halbglatze, die im Feuerschein glänzte, und der Narbe auf der hohen Stirn, vor allem aber an seinem dicken Bauch. Vor vier Tagen war Siegbert mit der Steuerexpedition von Esesfelth aufgebrochen und hatte sich auf den Weg zur Hammaburg gemacht. Und nun war er wieder hier. Egbert hielt einen Becher in der Hand, an der ein Ring blitzte. Er trug einen roten Umhang mit gelber Bordüre, einem weißen Fellkragen und einer bronzenen Brosche an der Schulter. Vermutlich Wiesel, Winterfell, dachte Siegbert. Ob er auch so rein und unschuldig ist, wie er scheinen möchte?

Die Frau tastete Siegberts Beine ab. Er biss die Zähne zusammen und tat, was sie ihm leise befahl. Zuerst das rechte Bein bewegen und dann das linke, die Füße drehen, einen Kreis machen mit dem großen Zeh. Sie nickte zufrieden und richtete die Wolldecke.

»Gebrochen hat er nichts und die Sehnen sind ganz«, stellte sie Egbert zugewandt fest.

Mit einer Handbewegung hieß Egbert die Frau, ihn mit Siegbert allein zu lassen.

»Die Wunden müssen bald neu verbunden werden«, gab sie zu bedenken. »Sobald der Blutfluss gestillt ist.«

Egbert winkte ab. »Später.«

»Ich komme wieder, wenn das Licht erloschen sein wird.« Sie schob ein Heukissen unter Siegberts Kopf. »Und das Stroh muss erneuert werden. Möglichst die Bank räuchern. Es ist alles voller Flöhe.« Damit verschwand sie durch den ledernen Vorhang. Sie musste eine Heilkundige sein.

Egbert warf einen Blick auf den brennenden Kienspan.

»Du bist noch ziemlich lebendig, will mir scheinen«, sagte er und lachte dreckig. »Die Hiebe, die du bekommen hast, haben deiner Fleischeslust offenbar nicht geschadet.« Er stand auf und warf einen Kloben auf das Feuer. »Mach dir keine Hoffnungen. Sie lässt sich von keinem Mann nehmen, das sagt sie jedem, der sie haben will.« Die Flammen züngelten auf und gaben ein schwankendes Licht. »Und das waren nicht wenige.«

Während Siegbert überlegte, ob sich Egbert selbst meinte, befahl der: »Berichte!«

Siegbert hustete ein wenig vor Verlegenheit.

Egbert hatte sich hingesetzt, mit düsterem Gesicht. »Wie viele Dänen haben die Hammaburg angegriffen?«

Siegbert schüttelte den Kopf. »Als wir zur Hammaburg zurückkehrten, hatten diese Mistkerle ihr grausames Werk schon beendet. Sie kommen schnell wie der Wind und sind genauso schnell wieder fort. Es müssen sehr viele gewesen sein, denn sie haben alles vernichtet. Viele sind gestorben und in die Sklaverei fortgeführt worden.«

»Mit deinem Pferd sieht es übel aus«, wechselte Egbert das Thema. »Es hat viele Wunden.« Er nahm einen Schluck. »Steckte noch ein halber Pfeil drin. Hinten. Es hat gezittert und war mit blutigem Schaum bedeckt.«

Er hatte sich Wein einschenken lassen, der so rot aussah wie ein Mutterwein, der, wie jedermann wusste, sündhaft teuer war. Vermutlich aus einem Fässchen, das der Graf in Stethu ergattert haben musste. Dort wurde er mitunter gehandelt, das hatte Christopherus gesagt, dreißig Schilling Silber, eine Summe, die nur hohe Herren aufbringen konnten. Ein Import aus den Rheinlanden. Seit der Große Karl das Treten der Trauben mit bloßen Füßen verboten hatte, war der Wein deutlich besser geworden, er faulte nicht so schnell und wurde nicht so schnell zu Essig.

»Die Heiden wollten mich zerhacken, fast hätten sie es geschafft. Feiges Gelumpe. Mein Pferd, kommt es durch?«

»Du wirst jedenfalls wieder laufen können.« Graf Egbert nippte am Wein. »Mit dem Pferd wird man sehen. Es wird versorgt. Steht im Stall. Ein gutes Pferd. So gute haben wir nicht. Hier werden die meisten Arbeiten mit Ochsen ausgeführt.«

»Mitten durch das Lager bin ich«, krächzte Siegbert und hustete. »Sie wollten mich erwischen, aber ich war schneller. Ha!« Er schlug mit beiden Armen aus. »Rechts und links und links und rechts wollten sie mich zerhauen. Ah!«

Egbert rief eine Magd herbei und ließ Siegbert von dem Roten einschenken.

Er hob seinen Becher. »Ihr habt Euch wacker geschlagen. Auf Euer Wohl! Nieder mit den Heiden!«

»Mhmm«, machte Siegbert, während er an die Heilkundige dachte. »Es ist köstlich, das Blut des Herrn zu trinken. Gelobt sei Jesus Christus in Ewigkeit.«

»Amen.«

»Bisher habe ich Mutterwein nur beim heiligen Abendmahl bekommen.« Und davon deutlich zu wenig, dachte Siegbert. Für unsereinen bleibt nur der saure Trester übrig, ein Krätzer für Hungerschlucker, selbst wenn man schon halb tot ist. Willst du guten Wein trinken, musst du Herr sein und nicht Knecht und in einem Haus geboren werden, das eine hölzerne Tür hat, die du des Nachts verriegeln kannst, und Windaugen, die mit Blasenhaut verschlossen sind. Er hatte Pech gehabt, er war in einer zugigen Hütte geboren worden.

Die Dänen seien nicht vorübergesegelt Richtung Nordsee, versicherte Egbert. Er habe stets einen Mann an der Elbe, der in einer hohen Eiche sitze und Ausschau halte. Dem entgehe nichts. Und da es erst Halbmond sei und die Nacht überwiegend wolkenlos und ohne Nebel, dürfe man darauf vertrauen, dass die Dänen nicht unbemerkt durchgeschlüpft seien.

»Was haben sie vor?«, fragte Siegbert.

»Darüber sprechen wir morgen. Schlaf nun.«

»Und der Verband?«

Egbert blieb an der Tür stehen und grinste. »Ich werde anordnen, dass sie dich versorgt. Sie ist unsere Kräuterfrau und versteht sich auf alle Gebrechen und Wunden. Sie heißt übrigens Arnhild. Noch einmal, falls du dir etwas einbildest, sie lässt sich von keinem Mann nehmen!«

Egbert verschwand, bevor Siegbert ihm Gehorsam versichern konnte.

Kurz darauf erschien die Heilkundige mit einem Korb in der Armbeuge, den sie vorsichtig abstellte. Sie entzündete einen Kienspan und hieß Siegbert, ihn zu halten. Sie setzte sich auf die Kante der Schlafbank und öffnete die Verbände, besah sich die Wunden, versorgte sie mit Salbe und verband sie wieder. Siegbert war froh, dass sie keinen Essig verwendete. Er sog ihren Duft ein, was es ihm leichter machte, den Schmerz zu ertragen. Sie war in langes Leinen gekleidet, braun und ohne jede Verzierung, bis auf eine Brosche, die sie über dem Herzen trug. Darauf war eine Schlange, die sich um einen Stab wand. Am liebsten wäre Siegbert noch einmal ohnmächtig gewesen.

»Ihr seid tapfer«, sagte Arnhild.

»Mir blieb nichts anderes übrig. Sollte ich mich gefangen nehmen lassen? Dann wäre ich jetzt nicht hier.« Und würde deinen Duft nicht riechen, hätte er am liebsten hinzugefügt.

»Ich meine, Ihr jammert nicht wegen der Schmerzen. Ihr müsst starke Schmerzen haben, wenn ich das sehe. Die meisten Männer …« Sie hielt inne und lächelte.

»Ihr meint …?« Siegbert war froh, dass er seine Beine nicht sah, und konzentrierte sich auf das Gesicht über ihm.

Sie nickte. »Genau das meine ich.«

Sie verstanden sich gut.

Siegbert griff nach dem Becher. »Außerdem habe ich noch einen Schluck Wein.«

»Mutterwein?«

Siegbert nickte. »Wollt Ihr?«

Die Heilkundige schüttelte lächelnd den Kopf. »Nein. Das ist eine gute Medizin für Euch. Der Graf hat immer ein wenig davon da. Gestern hat er wohl einen Gewährsmann nach Stethu geschickt, der ihm ein weiteres Fässchen des roten Weins bringen sollte, ohne dass Aufhebens davon gemacht wird.«

»So«, sagte Siegbert. »Was ist das für eine Salbe?«

»Eine gegen den Wundbrand. Ihr habt viele Verletzungen an den Beinen. Schafsmist, Honig und Käseschimmel.«

»Woher wisst Ihr das alles? Ihr seid jung.«

»Ich habe viel von meiner Mutter gelernt. Und ich habe das Buch, in dem alles über Krankheiten geschrieben steht.«

»Was ist das für ein Buch?«

»Ihr seid sehr neugierig. Es ist ein altes Buch, es wurde schon vor zwei oder drei Menschenaltern geschrieben. Es stammt aus Lorsch.«

»Lorsch? Wo ist das?«

»Wenn Ihr nach Rom pilgert, gelangt Ihr nach Lorsch in fünfzehn starken Tagen.«

»Wart Ihr dort?«

»Nein. Ich würde es gern, allein wegen des Gartens. Das Buch habe ich in Bremen erhalten. Es ist in Corvey kopiert worden. Da möchte ich einmal hin.«

»Wo ist das denn?«

»Oh, das ist ein großes Kloster, es liegt an einem Fluss, an der Weser, weit von hier, man muss länger als eine Woche gehen, bis man hinkommt.«

»Und warum?«

»Weil es dort die meisten Bücher gibt.«

»Und wo habt Ihr lesen gelernt?«

»Das verrate ich nicht.«

»Ich möchte es trotzdem wissen«, sagte Siegbert und fasste die Hand der Heilkundigen. »Ich kann nicht lesen. Die Buchstaben tanzen vor meinen Augen, sie wollen nicht, dass ich sie entziffere.« Er hatte sich einmal von Christopherus unterweisen lassen, eine kurze Zeit.

»Ich verrate es trotzdem nicht«, antwortete sie, lachte und ließ ihre Hand ein paar Atemzüge lang in seiner. »Ich sage nur, dass es leichter ist, als ich dachte. Wenn man es nur will, schafft man es. Und wenn man es erst kann, ist es sehr leicht. Dann geht es wie von selbst.«

»Aber«, wunderte sich Siegbert, »die Bücher sind doch auf Latein geschrieben, oder nicht?«

»Natürlich. Alle Bücher sind auf Latein geschrieben. Will man sie lesen, muss man Latein lernen. Seit es Schrift und Bücher gibt, ist Wissen keine Sache der Lebensjahre mehr. – Werdet Ihr schlafen können?«

»Ich hoffe es. Der tiefe Schnitt brennt. Ich danke Euch. Es geht mir viel besser.« Er wollte sich aufrichten und nach ihrer anderen Hand greifen, sank jedoch zurück. »Mir ist nur noch ein wenig schwindlig.«

»Das kommt, weil du viel Blut verloren hast, Armer.« Sie griff in ihren Korb und zog ein Schneckengehäuse heraus, das nicht größer war als eine Fingerspitze. Mit einem hölzernen Spatel holte sie ein winziges Tröpfchen einer weißen Paste hervor. »Hier, Mund auf!«

Siegbert gehorchte und sie strich den Spatel auf seiner Zunge ab.

»Was ist das?«

»Medizin«, antwortete sie mit einem Lächeln. »Schluckt es gut runter.«

Sie verriet es nicht. Dabei wollte Siegbert die Heilkundige noch viel mehr fragen und griff nach ihrem Arm.

»Gute Nacht«, sagte sie, entzog sich ihm. Sie stellte Speisen und einen Krug auf die Schlafbank. »Esst und trinkt.« Damit war sie verschwunden.

Der Geruch der Speisen stieg Siegbert in die Nase, er wurde gewahr, dass er den ganzen Tag nichts gegessen hatte. Reichlich frisches Brot, ein Batzen Käse, der keinen Schimmel trug, und das Bier löschte seinen Durst. Gierig aß und trank Siegbert von Vörde. Wie war es möglich, dass eine Frau in einem lateinischen Arzneienbuch lesen konnte? Wo und von wem mochte die Kräuterfrau das Lesen gelernt haben? Auf der Hammaburg konnten nur einige der Mönche lesen, allen voran Christopherus, der in der Klosterschule Jungen unterrichtete, vorzugsweise die der Herrschaften, aber keine Mädchen, die waren nicht zugelassen.

Siegbert dachte, dass es gut war, wenn manchmal ein Mädchen

lesen lernte, sonst hätte die Frau ihm nicht helfen können. Er fühlte sich dumm und klein.

Man müsste mehr wissen. Vielleicht sollte ich es versuchen.

Doch wer sollte ihm helfen? Er nahm sich vor, von der Heilkundigen zu träumen. Einmal hatte sie Du zu ihm gesagt. Ob das etwas bedeutete? Er hatte sich nicht getraut, sie zu duzen. Ein ungebildeter Tropf und eine Frau, die lateinische Bücher studierte! Er fühlte sich seltsam schwerelos. Nicht einmal die Flöhe störten ihn. Am Wein konnte es nicht liegen, es war ja nur ein Becher gewesen, und nicht am Bier. Er zog sich die schafwollene Decke zurecht und schlief ein.

11

Mathes schlug die Augen auf. Leise Kommandos hatten ihn geweckt. Es war dunkel. Irmin lehnte an seiner Seite, sie schlief noch. Ihm brannten die Wunden, mehr als gestern. Einige der Brandblasen waren geplatzt und durchnässten das Leinen, mit dem seine Hände umwickelt waren. Dazu taten ihm alle Knochen weh, als wäre er auf ein Rad geflochten worden. Er brachte den Kopf über die Bordkante. Immerhin hatte er geschlafen.

Die Dänen hatten ihre Feuer gelöscht, sie wateten im knietiefen Wasser hin und her und schafften ihr Geschirr an Bord. Mathes drehte den Kopf und fand am Firmament den Nordstern, den Großen Wagen und die Kassiopeia. Es konnte kaum nach Mitternacht sein, der neue Tag hatte längst nicht begonnen. Die Lehren des Bruders Christopherus kamen ihm zugute. Die Gestirne, hatte der Mönch gesagt, seien das gewaltigste Werk des Schöpfers, noch gewaltiger und mächtiger als alle dem Menschen sichtbare Natur, die so wunderbar eingerichtet sei, dass das eine ohne das andere keinen Bestand habe und selbst der kleinste Floh, der des Nachts den Menschen auf seinem Lager quäle, seine unvertretbare Aufgabe im Reich der Natur erfülle. Der Mönch hatte Mathes gelehrt, die Zeit nach den Gestirnen zu berechnen.

»*Hæ!*«, sagte ein Däne und stieß ihm einen Fuß in die Seite, während er nach achtern wies. »*Farðu upp!*«

Mit dem Ellenbogen stieß er Irmin an. »Wir müssen aufstehen.«

Die Dänen kannten kein Mitleid. Schwäche konnten sie nicht leiden, das hatte Mathes begriffen. Deshalb wartete er nicht auf einen zweiten Tritt oder darauf, dass man ihn womöglich an den Händen fortzerrte.

»Komm«, sagte er und stand auf, verbiss sich das Stöhnen. Es schwindelte ihn und er wusste nicht, ob ihm dunkel vor Augen wurde oder ob es wirklich dunkler wurde. Im Heck des Schiffs ließ er sich fallen, dorthin, wo er gestern gelegen hatte.

Irmin hatte die anderen Kinder geweckt und war mit ihnen gefolgt. Was hatte der Däne gesagt? Natürlich, er hatte gesagt, dass Mathes aufstehen solle. *Farðu upp!* Steh auf! Mathes hatte das erste Wort in der Sprache der Schiffsmänner gelernt.

Die Männer nahmen ihre Plätze ein. Niemand sprach. Sie setzten die Fahrt fort.

»Wohin fahren wir?«, flüsterte Irmin an Mathes' Seite.

»Ich weiß es nicht«, flüsterte er zurück. Wenn er flüsterte, war seine Stimme ziemlich stabil.

»Tun deine Hände sehr weh?«

Er zuckte mit den Schultern. »Ja.«

Kommandos vom Bug. Das Segel wurde nicht gesetzt, keine normale Fahrt. Die Mannschaft ruderte im Takt einer leisen Trommel.

Die Sichel des unsteten Halbmonds zerschnitt die Wolken und warf silberne Splitter auf das Wasser. Es grauste Mathes vor dem Nöck, es war ihm, als sähe er seinen langen Bart und seine grünen Fischzähne. Das Wasser murmelte und schwappte tückisch gegen die Bordwände. Mathes hielt den Atem an. Rauschte es nicht hinter ihm? Was hörte er da? Ein Ächzen, ein Kichern, ein Schmatzen? Kündigte sich das Ungeheuer so an? Gleich würde sich der Nöck aus dem Wasser erheben, seine muschelbepackte Fratze zeigen und sich träge aus den dunklen Fluten des Flusses wälzen, ihn mit seinen tanggleichen Armen über Bord und in die Tiefe ziehen, fort in die Nordsee, bis in das Wasserreich der Ertrunkenen, um ihn dort als Sklaven zu halten. Nun habe ich schon mehr Angst vor dem Nöck, dachte Mathes, als vor den Nordmännern. Bin ich irregeworden?

»Ich habe solche Angst«, flüsterte Irmin.

»Ich auch«, flüsterte Mathes.

»Wenn man zusammen Angst hat, dann hat man schon etwas weniger Angst, oder?«

»Ich weiß nicht. Ja, doch.«

Mathes versuchte, die Dunkelheit zu durchdringen. Bald nahm er etwas noch Dunkleres wahr, er fühlte es wie eine Wand, die gegen ihn drückte. Aber es waren nur hohe Bäume, jetzt sah er ihre nackten

Äste in den Himmel ragen. Sie mussten am Ufer auf der anderen Seite des Flusses angekommen sein. Das Plätschern der Ruder hallte zurück und es roch nach Schlick, der Wind hatte nachgelassen. Dann spürte Mathes die Dunkelheit auf der anderen Seite, der Ruderschlag hallte auch von dort zurück. Es war windstill. Sie mussten sich auf einem Fluss befinden. Mathes wurde klar, dass sie dort waren, wo die Schiffsmänner am Abend zuvor Kundschafter an Land geschickt hatten.

Stethu, sie würden Stethu überfallen!

»Ich glaube, wir fahren nach Stethu.«

»Vielleicht können wir dort fliehen?«

Der Gedanke ließ Mathes den Schmerz in den Händen vergessen. Flucht! Er war noch nie in Stethu gewesen, doch welches Ziel sollten die Räuber sonst haben? Würden sie dort wieder alle ermorden, die nicht schnell genug fortkonnten?

Langsam schoben sich die aufgerissenen Mäuler der Drachenköpfe flussaufwärts. Die Ruder hoben und senkten sich im Takt. Im Osten erschien das erste Licht über dem Horizont, der Tag graute.

Nach vielen Windungen des Flusses ragten die dunklen Häuser auf. Stethu. Hier mochten mehr als dreimal hundert Menschen wohnen. Stethu war, obwohl nicht der Sitz eines Bischofs, viel größer als die Hammaburg.

Niemand war zu sehen. Die Menschen hatten ihr Tagwerk noch nicht begonnen.

Mathes wurde angestoßen.

»*Haltu kjafti!*«, flüsterte der Nordmann scharf, hielt sich einen Finger vor die Lippen und zeigte den Sax. Schweigen sollten sie. Mathes hatte wieder ein Wort gelernt.

Das Schiff glitt lautlos durch das schwarze Wasser.

Die Schiffsleute zogen die Ruder ein und ließen sich an eine hölzerne Schanze treiben, ein Drachenschiff legte sich an das andere. Leichtfüßig stiegen sie von Bord zu Bord und an Land, ohne jedes Geräusch. Die Nordmänner schwärmten aus, verschwanden im Zwielicht, einige wenige blieben an Bord, der Gefangenen wegen.

Plötzlich schallte die Stimme des Anführers Regnar. »Ihr Leute von Stethu, wacht auf und hört mir zu! Hört mir zu, ihr Leute von Stethu!«

Regnar wartete, bis sich hier und da etwas regte. Es kamen Menschen aus den Häusern und von den Windaugen wurden die Strohwische, Holzabdeckungen, die geölten Leintücher und Blasenhäute entfernt.

»Wir sind Nordleute. Uns schickt Horik, der König von Dänemark. Hört genau zu, was ich euch sage. Acht Schiffe haben angelegt, auf jedem dreißig Krieger. Die haben eure Stadt umzingelt. Es kommt niemand hinein oder hinaus, wenn ich es nicht will. Wir verlangen, dass ihr uns euren Grafen ausliefert. Ich weiß so gut wie ihr, dass er in der Stadt ist. Sollte mich nicht alles täuschen, heißt er Heinrich. Nun, Graf Heinrich, stellt Euch! Wir geben Euch so viel Zeit, wie die Sonne benötigt, um über den Horizont zu steigen. Es wird bereits hell, also beeilt euch, ihr Leute von Stethu. Gehorcht ihr nicht, werden wir eure Stadt niederbrennen, wie wir es gestern mit der Hammaburg getan haben. Und bevor ich es vergesse, bringt uns alle Gold- und Silbermünzen!«

Ein Seufzen und ängstliche Rufe gingen zwischen den Häusern hin und her. Woher wussten die Nordmänner, wie der Graf von Stethu hieß?

»Was wollt Ihr mit dem Grafen?«, rief es aus einem der Häuser.

Regnar ließ sein Lachen dröhnen. »Was fragst du, Knecht? Ich verbiete es dir! Damit ihr wisst, was ihr ohnehin erfahren werdet, wir werden dem Grafen kein Haar krümmen, sobald ihr das von uns geforderte Lösegeld zahlt.«

»Wie viel werdet Ihr verlangen?«

Mathes reckte sich. Jetzt konnte er Regnar sehen. Die linke Faust in die Hüfte gestemmt, den sämischledernen hellen Umhang beiseitegeschoben und ohne Waffe in der Hand, stand er zwischen den Häusern. Sie waren größer als auf der Hammaburg, mehrere hatten zwei Stockwerke und aus einem der Häuser ragte ein Kopf hervor. Das musste der Kopf des Fragestellers sein.

»Knecht, ich warne dich!«, rief Regnar. »Du setzt dein Leben aufs Spiel mit deinen frechen Fragen!«

»Aber …«

Regnar hob die Rechte ein wenig. Der Mann schrie, ein Pfeil hatte seinen Hals durchbohrt. Er sank auf die Brüstung des Windauges nieder und stürzte schließlich hinunter, Regnar vor die Füße.

Entsetzte Rufe. Schweigen. Nur das Blutgurgeln des sterbenden Mannes, der noch versuchte, nach Regnars Füßen zu greifen. Der trat einen halben Schritt zurück, als wiche er einem Kuhfladen aus. Irmin hatte sich umgedreht und atmete heftig, ihre Augen waren groß und trocken.

»Er hat es mit seinem Leben bezahlt, der Dummkopf!«, rief Regnar. »Ihr habt gehört, was wir verlangen. Ihr habt keine Wahl. Die Sonne geht auf und ich warte. Die Brandpfeile sind vorbereitet. Niemand wird überleben.«

In der Tat, es begann hell zu werden. Die Sonne warf aus ihrem Versteck hinter der Stadt und den Wäldern ihre frühen Strahlen in den Himmel. Mathes zwang sich, den Blick von dem Toten zu wenden, und drehte sich um. Eine dunkle Gestalt verschwand zwischen den Weidenbüschen drüben am Ufer der Aue. Der Nöck war es nicht, der lebte im Wasser. Wer war es dann?

12

Siegbert von Vörde war oft aufgewacht in der Nacht, denn das Feuer wütete in den Wunden, besonders im tiefen Schnitt am linken Oberschenkel, der glühte. Nein, er lag nicht zu dicht am Feuer und es war niedergebrannt.

Als der Morgen graute und das erste Licht durch das Reet am First und die Ritzen im Fachwerk schimmerte, mühte er sich von der Schlafbank, humpelte zur Tür und schlug das Leder beiseite. Die ersten Bewohner der Burg waren unterwegs, er hörte Stimmen. Sein Herz pochte im Bein und der Schwindel zwang ihn, sich wieder hinzulegen. Von seiner ledernen Beinbekleidung war nur ein kläglicher Rest übrig geblieben, der immerhin seine Scham bedeckte, der Rest lag in blutigen Fetzen neben der Feuerstelle. Ohne Beinkleid konnte er nicht vor die Leute treten.

Während er überlegte, wie er es anstellen sollte hinauszukommen, damit er nicht den Tag im Dämmerlicht der Hütte verbringen und nichts anderes zu tun hatte, als die kalte Asche des erloschenen Feuers zu riechen und die Flohbisse zu zählen, erschien Arnhild. Sie hielt einen glühenden Kienspan in der einen und in der anderen Hand einen Korb mit neuen Binden und einen irdenen Krug mit der geheimnisvollen Salbe, in der ein hölzerner Spatel stak. Sie blies in die Glut und brachte den Span zum Brennen. Siegbert musste ihn halten und leuchten. Unterdessen sah sie nach den Verbänden und wechselte sie, nicht, ohne erneut Salbe aufzutragen.

»Vielleicht müssen wir sie nähen, die große Wunde.« Sie zog ein Bündel Leinenstoff aus dem Korb und warf es auf die Schlafbank. »Zunächst muss die Schwellung weg. Schmerzt sie sehr?«

Siegbert freute sich. »Geht schon. Das Bein ist noch ein bisschen heiß. Werde ich wieder gesund?«

»Den Brand werdet Ihr nicht kriegen, dafür ist die Salbe da. Ihr müsst aufpassen. Es darf kein Dreck in die Wunden gelangen. Und

Ihr müsst liegen und dürft nur kurze Wege machen. Sonst brechen die Wunden auf und es blutet.«

»Und mein Pferd, wird es …?«

»Durchkommen? Ich denke ja. Denkt jetzt an Euch selbst. Das beste Pferd hilft nicht weiter, wenn der Reiter tot ist.« Mit diesen Worten ging sie fort.

Der Leinenstoff war eine weit geschnittene Hose. Siegbert zog sie erleichtert an. Seine Beine waren steif und geschwollen. Er rutschte vorsichtig an die Kante der Schlafbank und stand langsam auf. Die Beine fühlten sich an wie Blei, ihm wurde schwindlig. Erst beim zweiten Versuch schaffte er seinen Strohsack und die wollene Decke bis vor die Tür und legte sich hin, mit dem Rücken an den Lehm der Hüttenwand in das helle Licht des Morgens. Die Sonne war aufgegangen und wärmte schon.

Die Burg Esesfelth war von gleicher Bauweise wie die Hammaburg, jedoch älter und größer, ungefähr hundert starke Schritte lang und ebenso breit, auf einem Geesthügel gelegen am Ufer der Stör. Aus dem Tor konnte man hinuntersehen auf den Wassergraben und den Fluss, den Siegbert gestern Nacht an einer Furt entlang des Elbufers überquert hatte. Palisaden schützten die Burg, hoch wie drei oder gar vier Männer, die einander auf den Schultern standen. Wahrhaftig ein starkes Bollwerk, er sah neue Stämme zwischen den alten.

Egbert hielt auf Sicherheit. Das Bollwerk hatte der Belagerung durch die Dänen und die Abodriten standgehalten, die damals verbündet waren, das war, wie Egbert am Abend berichtet hatte, im vorletzten Jahr der Herrschaft des Großen Karl gewesen, noch zu der Zeit des großen Frankenreichs, als Egberts Vater das Sagen auf der Burg gehabt hatte. Wer weiß, dachte Siegbert, vielleicht haben die Dänen Kundschafter ausgeschickt und sie wissen die Hammaburg fast ohne Verteidigung.

Es standen ein Langhaus und viele kleinere Häuser auf dem Burgplatz, Wohn-, Lager- und Werkstatthäuser, keines von ihnen aus Stein wie auf der Hammaburg. Man hatte Eichenbalken in die Erde getrieben, sie mit Riegeln verbunden und die Gefache geschlossen mit Flechtwerk und Lehm, wovon man in der Umgebung reichlich fand. Die Dächer waren mit Schilf gedeckt, das wuchs unterhalb der Burg im Tideschlick der Stör.

Aus dem Langhaus, auf der einen Seite, brüllten die Ochsen, die geschlachtet werden sollten. Dort musste sich auch sein verletztes Pferd befinden. In der Mitte waren die Werkstätten, die Leute gingen ein und aus, daneben die Räume des Grafen, zu erkennen an der Bohlentür und dem Windauge, in das eine Blasenhaut gespannt war. Auf der anderen Seite trat eine blonde Frau aus dem Langhaus, sie steuerte auf Siegbert zu und stellte einen Teller mit Gerstengrütze und Dickmilch und einen Krug Bier neben ihn.

»Das ist noch von dem Gelage neulich übrig«, erklärte sie. »Hast du einen Löffel?«

Siegbert schüttelte den Kopf.

»Ich hole dir einen.« Sie sah ihn freundlich an. Offenbar wussten alle Burgbewohner, woher er gekommen war und was er erlebt hatte.

»Ich hatte noch keine Zeit, einen zu schnitzen.« Schon die zweite Frau, die freundlich zu ihm war. Hier konnte man es aushalten.

Die Grütze war so reichlich wie das Essen von gestern Abend. Siegbert fand Gefallen an der Burg Esesfelth. Er war damals von Vörde zur Hammaburg aufgebrochen, um sein Glück zu suchen, wie ein Vogel, der fortfliegt, denn jedermann war frei, sich eine neue Herrschaft zu suchen, gefiel ihm die alte nicht mehr. Bisher gehörte ihm nur das, was er am Leib trug, ausgenommen die Hose. Wie lange würde es dauern, bis er wieder ein Beinkleid sein Eigen nennen konnte? Hier saß er, ein armer Schmutzpuckel mit zerschnittenen Beinen. Wenn es nach den Worten des Bischofs Ansgar ging, war er des Himmelreichs sicher. *Welchen der Herr liebt, den züchtigt er.* Immerhin.

Es dauerte nicht lange, da überquerte Egbert den Burgplatz und setzte sich zu ihm auf den Boden. In der Nacht habe kein Schiff auf dem Weg zur Nordsee die Burg Esesfelth passiert, meinte er.

»Trotzdem sind sie flussaufwärts unbemerkt zur Hammaburg gelangt. Wenn ihnen das ein Mal gelungen ist, warum kein zweites Mal?«

Egbert war sich seiner Sache sicher. Es könne zwar sein, dass die Räuber am südlichen Ufer der Elbe entlanggesegelt seien. Dann hätte sie der dortige Wachposten melden müssen. Neblig sei es nicht gewesen. Die Flotte der Nordmänner müsse klein gewesen sein, behauptete er, sonst wäre sie auch auf der Fahrt zur Hammaburg entdeckt worden. Man stehe in ständiger Verbindung mit Stethu und er habe noch gestern Abend, gleich nach Siegberts Ankunft, einen Kundschafter gesandt. Die Tide sei ihm günstig gewesen. Bei letzter Ebbe die Stör hinunter, mit beginnender Flut schräg südlich über die Elbe, hinein in die Aue und mit der Flutwelle bis Stethu, das sei eine Reise, die man in einer halben Nacht machen könne. Er erwarte den Mann zurück.

Kaum hatte er das gesagt, da hörten sie Rufe vom Burgtor her und ein Kerl kam heran, der sogleich von neugierigen Burgbewohnern umringt wurde. Ein rechter Schlagetot, kaum mittelgroß, das Größte an ihm schien sein schwarzer Bart zu sein. Er reichte ihm bis auf die Brust und über den Strick, den er um die Hüfte trug. Darunter lederne Fußwickel und darüber ein brauner Überwurf, der von einer rostigen Brosche zusammengehalten war. Auf dem Kopf ein aus Wolle gewalkter Hut mit abgegriffener Krempe. Nach seiner Kleidung zu urteilen, war der Mann niedrigen Standes, denn man sah weder überflüssigen Stoff noch Zierrat, bis auf die weiße Feder vom Schwanz des Seeadlers, die in seinem Hut steckte. Er näherte sich dem Grafen ohne besondere Ehrerbietung und setzte sich neben ihn.

»Bist du es, der sich durchgehauen hat?«, fragte er Siegbert. Sein Blick war grimmig, und seine Stimme klang, als gurgelte er gleichzeitig.

Siegbert nickte so bescheiden wie möglich. Die Wache am Tor musste berichtet haben.

»Verfluchte Tat! Alle Achtung!«

Egbert scheuchte die Neugierigen fort, die dem Mann gefolgt waren und den Helden der vergangenen Nacht bestaunen wollten.

»Das ist Berowelf«, stellte er den Mann vor. »Er ist mein Kundschafter und Zolleinnehmer, einer meiner wichtigsten Männer. Er kennt sich auf beiden Seiten des Flusses aus. Berichte!«

Die Nordmänner, erklärte Berowelf, seien nicht weit nach Mitternacht aufgebrochen. Er sei fast in sie hineingerudert, als sie ihr Lager abgebrochen hätten. Anschließend sei er ihnen gefolgt, bis nach Stethu. Er habe ihre Stimmen gehört, dicht vor ihm seien sie mitunter gewesen.

»Verflucht und zugenäht!«, rief Egbert. »In Stethu ist heute Markttag, von unseren Leuten sind viele hingefahren, um zu handeln!« Von seinem Weinemissär sagte er nichts.

Berowelf nickte. »Sie haben mindestens acht Langschiffe, diese Rattenärsche. Ich konnte sie nicht alle erkennen. Mit mindestens dreißig Ruderern je Schiff. Viel mehr Männer als in Stethu also.«

»Und?«, fragte Egbert ungeduldig. »Was werden sie tun? Was haben sie getan?«

»Den Wein werden sie rauben, diese Schnapphähne«, entfuhr es Siegbert. »Und manch einer wird wieder Trester schlucken wie ein Knecht.«

Egbert machte ein mürrisches Gesicht.

Berowelf hieb mit der Faust in die Luft. »Sie haben die Stadt noch nicht angegriffen, nur umzingelt. Ich habe ihren Anführer gehört. Er hat die Auslieferung des Grafen Heinrich von Stethu verlangt. Er will ihn als Geisel nehmen und Lösegeld erpressen. Er kennt keine Gnade. Einen Mann hat er töten lassen, nur weil der eine Frage gestellt hat! Sie haben gute Bogenschützen.«

»Du heiliger Strohsack!« Egbert klatschte sich die Hände auf die Schenkel. »Dann müssen wir womöglich blechen?«

»In der Tat. Der dreieinige Gott helfe uns!« Berowelf spuckte aus, die Feder auf seinem Hut zitterte.

»Kommt!«, rief Egbert. »Wir müssen beraten!«

Sie ließen Siegbert liegen, überquerten den Burgplatz und verschwanden im Langhaus durch die hölzerne Tür. Andere Männer folgten ihnen.

Er würde hier sitzen, den ganzen Tag, und zusehen. Er wäre gern zu seinem Pferd gegangen, in dessen Schuld er stand, denn es hatte ihm das Leben gerettet. Und er hoffte sehr, dass es gut versorgt war und überleben würde. Er konnte nichts tun und war froh, dass er noch lebte und sich nicht neuer Lebensgefahr aussetzen musste und nicht sündig gestorben war, ohne Beichte. Wenn die Sonne mich wärmen würde und die Kräuterfrau nach mir sieht, könnte es ein rechter Glückstag werden, dachte er. Nichtstun ist der Feind der Seele, pflegte Ansgar zu predigen. Nichts tun zu können dagegen ist ein Segen für Leib und Seele, schien ihm.

Vielleicht haben sie drüben in der Werkstatt ein Messer für mich, damit könnte ich mir einen Löffel schnitzen. Dann habe ich etwas, das mir ganz allein gehört. Vielleicht sollte ich Arnhild fragen, ob sie mir das Lesen beibringt.

13

Regnar hätte viel für ein paar Fuß Schattenlänge Schlaf gegeben. Er war müde nach der kurzen Nacht und hatte es sich auf einem der Schiffe bequem gemacht, um darauf zu warten, dass der Graf ausgeliefert wurde. Er war in der Stadt, so viel war klar.

Einer der Mönche hatte geredet, unten an der Landestelle vor der Hammaburg. Er hatte auf dem Elbweg nach Stethu fahren wollen, um auf dem Markt Wein für das heilige Abendmahl zu kaufen. Sicher werde auch der Herr Graf Heinrich dort sein. Es war nicht schwer gewesen, den Mönch zum Reden zu bringen, ein wenig mit dem Sax die Kehle kitzeln. Den Rest erledigten die toten Pfaffensäcke, sie sprachen eine deutliche Sprache.

Genutzt hatte ihm seine Redseligkeit nichts. Wer redete, war ein Feigling, den man nicht brauchen konnte. Als Sklaven taugten nur die Harten oder die Jungen, die man zur Härte erziehen konnte. Die Weichen waren das Essen nicht wert, das man für sie bereiten musste, sie würden immer einen Grund finden, zu früh zu sterben. Man durfte nur die Jungen rauben, die als Sklaven auf dem Markt einen Preis einbringen konnten, denn es war erst der siebte Wintermonat und es dauerte noch bis zu den nachtlosen Tagen, der Zeit der Marktfahrten. Bis dahin würde man sie hoffentlich nicht durchfüttern müssen. Wer nicht taugte, starb besser gleich, oder man ließ sie fortlaufen, sie würden den Überlebenden ringsum berichten, wozu ein Däne in der Lage war, wenn er auf den Planken eines anständigen Schiffs stand.

Dieser lange Mönch allerdings, der so dünn war wie ein Hering zwischen den Augen, der schien ein paar Knochen im Leib zu haben, den würde man brauchen können und wahrscheinlich auch den Jungen, der seine Mutter verteidigt hatte und so viele Fragen stellte. Die Mutter war nicht zu alt, vor allem war sie blond, ja, fast weiß. Sie würde einen guten Preis bringen, obwohl sie ihr Gesicht geschwärzt und ihre Haare mit Dreck eingeschmiert hatte, damit sie alt und liederlich aussah. Regnar hoffte, dass Händler aus Miklagard da sein würden. Sie würden für ein blondes Mädchen einen Spitzenpreis zahlen und es für noch viel mehr an einen Scheich verkaufen. Bei den anderen würde man sehen.

Ich halte nicht mehr so viel aus wie früher, dachte Regnar. Sein Rücken schmerzte, er bezahlte den Preis für zu viele Nächte unter freiem Himmel, auf hartem Grund, bei Kälte und Nässe. Diese Wikingfahrt dauerte schon über zwei Jahre. Und er hatte die ganze Zeit keinen einzigen Löffel Skýr kosten dürfen. Wie hatte er das ausgehalten?

Regnar ließ unwillkürlich einen Seufzer ausstreichen. Er sah sich um und hoffte, dass es keiner gehört hatte. Das Alter zwickte seinen Leib. Regnar war Jahre vor der Herrschaft des Göttrik geboren, den die vornehmen Franken lateinisch Godofridus genannt hatten. Er hatte in Haithabu residiert, dem Ort, den Regnar mit seinem Gefolge als Nächstes erreichen wollte. Dort würde er die Sklaven verkaufen und all das zu Gold und Silber machen, was sie aus dem Frankenland mitgebracht und von der Hammaburg geraubt hatten und noch in Stethu rauben würden. Zusammen mit dem Lösegeld für den Grafen würden sie Ware kaufen, für die sie in Kaupang einen guten Preis erhalten würden. Dann hätte er ausgesorgt, sein Vermögen würde reichen, um den Nordweg nach Hålogaland zu gehen, wo sein Bruder Olaf auf Borg lebte.

Das war sein eigener Hof, Olaf bot große Gelage und war Jarl über ein Inselreich. Er hatte Regnar eingeladen zu bleiben, so lange er wollte. Dort würde er sich ausruhen können, wie sein Bruder, der älter war als er selbst, es ebenfalls tat. Olaf war einst an Irlands Küsten auf Raubzug gewesen und hatte eine Zeit lang auf der Insel Man gelebt, dort einen eigenen Hof besessen. Bis ihn das Heimweh gepackt hatte und er nach Jütland zurückgekehrt war, woher sie beide stammten. Bald war es ihm dort zu eng geworden und er hatte sich im Norden niedergelassen. Er wollte frei sein und sein eigener Herr, so wie er es unterwegs stets gewesen war.

Regnar war auf Hjaltland, den Schafsinseln und den Orkneys gewesen und im Frankenland im Süden. Seine längste Reise hatte ihn mit einer *félag* Waräger in den Osten geführt, bis nach Holmgard und noch weiter. Die Reisen, vor allem die Kämpfe hatten ihre Spuren an seinem Körper hinterlassen und das waren nicht nur die Narben. Am entbehrungsreichsten war es im Westen gewesen, auf den Inseln in der Nordsee, wo Sturm, Eis, Nebel und Regen herrschten und Männer, die tüchtiger waren als er, bei Njörd, der Herr über die Winde und das Meer war und die Schiffsleute schützte, in Ungnade gefallen und nicht wiedergekehrt waren. Regnars Raubzüge waren ertragreich gewesen. Er hatte seine Schiffe stets zum Ziel gelenkt, sogar bei Dunkelheit und Nebel.

Regnar war sprachkundig, er konnte sich nicht nur in Haithabu oder Kaupang verständigen, sondern auch mit den Leuten von Björkö, die man Waräger nannte, mit den Sachsen und mit Händlern, die von viel weiter entfernten Orten stammten, ohne Übersetzer. Er konnte in fremden Sprachen Verse schmieden, wovon er einige bereithielt und sie mitunter zum Besten gab, wenn ihm danach war oder um Eindruck zu schinden, wenn es untunlich war, dazu eine Waffe zu gebrauchen. Er wusste das Raunen der Runen zu deuten und verstand die Schrift der Franken.

Die anstrengenden Reisen hatten ihm viel Wissen gegeben und manche Weisheit. Wie Odin die Hälfte seiner Sehkraft geopfert und ein Auge in den Brunnen Mimirs geworfen hatte, um Weisheit und Erkenntnis zu erlangen, so hatte er, Regnar, seinen Leib kasteit. Odin hatte die Raben Hugin und Munin, die auf seinen Schultern saßen und ihm alles berichteten, was er wissen wollte. So weit kann ich es nicht bringen, dachte Regnar, denn ich bin nur ein Mensch, ich habe keine Raben, die mir die Weisheit der Welt zutragen.

Regnar spürte den Wunsch, andere an seinem Wissen teilhaben zu lassen. Zunächst musste er diese elende Kaper- und Handelsfahrt hinter sich bringen. Er hatte immer das Meer als seine Heimat betrachtet und es hatte ihn stets besser gedünkt, auf den Planken eines schwankenden Schiffs zu stehen und Beute zu holen in fremden Ländern, als Kühe zu melken und in den Windungen des Waldes oder zwischen hohen Bergen zu hausen. Jetzt sehnte er sich nach einem Ort, an dem er willkommen war und von wo er nirgendwohin mehr fahren musste. Damit sanken seine Chancen auf einen heldenhaften Tod in der Schlacht. Womöglich würde er den Strohtod sterben. War es das, was er wollte? Einen ehrlosen Tod sterben? Nicht nach Walhall zu gelangen, in das Paradies der Krieger? War er weich geworden? Und vor allem, war er dann noch so mächtig wie heute und gebot über Männer und Schiffe? Oder würde er zu denen gehören, die die Krumen aßen, die vom Tisch der Mächtigen fielen?

Regnar schüttelte die schweren Gedanken ab. Das Tagesgeschäft wartete auf ihn, er durfte nichts schleifen lassen.

Die Beute von der Hammaburg war nicht groß gewesen. Ein paar Altartücher und Pfaffenröcke, ein wenig Klimperzeug und ein mickriges Fass Wein, das vorn und hinten nicht reichte für gute Stimmung in der Mannschaft. Horik hatte ihm diesen Raubzug aufgetragen. Das hatte Regnar ihm nicht abschlagen können, hatte Horik ihm doch fruchtbares Land und einen Hof geschenkt, in der Nähe von Jellinge, auf dem Regnars Frau Thurid die Wirtschaft führte, solange er auf Langfahrt war.

Der Überfall auf Stethu war Regnars eigene Idee gewesen. Der redselige Mönch und sein Abendmahlswein hatten ihn darauf gebracht. Wieder so eine merkwürdige Sitte der Christen. Anstatt sich an dem köstlichen Rebensaft zu laben und sich in den Rausch zu trinken, der einen in Odins Nähe führte und einen Vorgeschmack auf das herrliche Leben in Walhall gab, bekamen die Christen nur einen winzigen Schluck, kaum genug, den Mund zu netzen. Sie behaupteten, das Getränk sei das Blut ihres hingerichteten Herrn, der nichts anderes war als ein ehrloser Feigling.

Drüben zwischen den Häusern erhob sich Geschrei. Einige seiner Leute stießen einen Mann vor sich her.

»Wir haben ihn!«, rief Atli, der größte und stärkste der Männer, der stets der Bugmann war und Fäuste wie Thors Hammer und Schultern aus Eisen hatte und in keiner Schlacht verletzt wurde, weshalb man ihn Eisenseite nannte, Atli Járnsiða.

»Bringt ihn her!«, rief Regnar.

Auf Atli war Verlass. Regnar hätte ihn gern zu seinem zweiten

Mann gemacht, um ein Stück der Verantwortung für die *félag* loszuwerden. Er war treu und stärker als alle anderen, aber leider nicht übermäßig schlau. Außerdem war es fraglich, ob die Mannschaft ihn akzeptieren würde, es gab viele, die ihn verspotteten.

Dennoch, ohne Atli Járnsiða würde er niemals ausfahren.

Sie hatten den Mann aus einem der Häuser gezerrt, nachdem darin Geschrei zu hören gewesen war. Es war wie immer. Die Leute gaben ihre Geiseln her, anstatt für sie zu kämpfen. Sie hatten es nicht besser verdient. Regnar lächelte. Das würde das Lösegeld erhöhen.

Regnar ließ den Grafen neben sich führen. Der Gefangene mochte so alt sein wie Regnar selbst. Der Zopf, zu dem er die Reste seiner graubraunen Haare gebunden hatte, und der gestutzte Bart verrieten, dass er über Kamm, Schere und scharfe Messer verfügte. An der rechten Hand, die weiß war und wahrscheinlich ohne Kraft, trug er einen Ring, in den ein blauer Stein eingefasst war. Auch an seiner Spange erkannte Regnar, dass er sich für einen hohen Herrn hielt.

»Seid Ihr Graf Heinrich von Stethu?«

Der Gefangene nickte düster.

»Ihr werdet unser Gast sein«, fuhr Regnar fort. »Kein Haar werden wir Euch krümmen. Allerdings müsst Ihr ein Lösegeld zahlen. Ich setze es mit achttausend Pfund Silber fest. Fällig am vierten Tag, der auf heute folgt, bei Sonnenaufgang.«

»Das ist unmöglich!«, stieß Graf Heinrich hervor.

»Ihr werdet es möglich machen.«

»Diese Summe kann ich nicht aufbringen!«

»Ihr wollt mir doch nicht weismachen, dass Ihr keine Gefolgsleute und Freunde habt, die bereit sind, für Euch einzustehen?«

»Die Summe ist zu hoch! Es ist unmöglich!«

»Dann werden wir Euch wohl töten und die Stadt niederbrennen müssen.«

»Fünftausend«, bot Heinrich nach einigem Schweigen an.

»Ich handele nicht mit Euch«, sagte Regnar, ohne seine Stimme zu heben. »Ihr müsstet ein schlechter Herr sein, wenn Ihr das Leben Eurer Untertanen und sogar eine ganze Stadt aufs Spiel setzt. Außerdem, was habt Ihr davon außer den Tod?«

»Und was habt Ihr von meinem Tod?«

»Nichts. Er kostet uns aber auch nichts, außer einen Schwert-streich. Und vergesst nicht, die Stadt wird sterben und wir werden reiche Beute machen, sowieso.«

»Werdet Ihr plündern, auch wenn Ihr das Lösegeld bekommt?«

»Selbstverständlich, das tun wir immer.«

»Das lehne ich ab!«

»So möchtet Ihr tatsächlich sterben?«

So ging es hin und her, bis Graf Heinrich sechstausend Pfund Silber anbot und Regnar die Geduld verlor.

Es ist immer das Gleiche und so langweilig, wie oft habe ich das schon gesagt?

Er freute sich auf seinen Ruhestand. Dann würde er solche öden Gespräche nicht mehr führen müssen.

Er zeigte auf eines der Häuser. »Seht Ihr das Haus dort, mit den beiden Windaugen im Obergeschoss?«

»Ja.«

»Ich gebe Euch Bedenkzeit. Das Haus wirft einen Schatten. Der Mann neben mir wird eine Lanze vor das Haus stecken, in die Sonne. Hat der Schatten die Lanze erreicht und Ihr habt Euch nicht be-sonnen, so wird er Euch den Kopf abschlagen und wir werden die Stadt niederbrennen. Jedoch erst wenn wir mitgenommen haben, was uns behagt.«

Die Schiffe lagen längsseits aneinander im tiefen Wasser der Aue, die vor der Landungsbrücke zu einem Hafen erweitert worden war. Regnar wies seine Leute an, den Grafen auf das zweite Schiff zu schaffen. Er solle gefesselt an eine Ruderbank und gut sichtbar in der Mitte des Schiffs sitzen. Nachdem Atli die Lanze zehn Schritte vom Schatten entfernt in die zertretene Erde gerammt hatte, stieg er über die Borde zur Geisel, prüfte die Knoten und setzte sich vor sie, um auf sie aufzupassen.

Regnar machte es sich nebenan auf dem ersten Schiff bequem und überließ den Grafen seinen Grübeleien. Der blickte abwechselnd in den Himmel, auf den unmerklich wachsenden Schatten und zu Atli, der wie ein Berg über ihm gestanden hatte und jetzt auf der

85

Ruderbank vor ihm saß wie ein Fels. Atli nahm seine Lederkappe ab, wischte sich den Schweiß aus den Augen, schüttelte sein lockiges braunes Haar und lachte.

»Was gibt es da zu lachen?«, fragte Heinrich bissig.

Atli verstand ihn nicht. »*Haltu kjafti!*«

Das wiederum verstand der Graf nicht. »Halt die Klappe!«

Atli machte Anstalten, sich zu erheben. Er lachte nicht mehr, sondern sah den Grafen zornig an. Regnar überlegte, ob er einschreiten musste, aber der Graf schwieg und Atli ließ sich langsam auf die Bank sinken und lachte wieder. Er hat ein sonniges Gemüt, dachte Regnar und war neidisch.

»Schafft den Jungen zu ihm!«, befahl er. »Er soll ihm seine verbrannten Hände zeigen und berichten, was auf der Hammaburg geschehen ist!«

Regnar begab sich zwischen die Häuser und hielt eine zweite Rede an die Bewohner von Stethu. Er werde seine Leute von Haus zu Haus schicken, kündigte er an. Jeder Bewohner müsse seine Wertgegenstände hergeben, Geld, Schmuck, edles Metall oder was immer begehrt wurde. Wer etwas verheimliche oder verstecke, werde sterben wie der freche Fragesteller dort, über dessen Leiche das Geschmeiß schwirrte, denn niemand hatte es gewagt, sie fortzuschaffen.

Die Mannschaft freute sich über diese unverhoffte Gelegenheit, Beute zu machen. Die meisten gehörten seit Jahren zu Regnars *félag*. Sie waren stets gut gefahren, weil Regnar alle Beute gerecht und vertragsgemäß verteilte nach den Anteilen, die ein jeder an dem Unternehmen hatte. Nur zwei Männer hatten sie bei dem Überfall auf die Hammaburg verloren. Einer war von einem Stein erschlagen worden, den einer der Verteidiger über die Palisaden geschleudert hatte, und den anderen hatte dieser mickrige Bursche umgebracht, dessen Hände verbrannt waren. Ihre Angehörigen würden, wie es Brauch war und sich gehörte, einen Anteil vom Gewinn der Raubfahrt erhalten, der sie für die nächsten Jahre versorgen würde. Ein dritter Mann war gestern schwer verletzt worden, als der Reiter, der durch das Lagerfeuer geritten war, ihm mit dem Schwert eine tiefe Wunde an der Schulter beigebracht hatte. Atli hatte ihn gut verbunden, er würde es wohl überleben. Dieser Reiter! Woher war er gekommen? Und wohin wollte er? Ob er etwas mit dem Überfall auf die Hammaburg zu tun hatte?

Regnar musste für seine Leute sorgen und dafür, dass die Bräuche gepflegt und die religiösen Rituale auf rechte Art eingehalten wurden. Vor dem Beutezug zur Hammaburg waren sie an der Küste der Franken unterwegs gewesen und hatten in Dorestad gehandelt und gute Geschäfte gemacht. Bei dem Überfall auf Cadix im letzten Jahr hatte er ein kostbares Glas erbeutet, das mehr wert war als ein neues Langschiff. Er hatte es nicht verkauft, er wollte es als Sicherheit behalten, für alte Tage, wenn er einmal nichts mehr verdienen würde.

Seine Leute waren über zwei Jahre unterwegs gewesen, den Winter hatten sie auf einer der Inseln in der Rheinmündung verbracht, mit wenig Schutz vor Wind und Wetter. Sie waren ausgelaugt wie er selbst, sie brauchten Ruhe und Entspannung, die man nur zu Hause finden konnte, jedenfalls eine Zeit lang, bis man sich an Skýr satt gegessen hatte, den Frauen auf den Geist ging und man sich nach den Planken eines Schiffs und dem Ritt auf den Wellen sehnte, weil sie einem dort nichts zu sagen hatten. Wie lange würde es dauern, bis sie endlich in Haithabu, in Kaupang oder, falls die Geschäfte es erforderten, gar in Björkö sein würden und die lästigen Sklaven und das Raubgut losgeschlagen hätten? Bis dahin brauchte er seine Leute. Danach konnte er nach Jellinge zurückkehren. Und dann erst, vielleicht zur Tagundnachtgleiche, könnte man Bier brauen und ein richtiges Odinsfest feiern und sich mit einer Schüssel mit Skýr ausruhen.

Ohne seine *félag* war Regnar nichts. Seinen Leuten verdankte er seine Macht. Sie würden ihm nur weiter folgen, wenn er, Regnar, für sie sorgen würde, ihnen etwas zu bieten hatte, nicht nur den Gewinn und die Beute mit ihnen teilen würde, sondern auch Spaß und Zerstreuung. Dafür musste ausreichend Bier oder Wein zur Hand sein. Am besten …

»*Hæ*, Leute!«, rief Regnar. »Es sollen ein paar Fässer guten Traubenweins in der Stadt sein. Wer sie herbeischafft, kriegt den ersten Schluck!«

Das ließen sie sich kein zweites Mal sagen. Ein Freudengeheul erhob sich und die Männer, die sich an der Landestelle und am Ufer der Aue aufhielten und nicht zur Wache rund um die Stadt benötigt wurden, schwärmten aus, in die Gassen und Häuser, die Saxe in den Händen. Die Gefangenen ließen sie allein sitzen. Sie waren alle gefesselt, bis auf die Kinder. Nur ein Mann hielt Wache am Ufer.

Regnar freute sich. Horiks Auftrag war ausgeführt, es gab gute Beute, ein hohes Lösegeld und hoffentlich genug Wein, um das zu feiern. Er hatte keinen Zweifel, dass der gefangene Graf auf die Lösegeldforderung eingehen würde. Das taten sie immer, denn niemand wollte sterben. Es sollte Markt sein in Stethu. In der Stadt würden eine Menge Waren sein, für die sich eine Kaperfahrt lohnte, sogar zu ferneren Orten. Händler, die noch kommen würden, würde man sich schnappen. Heute stand er in der Gunst der Göttin Fulla, die die Schatzkammer der Frigg hütete und ein goldenes Band im offenen Haar trug.

Spätestens übermorgen, verkündete er, werde ein Gelage abgehalten, zu Ehren Njörds, der die Meereswinde besänftigte. Bis dahin müssten alle Waren, die sie rauben wollten, auf den Schiffen abreisefertig verladen sein. Erst die Arbeit, dann das Vergnügen.

14

Sie waren allein an Bord, Mathes und der Graf. Die anderen Gefangenen hatte man drüben auf zwei Langschiffe verteilt und diese, getrennt von den übrigen, zwei Manneslängen vom gegenüberliegenden Ufer entfernt, an mehreren in den Grund gerammten Pfählen festgemacht. Mathes sah seine Mutter. Sie hatte das blaue Tuch abgenommen und zeigte nur ihr geschwärztes Gesicht, dicht neben sich Magdalena, seine Schwester. Sie trug einen Verband um den Kopf, der aus schimmeligen Stoffstreifen zu bestehen schien wie sein eigener. Irmin saß neben ihnen. Mathes fror. Er hatte nicht mehr geschlafen, seit die Dänen vom anderen Ufer der Elbe aufgebrochen waren, und es war ein kühler Vormittag.

»Kannst du meine Fesseln lösen?«, fragte der Graf leise, nachdem Mathes seinen Bericht von dem, was geschehen war, beendet hatte.

»Der Posten würde es mitkriegen, es hat keinen Sinn«, antwortete Mathes. »Wir würden unser Leben verlieren. Ein Leben ist denen nichts wert.«

»Ich muss fort, koste es, was es wolle. Bis er hier ist …«

»Und wenn es Euer Leben kostet, wollt Ihr dann auch fort?«

»Natürlich nicht!«

»Wir müssen auf jeden Fall warten, bis es dunkel ist. Könnt Ihr denn schwimmen?« Ob seine Hände ihm gehorchen würden? Sollte er tun, was der Graf verlangte? Was würde geschehen, wenn er floh?

»Ja, das kann ich. Ich werde dort drüben ans Ufer schwimmen und in den Büschen verschwinden.«

Der Posten am Ufer hatte etwas gehört. Wahrscheinlich meine Stimme, dachte Mathes, die schaukelt auf und ab wie ein Boot auf den Wellen. Der Mann stand auf, blickte zu ihnen herüber und kam auf dem Landungssteg näher.

»*Haltið kjafti!*«, sagte er.

»Wir sollen still sein«, erklärte Mathes. »Obwohl der Herr Regnar gesagt hat, ich soll von der Hammaburg berichten.« Er flüsterte und bewegte die Lippen so wenig wie möglich.

»Woher weißt du das? Sprichst du etwa ihre Sprache?«

»Nein.«

»Soso.«

Es dauerte nicht lange, bis die ersten Räuber von ihrem Beutezug zurückkehrten, beladen mit Säcken, Kisten, Krügen und Ballen. Einer schleppte mehrere Mühlsteine, die schienen begehrt zu sein. Einiges wurde auf dem Landungssteg aufgeschichtet, um später auf die Schiffe verteilt zu werden, anderes sogleich an Bord geschafft. Auch hatte man den Stadtbewohnern ihre Waffen abgenommen und einen Haufen Bogen, Pfeile, Spieße, Lanzen und Äxte gesammelt.

Der Riese Atli trug ein starkes Fass auf der Schulter, die Linke in die Hüfte gestemmt. Der Schweiß tropfte ihm vom Kopf. Er betrat die Landungsbrücke, zögerte, als er sich dem Steg näherte, stierte auf das Brett, biss sich auf die Lippen und machte den ersten kleinen Schritt. Hinter ihm drängte der nächste Beutegänger, der mit den Mühlsteinen. Das Brett bog sich unter der dreifachen Last, es knisterte. Atli blieb stehen, er wollte zurück, stieß gegen den fluchenden Hintermann, schwankte, machte einen Ausfallschritt, um sich wieder ins Lot zu bringen. Das ließ den Steg federn wie ein bockendes Pferd, der Wein im Fass schwappte hörbar.

»Wirf es ins Wasser!«, quiekte Mathes, bevor er denken konnte, und tat, als wärfe er etwas weg.

Und tatsächlich, der Mann gehorchte, obwohl er sicher nichts verstanden hatte, er gab dem Fass einen letzten Schwung zum Heck des Schiffs hin, womit er sich selbst vom Brett katapultierte. Beide schlugen fast zugleich klatschend auf, das Fass auf der einen und der Mann auf der anderen Seite des Stegs, und erzeugten Ringwellen. Das Fass dümpelte, rollte und torkelte einige Meter vor der Landungsbrücke. Der Mann ging unter. Der Kopf tauchte auf, die Augen aufgerissen. Ein Arm. Ein Fuß. Und dann nichts mehr.

»*Hæ*, Stecher!«, rief Regnar. »Du bist noch ein Kind, aber ich habe schon eine Menge Köpfe gesehen, die langsamer sind als deiner. Du hast mir gerade fünf *ask* besten Frankenwein gerettet. Dafür steht dir ein ordentlicher Schluck zu, wenn es so weit ist.«

Er tat ein paar Schritte, riss die Schattenlanze aus dem Boden, kehrte zurück auf die Landungsbrücke, legte sich auf den Bauch und langte damit nach dem Fass, was nicht einfach war und seine ganze Aufmerksamkeit erforderte.

Der Weinträger blieb verschwunden, Regnar war das Weinfass wohl wichtiger als der Mann, er schien sich nicht zu sorgen und die Leute, die zur Landungsbrücke kamen, um ihre Beute abzuladen, auch nicht.

»Kann er schwimmen?«, rief Mathes.

»Wer? Atli? Natürlich nicht. So blöd wird er nicht sein, dass er direkt an der Brücke ersäuft.«

»Er ist weg!«

»Wird schon wieder auftauchen.« Regnar lachte und widmete sich dem Fass. Er beschimpfte es, bis es gehorchte, und schob es an der Seite der Landungsbrücke entlang, wo er es packen und an Land rollen konnte. Er erhob sich, sah das ruhige Wasser. »Zum Donnerwetter! Atli, was …?«

Mathes war auf das erste Schiff hinübergeklettert. Das Wasser schwappte dunkel zwischen Rumpf und Steg, es hatte sich über dem Mann geschlossen und tat so wie vorher. Nur Blasen stiegen auf. Was sollte er machen? Was würde Christopherus tun? Da, der lange Mönch hatte sich zwischen den Gefangenen erhoben, die gefesselten Hände auf dem Rücken.

»Nimm ein Ruder!«, rief er.

»Lass ihn ersaufen!«, rief ein anderer.

»Ja, lass ihn ersaufen!«, rief eine geraubte Frau.

Mathes konnte nicht anders, er packte eines der Ruder, das im Mittelgang im Schiff lag, sprang zurück, versenkte es im Wasser und stieß und rührte es hin und her zwischen Schiff und Landungsbrücke, bis er einen Widerstand spürte, es von unten am Ruder ruckte. Fast wäre er selbst über Bord gegangen.

»Schnell, helft mir ziehen!«, schrie er.

»Thors Donnerwetter, Atli, du Dummkopf!«, brüllte Regnar. »Helft ihm!« Er schimpfte weiter in der Sprache der Schiffsmänner, machte drei Sprünge aufs Deck, riss Mathes das Ruder aus der Hand, zog daran und stieß es noch tiefer ins Wasser. Andere folgten ihm.

Alle riefen durcheinander. Mathes griff sich eines der Taue aus dem Schiffsboden, schlang ein Ende um eine der Ruderbänke und befestigte es.

»Hier!«, rief er.

Keiner hörte und sah ihn, denn alle starrten dorthin, wo der Riese in die Tiefe gesunken war, und drehten Mathes den Rücken zu.

»*Haltið kjafti!*«, brüllte Mathes, so laut er konnte, mit plötzlich tiefer Stimme, und hielt den Strick in die Höhe.

Die Leute fuhren herum und starrten Mathes an, ein paar Augenblicke lang, als hätten sie vergessen zu atmen. Bis ein Mann neben ihm begriff. Den Strick packen, ihn um die Hüfte schlingen und festknoten war eins. Er zögerte einen halben Atemzug, hielt sich die Nase zu, rollte mit den Augen und sprang über Bord, verschwand im blasigen Wasser.

Dann lag der Ertrunkene auf den Bohlen der Landungsbrücke, das Räubervolk stand um ihn herum und gaffte, wie ihm Wasser aus Mund und Nase lief. Man war sich offenbar einig, dass er sich so wenig wie gar nicht rührte und folglich tot war und somit nichts getan werden konnte. Man rieb sich die ernsten Gesichter, kratzte sich die Bärte, schüttelte die Köpfe, schluckte, spuckte aus und sprach leise vor sich hin.

Mathes hatte das Schiff verlassen, er keilte sich durch den Kreis der Gaffer und warf sich neben dem Toten auf die Knie, wälzte ihn mit aller Kraft auf die Seite, wobei ihm einige Hände halfen, bog den Kopf des Ertrunkenen nach hinten, öffnete seinen Mund, stieß ihm drei Finger hinein, mitsamt Verband, holte Schlamm heraus und brachte ihn zum Würgen. Er prügelte ihn, zuerst vorn, dann hinten, sie drehten den Mann wie Fleisch am Spieß, er schlug ihm den Rücken, die Schultern. Von seinen Kumpanen bekam der Ertrunkene Püffe und Stöße von allen Seiten und noch ein paar Tritte dazu, einige davon ziemlich derb. Bis der Tote röchelte, zuckte, anfing zu zappeln, einen Schwall grauen Wassers erbrach und endlich hustete, rasselnd den Atem zog, während ihm Rotz aus Mund und Nase lief. Schließlich öffnete er die Augen und bewies damit, dass er nicht tot war.

»*Hann er ekki dauður*«, murmelten die Männer.

»Er ist nicht tot, wahrhaftig, das sieht man, ihr Idioten!«, schrie Regnar, lachte und blickte Mathes an. »Habt ihr schon mal einen Toten gesehen, der seine Augen aufreißen kann?«

»*Farðu upp!*«, sagte Mathes.

Der Fassträger gehorchte und rappelte sich auf die Knie. So war er fast so groß wie Mathes. Er blies Wasser aus der Nase, hustete, zog pfeifend die kostbare Luft in seine Lunge, aus seinem Bart tropften Schlamm und Wasser, die bleichen Lippen öffneten sich zu einem gewaltigen Grinsen, er zeigte auf Mathes und sagte etwas. Offenbar ein Witz, da die ganze Gesellschaft in Gelächter ausbrach.

»Alles Schafsköpfe!«, schrie Regnar in der Sprache der Sachsen, indem er rundum auf seine Leute zeigte. Zuletzt richtete er den Zeigefinger auf Mathes. »Gestern hast du einen meiner besten Kämpfer getötet. Und heute hast du Atli gerettet, unseren stärksten Mann und Heilkundigen. Du allein hast ihn gerettet. Bist du heute ein Mann geworden?«

»Ich habe ihn gar nicht rausgezogen«, piepste Mathes. »Das war …« Er sah sich um nach dem Mann, der ins Wasser gesprungen war, aber er konnte ihn nicht entdecken.

»Hör zu, Stecher Mathes!«, grölte Regnar. »Bescheidenheit schadet, wem Ehre gebührt. Du hast nicht nur diesen Tollpatsch gerettet, sondern vor allem das kostbare Fass, das er beinahe zerschlagen hätte. Dafür hat er eine Münze verdient oder was meint ihr, Leute? Oder?«

Er wiederholte seine Worte auf Nordisch, die Umstehenden nickten zustimmend, sie bestätigten, dass es Mathes allein gewesen war, der zuerst nach dem Ertrinkenden gefischt und dann für ein Tau gesorgt hatte, und dass er eine Münze verdient hatte, wenn nicht für den dummen Atli, den er gerettet hatte, so doch für das kostbare Weinfass.

»*Þakka þér fyrir*«, sagte der Fassträger und stand langsam auf, während ihm das Wasser vom Leib lief und er sich schnäuzte. Er beugte sich herab zu Mathes und flüsterte ihm etwas ins Ohr, das so klang wie »*Líf mitt er þitt líf*«.

Er gab Mathes die Hand wie ein Mann dem anderen, aber so zart, dass es fast nicht schmerzte. Als Mathes' kleine Hand aus der großen wiederauftauchte, da blutete sie und seine Linke auch und plötzlich brannten die Wunden wieder wie Feuer und der nasse Verband hing in Fetzen hinunter.

»Mir scheint«, sagte Regnar, während er eine silberne Münze aus einem Beutel an seinem Gürtel zog und sie Mathes gab, »dass du Hänfling mehr Grütze in der Rübe hast als die meisten dieser Männer. Mitunter reicht der Geist weiter als die Axt.« Er hielt eine Rede an seine Mannschaft und wandte sich wieder an Mathes. »Sag, Stecher, warum hast du Atli Járnsiða geschlagen?«

»Ich dachte, das ist besser, als nichts zu tun«, antwortete Mathes, während er sich fragte, ob es richtig gewesen war, einen Mann zu retten, dessen Kumpan seinen Vater ermordet hatte.

Was hatte Atli gesagt?

Drüben entdeckte er Christopherus. Er lächelte. Die Männer neben ihm sahen wütend aus. Einer rief »Verräter!« und der Graf auf dem zweiten Schiff schüttelte stumm den Kopf.

»*Komdu með*«, sagte Atli und schob Mathes an der Schulter vor sich her. »Hand dein wird fein. Gut Hand.«

Er kniete vor Mathes, half ihm, die Münze in eine Tasche zu stecken, und nahm ihm die Verbände von den Händen. Er hieß ihn, sie im Fluss gründlich auszuwaschen.

Regnar hob den Speer auf, den er am Ufer hatte liegen lassen, suchte das Loch, in dem er gesteckt hatte, und pflanzte ihn wieder auf.

»*Hæ!*«, rief er dem Grafen zu. »Der Schatten! Er hat den Speer erreicht!«

»Ich nehme an«, antwortete der Graf.

Ihm bleibt wohl nichts anderes übrig, dachte Mathes, er muss Zeit gewinnen.

Atli hatte neue Leinenlappen von einem der Schiffe geholt. Er riss sie in Streifen und verband Mathes' Hände.

Als er fertig war, fasste er beide Gelenke, hauchte auf die verbrannten Hände und flüsterte: »*Kuril sarþuara, far þu nu funtin is tu, þur uigi þik, þorsa trutin, kuril sarþuara, uiþur aþrauari ...*«

Es klang wie ein uralter Zauberspruch aus längst vergangenen Zeiten.

15

Auf der Hammaburg war ein neuer Tag angebrochen. Der Lauf der Gestirne hatte sich nicht geändert. Die Sonne war aufgegangen wie immer, sie kümmerte sich nicht um die Geschicke der Menschen, sie schien gleichermaßen auf die Glücklichen und die Unglücklichen.

Gestern hatte man die Toten beerdigt, wofür der Gottesacker bei der Kirche hatte vergrößert werden müssen, über die Umfriedung hinaus. Die Verletzten mussten weiter versorgt werden. Die Nacht war kalt gewesen. Viele hatten sie unter freiem Himmel zubringen müssen, da fast alle Unterkünfte zerstört waren. Wenigstens hatte der Herrgott für gutes Wetter gesorgt.

Es war genug Fleisch übrig geblieben, von dem man sich auch heute satt essen konnte und die Kraft gewann, die Ruinen fortzuräumen und Platz für Neues zu schaffen. Nicht alle Hölzer waren verbrannt. Auch von der Kirche hatte der ein oder andere Balken dem Feuer standgehalten, den die Leute aus der Glut gezogen und mit Wasser übergossen hatten. Damit würde man neue Häuser bauen. An den Ufern der Elbe wuchs das Reet für die Dächer. Nur war die Ernte jetzt im Frühling und ohne das tragende Eis viel beschwerlicher. Dort gab es auch den Schlick, um damit die Gefache auszufüllen, und in den Elbauen wuchsen Weidensträucher, deren letztjährige Zweige man zum Binden des Reets verwendete, wenn die Strohstricke aufgebraucht waren. Der Fluss gab den Menschen Obdach und Nahrung.

Ansgar verließ die Burg und begab sich zu den rauchenden Resten seiner Kirche. Er wollte innere Einkehr halten. Alles musste gleichzeitig erledigt werden, es gab viel zu bedenken. Er musste Bilanz ziehen und trotz der Schmerzen in seinem Hintern zu Beschlüssen kommen. Die verwünschte Reiterei gestern, dafür war er nicht gemacht. Er setzte sich auf einen Baumstamm, sah die vielen frischen Gräber und schloss die Augen.

Über vierzig Menschen waren erschlagen worden. Von den Verletzten würden manche noch sterben, andere zu einer Last für die Gemeinschaft werden. Acht Kinder, fünf junge Frauen und elf junge Männer hatten die Dänen in die Sklaverei verschleppt. Sie waren verschwunden, man würde sie nicht wiedersehen. Die Lücke würde sich niemals füllen. Ein Schmerz hauste fortan in jeder Brust, der am größten war bei den Eltern und am allergrößten bei den Müttern, die ihre Kinder verloren hatten, ihren herrlichsten Schatz. Sie hatten nicht nur ihre Liebsten verloren, sondern zugleich den Sinn des Lebens. Da half kein Trost auf ein Jenseits. Im Gegenteil, der Gedanke daran nahm ihnen die Kraft für das Diesseits.

Der Fluss des Lebens kennt keinen Stillstand, er treibt dich weiter wie ein Holz und kümmert sich nicht um deine Trauer. Wie oft hatte Ansgar gepredigt, dass der Mensch kein Tier sei. Jetzt dachte er, wären wir doch, eine Zeit lang nur, wie Tiere, die weder Trauer noch Zweifel kennen, die emsig sind früh und spät, gleich ob ihre Geschäfte geraten oder nicht. Die Vögel, sie bauen im Frühling ihre Nester, sie legen Eier und brüten ihre Küken aus und füttern sie, sie wissen stets, was zu tun ist, sie machen niemals einen Fehler. Gott hat sie vollkommen erschaffen, nur der Mensch zweifelt, irrt und sündigt.

Es tat gut, tätig zu sein, denn arbeiten muss der Mensch, will er nicht irrewerden an seinem Elend und unfähig zur Tat. Es tröstete, die Verletzten zu verbinden, ja selbst die Toten zu bestatten, ihnen Ehre zu erweisen. Und es mochte einen winzigen Funken Zuversicht geben, Baumaterial herbeizuschaffen, Pfosten aufzustellen, Schlick zu schaufeln und Äste für die Gefache zu schneiden, brauchbares Werkzeug zu suchen oder neues herzustellen. Wer schaffte, weinte nicht. Die Nacht war die Zeit der Tränen.

Ein Zaunkönig schmetterte sein Lied, es klang wie ein Triumph, wie ein Gelächter, wie ein Fanal des Herrn: Ansgar, du sollst den Mut nicht sinken lassen! Wer trauert, dachte er, der kann auch lieben, und wer liebt, darf nicht mutlos sein, da er helfen muss.

Der Mensch muss nachdenken, dennoch handelt er oft falsch. An Ostern hatten sie gemeinsam die heilige Messe gefeiert, die Kirche war voll gewesen und nun saß er vor ihren rauchenden Trümmern.

Er hatte dem Volk, das ihm anvertraut war, nach dem lateinischen Text der Liturgie aus dem *Heliand* vorgetragen, in den Worten des Volkes. Das Buch hatte er sich beschaffen können. Für diese Predigt hatte er sich seine eigene Version zurechtgelegt. »Jesus, der Sündenlose, der selbst nicht mehr hier ist, er ist auferstanden, die Stätte ist leer, das Grab. Geht getrost näher nur, es verlangt euch danach, in den Stein zu schauen. Noch ist die Stätte sichtbar, wo sein Leichnam lag. Die bleichen Frauen, sie empfanden große Erleichterung, die wunderschönen Weiber. Sie freuten sich so sehr.« Die Leute in der Kirche hatten an seinen Lippen gehangen.

Und jetzt? Die Hammaburg, würde sie auferstehen? So viele Menschen fehlten. Das mag, dachte Ansgar, ein Vorteil für die Verbliebenen sein, denn so würde man es hoffentlich schaffen, für alle bis zum Herbst eine neue Wohnstatt herzurichten. Die umliegenden Bauernhöfe hatten die Räuber aus dem Norden unbehelligt gelassen, sodass man um Nahrung, jedenfalls fürs Erste, nicht verlegen war. Die Bauern verlangten hohes Entgelt, besonders für Saatgut, dessen man dringend bedurfte, weil das eigene verbrannt war. Womit sollte man bezahlen, nachdem Geld und Gut und Silber geraubt waren? Andererseits, wem sollten die Bauern ihre Vorräte verkaufen, wenn viele Käufer fehlten und die übrigen nicht bezahlen konnten? Die Wirtschaft musste sich den neuen Verhältnisse fügen. Man würde sich auf Arbeit für Kost und Logis einigen müssen. Manche der Burgbewohner würden bei den Bauern unterkommen, als Hüteburschen oder Mägde. Noch weniger würden es zuletzt sein, um die Hammaburg wiederaufzubauen. Lange würde es dauern.

Wann war es die rechte Zeit, nach Bremen aufzubrechen? Durfte er die ihm Anvertrauten verlassen? Wie es ihnen sagen? Zuerst müssten alle versorgt sein. Vorher durfte er nicht gehen, Ansgar spürte die Last seines Amtes. Er war nicht nur der Seelsorger seiner Gemeinde und führte den Gottesdienst, er war auch zuständig für die Armenfürsorge, der jetzt fast alle anheimfielen.

Vor allem war die Kirchenzucht seine Pflicht, eine schwere Aufgabe in einem Amtsbezirk, der groß und ungesichert war, der bis nach Herseveld im Süden reichte, bis Stethu am südlichen sowie

Esesfelth und Welanao am nördlichen Elbufer. Welanao war ein Hoffnungsschimmer, dort hielt sich mitunter der Erzbischof Ebo von Reims auf. Er hatte vom Papst das Legat für den Norden erhalten und sollte die heidnischen Völker bekehren. Dafür hatte Ebo das benediktinische Missionskloster in der Nähe von Esesfelth gegründet, klein noch und nah an der Grenze zu den Dänen, sehr mutig und hoffentlich von Dauer.

Das änderte allerdings nichts an Ansgars Zuständigkeit. In ganz Nordalbingien sollte er sich sorgen um das Heil der Menschen, ihre Seelen vor dem ewigen Höllenfeuer bewahren. Das war nur möglich durch korrekte Glaubenspraxis. Da er nicht an allen Orten selbst für die rechte Zucht sorgen konnte, hatte er Bezirke festgelegt und Priester berufen, die ihn vertraten, wie man es im Süden schon lange tat.

Er musste vorliebnehmen mit den Männern, die es gab. Manchem reichte das Latein nicht für ein Vaterunser, geschweige denn für eine Liturgie. Einmal hatte er den Spruch *»in nomine patria et filia et spiritus sancti«* gehört, der »im Namen von Vaterland und Tochter und des Heiligen Geistes« bedeutete und Gott verhöhnte. *»Bibo ego, dicit dominus, amen«* hatte, noch schlimmer, ein anderer gesagt, »Ich trinke, sagt der Herr, amen«. Ein paar falsche Buchstaben und das Heil der Seele war in Gefahr.

Nicht alle widmeten sich dem Amt mit Würde. Sie trugen Waffen, waren ehebrecherisch und unzüchtig. Einige dachten nicht daran, das Keuschheitsgebot einzuhalten, oder konnten der täglichen Versuchung nicht widerstehen. Andere streiften mit Hunden in den Wäldern umher, hielten sich Habichte oder Falken, pfiffen auf die Fastenzeit oder standen sie nur mithilfe großer Mengen starken Biers durch. Das nahm er hin, denn was flüssig ist, bricht kein Fasten, machte aber die österlichen Berichte liederlich, zu denen er jeden von ihnen verpflichtet hatte, sofern sie des Schreibens kundig waren. Die Berichte waren sowieso alle verbrannt. Die Kirchenzucht musste hintenanstehen. Sie war unwichtig geworden im Angesicht des Bösen, das die Schiffsmänner über die Hammaburg gebracht hatten.

Ansgar war bisher nicht in der Lage gewesen, jeden Diener Gottes und jede Magd Christi, die sich der Unzucht schuldig gemacht hatte, in Kerkerhaft bei Wasser und Brot Buße tun zu lassen. Rechte Kirchenzucht hieß die Gebote des heiligen Bonifatius befolgen, den Unflat des Heidentums ablegen, als da waren Totenopfer, Feuerbestattung, Losdeuterei, Zauberei, Teufelsbannerei und allerlei Sympathiekünste, Amulette, Wahrsagerei, Beschwörungen und, übler noch, Schlachtopfer. Es war nicht zu leugnen, es gab eine Menge törichter Menschen, die neben der Kirche – oder gar an ihrer Stelle – dem Satan dienten und heidnische Bräuche pflegten, womit sie sich den Zorn Gottes und seiner Heiligen zuzogen.

Drei von zehn, dachte Ansgar, drei von zehn sind töricht und so wird es wohl immer sein, solange Menschen unter der Sonne gehen, auch auf der Hammaburg. Denn Gott war gerecht und hatte die Törichten gleichmäßig in alle Welt verteilt, weshalb es töricht wäre zu versuchen, der Torheit durch Fortgehen zu entkommen, anstatt sie dort zu tilgen, wo sie sich zeigte, was ein wahrhaft schweres Unterfangen war. Das Unkraut der Torheit wuchs immer.

So war er am gotteslästerlichen Feuer zum Fest der Auferstehung des Herrn gescheitert. Ungeachtet seiner sonntäglichen Bannsprüche während der Fastenzeit hatten auch in diesem Jahr zu Ostern heidnische Feuer an den Ufern der Elbe gelodert, um die sich das Volk versammelte und tanzte. Sogar die eigenen Mönche waren nicht frei von schweren Sünden. So der Mönch Christopherus, der den Namen des Heiligen trug, den Retter aus plötzlicher Gefahr, dieser Mönch, der geraubt und von Gott mit Sklaverei bestraft war, ausgerechnet der hatte Unzucht getrieben mit der Frau des Schmieds, die sich wegen Unfruchtbarkeit an ihn gewandt hatte. Und das in der Kirche! Neben dem Altar! Wieder und wieder! Das Tier mit zwei Rücken! Oh, verfluchte Wollust!

Ansgar sprang auf, führte, seiner Reitschmerzen nicht achtend, einen wilden Tanz auf, als hätte ihn die Tollwut gepackt. »Kotz Sackimhemd und Brunzkruzifut!«

»Herr Bischof!«

Ansgar fuhr herum.

»Gottes Sakrament und Kruzifix! Lass Weisheit aus deinem Brunnen fließen!«, rief er dem Mann entgegen, der herbeilief. »Was ist?«

»Ein Bote von Esesfelth!«

Ansgar humpelte auf den Mann zu.

»Der Albschoss wütet in meinem Rücken.« Er stöhnte und eilte mit dem Mann zurück, während er hoffte, dass der seine Flüche nicht gehört hatte. Wie oft hatte er sich vorgesetzt, niemals wieder zu fluchen?

Auf dem Burgplatz wartete ein Mann auf ihn, der inmitten der tätigen Menschen stand und sich nicht rührte, als wäre er festgewachsen. Ansgar kannte den Mann von seinem Besuch in Esesfelth vor einem Jahr. Ein Vierschrot mit langem Bart, den er unter seinen Gürtelstrick geklemmt hatte, und der finster unter buschigen Brauen herausblickte – Berowelf.

16

Es war der dritte Tag. Die Dänen hatten alles, was sie begehrten, den Stadtbewohnern abgenommen und ihre Schiffe damit beladen, die sie zu diesem Zweck dicht am Steg nebeneinandergelegt hatten, sodass man über die Bordwände vom einen zum anderen steigen konnte. Auch das Schiff, das Regnar Richtung Elbe geschickt hatte, um Marktbesucher abzufangen, war zurückgekehrt und beladen worden. Sie hatten die letzten Tiere, die aufzutreiben waren, geholt und geschlachtet und den ganzen Tag damit verbracht, das Fleisch über Feuern zu räuchern und zu trocknen. Jetzt waren sie reisefertig. Zu ihrem Glück fehlte nur noch das Lösegeld, zumindest der größere Teil, zweitausend Pfund Silber hatten die Räuber schon erhalten. Für die Gefangenen schleppte sich der Tag hin. Alle warteten.

Für den nächsten Tag war die Abreise geplant, da der Graf Regnar das restliche Lösegeld für morgen versprochen hatte. Es sei denn, seinem Boten wäre etwas dazwischengekommen.

Mathes' Hände blieben frei. Das hatte Atli verlangt. Der Brand in den Händen war einem beständigen Jucken gewichen. Der Riese besuchte ihn mehrmals am Tag und sah sich den Tuchverband an, löste ihn, prüfte die Wunden, murmelte etwas in seiner Sprache, das Mathes nicht verstand. Einmal zeigte er auf die blutigen Stellen, die sich Mathes gekratzt hatte.

»*Ekki klóra*«, sagte er, machte eine Pantomime mit krummen Fingern über der Wunde und schüttelte den Kopf.

Immer wenn er den Verband neu gerichtet hatte, wiederholte er den Zauberspruch, dessen Bedeutung Mathes ein Rätsel war. Er schien zu wirken, einige Wunden hatten sich mit einer neuen hellroten Haut überzogen und sprangen nicht mehr auf.

»Es kommt mir so vor, als ob der Riese ein guter Mann ist«, sagte Irmin. »Oder ist er gut zu uns, weil du ihn gerettet hast?«

»Hab ich doch gar nicht.«

»Hast du wohl! Du bist ganz schön mutig. Wärst du nicht auf die Idee mit dem Ruder und dem Strick gekommen, wäre er ertrunken.«

»Wäre vielleicht besser gewesen«, sagte er. Passend zu ihrer Bemerkung, war seine Stimme diesmal tief.

»Vielleicht. Er hat gesagt, du sollst dich nicht kratzen. Aber wenn er dich nicht verbinden würde … Und der Zauberspruch?«

»Stimmt auch wieder.«

Drei lange Nächte hatten sie schon auf dem Schiff verbracht, mit den Kindern in der Mitte des Schiffs, wo am meisten Platz war, unter schafwollenen Decken. Die hatte Atli gebracht, es schien, als wollte er ihnen helfen. Sie rückten eng zusammen und suchten Trost und Wärme beieinander. Die Nächte waren kalt.

Neben Mathes lag Irmin, als könnte er sie nicht nur wärmen, sondern auch beschützen. Sie weinte viel, weil sie ihre Eltern und ihre Geschwister verloren hatte. Sie weinte selbst im Schlaf, ihre Schultern zuckten. Einmal war Mathes aufgewacht. Es war dunkel und sie drückte sich eng an ihn, umarmte ihn und legte ihr nasses Gesicht an das seine. Irgendwie tröstete ihn das, er fühlte sich seltsam glücklich, als könnte ihm kein Unheil widerfahren. Er legte einen Arm um sie und schlief wieder ein. Seine Augen blieben trocken. Tags starrte er vor sich hin. Die Bilder tobten in seinem Kopf. Wie der Räuber seinen Vater ermordet hatte, wie die Hand des Vaters zu Boden fiel. Das schrecklich viele Blut. Er riss die Augen auf und schüttelte sich, als könnte er sie fortschleudern. Hielt er Irmins Hand, wurde es besser. Oder er bannte die Bilder, indem er zu Mutter und Magdalena hinübersah. Dort drüben hockten sie mit den anderen, mit grauen Gesichtern ohne Hoffnung. Bis auf Magdalena waren alle gefesselt.

Mathes durfte sich frei bewegen.

»Wenn du wegläufst, weißt du, was mit deiner Mutter geschieht?«, hatte Regnar gewarnt.

Er hatte genickt.

»Und für die da neben dir haftest du auch!«

»Ja.« Er wusste, ein geraubter Junge hatte eine Angst, ein geraubtes Mädchen und eine geraubte Frau zwei.

Die Männer brachten das Essen zur Landungsbrücke. Atli sorgte dafür, dass Mathes und die Kinder reichlich abbekamen, Hühner- oder Schweinebraten, Haferbrot, mitunter ein Brocken Weizenbrot, ein besseres Essen, als sie es vom Leben auf der Hammaburg gewohnt waren. Dort hatte es nur selten Fleisch gegeben, weil es für die Herren war und die freien Bauern. Die Dänen wollten sich wohl nicht nachsagen lassen, ihre Geiseln schäbig zu behandeln, und die Sklaven mussten gesund bleiben und wohlgenährt sein, damit man sie zu einem guten Preis verkaufen könnte.

Mathes und Irmin hatten die Erlaubnis erhalten, das Essen von der Landungsbrücke zu den übrigen Gefangenen zu bringen. Dafür musste Mathes seine verbundenen Hände gebrauchen. Sie schmerzten, einige Wunden brachen auf und bluteten. Das nahm er in Kauf, denn so konnte er seine Mutter und seine kleine Schwester besuchen. Die Mutter strich ihm mit den gefesselten Händen plump über den Kopf und drückte ihn an sich, und Magdalena versuchte ein verzweifeltes Lächeln. Nichts darf ich tun, was sie gefährdet, dachte er.

Der Graf war der kostbarste Gefangene. Er war auf dem Schiff nebenan, die Dänen hatten ihn ins Heck geschafft, einige Schritte entfernt von den Kindern. Atli wies Mathes an, auch ihm Essen zu bringen, und löste die Fesseln des Grafen. Der schüttelte seine Hände, rieb und knetete sie, massierte seine Gelenke ausgiebig, dann aß er. Der Riese verfolgte jeden seiner Bissen mit den Augen. Aß er zu langsam, weil er die Freiheit seiner Hände genoss, schimpfte Atli, und als der Graf endlich fertig war und seinen Zopf gerichtet hatte, band er ihm erneut gewissenhaft die Hände auf dem Rücken zusammen und an die Ruderbank, sodass er nicht aufstehen konnte.

Atli ließ sie allein.

»Pass auf, Junge«, sagte der Graf und senkte die Stimme, während er dem Riesen nachsah, wie er an Land ging. »Ich erzähle dir etwas.«

Der Graf hatte von Regnar Aufschub für das Lösegeld verlangt und erhalten, wenn auch nur vier Tage. Die gewaltige Summe von achttausend Pfund Silber, das wussten die Räuber, war nicht über Nacht zusammenzubekommen. Dazu bedurfte es der Hilfe von Verwandten und Bundesgenossen des Grafen und nach denen musste ausgeschickt werden.

»Ihr dürft gern Eure Kinder zur Verfügung stellen«, hatte Regnar vorgeschlagen. »Dann könnt Ihr Euch selbst um das Lösegeld kümmern.«

Der Graf hatte abgelehnt. Bei den Schiffsräubern seien solche Vereinbarungen üblich, sie pflegten diese zu halten, erklärte er. Merkwürdig, Räuber und Entführer, die Gesetze achteten.

»Warum hat er es so eilig?«, fragte Mathes.

»Erstens, weil er euch so schnell wie möglich verkaufen will, bevor jemand krank wird oder flieht, so muss er euch nicht so lange bewachen und versorgen. Zweitens, weil sich herumspricht, was auf der Hammaburg und in Stethu passiert ist. Er hat Bedenken, dass sich die Leute wehren und sich gegen die Dänen zusammenschließen. Ist ja keine unbewohnte Gegend an den Ufern des Flusses und alle, die hier leben, sind verhasst auf die Räuber. Je länger sie da sind, desto brenzliger wird es für sie. Es gibt auch noch Leute aus der Stadt und das sind viele. Regnar hat jeden Tag mehr Mühe, seine Männer zurückzuhalten, dass sie nicht die Frauen … Er will nicht die ganze Stadt noch mehr gegen sich aufbringen.«

Mathes nickte.

»Deshalb drittens, es ist Frühling. Die Vorratsfässer sind leer. Die Dänen fressen alles auf. Bald ist nichts mehr vorhanden. Müssen die Leute hungern, werden sie ungemütlich. Sie sind jetzt schon sauer, weil die Dänen alles vollscheißen. Anstatt sich eine anständige Latrine zu bauen, geht jeder irgendwohin und macht seinen Haufen. Das ist widerlich!« Und er flüsterte, dass Frau und Kinder des Grafen in Stethu versteckt seien, im Grafenhaus, das eigentlich ein Kochhaus sei. »Du kannst es von hier sehen.« Seine Schwägerin und deren Kinder seien auch dort. Er nutze dort zwei Zimmer, wenn er in der Stadt sei. Nur er selbst habe sich den Räubern ausgeliefert. Wer weiß, wie lange sie dort noch sicher seien. Man müsse schnell handeln. Die Anzahlung habe er aus Herseveld erhalten, wohin er einen Missionär ausgesandt habe.

Mathes nickte erneut, denn das hatte er mitbekommen. Der Missionär war am zweiten Tag zurückgekehrt. Unter Regnars Augen hatte er dem Grafen das Silber ausgezahlt, der es Regnar übergab. Der Däne hatte einen der Beutel hochgehalten und geschwenkt, als wäre er Odins Ring, der in jeder neunten Nacht acht gleich schwere Ringe zeugte. Seine Kumpane waren in Gejohle ausgebrochen.

Eine furchtbare Einbuße, klagte der Graf und verzog das Gesicht, da man nun den Plan, in Herseveld ein Kloster in der Tradition des Benedikt von Nursia zu gründen, auf unbestimmte Zeit würde verschieben müssen. Das dafür gehortete Silber war verloren. Vielleicht würde es viele Jahrzehnte dauern, bis die Reliquie, ein Teil seines rechten Arms, den der Große Karl nach Kaufbeuren habe schaffen lassen und wovon nun ein Splitter in Bremen liege, am versprochenen Ort wirken würde.

Weitere fünfhundert Pfund Silber hatte der Graf gegeben. Er hatte viel Silber mitgebracht, um auf dem Markt gut bei Kasse zu sein. Er wollte Ochsen und Kühe für die Hersevelder Wirtschaft kaufen. Jetzt war fast nichts übrig. Zweitausend Pfund sollten hinreichen, meinte er, die Dänen glauben zu machen, dass es sich lohne zu warten, weil er den Rest auch zahlen werde.

»Wollt Ihr das nicht?«

»Je nachdem«, antwortete der Graf. Er habe einen zweiten Missionär nach der Burg Hliuni gesandt. Das liege südlich und sei weiter als einen Tagesritt entfernt. Dort sollte er mit dem Abt des Klosters verhandeln und ein Darlehen über den Rest aufnehmen. Das Benediktinerkloster Hliuni sei unermesslich reich wegen des unter ihm gelegenen Salzstocks. Dem Kloster stünden die Zolleinnahmen aus dem Salzverkauf zu. Das Lösegeld könne schnell die kurze Strecke nach Modestorpe an der Ilmenau geschafft werden. Von dort gelange man mit dem Boot auf die Elbe und nach Stethu. »Der Mann, den ich nach Herseveld geschickt habe«, flüsterte er, »ist im Wald auf euren Grafen Bernhard gestoßen.«

Mathes staunte.

Bernhard habe seiner Frau und seinen Kindern beistehen wollen und sei von der Hammaburg nach Herseveld geritten. Dort habe er erfahren, dass seine Familie mit ihm, dem Grafen von Herseveld, aufgebrochen sei nach Stethu. Er habe sich vorsichtig der Stadt genähert und alles von dem Boten erfahren. Bernhard habe sich sofort zum südlichen Elbufer aufgemacht, um die dortigen Uferleute zum Widerstand gegen die Dänen anzustacheln.

»Wir haben Hoffnung auf Hilfe!«, sagte Mathes leise.

»Ja. Bernhard hat auch nach Esesfelth geschickt, dort rüsten sie sich ebenfalls gegen die Dänen. Sag das deinen Leuten.«

Als Mathes über die Bordkanten wieder zu den anderen Kindern gestiegen war und neben Irmin saß, fragte sie: »Was habt ihr so lange geredet?«

Mathes berichtete leise, sodass es die anderen Kinder nicht hörten.

»Ich habe solche Angst«, sagte Irmin und schmiegte sich wie immer dicht an Mathes. Sie legte eine Hand auf seinen Arm.

»Deine Hand ist warm«, sagte er.

»Wenn du neben mir bist, habe ich nicht ganz so viel Angst«, sagte sie.

»Und wenn du neben mir bist«, sagte er, »denke ich nicht ganz so viel an meinen Vater …«

»Und ich nicht ganz so viel an meine Eltern.«

Mathes traute sich nicht zu fragen, was mit ihren Eltern geschehen war.

»Und was will der Graf tun?«, fragte Irmin.

»Ich soll ihm die Fesseln lösen, dann will er hinüber zu den anderen und alle losmachen. Sie müssen schnell hinüber zum anderen Ufer, bevor die Dänen …«

»Und falls es misslingt, Mathes?«

»Wir müssen es versuchen. Wir müssen schnell sein. Sonst gehen wir alle in den Tod!«

»Ich mag den Grafen nicht. Er ist so ein Laffe.«

17

Er war unterwegs nach Kadingi, saß im Bug eines kleinen Boots, drei Krüge mit Teer und Öl und das Leinenbündel zwischen den Knien, am Gürtel den Beutel mit Silber. Die beiden Helfer bedienten das Segel oder die Ruder nach seinem Kommando. Graf Egbert hatte sie ihm mitgegeben. Es galt, die Zeit zu nutzen. Morgen würde der vierte Tag sein. Es war kalt geworden, der Wind hatte wie so oft zugleich mit dem Tidenwechsel nach Osten gedreht und war aufgefrischt. Er trieb das Boot voran. Vermutlich würde es in der Nacht wieder frieren, denn am Himmel zeigten sich nur wenige weiße Wolken.

Graf Egbert hatte ihn beauftragt, entlang der Südküste Truppen zu versammeln, die sich den Räubern in den Weg stellen sollten. Man musste versuchen, den gefangenen Grafen Heinrich von Stethu zu befreien, den Räubern das gezahlte Lösegeld abzunehmen, vor allem, ihnen das Rauben und Morden so sauer wie möglich zu machen, damit diese vom Satan gesandten Bösewichte künftig das siebte Gebot achteten und selbst für ihren Lebensunterhalt sorgten wie andere anständige Leute. So hatte Ansgar es gesagt und damit, fand Berowelf, hatte er recht. Leute, die sich vom Fleiß anderer nährten, waren ehrlos.

Zuerst kreuzte Berowelf nach Süden, segelte zur Hauptinsel des Alten Landes und ruderte das letzte Stück, nachdem die Tide gekippt war. Das Alte Land lag südöstlich von Stethu, schon fast in Sicht auf die Hammaburg. Dort stieß er auf Graf Bernhard, der sehr in Sorge war um seine Frau und die Kinder, die in Stethu festsaßen und sich in höchster Lebensgefahr befanden. Er berichtete Berowelf, was er vom Missionär des Grafen von Stethu erfahren hatte. Eifrig rekrutierte Bernhard aus den Uferleuten Krieger und versprach ihnen hohen Lohn und Steuererlass, was offenbar gut ankam. Die Inselsiedler waren nicht nur widersetzliche Untertanen, sondern standen auch in dem Ruf, geizig zu sein, was sich zu bewahrheiten schien. Wer sein eigener Herr ist, sieht wenig Vorteil darin, einer Obrigkeit zu dienen, die ihm keine Hilfe ist im Kampf des Lebens. Sie dünkt ihm wenig besser als ein Räuber.

Vom Missionär des Grafen Heinrich wusste man, dass die Räuber ihm vier Tage Zeit gegeben hatten, das Lösegeld zu beschaffen. Vorher war mit einer Abreise der Nordleute also nicht zu rechnen. Vier Tage! Berowelf hatte seine Pläne geändert und war bis ganz zur Hammaburg geeilt, was sich als nützlich erwiesen hatte. Die besten Ideen kommen unterwegs, dachte er.

Für einen starken Zug gegen die Räuber waren die Leute von der Hammaburg zu schwach. Sie hatten genug daran, sich am Leben zu erhalten und ihren Schrecken zu überwinden. Doch hatte Berowelf mithilfe des Bischofs aus den Burgmannschaften des Grafen Bernhard fünfzehn Zinsbauern und einige Freie rekrutiert, denen er einen halbwegs geraden Bogenschuss zutraute. Hinzu kam die gleiche Zahl von Knechten und Unfreien von den umliegenden Bauernhöfen. Ihnen und ihren Herren versprach er gute Belohnung. Das waren Leute, die ihre Bogen und Spieße bislang nur bei der Jagd gebraucht hatten, weshalb sie weder Schilde noch lederne Brustpanzer besaßen, geschweige denn Hauben. Wenn sie ein Wildschwein oder einen Bären erlegen konnten, warum nicht auch einen wilden Dänen? Wer weiß, was sie taten, wenn es ernst wurde?

Auf dem Wasser waren die Dänen die Herren. Ihre Schiffe, das musste sich Berowelf eingestehen, waren den sächsischen weit überlegen, obwohl beide große Ähnlichkeit miteinander hatten, jedenfalls was die Bauweise betraf. Manchmal hatten kleine Unterschiede eine große Wirkung. Selbst hatte er noch nie eines der Drachenschiffe gesehen. Als die Dänen damals die Burg Esesfelth belagert hatten, hatte Berowelf noch im Süden gelebt.

Auf der Burg roch es nach erloschenem Feuer. Ein emsiges, gleichwohl stilles Treiben herrschte. Die Burgleute hatten aus den Ruinen das brauchbare Bauholz geborgen und aufgestapelt. Sie gierten nach guten Nachrichten, liefen herbei und umringten Berowelf und seine Helfer und schnatterten durcheinander, als gäbe es nichts zu tun, bis Berowelf ihnen Schweigen gebot und der Bischof zu Wort kam. Er beschrieb die Schiffe der Nordmänner, andere ergänzten seinen Bericht. Zuletzt ließ Berowelf einen der Schiffbauer reden, einen Fachmann also, der sich vordrängte und behauptete, er habe die Schiffe aus der Nähe gesehen. Er sei, berichtete er, an dem fatalen Morgen in der Nähe der Schifflände gewesen und habe sich im Schilf verborgen, aus dem ihn seine Neugier gelockt habe.

»Die Drachen- und Tierköpfe am Bug ihrer Schiffe!«, rief er und schüttelte sich. »Grausig sind sie, wie der Teu…, äh, wie der Leibhaftige! Als ob sie dich auffressen wollen!«

»Keine Sprüche«, knurrte Berowelf. »Mach's kurz, Mann!« Er hatte keine Zeit, sich Gejammer anzuhören, die Ebbe würde nicht warten. Und wenn er erst bei Flut fortkam, würde die Fahrt nach Kadingi dreimal so lange dauern. Die anderen Burgleute scheuchte er fort, bis er mit dem Zeugen und Ansgar allein war.

Der Schiffbauer duckte sich unter Berowelfs schwarzem Blick und fuhr fort. Einige der Drachenschiffe schätzte er auf über dreißig Schritte, ein unvorstellbares Maß, viel länger als die sächsischen, manche durchaus kürzer, alle jedoch sehr schmal, schmaler als die sächsischen, kaum drei starke Schritte. Aus übereinandergelegten Eichenhölzern seien sie gefertigt, mit Eisennägeln verbunden und mit Teer abgedichtet, »genauso, wie wir das machen«. Die Planken der Drachenschiffe beständen dagegen aus einem Stück, sie seien nicht aneinandergesetzt und, was den kleinen, entscheidenden Unterschied ausmache, sie seien sehr dünn gehauen, wenig dicker als ein Daumen und damit überaus elastisch. Die Schiffe passten sich dem Wasser an. Ein Rätsel, wie die Nordmänner das zustande brächten.

Und die vielen Eisennägel! Tausende müssten es sein. Gar nicht auszudenken, wie viel Erde man zu Erz verarbeiten müsse, wie lange es dauerte, bis das Eisen in zureichender Qualität und Menge in der Kohleglut und auf dem Amboss liege, und wie mühsam es sei und wie viele Wochen und Monate es bräuchte, die Nägel herzustellen. Das müssten wahrlich kostbare Schiffe sein, in der Mitte das Segel, ein gewaltiges rechteckiges Tuch. Woraus es wohl hergestellt sei? Aus Wolle? Es hänge an einem Mast, der in den Kiel eingelassen sei.

Die Nordmänner könnten das Segel schräg stellen und damit nicht nur den achterlichen, sondern auch den seitlichen Wind einfangen und zu seinem Sklaven machen, das hatte der Schiffbauer gesehen, und womöglich, sagte er, »können die Dänen damit sogar gegen den Wind segeln. Das ist bestimmt gelogen, denn das gibt es nicht«, das widerspreche jeder Erfahrung und, fügte er mit einem unsicheren Seitenblick auf die schmutzigen Hände des kleinen Bischofs hinzu, widerspreche den göttlichen Gesetzen. Träfe es doch zu, so müssten die Räuber im Bunde stehen mit dem …

»Es reicht!«, ging der Bischof dazwischen.

Das nervt ihn, dachte Berowelf. Er stört sich an der Macht des Teufels, der am Thron seines Gottes sägt. Es gibt keinen Teufel. Wir, die wir an den Dreieinigen glauben, wir wissen, dass das Gute und das Böse dem Menschen eingegeben ist, eins so mächtig wie das andere. Jeder von uns kann das Böse in sich besiegen. Man darf es nicht füttern, man muss es verhungern lassen. Unwillkürlich fuhr seine Hand an das Wams, unter dem er sein Amulett wusste.

Die Räuber, fuhr der Schiffbauer leiser geworden fort, hätten das Schiff gleichzeitig gesegelt und gerudert und am Ende schwor er, mit einem zweiten Seitenblick auf den Bischof, bei Jesus Christus, der Heiligen Jungfrau Maria und dem Heiligen Geist, der sie geschwängert habe, sie seien schneller, als ein kräftiger Mann laufen könne. Im Nu seien sie außer Reichweite gewesen.

Das alles entsprach den Berichten, die man von den Überfällen der Nordmänner auf die Küsten des Frankenreiches und Nordfrieslands kannte.

»Teer, sagst du?«, fragte Berowelf den Mann, als er endlich fertig war. »Abgedichtet? Wie eure?«

»Warum fragt Ihr?«, wollte Ansgar wissen.

Berowelf schnaubte und erklärte es. Er verlangte Teer, alles, was zur Verfügung stehe, und das auf der Stelle. »Und Leinenstoff. Auch viel. Altes Zeugs reicht. Fetzen und so etwas. Und wenn wir schon mal dabei sind, habt Ihr Öl?«

»Leinöl?«

Berowelf nickte und Ansgar versprach, suchen zu lassen. Zwei

Krüge Teer hätten den Brand unter einem am Ufer liegenden umgedrehten Boot überlebt und ein großer Krug Leinöl in einem Erdkeller, der vom Feuer nicht erreicht worden sei. Leinenstoff gebe es genügend.

Ansgar verlangte, Berowelf die vielen neuen Gräber zu zeigen. »Sie sind ohne Gnade!«

Berowelf lehnte ab.

»Ich komme wieder, wenn alles vorbei ist.« Und im Weggehen fügte er hinzu: »Falls ich dann noch lebe.« Er hatte schon an vielen Gräbern gestanden und es waren welche dabei, die er nie vergessen würde.

»Gott sei mit Euch!«, rief Ansgar ihnen nach, als sie von der Schifflände der Hammaburg abstießen und sich auf den Weg nach Kadingi machten.

Mut sei mit uns, dachte Berowelf.

Ansgar hatte berichtet, dass er die Kriegsmannschaft der Hammaburg einem Hauptmann unterstellt und ihm befohlen habe, zu Graf Bernhard zu stoßen, um seine Truppe zu verstärken und im Übrigen die Anweisungen von Berowelf zu befolgen. Den Schiffbauer schickte er mit einem Nachen und zwei Ruderern zur Burg Esesfelth. Er solle so schnell wie möglich Bericht erstatten und Berowelfs Kriegsplan übermitteln.

Kadingi lag nordwestlich von Stethu am Südufer der Elbe. Nachdem Berowelf und seine beiden Begleiter die Mündung der Aue, die nach Stethu führte, in gehörigem Abstand passiert hatten, gelangten sie in die Gegend, die Berowelf kannte wie seine Bestecktasche.

Die Küste Kadingis säumten Inseln, die viele Menschenalter lang von den Fluten der Elbe aufgeschwemmt worden waren. Man nannte sie die Uthlande. Sie wurden nur selten überflutet und ihr fruchtbarer Boden eignete sich für jeglichen Anbau, besonders Obst. Die Bauern waren reich und niemandes Knecht, hochfahrende Leute also. Mäandernde Priele trennten die Inseln, man konnte nur zu Wasser zwischen ihnen verkehren. Der schwarze Schlick, den das Elbwasser mit sich brachte, hatte sich über viele Jahre in den Prielen abgesetzt. Viele fielen bei Ebbe trocken. Nur bei Springflut führten sie noch Wasser. Durch Schilfgürtel und unsichtbare Durchlässe stieß das Boot in die amphibischen Labyrinthe jenseits der Uthlande vor, wo es tückische Sümpfe gab und stehendes Wasser, auf dem die Farben des Regenbogens schillerten.

In den kadingischen Deeplanden überschwemmten die Elbfluten in der dunklen Zeit weite Gebiete und der Nebel gebar Gespenster, von denen der Unhold Grendel der grausigste war, sein Haupt eine furchtbare Fratze, seine Hände Eisenkrallen, sein Blut schmolz Schwerter. Er nutzte windige Landzungen und versteckte Moorpfade, er verschwand in den schwarzen Wassern der Seeblicke und ließ einen Höllengestank oder gar Flammen zurück. War ein Mensch im Moor verloren, hatte der Grendel ihn gefressen. Seine Leibspeise waren Kinder.

Hier hausten die Armen und Flüchtigen auf Landstücken, die sie aufgeschüttet und trockengelegt hatten, um Flächen für den Ackerbau zu gewinnen. Die meisten von ihnen waren Wenden. Die Moore lieferten ihnen die Winterfeuerung. Hier war Berowelf geboren. Seine Eltern hatten ihn Bronislav genannt, denn auch sie waren Wenden gewesen. Sie lebten nach eigenen Gesetzen in kleinen Runddörfern am Rand der Moore. Von den Alten wusste man, dass die Wenden vor Urzeiten weiter elbaufwärts gesiedelt hatten. Irgendwann hatten sie sich in ihren Einbäumen auf den Wasserweg gemacht, um neues Land zu finden. Nachdem sich die Sachsen ausgebreitet hatten, waren viele Wenden fortgegangen, manche zurück in den Osten, viele nach Nordalbingien, wo der Große Karl Wenden angesiedelt hatte. Andere folgten den Sachsen über das Meer nach Britannia, wo sie neue Reiche gegründet hatten.

Berowelf hatte seine Heimat nie verlassen wollen, damals, als er noch Bronislav hieß. Die Mücken, die sich in den heißen Sommermonaten vom Blut der Menschen nährten, hätte er ausgehalten, doch war er es leid geworden, wegen seines Namens und seiner fremden Sprache beschimpft zu werden und weil er kein Christ war und schwarze Haare hatte. Vor allem konnte er den Tag nicht vergessen, als sächsische Nachbarn sie überfallen hatten, Leute von den Hochlanden, die sich als Erste vor den neuen Herren gebückt hatten.

Die Statue des Dreigottes mit seinen drei Häuptern, die an der höchsten Stelle des Dorfes stand, verbrannten sie. Ihm hatten die Wenden geopfert, zu ihm hatten sie gebetet. Erschaffung, Erhaltung, Zerstörung, das waren die drei unabänderlichen Prinzipien allen Waltens und Schaffens, die drei Gesichter der Welt. Die neuen sächsischen Herren, die ihre Macht von den fränkischen geborgt hatten, wollten bestimmen, woran der Mensch zu glauben hatte, obwohl sie, wie Berowelf von seinem Vater wusste, selbst noch vor zwei oder drei Menschenaltern der Irminsul gehuldigt, dem Gott Donar geopfert und das Christentum für einen Irrglauben gehalten hatten. Jahrzehntelang hatten sie gegen den Frankenkönig gekämpft, der in ihr Land eingefallen war und seinen Jesus Christus mitgebracht hatte, zu dem nun alle beten sollten.

Jeder Sachse wurde gefragt, ob er dem Teufel abschwören wolle, und jeder musste antworten: »Ich widersage dem Teufel und der Teufelsverehrung und allen Werken und Worten des Teufels, dem Donar, dem Wodan und dem Saxnot und all den Unholden, die ihre Genossen sind.« Viele wurden hingerichtet, weil sie den Schwur verweigerten, andere legten ihn ab. Dennoch enthaupteten die Franken sie, weil sie ihnen misstrauten. Und noch viel mehr taten nur wie Christen und hielten in ihren Herzen am alten Glauben fest.

Auch Bronislav tat den Abschwur, doch leichten Herzens, denn die Götter, denen er abschwor, waren die seinen nie gewesen. Was hatte sein Dreieiniger Gott mit dem Teufel zu tun? Oder mit Donar und Saxnot? Für ihn, Bronislav, war der Eid nicht mehr als ein dummer Spruch. Er mochte den strafenden Gott der Christen nicht, der den Menschen das Singen und Tanzen verbot und sie zu Duckmäusern machte, und er glaubte an einen Teufel ebenso wenig wie an eine Hölle.

Die Unduldsamkeit, sie war mit dem Christentum gekommen. In der alten Zeit hatte jeder glauben dürfen, was er wollte. Kaum hatten die sächsischen Herrschaften das Christentum der fränkischen Eroberer angenommen, vergaßen sie, was gestern war, und wussten es besser. Zweifler hätten sie sein sollen. Aber vermutlich waren die Zweifler die größten Fanatiker, sie mussten die Dreigottstatue zerschlagen und verbrennen, als zerschlügen und verbrannten sie ihre Zweifel. Sie machten die Abgötterei, wie sie es nannten, verantwortlich für das Fieber, Auszehrung, schwarze Galle und die Winterflut, die Vieh und Mensch ertränkte. Sie waren nicht besser als die Nordmänner, die die Kirche der Hammaburg verbrannt hatten.

»Ha!«, machte Berowelf, freute sich über seine Erkenntnis und stieß seinen Stab so heftig in die Planken des Boots, dass seine Helfer erschraken.

Er befühlte die kleine dreigesichtige Statue, die er seit damals, als er das Land verlassen hatte, in einem Beutel trug, über seinem Herzen und unter dem Kittel verborgen. Es war noch nicht lange her, dass man die Religion fast vom Zwang befreit hatte, gerade zwei Jahre.

Ludwig der Deutsche hatte sich mit seinen Brüdern über die fränkische Erbfolge bekriegt und die sächsischen Bauern und Halbfreien aufgerufen, für seine Sache zu kämpfen. Als Belohnung hatte er ihnen die Freiheit des Glaubens versprochen. Sie dürften unter seiner Herrschaft wieder ihren alten Göttern huldigen und opfern. Viele glaubten ihm, warfen die Kruzifixe und Rosenkränze fort und zogen in den Krieg. Und was war der Lohn? Der Galgen und das Schwert. Die Franken hatten grausame Rache geübt. Er, Bronislav, hatte sich gegen den Krieg entschieden und war lebendig geblieben. Die Kruzifixe hatten gewonnen.

Bronislav hatte sich den sächsischen Namen Berowelf gegeben und war fortgegangen, nach Esesfelth, sein Glück zu suchen. Er glaubte an bessere Tage an einem besseren Ort.

Er hatte recht behalten. Jenseits des Großen Priels in Kadingis Norden hatte sich Berowelf eine chaukische Frau genommen, auch sie eine der Letzten ihres Volkes, nachdem die anderen nach Süden gewandert waren. Auf der anderen Seite des Flusses gründeten sie eine Familie. Sie gebar ihm fünf Kinder, von denen zwei überlebten, ein Mädchen und ein Junge. Er, Berowelf, trat in die Dienste des Grafen Egbert von Esesfelth, dem er sich durch seine unver-

115

gleichlichen Kenntnisse der Uferlande zwischen dem Meer und der Hammaburg und seine Geschicklichkeit zu Wasser unentbehrlich machte. Berowelf sorgte für die Zolleinnahmen und trieb jedes Schiff auf, das sich dem entziehen wollte, und wenn es sich in den Sümpfen Kadingis versteckte. Er war nie in eine Kirche gegangen. Das hatte er nicht nötig. Er hatte kein Interesse an fremdländischen Zeremonien, der Anbetung hässlicher Reliquien und dem Hersagen lateinischer Sprüche, die kein Mensch verstand.

Berowelf dachte an seine Eltern, die vor vielen Jahren gestorben waren, und fragte sich, was sie an seiner Stelle getan hätten. Hätten sie sich bei einem fränkischen Grafen verdingt? Hatte er seine Seele verkauft? Die hohen Schlickränder glitten vorüber, undurchdringliche Schilfwände säumten die Ufer, mitunter beschattet von den Zweigen einer Weide. Er dirigierte das Boot durch ein Labyrinth von Inseln, Schilffeldern und überwachsenen Tiefen, verborgenen Buchten und schmalen Durchlässen. Er fühlte die unsicheren Blicke seiner Begleiter auf dem Rücken.

Sie näherten sich der Insel, die das Reich seiner Kindheit gewesen war. Schon konnte er die ersten niedrigen Häuser ausmachen, deren Dächer fast bis zur Erde reichten und mit Soden gedeckt waren. Er wusste dort Leute, die den Mut hatten, sich den Dänen entgegenzustellen. Er hatte nur noch wenig Zeit.

Abgezehrte Gestalten standen vor ihren Sodenhütten und sahen ihnen misstrauisch entgegen. Im Näherkommen erhob sich Berowelf bedächtig im Bug des Boots und strich sich den Bart. Da lachten sie und als er noch näher gekommen war, erkannte Berowelf, dass Jano unter ihnen war, und das war gut, denn er kannte ihn seit langer Zeit und vertraute ihm.

Sie begrüßten einander und traten zur Seite, um zu beratschlagen, was ihnen zur Verfügung stand, den Räubern die Stirn zu bieten.

»Ich weiß ein Mittel«, sagte Jano. »Es ist zwar ein wenig gefährlich. Vielleicht können wir es schaffen. Sie werden am Tag aufbrechen, meinst du?«

»Am vierten Tag, ja. Das ist schon morgen.«

Doch zuerst musste das Pferdeorakel befragt werden.

»Wenn es auf eine der Stangen tritt, werden wir aufbrechen«, bestimmte Jano.

Ohne ein gutes Omen würden sich weder genug Männer finden noch würden sie lebendig heimkehren. Zwölf Männer legten lange Stangen zu einem Sternkreis auf die Hauswiese. Jano holte das Pferd, ein mächtiges Tier mit schweren Hufen und glänzenden Schenkeln, um es außen einmal im Kreis über die Stangen zu führen. Alle Männer waren gekommen und sahen gespannt zu. Würde das Pferd auf das Holz treten oder nicht?

18

Auch dieser dritte Tag der Qual hatte einen Abend.

Die Schiffsmänner schichteten morsche Äste und Bretter gleich neben dem Landungssteg zu Holzstößen auf. Die Waffen der Stadtbewohner warfen sie ebenfalls darauf, soweit sie diese nicht für sich selbst nahmen. Wenig später stieg Rauch auf und die Feuer brannten. Die Schiffsleute führten Glut in hölzernen Behältern mit sich.

Plötzlich geschah etwas.

Regnar gab Anweisungen. Die Gefangenen mussten sich auf die Schiffe verteilen und in der Mitte sitzen. Auf jedem Schiff hielten fortan zwei Männer Wache, auf jeder Seite einer, den Sax in der Faust. Der Graf wurde zu Mathes und den Kindern auf das zweite Boot gebracht, während auf dem ersten, das gleich am Landungssteg lag, keine Gefangenen waren, sondern vier bewaffnete Wächter, damit niemand an Land gelangen konnte oder umgekehrt.

Damit nicht genug.

Plötzlich Geschrei und Gekreisch in den Häusern von Stethu. Die Schiffsleute stießen sieben Männer vor sich her, bis auf die Landungsbrücke, fesselten ihnen die Hände auf dem Rücken und banden sie aneinander. Sie mussten im Kreis sitzen, die Füße nach außen, mit gesenkten Gesichtern und flackernden Augen.

»Hört, ihr Leute von Hammaburg und Ihr, Graf von Stethu!«, rief Regnar, neben sich die neuen Gefangenen. »Morgen ist der vierte Tag. Da läuft die Frist ab, die ich gesetzt habe zur Beschaffung des Lösegelds. Weil wir dann abreisen, wollen wir heute Abend ein wenig feiern und dabei unsere Ruhe haben. Wenn ihr also zu fliehen versucht oder jemand den dummen Einfall hat, den Grafen zu befreien, werden diese Leute hier sterben und der Graf sowieso. Habt ihr das verstanden?«

Alle sahen zu Boden. Keiner wollte als Erster antworten. Mathes lugte unter seinen Haaren hervor. Regnar, der keine Waffen zu tragen schien, ließ sich von einem seiner Leute einen Sax geben, trat zu den

Gefesselten. Nachdem er mit dem Daumen die Schärfe der Klinge geprüft hatte, setzte er ihn einem von ihnen an die Gurgel.

»Habt ihr mich verstanden?«, rief er.

Der Bedrohte zitterte, sein Gesicht war dunkelrot. Er hatte aufgehört zu atmen.

»Jaja«, murmelten einige.

»Jaja heißt leck mich am Arsch! Ich will wissen, ob ihr mich verstanden habt! Von jedem!«

»Ja!«, riefen alle. »Ja!«

Regnar gab den Sax zurück. Am Hals des Bedrohten rann ein Blutstropfen hinab. Der Mann rang nach Luft.

Bald lagen Bratspieße auf Astgabeln über den Feuern und das Fleisch der Tiere briet, die die Einwohner von Stethu hatten hergeben müssen. Lange Zeit würde es keine Eier geben, keine Milch und kein Fleisch. Und woher würde man neue Ochsen beschaffen, um die Felder zu bestellen?

»Seht ihr? Jetzt machen die Halunken das erste Fass auf«, knurrte der Graf.

Ein Jubelschrei stieg auf über den Männern am Ufer.

»Sieh«, flüsterte Mathes Irmin ins Ohr, »die Wachen haben keine Augen mehr für uns.«

Die Wachen zogen mürrische Gesichter. Sie waren neidisch. Die vier auf dem ersten Boot drehten den Gefangenen meistens die Rücken zu. Sie mussten zusehen. Den Funken, die aus den Feuern stoben, wie das Fleisch an den Spießen braun wurde und wie sich eine Traube Durstiger vor dem Fass Wein drängte, das auf einem Holzklotz lag, aus dem sie ihre mitgebrachten Hörner, hölzernen Becher oder geraubten Krüge füllten. Wie sie einander rempelten und schoben und beschimpften, wenn es ihnen nicht schnell genug ging oder gar ein Tropfen überfloss, was nicht anders zu erwarten war. Hatten sie ihre Gefäße endlich gefüllt, hoben sie sie empor und riefen »*Skál!*«, bevor sie tranken, und das meistens in einem Zug. Manche hielten eine Ansprache, die stets mit einem lauten »*Skál!*« endete, woraufhin alle ebenfalls »*Skál!*« riefen und tranken.

Sie liefen hin und her oder saßen in Gruppen, sie schwatzten, lachten, drehten das Fleisch auf den Spießen, warfen neues Holz in die Glut, schnitten sich gare Batzen ab und aßen. Immer wieder kehrten sie zu dem Weinfass zurück, das der Mittelpunkt der Gesellschaft war. Einige spielten ein Brettspiel, sie bewegten kleine Figuren hin und her und knobelten mit winzigen Hornwürfeln, die, wenn sie gefallen waren, Anlass für ärgerliche oder freudige Ausrufe waren.

»Gut, gut«, flüsterte der Graf. »Sie betrinken sich. Sollen sie sich volllaufen lassen, diese Schmarotzer! Heute Abend gilt es! Schade um den Wein.«

Regnar beteiligte sich nicht an dem Treiben. Mathes sah, wie er sich hier und da zu seinen Kumpanen setzte, dann wieder abseitsstand und mit ernstem Gesicht seine Leute beobachtete. Er hatte keinen Becher in der Hand. Atli aß an einem der Feuer, ein großes Stück Fleisch in der Faust, sein großer Kopf ragte über den Bratspieß und leuchtete rot im Flammenschein.

Einer der Wachmänner auf dem Schiff rief etwas von dort, wo Mutter und Magdalena waren. Andere Wachleute auf den Schiffen schlossen sich an. Regnar trat an das erste Schiff an der Landungsbrücke und antwortete ihnen. Worte flogen hin und her, es wurde lauter und nahm sich wie ein Streit aus. Zuletzt wurden die Wachleute abgelöst von Männern, die zuvor am Ufer gegessen und getrunken hatten und nun mürrische Gesichter zogen, weil auf sie das schlechte Los gefallen war. Die Abgelösten stürmten das Weinfass und erhoben ein wütendes Geschrei, weil es leer war, das in einem Jubel endete, als Atli mit einem zweiten Fass auf der Schulter erschien.

Es war dunkel geworden. Die hinteren Schiffe verschwanden in der Nacht. Mathes konnte Mutter und Magdalena nicht mehr sehen. Die hitzigen Gesichter der Leute glühten im Flammenschein, einer machte einen Satz über ein Feuer, den Becher in der Hand. Ein anderer tat es ihm nach und riss einen Becher und eine Spieltafel mit sich, sodass der Wein vergossen war und die Spielsteinchen verstreut wurden. Ein Spieler sprang auf, brüllte den Springer an und hieb ihm die Faust ins Gesicht. Kaum einen Atemzug später war eine Schlägerei im Gange, die erst aufhörte, als Regnar einen Befehl ausstieß und Atli die Konkurrenten am Nacken packte und kräftig zudrückte. Er schob sie dicht an das Feuer und ließ sie ein wenig braten, während er ihnen etwas ins Ohr flüsterte. Als er sie losließ, war ihnen die Wut vergangen.

Nach einiger Zeit wurden die Wächter erneut ausgetauscht. Die vom Ufer kamen, waren unsicher auf den Beinen, einer verfehlte die Bordwand des nächsten Schiffs und fiel ins Wasser, aus dem er unter Gelächter herausgezogen wurde, diesmal sehr schnell.

»Sie betrinken sich alle«, flüsterte Irmin. »Ich habe Angst.« Sie verkroch sich hinter Mathes' Schulter.

Regnar stand auf der hölzernen Schifflände und spähte über die Boote.

»Was hat er vor? Er guckt zu uns, glaube ich. Was will er?« Ihre Stimme zitterte.

»*Drekktu!*«, sprach es plötzlich neben ihnen, eine raue Stimme. Mathes fuhr herum. Einer der Wachleute vom ersten Schiff stand an der Bordwand und hielt Mathes einen Becher entgegen.

»Trink, Stecher!«, rief Regnar. »Vorgestern habe ich dir einen ordentlichen Schluck aus dem Fass versprochen, das du gerettet hast. Fast hätte ich es vergessen. Was versprochen ist, muss eingehalten werden. Wir trinken auf eine gute Seefahrt, wenn wir morgen aufbrechen. Auf dass Njörd uns wohlgesonnen sei, der den Lauf der Winde lenkt und Meer und Sturm und Feuer beruhigt! *Skál!*«

»Ich … ich …« Mathes zögerte. Er hatte noch nie Wein getrunken.

»Na mach schon!«, rief Regnar. »Worauf wartest du?«

»*Drekktu!*«, wiederholte der Mann.

Der Becher näherte sich.

»Du musst ihn nehmen, sonst wird er böse«, flüsterte Irmin.

Mathes griff vorsichtig zu. Ein süßlicher und zugleich stechender Geruch stieg ihm in die Nase. Er nippte daran und musste husten. Dabei verschüttete er ein wenig von der Flüssigkeit.

»Trink aus, anstatt ihn fortzukippen. Wenn du einen Mann töten kannst, dann kannst du auch trinken.«

Mathes fügte sich. Nach zwei kleinen Schlucken gab er auf, weil er wieder husten musste.

»*Drekktu upp!*«, sagte der Wachmann. Er sah wütend aus.

»Na, wie schmeckt es dir?«, wollte Regnar wissen.

»Ga… Ganz gut.« Mathes hatte den ganzen Becher geleert und ihn an den Wächter zurückgegeben. Er schnappte nach Luft.

»Ich lasse dir noch einen Becher bringen.« Regnar ließ sein dröhnendes Lachen hören. »Weil es dir so gut geschmeckt hat und weil du die Hälfte ausgekippt hast.«

Kurz darauf hielt der Wachmann Mathes den Becher gefüllt vor die Nase. Unsicher griff Mathes zu und nachdem der Wächter entsprechende Zeichen gemacht und »*Drekktu*« befohlen hatte, leerte er auch den zweiten Becher, bezwang den Wein mit wenigen Schlucken und reichte ihn dem Wächter zurück.

»Ich glaube, jetzt bin ich betrunken, Irmin«, sagte er. »Der ein-einzige Vo-vorteil daran ist, dass ich wie-wieder ein Wo-wort von der Sch-sch-prache der Schi-schiffsmänner gelernt hab.« Er kicherte und bekam Schluckauf. »Issn ziemliches Scheißgefühl, sach ich dir! Übrigens, du hass zwei Gesichter, hass du.«

Irmin versuchte zu lächeln. »Das geht hoffentlich bald vorbei.«

Sie kuschelte sich an ihn, Mathes legte mutig einen Arm um sie. So saßen sie und er döste vor sich hin und wackelte mit dem Kopf.

Der Abend ging hin, bis mit einem Mal Geschrei ausbrach. Mathes wachte auf. Er musste geschlafen haben. Mehrere Räuber hatten zwei Frauen aus einem der nächstgelegenen Häuser gezerrt und stießen sie vor sich her, in die Lichtkreise der Feuer hinein. Die Frauen schrien und wehrten sich, die Männer lachten darüber. Die ganze Räubergesellschaft grölte Beifall, der noch lauter wurde, als einer der Räuber einen Mann mit seinem Sax niederstach, der ihnen gefolgt war und der Frau beistehen wollte. Andere Schiffsmänner lösten sich aus der Truppe und stürmten fort in das nächste Haus.

»*Hættir strax! Nóg!*« Regnars Stimme donnerte über alle hinweg. »*Láttu konurnar vera!*«

Atli schlug den Männern auf die Köpfe, um Platz für andere Gedanken zu schaffen. Sie mussten die Frauen loslassen, die sogleich im Dunkel verschwanden. Aber andere kamen schon mit anderen Frauen und eine ganze Schar Schiffsleute machte sich unter dem Kommando eines torkelnden Kerls auf, um in die Häuser der Stadt einzudringen.

»Das habe ich mir gedacht«, stieß der Graf leise hervor. »Er verliert die Kontrolle über das Pack.«

Mathes saß stumm neben Irmin und konnte sich nicht mehr bewegen. In seinem Kopf drehte es sich. Ihm war übel. Seine Zunge lag wie ein Pelztier in seinem Mund. Der Wachmann neben ihm war aufgestanden und starrte an Land. Die Wachmänner auf dem ersten Schiff drehten ihnen ihre dunklen Rücken zu. Die Feuer waren niedergebrannt.

»Hilfe!«, schrie eine Frau von einem der Boote, die im Dunkeln lagen.

Mutters Stimme!

Ein heiseres Männerlachen.

Mathes warf einen Blick auf den Wachmann neben ihm, der jetzt, zwei Armlängen entfernt und mit einem Fuß auf dem Dollbord, bereit war zum Sprung, die Augen gespannt auf das Geschehen an Land gerichtet. Überall die Hilfeschreie der Frauen. Mathes spürte den Wein nicht mehr. Er wusste genau, was er zu tun hatte. Rasch bückte er sich, riss das Band an seinem Fußleder auf und zog das Schabeisen hervor. Er stieß Irmin an.

»Schneid ihm die Fesseln auf«, raunte er und drückte es ihr in die Hand.

»Rührt euch nicht, erst, wenn ich es sage«, flüsterte Irmin den anderen Kindern zu.

Alle blieben still. Dann kroch sie zum Grafen, schnitt ihn frei, kroch zurück und ließ das Eisen in Mathes' Hand verschwinden.

Der Graf wartete, bis der Wächter neben ihm den Kopf abwandte, erhob sich wie ein Blitz, stieß ihn ins Wasser, war in zwei Sätzen am Bug und sprang über Bord.

Das war nicht zu überhören. Der zweite Wächter rief einen Warnschrei und wollte nach Mathes greifen, fand sich im Dunkeln nicht gleich zurecht. Da war Mathes aufgesprungen und fort, schoss über die Bordwände zum nächsten Schiff, schlug dem Wächter, der ihn halten wollte, mit einem Geheul im höchsten Fisteln das Eisen in den Arm, er kämpfte und wühlte sich zwischen den gefesselten Leibern hindurch, hieb auf einen zweiten Wächter ein, dass der schrie und ihn losließ, sprang zum nächsten Schiff, hieb auch dort um sich, bis er auf das letzte Schiff gelangte.

»Hier, Mathes, hier!«, rief die Mutter aus dem Dunkel.

Eine Faust packte ihn an der Schulter. Mathes' Geheul ertönte plötzlich im Bass eines Mannes, und er holte aus, das scharfe Schabeisen seines toten Vaters in der blutigen Faust.

19

Nachdem der Bote von der Hammaburg in Esesfelth angelangt war, sprach sich schnell herum, was sich auf dem anderen Ufer der Elbe zugetragen hatte. Zuerst sprach Graf Egbert mit ihm, hinter verschlossener Tür, danach berief er einen Rat ein und wenig später befahl er den Aufbruch noch am Abend, bei halber Ebbe, sobald sich die Löwenzahnblüten schlossen und sich die ersten Blüten des Schinkenwurzes öffneten und ihren süßen Abendduft ausströmten.

»Wenn es zum Kampf kommt, werdet Ihr meiner bedürfen«, hatte Arnhild gesagt, mit fester Stimme, die keinen Widerspruch duldete.

Egbert wusste um ihre Fähigkeiten und hatte nur düster genickt. Sie wollte mit, obwohl sie keine Zeit dazu hatte, da die Frühlingsarbeiten drängten. Emmer und Buchweizen waren schon gekeimt und mussten gehackt, gegen Quecken, Miere und Ackerwinde verteidigt werden, ebenso die Erbsen und Bohnen, die Jauchegrube musste geleert, die Rüben gesät und der Lauch auseinandergepflanzt werden, denn es war Frühling, und was man versäumte, konnte man nicht nachholen. Wer jetzt auf seinem Strohsack lag und dem endlosen Trillern der Lärche am Frühlingshimmel zuhörte, der würde im nächsten Winter darben, wenn nicht sterben.

Arnhild hatte nur eine Magd, ein junges Mädchen, fast ein Kind noch, die ihr bei allem fleißig zur Hand ging und schon selbstständig war. Vor Jahren war sie, als der Winter begonnen hatte und die allerletzten Stare fort gewesen waren, von der Burgwache aufgegriffen worden, zusammen mit ihrer entkräfteten Mutter, die kurz darauf ohne ein Wort gestorben war. Arnhild hatte sie nicht retten können. Niemand wusste, woher die beiden gekommen waren. Dem Mädchen waren vorn die Milchzähne ausgefallen, aber es sprach nicht und alle dachten, es wäre stumm. Irgendwann gab es doch erste Laute von sich, als lernte es wie ein Kleinkind die Sprache der Sachsen. Vielleicht war die Kleine eine Friesin.

Arnhild hatte die Waise wie ein eigenes Kind aufgenommen und sie Karla genannt, weil der Große Karl ihr Vorbild war. Er hatte für Klöster, Schrift und Lehre gesorgt und für die Gesundheit. Die Menschen sollten alles, was sie mit ihren Händen herstellten oder verfertigten, ob Speck, Fleisch, Bier, Wein, Wachs oder Mehl, mit der größten Reinlichkeit tun.

Arnhild musste mit. Die Dänen waren Sklavenhändler, das war bekannt, und sie hatten Leute von der Hammaburg geraubt, Menschen, die Arnhild vielleicht kannte, denn sie war oft dort gewesen. Der Mönch Christopherus war es gewesen, der sie heimlich und gegen das Verbot des Bischofs das Lesen und das Schreiben gelehrt hatte, während sie ihm in seinem Klostergarten zur Hand gegangen war. Er war ein guter Lehrer gewesen, und alle Kinder liebten ihn.

Arnhild ließ sich mit Lebensmitteln, manchmal auch mit Silber bezahlen. Starb der Patient, bekam sie nichts als böse Blicke, außer sie war schon vorher bezahlt worden, oder sie wurde als Lachsnerin verlacht und fortgejagt, dann musste sie hoffen auf die Fürsprache derjenigen, die sie geheilt hatte. Ein Handwerk, auf das andere angewiesen waren, gab ihr die Sicherheit, derer sie bedurfte, da sie allein lebte mit Karla und ihrem alten Vater. Die Mutter war mit dem letzten Kind im Kindbett gestorben und ihre ältere Schwester war nach Haithabu gegangen mit einem Mann, der Töpfe machen konnte und aus dem Süden stammte. Die Menschen trieb es umher in der Hoffnung auf einen Ort, an dem weder Hunger noch Gewalt die Herren waren.

Arnhild war die einzige Frau in der Esesfelther Armada, fünf kleine und ein größeres Boot. Die Ruderer mühten sich am Nordufer entlang ostwärts gegen den Ebbstrom und den scharfkalten Wind. Arnhild saß in einem der kleinen Boote, unter der Bank die zwei Körbe mit Salben, Kräutern und Werkzeug. Sie hatte vorhin noch Siegberts Wunden untersucht und war dennoch die Erste gewesen, die fertig gewesen war. Ihre Körbe waren stets gefüllt.

»He, träumst du?«, fragte der Ruderer, der vor ihr saß.

»Ja. Aber es ist kein Traum.«

»Das verstehe ich nicht.«

»Brauchst du auch nicht.« Sie lächelte.

Siegbert hatte in diesen Tagen still vor seiner Hütte gesessen, dem Abendgesang der Amsel gelauscht und dem Treiben auf der Burg zugesehen, soweit es das Aprilwetter zuließ. War es zu kalt oder regnete es, schleppte er sich zurück auf die Schlafbank. Zweimal am Tag schaute sie nach seinen Wunden. Ob er durchkommen würde, war noch nicht ausgemacht, obwohl das Fieber abgeklungen war und die Schwellung nachgelassen hatte. Der schreckliche Schnitt, den ihm die Nordmänner bei seinem Teufelsritt am linken Oberschenkel zugefügt hatten, bereitete ihr Sorgen. Er war geschwollen und hatte bedenklich rote Ränder. Wenn er den Brand kriegen würde ...

Sie behandelte ihn weiter mit der Schafmistsalbe, die anderen Wunden bestrich sie mit einer Heilsalbe aus Beinwell, Ringelblumen und Bilsenkraut. Der Beinwell war schon im Kräutergarten gewachsen, sie musste ihn nur schneiden und stampfen, die anderen Kräuter standen ihr getrocknet zur Verfügung. Dank ihres Kräutergartens konnte sie Siegbert abends etwas von dem Milchsaft des weißen Schlafmohns geben, den sie in Schneckenhäusern aufgefangen und getrocknet hatte. Das musste heimlich geschehen, Karl der Große hatte die Anwendung von Mohn verboten. Krankheiten, insbesondere Schmerzen, seien eine Strafe Gottes, hatte er gesagt, weshalb sie diejenigen träfen, die nicht Jesus, sondern dem Satan huldigten und deren Herzen von Dämonen verstopft seien.

Eine Verletzung, die dir der Feind zugefügt hat, war keine Krankheit. Nur musste sie mit dieser Medizin vorsichtig sein, sie durfte Siegbert nicht zu viel davon verabreichen. Arnhild war davon überzeugt, dass nicht jedes Ungemach, das dem Menschen zustieß, Gottes Wille war. Denn wie konnte Gott mit den Heiden paktieren? Oder war er etwa nicht allmächtig? Das zu denken, war Ketzerei.

Kam sie zu Siegbert, fragte er sogleich nach seinem Pferd, und als sie am zweiten Tag berichtete, dass es ihm besser gehe und sie glaube, es werde wieder gesund, da lachte er vor Freude und wollte hin und hätte es auch getan, doch sie erlaubte es nicht. Er fügte sich.

Siegbert war ein tapferer Kerl. Er hielt sogar die Flöhe aus, die seine strohbedeckte Bank bevölkerten. Das Ausräuchern hatte nicht

viel genutzt. Und er war ein nachdenklicher Mann. Einer, der sich
sorgte und kümmerte um die Kreatur, die ihm diente, als wäre sie
seinesgleichen. Davon gab es nicht viele.

Ein kalter Wind blies und es hatte genieselt. Er lag auf der Schlafbank, empfing sie mit einem Lächeln und hielt ihr einen Löffel
entgegen.

»Den habe ich geschnitzt«, sagte er stolz. »Es ist mein erster.
Könnt Ihr ihn für Eure Salben brauchen?«

Sie nickte.

»Ich schenke ihn Euch.«

Sie wusste, es war das Einzige, was er besaß. Er war freigiebig.

Arnhild freute sich. Sie nahm die Verbände ab und trug die Salbe
auf. Ob es sehr schmerzen würde, fragte sie.

»Ja. Aber wenn Ihr da seid, schmerzt es schon viel weniger«,
antwortete er und betrachtete einige Atemzüge lang ihre flinken
Hände. »Gleich ist der Schmerz weg, ich schwöre es.«

Siegbert sah sie schelmisch an, mit dem Blick eines Schafs, er
wollte sie wohl lachen machen. Arnhild musste es auch, er lachte
zurück und sie lachten beide, bis ihnen die Tränen herabliefen. Sie
wussten nicht, warum, bis sie nicht anders konnte, als seinen Kopf
zwischen die Hände zu nehmen, sich zu ihm zu beugen und ihn
auf den Mund zu küssen und auf seinen struppigen Bart und auf
seine Lider, den ersten Kuss, den sie einem Mann gab, seit sie sich
vorgesetzt hatte, keinen zu nehmen und ihr Leben der Medizin und
der Wissenschaft zu widmen. Er lag still, die Augen geschlossen,
aus jedem rann eine Lachträne.

»Noch einmal bitte«, flüsterte er, »das heilt so schön.«

Sie kam eine solche Lust an, ihn zu liebkosen, dass sie fest die
Arme um ihn schlingen und seinen Mund suchen musste. Einen
Augenblick nur und doch eine Ewigkeit lang lagen sie verzaubert
auf der Schlafbank, die eine grüne Aue am frischen Wasser war,
ihr Atem ging ein in den des anderen und zwischen ihren Lippen
zerschmolzen zwei Einsamkeiten, eine plebejische und eine wissenschaftliche.

Als Arnhild kurz darauf, noch schwindlig von der Reise zum

Paradies und zurück, vor die Hütte getreten und der nasse Wind in ihre Kleider gefahren war und auch jetzt, als sie daran dachte und seine Lippen auf ihren zu spüren glaubte, fürchtete sie kein Unglück mehr, obwohl sie die Flöhe bissen, die er ihr geschenkt hatte. Ihr war innen so warm, dass sie außen nicht fror. Sie war auf dem richtigen Weg.

»Wirst du mich das Lesen und Schreiben lehren?«, hatte er ihr nachgerufen, als sie bereits draußen war.

»Ja natürlich!«, hatte sie gerufen und war fortgelaufen.

Nachdem sie auf der Höhe von Stethu angelangt waren, kreuzten sie die Elbe zum Südufer. Ihnen war aufgegeben, auf dem linken Ufer der Auemündung Stellung zu beziehen. In der aufziehenden Nacht war die Uferlinie ein schwarz gezackter Rand vor dem schlickgrauen Himmel, in dem die scharfe Sichel des Mondes das Wolkenheer zerschnitt. Im Näherkommen strich die Luft weniger kalt ums Gesicht, der Wind ließ nach. Sie stießen in sicherer Entfernung von der Auemündung in das knisternde Schilf und zogen die Boote hinein. Die tief hängenden Äste der Weiden und hohe Pappeln, dichtes Schilf und Gebüsch am Ufer der Aue boten Verstecke an, sodass man vom Wasser aus nicht gesehen werden konnte.

Dort trafen sie auf Berowelfs Leute, die sich schon verteilt hatten, er selbst war fort. Wie Arnhild erfuhr, hatte er sich den Bogen umgelegt und den Köcher umgeschnallt, um im Schutz der einbrechenden Nacht am Ufer entlang ein zweites Mal nach Stethu zu schleichen. Er finde sich auch bei Nacht zurecht, egal ob auf der Elbe oder entlang ihrer Nebenwässer, sagte Jano, dem das Kommando übertragen war.

Jano, ein noch nicht alter und bartloser Bursche, hatte schwarze Haare wie Berowelf und einen runden Schädel. Arnhild kannte ihn, da er einmal in Esesfelth gewesen war. Doch war er in die Sümpfe Kadingis zurückgekehrt, wo er, wie Arnhild wusste, mit zwei Frauen und mehreren Kindern lebte, die er nur mit Mühe durchbrachte. Dennoch hatte er Arnhild den Hof gemacht und war mürrisch geworden, als sie kalt geblieben war. Sie wolle die Gebote der Kirche befolgen, hatte sie ihm gesagt, und keusch bleiben und nicht die dritte Frau eines Mannes werden. Denn es stehe geschrieben, dass ein Mann nur eine Frau haben solle und eine Frau nur einen Mann. Da hatte Jano ausgespuckt und sie fortan gemieden. Zwei seiner Kinder waren ihm gestorben. In Kadingi stieg im Sommer das Fieber aus den Sümpfen.

Jano genoss bei seinen Leuten großes Vertrauen, im Kampf galt er als verwegen und umsichtig zugleich. Er wolle nicht fort, sondern lieber sein eigener Herr bleiben, hatte er stets gesagt, und wenn, dann würde er weit fortgehen, nicht nur über den Fluss auf die andere Seite, sondern über das Meer bis nach Britannien, um dort ein neues Leben anzufangen, wie so viele vor ihm. Vorläufig war er geblieben. In Kadingi gab es keinen Grafen, der den Leuten zum Herrn vorgesetzt war und bestimmte, wie sie lebten. Zu der kleinen Kirche nach Friborg im Norden Kadingis hatten die Sumpfbewohner einen beschwerlichen Weg, weshalb sie selten dort auftauchten.

Auf der anderen Seite der Auemündung hatte Graf Bernhard Stellung bezogen, mit den Leuten aus dem Alten Land und den Kämpfern von der Hammaburg. Die gesamte Truppe mochte sechs oder sieben mal zwanzig Kämpfer stark sein, eine Streitmacht, die den Dänen längst nicht ebenbürtig war und nur den Vorteil der Überraschung hatte.

Es wurden fünf Boote in die Aue gelegt, eines am nächsten mit Seilen befestigt, von einem Ufer zum anderen. Alle Vorbereitungen wurden getroffen. Graf Bernhard hatte keine Einwände gehabt, obwohl er Janos Plan für wagemutig hielt.

Jeder hatte seine Stellung eingenommen. Arnhild saß am erhöhten Ufer, sie wollte Überblick haben, damit sie helfen konnte, falls es nötig wurde. Der Himmel war sternenklar geworden, der Wind hatte von Osten nach Südwest gedreht und verhieß wärmere Tage. Sie spürte eine Bewegung vor sich.

»Wer ist da?«, flüsterte sie.

Es war einer der Leute von der Burg Esesfelth, ein Bauer.

»Er ist wieder da«, flüsterte er zurück.

»Berowelf?« Im Dunkel sah sie, dass er nickte. »Was sagt er?«

»Es ist schlimm.«

»Sag!«

Während er berichtete, stieg ihr die Angst kalt den Rücken hinauf.

»Und wir können nichts tun?«

»Nein. Er sagt es so. Wir müssen warten, bis sie kommen. Wahrscheinlich gleich danach. Morgen früh.«

20

Der vierte Tag war angebrochen. Er war der schlimmste.

Gundrun von Hammaburg saß und starrte unablässig auf das Bündel Mensch, das ihr Sohn war. Die Hände auf dem Rücken gefesselt, lag er auf der Landungsbrücke, gekrümmt, die Beine angezogen, das halbe Gesicht im Dreck, das eine Auge zugeschwollen, das andere weit aufgerissen. Er lebte und sie wollte keinen Augenblick versäumen, falls er sie wahrnehmen würde. Ein letztes Mal. Innerlich schrie sie vor Schmerz, von Kopf bis Fuß. Sie gab keinen Laut von sich, atmete schwer. Das Herz schlug hart und unregelmäßig in ihrer Brust.

Der große Däne kam von der Seite her und näherte sich Mathes. Was würde er tun? Würde er ihren Sohn schlagen oder treten, wie es die anderen getan hatten? Nein, er kniete neben ihm nieder, hielt ihm einen Becher hin.

Mathes rührte sich nicht.

Der Riese fasste ihn von hinten, richtete ihn zum Sitzen auf, langsam und vorsichtig wie einen Freund. Wieder hielt er ihm den Becher an den Mund. So trink doch, Mathes! Deine Lippen sind so trocken. Vielleicht siehst du mich dann.

Der Riese beugte sich zu Mathes' Ohr herab. Er flüsterte etwas. Ihr Sohn rührte sich nicht.

Blut sickerte von seinen gefesselten Händen und von einer Wunde am Kopf. Sein Auge schien blind. Der Riese stützte ihn. Als Mathes nicht trank, ließ er ihn langsam zur Seite sinken, während er etwas Weiches unter seinen Kopf schob.

»*Hæ!*«, machte es.

Das war Regnar. Er stand da, der Heide, der Eroberer von Stethu, breitbeinig, im sämischledernen Umhang, und stieß Mathes mit dem Fuß an.

»*Hæ!*« Ungeduldig.

Mathes schüttelte fast unmerklich den Kopf, schloss das Auge. Ihm floss Blut aus dem Ohr.

»Mathes von Hammaburg!«, rief Regnar. Laut. Alle sollten es wohl hören. »Du hast mein Gesetz gebrochen. Ich habe gesagt, dass sterben muss, wer die Flucht versucht. Drei meiner Männer sind schwer verletzt. Diese sieben Männer der Stadt haben ihr Leben verwirkt und du deines. Sieh sie dir an, Verfluchter!«

Er rührte sich nicht.

Die sieben Todgeweihten knieten nicht weit von Mathes, einer neben dem anderen, gefesselt, zwei Wächter hinter ihnen.

»Mein Sohn ist kein Verfluchter! Ihr seid Verfluchte!«, rief Gundrun, so laut sie konnte. »Im Namen des Vaters, des Sohnes und des Heiligen Geistes, ich verfluche euch alle. In der Hölle sollt ihr braten, der Teufel soll euch peinigen, wie ihr eure Opfer peinigt, tausend Jahre lang!«

»Schweig, Weib!«, brüllte Regnar. »Was hast du schon zu sagen!«

»Ich habe viel zu sagen!«, schrie Gundrun. »Mein Sohn ist mehr ...!«

»Sei still, Mutter!«, rief Mathes in ihrer Sprache. Er hatte sich plötzlich aufgerichtet, als hätten ihre Worte ihm Kraft gegeben.

Regnar gab ihm einen Tritt in die Seite. Mathes schwankte.

»Was erlaubst du dir, Hering! Schweig!«

»Du kannst mir nichts mehr verbieten, Däne«, antwortete Mathes und hustete. »Ich will mich von meiner Mutter verabschieden, das wirst du mir doch erlauben, oder? Es sind nur ein paar Worte. Du hast die Macht über uns. Ich habe nichts anderes getan als das, was du an meiner Stelle ebenso getan hättest. Habe ich recht?«

»Das spielt keine Rolle«, erwiderte Regnar.

Niemand sprach. Die Gefangenen blickten zu Boden. Es war, als wäre Stethu ausgestorben. Keiner von den Einwohnern war zu sehen. Nur Gundrun und Irmin zeigten ihre Gesichter. Magdalena hatte sich hinter ihr versteckt.

»Es nützt nichts, Mutter«, fuhr Mathes laut auf Chaukisch fort. »Sie werden diese sieben Männer töten und mich auch. So ist es. Wir können es nicht ändern. Du aber und Lena, ihr müsst leben. Fügt euch. Vielleicht kommt eines Tages die Freiheit für euch wieder.«

Mathes musste wieder husten, das laute Sprechen hatte ihn

erschöpft, seine Stimme war schwach und brüchig geworden. Doch schien eine andere Art von Kraft in ihm zu stecken in seiner letzten Stunde. Er war ein zäher Bursche, das hatte Gundrun von Hammaburg gewusst, seit er als kleines Kind am Fieber erkrankt war und viele Tage heiß und flach atmend unter den Fellen gelegen hatte. Christopherus hatte ihr damals keine Hoffnung mehr gemacht, er hatte mit ihr gebetet und gesagt, es sei Gottes Wille, wenn er Mathes zu sich nehme, und es sei ebenso Gottes Wille, wenn er ihn gesund werden lasse.

Mathes war wieder gesund geworden, ihr einziger Sohn, und Gundrun hatte sich taufen lassen, um Gott zu danken. Er hatte ihr Flehen erhört. Seither war sie eine Christin. Mathes war lange zart geblieben, er war klein von Wuchs, ohne Bart und tiefe Stimme und nicht von großer Stärke, dennoch steckten mehr Mut und Ausdauer in ihm, als ihm anzusehen war und andere ahnten.

In der vergangenen Nacht, als die Räuber über die Frauen der Stadt hergefallen waren und zuletzt die Wachleute sie hatten schänden wollen, da war Mathes zu Wōdan dem Wüterich geworden. Einem der Wächter hatte er einen tiefen Schnitt auf der Schulter beigebracht, dem anderen das Gesicht und ein Auge zerschnitten und dem dritten in die Hände gehackt, die nach ihm greifen wollten. Zuletzt hatten sie ihn überwältigt und gebunden. Er hatte sie vor der Schändung gerettet, für dieses Mal, und der Graf war fort und damit wohl auch das Lösegeld.

Regnar hatte Mathes reden lassen.

»Meine Mutter hat recht«, sagte Mathes. »Nicht ich bin schuld, sondern du selbst, denn du hast deinen Leuten Wein gegeben und sie sind zu Tieren geworden und über die Frauen der Stadt hergefallen und über meine Mutter. Ich habe …«

»Deshalb musst du bezahlen«, unterbrach Regnar ihn. »Schweig jetzt! Es reicht! Ich habe noch nie mein Wort gebrochen und wegen dir fange ich damit heute nicht an. Ich will euch zeigen, was es heißt, meine Befehle zu missachten.«

»… und ich habe nichts anderes getan, als ich dir gesagt habe: Wer meiner Mutter etwas tun will, den werde ich …«

»Schweig endlich!«, brüllte Regnar und versetzte Mathes einen zweiten Tritt.

Er fiel zur Seite und blieb gekrümmt liegen.

Gundrun war nie stolzer auf ihren Sohn gewesen und gleichzeitig so traurig und verzweifelt. Niemals zuvor hatte sie so mit ihm gelitten.

»Heiliger Vater, der du bist im Himmel«, flüsterte sie, ohne den Blick von Mathes zu wenden. »Du hast mir zwei Kinder genommen. Geduldig habe ich es ertragen. Du hast es zugelassen, dass man mir den Mann ermordet und das Gesicht meiner Tochter verbrannt hat. Du hast uns unfrei werden lassen und unser Leben schwarz gemacht. Ich nehme es hin. Ich ertrage es. Ich flehe dich an. Ich habe nur eine einzige Bitte: Erbarme dich meines tapferen Sohns! Lass nicht zu, dass er stirbt! Er ist unschuldig und so, wie er mich gerettet hat, so rette du ihn! Wenn du uns nicht hilfst, Gott aller Gnade und allen Trostes, werden wir alle zugrunde gehen! Lass daher in deiner großen Barmherzigkeit die neun Chöre der seligen Geister, alle Heiligen und Seligen des Himmels ertönen und stoße alle bösen Geister in die Hölle hinab! Mache deine Feinde hilflos und ohnmächtig und all ihre bösen Pläne und Werke zunichte! Darum bitte ich dich durch Jesus Christus, unseren Herrn, und durch das unbefleckte Herz Mariens, deiner heiligsten Tochter. Amen.«

»Amen!«, rief Christopherus in die Stille hinein.

Regnar gab Befehle aus. Ein Baumstamm wurde auf die Landungsbrücke gerollt. Vor den sieben Männern aus der Stadt blieb er liegen. Regnar rief etwas in die Menge seiner Leute. Viele hoben die Hände. Regnar winkte sieben von ihnen heran, Freiwillige also. Sie stellten sich vor den Baumstamm, jeder vor sein Opfer. Regnar hob den Arm.

Dann begann das Schlachten.

Was Gundrun von Hammaburg sah, war so schrecklich, dass sie es in ihrem ganzen Leben niemandem erzählen würde, weil sie es nicht erzählen konnte, ohne wieder das gleiche Grausen zu spüren, das sie jetzt packte und zittern machte.

Sechs der Räuber zerrten die erste der sieben Geiseln hoch und hielten den Mann fest, an den Armen, den Beinen und am Kopf, den sie rücklings auf den Baumstamm pressten. Der siebte war der

Henker, er zog seinen Sax und schnitt dem Opfer die Ohren ab und die Nase. Der Gefolterte schrie, seine Stimme gellte und überschlug sich, seine Augen platzten ihm aus dem Kopf und das Blut bespritzte seine Peiniger. Die sechs zwangen seine Hände auf den Baumstamm und der siebte schlug sie mit der Axt ab, mit zwei kräftigen Hieben. Das Blut ergoss sich in Schwallen über die Landungsbrücke. Sie packten seine Beine und hackten ihm die Füße ab, wofür der Henker mehrmals zuschlagen musste. Die Schreie des Mannes waren zu einem heiseren Röcheln geworden. Anschließend warfen sie ihn in die Aue, wo er gurgelnd unterging.

So taten sie es mit den anderen. Jeder der sieben Henker verstümmelte eine der sieben Geiseln. Sie ließen sich Zeit dabei.

Das Geschrei hallte noch lange nach.

Die Häuser von Stethu blieben still. Die Landungsbrücke war rot überschwemmt. Im Wasser der Aue trieb das Blut um die Schiffe und verlor sich in der Strömung. Mehrere der Gefangenen hatten erbrochen. Zwei Männer weinten laut. Die Kinder wimmerten. Die Frauen schluchzten. Mathes war ohnmächtig geworden.

Die Räuber zogen ihre Spiele hervor und sprachen leise miteinander, sie standen am Ufer und zeigten auf die Untergehenden, einige lachten. Regnar lief mit grimmigem Gesicht auf der blutigen Landungsbrücke auf und ab. Ein Storch landete auf seinem Nest in der Krone einer alten Eiche und klapperte. Eine Schar Spatzen wirbelte im Ufergebüsch umher und zwitscherte. Tauben gurrten in den Bäumen. Zwei Stare zupften neben der Landungsbrücke Würmer aus dem Boden. Die frühe Sonne schillerte bunt auf ihrem schwarzen Gefieder. Ein leiser Wind brachte den Duft des Frühlings. Die Sonne würde bald hoch am Himmel stehen. Der Tag schritt voran, wie alle vor und alle nach ihm, aber die Einwohner von Stethu würden viele Generationen lang diesen Schreckenstag nicht vergessen, die Großväter und -mütter würden es ihren Enkeln erzählen und diese ihren Kindern, wohl tausend Jahre lang. Für viele Menschenalter würde das, was geschehen war, nicht Vergangenheit sein, sondern Gegenwart bleiben, denn das Unglück währt länger als das Glück.

Zwei der sieben Vollstrecker zerrten Mathes zum blutigen Richtbaum. Sie lehnten ihn mit dem Rücken dagegen und zwangen seinen Kopf nach hinten auf das Holz wie bei den anderen. Ein dritter schöpfte Wasser in einen ledernen Eimer und goss es über Mathes. Gundrun von Hammaburg konnte sich nicht von ihrem Sohn abwenden. Sie wollte und musste ihn sehen in seinem letzten Augenblick, ihren tapferen Sohn.

Mathes schüttelte den Kopf und blies Wasser aus der Nase.

Am Gürtel des Henkers baumelte die Axt. Er packte mit der Linken Mathes' rechtes Ohr. Mit der Rechten zückte er den Sax.

»Neeiin!«, schrie Gundrun.

Plötzlich war er da.

Der Henker flog zur Seite, stolperte fort und fiel fünf Schritte entfernt auf die blutigen Planken. Der große Däne, er hatte ihn fortgestoßen, gerade als der Henker schneiden wollte. Der Riese nahm dessen Platz ein und blieb stehen, mit verschränkten Armen, die dick wie Säulen waren. Er drehte sich und sah alle, die zwischen den Häusern, auf der Landungsbrücke und den Schiffen waren, herausfordernd an. Er sagte etwas, nur wenige Worte, die Gundrun nicht verstand, da er in der Sprache der Nordmänner sprach.

Niemand antwortete.

Nur Regnar, mit wütender Stimme. Der Riese erwiderte ihm. Und so ging es hin und her. Bis der Riese Sax, Axt und Schwert vom Gürtel löste und eines nach dem anderen hinter sich warf, sich das lederne Wams abstreifte und sich hinkniete, auf die andere Seite des Baumstamms, in das Blut der Verstümmelten. Er stützte sich auf seinen Armen ab und beugte sich über Mathes' Kopf, den Hals und die Schultern nackt. Ein Riese, ein Muskelberg, wehrlos wie ein dummer Tropf. Wer Mathes töten wollte, musste zuerst den Dänen töten.

Regnar trat langsam auf sie zu. Von einem seiner Männer ließ er sich unterwegs das Schwert geben. Er packte es mit beiden Händen und erhob es zum Streich.

Gundrun von Hammaburg fehlte die Kraft für einen zweiten Schrei.

21

»*Hæ, hæ, hæ!*«

Leise schlug die Trommel den Ruderern den Takt. Die Drachenschiffe schoben sich langsam gegen die einströmende Flut. Die Männer hatten tüchtig zu rudern. Bald, wenn sie auf die Elbe kamen und am Ufer entlangfahren konnten, würde es leichter werden, zumal der Wind aus Osten blies, obwohl er schwach war.

Regnar stand am Bug des ersten Schiffs. Er hatte die besten Bogenschützen auf die Schiffe verteilt und ihnen eingeschärft, auf jede Bewegung am Ufer zu achten.

Er hatte schlechte Laune und kein gutes Gefühl. In der Nacht hatte er schlecht geschlafen und einen bösen Traum gehabt, an den er sich beim Erwachen nicht erinnern konnte. Was hatte das zu bedeuten? Welche Schicksalsfäden würden die Nornen für ihn spinnen? Regnar fröstelte bei dem Gedanken an die böse Skuld, die in jeder Hand eine ungeöffnete Schriftrolle trug und die Zukunft bestimmte. Sie nahm niemals Rücksicht auf die Menschen, so wenig wie er selbst.

Dieser Beutezug, der so vielversprechend begonnen hatte, war ein Misserfolg geworden. Regnar hätte dem Grafen nicht so viel Zeit lassen dürfen. Er hätte sich sogleich mit den zweitausend Pfund Silber und dem Raubgut aus der Stadt begnügen müssen. Ein Schaf an Land war besser als zwei auf See. Die Geiselnahme hätte nicht so lange dauern dürfen. Man hätte sie viel schneller umbringen können. Ohne Brimborium, ohne Verletzungen, durch die er den Geiseln nicht nur das Leben, sondern die Ehre genommen hatte.

Andererseits war es gut, möglichst viele von seiner *félag* abzuhärten, indem man sie zu Grausamkeiten anhielt. Das schweißte die Mannschaft zusammen. Erledigte immer nur einer oder wenige das Töten, bekam man eine zweigeteilte Mannschaft und Streit. Mit leeren Drohungen verlor man die Hochachtung seiner Feinde. Nachgiebigkeit rächte sich durch geringe Beute. Die Leute spurten nur, wenn sie einen ernst nahmen. Das sprach sich herum, das war das Erfolgsrezept aller Beutezüge. Andererseits, man musste beweglich bleiben.

Wie man es drehte und wendete, hinterher war man klüger. Schließlich war man kein Hellseher, man hieß nicht Völva und es wuchs einem kein Gras aus der Tasche.

Hätte er gewusst, dass dieser kleine, zähe Bursche ihn ausstechen würde, ihn, den Wiking, der auf allen Wassern gefahren war, hätte er ihn gleich einen Kopf kürzer gemacht, noch auf der Hammaburg. Auf einen mehr oder weniger wäre es dort nicht angekommen. Er hatte nicht nur Erlendur umgebracht und drei seiner Männer schwer verletzt, sondern, was viel schlimmer war, den Grafen befreit und damit ihn, Regnar, um sechstausend Pfund Silber gebracht und Atli den Kopf verdreht. Der gute Atli, unvernünftig wie ein Kind!

Nun musste er sich mit zweitausend Pfund begnügen. Zwar eine ordentliche Summe, von der ihm allein gemäß der Abmachung mit seinen Leuten ein Drittel gehörte. Nicht genug für den Lebensabend. Lösegelderpressungen waren ein kompliziertes Geschäft. Man hatte das Geschehen nicht unter Kontrolle. Ein schneller Raubzug war deutlich entspannter.

Regnar würde dennoch nach Borg fahren und seinen Bruder Olaf besuchen. Er musste sich ausruhen, seinen Rücken kurieren, die Verantwortung loswerden. Bliebe er in Jellinge, müsste er nur dem König irgendwelche Dienste leisten und dabei auch noch so tun, als wäre er begeistert und würde nur darauf warten. Nein, aussteigen würde er. Er würde Haus und Hof in Jellinge verkaufen und mit der jüngsten seiner Frauen und ein wenig Hausrat in den Norden verschwinden. Oder mit seiner ersten? Gleich wie er sich entscheiden würde, das würde alles auf einen Knörr passen. Was brauchte man schon? Das meiste Zeugs, das man besaß, war unnützer Plunder. Man hatte sich eingebildet, man müsste es haben, aber in Wahrheit brauchte man es nicht. Schmeckte das Bier besser, war das Leben herrlicher, wenn man zum Trinken anstatt eines Horns ein buntes Glas benutzte, das ein ganzes Schiff mitsamt Mannschaft wert war? Wenn man sich an fremden Stränden Frauen nahm, deren Hass kälter war als eine Mittwinternacht? Wenn man drei Frauen hatte und es zu Hause nicht mehr aushielt, weil sie sich ständig zankten, obwohl keine von ihnen ihn liebte? Was war das Ziel des Lebens? Herr zu sein über ein Gefolge von sechs mal dreißig Leuten, für die man Bier brauen und Geschenke herbeizuschaffen hatte, damit sie nicht mürrisch wurden? Für jeden Einzelnen verantwortlich zu sein? Niemals ausruhen zu dürfen? Nein! Was dann? Eine kleine Landwirtschaft, die man mit ein oder zwei Sklaven betrieb? Ja, das wäre was.

Wie lautete der Spruch? Eigen Haus, ob eng, geht vor, daheim bist du Herr. Zwei Ziegen nur und aus Zweigen ein Dach. Sein Bruder Olaf würde ihm bestimmt ein Stück Land geben. Darauf würde er ein Haus bauen und nirgendwo mehr hinfahren. Er würde sich jedes Mal, wenn es einen Erwerb galt, fragen, ob er unbedingt nötig war. Und wenn er es nicht war, es sein lassen.

Regnar war müde bis auf die Knochen.

Wer weiß, vielleicht würde sich unterwegs an der friesischen Küste etwas ergeben. Dort wohnten auch reiche Leute, bei denen etwas zu holen war. Vielleicht ein letzter Fischzug. In Haithabu würden sie die Beute verkaufen und sich vor allem der Sklaven entledigen, die sie bis dahin durchfüttern mussten. Ob er dort endlich Skýr zu kosten bekommen würde? Danach würde er mit leichtem Gepäck reisen und hoffentlich unter dem Schutz des gnädigen Njörd, der, angetan mit einem grünen Mantel wie Tang, im Meer umherschwamm, mit den Schwänen und den Robben spielte und gutes Wetter und glatte See machte.

Genau das würde er tun. Der Gedanke erhellte seine Seele ein wenig.

Regnar hielt Ausschau. Die Aue war frei, jedenfalls bis zur nächsten Windung. Die Flut hatte gerade begonnen. Eigentlich hatte er viel früher und vor allem bei Ebbe fahren wollen. Nachdem die Aktion mit den Geiseln durchgeführt und die Sache mit Atli geschehen war, hatte er nicht länger als nötig in Stethu bleiben wollen. Die Nahrungsvorräte der Stadt waren geplündert, viele Frauen geschändet und die Geiseln getötet worden. Obwohl er den Einwohnern die Waffen genommen hatte, musste man mit einem Aufstand rechnen, die Leute waren wütend. Vielleicht war es ein Fehler gewesen, die Geiseln umzubringen. Sie waren aufgebrochen, obschon die Flut eingesetzt hatte und sie gegen die Strömung rudern mussten. Der Wasserstand war noch niedrig, weshalb man nur an manchen Stellen über die Ufer hinweg ins Land sehen konnte. Ein ungemütliches Gefühl. Er würde erst aufatmen können, wenn er die Windungen der Aue hinter sich und den freien Horizont über dem Wasser vor sich hatte. Weit konnte es nicht mehr sein.

Regnar hielt die Nase in den Wind, sog die Luft ein und schnupperte.

»*Hæ*«, sagte er. »Rieche ich Feuer oder täusche ich mich?«

Nein, er täuschte sich nicht. Irgendwo vor ihnen brannte ein Feuer. Was hatte das zu bedeuten? Wahrscheinlich nur ein Bratfeuer, sonst nichts.

Weiter. Vorn Boote quer im Wasser. Seile, mit denen sie verbunden waren. Rauch stieg aus den Booten auf. Eine Sperre, ein Hinterhalt!

»Halt!«, schrie Regnar und riss die Arme in die Höhe.

Die Ruderer hoben die Blätter aus dem Wasser.

»Deckung!«, schrie er.

Aber es war zu spät, Pfeile flogen von beiden Ufern und trafen zuerst die Bogenschützen, die aufrecht im Schiff standen. Zwei stießen einen Schrei aus und stürzten über Bord.

»Volle Kraft voraus!«

Die Ruderer packten zu, die Trommel dröhnte und der Taktgeber rief sein »*Hæ, hæ*«.

Die Bogenschützen an Bord erwiderten die Schüsse. Sie hatten keine oder wenig Deckung, die Ruderer konnten sich nicht mit ihren an der Bordkante aufgesteckten Schilden schützen, sie mussten rudern. Sie nahmen wieder Fahrt auf. Aus vier von den fünf leeren Booten, die quer in der Strömung vor ihnen lagen, schlugen jetzt Flammen und plötzlich brach auf den Schiffen Gekreisch und Geschrei aus. Die Bogenschützen warfen ihre Bogen auf die Planken und traten und fuchtelten um sich, die Ruderer ließen die Riemen fahren, stiegen auf ihre Bänke und führten einen Tanz darauf aus.

»Schlangen!«, schrien sie. »Schlangen!«

Und vom Ufer kamen die Rufe: »Schlangentod! Schlangentod!«

»Vorwärts!«, brüllte Regnar. »Vorwärts, ihr Idioten, so schnell ihr könnt!«

Bärtige Männer drangen hinter den Uferbäumen hervor, sie trugen grobes Tuch und hielten Wurfspeere in der Hand, an die Schlangen gebunden waren. Sie schnellten die Tiere über das Wasser auf ihre Schiffe, während andere Pfeile schossen, an denen ölgetränkte Lappen brannten, und noch andere mit Schleudern Steine warfen.

Die geordnete Folge der dänischen Schiffe geriet durcheinander. Eines trieb quer, stieß mit dem Bug in das Schlickufer und saß fest, ein zweites kollidierte damit, es krachte von splitterndem Holz. Und in einem dritten war Chaos ausgebrochen, weil mehrere Ruderer über Bord gesprungen waren, um sich vor den Schlangen an Land zu retten. Das war keine gute Idee, sie blieben im Uferschlick stecken und wurden von den Feinden niedergemacht.

Anstatt zu rudern, waren die Leute mit den Schlangen beschäftigt, vor denen sie mehr Angst hatten als vor den Pfeilen und den Steinen, denn sie tanzten umher, als gälte es, böse Geister zu vertreiben, als träten sie in Feuerglut, auf den Bänken, sogar auf dem Dollbord, sie hackten und schlugen mit allen Werkzeugen herum und schubsten sich gegenseitig. Wieder ging einer über Bord.

»Vorwärts, vorwärts!«, brüllte Regnar. »Rudern, rudern, ihr Vollidioten! Je länger wir rumtreiben, desto mehr schmeißen sie uns rein!«

Das war einleuchtend.

Sie gelangten an die brennenden Boote.

»In die Mitte!«, befahl Regnar. Er hatte erkannt, dass aus dem keine Flammen schlugen.

Während weiter Brandpfeile und Steine die Masse flogen, rammten sie das mittlere Boot, ein plumpes und mickriges Exemplar mit hohen Bordwänden. Regnar hatte ein Schwert gepackt und wollte sich über die Bordwand beugen, um das Seil durchzuhauen, mit dem das Boot an das nächste gebunden war, damit ihnen der Brand nicht gefährlich wurde. Er kam nicht dazu. Plötzlich stand ein Mann vor ihm, der sich hinter der Bordwand versteckt haben musste, ein Kerl mit schwarzen Locken und einem verwegenen Lachen im Gesicht.

»Hier, du nichtsnutziger Däne!«, rief er. »Meine Freunde wollen dich besuchen!« Er schleuderte erst einen und dann noch einen offenen Sack an Regnar vorbei auf das dänische Langschiff. »Ich kann dir nur raten, lass dich nie wieder hier blicken!«

Sogleich krochen viele Schlangen aus den Säcken hervor und versetzten die Mannschaft in höchste Panik. Auch sie ließ ihre Ruder fahren und sprang auf zum Tanz. Es waren nicht wenige, die gebissen wurden und ein schreckliches Geheul anstimmten.

Regnar hieb mit dem Schwert nach dem Kerl, allerdings erst, nachdem er sich von dem Schreck erholt hatte. Deshalb kam er zu spät, der Lockenkopf wich aus, prellte Regnar einen Stein an die Brust, stieß sich vom Dollbord des Langschiffs ab und war einen halben Atemzug später auf der anderen Seite seines Boots ins Wasser gesprungen. Er tauchte nicht wieder auf, als wäre er ein Fisch und bräuchte keine Luft. Nach wie vor hagelte es Steine und Pfeile, an denen brennende Lumpen steckten. Eine dermaßen ungemütliche Abreise hatten sie lange nicht mehr gehabt.

Zu allem Überfluss geriet eines ihrer Schiffe in Brand, ein kleiner Knörr nur, gleichwohl ein großer Schaden, der den Stolz angriff. Als sie es endlich bis in die Elbe geschafft hatten und der gnädige Strom sie ihren Angreifern entzogen hatte, mussten sie ein weiteres Schiff aufgeben, weil es sich bei der Kollision leckgeschlagen hatte und voll Wasser lief. Hinter ihnen gellten die Schreie derer, die über Bord gegangen waren und nun von den Feinden massakriert wurden.

Odin hatte die Dänen im Stich gelassen. Das kommt davon, dachte Regnar, er ist uns schlecht gesonnen, weil wir kein Gelage zu seinen Ehren abgehalten und ihm nichts geopfert haben. Wir hätten ihn besser bei Laune halten müssen. Oder haben wir einfach nur Pech gehabt?

22

Es war vorbei.

Und doch war es noch lange nicht vorbei.

Dem Tod war er entgangen, dieses Mal.

Mathes beobachtete das Geschehen aus einem Auge. Das andere war zugeschwollen. Was er nicht sehen konnte, erzählte Irmin ihm. Er fühlte sich fiebrig, er zitterte im kühlen Aprilwind, der sich erhoben hatte. Der Kampf gestern am späten Abend hatte ihn alle Kraft gekostet, die übrig gewesen war.

Während der Elbstrom die Dänen in seine Mitte zog, sortierten sie sich. Nur Befehle. Das leckgeschlagene Schiff dümpelte halb unter Wasser. Sie legten es längsseits und die Leute stiegen über die Bordkanten, nahmen Sack und Pack mit sich, soweit es nicht davongetrieben und untergegangen war. Dann wurden die Seile gelöst und es versank still und ohne Klage, die dunklen Fluten verschlangen es und schlossen sich über ihm. Das brennende Schiff hielten sie auf Abstand. Einer nach dem anderen sprang ins Wasser, wurde am Ruder an Bord eines der anderen Schiffe gezogen und kletterte an seinen angewiesenen Platz. Schwimmen konnten sie alle nicht. Einer der Männer trug eine Binde am Kopf, die sein rechtes Auge bedeckte.

Die Sachsen hatten das Schiff in Brand geschossen. Die mit Tuch umwickelten und in Teer getauchten Pfeile hatten gestapeltes Raubgut in Brand gesetzt und das Feuer hatte die Bordwand zerfressen, während die Mannschaft mit den Schlangen und dem Pfeilregen beschäftigt gewesen war. Viele Dänen waren von den Schlangen gebissen worden, saßen bleich auf ihren Bänken und fürchteten den Tod.

Die übrigen ruderten zum Nordufer, das sicherer schien, während das brennende Wrack träge im Strom trieb, schwarzer Qualm klebte daran, bis er sich löste, sich erhob und wie die Seele des toten Schiffs davonflog, zerstob, sich mischte mit dem grauen Gewölk des

Himmels. Zuerst ertrank der Bugdrache, ein Rest des Hecks hielt sich schwimmend, bis auch das in der Ferne im Grab des dunkelgrünen Wassers versank. Nur der Mast ragte noch heraus. Er wurde kleiner, während sich die Flotte entfernte, bis er zuletzt im Dunst zwischen Wasser und Küste verschwand.

Es wurde eng auf den verbliebenen Schiffen. Manche Bank trug zwei Männer und in Heck und Bug stapelten sich die geraubten Waren.

Auf der Nordseite erst setzten sie die Segel. Langsam nahm die lädierte dänische Armada Fahrt Richtung Nordsee auf. Die Ruder wurden wieder eingezogen. Der Ostwind war stärker als der Flutstrom. Gemächlich zogen die kahlen Pappeln am Ufer vorüber. Nach Nordwest hin war kein Land in Sicht.

Waren noch alle Gefangenen an Bord? Oder hatte sich wer retten können? Waren welche verletzt? Mathes suchte Mutter und Magdalena und war enttäuscht und dennoch erleichtert, als er den blauen Umhang leuchten sah. Das Menschlein neben ihr, das musste Magdalena sein. Sie hatten nicht fliehen können, sie waren gefesselt, aber sonst wohlbehalten, noch. Sechs Schiffe zählte er.

Irmin hatte ihm berichtet, was auf der Aue geschehen war, denn die meiste Zeit hatte er in Ohnmacht verbracht, wie auf der ersten Fahrt, und er dachte, so hätte ich sterben können und es wäre nicht schwer gewesen. Er hatte sich, das Schabeisen seines Vaters in der verbrannten Faust, von einem Schiff zum nächsten vorgekämpft, mit einer bis zum Wahnsinn gespannten Anstrengung. Es war ihm gelungen, den Kerl, der seine Mutter hatte schänden wollen, kampfunfähig zu machen. Da packten ihn mehrere der betrunkenen Kerle. Als sie herausgefunden hatten, welche Verletzungen Mathes angerichtet hatte, hätten sie ihn umgebracht, wenn nicht Atli abermals dazwischengegangen wäre. Jedenfalls behauptete Irmin, dass Atli es gewesen sei, der ihn auf die Landungsbrücke getragen habe, nachdem er wehrlos am Boden des Schiffs gelegen habe, aus vielen Wunden blutend, fünf oder sechs Dänen über sich, die auf ihn einschlugen. Atli hatte ihn verbunden, im Dunkel der Nacht, so gut es ging.

Irmin war froh, dass er nicht mehr ohnmächtig war. »Du hast eine mutige Widerrede gegen den Anführer der Dänen gehalten.«

»Was habe ich denn gesagt?«, fragte Mathes mit schwerer Zunge. Er konnte sich nicht erinnern und war durstig.

Irmin gab ihm von dem Wasser, das für die Gefangenen an Bord gebracht worden war, und erzählte es ihm. Mathes wunderte sich. Sollte er das wirklich gesagt haben? Ist man am mutigsten, fühlt man sich frei von allen Zwängen, wenn man glaubt, dass man sterben muss?

Was dann geschehen sei, fragte er.

Dann seien die Geiseln getötet worden. Als Irmin davon berichtete, weinte sie und schluchzte und fragte: »Warum nur sind sie so grausam?«

Mathes schauderte, froh, davon nichts mitbekommen zu haben.

Sie erzählte von dem Wortwechsel zwischen Atli und dem Mann, der Regnar hieß und jetzt mit grimmigem Gesicht zwei Ruderlängen vor ihnen auf der anderen Seite des Segels saß, ins Nirgendwo blickte und sich die Hände rieb, als fröre er. Ihm schien es egal zu sein, dass zwei seiner Gefangenen miteinander flüsterten, als nähme er nichts wahr. Er hatte schlechte Laune, so viel stand fest, und die seiner Männer war nicht besser. Niemand lachte und keiner sagte etwas.

»Und dann«, fuhr Irmin leise fort, »dann hat Atli sein Hemd ausgezogen und sich über dich gebeugt, sodass sie zuerst ihn hätten töten müssen und dich erst danach hätten töten können, und dann ist Regnar mit gezogenem Schwert auf euch zu und ich hätte am liebsten die Augen zugemacht, aber ich habe sie trotzdem nicht zugemacht, ich … Und dann hat er fast über euch gestanden und hat ausgeholt und Atli hat nicht gezuckt und nichts. Er hat nur gekniet, als würde er beten, dann hat Regnar zugehauen, da habe ich die Augen zugemacht … Ich habe sie wieder aufgemacht, als ich den Regnar lachen gehört habe, er hat so ein furchtbares Lachen, er ist ein unheimlicher Mann. Da stand er über euch und die Klinge seines Schwerts lag auf Atlis Nacken, und das Blut lief herunter, Atlis Blut. Regnar hatte doch nicht zugehauen, nur die Haut geritzt. Atli sagte immer noch nichts, er blieb so auf den Knien, in dem Blut der anderen kniete er, das sich mit seinem mischte, als wäre er eingefroren, als hätte er nichts gemerkt. Seine Augen waren geschlossen. Regnar hat immer noch gelacht. Bestimmt war er froh und wütend zugleich. Atli ist sein bester Mann, wer hätte gestern Abend sonst versucht, die Betrunkenen unter Kontrolle zu bringen? Regnar war froh, dass er ihn nicht umgebracht hat, und gleichzeitig wütend, dass Atli ihm nicht gehorcht hat. Und wer weiß, vielleicht ist er sogar froh, dass er dich nicht umgebracht hat.«

»Wieso das denn?«

»Diese Leute sind komisch. Manchmal fühlen sie das Gegenteil von dem, was sie tun. Oder sie tun das Gegenteil von dem, was sie fühlen. Vielleicht fühlen sie gar nichts.«

Mathes schüttelte den Kopf. »Warum hat er das gemacht?«

»Wer? Regnar?«

»Nein, Atli, warum hat er …?«

»Du hast ihm das Leben gerettet, du Dummkopf! Er wäre fast ertrunken.«

»Und da hat er mich …?« Mathes schluckte. »Sie sind nicht alle so grausam«, murmelte er. Wo war Atli? Er schaute unter dem Segel durch.

Atli stand am Bug, wie neulich, auch er starrte mit unbewegtem Gesicht über das aufgerissene Maul des Bugdrachens hinweg in die Ferne. Er war der Größte von allen und hielt am besten Ausschau, in seinem Nacken der blutrote Schnitt. Atli spürte wohl, dass Mathes ihn ansah, er drehte sich um, ihre Blicke trafen sich und Atlis großer Bart zitterte über einem winzigen Lächeln.

»Er ist dein Freund«, flüsterte Irmin. »Solange er bei dir ist, bleibst du am Leben.« Nachdem sie nachgedacht hatte, fügte sie hinzu: »Er ist anders als die anderen. Warum?«

Darauf gab es keine Antwort.

Er war am Leben geblieben, gegen alle Wahrscheinlichkeit. War Atli jetzt quitt mit ihm? Mathes hatte ihn gerettet und Atli Mathes, sogar zweimal, nahm man es genau.

Atli hatte seine Hände und die anderen Wunden wieder verbunden, heute Morgen, vor der Abfahrt, und seinen Zauberspruch gemurmelt. *Kuril sarþuara, far þu nu funtin is tu …* Mathes konnte ihn inzwischen auswendig. Viele der Brandwunden an seinen Händen waren bei dem Kampf aufgeplatzt und hatten geblutet. Er hatte einen Messerstich in die Seite bekommen, einen zweiten in den linken Unterschenkel, am Kopf hatte er mehrere Platzwunden und sein rechtes Auge war nach einem Schlag zugeschwollen. Sein ganzer Leib fühlte sich zerschlagen an, jede Bewegung schmerzte, das Jucken und Brennen in seinen Händen hatte wieder zugenommen. Er war nicht gebunden, darüber wunderte er sich. Das Schabeisen seines Vaters war fort, es musste über Bord gegangen sein oder einer der Männer hatte es für sich genommen. Er hatte das harte Stück in seinen Fußlappen gespürt, sein Vater hatte damit viele Felle von Fleischresten befreit, es hatte gut in der Hand gelegen. Jetzt gab es nichts mehr von ihm, nur die Erinnerung.

»Tut es sehr weh?«, fragte Irmin und berührte Mathes' Arm, dort, wo kein Verband war.

»Es geht«, log Mathes und versuchte ein Lächeln.

»Sie haben ziemlich viel Angst vor Schlangen«, bemerkte Irmin. »Dabei sind die gar nicht so gefährlich.«

»Vielleicht sind sie feige und haben nur keine Angst, wenn sie in der Übermacht sind. Sie konnten nicht wissen, wie viele Leute am Ufer waren.«

»Jedes Kind weiß, dass Kreuzottern nicht lebensgefährlich sind.«

»Vielleicht kennen sie die nicht und glaubten, die Schlangen könnten sie töten.« Mathes zuckte mit den Schultern. »Ich bin schuld. Daran, dass die Geiseln umgebracht worden sind.«

»Was hättest du denn anders machen sollen? Deine Mutter diesen Tieren überlassen?«

Mathes schluckte und schüttelte den Kopf. Manchmal hatte man die Wahl zwischen zwei falschen Wegen. Er hatte keine Zeit gehabt nachzudenken. Er hatte sich auf der Stelle entscheiden müssen.

»Wenn einer schuld ist«, sagte Irmin, »ist es der Graf. Hat er nicht versprochen, allen die Fesseln zu zerschneiden? Und was hat er getan? Kaum konnte er seine Hände gebrauchen, ist er über Bord gesprungen und war fort. Ich glaube, er ist der Einzige, der sich gerettet hat. Sonst hat es keiner geschafft. Niemand! Er hat nur an sich gedacht!«

Mathes musste zugeben, dass sie recht hatte. Sie hatte gleich erkannt, dass auf den Grafen von Herseveld und Stethu kein Verlass war. Er war ein eigensüchtiger Mann.

»Siehst du den Kerl mit der Binde am Kopf?«, fragte Irmin.

Mathes nickte. »Warum?«

»Dem hast du gestern Abend ein Auge ausgeschnitten, als du …«

»Habe ich das?« Mathes schluckte. »Das … das wollte ich nicht … Ich wollte nur, dass er Mutter in Ruhe …«

»*Hæ*, Stecher!«

Mathes schreckte auf. Regnar stand vor ihm. Er hatte einen müden Blick, trotzdem schien er zornig.

»Sieh mich gefälligst an!« Regnar stieß ihn mit dem Fuß. »Ich habe dir etwas zu sagen!«

»Ja«, sagte Mathes.

»Für dieses Mal lassen wir dich leben. Atli hat sich für dich verbürgt, weil du ihn vor dem Ertrinken gerettet hast. Für dieses Mal, hörst du? Sobald du Unsinn machst, wirst du sterben.« Er drehte sich um und rief Atli etwas zu.

Der Riese verließ seinen Posten, stieg zwischen den Ruderern hindurch zu ihnen und setzte sich Regnar zu Füßen auf ein leeres Weinfass. Die beiden sprachen miteinander, Regnar laut und Atli leise, einsilbig. Ich muss so schnell wie möglich ihre Sprache lernen, dachte Mathes, da er kein Wort verstand.

»Du wirst nicht zu fliehen versuchen, du wirst niemanden befreien und du wirst alle Befehle befolgen!«

»Ja.«

»Atli wird dir kein zweites, äh, drittes Mal beistehen, wenn du dein Versprechen brichst, ist das klar?«

»Ja.«

»Atli wird dir die Hand darauf geben.«

Er sprach wieder mit Atli, der ernst nickte und Mathes zuletzt die Hand hinstreckte. Mathes ließ seine kleine in der großen Hand versinken.

»*Ég lofa því*«, sagte Atli.

»Was hat er gesagt?«, fragte Mathes.

»Er hat gesagt: Ich gelobe es.«

»Darf er mich Eure Sprache lehren? Dann müsst Ihr mir nicht alles selbst sagen, ich …«

Regnar ließ sein Lachen dröhnen. Einige seiner Leute sahen herüber und starrten Mathes böse an. Allerdings, er hatte keine Freunde unter ihnen. Jedenfalls nicht mehr.

»Du bist ein schlauer Bursche, Hering Mathes«, sagte Regnar. »Obwohl du nicht viel mehr Kraft hast als ein Spatz, wenn er aus dem Ei schlüpft, hast du Erlendur getötet, einen unserer besten Kämpfer, und gestern Abend hast du einem unserer Männer das Auge zerschnitten und zwei andere schwer verletzt. Diese Blutschuld wirst du den Rest deines Lebens abarbeiten. Nur deshalb habe ich dich am Leben gelassen, damit du büßen kannst, und nur deshalb gestatte ich, dass Atli dich unsere Sprache lehrt. Stirbt einer von denen, die du verletzt hast, liegt dein Schicksal nicht mehr in meiner Hand, sondern seine Verwandten werden über dich bestimmen. Und verlangt einer der Verletzten Genugtuung von dir, kann ich das nur untersagen, solange er unter meinem Befehl steht. Vergiss das nicht!«

Mathes nickte. Den Rest des Lebens, dachte er.

Bevor er einen weiteren Gedanken fassen konnte, sagte er: »*Ég lofa því.*« Dann sagte er: »Ich habe Durst.« Und dann dachte er, was ist ein Versprechen wert, das du gibst, um dein Leben zu retten?

Regnar lachte, lauter noch als zuvor, es klang wie ein wütendes Lachen. Dennoch ließ er einen neuen Beutel mit Wasser bringen. Atli kehrte zu seinem Posten zurück, nahm die gleiche Haltung ein wie vorhin und starrte unbeweglichen Gesichts auf den Horizont. Gewiss, er war anders als die anderen, als trüge er ein Geheimnis in sich.

Die Wasserlinie wurde breiter. Der Fluss des Lebens floss immer schmaler. Sein Leben war gekettet an Atlis Leben.

23

»Halt!«, schrie sie. »Sofort aufhören!«

Jano ließ seinen Spieß sinken, den er dem Dänen, der im Uferschlamm steckte, in die Kehle rammen wollte.

»Warum das?«, fragte er.

Arnhild war losgerannt und stieß Jano beiseite.

»Was fällt dir ein!« Wütend rappelte er sich aus dem Schilf auf.

Anstelle einer Antwort packte Arnhild einen der umherliegenden Äste und reichte ihn über den Uferschlamm hinweg dem Verletzten. Vergeblich versuchte sie, ihn daran herauszuziehen. Sie drohte selbst zu versacken und beschimpfte Jano so lange, bis er ihr half. Nachdem ein weiterer Bewohner der kadingischen Sümpfe neugierig geworden war und schließlich zu Hilfe kam, gelang es ihnen, den Dänen auf festen Grund zu ziehen, wo der Mann entkräftet liegen blieb.

Jano beschwerte sich. Seit wann es üblich sei, den Feinden zu helfen, worauf Arnhild den Leuten, die sich inzwischen versammelt hatten, erklärte, dass sie einen heiligen Eid geleistet habe, jedem ihre Heilkunst zuteilwerden zu lassen, der ihrer bedürfe, gleich ob Freund oder Feind. Das sei ihre Christenpflicht.

»Der ist nicht verletzt! Deshalb gehört er uns!«, rief Jano.

»Gesund sterben. Ist doch Verschwendung bei dem«, sagte einer.

»Messer rein und fertig«, sagte ein anderer.

»Guck mal, wie der zittert. Der Feigling!«, sagte ein Dritter.

»Die spinnt«, sagte ein Vierter.

»Sterben muss er sowieso«, sagte ein Fünfter.

Und es gab noch andere, denen etwas Kluges einfiel.

Sie sahen sich reihum an, schüttelten die Köpfe über die verrückte Frau, hinderten sie aber nicht an ihrer Tätigkeit. Vorerst genügte es ihnen, dass sie sich einig waren, ein Zustand, der nie von Dauer war.

Arnhild kniete nieder und untersuchte den Geretteten, verlangte

Wasser, indem sie eine Kerbe über ihrer Nase machte, sodass es tatsächlich gebracht wurde, reinigte den Mann, schnitt ihm die Beinkleider auf und entdeckte schließlich den Rest eines Pfeils, der ihm in den Weichteilen seines rechten Unterschenkels steckte. Die Wunde blutete stark. Sie war sicher sehr schmerzhaft. Der Atem des Verletzten flog, seine Brust hob und senkte sich hektisch, sein Blick flackerte hin und her zwischen Arnhild und den Männern, die keinen freundlichen Eindruck machten, was leicht an den Messern und Spießen zu erkennen war, die sie nun wieder in den Händen hielten.

»Es ist dein Gefangener«, murmelte Arnhild und untersuchte die Wunde. »Ich will nur mal …«

Jano hatte ihr noch nicht verziehen, dass sie seine Bewerbungen zurückgewiesen hatte. Wenn eine Frau den Hochmut eines Mannes gestutzt hat, muss sie mit allem rechnen. Einen Mann, der nicht eitel war, gab es nicht. Sie stolzierten umher wie Hähne, machten Lärm, zeigten ihren Hühnern das Futter, das die schon fraßen, und taten schlau, obwohl sie nicht mehr und meistens weniger wussten als die Frauen. Sie kannten die Geheimnisse des Lebens nicht, weil sie nicht gebären konnten. Es war ihnen nicht zu verübeln. Arnhild versuchte, Lage und Länge des Pfeils zu ertasten.

»Wie heißt du?«, fragte sie leise.

Der Mann zitterte, der Schweiß tropfte ihm vom Kopf und er stöhnte vor Schmerz. Er war noch jung und hatte einen dünnen rotblonden Bart.

»Nix verstehn«, presste er heraus.

»Na, dann eben nicht«, sagte Arnhild. Sie wandte sich zu Jano um. »Deine Nummer im Boot vorhin, die war übrigens einmalig! Einfach toll! Bist du so freundlich, den Grafen zu holen? Wir stehen unter seinem Kommando.«

Jano strich sich mit einer eleganten Bewegung die langen Haare hinter die Ohren und wurde größer.

»Du hast ihn gefangen genommen«, sagte Arnhild, »Graf Egbert wird dich belohnen, wenn du ihn übergibst.« Das war möglich. »Wir müssen die Dänen nicht nachmachen und alle gleich totschlagen, die wir nicht gebrauchen können.«

Christopherus. Er hatte in einem der Schiffe gesessen, gefesselt und angebunden wie die anderen Gefangenen, doch aufrecht, er überragte die anderen. Sie war hinter dem Baum hervorgetreten und hatte ihm zugewunken. Nur ein Kopfnicken, er hatte sie erkannt. Die Tränen stiegen ihr in die Augen.

Plötzlich stand Berowelf da, der Mann mit der Seeadlerfeder im Hut. Er war wie ein Geist, er tauchte da und dort auf, ohne dass man ihn kommen sah. Vielleicht konnte er gar an zwei Orten gleichzeitig sein, eine Fähigkeit, die Gott einigen Heiligen zuteilwerden ließ, die auch manch Besessener beherrschte. Berowelf war kein Heiliger, er war vermutlich gar kein Christ, Arnhild hatte ihn noch nie beten sehen. War er ein Besessener?

»Lasst sie machen«, knurrte Berowelf und warf den Leuten schwarze Blicke vor die Füße. »Der Graf soll entscheiden.« Er lachte plötzlich auf. »Das Pferd hat entschieden!«

Was er damit wohl meinte? Er war wunderlich, dieser Mann, und ein wenig unheimlich. Niemals nahm er seinen Hut ab, nicht einmal zu den Mahlzeiten, vermutlich, damit ihm die Flöhe nicht ins Essen fielen.

Egbert wurde gerufen und lief herbei. Er war aus der Puste, nach der Schlacht und einer Nacht mit vermutlich zu wenig Schlaf und sicher zu viel des guten Mutterweins. Außerdem, dachte Arnhild, hat er Übergewicht. Er sollte kürzertreten und mehr Grütze und weniger Fleisch essen, vor allem weniger Schwein.

Jano berichtete, nicht ohne den Erfolg seiner Boot-und-Schlangen-Aktion herauszustreichen, die der Graf beobachtet hatte, aus sicherem Abstand vom Ufer aus.

»Wir nehmen ihn mit. Vielleicht erfahren wir etwas von ihm, was uns nützt«, bestimmte Egbert.

Arnhild sparte sich einen besserwisserischen Blick. »Der Pfeil muss raus, sonst stirbt er, bevor er was sagen kann.«

Die Schlacht war beendet. Es hatte nur fünf Leichtverletzte gegeben, während die dänischen Räuber mindestens fünf Leute verloren hatten und, wie es aussah, zwei Schiffe. Sie würden es sich in Zukunft zweimal überlegen, ob sie einen Überfall auf Stethu wagten. Leider war es nicht gelungen, die Gefangenen zu befreien. Arnhild hatte die Männer und Frauen gesehen, die gefesselt an Bord der Schiffe gesessen und sich geduckt hatten unter den Pfeilen. Eine der Frauen hatte ein blaues Tuch getragen. Ein Mädchen hatte neben ihr gesessen. Welchem Schicksal gingen sie entgegen? Ein Mann würde sich in alles finden können, selbst in ein Sklavenschicksal, solange er genug zu essen bekam, eine Frau nicht.

Graf Bernhard war schon nach Stethu aufgebrochen, er sei in höchster Sorge um seine Familie, hatte er gesagt. Die Altländer waren auf ihre fruchtbaren Inseln zurückgekehrt und die Kämpfer von der Hammaburg rüsteten sich ebenfalls zur Heimfahrt.

Janos Leute hatten den kürzesten Weg. Er selbst schloss sich mit zufriedenem Nicken den Esesfelthern an, nachdem der Graf ihm für den Gefangenen gedankt und eine Belohnung versprochen hatte.

Die Dänen waren außer Sicht.

Die Sachsen überquerten gefahrlos die Elbe schräg gegen die Flut und erreichten die Mündung der Stör, wo sie die Boote über die noch flach überspülte Furt zogen. Eine kleine Strecke half ihnen der eifrige Flutstrom, und als die Gegenströmung einsetzte, musste kräftig gerudert und gestakt werden bis Esesfelth, wo das Volk am Osttor lagerte und gespannt auf die Heimkehrenden gewartet hatte und die Ankommenden mit freudigen Rufen und lauten Fragen empfing, denn man sah den lachenden Gesichtern der Heimkehrenden an, dass die Schlacht gut ausgegangen war.

Der Gefangene wurde auf die Burg getragen. Laufen konnte oder wollte er nicht. Der Graf stimmte der Operation zu. Es war besser, ihn erst danach zu verhören. Es gab einige Leute, die die Sprache der Nordmänner verstanden, manche stammten sogar aus dem Dänenreich. Sie hatten sich in der Gegend von Esesfelth angesiedelt. Der Ochsenweg, den man so nannte, weil man das Handelsvieh darauf trieb, führte hier entlang und es war nicht weit bis zum Danewerk. Auch andere Waren wurden darauf nach Süden oder nach Norden geschafft, je nachdem, wo man ihrer bedurfte. So gelangte Handelsgut aus fernen Gegenden nach Esesfelth, auch nach Stethu und viel weiter, und es gab Perlen und kostbare Stoffe, die aus Gegenden stammten, deren Namen niemand kannte, und die so teuer waren, dass nur die Grafen und Hochgestellten sie erwerben und alle anderen höchstens einen Blick darauf werfen konnten.

Arnhild schlug vor, den Gefangenen zu Siegbert in dessen Hütte zu schaffen. So hatte man gleichzeitig eine Wache und sparte sich doppelte Wege. Egbert stimmte zu und verschwand. Er habe kein Vergnügen daran, den menschlichen Leib von innen zu betrachten, sagte er. Also trug man den Mann zu Siegbert, der vor der Hütte saß und dem Treiben aus der Ferne gefolgt war. Er lachte und freute sich, dass Arnhild gesund wieder zurückgekommen war. Sie scheute sich, ihm Vertrautheit zu zeigen, konnte sie doch für unkeusch gelten.

»He!«, sagte Siegbert zu dem Neuankömmling, nachdem Arnhild ihn aufgeklärt hatte, wer da gebracht worden war. »Ich bin der, dem du die Beine abschneiden wolltest!«

Der Däne schwieg, er sah ihn nicht einmal an.

Arnhild befahl, das Fixierbrett zu holen, und schickte nach Karla, die assistieren sollte. Während Karla Feuer machte, legte Arnhild die mitgebrachten Werkzeuge zurecht. Karla stieß das Operationsmesser in die Glut, eine lange und schmale Klinge mit eisernem Griff. Der Gefangene lag auf der Schlafbank und schaute den Vorbereitungen ängstlich zu.

»Du wirst es aushalten«, tröstete Siegbert ihn.

Der Mann reagierte nicht.

»Er versteht uns nicht«, sagte Arnhild.

Mit der Hilfe zweier Männer wurde der Gefangene auf das Fixierbrett gepackt. Als er die Gurte sah, wollte er um sich schlagen und musste festgehalten werden. Einer der Männer drückte ihm sein Messer an die Kehle.

»Du Witzbold«, knurrte er. »Nicht dass ich dich erstechen muss, bevor du operiert wirst.«

Der Gefangene wurde auf Arnhilds Geheiß auf den Bauch gedreht. Die Gurte für den Hals, die Arme, den Oberkörper und die

Beine wurden angelegt und festgezurrt, bis sich der Mann nicht mehr rühren konnte. Karla schob dem Patienten ein Holz zwischen die Lippen.

»Ich muss es aufschneiden, wegen der Widerhaken kann ich den Pfeil nicht einfach rausziehen«, erklärte Arnhild.

Sie hätte dem Mann gern die Milch des Mohns gegeben, um seine Schmerzen zu lindern, zumindest die Wunde damit bestrichen. Aber sie durfte nicht verraten, dass sie über diese Medizin verfügte, die sie nur im Notfall anwandte. Denn der Bischof der Hammaburg, der an festgesetzten Tagen in der Kirche von Esesfelth Gott diente, hielt sie vermutlich ebenso für Teufelswerk wie Karl der Große, der den Mohn zu seiner Zeit verboten hatte. Alle Dänen, hatte Ansgar gepredigt, seien Sünder, weil sie heidnischen Göttern opferten, und dieser Mann, der festgeschnallt vor ihr lag, war garantiert keine Ausnahme. Es war gefährlich, Feinde zu behandeln, und noch gefährlicher, es mit verbotener Medizin zu tun.

Die Klinge des Messers glühte rot. Karla nahm sie mit einer Zange auf, senkte sie unter Zischen in ein Gefäß mit Wasser und prüfte anschließend seine Temperatur mit der Hand.

Arnhild kniete sich neben das Feuer und sprach ein stummes Gebet. Wie vor jedem Eingriff bat sie um die Hilfe Gottes.

Sie nahm Karla das bereitgehaltene Messer aus der Hand und tat ohne weitere Sprüche einen tiefen Schnitt in den Unterschenkel des Mannes. Dem Patienten fiel das Holz aus dem Mund, er stöhnte und gurgelte, er wollte sich aufbäumen, die Riemen schnitten ihm in den Hals. Er bekam keine Luft und lief dunkelrot an, ließ den Kopf sinken, schnappte wie ein Fisch an Land und röchelte. Schaum tropfte aus seinem Mund in das Stroh.

Arnhild schnitt tiefer, das Blut rann ihr über die Hände.

»Zange!«, befahl sie.

Kurz darauf hielt sie stolz den Pfeil mit der metallenen Spitze in der Hand.

Der Mann stieß eine lange Litanei aus, es klang wie ein Fluch oder wie ein Gebet.

»Nadel und Sehne!«

Karla starrte den Patienten mit offenem Mund und aufgerissenen Augen an.

»Karla!«

Sie rührte sich nicht.

»Was ist mit dir!«

Karla begann zu reden. Zu dem Mann. In einer Sprache, die niemand verstand. Der Mann antwortete, verdrehte den Hals, um Karla besser sehen zu können, und plötzlich brachen beide in Gelächter aus, das bei dem Mann ebenso plötzlich in ein Weinen überging.

»Was hat das zu bedeuten?«

Doch zunächst musste die Wunde geschlossen und genäht werden. Mit zusammengebissenen Zähnen und vielen Worten in seiner fremden Sprache hielt der Mann es aus.

»Sag, Karla!«

24

»Hæ, hæ!«
Der monotone Schlag der Trommel. Mathes hörte ihn bis in den
Schlaf, der ihn überfiel, und sogar noch, als die Dänen längst das
Segel auf- und die Ruderer die Riemen eingezogen hatten und die
Trommel schwieg, nachdem die Ebbe eingesetzt hatte und der Wind
wieder aus Osten blies. Die Wellen glitten dunkelgrün und mit einem
kleinen Zischen und Strudeln an der Bordwand vorüber. Auf manchen
glitzerten graue Schaumkronen unter dem bedeckten Himmel, und
wenn die Sonne hervorlugte, glänzten sie silbern und in der Ferne sah
es aus, als schaukelten Möwen darauf. Stethu lag weit hinter ihnen.
Vor ihnen schien die Elbe zu Ende zu sein und das Meer zu beginnen,
denn die Scheide zwischen Wasser und Himmel verschwamm und
die Ufer waren nur noch ein dunkler Strich. Jetzt erst wurde Mathes
bewusst, dass er die Heimat verlassen hatte. Sie war hinter ihm versunken und er würde sie nie wiedersehen. Vor ihnen lag das Meer,
das die Heimat der Nordmänner war, und eine ungewisse Zukunft.

Nicht lange und Atli hatte den Unterricht begonnen. Er hatte
seinen Beobachtungsposten verlassen und war nach hinten zu den
Kindern gekommen. Wie ein Gleicher unter Gleichen setzte er sich
zu ihnen, beugte seinen gewaltigen Rücken und zeigte sein Gesicht
aus nächster Nähe. Er hatte blaue Augen, fast von der Farbe der
Kornblume, die aus seinem Bartgestrüpp herausleuchteten. Wie alt
mochte er sein? Er richtete seinen großen Zeigefinger auf etwas und
sagte das nordische Wort dafür. Manche Worte waren gar nicht so
schwer. Hand zum Beispiel hieß *hönd* und zwei Hände waren *tvær
hendur*, ein Fuß war ein *fótur* und zwei Füße *tveir fætur*. Das konnte
man sich merken. Zum Glück hatte man nur einen *háls*, das war
noch leichter, dafür brauchte man keine Mehrzahl. Atli sprach die
Worte vor und ließ sie von den Kindern nachsprechen, dann zeigte
er nur darauf und sie mussten das dazugehörige Wort sagen. War
es richtig, und das war fast immer der Fall, freute er sich und lachte

über das ganze Gesicht und klatschte auf seine Schenkel, die wie Baumstämme waren.

So lernte Mathes, und Irmin mit ihm, gleich am ersten Tag in der ersten Lektion alle Worte, die den menschlichen Körper betrafen, von Kopf bis Fuß. Und weil der Mensch zehn Finger und zehn Zehen hat, muss er bis zwanzig zählen können. Auch das war nicht schwer zu lernen, weil die nordischen Zahlen den sächsischen ähnelten, *einn, tveir, þrír.*

Mathes begriff, dass sie unterwegs nach Haithabu waren, Atli hatte den Namen mehrfach genannt und nach vorn gezeigt, dorthin, wo der geschnitzte Drache am Bug des Schiffs sein grässliches Maul aufsperrte, wo Regnar nun an Atlis Stelle stand und Ausschau hielt. Allerdings konnte er sich nicht vorstellen, wie man hingelangen sollte. Er wusste nur, dass Haithabu eine große Stadt war, die im Reich der Dänen lag, gleich hinter dem Danewerk, das wie eine lange Burgmauer sein sollte und sich quer durch Nordalbingien zog.

Die Schiffe der Nordmänner blieben dicht beisammen. Sie segelten im Abstand nur weniger Schiffslängen nebeneinander. Die Gefangenen hatten Essen und Wasser bekommen, es mangelte ihnen an nichts außer an Freiheit. Der Mann mit dem Verband am Kopf war auf demselben Schiff wie die Mutter. Er hatte nicht rudern müssen, dazu war er wohl zu schwach. Er saß in der Mitte des Schiffs neben den Gefangenen und ließ den Kopf hängen. Mathes konnte nicht anders, als immer wieder hinüberzusehen. Sogar über die Wellen hinweg fühlte er den Hass im Auge des Mannes brennen. Er konnte ihn verstehen. Es musste furchtbar sein, ein Auge zu verlieren, und Mathes fragte sich, ob er so gehandelt hätte, wenn er gewusst hätte, welche Folgen daraus entstehen würden.

Sieben Geiseln waren gestorben, sie waren hingerichtet worden wie Schlachttiere, wie Hühner, denen man die Flügel und Füße abschnitt. Mathes tröstete sich damit, dass der Graf schuld war. Er hatte nicht nur gegen Regnars Gebot gehandelt, sondern auch sein Versprechen gebrochen, das er Mathes gegeben hatte, während er selbst, Mathes, nur seiner Mutter hatte helfen wollen, was eines Sohnes Pflicht war. Irmin hatte recht.

»Du musst dich vor ihm in Acht nehmen. Er wird dir etwas antun, sobald er kann. Und wenn Atli das nicht verhindert …«

Sie schwieg und hielt sich an seinem Arm fest.

»Sie wollen nach Haithabu, hast du das mitbekommen?«

»Ja«, antwortete Irmin.

»Dort ist die letzte Gelegenheit …«

»Zur Flucht?«

Mathes nickte.

»Gehorchst du Regnar nicht, musst du sterben! Und deine Mutter? Was wird dann aus ihr?«

»Ich weiß.«

Er fragte Irmin die neuen Worte ab. Das war viel einfacher, als die großen Probleme von Leben und Tod zu lösen. Obwohl sie sich damit auf ein Leben mit den Dänen einstellten, machte es sogar ein wenig Spaß.

Mathes hatte einen Freund und einen bitteren Feind unter den Dänen, einen kaltblütigen Mörder, der auf der Hammaburg die beiden Mönche hingerichtet hatte. Er dachte, vielleicht ist es recht, was ich getan habe, er hat es verdient. Da nutzen ihm auch die goldenen Ringe nichts, die ihm an den Armen klimpern.

Als es Abend wurde, suchten die Nordmänner wieder das rechte Ufer auf, das sie erst erreichten, nachdem die zurückkehrende Flut den endlosen bleigrauen Schlick überspült hatte. Die Räuber kannten sich aus, sie standen am Bug, zeigten sich gegenseitig etwas und berieten. Offenbar richteten sie sich nach etwas, was sie am Strich der Küste sahen.

Bald legten die Schiffe am Strand an. Sie banden sie an eingehauenen Pfählen fest und schafften das für die Nacht erforderliche Geschirr und Essen an Land. Die Gefangenen mussten an Bord bleiben. Sie durften nur an Land gehen, um dort ihre Notdurft zu verrichten. Über Nacht verschwand das Wasser, die Schiffe fielen trocken.

Am Morgen war das Wasser wieder da und sie fuhren weiter.

So verging auch dieser Tag.

Sie hatten die Elbe verlassen und befanden sich auf dem Meer. Man konnte den Landstrich gerade noch wahrnehmen. Tagsüber wurde gerudert und gesegelt, je nach Strömung, Wind und Windrichtung. Jeden Vormittag und jeden Nachmittag hielt Atli Unterricht mit den Kindern ab. Es schien, als fühlte er sich mit ihnen am wohlsten. Sonst sahen sie wenig Umgang zwischen ihm und seinen Kumpanen und sie verloren die Angst vor dem Riesen. Sie machten Fortschritte und kannten schon eine Menge Worte.

Atli machte kleine Spiele mit ihnen. So zeigte er auf sich selbst und sagte: »*Ég heitir Atli.*« Und während er einem der Kinder ein Stoffbündel zuwarf, fragte er: »*Hvað heitir þú?*«

So musste ein jeder seinen Namen sagen und das Stoffbündel jemand anders zuwerfen, der auch seinen Namen sagen und nach dem Namen des Nächsten fragen musste. Es kam vor, dass sie lachten, wenn das Bündel danebenfiel und zwei Kinder gleichzeitig zu sprechen begannen. An dem hasserfüllten Blick des Einäugigen änderte sich nichts.

An einem der Tage näherten sie sich wieder dem Land. Es war noch nicht Abend. Als sie angelegt hatten, ließ Regnar Mathes holen.

»*Hæ*, Mathes-Hering, ich habe eine Aufgabe für dich. Heute Nacht werden wir ein Gehöft überfallen, das nicht weit vom Ufer steht. Wir werden die Bewohner töten und alles mitnehmen, was wir gebrauchen können, insbesondere Fleisch, denn unseres geht zur Neige.«

Mathes traute sich nicht aufzusehen. Was hatte das zu bedeuten?

»Du wirst mit Atli, der dein Führer sein wird, zur Vorhut gehören. Du bekommst einen Sax, mit dem du zustechen kannst. Niemand darf überleben, hörst du?«

»Warum wollt Ihr alle Leute von dem Gehöft töten?«

»Ich verbiete dir, dumme Fragen zu stellen, Stecher Mathes. Ich habe gesagt, dass dein Leben aus Buße bestehen wird. Ich spare mir weitere Worte. Wir müssen alle Bewohner töten, weil sie sonst zur Gegenwehr ihre Nachbarn holen, sobald wir fort sind, und womöglich wird uns das Gleiche geschehen wie nach dem Überfall auf Stethu. Lassen wir einen leben, werden wir dafür teuer bezahlen müssen. Morgen werden wir den Fluss Eider aufwärtsfahren. Wenn sich herumspricht, dass wir einen Friesenhof ausgeraubt haben, werden wir Schwierigkeiten kriegen, verstanden?«

Was sollte er tun? Er nickte stumm.

»Und du gehorchst gefälligst. Sonst wird es meinen Leuten eine Freude sein, dich zu töten. Besonders einem, verstanden?«

Er nickte ein zweites Mal. »Warum seid Ihr so grausam?«

»Du weißt, dass ich unnütze Fragen hasse. Wir tun, was wir tun müssen. Du willst doch auch essen, oder?«

»Ihr seid verhasst in aller Welt. Je länger Ihr so handelt, desto mehr. Die Menschen werden sich umso stärker wehren, je länger Ihr auf Eure Raubzüge fahrt. Warum ernährt Ihr Euch nicht wie andere Leute? Ein Leben in Frieden ist viel schöner.«

Regnar fegte Mathes' Worte mit einer scharfen Handbewegung beiseite, sagte etwas zu seinen Leuten. Mathes wurde fortgezogen und ins Wasser gestoßen, damit er zu seinem Schlafplatz auf dem Schiff zurückkehrte. In der Nacht konnte er kaum schlafen und versank erst, kurz bevor er wieder geweckt wurde, in einen traumlosen Schlaf. Atli rüttelte an seiner Schulter. Es war dunkel.

»*Komdu*«, sagte er nur.

Er drückte Mathes einen kurzen Spieß in die Hand. Seine Wunden waren noch nicht verheilt, sie würden erneut aufbrechen, sobald er mit dem Ding hantierte. Immerhin konnte er wieder mit beiden Augen sehen. Man gab ihm Wasser und ein Stück getrocknetes Fleisch, dann brachen sie auf.

Er folgte Atli durch Sand und hohes Gras. Hinter ihnen machten sich an die zwanzig Männer auf den Weg, Regnar unter ihnen. Der Einäugige fehlte. Atli lief vorneweg. Sie überquerten auf einem gewundenen Pfad, den Atli offenbar kannte, etwas, was ein Moor sein musste. Tümpel, die ölig glitzerten, Nebelschwaden, die sie einhüllten. Da, ein Irrlicht! Atli störte sich nicht daran, er ging nur etwas langsamer.

Plötzlich stand Mathes allein im Nebel, niemand folgte ihm. Es war die Zeit, zu der die Nachtgeister in ihre Verstecke zurückkehrten, denn es konnte nicht mehr lange dauern, bis das erste Morgenlicht erschien. Sollte er jetzt versuchen zu fliehen? Zur Seite springen und sich zwischen Binsen oder Farnen verstecken? Er würde Mutter und Magdalena nicht mehr helfen können. Und was würde aus Irmin werden? Nein. Er musste mit. Es gab keinen Ausweg. Mathes kam ein Gefühl der Hoffnungslosigkeit an.

So gingen sie eine ganze Weile, bis der Grund unter den Füßen ebener und fester wurde. Grasland. Mit einem Mal hielt Atli inne, breitete die Arme aus zum Haltzeichen. Bald schlossen die anderen Männer auf. Sie sammelten sich, schwärmten nach rechts und links aus und verschwanden in der späten Nacht.

Atli ging langsam voran und blieb stehen.

So standen sie, bis ein Hahn krähte. Im Osten wurde der Himmel grau. Aus dem sich auflösenden Dunkel tauchte ein Haus auf, ein niedriges, strohgedecktes, das so ähnlich aussah wie die Hütten an der Hammaburg. Das Haus lag leicht erhöht, daneben eine Scheune, deren Wände nur aus gebundenem Reet bestanden. Atli blickte sich ständig um und machte Zeichen, dass Mathes ihm folgen solle. Die anderen Männer hatten das Gehöft umkreist, bis sie einen engen Ring darum geschlossen hatten.

Die Tür des Hauses öffnete sich, ein verschlafener Mann trat heraus und wich erschrocken zurück, als er der Männer gewahr wurde.

»Was willst du?«, fragte er.

»Wie heißt du?«, fragte Regnar.

»Man nennt mich Drees.«

»Nun, Drees, ich will dein Vieh und alles, was dein Eigen ist.«

Der Bauer wollte die Tür zuschlagen und sich im Haus verschanzen. Dazu kam er nicht mehr. Einer der Männer schoss ihm einen Pfeil in die Brust, dass er röchelnd niederfiel.

Es krachte und ein zweiter Mann stürzte aus einem der Windaugen an der Langseite des Hauses. Mit schreckgeweiteten Augen hielt er geradewegs auf Mathes zu.

»Töte ihn!«, rief Regnar. »Sofort!«

»*Dreptu hann!*«, rief Atli. »*Strax!*« Und wich zur Seite.

Jetzt war nichts mehr zwischen dem Mann und Mathes, nur noch ein paar Schritte. Der Mann hatte ein langes Messer in der Hand und stürzte auf ihn zu. Mathes hob den Sax.

25

Ansgar saß auf einem Baumstamm und wischte sich den Schweiß von der Stirn. Er betrachtete abwechselnd die Schwielen an seinen schmutzigen Händen und das Treiben der fleißigen Menschen um sich her. Zwei Häuser waren wieder instand gesetzt, ein drittes neu gebaut. Mehrere Männer schafften Reet heran, um das Dach zu decken. Zwei Frauen klemmten Äste zwischen die Pfosten, drei andere schmierten Schlick und Gras, das sie mit der Sichel geschlagen hatten, in die Gefache. Es ging voran. Doch es würde nie wieder so werden, wie es gewesen war. Ein großes Unglück teilte die Zeit. In vorher und nachher. Sie hatten bereits angefangen, neue Häuser zu bauen. Das Große Haus würde kleiner ausfallen. Schon mehrere Familien, Witwen und Kinder, waren nach Süden fortgegangen, auf der Suche nach einem sicheren Ort, fern von schiffbarem Wasser. Ansgar hatte nicht versucht, sie zurückzuhalten.

Es war nicht die Zeit für Bücher. Die meisten der Benediktinerbrüder waren tot, entführt oder geflohen.

Ansgar fragte sich, wann die rechte Zeit für einen Neubau der Kirche gekommen wäre. Ihm stand der prächtige Bau vor Augen, den die Dänen in Flammen hatten aufgehen lassen. Da musste alles, was man an seiner statt errichtete, wie kümmerliches Kinderwerk wirken. Es sei denn, die neue Kirche würde prächtiger als die alte. Aber woher die Mittel nehmen? Es fehlten die Hände, die Handwerker, das Holz zu schlagen, zu tragen, zu behauen, aufzurichten. Die von den Dänen verschont geblieben oder von den Verletzungen genesen waren, hatten genug daran, sich selbst zu erhalten. Die Felder mussten bestellt und die Saaten gepflegt werden. Zuerst der Magen, dann die Seele. Zuerst für den Schlaf ein Dach, dann erst für das Gebet.

Nur wozu beten? Wenn es nicht half gegen diese Barbaren, die alles vernichtet hatten? Ansgar zweifelte an allem in diesen Tagen. Wenn Gott will, dass wir ein Leben nach seinen Geboten führen, dachte er, wozu braucht er unser Gebet? Wir bitten ihn in unseren Gebeten sowieso nur um unser Wohlergehen. Dass er uns beschütze, das Übel von uns fernhalte, Krankheiten, Hunger, Angst. Als wäre Gott, der alles sieht und alles weiß und alles kennt, selbst unsere Gedanken sind ihm ein offenes Buch, arm im Geist, wie so viele seiner Schafe, und wüsste nicht von selbst, was wir brauchen.

Wir sind Gottes Kinder, ja, wie Kinder beten wir zu unserem Vater. Gib uns unser tägliches Brot. Beten Kinder ihre Eltern an, damit sie versorgt werden? Nein, das tun sie nicht, sie vertrauen ihnen. Sie müssen nicht bitten und betteln für das, was sie zum Leben benötigen. Eltern warten auf kein Gebet. Sie tun von sich aus alles für ihre Kinder, oft über die Kräfte hinaus. Gott ist nicht wie der weltliche Vater. Wir beten zu ihm und dennoch lässt er uns von der Hand der Heiden sterben, die Dutzende fremde Götter anbeten, ihnen opfern und folglich vom Dämon besessen sein müssen und des Satans Geschäfte machen. Gott lässt den Satan walten, Gott hilft dem Satan!

Ansgar stand auf, die Hände auf dem Rücken ineinander verkrampft. Mit gesenktem Kopf ging er scharfe Kreise.

»Verfluchte Rattenscheiße, Gallsucht und Halsbräune«, murmelte er. »Wo bin ich gelandet!«

»Was sagt Ihr?«

Es war, als wachte Ansgar auf.

Bernhard stand vor ihm.

»Ich denke nach«, antwortete er. »Nachdenken ist gefährlich.«

»Hm«, machte Bernhard. »Ohne geht es auch nicht.«

»Richtig. Was meint Ihr?«, fragte Ansgar. Er traute sich nicht, all seine Gedanken preiszugeben. Ob es Gott egal sei, fragte er nur, wo der Mensch bete, und ob es nicht besser sei, die Gebete unter freiem Himmel ohne ein hinderliches Dach direkt zu ihm aufsteigen zu lassen. Sei nicht der Gesang der herrlichste, der dem Gezwitscher der Vögel gleich in den Himmel aufsteige, anstatt im Kirchengehäuse gefangen zu bleiben? Ob er Gott nicht mehr erfreue? Wozu also eine Kirche? Er musste an den Moment seiner größten Verzweiflung denken, als ihm ein winziger Zaunkönig Mut zugezwitschert hatte.

»Tja.« Bernhard kratzte sich am Kopf und sah sich das Ergebnis unter seinen Fingernägeln an.

»Zumal sich die Flöhe draußen auch nicht so ausbreiten wie drinnen«, bemerkte Ansgar und stieß ein unfrohes Lachen aus.

»Die sind fürs Erste alle verbrannt.« Bernhard seufzte und prüfte, was da stak. »Na ja, ein paar werden schon übrig geblieben sein. Wie die Ratten. Hm. Wir bauen das Gotteshaus vielleicht gar nicht für Gott, sondern für uns selber. Damit wir uns erhaben fühlen und feierlich. Damit wir uns besser sammeln können. Damit unsere Gebete inbrünstiger sind.«

Ansgar dachte nach. »Da ist was dran. Aber warum beten wir überhaupt?«

»Meint Ihr, wir sollen damit aufhören, nachdem Gott den Räubern erlaubt hat, so viele von uns umzubringen oder zu entführen?«

Ansgar schüttelte heftig den Kopf.

»Nein!«, rief er. »Das wäre das Ende!«

»Und außerdem«, fragte Bernhard, »wo sollen wir beichten, wenn wir keine Kirche haben?«

Ansgar nickte. Da war was dran, obwohl er Bernhard nicht oft am Beichtstuhl empfangen hatte. War vielleicht besser so, denn wer weiß, welchen Anfechtungen er sich aussetzte, würde er erfahren, was der Graf trieb. Sollte er sich mit den Reuigen, die zu ihm kamen, unter einen Baum hocken? Ausgeschlossen! Er verschränkte die Hände auf dem Rücken und setzte seinen Kreisgang fort, ohne weiter auf Bernhard zu achten.

Beichte! Dieser gefallene Mönch, dieser lange Christopherus, den die Dänen inzwischen wahrscheinlich längst umgebracht hatten! Er hatte der Frau des Schmieds beigewohnt, hatte sie sogar geschwängert. Er habe sie zu sich kommen lassen, hatte er gebeichtet, in seine Zelle. Sie habe sich auf seine Schlafbank legen und die Kleider aufheben müssen, damit er ihr die Reliquien des Willehad von Bremen auf die wirkungsvollste Weise habe auflegen können, sie also auf den unbekleideten Bauch praktizieren, was ganz und gar notwendig gewesen sei, sollte die peinliche Aktion nicht umsonst sein. Man habe gemeinsam gebetet, während er die Reliquie gehalten und etwas aufgedrückt habe, wie es sich gehöre. Man habe zu Mutter Anna gebetet, die Mutter der Gottesmutter, um ihren Segen habe man gebetet, auch sie sei spät Mutter geworden. Inbrünstig habe man die Worte wiederholt, und das sehr oft, gesungen habe man die Worte, damit das Gebet tief in Körper und Seele eindringe und zu Gott eingehe. »Dabei, Gott vergebe mir, sind meine Hände auf Abwege geraten.«

»Hände auf Abwegen? Wie das?«, hatte Ansgar fragen müssen, denn Himmel und Sakrament, ich habe doch keine Ahnung, was haben die Hände damit zu tun?

Christopherus hatte es geschildert. Oh, hätte er geschwiegen! Anstatt ihre Ehre zu bewahren, den Mönch in seine Schranken zu weisen, noch war es möglich gewesen, war die Frau wollüstig geworden und hatte den ehebrecherischen Fingern des Mönchs – »Gott verzeihe mir, ich wusste gar nicht, wie mir geschah!« – den Weg der Sünde gewiesen, bis sie in höchster Verzückung die Reliquie vom Bauch abgeworfen und …

Ansgar war aufgesprungen und führte einen Tanz auf, sein Mund steckte voller obszöner Flüche, er biss die Zähne zusammen, damit keiner von ihnen entwich. Es knirschte.

»Herr Bischof!«, rief es. »Ist Euch was?« Die Frauen, die, schweigend in ihrer Trauer, an dem neuen Haus gearbeitet hatten, hatten ihre Arbeit unterbrochen und sahen ihm zu.

»Mein Kopf, mein Kopf«, murmelte Ansgar und ging fort, so normal wie möglich, während er die Blicke spürte und die Hände auf seinem Rücken miteinander rangen. Er verließ das Burggelände durch das Nordtor und blieb vor der Kirchenruine stehen.

Dann, hatte Christopherus gebeichtet, habe sich die Frau des Schmieds mit ihm vereinigt. Sie sich mit ihm, so hatte er es gesagt. Und, das gebot die Logik, folglich auch er sich mit ihr. »Wir beide«, hatte er gesagt, »haben nichts als Seligkeit empfunden.« Beide, er sagte es ein zweites Mal, hätten sich dem Schöpfer so nah gefühlt wie nie, sie seien, »verzeiht mir die anmaßenden Worte, ich finde keine anderen«, jedes Mal eins mit dem Schöpfer gewesen, wie im Paradies, aus dem der Mensch einst vertrieben worden sei.

Jedes Mal? Im Paradies?

Jedes Mal. Denn die Frau des Schmieds habe noch oft nach der Reliquie und nach dem Gebet und dem Singen und der Seligkeit verlangt. Nach dem Paradies.

»Kann das der Satan gewesen sein?«, hatte Christopherus gefragt und sogleich den Kopf geschüttelt. Auf keinen Fall. Das habe so sein sollen.

Ein wohlgeratenes Mädchen habe die Frau des Schmieds geboren, die sei nun bald zwei Jahre alt. Sie war nicht geraubt worden. Vielleicht weil sie nicht blond war, sondern nur braune Haare hatte. Wahrscheinlich aber, weil sich der Schmied mit allem, was ihm zur Verfügung gestanden hatte, gegen die Räuber, die in sein Haus eingedrungen waren, verteidigt hatte. Sie hatten von ihm abgelassen.

Da drüben lief das Kind, recht aufgeschossen für sein Alter, ein wunderbares Geschöpf. Die Eltern hatten überlebt. Der Schmied hatte es angenommen. In Sünde gezeugt. Sollte es deswegen schlechter sein? Ein Menschenkind wie alle anderen. Stand nicht geschrieben, dass Gott richte ohne Ansehen der Person nach eines jeglichen Werk? Kein Mensch solle unrein geheißen werden. Vor Gott sind alle gleich.

Fragen über Fragen. Ansgar wünschte, er könnte mit Christopherus reden. Mit ihm hätte er alle Fragen besprechen können, ohne womöglich als Ketzer zu gelten.

Ansgar war fünf Jahre alt gewesen, als sein Vater ihn nach dem Tod seiner Mutter den Mönchen des Benediktinerklosters Corbie übergeben hatte, damit er die Wissenschaften erlerne. Einmal war ihm seine Mutter im Traum erschienen. Sie hatte ihm das Versprechen abgenommen, alle Eitelkeit zu meiden und sich eines gesetzten Lebens zu befleißigen. Er hatte nie etwas infrage gestellt. Jetzt, nach dem Überfall der Dänen, stellte er alles infrage. Ein kleiner Bischof am nördlichsten Rand des dreigeteilten Frankenreiches konnte nicht alle Fragen beantworten. Doch durfte man nicht nur fragen, man musste auch handeln, wollte man diesen verfluchten Räubern etwas entgegensetzen.

Ansgar kehrte zurück auf das Burggelände, wo plötzliches Geschrei und Aufregung war, weil sich die Leute um zwei Männer versammelten, die von der Schifflände her durch das Westtor gekommen waren.

»Sie sind unterwegs nach Haithabu!«, wurde gerufen.

Der eine der Männer redete, der andere schwieg. Als der Redende fertig war, fragte er nach dem Bischof, und als sich Ansgar vorgestellt hatte, bat er um ein Gespräch ohne Zuhörer und nahm den Schweiger mit. Zu dritt verließen sie den Burgplatz. Der Redende stellte den Schweiger vor, dann ließ er Ansgar mit ihm allein. Der Schweiger zog ein Pergament aus seinem Wams, drehte und wendete es und fing endlich an zu sprechen, als hätte seine Zunge einen Knoten. Er las vor, was geschrieben stand, stockend und falsch betont, als würde er es nicht verstehen. Stumm war er jedenfalls nicht.

»Gib mal her«, sagte Ansgar ungeduldig, langte nach dem Pergament und las. »Oha!«, sagte er. Und das galt nicht dem Kalbsleder, sondern dem Text. Er legte dem Mann die Linke auf die Schulter, schlug mit der Rechten das Kreuzeszeichen vor seiner Stirn und sagte, indem er ihm in die Augen blickte: »Gott, der barmherzige Vater, hat durch den Tod und die Auferstehung seines Sohnes die Welt mit sich versöhnt und den Heiligen Geist gesandt zur Vergebung der Sünden. So spreche ich dich los von deinen Sünden, im Namen des Vaters, des Sohnes und des Heiligen Geistes.« Er wiederholte den Text auf Latein und nach einer kleinen Pause sagte er: »Amen.«

Der Schweiger weinte. Er ging schluchzend in die Knie und wollte Ansgars schmutzigen Rock küssen.

»Nein, mein Sohn, steh auf, du bist nun frei!«

Der Mann erhob sich. Er zog seinen Sax aus dem Gürtel, zeigte Ansgar die stumpfen Schneiden und tat, als schärfte er die Waffe, wobei er ein fragendes Gesicht machte. Ansgar zeigte ihm den Weg zur Werkstatt des Schmieds. Weil sie abgelegen war, war sie vom Brand verschont geblieben.

Haithabu, dachte Ansgar, als die zwei fort waren, schon wieder Haithabu! Er musste aufbrechen, nach Bremen, am besten schon übermorgen, um dort Rat und Hilfe zu suchen, die er hoffentlich vom Kollegen Leuderich erhalten würde, dem dritten Bischof der Benediktiner von Bremen. Bernhard würde den Wiederaufbau der Hammaburg, soweit er für den nächsten Winter erforderlich war, allein regeln können. Sicher würde er bis dahin wieder zurück sein. Die Dänen hatten in Stethu gewütet. Die gesammelten Krieger hatten die Nordmänner angegriffen und zwei Schiffe versenkt. Das tröstete ein wenig. Dennoch, die Kirche war verbrannt. Das Kloster gab es nicht mehr. Christopherus war entführt worden, sieben der Mönche waren ermordet und die übrigen geflohen, bis auf zwei, denen er weder lesen noch schreiben hatte beibringen können. Es waren immer die Dummen, die blieben, wo sie waren. Die Klugen machten sich auf und suchten einen besseren Ort.

Er, Ansgar, musste sich um wichtigere Dinge kümmern. Papst Gregor der Vierte hatte ihm das Legat für die Mission des Nordens erteilt. Man musste das Übel an der Wurzel packen. Und die Wurzel, das war der Satan selbst, der die Nordleute in seinen Klauen hielt.

26

Arnhild hatte Anordnungen getroffen.

Dann war sie aufgebrochen, mit dem Mädchen, das sie Karla genannt hatte, und zwei Bewaffneten, die Graf Egbert zu ihrem Schutz befohlen hatte, bis sie am Danewerk angelangt waren. Der Ochsenweg zog Beutelschneider, Meuchelmörder, Heckenlieger und allerlei Gelumpe an, die es zwar auf die Kaufleute abgesehen hatten, doch sicher nicht davor zurückschreckten, einfache Wanderer um ihr weniges zu erleichtern und ihr Leben abzutun und sie nackt am Wegesrand zu verscharren. Viele, die auf Wanderschaft waren, weil sie weder Dach noch Nahrung hatten, ernährten sich von Missetaten.

Arnhild hatte keine Geldkatze am Gürtel, nur mehrere Beutel mit Arzneien, darunter einen, in dem sich ein Tonfläschchen mit einem besonderen Saft befand, von dem sie hoffte, dass die Dichtung aus Bienenwachs hielt. Das Mädchen trug das Silber in den Beinwickeln. Sie waren unterwegs in den Norden, nach Haithabu.

Sie hatte Siegbert die Pflege der Aussaaten anvertraut. Er konnte schon leichte Arbeiten verrichten und wusste über alles Bescheid, was im Frühling auf den Feldern zu tun war. Mit den kostbaren Kräutern kannte er sich nicht aus, das war auf der Hammaburg das heilige Werk der Mönche gewesen. Eilig hatte sie ihn eingewiesen und er würde Aedan anlernen. Ihr Garten war nicht so groß und umfangreich wie der des Christopherus, dazu fehlten ihr die Mittel. Was ihr nicht im Garten zur Verfügung stand, sammelte sie in Wald und Flur.

Am liebsten wäre sie allein mit Siegbert gegangen. Nie waren sie unter sich, und wenn, wussten es alle. Nur wenige Male war ihnen Zweisamkeit gelungen. Sobald sie daran dachte, durchströmte sie das Glück und sie fühlte sich nicht mehr wie eine einsame Insel. Sie hatte ihn zurücklassen müssen. Seine Wunden würden sich wieder öffnen, wenn er nicht vorsichtig war, lange Wege machte und sich zu sehr anstrengte. Der tiefe Schnitt am Bein war gottlob nicht mehr entzündet, aber noch nicht verheilt. Er hatte nicht versucht, sie aufzuhalten, ihr womöglich seinen Willen aufzuzwingen, obwohl er fürchtete, sie wären schutzlos in Haithabu und müssten womöglich das Schicksal der Gefangenen von der Hammaburg teilen. Nein, hatte Arnhild entgegnet, nach allem, was man wisse, sei Haithabu eine Handelsstadt, die größte im Norden, und niemand würde dort Handel treiben, müsste er um Freiheit und Leben fürchten. Wo gehandelt werde, müsse Friede sein.

Gab es Männer, die freiwillig auf die Herrschaft über die Frauen verzichteten oder gar zugaben, dass sie weniger wussten? Arnhild kannte keinen, der sich den Frauen ebenbürtig fühlte und nicht mehr. Als sie Siegbert verließ, fühlte sie, dass sie ihn liebte. Sie hatte ihn geküsst und geflüstert, dass ihr kein Unheil widerfahren könne, da seine Gedanken sie beschützten. Sie müsse zu ihm zurück, sonst werde ihr Herz krank.

Eine denkwürdige Begegnung war das gewesen. Der Gefangene war sicher nicht älter als sechzehn oder siebzehn. Nachdem er gereinigt, operiert, mit der Salbe gegen den Brand behandelt und verbunden worden war und wie Siegbert neue Beinkleider erhalten hatte, sah er ganz passabel aus. Er war nicht groß, aber schon kräftig, von dem Leben unter freiem Himmel gehärtet und gebräunt, und er hatte grünblaue Augen und braune Locken, die er hinten mit einem Band zusammenhielt.

Die Dänen riefen ihn Ægir, doch war er auf den Namen Aedan getauft und stammte aus der Stadt, die die Dänen Vadrefjörður nannten. Sie lag weit im Westen, viele Tagesreisen mit dem Schiff entfernt, auf einer großen Insel namens Irland. Als Junge sei er dort in die Hände der *finngaill* gefallen, wie die Räuber bei den Iren hießen. Sie seien mit Schiffen gekommen, aus dem Nichts, fast schneller als der Wind, und hätten sich alles genommen. Niemals werde man berichten können, erzählte er, was die Menschen des Heimatlandes erlitten hätten, an vielen Orten, von diesen rücksichtslosen und grimmigen Heiden. Aedan schwieg eine Weile und schluckte, sein Adamsapfel stieg auf und nieder. Karla ließ nicht davon ab, ihn mit leuchtenden Augen anzusehen. Die *finngaill* hätten sich zum Schein als Händler ausgegeben, die widrige Winde an die Küsten Irlands getrieben hätten, nachdem sie im Frankenreich gewesen seien. Sie hätten darum gebeten, sich ausruhen zu dürfen. Der König habe ihnen erlaubt, Handel zu treiben und alles zu kaufen, was sie wünschten. Das hätten sie getan und am Ende erklärt, sie wollten sich taufen lassen und Christen werden. Ihr Anführer sei krank, wahrscheinlich würde er sterben, sein letzter Wunsch sei, die heilige Taufe zu empfangen.

»Sie trugen ihn auf einer Bahre in die Kirche, als alle Christen darin zum Gottesdienst versammelt waren. Plötzlich sprang ihr Anführer auf, packte sein Schwert, das er neben sich in den Kleidern verborgen hatte, und stieß es unserem Bischof in den Leib, dass es aus seinem Rücken wieder austrat. Es begann ein schreckliches Gemetzel. Wer es überlebt hat, wurde als Sklave entführt. So kam ich in ihre Gewalt. Anschließend stürmten sie die Häuser und machten sich einen Spaß daraus, die kleinen Kinder auf ihre Speere zu werfen. Sie sind wilde Tiere, nein, sie sind viel schlimmer, denn Tiere töten aus Notwendigkeit und sie, weil sie Freude am Töten haben. Sie verschonen niemanden, ob alt oder jung, ob Kinder, Männer oder Frauen.«

»Frauen doppelt«, warf Arnhild ein.

»Ja, die Schiffsleute bringen die Männer um und nehmen sich ihre Frauen. Sie vergehen sich an ihnen, bevor sie sie töten, oder sie nehmen sie mit.«

»Wie meine Mutter!«, rief Karla. »Mein Vater …« Sie verstummte erschrocken.

»Eine Frau reicht ihnen nicht«, sagte Arnhild. »Sie nehmen sich eine Konkubine ins Haus und eine Sklavin dazu, weil sie gierig sind und niemals genug haben und zeigen müssen, mit wie vielen sie es aufnehmen können, wie gewaltig ihre Lendenkraft ist und wie viel Samen in ihnen steckt. Allen machen sie Kinder, das können sie. Das ist ja wirklich keine Kunst, Kunst ist schon eher, keine Kinder zu machen. Und dann gibt es nur zwei Möglichkeiten. Entweder müssen sie noch mehr rauben und dafür noch weiter ausfahren oder sie können die Kinder nicht ernähren und die Kinder sterben. Und wo sind die Frauen? Sie haben sie mit der Wirtschaft alleingelassen, mit dem Land und dem Vieh, mit Saat und Ernte, mit Haus und Hof, damit sie sich kaputtschaffen. Die Frauen sind alt, obwohl sie an Jahren jung sind, und sie müssen sich dazu streiten mit der Konkubine, mit der Sklavin, und zwischen den ehelichen Kindern und den Bälgern gibt es Eifersucht und Missgunst, dass einem die Haare ausfallen. Der Kinder, sofern sie überleben und erwachsen werden, sind am Ende so viele, dass die meisten von ihnen ebenfalls auf Raubfahrt gehen müssen. Zu Hause können sie sich nicht ernähren und so geht das immer weiter. Wären die Nordmänner Christen, diese Taugenichtse, würden sie sich an die Gebote halten und nur eine Frau haben und sich um ihre Kinder kümmern.«

Siegbert hatte mit großen Augen zugehört. Arnhild hatte sich in Wut geredet. Dabei hatte sie auch an Jano und die vielen anderen im Land der Sachsen denken müssen, die in diesen Dingen den Dänen wenig nachstanden, obwohl sie nicht auf Kaperfahrt gingen und lieber verhungerten oder aus Schwäche einer Krankheit erlagen. Es gab viele, die sich nicht an die christlichen Gebote hielten.

Aedan berichtete, Karla übersetzte.

Bei der Operation hatte Aedan plötzlich in seiner Muttersprache gesprochen. Und Karla hatte ihn verstanden. Die Worte waren aus dem Dunkel des Vergessens wiederaufgetaucht, es war, als hätte beide ein Blitz getroffen, der ihre Vergangenheit in grelles Sonnenlicht tauchte. Auch Karla war in Irland geboren. Zwar hatte sie keine eigene Erinnerung mehr, aber ihre Mutter hatte es ihr erzählt. Sie hatte eines Dänen Frau werden müssen und war ihm entflohen. Allein mit ihrer Tochter hatte sie es geschafft, durch das Danewerk nach Süden zu gelangen.

Alle gälischen Worte waren wieder da.

Er sei eines schrecklichen Tages im Morgengrauen Waise geworden, erzählte Aedan. Die *finngaill* hätten die Häuser niedergebrannt und die Bewohner erschlagen oder geraubt, genau wie auf der Hammaburg besonders die Frauen und Kinder. Die *finngaill* hätten ihn verkauft an die Gefolgsleute des Horik. Seither habe er am Leben des Regnar teilnehmen müssen.

»Auch an den Raubzügen.« Als er das sagte, begann Aedan zu

weinen. »Ich habe Menschen erschlagen müssen, die mir nichts getan hatten.«

Er starrte ins Leere. Wenn die Dänen einen Sklaven zu einem der ihren machen wollten, flüsterte er schließlich, so leise, dass sich Karla vorbeugen musste, um ihn zu verstehen, dann nähmen sie ihn mit zu den Raubzügen. Er müsse an vorderster Stelle kämpfen. Da sich die Überfallenen wehrten, bliebe einem nichts anderes übrig, als sich schuldig zu machen, um sein eigenes Leben zu retten. Entweder würde er den Überfallenen töten oder von seinen eigenen Leuten umgebracht werden, falls er sich gegen sie wandte. Es gebe kein Entrinnen, nur die Wahl zwischen Tod und Schuld. Er sei schwach gewesen und habe leben wollen, doch das sei kein Leben gewesen.

»Du bist ein Christ?«, fragte Arnhild.

»Oh«, sagte Aedan nur.

»Ich werde dafür sorgen«, sagte Arnhild, »dass du beichten kannst. Dann werden deine Sünden von dir genommen, sollten es welche gewesen sein, denn sein Leben darf man erhalten.« Die Beichte, dachte sie, ohne Beichte könnten wir nicht leben. Wir könnten die Erinnerung an unsere Taten nicht tragen. Nur wie kann ein Mann beichten, wenn der Priester ihn nicht versteht? »Kannst du lesen?«

Aedan wackelte mit dem Kopf.

»Etwas«, übersetzte Karla.

»Ich habe eine Idee. Wir brauchen Pergament.«

»Keela!«, rief Karla plötzlich. »Keela!«

»Was ist das?«

»Das ist mein Name! Ich heiße Keela!«

Alle lachten, weil er dem Namen Karla so ähnlich war, als hätte Arnhild den richtigen Namen des Mädchens erahnt.

»Von jetzt an wollen wir dich alle nur noch Keela nennen«, sagte sie.

Arnhild ließ Graf Egbert von Keela herbitten, damit er die Geschichte des Gefangenen höre. Er war schnell davon überzeugt, dass der Bursche kein Feind sein konnte, und verfügte, dass er frei sein solle und Aufenthaltsrecht auf Burg Esesfelth erhalte. Als Aedan das hörte, wollte er aufspringen, sank aber mit einem Schmerzensruf auf die Schlafbank zurück und griff nach der Hand des Grafen.

»Ich danke Euch!«, rief er ein ums andere Mal unter Tränen und Keela übersetzte.

»Ach was«, sagte Egbert, »da nicht für.« Doch man sah, dass ihm der Dank wohltat und die Ehrerbietung schmeichelte.

Arnhild erläuterte Egbert ihren Plan. Er bestand darauf, ihr Geleitschutz mitzugeben. Und er ließ Pergament bringen, zwar kein Velin, die Haut eines ungeborenen Kalbs, das wäre zu kostbar gewesen, sondern nur eine alte Kalbshaut, die schon einmal beschrieben worden war und gleich abgeschabt werden musste, und einen Beutel Hacksilber. Damit habe er den Wein in Stethu kaufen lassen wollen, wie er zugab. Das könne man jetzt vergessen.

Das war vorgestern gewesen.

Keela hatte sich sogleich bereit erklärt mitzugehen nach Haithabu, um den Mönch Christopherus zu befreien. Er hatte Arnhild nicht nur Latein, sondern auch die Schrift gelehrt und Arnhild hatte sie Keela gelehrt. Wenn eine Frau die Schrift verstehe, hatte Arnhild gesagt, sei sie mächtiger als ein Mann, der nichts anderes könne als mit Spießen hantieren und Worte machen. Christopherus durfte nicht als Sklave enden. Er wurde für die Wissenschaft gebraucht.

Sie trafen Fußreisende wie Arnhild selbst und ihre Begleiter, die, meistens zu mehreren, ihre Lasten in geflochtenen Körben auf den Rücken hatten. Die Vermögenden unter ihnen ließen ihr Gepäck von einem Saumochsen tragen, einige wenige von einem Pferd. Zweimal war ihnen ein Saumzug begegnet. Bei einem war ein Leiterwagen dabei, der von zwei Ochsen gezogen wurde und so breit und mächtig war, dass sie alle stehen bleiben und ihm nachstaunen mussten. Einmal mussten sie abseits in den Wald gehen, um eine Ochsenherde vorüberzulassen. Sobald es irgendwo im Wald knackte, spannten sie ihre Augen und Ohren und beschleunigten ihre Schritte, denn es konnte ein Räuber sein. Kamen ihnen Leute nah, die nichts weiter bei sich hatten wie sie selbst, nämlich nur einen Stock und ein Bündel mit Nahrung und einer Decke, legten die beiden Kriegsmänner die Hände an die Schwerter.

Am ersten Abend fanden sie Obdach in einem Gehöft, da alle Gäste wie der Heiland selbst aufgenommen und beköstigt werden sollen. Sie gaben, wie es Brauch und Pflicht war, Auskunft über ihre Namen und ihr Herkommen aus Esesfelth. Wohin sie gingen? Nach Haithabu, zu Arnhilds Schwester. Am zweiten Abend konnten sie keine Herberge finden, sie suchten die Gemeinschaft mit anderen Reisenden, da sie ihnen des Vertrauens würdig schienen. Die Gefahr eines Überfalls war umso geringer, je zahlreicher das Nachtlager war. Ohne Obdach oder Gemeinschaft, so war der Beschluss, wollten sie sich tief im Wald verstecken und stillhalten.

Sie überquerten endlich die Niederungen der Treene und ließen die letzten sächsischen Gehöfte hinter sich. Die Kleider waren noch feucht, in der Furt war viel Wasser gewesen. Der Weg führte durch dichten Buchenwald.

Bald mussten sie vor dem Danewerk sein, jedenfalls hatten diejenigen, die ihnen zuletzt begegnet waren, so geantwortet. Dort würden die beiden Geleitmänner kehrtmachen und nach Esesfelth zurückkehren. Eine Frau mit ihrer Tochter, als das würden sie sich ausgeben, würde weniger auffallen ohne die zwei Bewaffneten, die allzu leicht in ein Scharmützel geraten konnten. Wenn man sie einließ, würden sie sich im Reich der Dänen befinden, wo es außerdem nur Friesen und Jüten, wenige Sachsen und fast keine Angeln mehr gab. Die waren nach Britannia gegangen, wie viele andere.

Es würde viele Gefahren geben und keinen Schutz.

27

Freuen können sie sich nur, wenn sie betrunken sind, dachte Irmin, und das werden sie so schnell wie möglich.

Sie konnten nicht lachen und taten sie es doch, nur mit dem Mund und aus Schadenfreude, weil sie jemanden erniedrigen wollten. Ihre Seele blieb matt, sie glänzte nicht. Ihr Lachen klang wie Hass. Am schrecklichsten lachte Regnar. Er lachte sogar aus Wut. Der Däne schien unter seinen Kumpanen keine Freunde zu haben, nicht einmal Atli, auch mit ihm wechselte er nur notwendige Worte oder erteilte ihm Befehle. Nur Atli war anders. Er war freundlich zu den Kindern, gab ihnen geduldig Unterricht in der nordischen Sprache und lachte wie sie.

Am Morgen nach dem Überfall war ihnen nicht nach Lachen zumute. Zwei geraubte Kinder hatten die Dänen mitgebracht, wohl als Ersatz für die beiden Männer, die mit ihrem Leben für den Überfall bezahlt hatten. Sie zerrten geraubtes Vieh an Stricken hinter sich her, zwei Ochsen, zwei störrische Schweine, die sie mehr schieben als ziehen mussten, und mehrere Schafe. Zuletzt vier Männer, die ihre toten Kumpane trugen, auf aus Ästen gefertigten Bahren. Sie zogen den Toten die blutigen Kleider aus, wuschen sie, kämmten ihnen Bärte und Haare und zogen ihnen neue Kleider an. Währenddessen war ein Grab geschaufelt worden. Sie setzten die Leichen hinein, mit dem Gesicht nach Norden. Regnar bestimmte, was ihnen ins Grab gelegt wurde, zuerst ihre Waffen, dann einen Krug mit Fleisch der von Stethu geraubten Tiere und schließlich Glasperlen aus Stethu und Münzen.

Regnar und alle anderen nach ihm gingen an den Toten vorüber, wie aufgereiht an einem Faden, jeder murmelte einen Spruch.

Manche gaben den Toten noch mehr ins Grab. Sonst schwiegen alle, selbst die Gefangenen. Die Toten wurden mit Sand bedeckt und Steinen, die man am Strand gefunden hatte, anschließend wurde das Grab zugeschüttet. Als Letztes legten die Dänen Steine und angeschwemmtes Holz um das Grab herum, Baumstämme und dicke Äste in der Form eines Schiffsrumpfes. Alle stellten sich daran entlang auf und Regnar machte einen langen Spruch. Spätestens die nächste Springflut würde alle Spuren des Grabs auslöschen.

Nach der Grablege erst hatten sie die Tiere geschlachtet, Feuer gemacht, das Fleisch aufgeschnitten und gebraten und gegessen sowie das wenige Raubgut vom überfallenen friesischen Hof auf die Schiffe verteilt. Den Gefangenen auf den Schiffen wurde von dem Fleisch gebracht. Sie hätten sich satt essen können. Christopherus wies das Essen zurück. Viele taten es ihm nach, sie wollten das geraubte Fleisch nicht, es war ihnen, als müssten sie das Blut der Ermordeten trinken, doch die Kinder waren hungrig und mussten essen. Auch Mathes aß nichts, er saß allein und blickte stumm in den Ufersand.

Er war mit einem Gesicht aus Stein und blutenden Händen vom nächtlichen Raubzug zurückgekehrt. Auch aus einer Wunde an der linken Schulter blutete er. Als Atli ihn verbinden wollte, stieß er ihn zurück, und Atli war ohne ein Widerwort zu seinen Kumpanen gegangen.

»Was ist geschehen?«, fragte Irmin, als er wieder an Bord gekommen war.

Mathes antwortete nicht, schluckte und schüttelte den Kopf.

»Du magst es nicht sagen?«

Wieder schüttelte er den Kopf.

»Du blutest!«

»Egal.« Er sah nicht auf, weder zu seiner Mutter noch zu dem Einäugigen, der ein hässliches Grinsen zeigte. Was gab es zu grinsen?

Mathes blieb stumm und in sich gekehrt. Manchmal fasste er sich an die Schulter. Die Verletzung schien nicht schwer zu sein.

Am Abend richteten die Dänen das Nachtlager ein, irgendwo an der Küste.

Als es dunkel geworden war, drückte sich Irmin an Mathes. Sie nahm seinen Kopf zwischen die Hände und flüsterte ihm ins Ohr: »Sag mir, Mathes …«

Und da er nichts sagte, sondern nur heftig atmete wie bei schwerer

Arbeit, drückte sie sich noch enger an ihn, sie umarmte ihn, hielt ihn fest und küsste ihm Wange und Augen und in ihrer Verzweiflung schließlich seinen Mund. Sie schmeckte seine Tränen und flüsterte Trostworte, für ihn und für sich, und sie erzählte ihm von ihren Eltern.

Spät in der Nacht flüsterte er ihr ins Ohr, was ihm geschehen war. Alle Bewohner des Gehöfts seien getötet worden. Und er, Mathes, habe einen Streich gegen einen der Überfallenen geführt, der habe sich gewehrt und ihn an der Schulter verletzt, bevor Atli ihn ... Die beiden Männer, die Toten, sie seien in das Haus eingedrungen und von einem Verteidiger erschlagen worden, der sich im Inneren versteckt habe und plötzlich hervorgestürmt sei.

»Es geschah ihnen recht, und es wäre besser gewesen, wenn ich auch ...«

»Du hast ihn nicht getötet«, sagte sie. »Du konntest nichts dafür!«

»Doch, ich hätte ...«

»Jeder will leben«, sagte sie.

»Ich will nicht mehr leben.« Er schluchzte.

»Und deine Mutter und Magdalena? Was wird aus ihnen, wenn du nicht mehr da bist? Und was wird aus mir?«

Er antwortete nicht und sie küsste ihn so lange, bis er ihre Küsse erwiderte. Ein wenig von dem Eis auf ihren Seelen war geschmolzen. War es möglich, dass man an schrecklicher Angst litt und zugleich traurig und dennoch ein wenig glücklich war?

Er wurde ruhiger und konnte endlich schlafen.

Der Wettergott der Dänen war wohl gnädig. Er schickte kein Unwetter, das Meer war ruhig geblieben. Oder war es der Gott der Christen, der nicht wollte, dass die Gefangenen ertrinken?

Am nächsten Tag fuhr die dänische Flotte in eine große Bucht, die nach Osten hin schmaler wurde und in die am Ende ein Fluss einmündete. Zuvor hatten die Dänen die Drachenköpfe am Bug der Schiffe abgenommen, wohl um zu zeigen, dass sie keinen Raub mehr im Schilde führten. Sie hatten sich von Mördern in Kaufleute verwandelt. Die Ruder wurden aufgelegt und es ertönten wieder das »Hæ, hæ« und der Schlag der Trommel.

Der Fluss war nicht breiter, als das längste der Schiffe lang war. Regnar befahl, dass einige der Männer an Land gehen und mit langen Seilen, die an Bug und Heck befestigt wurden, die Schiffe auf Kurs halten mussten. Wo der Fluss schmal war, gab es steinige Stromschnellen, wo die Strömung so stark war, dass die Ruderer ihr nicht standhalten konnten. Die Schiffe kamen zum Stillstand und drohten rückwärts zu treiben, weshalb man die Gefangenen von Bord schickte und sie zwang, die Schiffe mit den Dänen durch die Strömung weiter aufwärts zu ziehen. Sie mussten ihre Schritte nach dem Takt der Trommel machen. Das war ein mühsames Fortkommen und Irmin war froh, dass Mathes und die Kinder nicht auch ziehen mussten.

Die Nacht verbrachten die Gefangenen nicht an Bord, da man die Schiffe nicht vom Ufer entfernt nebeneinanderlegen konnte. Sie wurden alle an Land geschafft, gefesselt und so nebeneinandergesetzt, dass die Dänen sie bequem bewachen konnten. Sie hockten oder standen um die Gefangenen herum, die Saxe in den Händen, unter ihnen der Einäugige. Die Sonne neigte sich zum Horizont, sie warf lange Schatten und tauchte die Baumwipfel in warmes Licht. Dort saß eine Amsel und sang ein trauriges Lied, als hätte sie Mitleid mit den Hoffnungslosen.

Endlich waren sich Mutter und Sohn nah. Irmin beneidete die beiden, denn sie selbst war Waise geworden, und es gab niemanden, dem sie nahestand, außer Mathes, den sie noch bis vor ein paar Tagen kaum wahrgenommen hatte. Die Räuber hatten ihre Eltern erschlagen, als sie selbst noch geschlafen hatte. Sie war von den Schreien aufgewacht und aus der brennenden Hütte gerannt und hatte über ihre Leichen springen müssen, die vor der Tür lagen. Sie war froh, dass sie Mathes in der letzten Nacht endlich alles erzählt hatte. Sie würde immer die toten Augen ihrer Mutter sehen, weit aufgerissen im Schreck des letzten Atemzugs. Allein ist sie zurückgeblieben, dachte sie. Fast allein. Welches Schicksal wartet auf sie?

Gundrun von Hammaburg fragte Mathes, wie es seinen Händen gehe.

»Gut.«

»Deine Schulter! Du hast geblutet!«

Mathes zuckte mit der heilen rechten Schulter. Immerhin sprach er wieder. Magdalena drängte sich an Mathes und suchte seine Hände, die sie zart zwischen ihre eigenen nahm.

»Du darfst nicht traurig sein, Mathes«, sagte sie.

Er lächelte schief. »Nein. Ich versuche es.«

Atli hatte Magdalenas Verband abgenommen. Ihr Gesicht war noch rot und schorfig, doch die Wunden schlossen sich schon.

»Herr Regnar, wir wollen beten!«, rief Christopherus plötzlich in die sich niedersenkende Dämmerung. Die Amsel war verstummt, der Wald schwieg, die ersten Sterne am Himmel, sie schienen zu knistern.

Christopherus zeigt keine Angst und er macht sich nicht zum Untertanen, dachte Irmin, niemand sonst wagt es, zum Anführer zu sprechen. Woher nimmt er den Mut dazu?

»Macht, was ihr wollt«, grollte Regnar.

Er hatte keine bessere Laune als die Tage zuvor, wahrscheinlich weil er zwei weitere Männer verloren hatte, obwohl sie das Gehöft mit großer Übermacht überfallen hatten. Die beiden geraubten Kinder, ein Mädchen von sechs oder sieben Jahren und ein Junge, der etwas älter war, saßen stumm und bleich zwischen den anderen Gefangenen. Gundrun von Hammaburg und Irmin versuchten, sie zu trösten. Es gab jedoch keinen Trost für sie und ein Leben in Unfreiheit und Angst stand ihnen bevor.

Christopherus erhob sich umständlich, ignorierte die misstrauischen Wächter.

»Lasst uns beten«, begann er. Er schloss nicht die Augen, wie er es sonst immer tat, sondern blickte sanft auf die gefesselten Gefangenen um ihn her im Ufergras und hart auf die Dänen, die sie umringten. »Vater, der du bist im Himmel, warum hast du uns verlassen? Großes Elend ist über uns gekommen, wir wissen nicht ein und nicht aus. Wir schreien zu dir, aber Hilfe ist fern. Du antwortest nicht. Unsere Väter und Mütter hofften auf dich, unsere Schwestern und Brüder und sogar unsere Kinder, die nun tot im kalten Grabe liegen, sie alle haben auf dich gehofft. Und wir, die wir hier sind und noch leben, haben Angst. Sei nicht so fern von uns! Wir sind ausgeschüttet wie Wasser, unsere Kräfte sind vertrocknet wie eine Scherbe, unsere Zungen kleben uns an den Gaumen und du legst uns in des Todes Staub.« Christopherus hielt inne, und als er weitersprach, war Irmin, als wendete er sich nur an Mathes. »Wir verzweifeln in unserem Elend und dennoch wissen wir, Gott ist stark. Er wird dir verzeihen. Der Schwache kann nicht verzeihen. Verzeihen ist eine Eigenschaft des Starken. Und Gott ist stark.« Er drehte sich um und suchte Regnar mit den Augen. »Herr, errette unser Leben vom Schwert, hilf uns aus dem Rachen des Löwen und vor den Hörnern der wilden Stiere, vor den bissigen Hunden, die uns umgeben, und vor der Rotte von Bösewichtern. Der Herr wird ihnen die Pest anhängen, er wird sie vertilgen in dem Land, das sie überfallen haben, er wird sie schlagen mit Auszehrung, Entzündung und hitzigem Fieber, mit Getreidebrand und Dürre, er wird sie verfolgen, bis sie umkommen. Und solltet ihr je in eure Heimat zurückkehren, falls ihr so etwas kennt, so wird der Herr statt des Regens Staub und Asche auf euch niedergehen lassen, ihr elenden Hühnerf…«

»Es reicht!«, brüllte Regnar dazwischen. »Ihr sollt beten, ihr sollt uns nicht …«

»Ich bin noch nicht fertig!« Christopherus hob seine Stimme. »Ihr werdet es doch ertragen, dass ich Worte aus unserem heiligen Buch vorspreche. Also: Herr im Himmel, fremd wie dein Name sind uns deine Wege. Gib uns Mut und Geduld, hilf uns zu ertragen, was wir nicht ändern können, was du uns auferlegt hast. Lass uns wieder Hoffnung haben und durch unsere Hoffnung anderen Mut machen.« Er hielt inne und schlug ein Kreuz.

»Amen!«, sagten alle, und das nicht zaghaft, sondern ziemlich laut, wie Irmin fand. Ein Gebet konnte wahrlich Kraft geben.

»Ich werde dir zeigen, wie …«, fing Regnar an.

»Dann hast du einen Sklaven weniger, den du verkaufen kannst«, sagte Christopherus. Seine Stimme zitterte nicht, so gewiss war er sich.

Irmin stockte der Atem, als sie sah, wie Regnar zweien seiner

Kumpane einen Wink gab. Sie zerrten Christopherus aus dem Kreis der Gefangenen und führten ihn vor den Dänen. Christopherus wehrte sich nicht, er beugte sich nicht, seine Lippen bewegten sich, als betete er, er trat noch einen Schritt näher an Regnar heran, so nah, dass die Kukulle des Mönchs die Beinkleider des Dänen berührte, und er überragte ihn fast um Haupteslänge. Regnar holte aus und schlug dem Mönch ins Gesicht. Ein Stöhnen ging durch die Gefangenen, als Christopherus' Gesicht zur Seite flog und er fortstolperte. Er fiel nicht, fing sich trotz der Fesseln, richtete sich auf, blieb stehen und starrte Regnar ausdruckslos ins Gesicht, während ihm Blut aus der Nase lief.

Regnar erwiderte den Blick und sagte in der Sprache der Sachsen: »Das wirst du mir büßen! Glaube nicht, dass dieser Schlag alles war!«

Der Schein der ersten Feuer flackerte über ihre Gesichter.

»Sieh den Einäugigen«, flüsterte Irmin. »Merkst du, dass er deine Nähe sucht? Er hat sich als Wache gestellt, obwohl er noch schwach ist. Er trachtet nach deinem Leben!«

Sein Widersacher hatte blonde Haare wie Mathes selbst. Er konnte nicht viel älter sein als ein älterer Bruder.

II. HAITHABU

Schwierigkeiten bringen Talente ans Licht,
die bei günstigeren Bedingungen schlummern würden.

Horaz, 65 bis 8 vor Christus

28

Das Danewerk war ein gewaltiger Wall, der so hoch war wie drei große Männer, einer auf der Schulter des anderen, und wohl noch höher. Außen ein tiefer Graben, in dem kein Wasser war. Durch eine Lücke von ungefähr dreißig Schritten musste alles Volk hindurch, das von Süden oder Norden kam. Die beidseitigen Wände waren mit großen Feldsteinen befestigt und Arnhild fragte sich, woher all die Steine wohl stammten, denn in der Gegend, durch die sie gegangen waren, hatten sie solche Steine ebenso wenig gesehen wie auf Esesfelth. Und wer hatte sie dort oben hingeschafft? Es hieß, dass es keinen anderen Durchweg gebe als diesen. Er wurde auf beiden Seiten von Bewaffneten bewacht.

»Wohin wollt Ihr?«, fragte ein Mann, der sich ihnen mit wichtigem Schritt und hoher Nase in den Weg stellte.

»Nach Haithabu.«

»Und was wollt Ihr dort? Eine Frau und ein halbes Kind?«

»Ich bin Arnhild von Esesfelth und das ist meine Tochter Karla. Wir sind auf der Suche nach meiner Schwester Estrid, die in Haithabu wohnen soll.« Es war besser, den fremden Namen nicht zu verraten.

»Weitergehen!« Der Mann winkte.

Die Wächter auf der anderen Seite des Walls hatten ein eigenes Haus, das sie bei schlechtem Wetter schützte.

Einer von ihnen sagte etwas.

»Ich verstehe nicht«, antwortete Arnhild.

»Ihr seid Sachsen?«

Jetzt hatte sie ihn verstanden. »Das sind wir.«

»Wohin wollt Ihr?«

»Nach Haithabu«, sagte Arnhild.

»Was ist Euer Begehr in Haithabu?«

Arnhild wiederholte, was sie dem Mann auf der anderen Seite gesagt hatte.

»Mein Mann ist gestorben«, fügte sie hinzu. »Mein Vater ist schon lange tot. Wir suchen Schutz bei meiner Schwester und hoffentlich Nahrung, Erwerb und Unterhalt.«

»Ihr tragt Waffen?«

»Traut Ihr uns das etwa zu?«

»Ihr sollt antworten!«

»Wir sind nur eine schwache Frau und ein noch schwächeres Mädchen ohne den Schutz eines Mannes. Nein, wir tragen keine Waffen.«

»Das wollen wir doch einmal sehen«, sagte der Mann. »Wissen ist besser als glauben.« Er versuchte, seiner Stimme amtliche Festigkeit zu verleihen, aber sie war nur schmierig geworden und sein Gesicht hatte einen idiotischen Ausdruck angenommen. Er streckte zehn Finger aus, um Arnhild abzutasten.

Arnhild machte sich straff und starrte dem Soldaten ins Gesicht, während er sie befühlte.

»Weitergehen!«, sagte er endlich.

Sie liefen weiter, Arnhild mit großen Schritten.

»Warum hast du dich nicht gewehrt?«, fragte Keela.

»Weil er uns vielleicht zurückgewiesen hätte oder mich mit in das Haus genommen hätte, zu seinen Kumpanen. Hast du bemerkt, wie die geglotzt haben?«

»Nein.«

»Sie warten auf solche Gelegenheiten. Wer sollte es ihnen verbieten?«

»Warum sind sie so?«

»Weil sie nicht wissen, was Liebe ist.«

»Das verstehe ich nicht.«

»Ich wusste es auch lange nicht. Ich werde es dir erklären, eines Tages.«

Arnhild dachte an die Worte des Christopherus. Mann und Frau und überhaupt alle Menschen seien zwar verschieden und dennoch gleich vor Gott, hatte er gesagt, sie hätten die gleichen Rechte und niemand dürfe sie ihnen nehmen. Es stehe geschrieben, dass nicht Jude oder Grieche sei, nicht Sklave oder Freier, nicht Mann noch

Frau, sie seien allesamt einer in Jesus Christus. Und er hatte von Deborah erzählt, einer Frau, die im alten Israel eine Richterin und eine Prophetin gewesen sei und mächtigen Männern gleich. Jesus habe Männer und Frauen als ebenbürtig behandelt. Arnhild hatte nicht nur Lesen und Schreiben bei dem Mönch gelernt. Der Bischof hatte nicht erlauben wollen, dass Mädchen unterrichtet wurden. Leseschulen seien nur für die Knaben einzurichten, war das Gebot des Großen Karl. Der Mönch hatte gleichwohl Wege gefunden. Manchmal, hatte er gesagt, sei er anderer Meinung als sein geistlicher Herr, denn der Weisheit Anfang sei, Einsicht in alle Dinge zu erwerben.

So waren sie in das Reich der Dänen gelangt.

Es war kein weiter Weg mehr nach Haithabu.

Bald standen sie vor einem zweiten Wall, der nicht so hoch und mächtig war wie der erste. Auch dort befragten Wachen sie und ließen sie durch, diesmal ohne Probleme. Vielleicht weil so viele geschäftige Menschen nach Haithabu strebten, die allerlei Sachen trugen, in Säcken oder Tragegestellen auf dem Rücken, auf Karren oder Fuhrwerken, die von Ochsen gezogen wurden. Haithabu! Kaum hindurch, hatten sie einen freien Blick auf die Stadt und das Wasser, das dahinterlag.

Aufgeregt und gespannt auf das Neue, dem sie entgegengingen, legten sie eifrigen Schrittes die letzte Strecke zur Stadt zurück und tauchten in das Gewirr von Häusern und Gassen ein. So viele Menschen und so viele Häuser hatten sie noch nie gesehen.

Die Stadt lag an einer Bucht am Ende eines Fjords, der so tief in das Land hineinragte, dass man das Meer nur vermuten konnte, denn woher sollten sonst die Schiffe gekommen sein, die unten an der riesigen Schiffländе festgemacht hatten? Auf hölzernen Planken liefen sie geraden Wegs darauf zu, rechts und links Häuser, die so gebaut waren wie überall im Norden, manche so dicht beieinander, dass sich ihre Dachtraufen fast berührten und nur ein schmaler Gang übrig blieb, der mit Bohlen und Ästen belegt war, damit man trockenen Fußes verkehren konnte.

Arnhild hatte Angst, Keela zu verlieren, sie sollte ganz dicht neben ihr bleiben. Wo sollten sie hin? Auf einer Brücke überquerten sie einen Fluss.

»Es riecht hier nicht gut«, flüsterte Keela. Es stank sogar, nach verwesendem Fleisch, Fäkalien und Mist, der neben den Häusern aufgestapelt war.

Nach ungefähr zehn mal zwanzig Schritten gelangten sie an die Schifflände. Sie bestaunten die beiden großen Schiffe und den großen Markt, der nicht auf dem Land, sondern über dem Wasser abgehalten wurde. Viele Menschen waren unterwegs zwischen der Schifflände und den Häusern und noch mehr befanden sich auf den Holzbohlen der Schifflände. Jetzt erkannten sie, dass viele Stege ins Wasser hinausführten, überall lagen Boote und Einbäume. Manche waren auf dem Wasser unterwegs, fuhren hinaus auf den Fjord oder von dort in den Hafen. Er war von hohen Palisaden eingefasst, die in den Grund eingerammt waren. Frauen knieten auf den Stegen und wuschen Wäsche. Mehrere Männer kamen ihnen entgegen, sie schoben und zogen Karren, auf denen Fässer geladen waren.

Sie betraten den größten Steg, der so lang und breit war, dass man hätte vier oder fünf Häuser daraufstellen können. Überall lag Ware, manche unter freiem Himmel, manche unter ledernen Planen und in den zahllosen Verkaufsbuden.

Niemand beachtete sie, während sie an den Buden entlangflanierten. Aller Art Waren wurden feilgeboten, Felle, Flachs und Gewebtes, Kämme, Holz, Eisen, Waffen, Kleidung, frische Fische, säckeweise Glasperlen, daneben Ketten, die man daraus gefertigt hatte, Wachs, Hühner, Taue, Trockenfisch, Schmuck wie Broschen und Armreifen, Nadeln, Honig, Geweihe, Gewürze, Mühlsteine, Messingbarren, riesige specksteinerne Kochtöpfe und vieles mehr. Welch ein Reichtum und Überfluss! Und so viele Menschen! Auf Burg Esesfelth war ein Fremder stets ein großes Ereignis. Hier war man fremde Gesichter gewohnt, es war nichts Besonderes, wenn man einem Menschen begegnete, den man nicht kannte.

»Was ist das?« Keela wies auf einen Stapel langer schmutzig weißer runder und am Ende spitzer Stangen, manche davon länger als ein Mensch, mit spiraligem Relief und dick wie rechte Schlageknüttel.

Sie blieben stehen. Sogleich baute sich ein Mann mit grimmigem Blick und verschränkten Armen vor dem Stand auf.

Arnhild wusste es nicht. »Vielleicht stammt es von einem Tier?«

»Das muss ein schreckliches Tier sein!«

Sie trauten sich nicht zu fragen und gingen weiter, drängten sich zwischen die Leute, lautes Stimmengewirr, die Händler riefen ihre Angebote aus, Kunden feilschten um die Preise. Viel konnten sie nicht verstehen, doch hörten sie auch fränkische und sächsische Worte. Die Sonne schien und das bunte Treiben um sie her machte einen friedlichen Eindruck.

An einem Stand wurden Krüge, Teller und überhaupt alle möglichen Gefäße aus Keramik angeboten. Hinter dem Verkaufstisch stand ein Mann, der einen groben, mit gelbem Lehm verschmierten Rock trug und einen Schnauzbart hatte, während sein Gesicht sonst rasiert war. Ob das der Mann ihrer Schwester war?, überlegte Arnhild. Er war ein Töpfer und aus dem Süden hergewandert, von dort, wo es riesige Berge geben sollte, auf denen ewiges Eis lag, das selbst im Sommer nicht schmolz.

»Oh, da!«, rief Keela und verbarg ihr Gesicht hinter Arnhilds Rücken.

Hinter dem Tisch einer anderen Bude mit bunten Stoffen lehnte ein Wesen, das einem Menschen ähnlich war und keiner sein konnte, weil es ganz und gar schwarz war, als wäre es geradewegs der Hölle und ihren rußigen Feuern entstiegen. Es war so schwarz, dass aus der Düsternis seiner Bude seine Augen und seine Zähne leuchteten, denn der schwarze Mann lächelte. Er steckte in einem kostbaren blauen Gewand, das wie ein Rock bis zur Erde reichte, weite Ärmel hatte und mit roten und gelben Kreisen verziert war, wie Arnhild es noch nie gesehen hatte. Sein Herr musste ein wahrhaft reicher Mann sein.

»He, da staunt ihr, was?«, rief ein Mann neben ihnen. »Das ist Samuel von Nubien, der mit seinem Herrn zu uns gekommen ist, um Handel zu treiben. Bei ihm könnt ihr die feinste Seide kaufen!«

»Ich … ich will aber keine Seide kaufen«, stotterte Arnhild.

Schnell drehten sie dem unheimlichen Schwarzen den Rücken zu, damit sie ihn nicht immerzu anstarren mussten.

Der Mann berichtete, dass es weit im Süden, am Ende der Welt und noch weiter, Menschen gebe, deren Haut nicht von der gleichen Beschaffenheit sei wie die der Sachsen oder Friesen oder Franken oder Dänen, sondern die eine schwarze Haut hätten wie jener Mann dort.

»Warum ist er so schwarz?«, frage Keela. »Hat Gott ihn bestraft und schwarz gemacht, weil er ein sündiges Leben geführt hat?«

»Seid ihr Christen?«, fragte der Mann zurück.

Arnhild zögerte.

»Du brauchst keine Angst zu haben«, sagte der Mann und lachte. »Dieser schwarze Mann da drüben ist der Diener eines Scheichs aus dem Serkland. Das ist ein Reich, das so weit weg ist, dass ich es mir selbst nicht erklären kann, wie er hierhergekommen ist. Er hat einen merkwürdigen und sehr langen Namen, er heißt Ibrahim Ben Hadschi Abul Abbas Ibn Hadschi Da … Gossa … Hm, den Rest habe ich vergessen. Ich glaube, sie sind in Gardarike gewesen. Und beide sind Muselmanen.«

»Was ist denn das?«

»So nennen sie sich, wenn sie den Glauben haben, wie dort alle, sagt der Scheich jedenfalls. Sie glauben weder an Odin noch an Wodan. Dennoch sind sie keine Christen, sie glauben nicht an Gott, sondern an Allah. Sie haben übrigens auch nur einen Gott. Sieh!«

Sie standen inzwischen abseits der Verkaufsbuden in einer Lücke zur Schifflände hin. Von dort beobachteten sie, wie der schwarze Mann einen kleinen rotbunten Teppich vor sich auf den Bohlen ausbreitete, mit den Knien darauf niedersank und die Stirn bis ans Holz führte.

»Das ist sein Gebet, er macht es fünfmal am Tag. Die Leute sagen, dass er das erste Mal schon im Morgengrauen betet. Und immer wäscht er sich vorher. Er hat einen Krug mit Wasser dafür.«

Sie konnten die Augen nicht von dem merkwürdigen Gehabe

des Muselmanen wenden, der sich nun aufrichtete, die Hände auf die Oberschenkel legte, erneut die Stirn zwischen die Handflächen auf die Planken presste, was er mehrmals wiederholte. Seine Lippen bewegten sich dabei, ohne dass sie etwas hören konnten. Zwischendurch richtete er sich auf, blieb auf den Knien, hob den Blick zum Himmel und zeigte ihm seine ausgebreiteten Handflächen. Es sah sehr demütig aus, fand Arnhild, er musste ein gottesfürchtiger Mann sein.

»Da staunt ihr!« Hier in Haithabu, erklärte der Mann weiter, sei es nicht so wichtig, ob einer Christ sei oder dem Glauben der Nordleute anhänge oder Muselmane sei, und es sei auch egal, welche Hautfarbe er habe. Es gebe viele verschiedene Hautfarben, das habe der Händler aus Serkland berichtet, der auch nicht so richtig weiß sei, sondern braun. In seine Heimat, so habe er erzählt, kämen selbst gelbe Menschen, von noch viel weiter entfernten Reichen, um im Serkland Handel zu treiben. »Denn die Seide, die dieser Mann bei uns verkauft, sie ist teuer, und das ist sie deshalb, weil sie so weit gereist und ihre Herstellung ein Geheimnis ist. Er hat sie diesen gelben Menschen aus China abgekauft, so heißt das Land, in dem die Menschen alle gelb sind.« Der Herr Samuel von Nubien stamme jedoch weder aus Serkland noch aus China, vielmehr sei seine Heimat Nubien und das liege so weit im Süden, dass dort die Sonne so heiß wie ein Ofen sei und es keine Dämmerung gebe. Dort gehe die Sonne so schnell unter, als würde sie in einen Sack gesteckt. Dort seien alle Menschen schwarz. Und wer weiß, fügte er lachend hinzu, vielleicht gebe es sogar grüne und rote Menschen.

Arnhild fragte sich, ob der Mann ihr etwas vorlog und sich einen Spaß daraus machte, eine sächsische Frau und ihre Tochter an der Nase herumzuführen. Er war ohnehin eine merkwürdige Gestalt, er hatte einen vorstehenden Bauch, als trüge er ein großes Kissen unter seinem Rock. Fast war er so dick wie der Graf von Esesfelth. Nur große Herren waren dick, anders, als Gott sie gemacht hatte.

»Du glaubst mir nicht? Nun, das ist mir gleich. Ich sage immer die Wahrheit. Du kannst ja andere Leute fragen.«

»Und welchen Glauben haben die Menschen in jenem Land, von dem Ihr redet, wie habt Ihr es genannt?«

»China. Ich weiß es nicht, da musst du den Scheich selbst fragen, vielleicht weiß er es.«

»Welche Sprache spricht er denn?«

Der Händler habe eine andere Sprache, antwortete der Mann, deshalb habe er einen Übersetzer bei sich, der die Sprache der Nordleute spreche. Auch der Schwarze dort drüben könne nicht nur Nordisch, sondern auch einige Brocken Fränkisch, Kaufleute müssten viele Sprachen sprechen, ihrer Geschäfte wegen.

So viele Sprachen, dachte Arnhild. Da wurde ihr bewusst, dass der Mann Fränkisch gesprochen hatte. Ob er Franke sei, fragte sie.

»Ich habe eine Zeit lang dort gelebt«, sagte der Mann vage. »Jedenfalls ist es in Haithabu gleich, welchen Glauben du hast, solange du ehrliche Preise machst und niemanden betrügst.«

»Christen dürfen nicht betrügen«, stellte Arnhild fest.

Der Fremde lachte.

»Ja, das wissen wir. Deshalb treiben wir mit den Christen besonders gern Handel, weil die meisten von ihnen ehrlich sind.« Für den Handel, fügte er hinzu, sei es gut, Christ zu sein. »Hier!«, sagte er wichtig und zog eine Kette aus seinem Wams, an dem ein Kreuz hing, an dessen einem Schenkelende ein kleiner Querbalken war.

»Ein Kreuz!« Arnhild staunte. »Und der Hammer Thors!«

»Wir nehmen es nicht so genau«, sagte der Mann und lachte. »Wenn es nötig ist, bin ich auch ein Christ.« Ansonsten, so fuhr er fort, sei dieser merkwürdige schwarze Kerl ebenso ein Mensch wie andere.

Der Mann hatte offenbar Spaß daran, alles zu erklären. Der Herr des schwarzen Mannes sei ein mächtiger Scheich, das sei das Gleiche wie ein König, der Macht über große Teile des fernen Landes habe. Er sei nach Haithabu gekommen, nicht nur, um Seide zu verkaufen. Vor allem wolle er mit dem Geld, das er einnehme, einen Falken kaufen, einen weißen Gerfalken für die Jagd. Den habe er hier nicht gefunden, weshalb er bald aufbrechen und nach Björkö im Svealand segeln werde, vielleicht gebe es dort welche. Auch sei er nach blonden Frauen und Mädchen aus, er habe schon einige gekauft. Sklaven würden hier das meiste Silber kosten, mit ihnen könne man die größten Gewinne machen.

Als er das sagte, wurde es Arnhild kalt im Rücken und sie war froh, dass weder sie selbst noch Keela blond waren.

Als könnte der Mann ihre Gedanken lesen, lachte er auf und sagte, sie und ihre hübsche Tochter hätten nichts zu befürchten, denn sie seien ja keine Unfreien, das seien nur diejenigen, die die Nordleute unterwegs gefangen nähmen. Wo sie hinwolle?

»Ich suche meine Schwester, die in Haithabu wohnen soll.«

»Vielleicht findest du sie bei den Christen. Sie haben eine eigene Siedlung, sie ist nicht weit entfernt im Süden.« Er ging einige Schritte, bis zu einer Lücke zwischen den Verkaufsständen. »Seht ihr die Häuser dort? Hier beginnt der Weg. Geht getrost hin.«

»Von welchem Tier stammt das?«, fragte Arnhild und wies auf die langen schmutzig weißen Stangen, die neben ihnen auf einem Verkaufstisch lagen.

»Oh«, antwortete der Fremde und senkte die Stimme. »Das ist ein geheimnisvolles Tier, das kein Sachse und kein Franke je zu Gesicht gekriegt hat. Nur die Nordleute kennen es, sie handeln mit seinem Horn. Es ist sehr teuer, teurer noch als Gold, weil es Zauberkräfte hat.«

»Und wie heißt es, das Tier?«

»Es ist – das Einhorn«, flüsterte der Fremde, wobei er sich umsah.

»Oh!«, rief Arnhild. »Man darf es nicht töten!«

»Es heißt, es gibt einen geheimnisvollen Ort, an dem die Einhörner ihre Zierde ablegen, weit im Norden, dort, wohin nur Zauberer gelangen.« Damit verschwand er zwischen den Buden, nachdem er ein letztes Lachen hatte ertönen lassen.

Arnhild und Keela pusteten erleichtert aus. Inzwischen hatte der schwarze Mann sein Gebet beendet und stand wieder hinter seinem Verkaufstisch. Er lächelte ihnen mit seinen weißen Zähnen zu. Er musste ein freundlicher Mensch sein.

Endlich rissen sie sich los und wandten sich ab. Sie hatten sich schon auf den Weg gemacht, den der Mann ihnen gewiesen hatte, als Arnhild innehielt.

»Ich will ihn etwas fragen«, sagte sie.

Keela folgte ihr.

Arnhild steuerte den Verkaufstisch des Schwarzen an. Sie blieb stehen, holte Luft und sagte: »Vielleicht will ich von Eurer Seide kaufen. Wie lange bleibt Ihr in Haithabu?«

»Haithabu bleiben?«

Arnhild nickte.

Der Mann hob die rechte Hand und spreizte drei Finger ab.

»Drei Tage?«

Der Schwarze nickte.

»Björkö. Drei Tage.« Er zeigte zur Hafeneinfahrt, auf das Wasser, hinter dem das Meer sein musste.

Arnhild machte eine Verbeugung. »Ich danke Euch, Samuel von Nubien.«

Der Schwarze lachte und machte ihre Verbeugung nach, wobei er die Rechte auf sein Herz legte. »Du heißen?«

»Ich bin Arnhild von Esesfelth.«

»Weit?«

»Drei Tage.« Sie hielt drei Finger in die Höhe.

Samuel lachte. »Schöne Seide. Fühlen!«

Er zog einen der Stoffe hervor, ein dunkles Rot. Arnhild betastete den Stoff. Er war kühl und gleichzeitig warm und schmeichelte der Haut. Ein wunderbarer Stoff. Sie musste seufzen, so schön war er. Wie man ihn wohl herstellte? Samuel faltete den Stoff auseinander und legte ihn Arnhild über die Schulter, dass er über ihre Brust herabfiel.

»Oh!«, entfuhr es ihr.

Erst jetzt nahm sie die Waren in dem Verkaufsstand wahr. Viele Stoffe in wunderbaren Farben waren dort aufgehängt und gestapelt. War das ein Märchen oder ein Traum?

»Was ist darin?«, fragte sie und zeigte auf einen Stapel mit Säckchen, der auf dem Boden lag.

»Das ist *sokhar*.«

»Was ist das?«

»Probieren!«, sagte der Schwarze. Er zog eine Schale heran, in der ein Häufchen winziger brauner Kristalle lag. Er leckte an einem Zeigefinger, steckte ihn in die Kristalle und dann in den Mund.

Arnhild tat es ihm nach.

»Oh!«, sagte sie ein zweites Mal. »Süßer als Honig! Wie kann das sein?«

»Eine süße Pflanze. Sie heißt *sokhar*, wächst dort, woher wir kommen, und noch weiter weg.«

Sokhar! Arnhild hatte davon gehört. Mit diesen feinen Kristallen, die wie Sand aussahen, sollte man Speisen süßen können. »Was kostet er?«

Samuel nannte den Preis.

»Oh!«, entfuhr es Arnhild ein drittes Mal. Das war eine Speise, die den Königen vorbehalten war. »Ich muss jetzt gehen.«

»Auf Wiedersehen, Arnhild von Esesfelth!«, sagte Samuel von Nubien, schob die Schale beiseite und legte den Stoff zusammen.

Arnhild riss sich von dem Anblick der Wunder los. »Ich danke Euch nochmals.«

Sie beeilten sich, die Verkaufsstände hinter sich zu lassen.

»Hast du seine Hand gesehen?«, fragte Keela.

»Ja. Von innen ist sie fast so weiß wie unsere.«

»Das ist komisch. Und so mutig warst du!«

Sie machten sich auf den Weg zu den Christen. Es war besser, zu den Christen zu gehen, bevor sie irgendwelche Fremden fragten.

»Ein Horn vom Einhorn«, sagte Keela, »das wird uns niemand glauben.«

Die Häuser waren nicht weit entfernt, ein Pfad mit tief eingedrückten Karrenspuren führte dorthin. Ihre Köpfe waren ganz wirr von all den Merkwürdigkeiten, die sie in dieser kurzen Zeit erfahren hatten. Nein, Samuel war nicht der Hölle entstiegen und seine Hautfarbe war keine Strafe Gottes. Dass er schwarz war und andere gelb, war vielmehr ein Werk Gottes, der die Natur und alles in unendlicher Vielfalt erschaffen hat. Gab es nicht grüne und rote und schwarze und braune Käfer und Tiere mit Federn aller Farben, andere mit weißem, schwarzem oder braunem Fell und welche mit Borsten oder gar Stacheln, die alle die Geschöpfe des Allmächtigen waren, dazu erschaffen, auf Erden ihre Werke zu tun?

Drei Tage, dachte Arnhild. Bis dahin sind die Schiffsräuber vielleicht schon hier und dann …

29

Durch dichte Eichen- und Buchenwälder wand sich der Fluss. Er wurde wohl schon lange für Schiffstransporte benutzt, denn große Bäume gab es am Ufer nicht mehr, sie lagen gefällt im Unterholz des Waldes und vermoderten. Ein Trampelpfad säumte das Ufer, auf dem die Nordmänner die Schiffe an Seilen aufwärtszogen. Die Segel waren abgenommen worden und die Masten niedergelegt, man brauchte sie nicht mehr, sie waren auf dem schmalen Fluss hinderlich. Mitunter saßen die Schiffe trotz ihres geringen Tiefgangs auf Steinen oder im Schlick des Flussgrundes fest. Sie mussten entladen werden. Die Nordmänner wussten, wo es sich lohnte, das Raubgut wieder an Bord zu schaffen, und wo es besser war, alles bis zur nächsten Untiefe zu tragen.

Die Gefangenen mussten helfen, auch die Frauen und die größeren Kinder. Sie zogen das vorderste Schiff an mehreren Seilen, die Atli ihnen zugewiesen hatte. Mathes durfte seiner verletzten Hände wegen das Ende des Seils über seine Schulter legen und es um die Hüfte schlingen. Seine linke Schulter war allerdings nicht zu gebrauchen, jede Bewegung schmerzte. Eigentlich tat sein ganzer Rücken weh von den Schlägen, die er in Stethu bekommen hatte.

Atli war nach vorn gegangen, wo er, da er der Stärkste war, allein an einem Seil zog, die Füße in den Lehm des Waldbodens gestemmt. Irmin zog hinter Mathes, sie war ihm gefolgt. Das war ein Fehler, wie sich bald herausstellte. Der Einäugige, der stets Mathes' Nähe suchte, er war neben ihnen und wachte darüber, dass die Gefangenen alle Kräfte in die Seile legten, einen langen Knüttel in der Hand, mit dem er mit einem lauten *»Hæ!«* jeden schlug, der ihm zu faul schien. Er selbst war noch zu schwach für schwere Arbeit. Ein kleiner Herr zu sein, das macht ihm Freude, dachte Mathes, doch eigentlich ist es nur Hass, der über ihn bestimmt, tagaus, tagein. Ob er noch andere Gefühle hat? Ja, Gier. Nicht umsonst ließ er seine Goldringe an den Armen klimpern.

»*Hæ!*«, rief der Einäugige wieder und ließ das Holz auf Irmins Rücken sausen, dass sie mit einem Schrei das Seil fahren ließ und stürzte.

Mathes schoss herum. Der Einäugige holte erneut aus.

»Das lässt du bleiben, du dreckiger Teufel!«, rief Mathes und griff nach dem Schlagstock des Nordmannes, der sogleich, ein hässliches Grinsen im Gesicht, mit einem Ruck daran zerrte, dass der raue Stock durch Mathes' Hände fuhr und seine Wunden aufriss. Seit er dem Dänen das Auge genommen hatte, war Mathes' Stimme die eines Mannes geworden, als hätte er mit seiner Tat zugleich seine Kindheit verlassen.

Er wollte ihm an die Kehle springen. Dazu kam er nicht, denn der Einäugige hatte den Stock fallen lassen und seinen Sax gezogen. Zum Kampf bereit, stand er vor ihm, federte in den Knien. Die goldenen Ringe an seinem Arm klimperten.

»Lass ihn!«, stöhnte Irmin, während sie sich aufrichtete. »Es geht schon.«

»Was ist da los?«, brüllte Regnar, der als Einziger der Nordmänner das vorderste Schiff nicht verlassen hatte und vom Bug her Befehle gab. »Stecher, du sollst ziehen!«

»Euer Einäugige schlägt uns, er will uns quälen! So können wir nicht ziehen!«

Regnar rief etwas auf Nordisch, der Einäugige antwortete, stützte sich mit einem höhnischen Lachen auf seinen Treibstock und schob den Sax lässig unter seinen Gürtel. Regnar war ungehalten, das hatte Mathes bemerkt. Er besah sich seine blutenden Hände und wickelte das Seil wieder um seine Hüften.

So ging es weiter.

Es blieb dabei, dass der Einäugige in Mathes' Nähe war. Mitunter blieb er stehen, ließ die Reihe keuchender Sklaven an sich vorbeiziehen, hieb hier und da auf die Rücken der Gefangenen. Stets kehrte er zu Mathes zurück, überholte ihn, drehte sich um und stach ihn mit seinem Auge. Mathes versuchte, sich daran zu gewöhnen, wenn er es schon nicht ändern konnte. Es gelang ihm nicht.

Und das war es vermutlich, was der Mörder wollte. Mathes sollte in ständiger Angst sein. Er sollte wütend werden und unvorsichtig und einen Fehler begehen und den Widersacher angreifen. Da der Einäugige Regnar gehorchen musste und Mathes weder schwer verletzen und erst recht nicht töten durfte, wollte er wenigstens der Herr sein über Mathes' Gedanken. Mathes wollte sich nicht zum Sklaven machen lassen und so mutig sein wie Christopherus. Er mühte sich, dem Auge des Nordmannes standzuhalten, und so starrten sie sich wieder und wieder an.

Der friedliche Wald klang um sie her. Die Vögel zwitscherten und waren geschäftig wie immer, sie ging das Schicksal der Gequälten nichts an. Eichhörnchen sprangen von Wipfel zu Wipfel, es sah aus, als täten sie es aus Spaß. Wenige Schritte neben ihnen begann das Dickicht der Haselsträucher und Farne.

»Sieh«, flüsterte Mathes Irmin zu, als sie einmal warten mussten, bis es weiterging. »Nur ein paar Schritte …«

Irmin schüttelte den Kopf. Regnar hatte am Morgen eine Rede an die Gefangenen gehalten. Wer versuchen würde zu fliehen, der müsse eines langsamen Todes sterben, wie die Geiseln von Stethu, im Angesicht aller Gefangenen.

»Wir werden ihm zuerst die Nase abschneiden, zunächst ein bisschen, dann ein wenig mehr, und genauso die Ohren. Wir werden ihm das Augenlicht nehmen, mit einem glühenden Holz. Wir werden warten, bis er uns anfleht, sterben zu dürfen. Damit werden wir uns Zeit lassen. Sehr viel Zeit! Habt ihr das verstanden?«

Er war erst zufrieden gewesen, als alle ein lautes »Ja!« gerufen hatten. Nur Christopherus hatte nicht geantwortet. Sein Mund war geschlossen geblieben, seinen Blick hatte er nicht gesenkt wie die anderen.

»He, braune Kutte, hast du verstanden? Oder bist du taub?«

Christopherus schwieg weiter, er nickte nur, fast unmerklich, und damit hatte sich Regnar zufriedengegeben. Der Mönch hatte wieder gezeigt, dass er der Angst widerstand und dem Anführer trotzte. Irmin hatte recht. Mathes musste bei seiner Mutter und seiner Schwester bleiben, solange es möglich war. Doch Irmin, die allein war?

»Ich habe Angst«, flüsterte sie zurück. »Sie werden mich … Es bleibt uns nichts anderes übrig.«

Regnar hatte sein Ziel erreicht. Niemand war geflohen. Alle hatten Angst, eines furchtbaren Todes zu sterben, und wer nicht an Flucht dachte, hoffte darauf, dass es kein anderer versuchte.

Nach der Plackerei von früh bis spät machten die Nordmänner in einer Lichtung ein Nachtlager. Die Gefangenen waren müde und legten sich sogleich zum Schlafen auf den Waldboden, so dicht beieinander wie möglich, um sich gegenseitig zu wärmen, die Nächte waren noch kalt. Sie wurden aneinandergebunden und von Wachen und brennenden Feuern umringt. Atlis Sprachunterricht war ausgefallen, seit sie auf dem Fluss waren. Es war keine Zeit dafür. So blieb Mathes nur, die gelernten Worte zu wiederholen und sich mit Irmin auszutauschen. Messer – *hnívur*; Schwert – *sverð*; gib mir das Schwert – *gefðu mér sverðið*; Hemd – *skyrta*, sprach er sich im Inneren vor.

»Was heißt noch einmal Faust?«, fragte er.

»*Hnefi*«, antwortete sie leise. »Und Arm heißt *handleggur*.« Sie war eine gute Schülerin. »Und Hand heißt *hönd* und die Mehrzahl *hendur*, das ist einfach. Was ist mit deinen Händen?«

»Sie bluten wieder.« Er hatte versucht, die Binden zu richten, die Atli ihm angelegt hatte. Atli hatte sich nicht mehr um ihn gekümmert seit dem Mord an dem Bauern und seinem Hausstand.

»Du musst aufpassen«, flüsterte sie ihm ins Ohr. »Der Einäugige, er will dich reizen, er wartet darauf, dass du wütend wirst und er dich verletzten kann. Du darfst nicht mehr so wütend werden!«

»Ich weiß. Ich will es versuchen. Und dein Rücken?«

»Er tut mir weh, aber es geht. Morgen wird es hoffentlich besser sein.«

Bevor sie sich schlafen legten, sah er, wie der Einäugige zu Regnar ging. Beide sprachen am Rand der Lichtung miteinander und warfen dabei Blicke auf Mathes. Er tat so, als bemerkte er es nicht. Der Einäugige führte etwas im Schilde, dabei ging es sicher um Leben und Tod.

Erschöpft schliefen sie ein. Mathes' letzter Gedanke war: Ich muss meine Wut zähmen. Ich darf nicht sein Knecht werden. Mein Vater hat mir immer gesagt, ich soll mir nie etwas gefallen lassen, und nun muss ich lernen, dass es klüger ist, Prügel hinzunehmen, ohne mich zu wehren. Sonst bricht er mir die Knochen.

Am nächsten Tag wurden die Gefangenen im ersten Licht aus ihrem Schlaf gerissen.

»*Hæ!*«, rief Regnar. »Aufstehen!«

Die Wachen stießen die Liegenden mit den Füßen an. Der Einäugige hatte seinen Treibstock wieder in der Hand und hieb Mathes in die Rippen. Mathes schaffte es, nicht zu reagieren, worauf er einen zweiten Schlag erhielt.

Die schreckliche Reise ging weiter.

Der Fluss wurde schmaler und wand sich wie ein Wurm, der Transport wurde beschwerlicher. Das Langschiff klemmte in den Windungen des Flusses zwischen den Ufern fest und musste immer wieder entladen und durch die Engstellen gezerrt werden. Ein Trupp Schiffsleute ging voran und hieb die Büsche und Bäume nieder, die den Weg versperrten. Mitunter türmte Treibholz im Fluss, das zerhackt und beiseitegeschafft werden musste.

Die Sonne brannte auf die Rücken der Gefangenen, sie lechzten nach Schatten und Wasser. Mathes sehnte sich nach dem Ende der Schinderei, obwohl jeder Schritt ihn näher brachte an sein endgültiges Schicksal als Sklave. Vielleicht würde er bei einem Bauern arbeiten müssen. Dann würde er Essen und ein Dach über dem Kopf bekommen, müsste sich nicht immer vor dem Tod fürchten und, wenn er Glück hatte, würde nicht zu Mordtaten gezwungen werden. Hoffnung, dachte er, ich muss immer Hoffnung haben und daran glauben, dass es besser wird.

Am Abend war Schluss, der Fluss war nicht mehr schiffbar. Die Schiffe wurden sämtlich entladen und auf einer großen Lichtung, die offenbar für diesen Zweck schon oft genutzt worden war, an Land geschafft. Die Nordmänner machten sich sogleich daran, große Bäume zu fällen. In der Nähe der Lichtung gab es davon nicht mehr viele. Ihre Axtschläge hallten durch den Wald. Sie entasteten die

Stämme, zogen sie zu den Schiffen und schlugen längsseits Kerben hinein. Dann hoben sie die Kiele der Schiffe darauf und stützten sie mit Hölzern ab, die sie unter die Bordwände klemmten. So standen sie in der Dämmerung wie riesige Insekten, die tückisch aufglänzten, fiel der Schein der Wachfeuer auf sie.

Am Morgen wurde die Reise zu Lande fortgesetzt. An Seilen und Stangen wurden die Schiffe mit dem Kiel auf den eingekerbten Baumstämmen aufrecht gehalten. Quer darunter wurden Rollhölzer geschoben und diese wiederum auf lang ausgelegten Baumstämmen vorwärtsgerollt. Sobald die Rollen hinten frei wurden, mussten sie wieder nach vorn geschafft werden. Eine mühsame und anstrengende Arbeit, die den Nordmännern dennoch leicht abzugehen schien. Jeder wusste, was zu tun war.

Die Gefangenen mussten vorn ziehen oder das Raubgut tragen. Stück für Stück, Ruck für Ruck wurden die Schiffe durch den Wald geschleppt, auf einer baumlosen Schneise. Von früheren Transporten lagen viele Hölzer umher, die für die Arbeit verwendet wurden. Es taugten nicht mehr alle, deshalb wurden ebenso viele neu aus dem Wald geschlagen.

Immer wieder regnete es, ein feuchter Wind fuhr durch die Wipfel. Alles wurde nass und man musste immerzu treten, damit man im nassen Matsch des Waldbodens keine kalten Füße bekam. Nur Regnar auf seinem Kommandostand am Bug des ersten Schiffs blieb trocken, er hatte sich vor Tagen schon das Segel spannen lassen. Von dort gab er seine Befehle. Er war der Einzige, der an Bord schlief, getrennt von seiner Mannschaft.

Mathes fühlte die Blicke des Anführers. Was mochte er mit dem Einäugigen besprochen haben?

30

Regnar hatte sich aus dem Segel des Langschiffs und dem Mast des Knörr ein schönes Zelt bauen lassen. Darin lag er, weich, warm, trocken, ausgeschlafen und satt auf Fellen, ein Zustand, nach dem er sich Wochen und Monate gesehnt hatte. Sogar ein kleines Feuer hatte er anzünden lassen, um die klamme Nässe nach draußen zu vertreiben, wo ein ekliger Ewigregen niederging. Schattenlos grau, man konnte die Zeit nicht bestimmen. Hoffentlich würde das schafwollene Dach standhalten.

Er war am Ziel seiner Wünsche, nach der langen Zeit der Entbehrungen und dem nomadischen Leben unter freiem Himmel. Ihm fehlte nichts, abgesehen vielleicht von einem Schälchen Skýr mit ein wenig Honig, wonach er unbedingt schicken musste. Vor allem war er allein, endlich. Niemand hörte seine Seufzer und Fürze. Niemand sah ihm dabei zu, wie er aß, sich die Nase schnäuzte, seine losen Zähne befühlte und bei den ersten Schritten nach dem Aufstehen humpelte oder sich, wie jetzt, behaglich ein flauschiges Kaninchenfell über die schmerzenden Knie zog wie einer, der zu keiner Arbeit mehr taugte.

Das hätte ihn glücklich machen können, denn was braucht der Mensch mehr? Er hätte Freya, der Göttin des Glücks, ein Opfer bringen und das Hier und Jetzt genießen können. Dennoch, Regnar war nicht zufrieden. Ihm fehlte die innere Ruhe. Glück ist ein unzuverlässiger Freund. Wenn ich glücklich wäre, dachte Regnar, würde mir jetzt ein Gedicht einfallen, mindestens zwanzig Strophen mit zweihebigen Verszeilen, das Versmaß der Alten, das er so liebte. Das würde er dem Horik vortragen, sobald er zurück wäre. Doch müsste es ein Lobgedicht auf den König sein, eine *drápa*, und danach war ihm nicht. Schließlich war es Horik, der Regnar diese Sorgenfahrt eingebrockt hatte.

Regnar grübelte über sich und seine Pläne.

Er hatte übel geträumt, und das in der dritten Nacht in Folge.

Dass er sich verirrt und den Weg nach Jellinge verloren hatte, zurück zu seinem Hof, den er dort bewohnte, in Sichtweite der gewaltigen Grabhügel, die Horik hatte errichten lassen. Regnar hatte sich von seiner *félag* entfernt und war in den Wald gegangen, um allein zu sein. Als er zu seiner Mannschaft zurückkehren wollte mit dem Beschluss heimzufahren, konnte er den Rückweg nicht finden. Er irrte umher, bis er so erschöpft war, dass er seine Waffen ablegen und sich ausruhen musste. Er schlief ein und träumte in seinem Traum, dass seine Erstfrau bei ihm lag und ihn umarmte und liebkoste um seiner selbst willen, und als er wieder aufwachte, waren seine Waffen verschwunden. Er sah die Sonne nicht und wusste nicht, wo er war, doch befand er sich unweit eines unbekannten Meeres, das verheißungsvoll und silbern durch den Wald leuchtete wie die Braue einer Frostriesin. Am Ufer lag ein Schiff, eine Planke lud ihn ein, das Wasserpferd zu besteigen und darauf nach Jellinge zu reiten. Wo war er? Und warum war das Schiff so morsch und wurmstichig? Verzweifelt blieb er am Ufer stehen – und war aufgewacht.

Der Tross der Küstenräuber lagerte nah der Stadt Haithabu, zwischen Ringwall und Stadt, nachdem sie ihre Schiffe wieder zu Wasser gebracht und auf Reede vor die Landungsbrücke gelegt hatten. Regnar hatte den Ankerzoll für seine Flotte abgegolten. Die Männer waren damit beschäftigt, Zelte und Unterstände aufzustellen. Es gab eine Menge Arbeit, bevor er ihnen erlauben konnte, in die Stadt zu gehen. Zuerst mussten die Waren hergerichtet und vor allem die Gefangenen gewaschen und versorgt werden, damit sie einen guten Preis brachten. Nicht zuletzt sollten sich die Männer waschen, ihr Zeug flicken und das Leder einfetten.

Es war Regnars siebter Transport einer Flotte über die Træjå nach Haithabu und nicht der leichteste. Bis Hylingstaðir war gute Fahrt gewesen, denn bis dorthin hatte die Flutwelle der Nordsee die Schiffe getragen. Sie hatten nur ein wenig rudern müssen. Die weitere Reise war anstrengend. Zu viele Bäume und Treibholz verblockte das Wasser, zu viele Gefangene, auf die aufzupassen war. Er hatte seit Wochen zu wenig geschlafen. Morgens der Erste, abends der Letzte. Atli war seit dem Überfall auf das Gehöft nicht mehr der

Alte. Er war noch wortkarger geworden, als hätte er das Sprechen verlernt. Atli legte sich zwar in die Seile wie kein anderer, aber tat sonst nur, was unbedingt nötig war. Er hatte sich nicht einmal um den kleinen Stecher gekümmert. Es war fast, als könnte sich Regnar nicht mehr auf den Riesen verlassen. Alles sollte man selbst machen. Regnar seufzte.

Eldar der Einäugige bereitete Schwierigkeiten. Eigentlich ein guter Mann, Regnar hatte ihm schon zwei goldene Armreifen geschenkt, weil er viele Männer erschlagen hatte, seit er zu Regnars *félag* zählte. Obwohl fast noch ein Knabe damals, hatte er sich schnell zu einem unerschrockenen Kämpfer entwickelt und war stets unter den Ersten, die auf die Feinde einhauten. Er war keiner dieser trüben Typen, die zu Hause blieben, um Asche zu tragen, das Stroh auf dem Lehmboden zu fegen und jeden Tag Grütze zu essen. Er wollte auf Wikingfahrt gehen und reich werden wie Regnar, sein Herr, und er trug schon viele Goldreifen an den Armen und einen Beutel mit Hacksilber am Gürtel. Wenn er so weitermachte, ohne sich zu überschätzen, würde er eines Tages ein eigenes Gehöft besitzen und eine Menge Sklaven, die für ihn arbeiteten.

Geblendet zu werden war eine Schmach. Eine schöne Fleischwunde hätte Eldar sicher vorgezogen. Nun hatte er nur noch ein Auge und wollte sich am Stecher rächen. Nachvollziehbar, aber, was Regnar betraf, überflüssig wie eine Frau auf Wikingfahrt und ein Mann am Webstuhl. Rache war gefährlich. Nicht wenige waren ihren Rachegelüsten zum Opfer gefallen. Leidenschaft schafft Leiden. Schließlich war er selbst schuld gewesen an seinem bedauerlichen Zustand, denn Regnar hatte es in Stethu untersagt, sich an den Frauen der Stadt zu vergreifen.

Eldar machte seinem Namen alle Ehre, er war ein Feuerkopf. Im Kampf brauchte man das Feuer, doch mitunter war es sinnvoll nachzudenken, bevor man etwas tat. Eldar hatte sich nicht beherrschen können, nachdem andere Männer zu viel Wein getrunken und sich Frauen genommen hatten. Er hatte sich mitreißen lassen, ohne sein Hirn einzuschalten.

Auch mit einem Auge konnte man etwas werden, Odin hatte

schließlich auch nur eines und das andere hatte er aus freien Stücken geopfert, um weise zu werden. Hatte er dem Eldar auch gesagt.

Und was hatte der geantwortet? »Odin hat seinen Hengst Sleipnir mit acht Beinen. Ich habe kein Pferd und nur zwei Beine.«

»Willst du etwa vier haben?«, fragte Regnar. »Oder gar acht? Wo sollen die dran? So breit ist dein Arsch nicht, da kannst du fressen, so viel du willst. Und sieht scheiße aus! Was sollen die Frauen dazu sagen?«

Das beeindruckte Eldar nicht.

»Ist sowieso egal jetzt. Welche will schon einen Einäugigen? Ich bin ein Wrack.« Es klang ein bisschen weinerlich.

»Och«, meinte Regnar deshalb, »wenn die Wunde ausgeheilt ist und du eine schicke Augenklappe trägst, kannst du immer noch eine manierliche Figur abgeben. Jedenfalls eine bessere als einer mit vier oder gar acht Beinen.« Er müsse schließlich nicht jeder Dame erzählen, unter welchen Umständen er einäugig geworden sei.

Ein achtbeiniges Pferd sei mehr als ein Ausgleich für ein fehlendes Auge, widersprach Eldar. Mit der Welt der Götter könne man das nicht vergleichen, zumal Odin außer Sleipnir die Raben Hugin und Munin habe, die ihn stets begleiteten und ihm alles zutrügen, was er wissen wolle.

Nein, Eldar sann auf Rache und verlangte Genugtuung. Die sei nur möglich, indem er den Stecher zum Holmgang mit dem Schwert auffordere und ihn töte, denn das sei sicher. Ein Leichtes für seinen Steinbeißer, so nannte er das Schwert, das er erbeutet hatte. Etwas übertrieben für einen, der einen mickrigen Bart und noch keine *félag* geführt hatte und ein Schwert, das nicht von großer Qualität war, obwohl es schlechtere gab. Eldar aber tat, als handelte es sich um eines der legendären Ulfberht-Schwerter, mit dem man jede feindliche Klinge brechen konnte. Keiner wusste, wo es hergestellt wurde. Vermutlich hielt man es geheim, damit die Leute aus der Werkstatt nicht irgendwohin entführt wurden. Nur große Könige konnten sich eine derartige Waffe leisten. Meistens saßen sie Betrügern auf, die nur den Schriftzug auf eine miese Klinge praktiziert hatten. Das merkten sie nicht, weil sie damit nicht kämpften, sondern es zum

Angeben herumschleppten und niemand sonst es anrühren durfte. Es war ein Wagnis, dafür viel Silber zu geben.

Überhaupt, Schwerter waren teuer und gute erst recht, die besten fast so teuer wie ein Kettenhemd, das man sich noch weniger leisten und so gut wie nie erbeuten konnte. Regnar ließ sein Schwert von Atli führen, er benutzte es selbst nur selten. Unter seiner *félag* gab es kein Dutzend davon, was Eldar unnötig stolz machte. Die meisten seiner Leute kämpften mit der Axt, die man zu allerlei anderem ebenso gebrauchen und zur Not werfen konnte, und hinter den Gürtel gesteckt war sie weniger hinderlich als ein Schwert. Ebenso wie ein Sax, mit dem sich ausgezeichnet totstechen ließ. Außerdem hatte er einige sehr gute Bogenschützen in seiner Mannschaft.

Der Stecher habe nie ein Schwert in der Hand gehabt, meinte Eldar, und das stimmte wohl. Er werde ein leichter Gegner sein. Bevor er ihn töte, werde er ihm das Augenlicht nehmen und ihm anschließend mit seinem Schwert eine Gaumensperre verpassen wie die Götter dem Wolf Fenris. Das habe er auch allen gesagt.

Das musste man Eldar lassen, in der Götterwelt kannte er sich einigermaßen aus. In die Blutrinne seines Schwerts hatte er Siegesrunen einritzen lassen. Wenn er in die Schlacht zog, pflegte er zweimal den Namen des Tyr auszurufen, um des Sieges sicher zu sein, wie es Brauch der Mutigen war. Hatte ja geklappt, bis der sächsische Stecher gekommen war.

»Ich habe dem Stecher versprochen, dass er seine Schuld als Sklave abarbeiten muss und weiter nichts. Und ich werde mein Wort halten!«

»Dein Wort bindet mich nur, solange ich zu deiner *félag* gehöre.«

»Willst du dich etwa lossagen?«

»Lieber bleibe ich in Haithabu und suche mir einen anderen Herrn, als dass ich mein Auge ohne Rache hingebe!«

»Tyr hat seine rechte Hand gegeben. Freiwillig!«, versuchte Regnar es noch einmal. Er hatte sie dem Fenriswolf in den Rachen gesteckt, damit er sich hatte binden lassen.

Ein Wort gab das andere, auch Regnars Hinweis, er werde Horik berichten, welch unzuverlässiger Hitzkopf Eldar sei. Ob es ihm dann noch gelingen werde, einen neuen Herrn zu finden? Und ob der Kampf nicht ein wenig ungleich sein werde, ein Steinbeißer mit Siegesrunen in der Blutrinne gegen einen Knirps?

»Viel Ehre kannst du dir nicht verdienen.«

Er konnte ihn nicht umstimmen.

»Du willst ihn ja nur beschützen, deinen Knirps!«, rief Eldar zuletzt.

In der Tat, daran war etwas.

»Du spinnst«, hatte Regnar geantwortet. »Dein Verstand ist dir aus dem Loch gefallen, das du neuerdings hast.«

Der kleine Bursche imponierte Regnar. Mathes' Widerworte hatten seine Sympathie geweckt. In Stethu war er noch entschlossen gewesen, Mathes zu töten, um die übrigen Gefangenen zur Räson zu bringen. Atli war dazwischengegangen und Regnar hatte sich erweichen lassen, weil er seinen besten Mann nicht verlieren wollte, zumal der seinem Schwur gehorchte. Atli war ein Bugmann, den man sich wünschte. Nicht nur, weil er ein großer Kerl war, weit Ausschau halten und ein langes Schwert hantieren konnte, sondern auch, weil ihm, obwohl sonst von flachem Verstand, bei feindlichen Begegnungen die besten Flüche und Schimpfworte einfielen. Scharfe Worte waren mitunter wichtiger als scharfe Klingen.

Mathes war einer, der nicht auf den Mund gefallen war. Er hatte seinen Vater gerächt, und das auf der Stelle, und er hatte sein Leben für das seiner Mutter eingesetzt. Er war vernünftig genug gewesen, sich nicht von Eldars Stockschlägen herausfordern zu lassen. Mathes würde ein tüchtiger Kerl sein in ein paar Jahren, einer, wie Regnar unter seinen Söhnen keinen hatte, jedenfalls nicht unter denen, die noch lebten. Mathes hatte das Zeug, Regnars alte Tage zu erleichtern, ein Wunsch, den er nicht äußern durfte, wollte er sich nicht vor der Mannschaft blamieren. Die Leute würden platzen vor Eifersucht und den Stecher hinterrücks umbringen. Zudem schien Atli abtrünnig zu sein in dieser Sache und würde ihn nicht beschützen. Und nun kam dieser einäugige Hitzkopf und wollte ihm den Burschen nehmen. Verkaufen wollte er ihn nicht, um keinen Preis.

Was war da zu tun? Man musste nachdenken.

Den Zweikampf konnte er nicht verhindern. Und wenn, dann nur mit unlauteren Mitteln, die ihm nicht gestattet waren, es sei denn, es fiel nicht auf. Er musste dem Stecher Eldars Verlangen mitteilen. Kein anderer aus seiner Truppe beherrschte die fränkische Sprache ausreichend und Atlis Unterricht war in den Anfängen stecken geblieben. Wie würde der Kleine reagieren? Dass er mit einem Stech- oder Schabeisen umgehen konnte, würde ihm nicht helfen. Er hatte allenfalls das Recht, auf einer anderen Waffe als dem Schwert zu bestehen. Doch welche? Er würde weder einen Faustkampf noch einen mit Sax, Lanze oder Messer überleben.

Ächzend stand Regnar auf. Wärme tat den Knien offenbar auch nicht gut. Er machte Kreise um das Feuer, bis er einen geraden Gang zustande brachte, verbarg das Kaninchenfell unter den anderen und schlug das Leder beiseite. Er schickte nach Skýr und befahl, Atli möge zu ihm kommen. Es half nichts, er musste ihn ins Vertrauen ziehen.

Bald erschien der Riese.

»Setz dich«, bot Regnar ihm einen Stuhl an und rückte das Fell darauf zurecht, als wäre er sein Diener. »Ich will dich um etwas bitten.«

Atli schwieg, wirkte bedrückt. Er nahm seine lederne Kappe ab und wischte sich das Wasser aus dem Bart.

»Du machst dir Sorgen, nicht wahr?« Als Atli nicht antwortete, fügte er hinzu: »Ich auch. Um unseren kleinen Stecher.« Er teilte Atli mit, was er mit Eldar besprochen hatte. »Das ist der sichere Tod des Stechers. Darin wirst du mir zustimmen. Er ist ein tüchtiger Kerl, er hat dir das Leben gerettet.«

Atli nickte. Zweimal. Das war gut.

»Wir müssen uns etwas einfallen lassen«, fuhr Regnar fort. »Den Holmgang kann ich nicht verhindern. Ich gehe davon aus, dir liegt daran, dass er eine Chance bekommt.«

Atli nickte ein drittes Mal. Sehr gut, dachte Regnar, er ist noch zu gebrauchen. Atlis Gesicht zeigte wenig Ausdruck, was ihm leichtfiel, der Bart ließ nicht viel davon übrig. Seine dicken Daumen machten Jagd aufeinander.

Endlich sah er auf. »Man könnte Eldar nachts …«

»Kommt nicht infrage«, unterbrach Regnar ihn. »Er hat allen gesagt, was er vorhat. Passiert ihm jetzt was, wissen alle, dass du dahintersteckst. Der Kleine hat nur dich.« Beinahe hätte er ergänzt: Und du hast nur den Kleinen.

»Hm«, machte Atli, ließ seine Daumen kreisen. »Mal sehen.« Mehr sagte er nicht. Die zwei Worte klangen nicht hoffnungslos. Vielleicht hatte er eine Idee.

»Ich verlasse mich auf dich, Atli. Du bist unser bester Mann.«

Atli schluckte das Kompliment ohne Regung.

»Und falls dich einer fragt, was wir besprochen haben: In drei Tagen bringen wir die Gefangenen auf den Markt. Sorge dafür, dass sie einen anständigen Eindruck machen, auch die Kinder. Vor allem die Frauen, sie sollen ihre Gesichter waschen und ihre Haare. Wenn nötig, muss nachgeholfen werden. Aber wehe, es vergreift sich einer! Sag ihnen, wer sich danebenbenimmt, kriegt es mit mir zu tun.«

Was das betraf, konnte er Atli vertrauen. Er hatte sich auf der Wikingfahrt noch nie an Frauen vergriffen. Vielleicht war er deshalb der Einzelgänger in der Truppe. Er beteiligte sich nicht an dieser Sorte Überfall und mied es, sich hinterher die Prahlereien seiner Kumpane anzuhören. Wer war der Mann überhaupt? Regnar fiel auf, dass er nichts über ihn wusste.

Atli war eines Tages in Jellinge aufgetaucht und hatte sich Regnars *félag* angeschlossen, nicht lange bevor sie vor über zwei Jahren aufgebrochen waren. Er sei ein Ostmann und stamme aus dem Hochland nördlich der Bucht, hatte er gesagt, er sei kein Untertan der Dänen und habe seine Heimat verlassen wegen irgendwelcher Streitigkeiten, das Übliche. Niemand kannte ihn, wer weiß, ob das stimmte. Regnar hatte den Riesen angeheuert und nicht zu seinem Nachteil, denn Atli war der beste Bugmann, den er je gehabt hatte. In der Mannschaft hatte er keine Freunde, ja, nicht einmal Gesprächspartner, und Regnar hatte mehr als einmal gehört, dass sich seine Leute über ihn lustig machten, stets hinter Atlis Rücken, weil sie seine harten Fäuste fürchteten, die am Ende langer Arme saßen und stets siegten. Kein Schwert hatte ihm etwas anhaben können, deshalb nannten sie ihn Járnsiða, Eisenseite, was immerhin ein Zeichen der Achtung war.

»Ich habe gehört, dass der Scheich übermorgen nach Björkö absegelt«, unterbrach Atli Regnars Gedanken.

»Mag er mich aufsuchen. Vielleicht ergibt sich was. Wir gehen in drei Tagen auf den Markt. Nicht früher, auch nicht der Holmgang. Bis dahin müssen wir Eldar hinhalten. Vielleicht trainierst du noch ein wenig mit dem Stecher?«

Atli nickte ein letztes Mal, erhob sich und verließ das Zelt.

Regnar machte es sich auf seinen Fellen wieder gemütlich und setzte die Grübelei über seine Träume fort. Jedermann wusste, dass Träume die Zukunft vorhersagten, zumal wenn man das Gleiche mehrmals träumte. Was hatten sie zu bedeuten? Schon in der Nacht vor der Abfahrt aus Stethu hatte er einen bösen Traum gehabt, an den er sich beim Aufwachen nicht erinnern konnte. Das war jetzt anders. Er hatte sich verirrt, er hatte keine Waffen mehr und sein Schiff war nicht seetauglich. Schlimmer konnte es nicht kommen für einen Mann. Die Nornen bestimmten das Schicksal des Menschen vom ersten bis zum letzten Atemzug. Was war ihm bestimmt?

Regnar sehnte sich danach, seine Probleme mit einem vertrauten Menschen zu besprechen. Aber wer? In seiner *félag* gab es niemanden, auch Atli nicht. Regnar fühlte sich ihm fern. Warum? Er wusste es nicht. Da fiel ihm seine Frau ein, seine Erstfrau, die ihm im Traum erschienen und ihm zugetan gewesen war wie in ihren ersten Jahren. Er hatte sie einst geliebt. Oder liebte er sie immer noch? Was war Liebe? Gab es das überhaupt? Wie lange hatte er sie nicht gesehen? Wie mochte es ihr gehen? Seine anderen Frauen waren jünger und hatten festere Brüste, doch ihre Herzen blieben hart, wenn er das Lager mit ihnen teilte, und seit sie in seinem Haushalt lebten, hatte seine Erstfrau ihn abgewiesen. Vielleicht sollte er sie nach Borg mitnehmen. Wie mochte es ihr gehen? Vor mehr als zwei Jahren war er abgereist. Horiks Befehl, die Hammaburg anzugreifen, hatte er unterwegs erhalten, von einem Sendboten in Dorestad.

Für heute war es genug. Wer grübelt, der bröckelt. Es musste die Zeit des sechsten oder siebten Sonnenrings sein. Morgen früh würde er den sächsischen Knirps über sein Schicksal aufklären. Vielleicht würde Freya ihm gewogen sein und die böse Norne Skuld ihn überleben lassen. Da musste sie sich verdammt anstrengen. In ein paar Tagen würde Regnar nach Jellinge aufbrechen, seinem König Bericht erstatten und auf seinen Hof zurückkehren, wo drei Frauen und die Kinder auf ihn warteten. Frauen. Kinder, die ihn nicht mehr kannten. Sie würden erwarten, dass er ihnen etwas mitbrachte, besonders die Frauen und ganz besonders seine erste, die ihm drei Söhne geboren hatte. Geschenke, Flitterkram, mit dem sie sich ausstaffieren konnte. Seidenstoffe?

Seide war schwer zu bekommen, meistens gab es nur ein paar Fetzen, die man auf Raubzügen erbeutete, oft löchrige und schmutzige Reste voller Flöhe. Das Beste waren die Altartücher, aus denen man mit Glück so etwas wie einen Schal zustande brachte. Die Christen pflegten ihre Seidentücher zu ruinieren, indem sie ihre Kostbarkeiten, die in Wahrheit nur Eingeweide und Knochen ihrer Heiligen waren, darin einwickelten, weshalb sie meistens stanken und verklebt und brüchig waren, weil sie Ewigkeiten herumgelegen hatten. Wegen solcher Fetzen Mönche zu erstechen, war keine lohnende Tätigkeit. Insofern war es eine glückliche Fügung, dass der Scheich aus Serkland neue, unbefleckte Ware feilbot.

Der Mann war schon länger in Haithabu. Doch würde er bald abreisen. Er schien noch anständige Ware übrig zu haben. Jedenfalls hatte ihm das einer seiner Leute gesagt, den er ausgeschickt hatte, die Verhältnisse zu erkunden, denn der letzte Besuch in Haithabu lag einige Jahre zurück. Manche Käufer schnappten einem die besten Stücke vor der Nase weg. Wer wenig Silber hatte, und das waren die meisten, wartete bis zuletzt, um Sonderangebote zu ergattern. Der Scheich würde am Ende die Preise senken. Er hatte sicher keine Lust, den ganzen Plunder nach seiner langen Reise wieder auf sein Schiff zu laden und ihn über ein Meer zu schaffen, das er schon besegelt hatte. Vielleicht würde er einige der Gefangenen in Zahlung nehmen, zum Beispiel die Mutter des Stechers.

Es war Zeit, sich darum zu kümmern, obwohl es nach wie vor regnete. Regnar warf das Kaninchenfell von seinen Knien und drehte eine zweite Runde um das Feuer. Als der Rücken wieder gerade war, schlug er das Leder beiseite und befahl, dass ihm Wasser gebracht werde. Er musste sich zuerst waschen, die Haare schneiden und kämmen und seinen Bart trimmen. Ein kleiner Zopf darin würde nicht schaden. Es war auch noch Ruß und Fett da, um ihn zu schwärzen und glänzen zu lassen.

»Ist der Skýr endlich da?«, fragte er seinen Wächter.

»Nein, leider nicht. Es gibt keinen zurzeit.«

»Hast du die Leute aus Hålogaland gefragt?«

»Selbstverständlich. Sie haben nur Fisch an Bord.«

Da war nichts zu machen. Es hatte aufgehört zu regnen, der Himmel war aufgebrochen und zeigte seine blaue Unendlichkeit.

Hålogaland, dachte Regnar, das wäre eine Möglichkeit.

31

Estrid packte am Tag nachdem die Küstenräuber ihre Zelte nah der Stadt aufgeschlagen hatten, die schönsten Töpferwaren in Körbe und Kiepen. Sie wollte sich mit Arnhild auf den Weg als wandernde Händlerin machen. Es war nicht das erste Mal, dass sich Estrid zu einer Horde von Räubern wagte. Mehrmals im Jahr waren die Wikingfahrer hier, die meisten im Sommer, der Zeit der kurzen Nächte.

Estrid war sieben Jahre älter und senkte wie Arnhild vor keinem Mann den Blick. Sie bewohnte mit vier Kindern ein Haus, in dem zugleich die Werkstatt war wie in fast allen Häusern. Wibert, ihr Ehemann, stammte aus dem Süden, aus der Gegend der riesigen Berge, aus einem schmalen Tal im Reich der Bajuwaren, das im Winter in Schnee und Schatten lag. Ob es dort ewiges Eis gebe, hatte Arnhild sogleich gefragt. Wibert hatte es lachend bestätigt. Hier, wo die Sonne jeden Winkel wärmte, sei es viel schöner, auch wenn der Sommer kürzer sei. Wibert hatte seine Heimat wegen des kargen Lebens am kalten Rand der Gletscher verlassen und wegen der Kriege, mit denen die Franken die Regionen nördlich der Alpenberge viele Jahre lang überzogen hatten, um die Bajuwaren zu unterwerfen. Er habe Soldat werden sollen, berichtete er. Er habe nicht in die Fremde ziehen wollen, um zu töten, denn er sei Christ, wie es schon seine Eltern und Voreltern gewesen waren, zwar arianische Christen, die heute als Häretiker galten. Ihm sei der Unterschied egal, das sei Sache der Kirchenleute. Bald zehn Jahre lebten sie im Dorf der Christen, inzwischen kämen sie auch mit der Sprache der Dänen zurecht.

Er war ein braunhaariger und überhaupt ein dunkler Kerl mit breiten Schultern, dicken Muskeln an den Armen und braunen Augen, die Estrid immer noch mit Wohlgefallen betrachteten. Er konnte schöne Töpfe, Krüge und Schalen machen, allerlei Gefäße für jeden Zweck, aus Ton. Er formte ihn mit Händen und hölzernen Spateln auf einer kreisenden Scheibe, die er mit den Füßen in Schwung brachte. Keela hatte sich nicht sattsehen können an seiner

215

Kunst. Sie wolle auch Töpferin werden, sagte sie, und eine Werkstatt auf Burg Esesfelth gründen, eine Frau könne das ebenso wie ein Mann.

Arnhild hatte berichtet, was sich auf der Hammaburg und in Stethu ereignet hatte.

»Fürchterlich!«, rief Wibert.

Estrid schüttelte den Kopf.

»Hört das denn nie auf!«, flüsterte sie. »Euer Bischof Ansgar, vielleicht kommt er eines Tages hierher. Ich habe gehört, dass er schon einmal im Land der Dänen und Jüten gewesen ist.«

Alle wussten davon. Das sei bestimmt doppelt so lange her, wie sie selbst in Haithabu wohnten, meinte Wibert. Damals habe der König Harald Klak geherrscht. Der sei Christ gewesen, habe sich in Mainz taufen lassen, mitsamt seinem Gefolge von viermal hundert Männern. Ansgar habe ihn von dort zurück ins Reich der Dänen begleitet. Nun sei leider Horik der König und der sei ein schrecklicher Heide. Dennoch sei er froh, sagte er, in einen so friedlichen Ort wie Haithabu gelangt zu sein, wo er mit seiner Hände Arbeit seine Familie ernähren und die beiden Söhne sein Handwerk lehren könne. Zwar bestehe keine Freiheit der Religion, der Heide Horik habe den Bau einer Kirche nicht erlaubt, aber er verbiete den Christen nicht, sich in einem Gebetsraum zum Gottesdienst zu versammeln. Bis zu einem richtigen Priester in einer richtigen Kirche sei es noch ein weiter Weg. Die Christen seien im Handel geschätzte Partner, sie seien ehrlich, jedenfalls meistens, das habe auch Horik begriffen.

Wibert wollte mitkommen, doch Estrid meinte, sie seien einerseits unauffälliger und andererseits bessere Kundschafter, da Frauen bessere Augen hätten, und Arnhild hatte andere Händler auf dem Weg zu den Dänen gesehen, die nicht warten wollten, bis die von selbst kämen. Wibert schärfte ihnen ein, vorsichtig zu sein. Die Männer seien Monate, womöglich Jahre ohne die Gesellschaft von Frauen umhergereist, sie seien wie Tiere und eine unbeschützte Frau sei eine leichte Beute. Obwohl in Haithabu jegliche Gewalt geächtet sei, erklärte er Arnhild, komme es immer wieder zu Übergriffen auf

Mädchen und Frauen, besonders wenn die Kerle zu viel Bier getrunken hätten, und das täten sie stets. Man habe vor Jahren deshalb einmal das Bierbrauen und den Verkauf ganz eingestellt. Dadurch sei es noch schlimmer geworden, da sich die Räuber, die hier als biedere Händler aufträten, an den privaten Vorräten der Bewohner vergriffen hätten und anschließend an den Frauen, jedenfalls dann, wenn nicht genug fahrende Frauen zur Verfügung gestanden hätten.

»Es war schlimm«, sagte Estrid. »Er hat recht.«

Wenn die Küstenräuber ihre Gefangenen auf dem Markt feilböten, sei es vielleicht zu spät, meinte sie und überlegte, wie man Kontakt zu ihnen aufnehmen oder wenigstens erfahren könne, ob sie noch lebten. Sie müssten hin, erklärte Estrid.

Und so waren sie losgegangen, es war nicht weit. Die Wikingfahrer hatten viele Zelte aufgebaut, wofür sie nicht nur die Segel und Masten ihrer Schiffe nutzten, sondern auch andere schafwollene Stoffe und Leder. Die legten sie in Bahnen über Stangen, die in gekreuzten Brettern staken.

»Drachenköpfe!« Arnhild zeigte auf die gekreuzten Bretter und die geschnitzten Drachenköpfe an deren Enden.

»Damit wollen sie böse Geister abwehren. Schau nicht hin, sie sehen gruselig aus.«

Als sie näher kamen, stellte sich ihnen ein bärtiger Mann in zerrissenem Lederzeug in den Weg. Er war schmutzig und stank so durchdringend nach Bock und ranzigem Schweinefett, dass sie die Luft anhielten.

Er sprach sie an, Arnhild verstand ihn nicht, wohl aber seine gierigen Blicke, die sie von Kopf bis Fuß musterten und an ihren Brusttüchern hängen blieben. Dazu grinste er und entblößte seine verfaulten Zähne.

Als er seine ungewaschenen Hände nach Arnhild ausstreckte, brach Estrid in einen wütenden Redeschwall aus. Der Mann machte seinen Mund zu und bedeutete durch Zeichen, sie möchten stehen bleiben, und verschwand.

»Was hast du ihm gesagt?« Arnhild zitterte.

»Dass er sich waschen soll, bevor er sich einer ehrenhaften Frau nähert.« Estrid lachte. »Dass er nicht so viel reden und am besten seinen Mund gar nicht öffnen soll. Und dass er nicht richtig gucken kann, schließlich tragen wir keine roten Mützen oder Tücher.« Eine Frau, die sich gegen Bezahlung den Männern hingab, pflegte sich so kenntlich zu machen.

»Ich habe Angst vor ihnen«, flüsterte Arnhild.

»Und ich habe hinter unserem Verkaufsstand gelernt, wie man mit diesen Kerlen umgeht. Sie können es nicht vertragen, wenn sich eine Frau nicht einschüchtern lässt.«

»Siehst du sie?«, fragte Arnhild leise. »Da, neben dem großen Zelt und dem kleineren rechts daneben, unter dem Leder, das aufgespannt ist, dort sitzen sie alle.«

Ja, dort saßen sie. Ein Haufen eng aneinandergedrängter Menschen mit gefesselten Händen und Füßen, Rücken an Rücken, ihre Köpfe hingen.

»Er ist dabei!«, rief Arnhild leise. »Christopherus! Der Große dort, der mit dem erhobenen Haupt, um ihn herum die geraubten Kinder. Wir müssen ihnen helfen!«

»Und wie?«

Sie wussten, mit Waffen war nichts auszurichten, ihr Gebrauch war untersagt. Wer handeln wollte, durfte nicht als Kriegsmann kommen. Der Marktfriede war Gesetz. Das galt auch für den Sklavenhandel. Nur List würde helfen.

Sie mussten warten.

Eine Handvoll Dänen spielte Ball. Estrid hatte das schon einmal gesehen und erklärte ihrer Schwester die Spielregeln. Jeder hatte einen hölzernen Schlegel in der Hand, mit dem er ein Stoffbündel vor sich hertrieb, von einer Seite zur anderen. Dort stand jeweils ein Pfosten, gegen den der Ball treffen musste. Gelang es, gab es Freudengeschrei bei den einen und enttäuschtes Geheul bei den anderen. Eine Menge Zuschauer stand drum herum, die immer wieder ein lautes »Hú!« ertönen ließen, wobei sie alle zusammen die Hände über den Köpfen zusammenklatschten. »Hæ!«, brüllten die Spieler immer wieder, »Hierher!« oder »Dorthin!«.

»Du Idiot!«, schrie einer. »Bist du blind? Siehst du mich nicht?«

»Schlägst immer daneben!«, rief ein anderer.

»Was sagst du da!«, brüllte ein Dritter zurück.

Und schon schlugen sie anstatt auf den Stoffball auf ihre Köpfe ein, bis einer ohnmächtig in den Matsch stürzte. Worauf zwei weitere den Angreifer schlugen, bis auch der ohnmächtig neben dem anderen lag. Die übrigen Spieler droschen aufeinander ein, zuletzt warfen sich die Zuschauer in den Kampf. Erst ein lauter Befehl von einem der Zelte her machte der Schlägerei ein Ende.

»Männer«, sagte Estrid nur und schnaubte. Sie hatte übersetzt, was sie gehört hatte. »Die meisten sind zu nichts zu gebrauchen. Sie sind wie Kinder. Das Einzige, was sie von ihnen unterscheidet, ist, dass sie immer mit uns …«

»Zum Glück sind nicht alle so«, erwiderte Arnhild.

»Meiner nicht.«

»Meiner auch nicht.«

»Oho!« Estrid stieß Arnhild mit dem Ellenbogen in die Hüfte und lachte. »Bist du etwa rot geworden?«

Da kamen zwei Männer, die keinen besseren Eindruck erweckten als der erste. Sie glotzten wie er und stanken wie er. Immerhin ließen sie ihre Finger bei sich. Estrid sprach mit ihnen und sie durften das Zeltdorf der Dänen betreten. Sie breiteten ihre Waren unter den frechen Blicken der Männer aus, die sich um sie drängten.

»Hab keine Angst«, flüsterte Estrid ihr zu. »Ins Gesicht gucken. Glotz sie an! Sie sind wie Hunde. Sobald sie merken, dass du Angst vor ihnen hast, beißen sie.«

Arnhild verschränkte die Arme vor der Brust und starrte zurück. Zunächst wollte niemand etwas kaufen. Sie befummelten die Keramik, fragten Estrid nach Preisen, handelten, kauften jedoch nichts, bis endlich einer der Männer einen Krug erwarb.

»Hæ«, sprach plötzlich eine herrische Stimme hinter ihnen. »Kennt ihr jemanden, der die Sprache der Sachsen oder Franken spricht?«

»Ich«, antwortete Estrid. »Ich spreche beide Sprachen.«

Der Mann trug einen sämischledernen Umhang, der nicht viele Löcher und einen Biberfellkragen hatte, der ein wenig an Haarausfall litt. Er war über der rechten Schulter mit einer bronzenen Brosche geschlossen. Darauf prangte ein grüner Stein, zum Zeichen seines Reichtums. Weite Leinenhose und lederne Wendeschuhe, die Haare gekürzt, der Bart glänzte schwarz, als wäre er frisch gerußt, und endete unter dem Kinn in einem neckischen Zopf. Er schien Gesicht und Hände gewaschen zu haben.

»Das ist gut«, sagte er. »Wir brauchen einen Sprachmittler. Ich heiße Regnar von Jellinge, ich bin ein Gefolgsmann des Königs Horik und der Herr dieser Männer, die meine *félag* sind. Wir waren lange auf Fahrt und kommen von weit her.«

»Das sieht man«, sagte Estrid. »Ihr macht ja einen anständigen Eindruck, aber Eure Leute brauchen Seife und Wasser. Sie sollen nicht so drängeln und sich weniger prügeln, das wäre gesünder.«

Regnar ließ ein dröhnendes Lachen hören.

»Ihr habt nichts zu befürchten. Es sind schon ein paar fahrende Frauen eingetroffen.« Er wies auf ein geschlossenes Zelt, vor dem an einer Stange ein rotes Tuch hing, und die lärmende Traube Räuber davor. Ein Mann trat heraus. Während er sein Beinkleid sortierte, stieß ein anderer zwei, die vor ihm standen, beiseite und verschwand im Zelt. Die Männer schoben und schlugen einander darum, wer als Nächster hineindurfte. »Es sind nicht genug, wie Ihr seht.« Auf Nordisch brüllte er: »Wenn ich sehe, dass noch einer prügelt, werde ich ihm den Zutritt verbieten!«

Unzufriedenes Gemurmel.

Einer rief: »Die sollen sich beeilen, ich will hier nicht den ganzen Tag stehen!«

Und ein anderer antwortete: »Jeder nur einmal!«

Und ein Dritter: »Du kannst sowieso nicht öfter!«

»Wie können sie diese stinkenden Kerle …?« Arnhild stockte.

»Ihnen bleibt nichts anderes übrig«, antwortete Estrid. »Ich übersetze dir lieber nicht, was sie gerade gesagt haben.«

Die Ankunft der Schiffsleute hatte sich schnell wie der Wind herumgesprochen. Offenbar sehnten sie sich mehr nach Frauen als nach einem Bad und es gab immer Dirnen, die keinen anderen Lebensunterhalt fanden als den, sich selbst zu verkaufen.

Der Anführer blieb in ihrer Nähe. Er erwarb einige besonders schöne Schalen und Töpfe und zahlte einen guten Preis. Andere folgten seinem Beispiel.

Nachdem sich seine Leute zerstreut hatten, sagte er: »Ich will etwas mit Euch besprechen.«

Dann wechselte er in die nordische Sprache und sammelte eine Menge Leute um sich, darunter ein Riese mit lederner Haube, neben dem ein schmaler Junge stand, und ihnen gegenüber ein Mann, der einen Verband über dem linken Auge trug. Der Riese hatte einen rotbraunen Bart, der Junge helle Augen und verbundene Hände, der Einäugige ein grimmig verzogenes Gesicht.

»Leute!«, rief Regnar. »Hört mir zu!«

Alle schwiegen.

»Wie ihr wisst, hat der kleine Stecher hier neben Atli dem Eldar in Stethu ein Auge ausgeschlagen. Und er hat Erlendur, auch er einer unserer besten Kämpfer, erstochen. Ihr wisst, was sich ereignet hat. Atli, unser Bugmann, der stärkste und beste Kämpfer, den wir haben, hat sich für den Stecher verbürgt. Ihr wisst, warum. Ich habe dem Stecher deshalb das Leben gelassen. Doch soll er büßen und mein Sklave sein lebenslang. Vielleicht verkaufe ich ihn auch. Eldar hat Genugtuung verlangt und will mit dem Stecher in den Holmgang. Mein Wort gilt nur so lange, wie Eldar mir dient. Deshalb hat er beschlossen, uns zu verlassen. Er hat ein Recht auf Genugtuung, wenn er nicht mehr zu uns gehört. Der Holmgang soll also stattfinden. Ich selbst will mich nicht einmischen, da es meine Sache nicht ist. Also wird Atli dem Stecher alles Notwendige erklären. Der Stecher ist ein Sachse, er versteht unsere Sprache nicht. Diese Frau hier, die uns ihre Waren verkauft hat, habe ich gefragt, ob sie alles, was nötig ist, dem Stecher übersetzen kann.«

Regnar hielt inne und forderte Estrid auf, alles, was er gesagt hatte, dem Stecher zu übersetzen. Der Kleine hatte blaue Augen und ein altes Gesicht.

»Ich habe angeordnet, dass der Holmgang in drei Tagen stattfinden soll«, fuhr Regnar fort, »einen Tag nach dem Markt, den wir mit unseren Waren eröffnen werden. Es dient Eldars Ehre, dass sich der

Stecher vorbereiten kann. Er ist nicht geübt im Kampf mit Waffen, obwohl er einen Mann getötet hat. Der konnte sich nicht, weil, äh, das spielt hier keine Rolle. Der Stecher ist jünger als Eldar und hat verletzte Hände. Du, Eldar, hast nur ein Auge und bist zwar erfahren im Kampf, jedoch nicht wieder ganz bei Kräften. Das ist gerecht, denn nach Walhall gelangt nur, wer einen ehrenvollen Kampfestod stirbt, nicht wahr, Eldar?«

Der Einäugige griff nach seinem Schwert. »Kommt der Stecher etwa nach Walhall, wenn ich ihn getötet haben werde?«

»Nein, der nicht, er ist keiner von uns. Wäre ja noch schöner. Aber du, wenn du …«

»Kommt gar nicht infrage!«

»Gleichwohl«, sagte Regnar und lachte. »Oder willst du deine Ehre etwa schon verlieren, bevor du stirbst? Äh, womöglich, rein theoretisch.«

»Nein!«

Estrid übersetzte alles.

»Hat irgendeiner von euch einen besseren Vorschlag?«, fragte Regnar herausfordernd in die Runde.

Niemand antwortete.

Damit war die Sache erledigt. Regnar gab Estrid einige Stückchen Hacksilber für ihren Dienst.

Sie verabredete sich mit Atli, dann gingen sie fort. Auf dem Rückweg erklärte Estrid ihrer Schwester, was besprochen worden war.

»Dieser Einäugige, was hältst du von ihm?«, fragte sie.

»Er will Rache«, antwortete Arnhild. »Und der Hellste ist er nicht, scheint mir.«

»Und Regnar?«

»Er lacht zu viel. Gute Laune hat er nicht.«

»Die Sache mit dem Holmgang schmeckt ihm nicht.«

»Der Kleine mit den verbundenen Händen, den sie Stecher genannt haben«, sagte Arnhild, »er hat keine Chance. Und gerecht ist das deswegen kein bisschen.«

32

Mathes begann am Nachmittag, den Schwertkampf zu üben.

Atli hatte ein Schwert besorgt, das nicht zu schwer für Mathes' schwache Arme sein sollte. Danach war er mit ihm in das Dorf der Christen gegangen. Dort waren sie auf Estrid getroffen, die Atlis Unterweisungen übersetzen sollte.

Zuerst sollte Mathes Arnhild alles über die Gefangenen erzählen. Atli würde zwar nichts verstehen, meinte Estrid. Dennoch nötigte sie ihn, Wibert bei der Arbeit zuzusehen, was Atli bereitwillig geschehen ließ.

Erst als sie allein waren und im Dämmerlicht auf der Schlafbank saßen, fragte sie. Wer waren die Opfer? Wie ging es ihnen? Ob es möglich sein würde, einige von ihnen freizukaufen? Würde es den Dänen nicht gleich sein, von wem sie ihr Geld bekämen und ob sie die Gefangenen in Glück oder Unglück schicken würden? Seine Mutter und seine Schwester müssten freigekauft werden, sagte Mathes, und natürlich Irmin. Außerdem die beiden Kinder von dem Hof, dessen Bewohner alle erschlagen worden seien, die unbedingt! Am liebsten alle!

»Und du?«, fragte Arnhild.

Mathes schüttelte den Kopf. »Für mich ist es zu spät.«

Er erzählte alles, was geschehen war, wobei er endlich in Tränen ausbrach, es waren die ersten, die er weinte seit jener Nacht, als Atli den friesischen Bauern ermordet hatte; er zuckte mit den Schultern, zwang sich, leise zu weinen, damit Atli ihn nicht hörte, und berichtete unter Schluchzen und Stocken.

»Du Armer!« Estrid umarmte ihn, versuchte, ihn zu trösten.

Mit zitternden Händen wischte er sich Tränen und Rotz aus dem Gesicht, sank auf die Schlafbank, rollte sich zusammen und weinte in das Stroh und die Felle. Er schniefte und wiederholte, Irmin solle freikommen, unbedingt Irmin und die Mutter, die Schwester …

Jaja, sagte Arnhild, sie würden es versuchen.

»Du kannst es schaffen.« Estrid strich ihm über das Haar. »Und dann wirst du leben!«

Mathes richtete sich auf und ließ den Kopf hängen.

»Es ist egal.« Wenn er in drei Tagen noch lebe, sagte er weinend, müsse er den Rest seines Lebens Regnar dienen. »Das ist kein Leben. Ich will nicht mehr leben.« Regnar sei ein Mann, der nur Härte und Grausamkeit kenne, der habe dort, wo andere Leute ein Herz hätten, einen kalten Stein oder einen Beutel mit Silber, er glaube nicht, dass der ihn, Mathes, irgendwann freigebe. Er werde Sklave sein, für immer. Vielleicht eines Tages … Nein, Unsinn, er werde sterben. Sterben sei ganz leicht, er sei ja schon einmal fast gestorben. Und er weinte wieder. »Was habe ich getan, dass ich sterben muss?«

Irgendwann hatte er alle Tränen geweint, die in ihm waren.

Zu dritt verließen sie das Dorf Richtung Osten. Sie durchquerten die Felder und Weiden, ließen sie hinter sich und kamen zum Schattenrand des Buchenwalds, gingen hinein und folgten den Spuren der Tiere. Die Regenwolken hatten sich verzogen, die Sonne ließ Nebel aufsteigen, im Wald war es kühl. Mathes fror, er zitterte. Auf einer Lichtung machten sie halt. Sie waren allein. Niemand war ihnen gefolgt. Es war still, bis auf das hässliche Kreischen eines Eichelhähers und das Grunzen einiger Schweine auf der Suche nach vorjährigen Eicheln.

Regnar hatte Mathes mit dem ersten Hahnenschrei einbestellt, nachdem er tags zuvor mit Atli gesprochen hatte, und erklärt, was ihm bevorstehe. Ein Kampf um Leben und Tod. »Einer von euch wird den Holmplatz als Toter verlassen!« Das Todesurteil.

Als Regnar gesprochen hatte, blieb Mathes schweigend auf dem Stuhl sitzen, den Blick gesenkt. Sein Herz stand still. Er versuchte aufzustehen, er wollte fort, weg von diesem herzlosen Räuber und seinen verruchten Kumpanen. Der Schwindel ließ ihn zurücksinken. Der Wut des Einäugigen war er nicht gewachsen. Er würde sterben. Der Däne war zwar nicht groß und nur zwei oder drei Jahre älter als Mathes selbst. Doch hatte er schon viele Kämpfe bestanden und auf der Hammaburg gezeigt, wie er mit einer einzigen geschmeidigen

Bewegung morden konnte. Wie sollte Mathes den Kampf überleben, er, der nie ein Schwert in der Hand gehabt hatte? Nur wenige Schritte und er würde fallen.

Noch drei Tage. Er konnte nicht denken.

Regnar schärfte ihm ein, dass seine Mutter und seine Schwester das Pfand seien. Wenn er fliehen würde, müssten sie sterben.

»Ich weiß«, hatte Mathes geantwortet, obwohl er daran zweifelte. Es machte keinen Unterschied. Regnar würde sie womöglich verkaufen und er, Mathes, würde sie nicht retten können. Ach nein, er würde ja sterben.

Atli lehrte Mathes den Schwertkampf. Wie man sein Gleichgewicht hält, auf schulterbreiten Beinen steht, mit den Füßen gleitet und nicht schreitet, sich gerade hält, Ellenbogen am Körper, Brust raus, nie die Seite zeigt, schon gar nicht den Rücken. Das Schwert vor dem Körper, immer. Mathes mühte sich, es ihm gleichzutun. Atli forderte ihn auf, Streiche zu führen, die er mit seinem eigenen Schwert parierte, und zeigte ihm, wie man ausweicht, antäuscht und sticht oder dem Gegner ein Bein stellt. Er ließ ihn den horizontalen Schlag üben, der auf die Hüfte des Gegners zielt, und veranschaulichte ihm, wie man ihn mit der schmalen Seite des Schwerts abwehrt, jetzt mit gestreckten Armen, wie man einen Streich gegen die Schulter führt und dass man ihn abwehrt mit hohem Schwert und – immer! – vor dem Körper, damit die Klinge des Gegners bis auf die Parierstange abgleiten kann und der eigene Kopf nicht getroffen wird. Er zeigte Mathes die einhändige Ochsparade und die Zwergparade und die Eberparade und die Dachparade und die zweihändigen Schläge und Paraden, sie fochten hin und her und kreuz und quer, bis Mathes die Knie zitterten, ihm der Schweiß vom Kopf tropfte und sich sein Verband rot färbte. Rot.

Die Wunden waren wieder aufgebrochen.

Mathes stand gebeugt, seine Brust ging wie ein Blasebalg. Er starrte seine Hände an. Mit einem Ruck richtete er sich auf, holte aus und schleuderte das Schwert fort.

»Ich kann das nicht«, sagte er. »Sieh meine Hände. Ich kann das nicht!«

»Doch«, widersprach Atli. »Du kannst es. Wir haben noch viel Zeit.«

Mathes lachte. Es klang wie das hässliche Lachen Regnars, es gehörte nicht zu ihm. »Ich will kein Schwert. Ich hasse Schwerter! Ich bin kein Krieger. Ich bin kein Räuber. Ich will nicht morden. Ich will kein Däne werden! Ich will nicht!«

»Was willst du dann?«

»Ich will gar nichts mehr! Ich will nicht mehr üben!«

»Dann müssen wir gehen«, sagte Atli. »Du machst mich traurig.«

»Na und?«, flüsterte Mathes. »Was geht es dich an?« Und: »Warum hast du die Bauern ermordet?«

»Weil …« Atli verstummte. Sein Gesicht zerbrach, als wollte er weinen. »Weil … ich …«

»Weil du …?«

Atli wandte sich ab. Seine Schulterberge, sie zuckten. Langsam drehte er sich wieder um.

»*Mitt líf er þitt líf*«, flüsterte er.

»Mein Leben ist dein Leben«, übersetzte Estrid. Mathes hatte schon verstanden.

»Wir müssen das Schwert zurückbringen«, murmelte Atli. »Wenn du nicht willst … Da!«, rief er und zeigte auf den morschen Baum, der viele Löcher hatte, die Spechte, Ameisen und Käfer gemacht hatten. Darin steckte das Schwert, drei Fuß über dem Boden. Es war tief eingedrungen und stand waagerecht. Es sah aus, als läge es auf dem Gebüsch.

»Wie hast du das angestellt?«, fragte Atli.

Mathes setzte sich ins Kraut und schlang die Arme um die Knie.

»Was ist?«, fragte Atli.

Sie warteten, bis Mathes aufstand. Er ging hin, zog das Schwert aus dem Baum und gab es Atli, als wäre es eine Gabe. Er setzte sich wieder. »Ich bin kein Schwertmann und ich werde niemals einer sein. Das schwöre ich!«

»Gehen wir«, schlug Atli vor.

Mathes blieb sitzen.

»Komm!«, verlangte Atli. »Was sollen wir hier herumstehen?«

»Kann ich andere Waffen verlangen?«, fragte Mathes.

»An welche Waffe denkst du?«, fragte Atli.

»*Hnívur.*« Das Wort hatte Mathes gelernt.

»Hast du etwa ein Messer?«

»Nein. Ich hatte nur die Werkzeuge meines Vaters. Und sonst …
und sonst … nichts.«

»So. Und der Einäugige soll auch mit dem Messer kämpfen?«

»Von mir aus soll er sein Schwert behalten. Ich will kein Schwert.
Ich kann das nicht und ich will es nicht!«

»Schwert gegen Messer? Hast du sie noch alle? Er macht Lamm-
karree aus dir!«

»Jedenfalls will ich ein Messer«, sagte Mathes. »Und damit üben.
Allein.«

»Und was für ein Messer?«

»Gibt es einen Messerschmied in Haithabu?«, fragte Mathes.

»Ja«, sagte Estrid. »Natürlich. Wir haben einen Waffenschmied,
der auch Messer macht.«

»Gehen wir hin!«

Atli protestierte, er wollte die Übungen fortsetzen. Mathes sei
ein schlauer Kerl, er lerne in kurzer Zeit, meinte er. Ein Messer, das
sei Selbstmord.

Mathes schüttelte entschlossen den Kopf und sah sich im Wald
um. »Dort liegt eine Buche. Mit dem Messer werde ich mir einen
Knüppel schneiden. Er soll nicht länger sein als Eldars Schwert,
am besten genau so lang. Damit werde ich kämpfen und mit einem
Messer. Sag ihm das! Es schadet nicht, wenn du ein wenig über mich
lästerst, dass ich ein Schwächling bin und ein Schwert zu schwer für
mich ist.«

Atli nickte. »Hm.«

Sie kehrten um, Atli als Letzter, Mathes mit gesenktem Kopf.

»Warum mit einem Messer?«, fragte Estrid leise.

Mathes antwortete nicht. Er wollte keine Worte mehr. Er hörte
nach den Lerchen, die hoch oben unter dem blauen Himmel schwirrten und ihre endlosen Lieder sangen, als wäre es der schönste Tag,
er sah die Schafe und Kühe auf den Weiden, die gemächlich Gras

fraßen, und er sah hinüber zu den Bauern, die ihre Zäune mit neuen Stangenhölzern flickten und den Acker für die Aussaaten bereiteten, mit Hacken und Harken und einem merkwürdigen Pflug, der die Erde umdrehte, einem Gerät, das es auf der Hammaburg noch nicht gab und von zwei Ochsen gezogen wurde, und er sah die Sonne, die ihren Tagesbogen bald beendet hatte.

Ich muss es versuchen, dachte Mathes. Wenn ich sowieso sterben muss, kann ich es wenigstens versuchen. Vater hat gesagt, man muss alles versuchen, selbst wenn man nicht weiß, ob man es schafft. Macht man immer nur das, von dem man weiß, dass man es kann, lernt man nichts dazu. Dann bleibt alles, wie es ist. Atli kann mir nicht helfen. Er ist nicht viel besser als die anderen, er ist auch nur ein erbarmungsloser Räuber. Was nützt es, dass er zu den Kindern freundlich ist und sie die Sprache der Räuber lehrt?

Als sie am Haus des Töpfers angekommen waren, erklärte Mathes, er wolle erst am Abend zum Waffenschmied gehen.

»Ich kaufe es«, erklärte Estrid. »Und nun essen wir.«

»Du verlierst wichtige Zeit«, wandte Atli ein. »Ich werde es kaufen.«

»Bringe mir lieber deine Sprache bei«, erwiderte Mathes. »Ich will gleich anfangen. Estrid soll helfen. Niemand sonst soll dabei sein.«

Sie setzten sich zu dritt auf die Schlafbank.

»Frag ihn, was Arschloch heißt.«

Drei Tage bis zum Tod können sehr lang sein.

33

Arnhild hatte die Zeit genutzt.

Alles Volk war auf der Schifflände, wo auch Wibert seinen Stand aufgebaut hatte. Der Sklavenhandel begann.

Um möglichst viele Sklaven freikaufen zu können, hatte Arnhild unter den Christen Silber sammeln wollen. Das redete Wibert ihr sogleich aus, denn die meisten Christen waren Handwerker wie er, sie waren nicht reich. Sie mussten kaufen, was sie nicht erzeugen konnten, sie hatten, anders als die Handwerker der Hammaburg und Esesfelth, kein oder wenig Land, manche nur einen kleinen Garten, in dem sie Hühner, eine Ziege oder ein Schwein hielten.

»Wir können keine Sklaven freikaufen«, sagte er. »Hier werden fast jeden Tag welche verkauft. Wir müssen uns selbst erhalten.« Er könne die Preise nicht bestimmen, seine Töpfe, Schalen und Krüge müssten billiger sein als die Waren, die aus Dorestad und Jomsborg eingeführt würden.

Haithabu war nicht so reich wie die Städte der Franken im Süden.

Der größte Umsatz wurde mit den Sklaven gemacht. Sklaven wurden nicht nur an die Dänen und Jüten verkauft, sondern auch weit nach Norden und in den Osten. Arnhild hatte sich nach den Preisen erkundigt. Eine junge Frau oder ein gesunder junger Mann kosteten so viel wie zwei Kühe oder zwei Drittel eines Pferdes. Kinder, die für schwere Arbeiten zu jung waren, oder ältere Frauen und Männer, die nicht mehr so lange leben würden, waren billiger. Am meisten Silber zahlten die Muselmanen für blonde Frauen. Die gab es bei ihnen zu Hause nicht, sie fanden sie deshalb am schönsten und begehrten sie vor allen anderen. Sie durften mehrere Frauen haben, die Scheichs noch mehr, und sie liebten füllige Frauen. In Haithabu waren die meisten mager oder gar ausgezehrt von den Strapazen ihres Schicksals, doch die Scheichs würden sie mästen, wenn sie sie erst zu Hause hätten.

Man könne nur darauf hoffen, dass sich die Dänen bekehren

ließen, meinte Wibert, dann würde der Sklavenhandel von allein aufhören.

Ob Haithabu ohne Sklaven noch eine Handelsstadt sein würde, fragte Arnhild. Und ob sich die Christen wirklich an ihre Gebote halten würden?

»Ich weiß es nicht«, antwortete Wibert. »Jedenfalls wäre die Welt bestimmt besser.«

Ihr Silber, hatte Arnhild eingesehen, würde nur für wenige Menschen reichen. Sie musste auskommen mit dem, was Graf Egbert ihr mitgegeben hatte. Er hatte ihr auferlegt, unbedingt den Mann freizukaufen, den er zum Markt nach Stethu geschickt hatte. Er war nicht zurückgekehrt und befand sich unter den Geraubten, wie Mathes herausgefunden hatte. Arnhild vermutete, dass der Mann das Opfer der gräflichen Weinsucht war und in Stethu Frankenwein für Egbert hatte kaufen sollen. Den anderen Männern, die von Esesfeld dorthin gefahren waren, war ein glücklicheres Schicksal beschieden. Sie waren alle zurückgekehrt.

Mit Keela hatte sie die Stadt erkundet. Die Wege waren schmal, man musste hintereinandergehen und sich an Hauswände und Zäune drücken oder an der Ecke warten, kam jemand entgegen. Es waren eine Menge Leute unterwegs, niemand hatte leere Hände. Es roch nach Verwesung und Fäkalien, für Abfallgruben war kein Platz, Unrat stapelte sich neben den Wänden. Überall scharrten Hühner in Matsch und Unflat und die Schweine lagen eingepfercht im Schlamm der Gärten. In jedem Haus schien eine Werkstatt zu sein, denn aus jedem drang Klappern, Raspeln, Sägen oder Hämmern. Es gab Kammmacher, Hornschnitzer, Zimmereien und Gerber, Glasperlengießer und Schmuckmacher und Bronzegießer, überhaupt viel mehr Handwerker als in Esesfeld oder auf der Hammaburg. Wibert hatte recht, wer den ganzen Tag in der Werkstatt arbeiten musste, dem fehlte die Zeit, aufs Feld zu gehen, auch wenn er eines besessen hätte. Sie waren auf die Erzeugnisse der Bauern in der Umgebung angewiesen.

Menschen aus vielen Völkern lebten in Haithabu, Dänen, Jüten, Friesen, Sachsen, Franken, Angeln. Viele stammten wie Wibert von noch weiter her. Arnhild und Keela hörten viele fremde Sprachen. Wibert sagte stolz, er könne sie alle verstehen, für einen Handelsmann sei das wichtig. Seine bajuwarische Muttersprache, er lachte, die habe er schon fast vergessen.

Wibert hatte versucht, Christopherus freizukaufen, noch bevor die Sklaven auf die Schifflände gebracht worden waren. Er hatte das Lager der Dänen aufgesucht und zum Schein nach Arbeitskräften gefragt. Doch Regnar wollte den Mann nicht verkaufen, er werde ihn behalten und mitnehmen nach Jellinge. Im Übrigen möge der Herr warten, bis der Sklavenmarkt stattfinde. Außerdem sei Christopherus ein nichtsnutziger Mönch, einer, der nur Beten gelernt habe, keine Arbeit gewohnt und nicht viel wert sei. Nur seine Knie seien hart. Mathes hatte berichtet, Christopherus wolle, solange es möglich sei, den Kindern beistehen und sie nicht alleinlassen, und wenn es nur wenige Tage seien.

Mathes durfte frei umherziehen, seine Mutter und seine Schwester waren die Kette, an die er gebunden war. Estrid hatte ihn vorgestern, am Abend nach den Übungen mit dem Schwert, zum Waffenschmied gebracht, dessen Werkstatt sich der Brandgefahr wegen dicht am Oberlauf des Bachs im Westen von Haithabu befand, zwanzig Schritte abgerückt von den anderen Häusern. Arnhild war mitgekommen.

Der rußschwarze Mann, ein Friese, stand noch in seiner Werkstatt, im letzten Dämmerlicht und beim unsteten Schein eines Kienspans über ein Eisen gebeugt, das er rot glühend aus den Kohlen gezogen hatte, mit einer Zange auf einem Eichenklotz hielt und auf das er unter fortwährender Drehung mit einem Hammer einschlug. Es sah aus wie ein Spieß. Der kahle Schädel des Schmieds glänzte, die Muskeln an seinen nackten Armen zuckten bei jedem Schlag wie dicke Ratten. An den Wänden hingen Krieg und Frieden. Spieße, Saxe, sogar ein Schwert, eiserne Spitzen für Hakenpflüge, Hacken und Schaufeln. Sie sprachen Fränkisch.

»Was wollt ihr so spät? Ich habe wenig Zeit, die Schiffsleute wollen ihre Waffen …«

»Nur ein Messer«, unterbrach Mathes ihn. »Eines, das …« Er warf einen Seitenblick auf Arnhild und Estrid und verstummte.

»So?«, sagte der Schmied mit rostiger Stimme. Seine Augen rollten weiß im Halbdunkel. »Kannst du überhaupt ein Messer halten?«
Er deutete auf Mathes' Hände.

»Feuer«, sagte Mathes. »Ein Feuer war das.«

»Sieh«, sagte der Schmied und zeigte seine Arme vor, die übersät waren mit frischen und alten Brandwunden.

»Ihr könnt schmieden und ich kann ein Messer führen.«

»Du bist ein vorwitziger Junge. Wozu brauchst du es denn?«

»Ich …«

Er schickte Arnhild und Estrid fort. »Lasst mich allein.«

Am nächsten Morgen sagte Mathes, er gehe in den Wald, und war fort. Was er dort tat, wusste niemand, er blieb wortkarg und verschlossen.

Im Haus des Töpfers bekam der Junge Essen und Trinken. Erst als die Sonne im siebten Strich stand, traf Atli ein und gleich verschwand Mathes mit ihm und Estrid bis spät in die Nacht. Er wolle die Sprache der Nordleute lernen, mehr erfuhr Arnhild nicht. Nicht einmal Estrid durfte ihr etwas verraten.

»Er benimmt sich wie ein Mann.« Arnhild schüttelte den Kopf. »Dabei hat er noch gar keinen Bart.«

Am Morgen hatten die Dänen ihre Waren auf die Schifflände geschafft. Es war eine Menge Zeug, das sie zusammengeraubt hatten. Man sah, dass sie vor allem Kirchen- und Klosterräuber waren und alles mitgenommen hatten, was sie an Wänden, in Nischen, Mausoleen, Gräbern, Krypten und Schatzkammern hatten finden können. Es gab Altartücher aus Seide mit kostbaren Stickereien, bronzene, silberne und goldene Kerzenhalter, Kerzen aller Art, manche dick wie Arme, manche halb abgebrannt, Marienfiguren, geschnitzt aus Alabaster, Jesusfiguren, Jesus als Kreuzträger, Jesus gegeißelt und auferstanden, Jesus mit und ohne Kreuzmale, Jesus als Hirte, Jesus mit einem Schaf auf dem Arm, Jesus mit und ohne Dornenkrone, Jesus als Kind auf dem Arm der Gottesmutter Maria, Kreuze mit zerrissenen Halsketten. Sie hatten alles geraubt, was sich tragen ließ, worin Kunst und Können, Andacht und Mühsal und kostbares Metall steckte, Taufbecken, Reliquienschreine aus purem Gold, liturgische Gewänder, goldene und edelsteinbesetzte Kronen, die einst reiche Spender den Kirchen geschenkt hatten, um mit dieser guten Tat ihr ewiges Seelenheil zu erlangen, Monstranzen aus Gold und Edelsteinen und Tabernakel, in denen keine geweihten Hostien mehr lagen. Als Arnhild all diese Heiligtümer sah, machte sie unwillkürlich eine Kniebeuge und faltete die Hände. An jedem der Stücke klebte Blut, besonders an den Stoffen, schreckliche braune Flecke auf den Skapulieren und Talaren ermordeter Mönche.

Die Gefangenen waren zum Verkauf hergerichtet worden wie Vieh. Man hatte sie gewaschen, ihre Kleider waren geflickt und gereinigt, wo nötig hatten sie neue erhalten. Die Frauen mussten ihre Haare zur Schau tragen. Mathes war nicht dabei, denn morgen sollte der Holmgang stattfinden.

Es hatte sich herumgesprochen, dass die Dänen neue Sklaven gebracht hatten. Es war eine Menge Volk gekommen, um sich das Schauspiel und die fremden Kaufleute, den Scheich und seinen schwarzen Diener anzusehen. Viele Boote und Einbäume schaukelten an der Schifflände. Ein Knörr war aus dem Norden eingetroffen, es hatte hauptsächlich Trockenfisch an Bord, der zum Verkauf angeboten wurde, aber auch Felle, Stricke aus Seehundfell, Geweihe von Ren und Elch, mit denen sich die Hornschnitzer versorgten.

Der Scheich wohnte in einem großen Zelt abseits der Häuser, das, wie überall erzählt wurde, mit kostbaren Teppichen ausgelegt war. An Silber hatte er nicht gespart. Sein Stab hatte einen silbernen Handgriff. Darauf gestützt, ging der weißbärtige Mann langsamen Schrittes um die Sklaven herum. Seine Hose war mit silbernen Fäden durchwirkt. Sie war weit und gelbseiden, hing ihm am Hintern herunter und war über den Fersen zusammengebunden. Unter einer breiten blauen Schärpe, die wohl sein Gürtel war, trug er einen krummen Dolch in silberner Scheide. Samuel von Nubien folgte ihm. Er lächelte nicht. Nur einmal, als er Arnhilds Blick begegnete, zwinkerte er ihr zu und seine Augen blitzten.

Der Scheich sah sich jeden Sklaven genau an, die Frauen hieß er aufstehen und studierte ihre Figur, einige bestrich er gar, da half kein Zurückweichen. Mathes' Mutter musste den Mund öffnen, weil er ihre Zähne prüfen wollte. Sie tat es erst, als er seinen Dolch gezogen hatte und ihr an die Kehle hielt. Er nickte zufrieden und legte der zitternden Frau seine faltige Hand aufs Haar, als wollte er nicht glauben, dass es echt war. Regnar war an seiner Seite, ein braunhäutiger Mann übersetzte, was zwischen ihnen besprochen wurde.

Während Arnhild, ihren Korb unter dem Arm, in der Menge der Schaulustigen stehen blieb, umkreiste Wibert die Gefangenen.

»*Hæ!*«, rief er, indem er Regnar nachmachte, um auf sich aufmerksam zu machen. »Ich brauche eine tüchtige Hilfe für meinen Haushalt. Das Mädchen dort, ich biete ein Drittel Pfund Silber.« Er zeigte auf Irmin, die neben Mathes' Mutter und Magdalena saß. Mathes hatte sie allen beschrieben.

Samuel flüsterte mit dem Scheich.

»Seid Ihr der Töpfer?«, fragte Regnar. Er hatte Arnhild in der Menschenmenge erkannt und war nicht dumm.

»Ja, das bin ich. Und einen Mann brauche ich für meine Werkstatt. Den da!« Er zeigte auf den Sendboten des Grafen Egbert. Arnhild hatte ihm den Mann beschrieben, nicht mehr jung, mit schmalem Gesicht und kühner Nase, der zum Zeichen die Kette, an die er gefesselt war, mit beiden Händen vor der Brust hielt, wie Mathes es ihm ausgerichtet hatte. »Ich biete ein Pfund für beide.«

»Ich dachte, Ihr seid ein Christ, wie mir berichtet wurde. Seit wann kaufen Christen Sklaven?«

»Ich will sie freikaufen, sie werden sicher bereit sein, hier zu arbeiten, anstatt in fremde Länder gebracht zu werden«, antwortete Wibert. »Ich denke, es ist Euer Vorteil, da Ihr sie nicht weiter füttern müsst.«

Arnhild glaubte den heftigen Schlag ihres Herzens zu hören. Regnar war ein harter Mann, dem das Schicksal seiner Gefangenen gleich war. Ihm lag nur daran, einen hohen Preis zu erzielen und zugleich möglichst viele der Gefangenen in Haithabu loszuschlagen. Der Däne und der Scheich steckten die Köpfe zusammen. Der Übersetzer flüsterte, sie konnte nichts verstehen.

Plötzlich trat ein anderer Mann vor. »Ich biete ein Pfund zwanzig für beide!«

Arnhild erschrak. Ein Wettbieten! Sollte es so weitergehen, würde das Silber nicht reichen.

Bevor Regnar reagieren konnte, rief ein Dritter von der anderen Seite her: »Fünfundzwanzig!«

Der Übersetzer flüsterte dem Scheich etwas ins Ohr. Die Schaulustigen waren verstummt. Es war still, nicht einmal die Ketten der Gefangenen klirrten.

»Wer bietet mehr?«, rief Regnar in die Menge.

Er wartete, Arnhild hielt den Atem an.

Niemand bot mehr. Nun war es am Scheich, dem Übersetzer etwas ins Ohr zu flüstern. Der sagte es Regnar, so leise, dass keiner es hören konnte.

»Ich biete ein Pfund sechzig, wenn Ihr mir auch die beiden Kinder dort gebt!«, rief Wibert und zeigte auf das Mädchen und den Jungen. Sie saßen neben Irmin und mussten die Kinder vom Gehöft der Friesen sein, das die Schiffsmänner überfallen hatten. Sie waren die Jüngsten und würden zunächst mehr kosten als einbringen.

»So sei es!«, sagte Regnar. »Gebt mir das Silber und nehmt sie mit.«

Wibert hielt schon den Beutel in der Hand, den Arnhild ihm gegeben hatte, und schüttete das Hacksilber sowie einige Münzen auf einen Tisch. Regnar zog eine bronzene Klappwaage aus einem Kästchen hervor, kaum größer als seine Hand, und Wiegewürfel. Wibert prüfte die Prägung der Würfel und legte sie in die eine und das Silber in die andere Schale, nach und nach, bis das vereinbarte Gewicht erreicht war und die schwankende Nadel gerade stand. Regnar nahm ein größeres Stück Silber und machte den Mund auf, klappte ihn gleich wieder zu und reichte das Stück seinem Kumpan neben ihm. Arnhild erkannte, dass es der Zahnlose war, der sie im Lager der Dänen empfangen hatte und heute ebenso lumpig und ungewaschen war. Der reichte das Stück an den nächsten Mann.

235

Dieser schien taugliche Zähne zu haben, er biss endlich in das Silber, nickte ausgiebig und gab es zurück. Es dauerte eine Weile, bis der Däne mit der Prüfung des Silbers fertig war.

Arnhild atmete auf. Sie hatte ihren Auftrag erfüllt und den Sachsen aus Esesfelth befreit. Und Irmin. Das würde Mathes glücklich machen. Und zwei Kinder dazu. Doch weder Mutter noch Schwester. Die gehörten dem Scheich. Es war noch ein wenig Silber übrig geblieben.

Wibert brach sogleich mit Irmin, dem befreiten Mann und den Kindern zu seinem Haus auf, während Arnhild zurückblieb. Irmin umarmte Mathes' Mutter und beide weinten. Die Kinder folgten Irmin schweigend und mit großen Augen. Auch die anderen Sklaven wurden verkauft, die meisten an den Scheich, bis auf Christopherus, zwei Männer, die nicht mehr jung waren, und zwei Kinder. Regnar konnte sich über gute Geschäfte freuen.

Die Gaffer zerstreuten sich. Als Arnhild gehen wollte, traf ihr Blick den des schwarzen Mannes. Samuel von Nubien lächelte und Arnhild hatte eine Idee.

34

Sie saßen im Wohnhaus des Bischofs Leuderich von Bremen, Ansgar von Hammaburg, Erzbischof Ebo von Reims und Leuderich.

Der dicke Leuderich hustete.

»Ach«, stöhnte er, sah sich den Auswurf in seiner Hand an und versank in sich selbst. »Mit mir ist nicht mehr viel los. Ich fürchte, meine Tage sind gezählt.«

Ansgar beugte sich vor und tätschelte Leuderichs Schulter. »Sorgt Euch nicht, verehrter Kollege. Der Herr bestimmt über unser Schicksal und wenn Ihr in die Ewigkeit eingeht, werdet Ihr einen Platz in seiner Nähe einnehmen. Dann werdet Ihr aller Bürde und Last enthoben sein.«

Leuderich, dachte Ansgar, er ist, wie er ist. Wer das Leben auf Erden zu sehr genießt, der graut sich vor dem Tod, und wer im Unglück lebt, der sehnt sich nach der Erlösung von den irdischen Übeln. Der Mittelweg. Wer kennt den Mittelweg? Leuderich war Diakon unter seinem Vorgänger Bischof Willerich von Bremen gewesen und ihm vor acht Jahren, nach dessen Tod, auf den Bischofsstuhl gefolgt.

Der Erzbischof sagte nichts und so schwiegen sie in Eintracht.

Ebo hatte sich sogleich auf den besten Stuhl gesetzt, der ein wenig breiter, höher und kostbarer war als die der anderen und zudem mit einem Kissen versehen. Der Stuhl stand ihm durchaus zu, war er doch der Ranghöchste der drei und bereits ein Greis. Dennoch hätte er höflicher sein können, bescheidener. Schräges Sonnenlicht fiel durch das Windauge auf den Erzbischof. Er spielte mit seinem Stab, drehte und wendete ihn und betrachtete die Reflexion des Lichts auf dem Bernstein, der in den Knauf gearbeitet war. Die Sonne schien den Raum zu wärmen. Der Ofen war kalt. Die Wände waren noch kälter. Man hatte die Blasenhäute abgenommen und behalf sich des Nachts mit Leinentüchern.

Vom Papst seinerzeit dazu beauftragt, hatte Ebo von Reims die Mission der Dänen begründet. Willerich und Leuderich waren mit ihm vor über zwanzig Jahren nach Dänemark gereist, drei Jahre bevor er, Ansgar, selbst dorthin gegangen war, um das begonnene Werk fortzusetzen, womöglich zu vollenden. Damals, als Harald Klak mit Horik um die Herrschaft des Landes stritt, bot das Frankenland ihm die Hilfe der Christen an, natürlich mit dem Hintergedanken, Harald Klak zum Vasallen zu machen und sein Reich dem der Franken zu verbrüdern, wobei Klak selbstredend der kleine Bruder werden sollte. Was bekanntlich schiefgegangen war, denn kaum dass sich Harald in Mainz hatte taufen lassen und zurückgekehrt war, wurde er aus seinem Land vertrieben und musste Zuflucht bei den Friesen in Rüstringen suchen, einer Provinz westlich der Weser, die ihm vorsorglich als Lehen und Zuflucht gegeben worden war. Ansgar hatte ihn von Mainz zurück nach Dänemark begleitet und musste mit seinen Leuten Hals über Kopf fliehen, froh, mit dem Leben davongekommen zu sein.

Ebo von Reims war auf dem Weg zu seinem Kloster Welanao in Bremen eingekehrt. So saß Ansgar mit zwei Kirchenleuten, die große Erfahrungen mit den Heiden gesammelt hatten, eine glückliche Fügung, die seinen Plänen nur nützlich sein konnte.

Einerseits.

Andererseits fühlte Ansgar in der Gegenwart der beiden eine große Einsamkeit, wie er sie auf der Hammaburg nicht gekannt hatte. Dort hatte er sich den Seinen nah gefühlt, obwohl sie nicht seines geistlichen Standes waren, und selbst Christopherus, diesem Schlingel, hatte er sich stets brüderlich verbunden gefühlt, vielleicht gerade weil er ein Schlingel war, vor allem aber, weil er nicht so tat, als wäre er ohne Fehl.

Leuderich war einer, der gern Fleisch aß und nicht davor zurückschreckte, sich am Messwein zu vergreifen, am Blut Christi also, wenn er die Biervorräte ausgetrunken hatte. Und Ebo von Reims war nicht nur ein tüchtiger Missionar, sondern leider auch ein eitler Mensch, vermutlich wegen seiner niederen Herkunft. Als Sohn eines Leibeigenen hätte er es nie zum Erzbischof bringen können, wäre er nicht ein Milchbruder Ludwigs des Frommen gewesen. Er hatte ein Evangeliar anfertigen lassen, das mit einer Lobschrift auf ihn selbst begann, unglaublich. Ebo war mit der Nordmission beauftragt worden und hatte einen seiner Bischöfe veranlasst, ein Buch der Buße zu verfassen, das dem Durcheinander der sich widersprechenden Anweisungen keltischer Mönche ein Ende bereitete. Das Werk war aller Ehren wert, das musste man anerkennen.

Ebo litt an Hochmut, während Leuderich der Völlerei frönte, der Maßlosigkeit, beide waren sie einer der sieben Todsünden in den Rachen gefallen. Unvollkommen ist der Mensch! Und er selbst, Ansgar? Man kehre vor seiner eigenen Tür. Der Balken und der Splitter! Er lebte zwar asketisch und hatte sich einen Eid auf ein Leben im Dienste des Herrn geschworen, doch führte er einen täglichen Kampf gegen seine verdammte Flucherei. Verbaler Unflat und Obszönität steckten in seiner Kehle, krochen ihm auf die Zunge und klemmten sich zwischen die Zähne, Gedanken der Unzucht verstopften seinen Kopf. Das Schlimmste daran war, dass er stets versuchte, den Schweinereien mit Flüchen beizukommen.

»Verflu…« Schnell packte Ansgar den Krug mit Willehads leiblichen Resten und schob ihn ein wenig näher an seinen Stuhl, damit die Reliquie mäßigend auf ihn einwirkte. »Verdammnis!«, sagte er. »Sie komme über die Heiden!« Er erläuterte seine Pläne und berichtete vom Überfall der Schiffsräuber auf die Hammaburg, wobei er nichts von dem ausließ, was er gesehen hatte.

»Da kann ich wohl froh sein, dass ich ihnen nicht vor den Bug gekommen bin!«, rief Ebo. »Dem Herrn sei es gedankt!«

»Amen«, ergänzte Ansgar. »Wenn wir den Norden nicht bekehren, werden wir niemals sicher sein vor den Überfällen dieser Heiden, die vom Teufel besessen sind in ihrer Grausamkeit. Was meint Ihr, Hochwürdigster Herr? Die Nordmission, sie liegt zurzeit brach. Wir können nicht warten, bis sich die Dänen und Sueden selbst bekehrt haben.«

Ebo von Reims schlug die Kukulle eng um den dürren Leib und betrachtete seinen Bischofsstab. Der Stein leuchtete nicht mehr, die Sonne war weitergezogen.

»Was sagt Ihr, mit wie vielen Schiffen haben die Dänen die Hammaburg überfallen?«

»Mindestens dreißig«, sagte Ansgar, allerdings nicht laut genug, denn Leuderich schlief und wachte nicht auf. »Ich stand am Burgwall, im Pfeilregen, allein. Graf Bernhard war in Nordalbingien, den Zensus einzutreiben, mit dem besten Teil unserer Mannschaft.«

»Dreißig ...«, brummelte Ebo von Reims. »Habt Ihr sie gezählt?«

»Wie konnte ich das, in der Not, die mir noch jetzt die Zunge stocken lässt!«

»Können also mehr gewesen sein?«

»Ja, wer weiß?«

»Und Ihr meint, Horik selbst hätte den Überfall befohlen?«

»Wer sonst?«

»Könnte es nicht sein, dass die Räuber den Überfall auf eigene Rechnung gemacht haben?«

»Möglich, aber unwahrscheinlich.« Die Schiffsräuber hätten vornehmlich das Ziel gehabt, die Burg zu zerstören, vor allem die Kirche, erklärte Ansgar. Sie hätten viel zerstört und wenig erbeutet. Die bäuerlichen Häuser in der Umgebung seien nicht angegriffen worden. »Sie wollen Nordalbingien, deshalb liegt ihnen daran, die fränkische Herrschaft zu schwächen. Vermutlich wussten sie, dass die Burg schutzlos war.«

»Esesfelth wurde nicht angegriffen?«

»Nein.«

»Dann wohl auch nicht Welanao?« Ebo hielt die Luft an.

»Sicher nicht. Sie sind fort, nachdem sie Stethu überfallen hatten.«

Ebo hatte seinen Stock an den Stuhl gelehnt und die Hände gefaltet.

»Der Herr hat seine schützende Hand über mein Kloster gehalten«, murmelte er.

»Über meines nicht«, sprach Ansgar Ebos Gedanken aus.

Ebo streifte Ansgar mit einem hochmütigen Blick.

»Und deshalb ist die Nordmission so wichtig«, ergänzte Ansgar. »Jedoch scheint es mir, jedenfalls jetzt, untunlich zu sein, im Reich der Dänen zu missionieren. Der Satan hält die Heiden dort fest in seinen Klauen.«

»Wie stellt Ihr Euch die Mission vor?«

»Ich gehe nach Haithabu und nehme ein paar Kaufleute mit. Da gibt es schon eine christliche Gemeinde. Ich werde mit dem Wikgrafen des Königs sprechen. Vielleicht legt er ein gutes Wort für uns ein. Je mehr Handel, desto mehr Steuereinnahmen. Die Christen sind als ehrliche Händler bekannt. Man muss sie fördern. Eine Kirche würde mehr Christen anziehen. Mehr Christen gleich mehr Einnahmen, so einfach ist das. Vielleicht kapiert der Wikgraf das und ich erhalte ein Empfehlungsschreiben. Dann werde ich weiterreisen nach Björkö im Svealand. Ich glaube, ich werde dort mit Björn på Håga besser auskommen als mit den Leuten von Horik. Mit Gottes Hilfe.«

»Man sagt, er habe Interesse am Christentum«, bemerkte Ebo. »Fragt sich nur, warum?«

Ansgar zuckte mit den Schultern.

»Als ich damals das erste Mal dort war, haben sich jedenfalls viele taufen lassen, und viele von ihnen deshalb, weil sie als Christen auf den Ruf der Ehrlichkeit erpicht waren.« Dass manche sich nur taufen ließen und nicht wenige mehrmals, um kostenlos an ein Taufhemd zu gelangen, behielt er für sich.

»Dennoch«, sprach Ebo, »wird es besser sein, Ihr besorgt Euch einen Sendbrief vom König, noch besser eine Bulle vom Papst.«

Ansgar nickte. »Das habe ich mir vorgenommen.«

»Ich gebe Euch ein Empfehlungsschreiben mit«, sagte Ebo. »Ihr seid doch damit einverstanden, alle wichtigen Schritte mit mir und, falls ich, äh, mit meinem Neffen Gauzbert abzustimmen?«

»Selbstverständlich. Nur habe ich eine Bitte. Ich benötige eine ausreichende Anzahl Bibeln und Psalmbücher. Am liebsten würde ich auch das in Eurem Auftrag verfasste Buch der Bußen mitnehmen.«

Ebo lächelte geschmeichelt. »Ich werde mich darum kümmern. Sobald er«, er warf einen Blick auf den schlafenden Leuderich, dessen Schnarchen den Raum erfüllte, »wieder zur Verfügung steht.«

»Hier gibt es die Mittel nicht.«

»Das stimmt«, bestätigte Ebo. »Nicht einmal ein richtiges Skriptorium. Wir sollten Corvey bitten, dort wird das möglich sein.«

Ansgar nahm den Vorschlag begeistert auf. Er würde bald aufbrechen und auf seinem Weg nach Rom in Corvey Station machen.

»Die Reliquien«, schloss er und nahm den Krug vorsichtig auf den Schoß, »sie sollen einstweilen zurückkehren und hier verwahrt werden, bis bessere Zeiten angebrochen sind.«

»Wie war übrigens Eure Reise hierher?«, fragte Ebo, vermutlich nicht aus Interesse am Wohlergehen seines Christenbruders, sondern weil er selbst überlegte, zu Fuß nach Stethu zu reisen.

»Grässlich!«, antwortete Ansgar. »Furchtbar!«

»Sooo?«

Ansgar berichtete. Es gebe leider immer noch Räuberbanden im Moor, das nicht umsonst Düwelsmoor heiße, und keine sicheren Wege. Man müsse es unbedingt bei Tage schaffen, die Nächte im Moor zu verbringen, komme einem Besuch in der Hölle gleich. Er verschwieg, dass er sich mit ständigem Gebet bei gutem Mut gehalten hatte. Sollte der Erzbischof ruhig durchs Moor laufen und vielleicht ein wenig Demut lernen.

»Dann werde ich wohl über See reisen müssen«, meinte Ebo.

»Mit Gottes Gnade werdet Ihr auch durch das Moor sicher nach Welanao gelangen.«

Ansgar war zufrieden. Er würde nach Rom reisen und unterwegs nicht nur sein geliebtes Corvey wiedersehen, sondern dazu versuchen, König Ludwig in Frankfurt oder in Regensburg zu treffen, jedenfalls in einer seiner Pfalzen, man wusste nie, wo er sich gerade aufhielt. Wenn er in wenigen Tagen aufbrach, würde er es in diesem Jahr vielleicht über die Alpen und bis nach Rom schaffen. Und im nächsten Jahr zurück. Bis dahin würde Ebo möglicherweise in das himmlische Reich eingegangen sein. Im Vorzimmer war der harte Hund schon. Dann musste er sich nur noch mit Gauzbert herumschlagen. Mit Gauzbert würde er fertigwerden. Neffen berühmter Männer waren meistens leichte Gegner, leichter als Söhne.

35

Der Tag des Holmgangs.

Regnar hatte neben dem Lager der Dänen ein Geviert von zwanzig Schritten mit Haselruten abstecken lassen, wie es sich gehörte. Darin sollte der Kampf stattfinden. Nur einer würde den Holmplatz lebend verlassen. Wer floh, war vogelfrei, hatte sein Leben verwirkt. Seine Leute würden Mathes niederstechen, was sie am liebsten längst getan hätten. Ein paar Schritte weit würde er kommen. Mehr nicht. Das musste so sein. Daran ist nichts zu ändern, dachte Regnar. Es gibt keinen anderen Weg.

Das Ereignis hatte sich herumgesprochen, endlich mal was los. Seine Männer hielten es nicht lange ohne Beschäftigung aus. Wenn sie nicht rudern mussten, kein Überfall anstand und sie ausgeschlafen waren, langweilten sie sich und gerieten in Streit. Neulich bei dem Ballspiel waren zwei Männer verletzt worden. Dem einen war Blut aus den Ohren gelaufen, wahrscheinlich war sein hohler Kopf geplatzt und es war fraglich, ob er überleben würde. Der andere hatte sich mit einer halbstündigen Ohnmacht begnügt. Das Ballspiel war gefährlich.

Hnívatafl war nicht besser, ein friedliches Würfelspiel auf einem kleinen Brettchen mit geschnitzten Figuren oder kleinen Steinen. Immer gab es einen, der betrügen wollte, oder einen, der nicht verlieren konnte, und am Ende prügelten sie einander ebenfalls, zwar nicht mit Knütteln, sondern nur mit den Fäusten. Da konnte man noch so oft predigen, dass die Tore von Walhall nur dem offen standen, der im ehrlichen Kampf gefallen war. Schlägereien beim Ballspiel gehörten nicht dazu.

Eigentlich leicht zu begreifen, trotzdem hielten sich die Leute nicht daran, abgesehen von Atli, der stets ruhig und so wortkarg war, dass niemand wusste, was in seinem harten Schädel vor sich ging. Möglicherweise nicht viel. Nicht einmal aus Frauen schien er sich etwas zu machen. Alle anderen musste man schinden bis zum

Umfallen, damit sie sich benahmen, oder eben einen Holmgang veranstalten, Eldar sei Dank, der den Stecher das Leben kosten und seines, Regnars, verdunkeln würde.

Regnars Männer hatten sich die besten Plätze gesichert und sich frühzeitig um das Geviert versammelt, dort lagerten sie, schwatzten, lachten, zankten sich oder schliefen ihren Rausch aus. Das Bier war in der Nacht reichlich geflossen. Sie warteten darauf, dass Eldar der Einäugige den kleinen Stecher umbringen würde. Der war heute Morgen noch nicht aufgetaucht. Es hieß, er sei in der Nacht fort gewesen.

Wo mochte er stecken?

Viele Bewohner der Stadt waren herbeigeströmt, Männer und Mütter mit ihren Kindern, und viele zugereiste Handelsleute. Keiner wollte sich das Spektakel entgehen lassen. Regnar hatte den Kampf auf den dritten Sonnenring festgelegt, nicht zu spät für die Ungeduldigen und spät genug für das gemeine Volk, das seine frühe Wirtschaft erledigen musste.

Das Wetter war ideal, die Sonne schien.

Regnar ging rastlose Kreise in seinem Zelt, er wartete auf Mathes. Er hatte schlechte Laune, und das nicht nur, weil das Handelsschiff aus dem Norden keinen Skýr an Bord gehabt hatte. Womöglich hatten sie doch welchen, wollten ihn bloß nicht verkaufen, sondern selbst essen, wahrscheinlich mit Honig. Regnar lief das Wasser im Mund zusammen.

Wo bleibt der Stecher?

Er warf einen Blick nach draußen und prüfte den Sonnenstand am Pfosten, dessen Schatten langsam wuchs. Der zweite Sonnenring war erreicht. Ob die Übungen mit Atli an diesen drei Tagen ausgereicht hatten, um aus dem sächsischen Hänfling einen brauchbaren Schwertkämpfer zu machen? Wahrscheinlich nicht. Er würde sterben und er, Regnar, konnte es nicht verhindern. Viele gute Männer waren gestorben. Sie genossen jetzt die Wonnen von Walhall, sie tranken Met und aßen jeden Abend aufs Neue vom Schwein Sæhrimnir. Das wurde immer wieder lebendig, jeden Tag aufs Neue erlegt und jeden Tag aufs Neue zubereitet vom Koch Andhrimnir, der ein schwarzes Gesicht hatte, weil er alle Tage am Kochfeuer verbrachte. Zugegebenermaßen ein eintöniger Speiseplan. Odin, der den Kriegern von Walhall vorsaß, aß kein Schwein, er ernährte sich nur von Met. Ob es dort Skýr gab? Darüber war nichts bekannt.

War es richtig, was Regnar dem Eldar gesagt hatte? Dass Mathes nicht durch eines der achthundert Tore in Walhall einziehen könne, weil er kein Däne sei. Es gab Freigelassene aus fremden Ländern, die aus freien Stücken mit den Dänen kämpften und tapfer ihr Leben ließen. Kamen die auch nicht nach Walhall? War das gerecht? Nicht jeder, der nach der Schlacht tot herumlag, gelangte dorthin. Die Walküren wählten nur die Tapfersten aus.

In Walhall vertrieb man sich die Zeit mit Kampfspielen, so war es überliefert. Den ganzen Tag Kampfspiele? Wurde das nicht langweilig auf Dauer? Gab es keinen anderen Zeitvertreib für Männer? Frauen zum Beispiel? Gab es Frauen in Walhall? Auch davon war keine Rede. Warum nicht? Gleichviel, in Walhall existierten keine Sorgen, keine Wunden, keine Schmerzen, weder im Rücken noch anderswo, keine losen Zähne, keine schlechte Laune und keine verdammten Zweifel mehr, so viel stand fest.

Verfluchte Grübelei. Man musste sich an das halten, was man in der Hand hatte.

Immerhin war das Geschäft mit den Sklaven gut gelaufen. Der Scheich hatte die meisten Gefangenen gekauft. Er hatte einen guten Preis gezahlt, was nicht zu seinem Schaden sein würde, denn er hatte berichtet, er werde sie in den Süden seines Landes weiterverkaufen, wo sie mit den anderen Zandsch, die schon dort seien, die Salzsümpfe trockenlegen und die *sokhar*-Pflanze anbauen würden. Sicher würde er hohe Gewinne erzielen. Im Gegenzug hatte Regnar Seidenstoffe gekauft, sie hatten die Preise verrechnet. Mathes' Mutter und Schwester, sie waren in Regnars Gewalt geblieben. Er hatte sie zum Kampfplatz bringen lassen. Sie waren gefesselt und an zwei Wachen gebunden. Jedenfalls würde er sich die Fahrt nach Kaupang oder gar Birka sparen können. Das restliche Zeug und die paar Sklaven würde er auch in Jellinge loswerden.

Das Fest hatte bis tief in die Nacht gedauert. Beim Bier hatte er sich zurückgehalten. Nur wer keine Verantwortung trägt, kann sich volllaufen lassen, dachte er. Oder er muss viel Zeit haben. Er hatte keine Zeit, ihm stand die Reise nach Jellinge bevor. Nicht die Reise selbst, denn man konnte auf der Ostsee segeln, wo selten widrige Winde wehten, sondern die Ankunft. Er würde den Tod von zwölf seiner Wikingfahrer erklären müssen. Drei hatten sie bei Schlachten im Frankenreich verloren und zwei beim Überfall auf die Hammaburg. So weit normal, das war der übliche Schwund. Doch die fünf bei der Abfahrt aus Stethu, dazu zwei versenkte Schiffe, das ging auf sein Konto. Die Schiffe waren seine eigenen gewesen. Und schließlich die beiden, die der friesische Bauer umgebracht hatte, bevor er selbst hatte sterben müssen. Die Männer hatten gewusst, worauf sie sich einlassen. Dass man von einer Raubfahrt nicht wiederkehrte, war das normale Schicksal eines Wikingfahrers.

Regnar legte sich nieder und versuchte, an nichts zu denken. Eine Weile sah er dem Wirbel seiner Gedanken zu.

Er schreckte hoch. War er eingeschlafen? Regnar warf einen zweiten Blick nach draußen und machte einen langen Hals. Der dritte Ring, er war erreicht.

Schließlich straffte er sich und stieg über die Schwelle hinaus zum Kampfplatz.

Kein Mathes. Wo blieb der Kerl? War er etwa abgehauen? Dann müsste Regnar dessen Mutter und Schwester töten lassen, wollte er sich nicht der Lächerlichkeit preisgeben. Oder glaubte der Kleine etwa, er, Regnar, würde die Geiseln leben lassen? Da hatte er sich getäuscht. Ein Regnar hielt sein Wort! Auch wenn es ihn das Silber kostete, das er für die beiden erhalten hatte. Hatte der Stecher Mutter und Schwester geopfert, um selbst zu leben? Mit der Schande?

Dort hinten stolzierte der Einäugige. Breitbeinig ging er hinter seinen um den Kampfplatz lagernden Kumpanen herum. Das Schwert taumelte an seinem linken Schenkel, er schien ein großes Wort zu führen. Mit der Binde über dem verlorenen Auge, den blutigen Narben an Stirn und Wange und seinem schiefen Grinsen war er nicht gerade hübsch. Noch hielten ihn die Angeberei und sein Rachedurst aufrecht. Noch hatte er ein Ziel. Was würde aus ihm werden, nachdem er es erreicht hatte? Das große Wehleid würde ihn packen, er würde den Schmerz nicht mehr aushalten und zu nichts mehr zu gebrauchen sein.

Inzwischen war auch der Scheich mit seinem Gefolge erschienen. Man hatte ihm respektvoll Platz gemacht und einen Stuhl gebracht. Dort saß er mit spitzen Knien und zwirbelte seinen dünnen Bart. Er erweckte einen zufriedenen Eindruck. Die Sonne blitzte auf dem silbernen Knauf seines Stocks.

Mathes' Mutter saß dort, an die Wachen gekettet, mit grauem Gesicht. Sie hatte nicht gehen wollen, eine renitente Frau. Gut, dass er sie bald los sein würde. Sollte sich der Scheich künftig über sie ärgern.

Da, der Schwarze! War er das wirklich? Unheimlich war er, hatte sich mit weißen Streifen bemalt, aus seinem Kopf einen Totenschädel fabriziert. Wie ein Knochenmann schlich er herum, trug ein schwarzes Gewand mit ebensolchen Streifen, so viel, wie der Mensch Rippen hat. Er hatte sich durch die Dänen gedrängt und stand in ganzer Größe dicht am Rand des Kampfgevierts, für alle sichtbar, einen merkwürdig schmutzig weißen Stab in der Hand, der ihm bis zur Schulter reichte. Er folgte Eldar mit den Augen. Die Männer wichen vor ihm zurück, als hätten sie Angst.

Der Schwarze machte kehrt, verließ die unsicher staunenden Männer, entfernte sich vom Gefolge des Scheichs und ging hinüber zu Eldar, in dessen Nähe er stehen blieb, indem er mit seinem Stab die Luft zerschnitt. Dazu schien er zu tanzen, bewegte sich wie eine Schlange, wiegte sich wie Seetang in der Bucht und starrte Eldar beständig an.

Eldar drehte sich um. »Was willst du? Nimm das weg!«

Der Schwarze sagte nichts und tanzte weiter, umkreiste Eldar mit langsamen Schritten wie der Bote des Todes. Mit tiefer Bassstimme sprach er unverständliche Worte und rollte mit den Augen.

Was hatte es mit dem Einhorn auf sich, mit dem der schwarze Sklave hantierte? Wo war Atli? Der war sonst nicht zu übersehen. Und Mathes?

»Wo ist er?«, rief einer.

»Wahrscheinlich kommt er gar nicht!«, rief ein anderer.

»Er ist abgehauen!«, brüllte ein Dritter.

»Er ist ein Feigling!«, schrie ein Vierter.

»Lasst uns ihn suchen!«, kreischte ein Fünfter und erhob sich.

»Er hat Angst vor mir! Vor meinem Steinbeißer!«, krähte der Einäugige und fuchtelte mit seinem Schwert vor dem Schwarzen herum, als wäre er sein Opfer. Der ließ sich allerdings nicht beeindrucken. »Er kommt nicht!«

»Er kommt nicht, er kommt nicht!«, brüllten es einige nach und schon schrie die ganze Mannschaft im Chor wie bei einem Ballspiel. Sogar viele Zuschauer aus Haithabu schrien mit, vor allem die Kinder.

»Sieh!«, rief einer.

Das Geschrei verstummte, das eine Wort hatte allen das Maul gestopft. Die Blicke wandten sich einer Gestalt zu, die sich langsam näherte. Eine schwarze Gestalt. Mit einem schwarzen Gesicht. Mit weißen Streifen überall. Ein großer weißer Mund, der zu lachen schien. Ein zweiter Knochenmann, ein kleiner. Ein lachender Tod. Mit der Statur des Stechers. Was hatte das zu bedeuten? Die Gestalt trug einen starken Knüttel, ebenso wie der Schwarze, nur nicht so lang, nicht länger als ein Schwert, und im Gürtel der weiße Griff und die weiße Scheide eines Messers und sonst keine Waffen.

»Was soll das?«, rief Eldar. »Wer ist das?«

Seine Leute ließen eine Gasse, er betrat den Holmplatz von der anderen Seite.

Die schwarze Gestalt schwieg. Mit gleichmäßigen Schritten betrat auch sie den Kampfplatz, die Zuschauer wichen zur Seite.

Ein atemloses Flüstern ging durch die Menge. »Er ist es! Es ist der Stecher!«

Die Gestalt lief weiter, auf Eldar zu und verharrte in der Mitte des Platzes.

Die Sonne, dachte Regnar, sie steht Eldar ins Gesicht!

Jetzt sprach der Knochenmann in der Sprache der Dänen und jeder hörte, dass es die Stimme des Stechers war. »Ich werde dich töten, Eldar, du Arschloch, du Sohn von tausend Vätern, du wirst nicht nach Walhall eingehen und nie wirst du die Gunst einer Frau erwerben. Du bist ein gieriges, eingebildetes Miststück, ein Angeber und Mörder und Feigling, die Walküren werden dich hier liegen lassen, sie werden dich auslachen, du Misthaufen, du dreckiger Wurm, und du wirst nach Helheim niederfahren. Dort wird der Drache Nidhöggr von deinem Blut trinken und dich in Stücke reißen und auffressen und er wird dich wieder auskotzen, weil du stinkst …«

Seit wann war der Stecher der Sprache der Dänen mächtig? Welcher übermächtige Geist war in ihn gefahren, dass er so laut und so deutlich und mit so fester Stimme sprach und alle jedes Wort verstanden? Hatte sich der Stecher mit Loki, dem Gestaltenwandler, gemein gemacht?

Es war totenstill.

Nun standen sie nur noch wenige Meter auseinander. Eldar hielt sein Schwert mit beiden Händen vor sich, als müsste er gegen einen Geist kämpfen.

»Sieh her, Einäugiger, ich habe nur diesen Knüppel und dieses Messer …« Der Mensch, der Stecher genannt wurde, hielt den Knüppel mit der Linken und klopfte mit der Rechten auf das Messer an seinem Gürtel, das ziemlich mickrig war, so mickrig wie der Stecher selbst, ein Kindermesser, und während er die Arme gen Himmel hob, sprach er: »Doch der allmächtige Gott im Himmel …«

So stand er da. Fast wehrlos. Eldar müsste nur …

Plötzlich ertönte von der Seite her ein Schrei aus tiefer Kehle, ein Schrei des Entsetzens, ein Gurgeln, Worte in einer fremden Sprache. Samuel von Nubien, er hielt sich das Einhorn quer vor die Kehle, rollte die Augen, der Mund war offen und zeigte seine weißen Zähne.

Und noch ein Schrei, der eines Tiers, ein Heulen im höchsten Fisteln, das aus der Kehle des Einäugigen drang, denn der musste es sein, der diese Töne hervorbrachte. Er lag auf den Knien und hatte die Hände vors Gesicht geschlagen, sein Schwert achtlos neben sich. Als sich seine Hände lösten, fiel ein blutiges Messer ins Gras und Blut spritzte vom Kopf des Einäugigen.

»Ich kann nichts mehr sehen!«, brüllte er, seine Stimme überschlug sich. »Ich kann nichts mehr sehen! Ich bin blind! Ich bin blind!«

Und ein dritter Schrei. Die Mutter des Stechers, sie hatte sich erhoben und warf ihre gefesselten Hände zum Himmel.

Eldar ruderte mit den Händen um sich her, bis er sein Schwert gefunden hatte, packte es, stand auf, er schwankte, er stürzte kreuz und quer Hiebe führend voran.

»Wo ist er? Wo bist du?«, brüllte er.

Der Stecher war zur Seite gewichen, mit gesenktem Kopf ließ er den Einäugigen an sich vorbeifechten.

»Wo bist du, Stecher?«, schrie Eldar.

Mathes antwortete nicht. Er schien seinen Widersacher nicht wahrzunehmen. Es war, als horchte er in sich hinein.

»Wo bist du?«, heulte Eldar. Er machte einen Schritt voraus, stolperte über einen Maulwurfhaufen, stürzte und zeigte den Leuten seinen Hintern. Gelächter aus den Reihen der Zuschauer.

Mathes verließ den Kampfplatz mit müden Schritten. Die Schaulustigen wichen zur Seite. Alle sahen, dass er weinte.

»Warum tötest du ihn nicht?«, fragte Regnar.

Mathes zuckte nur mit den Schultern, wischte sich die Augen und schüttelte immer wieder den Kopf.

»Du schenkst ihm sein Leben?«

Mathes machte eine wegwerfende Bewegung mit der Hand.

»Du meinst, das ist kein Geschenk?«

Mathes zuckte mit den Schultern.

»Wie hast du das angestellt?«, wollte Regnar wissen.

Er bekam keine Antwort.

Mathes hatte als Erster den Kampfplatz verlassen, aber niemand zweifelte daran, dass er den Blinden besiegt hatte.

36

Der Tag des Aufbruchs.

Mathes war mit Ketten an Händen und Füßen an einen Pfahl gebunden. Unter freiem Himmel, jeder konnte ihn sehen. Neben ihm Christopherus, der lange Mönch, und ein Wächter. Die kleine Freiheit, die ihm der Zweikampf verschafft hatte, war ihm genommen. Regnar hatte das Pfand, seine Mutter und seine Schwester, dem arabischen Scheich übergeben.

Er lebte. Sein Brustkorb hob und senkte sich im ruhigen Rhythmus seines Atems. Er hatte Hunger. Er roch das Fleisch, das an den Feuern gebraten wurde. Er fühlte den Wind auf seiner Haut, den Wechsel von Sonne und Schatten, den Schlag seines Herzens, den Schlaf in seinen Augen, den Schmerz in seinen Händen. Er sah die Wolken ziehen und das grüne Gras um sich her und die schwankenden Kätzchen an den Haselsträuchern. Er hörte den Blinden heulen und fluchen. Er lag wohl in einem der Zelte. Die Hölle, dachte Mathes, sie ist nicht da unten in den Tiefen der Erde oder wo immer sie sein mag, und es sind keine Teufel, die uns quälen mit Rute oder Feuer. Sie ist hier oben und wir bereiten sie uns selbst.

Mathes war voller Erinnerung an die vorletzte Nacht, die er im Haus des Töpfers verbracht hatte, zusammen mit Irmin. Sie war frei. Ja, es war möglich, dass man voller Angst, Trauer und Hoffnungslosigkeit war und dennoch in einem Meer der Glückseligkeit schwamm.

Spät erst hatten sie sich auf die Schlafbank gelegt. Immer wieder sagte er sich die Sätze vor, die er dem Einäugigen vorsprechen wollte und sich von Atli hatte lehren lassen. Immer wieder korrigierte Atli ihn, bis er sie zuletzt fehlerfrei sprechen konnte. Das war Arnhilds Idee gewesen, nachdem er ihr gesagt hatte, dass er das Messer werfen werde, ein Wurfmesser.

»Im Kampf besiegen kannst du ihn nicht«, sagte sie. »Nur mit List!« Er müsse den Einäugigen ablenken, ihn verunsichern, vielleicht ängstigen. Ablenken vom Griff nach dem Messer, das Mathes hinter seinem Rücken verborgen hatte. Das Messer an seinem Gürtel, es war bloß ein Stück Holz, das er sich mit dem richtigen geschnitzt hatte. Er habe betrogen, sagte Regnar. Worauf Mathes erwiderte, es sei gar nicht verabredet gewesen, wie viele Messer er haben dürfe, und er habe nur eines gehabt. Regnar brach in ein gewaltiges Lachen aus, als Mathes die Attrappe vorzeigte. List sei die Waffe des Schwachen, sagte Mathes, und das Schwert sei die Waffe der Dummen. Es war das erste Mal, dass er Regnar lächeln sah.

Der schwarze Samuel von Nubien! Mit dem hatte Arnhild gesprochen. Sie hatte sich ihn zum Freund gemacht. Der sei ja selbst ein Sklave. Mit den wenigen Worten Fränkisch, die Samuel sprechen konnte, erzählte er ihr seine Geschichte. Dass er aus Nubien stamme, wo alle Menschen schwarz seien. Die reichen Herren aus dem Lande Persien führen nach Nubien, über ein Meer, um dort Menschen zu rauben, die sie für sich arbeiten ließen oder verkauften, ebenso wie die Küstenräuber es täten. Offenbar gibt es die Sklaverei auch in fernen Gegenden, dachte Mathes.

Samuel von Nubien versprach zu helfen. Er sei traurig, dass die geraubten Sachsen nun Sklaven seien wie er. Seien sie erst fortgebracht worden, könnten sie nicht mehr fliehen, schon gar nicht später, aus den Sümpfen, die sie trockenlegen und in denen sie die *sokhar*-Pflanze anbauen müssten. Denn jeder würde merken, dass sie entflohene Sklaven seien, wenn auch bessere und geachtetere als die schwarzen Sklaven, die galten nicht mehr als Käfer, sie mussten stets die schwersten Arbeiten verrichten und starben als Erste. Er, Samuel, könne im Land der Dänen ebenfalls nicht fliehen, allein seine Farbe würde verraten, dass er einem aus der Ferne hergereisten Herrn und Händler entlaufen sei. Vielleicht, so berichtete Samuel, werde es eines Tages einen Aufstand der Zandsch geben. Das sei schon einmal der Fall gewesen, vor langer Zeit, doch sei der Aufstand niedergeschlagen worden und viele hätten mit dem Leben bezahlt. Seinem Herrn sei er unentbehrlich geworden, ohne ihn, Samuel den Schwarzen, könne der hier keinen Handel treiben.

Samuel. Mathes hatte kein Wort mit ihm wechseln können und

dennoch, der schwarze Samuel war sein Freund und Retter. Ohne seine mutige Aktion hätte er den Einäugigen, der nun ein Blinder war, nicht besiegt. Warum hatte Samuel das getan und sich für ihn, Mathes, in Gefahr begeben?

Das mit Samuel sei ungerecht gewesen, hatte Regnar gesagt. Der habe dem Eldar Angst gemacht mit dem Einhorn, in dem, wie jeder wisse, ein starker Zauber verborgen sei.

»Und was ist mit Euren Leuten, die nur darauf gewartet haben, dass ich sterbe? Aus jedem Gesicht hat mich die Feindschaft angestarrt.«

Er lebte!

Mathes sah den Räubern zu, wie sie ihren Geschäften nachgingen. Sie trugen die übrig gebliebenen Waren zur Schifflände, von wo sie auf die Schiffe geschafft wurden. Neugierige Blicke trafen ihn. Nach und nach wurden auch die Zelte abgebaut. Bald würden sie aufbrechen.

»Wie geht es dir?«, fragte Christopherus.

»Ich weiß es nicht.«

»Du freust dich, dass Irmin frei ist, und du bist traurig, weil sie nun fort ist?«

Mathes nickte. »Und meine Mutter und Magdalena …«

»Du lebst. Keinen Denar hätte ich darauf verwettet.«

»Ich auch nicht.«

»Gott hat dir beigestanden.«

»Ich hatte die Kraft, mit dem Messer zu üben, und mehr Hoffnung, dass ich es schaffen würde, als ich dachte.«

»Gleichviel. Die Hoffnung, die dir die Kraft hat wachsen lassen, die hat Gott dir gegeben. Sei dankbar.«

Vielleicht hat er recht, dachte Mathes und nickte. Hoffnung, das war das Wichtigste. Das hatte Christopherus schon am Tag der Entführung gesagt. Dass man die Hoffnung nicht verlieren dürfe. Ohne Hoffnung wäre er gestorben. Vor drei Tagen wollte er sogar sterben. Er wollte kein Leben als Sklave leben. Und jetzt?

»Der schwarze Samuel hat mir geholfen. Vor allem mit dem Einhorn, das hat den Eldar geängstigt. Warum hat er das getan? Er ist selbst ein Sklave.« Mathes berichtete, was er von Arnhild erfahren hatte.

»Er hofft, dass ihm eines Tages auch geholfen wird. Alle Sanftmütigen denken so.«

»Aber er ist kein Christ!«

»Das ist gleich«, sagte Christopherus. »Ich habe gesehen, wie er gebetet hat. Und das mit dem Einhorn – na ja. Jedenfalls ein guter Trick.«

»*Haltið kjafti!*«, raunzte der Wächter.

»Wir sollen die Klappe halten.«

»Er will auch einmal Befehle geben«, meinte Christopherus. »Ich habe den Spruch so oft gehört, dass ich ihn verstanden habe. Tun wir ihm den Gefallen.«

Sie schwiegen. Ziemlich lange.

»Ich wüsste nur zu gern …«, begann Christopherus.

»Was?«

»… ob der Schmied auf der Hammaburg …«

»… noch lebt?«

Christopherus nickte. »Und seine Familie. Seine … Tochter.«

»Das kleine Mädchen? Heißt sie nicht Hulda?«

Christopherus nickte. »Und die Mutter Emgard.«

»Oh, Arnhild hat mir berichtet, dass sie wohlauf sind, denn Aedan …«

»Was sagst du da?«, fuhr Christopherus auf. »Ist es wahr?«

»*Haltið kjafti!*«, raunzte der Wächter und fügte noch einiges hinzu. Er glaubte wohl, Mathes würde alles verstehen.

Mathes berichtete leise, was Arnhild erzählt hatte. Aedan, der befreite Gäle, sei mit Berowelf zur Hammaburg gefahren, um zu beichten, von der Last seiner Sünden befreit zu werden. Danach sei er zum Schmied gegangen, um seinen Sax schärfen zu lassen. Und da …

»Ein Mädchen mit braunen Locken, sagst du? Ungefähr vier Jahre alt?«

»Genau.«

»Nun bin ich glücklich!«, rief Christopherus und weinte.

Mathes stellte keine Fragen. Er dachte an Irmin. Wie er nach seinen heimlichen Wurfübungen im Wald und seinem Abschied von Mutter und Schwester in das Haus des Töpfers gekommen war und sie dort angetroffen hatte. Sie fielen sich sogleich in die Arme, vor allen anderen. In der halben Nacht legte er sich zu ihr. Wie sie sich hielten, wie ihre Lippen die seinen liebkosten, wie der Augenblick zur Ewigkeit wurde und es nichts anderes auf der Welt mehr gab als Irmin und ihn, nicht einmal die Angst vor dem Tod am nächsten Morgen, obwohl er kaum geschlafen und viel geweint hatte. Es war, als hätte ihm das Weinen Kraft gegeben. Ohne Irmin hätte er den Einäugigen nicht besiegt. Sie war sein Schutzengel …

»*Hæ*«, machte es hinter ihnen und Mathes bekam einen Tritt. Regnar.

»Warum verletzt Ihr ihn?«, fragte Christopherus.

»Halt's Maul, Pfaff!«

»Was habt Ihr davon?«, fragte Christopherus.

»Du sollst das Maul halten, sage ich!«, grollte Regnar und trat Christopherus in die Seite.

»Oder macht Ihr das nur, damit Eure Leute sehen, dass Ihr der Herr seid?«

Regnar holte aus, Christopherus drehte sich, der Tritt streifte seine Rippen und Regnars Fuß landete an dem Pfosten, an den die Gefangenen gebunden waren. Hörbar sog Regnar die Luft zwischen den Zähnen ein.

»Ihr müsst vorsichtig sein. Mit gebrochenen Rippen kann ich nichts mehr arbeiten.«

Regnar holte aus.

»Er hat recht!«, rief Mathes.

»Wer hier recht hat, bestimme ich!«

Ja, das stimmte. Regnar hatte die Macht über seine Sklaven, aber nur über ihre Körper.

Sie hörten das Heulen des Blinden. Vermutlich fieberte er. Es wurde lauter. Das Zelt, in dem er lag, wurde abgebaut. Einer der Dänen wollte den Blinden fortführen. Der Blinde schlug um sich und brüllte. Ein zweiter Däne kam hinzu und packte den anderen Arm.

Immer wieder wollte sich der Blinde losreißen. Einmal gelang es ihm, er stürzte sogleich und seine sehenden Kumpane lachten ihn aus. Sie ließen ihn eine Weile umherkriechen, einer der beiden trat ihm ein wenig in den Hintern. Eldar heulte auf, seine Kumpane lachten noch lauter, zogen ihn schließlich hoch. Er zappelte zwischen ihnen, sie redeten auf ihn ein, und als das nichts richtete, schlugen sie auf seinen Rücken, bis er sich, leise jammernd und gebückt, fortzerren ließ. Rotz und Blut tropften ihm vom Kopf.

»Warum hast du ihn nicht getötet?«, fragte Regnar. »Jetzt haben wir den Jammerlappen am Hals.«

»Ihr wisst ja, Töten ist nicht die rechte Arbeit für mich.«

»Du hättest ihm die Arschbacken abschneiden können, Junge, oder wenigstens mit deinem Knüppel totschlagen wie eine Ratte. Damit hättest du ihm einen Gefallen getan. Er will sowieso nicht mehr leben. Ohne Ehre will man nicht leben, verstehst du? Er wird jeden Tag zehnmal auf seinen Pimmel fallen und den Leuten seinen Hintern bieten, das ist kein Leben.«

»Dann muss er sich halt selbst töten«, bemerkte Christopherus. »Er kann sich über Bord stürzen, wenn Ihr auf See seid. Wo ist das Problem?«

»Vielleicht stirbt er auch am Fieber«, sagte Regnar.

»Gott gibt das Leben und er nimmt das Leben«, sagte Christopherus. »Eigentlich.«

»Quatsch!«, rief Regnar. »Der Mensch nimmt das Leben! Der Mann ist selbst schuld!«

»Und Ihr seid selbst schuld an dem Ärger, den Ihr mit uns habt«, sagte Christopherus.

Regnar winkte ab. »Das ist egal. Übrigens schreit Eldar der Augenlose, dass er dich umbringen will, Stecher. Er will die ganze Zeit wissen, wo du bist. Weil sich das wohl nicht ändern wird und es uns allen gehörig auf die Nerven geht, habe ich entschieden, dass du nicht mit mir nach Jellinge fährst. Der Blinde wird ja nun doch bei uns bleiben und ich habe keine Lust, ständig auf den Jammerlappen aufzupassen. Hoffentlich werde ich ihn in Jellinge los. Schließlich hat er mir aufgesagt. Ich habe mit dem Herrn des Schiffs, das den

Nordweg gesegelt ist, besprochen, dass er euch beide mit nach Borg auf Lofotr nimmt. Er heißt Ottar und ist ein guter Freund meines Bruders Olaf, der dort wohnt. Also ist er auch mein guter Freund. Atli wird mit euch fahren.«

»Wo ist das, Borg?«

»Das ist weit im Norden, Stecher. Dort, wo es im Sommer Tag und Nacht hell ist und im Winter dunkel und so kalt, dass eure Pisse zu Eis gefriert, bevor sie am Boden angekommen ist.« Regnar lachte. In Borg auf Lofotr lebe sein Bruder Olaf, der ihn eingeladen habe, bei ihm zu bleiben, so lange er wolle. Er werde später nachkommen, sobald er seine Geschäfte in Jellinge erledigt habe. »Olaf wird bis dahin euer Herr sein.«

Als Regnar fort war, fragte Christopherus, ob sich Mathes von seiner Mutter und seiner Schwester habe verabschieden können. Mathes nickte. Er war im Wald gewesen und zu ihnen gegangen, in das Lager der Dänen, nachdem der Sklavenmarkt beendet gewesen war. Mutter hatte geweint. Sie müsse die Konkubine des widrigen Muselmanen werden und Magdalena, wenn sie älter sei, sie … Mathes kamen die Tränen. Überhaupt, seit er dem Tod so nah gewesen war, fühlte er doppelt.

»Es war …« Mathes konnte nicht weitersprechen. Magdalena, was würde aus ihr werden?

»Lass gut sein«, flüsterte Christopherus.

»Ich habe es nicht gewollt. Er tut mir leid.«

»Eldar? Mir auch. Er ist einer geworden, der er vermutlich nicht sein wollte.«

»Sie haben ihn dazu gemacht«, sagte Mathes. »Ich stelle mir vor, ich wäre an seiner Stelle. Ich habe nicht richtig getroffen. Es sollte der Hals sein. Vielleicht …«

»Lass gut sein. Hättest du auf das Auge gezielt, wäre das Messer über seinen Kopf hinweggeflogen und du wärst jetzt tot.«

Christopherus hatte recht.

Mathes wollte nicht an den Abschied von seiner Mutter und seiner Schwester denken. Gegen alle Vernunft hatte er gesagt, dass er sie aus der Gefangenschaft retten werde, wohin der Scheich sie auch schaffen würde. Nie werde er so wie die Schiffsräuber werden, zu einem der ihren, wie Regnar gemeint hatte. Er werde den Einäugigen besiegen, hatte er gesagt, er musste es sagen. Eines Tages werde er fliehen, gleich wie weit er fortgebracht werde. Von wo man hinkomme, könne man auch wieder zurückkommen, und irgendwann werde ihm das gelingen. Dann werde er zuerst nach Björkö gehen, wohin der Scheich segeln werde, das habe er von Arnhild erfahren, der schwarze Samuel habe ihr das gesagt. Ja, Samuel, der sei ein Mensch, sagte die Mutter, obwohl er schwarz sei. Sie sollten immer auf ihn warten, hatte er gesagt. Dieses Versprechen, wer weiß, ob auch das ihm die Kraft gegeben hatte, den Kampf zu gewinnen?

Samuel, Mutter. Christopherus und die Hoffnung. Arnhild und ihre List. Und Atli, ohne ihn wäre er tot. Auch Atli. Dein Schicksal hängt an den Menschen um dich herum, manchmal sogar an denen, die du gar nicht kennst. Und Irmin. Wie gut, dass er mit ihr gesprochen hatte in der letzten Nacht vor dem Kampf. Es kam ihm vor wie aus einem anderen Leben. Manchmal dehnt sich die Zeit, dachte er, und manchmal macht sie plötzlich einen großen Sprung.

»Du darfst nicht traurig sein, wenn ich sterbe«, hatte er ihr gesagt, kurz bevor er zum Zweikampf mit dem Blinden fortmusste. »Und wenn ich nicht sterbe, was ich nicht glaube, darfst du nicht auf mich warten. Denn ich werde der Sklave Regnars sein, mein Leben lang, und ich weiß nicht, wohin er mich bringen wird. Und wenn ich doch leben sollte, werde ich an nichts anderes denken als an meine Mutter und meine Schwester und wie ich sie retten kann, falls ich je wieder frei sein werde.« Dafür, hatte er hinzugefügt, müsse er frei sein. Sonst würde er vielleicht die Kraft nicht aufbringen und seinen Schwur brechen.

Nun wusste er, dass er weit in den Norden verschleppt werden würde und seine Mutter und Magdalena vielleicht noch weiter in Gegenden jenseits der bekannten Welt. Wie sollte er das je schaffen und zurückfinden?

37

Die Tage glichen sich. Ein neues Leben.

Ein steter Südostwind trieb das Schiff vor sich her nach Norden. Die Ruder waren eingezogen. Die Männer saßen in Gruppen, unterhielten sich, spielten *hnívatafl*. Mancher hielt sich allein, aß von den Vorräten, blickte über die graugrüne See und ließ sich und seine Gedanken schaukeln. Zwei hatten einige Bodenplanken gelöst und steckten bis zur Hüfte im Bauch des Schiffs. Dort unten schöpften sie das Wasser über Bord, das durch die Planken drang, einer vor und der andere hinter dem Mast. Nicht alle der eisernen Nieten, die die Bordplanken zusammenhielten, waren noch fest genug. Mit rhythmischem Klatschen teilte der Bug die Wellen, machte kleine Schaumkronen darauf. Das Wasser zog mit leisem Zischen an der Bordwand vorüber, das Heck hinterließ eine schnell erlöschende weiße Spur, auf der das Rettungsboot des Knörr nachtanzte. Ein zweites lag vertäut hinter dem Mast quer auf den Borden, sie dienten als Rettungsboote, zum Landgang und als Regendach in der Nacht. Die Planken knarzten und knisterten in ihrem Gefüge.

Das Schiff war viel kürzer als Regnars Langschiff, nur um zwanzig Schritte lang, dafür breiter, wohl fast drei Klafter. Auch war die Bordwand höher. Sie war mit einem Band Schnitzereien verziert, mit Ornamenten, die Blumen glichen, und Drachen, die einander umringelten. Der größte Unterschied bestand in der Anzahl der Ruder. Es hatte nur vorn und hinten je drei Riemenlöcher und in der Mitte keines, zu wenig, um damit auf hoher See voranzukommen, sollte der Wind nicht das Segel füllen. In einer Vertiefung vor und hinter dem Mast die Fracht. Mühlsteine, Wein, Getreide, Hopfen, Seidenstoffe und zwei Kühe. Sie waren gebunden und konnten sich kaum rühren. Außerdem der Proviant für die Reise. Der Bug trug keinen Drachenkopf. Das Segel, ein gewaltiges Stück Schafswollfilz, grau und braun gestreift, sicher vieler Frauen lange Arbeit.

Mathes saß im hinteren Teil des Schiffs auf der ihm zugewiesenen Bank hinter Atli, der sich mit dem Rücken an die Bordwand gelehnt hatte, und vor ihm wiederum der Mönch Christopherus. Seine Tonsur war fast zugewachsen. Er trug mittlerweile einen Bart und war von den Dänen kaum noch zu unterscheiden. Atli sollte die schwachen Kräfte der beiden Gefangenen ausgleichen. Das war kein Problem für ihn, er konnte für drei rudern, denn er war auch auf diesem Schiff der stärkste aller Männer.

Sie setzten den Unterricht fort. Zahlen bis zwanzig, wofür Atli Hände und Füße, Finger und Zehen zur Hilfe nahm, dann bis hundert. Ein mal zwanzig, zwei mal zwanzig. Das sollte genügen fürs Erste, sagte Atli. Die Körperteile. Mathes kannte schon viele Worte. Das Herz auch, ja, *hjarta*, das müde, das kranke, das gebrochene. Er sehnte sich nach Irmin.

Die Waffen, die Kleidungsstücke, das Schiff, das die Nordleute Seeochse nannten, und alles rundumher bekam einen neuen Namen in der fremden Sprache. Das Meer, die Wellen, die Schaumkronen. Die Wolken oben, wie kardierte Wolle, wie fette Schafe auf ihrer blauen Weide oder wie ausgegossener Skýr. Die Sonne. Atli zeigte auf etwas und sie mussten das Wort sagen. Erste Sätze, mithilfe von Pantomime. Ich bin hungrig. Ich bin satt. Ich bin durstig. Ich bin müde. Ich will schlafen. Ich stehe auf, ich setze mich, du setzt dich, sie setzen sich. Ich bin ein Sachse. Du bist ein Däne. Du musst härter rudern. Sieh, meine Hände bluten. Schöpf Wasser!

Familienworte, Vater, Bruder, Schwester, Mutter, ihr habt sie mir genommen, verkauft habt ihr sie an einen persischen Scheich, einen alten Mann mit knittrigen Händen und grauen Flecken im Gesicht, dem die blonde Frau die kalten Knochen wärmen soll. Irmin, sie könnte mich trösten, mich schweben lassen, säße sie bei mir, doch sie ist nicht mehr bei mir und sie wird es nie wieder sein. Aber nicht, weil sie tot ist, sondern sie ist frei, freigekauft von Arnhild von Esesfelth, und sie wird ihr eigenes Leben beginnen. Dachte Mathes an Irmin, überkam ihn große Trauer und ebenso große Erleichterung. Was würde ihr geschehen sein, wäre auch sie an den Scheich verkauft worden?

Noch einmal die Wochentage. Die Zahlen, Hand, Fuß, Kopf

und Herz. Ob er je würde fliehen können? Eine Möwe begleitete das Schiff. *Máv*, das konnte man sich merken. Während man lernte, vergaß man kurze Zeit alles andere, wenn nicht die falschen Worte gesprochen wurden. Zum Beispiel Hoffnung. Was heißt Hoffnung? Atli verstand nicht. Sehnsucht, Hoffnung, wie fragt man nach solchen Worten? Nach Ewigkeit? Nach Trauer? Nach Verzweiflung? Nach Erlösung? Später.

Sie segelten stets in Landnähe, fern genug von etwaigen Untiefen und nah genug, um den Strich der Küste zu sehen. Die Nordleute schienen sie genau zu kennen, Mathes beobachtete, wie sich zwei Männer vorn auf dem Schanzdeck im Dreieck des Bugs, es waren immer dieselben, gegenseitig auf etwas aufmerksam machten und in die Ferne zeigten. Sie waren wohl die Steuermänner und manchmal rief einer von ihnen dem Mann zu, der rechts, fast am Heck, am Ruderblatt stand, das neben der Bordwand ins Wasser ragte. Mathes beobachtete, was sie taten, denn wer weiß, dachte er, vielleicht muss ich eines Tages auch ein Schiff steuern.

Sie berieten sich mitunter mit dem Mann, dem das Schiff gehörte, den man Ottar den Weitgereisten nannte, Víðfari. Er war der Herr des Schiffs. Von dem, was Atli über ihn gesagt hatte, hatte Mathes nicht viel verstanden, nur dass Ottar weit im Norden in Gegenden gewesen war, in die noch kein Nordmann vor ihm gekommen war, und dass er so weit im Norden von Hålogaland wohnte wie kein anderer. Er hielt sich fast immer am Bug des Schiffs auf, wo er auch des Nachts schlief, unter einem Zelt, das abends für ihn und noch einige andere aufgespannt wurde. Ottar war ein alter Mann, man sah es von Weitem an seinem weißen Bart. Er trug einen blauen Mantel, der überall mit dem Winterfell des Polarfuchses besäumt war, und die Brosche, die ihn über der Schulter hielt, war aus Silber und hatte einen großen gelben Stein. Ein reicher Mann.

Ottar, Atli, Christopherus und Mathes, dazu eine Mannschaft von achtzehn Leuten. Die Männer waren sauberer und nicht so abgerissen wie die von Regnar. Einige von ihnen hatten Zöpfe in ihre Bärte geflochten und mit dünnen Bändern aus Leder kleine Perlen daran befestigt. Sie waren nicht auf einer langen Kaperfahrt, sondern auf einer kurzen Handelsfahrt, die kaum länger als drei halbe Monate dauerte, je nach Wetter. Zwei Reisen machte Ottar mit seinem Seeochsen jedes Jahr, erfuhr Mathes, eine zeitig im Kuckucks- oder Saatmonat, wie sie den April nannten, die zweite im Hochsommer, im Sonnenmonat, der im Norden aus einem einzigen Tag bestand, weil die Sonne nicht unterging und man für jeden Zeittag eine Kerbe in das Türholz schlagen musste, wollte man nicht die Zeit verlieren.

Mathes hatte den Kopf geschüttelt, weil er zuerst nicht glauben wollte, dass es dort keine Nacht gab. Atli hatte das bekräftigt, obwohl er, wie er zugeben musste, selbst noch niemals dort gewesen sei. Christopherus hatte das bestätigt und Mathes an die Astronomie erinnert. Dann musste es stimmen. Und Wibert, der Mann von Arnhilds Schwester Estrid, er hatte gesagt, im Sommer von Haithabu seien die Tage und im Winter die Nächte länger als im Süden, wo er aufgewachsen sei. Je weiter man in den Norden gelange, desto länger würden die Sommertage. Was bedeutete das für den Winter? Regnar hatte einen Scherz damit gemacht, dass im Norden der Urin gefroren sei, bevor er den Boden erreiche. Christopherus sagte, im Winter, zum Fest der Geburt Christi, müsse es dort oben lange Zeit finstere Nacht sein. Wie konnte man dort leben?

Auch auf Ottars Schiff wurde Atli mit dem Beinamen Járnsiða gerufen. »*Heyrðu*, Járnsiða!« riefen sie ihm zu, hör mal, Eisenseite. In keiner der vielen Schlachten war Atli je verletzt worden, dank seiner Größe, seiner Kraft, vor allem seiner langen Arme, die verhinderten, dass ihm ein Schwert zu nah kam. Atli sprach mit allen, doch machte er sich mit keinem der Männer gemein und verbrachte seine Zeit entweder für sich oder mit dem Unterricht.

Mathes nannten sie nur den Stecher. Es hatte sich herumgesprochen, dass er einen Mann getötet und einem anderen das Augenlicht genommen hatte, weil der eine seine Mutter geschändet und der andere es versucht hatte. Mathes spürte neugierige, sogar respektvolle Blicke. Er konnte mit dem Stecheisen umgehen und sein fliegendes Messer war dem Schwert Steinbeißer überlegen. Regnars Leute hatten ihm nur Feindschaft gezeigt. In Ottars Mannschaft konnte man es aushalten. Es kam wohl auf den Anführer an. Christopherus meinte, sie hätten fürs Erste nichts zu befürchten. Ottar habe sich verpflichtet, sie heil und ganz zu Olaf auf Borg zu bringen, und bis sie dorthin gekommen seien, drohe ihnen kein Übel, jedenfalls nicht von den Nordleuten auf dem Schiff. Vor ihnen brauche er keine Angst zu haben.

Es wurde Abend, der Kurs wurde landwärts gerichtet wie am Abend zuvor und man machte Nachtlager auf einer der *brenneyjar*, einer Brenninsel, wie Atli erläuterte. Hinter der Küste lag das Götaland. Seit Tagen war die Küste auf der Seite des Steuers und so würde es bleiben bis zu ihrer Ankunft auf Borg. Zuerst wurden die Kühe losgebunden und über Bord geschafft, wofür man die oberste Planke abnehmen konnte. Man band die Tiere an Seile und befestigte sie an eingeschlagenen Pflöcken. Sie konnten sich selbst versorgen und begannen gierig zu fressen.

Ein Mann namens Höskuld kochte das Essen und gab die dafür nötigen Befehle aus. Ob hier niemand wohne, fragte Mathes. Nein, erhielt er nach einiger Zeit die Auskunft, diese Insel sei unbewohnt. Mathes war erleichtert. Es würde keinen Überfall geben, an dem er womöglich teilnehmen musste. Er hoffte, dass Christopherus recht behielt und er von solchen Aktionen verschont bleiben würde.

Der Herr Ottar erweckte keinen so grimmigen Eindruck wie Regnar. Mathes hatte ihn schon oft lachen hören und gesehen, dass er dabei nicht so wütend war wie Regnar. Mathes und Christopherus wurden nicht mehr gebunden. Wohin hätten sie auch fortlaufen sollen? In der Nacht und mit welchem Ziel? Ohne Essen, ohne Obdach, vor allem ohne Sprache. Sie würden schnell wieder versklavt werden, und wenn nicht, würden sie verhungern. Man musste die Verhältnisse kennen, bevor man etwas wagte. Man musste äußerlich ein Nordmann werden und innerlich der bleiben, der man war.

Die Tage wurden länger und einer ging in den anderen über. Nicht jede Nacht wurde Rast gemacht am Ufer. Die Reise sollte nicht länger als nötig dauern und der Wind entlang des Nordwegs war nicht immer achterlich. In Tagen durfte man nicht denken, schon gar nicht in Wochen. Es gab nur Vormittag, Nachmittag, Nacht, jetzt und gleich. Man konnte nichts planen und nichts weniger als eine Flucht. Doch man konnte lernen, sich vorbereiten auf das Unbekannte, nämlich die Sprache der Nordleute, darin war sich Mathes mit Christopherus einig. Er war bis zur letzten Minute bei den Kindern geblieben, er hatte ihnen Trost und Zuversicht gegeben, jedenfalls hatte er das versucht, indem er ihnen vormachte, wie man sich auch als rechtloser Gefangener ein winziges Stückchen Freiheit bewahren konnte und sich damit die Achtung der Herren erwarb, vielleicht. Vor allem, gib niemals die Hoffnung auf, ohne Hoffnung stirbst du. Ohne Hoffnung wirst du ein anderer Mensch, du verlierst dein Selbst. Es war gut, Christopherus bei sich zu haben.

Mit jedem Atemzug, mit jeder Welle, die der Seeochse kreuzte, näherte sich Mathes seinem unabänderlichen Schicksal.

III. BORG

Was richtig scheint, kann falsch sein und umgekehrt.
Es gibt keine unumstößlichen Wahrheiten.
Außer der Liebe, die niemand zu beschreiben weiß,
weil sie in so verschiedener Gestalt daherkommt.

Christopherus

38

Ich habe die Wintersachen zu früh weggelegt, dachte Frau Åshild, die Herrin von Borg auf Lofotr. Der ewige Westwind blies gegen die Sodenmauer und saugte die Wärme aus dem Haus. Wer so weit im Norden wohnte, noch dazu auf einer Insel, die Lofotr hieß, musste das Feuer hüten und sich den Wind zum Freund machen. Vielleicht sollte sie mehr Holz herbeischaffen lassen. Das Feuer loderte nicht allzu hoch auf, gerade hoch genug, damit Dorsch, Makrele und Hering und das, was bis gestern noch ein Ochse gewesen war, gar wurden. Es war Frühling und sollte bald Sommer sein, die Zeit der kürzer werdenden Nächte, und doch war es heute ein frostiger Tag.

Die Leute von Borg waren versammelt, dazu die Mannschaft von Ottar Víðfari von Hålogaland, auf Bänken und an Tischen in der Halle des Langhauses beidseits des Feuergrabens. An dessen Ende saß Åshild auf dem Hochsitz, mit ihrem Mann, dem Jarl Olaf von Borg, den man Tvennumbruni nannte, den Doppelbrauigen.

»Wir trinken auf Freya, der wir dieses Bier widmen!«, rief Olaf.

Er war aufgestanden, hatte das Glas erhoben, ließ den Blick über die Gesellschaft schweifen, trank und setzte sich erst wieder, nachdem alle ihre Hörner geleert hatten. Das Fest nahm seinen Lauf und der war nicht vorhersehbar, das wusste sie aus Erfahrung.

»Auf ein gutes Jahr und Frieden!« Olaf hob sein Glas ein zweites Mal.

Olaf hatte zum Gelage geladen, wie es sich gehörte für einen mächtigen Mann mit großem Gefolge, wenigstens viermal im Jahr. Die Gelegenheit bot sich, als Ottar von Hålogaland mit seiner Mannschaft, zwei Kühen und bergeweise Neuigkeiten von seiner Handelsfahrt nach Haithabu zurückgekehrt war. Olaf freute sich, von Ottar zu erfahren, wie es seinem Bruder Regnar ergangen war, denn sie hatten fast drei Jahre nichts von ihm gehört.

Vor acht Wochen war Ottar nach Haithabu in den Süden aufgebrochen, mit Handelsgut von Borg und von seinem Hof im Hålogaland, der weit im Norden lag. Mit Silber, Gewürzen, Seidenstoff, Mühlsteinen, Keramikgefäßen, Eisentöpfen, Messern und allerlei nützlichen anderen Sachen war er nun zurück. Er hatte ihr einen schönen Zinnbecher geschenkt, den er von Regnar bekommen hatte. Er stammte aus dem Frankenland. Olaf hatte erhalten, was er bestellt hatte, außerdem den Gewinn, der auf ihn entfiel, abzüglich der Kosten für den Transport. Gute Geschäfte für beide. Zum Dank und weil er es sichtlich genoss, mit anständigen Nachbarn zu reden, die man selten traf, hatte er Ottar und seine Männer eingeladen zu bleiben, so lange er wünsche.

Eine Abwechslung, für die Åshild dankbar war. Im Alltag war Olaf meistens schlecht gelaunt, was sicher daran lag, dass Helgi, ihr Sohn, bald den dritten Sommer verschollen war. Ottar hatte einen guten Ruf. Er war im Herbst seines Lebens, weißhaarig, doch noch mit starken Knochen. Er stritt selten und war zu jedermann freundlich. Oft wurde er als Schlichter bei Streitigkeiten gefragt. Er war der reichste Mann im Norden. Das bedeutete allerdings nicht viel, dort lebten nur wenige.

»Wir trinken auf Sighvat den Roten!« Olaf hob sein Glas ein drittes Mal. Der Abend sollte ein Minnitrinken sein, ein Erinnerungstrinken zu Ehren der Toten und Gefallenen. »Wir wollen der Schlachten gedenken, die wir zusammen bestanden haben, Schulter an Schulter. Wir wünschen uns, dass unser Freund uns hört und dass er uns sieht, dass er gerade jetzt seinen Becher in der Hand hält, gefüllt mit herrlichem Met. Obwohl, unser Bier ist auch nicht schlecht, will ich meinen!«

»Was meinst du, mit welcher Hand er den Becher hält?«, fragte Åshild. »Nachdem man ihm beide abgehauen hat, damals in Domborg, oder irre ich mich?«

Sie konnte es nicht sein lassen, ihren Mann aufzuziehen. Besonders seit er im Sommer nicht mehr unterwegs war und ihr auf die Nerven ging, nun schon im fünften Jahr. Jetzt war es bald Mittsommer und zu spät für eine Langfahrt, zumal das Langschiff – oder was davon übrig war – unten an der Lände aufgebockt an Land lag und dringend der Überholung bedurfte. Es ist nicht gut, wenn Mann und

Frau Tag und Nacht beisammen sind, dachte sie. Die Kerle müssen etwas Vernünftiges zu tun haben, sonst werden sie vorzeitig alt und außerdem bockig, sie hocken zu Hause herum, anstatt ein Schiff klarzumachen und auf Wiking zu fahren. Und damit sie sich nicht überflüssig fühlen, mischen sie sich in alles ein, vorzüglich in das, wovon sie keine Ahnung haben. Man wird einander überdrüssig. Es fehlte die Eintracht und es war lang her, dass sie die Freuden des Nachtlagers genossen hatten. Das lag nicht zuletzt daran, dass sich Olaf lieber mit Sklavinnen vergnügte.

Olaf sah sie unwirsch an. Er zog sich am Drachenkopf der Armlehne hoch und hob schon wieder sein rotbraun funkelndes Glas. »Ein Hoch auf Sighvat!«

»Hoch, hoch!«, rief es von beiden Seiten des Feuers her. Alle hoben ihre Hörner und tranken auf Sighvat den Roten.

»Ein tapferer Mann!«, rief Olaf. »Ich war dabei, wie er mit der linken weiterkämpfte, nachdem ihm die rechte Hand abgeschlagen worden war.«

»Aber nicht besonders lange«, bemerkte Åshild so leise, dass es nur wenige hörten. »Er war wohl nicht der Wendigste, der gute Sighvat.«

Olaf warf ihr einen grantigen Seitenblick zu und setzte an, sie zurechtzuweisen.

Ottar kam ihm zuvor. »Lasst uns auf Sigurd Wurm im Auge trinken, einen wahrhaft ehrlichen und tapferen Nordmann! Wir trinken aus!«

Wieder hoben alle ihre Hörner und Olaf sein Glas. Er hatte es bei einem Überfall auf das Kloster Kilmainham in Dyflin in einer Nische hinter dem Altar aufgestöbert, nachdem er dem Mönch, der sich dort versteckte, seinen Sax in die Eingeweide gestoßen hatte. Wie oft er das wohl erzählt hatte? Wozu das gedient hatte, wussten vermutlich nicht einmal Odins Raben. Das war lange her, noch vor der Zeit auf der Insel Man, und möglicherweise war sein Gedächtnis löchrig. Er war stolz auf das Glas, es war sein schönster Besitz, es bewies, dass er ein großer Räuber und reicher Mann war. Åshild vermutete, dass Olaf zu Gelagen einlud, damit er allen das Glas zeigen konnte, er hielt es stets in der Hand, jetzt hob er es gegen den Schein der Flammen und ergötzte sich daran. »Sieh«, hatte er einmal gesagt, »wie das Feuer das Glas in allen Farben funkeln lässt. Wie die Brücke Bifröst am Sommerhimmel, über die man von der Erde ins Reich des Himmels gelangen kann.«

»Pass auf, dass es nicht runterfällt«, warnte Åshild. »Dann kannst du dir kein neues Langschiff mehr leisten. Das alte ist nämlich Schrott, meiner Meinung nach.«

Die Hörner wurden gefüllt, ein Trinkspruch gerufen, denn daran war nie Mangel, und alle riefen »*Skál*«, warfen den Kopf in den Nacken und tranken aus. Und so ging es weiter.

»Wunderbarer Tropfen«, ächzte Ottar und rülpste vernehmlich. »Freya sei Dank, du hast ein gutes Starkbier gebraut, Olaf.«

Olaf freute sich über das Kompliment sichtlich mehr als über Åshilds Bemerkung, obwohl es ihm nicht zustand. Nicht der Hausherr hatte das Bier gebraut, sondern seine Sklaven. Die Aufsicht darüber hatte Åshild geführt, wie es Schick und Sitte war. Sie würzte das Bier mit Kräutern, die getrocknet vom letzten Jahr in Bündeln an Stangen unter dem Dach hingen, Wacholder, Engelwurz und Gagel, von Letzterem wenig nur, damit das Bier nicht zu bitter schmeckte.

Olaf beschränkte sich darauf, die beiden Sklaven, die Ottar mitgebracht hatte, zu beschäftigen, den kleinen Burschen, der Stecher genannt wurde, und den langen Kerl, der ein Mönch gewesen sein sollte. Sie trugen die heißen Steine herbei und legten sie in die Holzwannen, wobei sie aufpassen mussten, dass das flüssige Brot nicht überschwappte. Eine Tätigkeit, die nicht ganz ungefährlich war, weil die Steine zu platzen pflegten, solange der Sud noch kalt war, in den sie eintauchten.

Immerhin, dachte Åshild, scheint der Kleine zu gebrauchen zu sein. Er bewältigte auch größere Steine und schien mehr Licht als Schatten im Kopf zu haben. Der Lange musste sehnig und kräftig sein, er trug die größten Steine mit ruhigem Atem und gleichmütigem Gesicht. Er machte einen stillen und in sich gekehrten Eindruck. Einige Male hatten sich ihre Blicke beim Bierbrauen getroffen. Was mochte er für ein Kerl sein? Die beiden saßen nebeneinander an der

Plankenwand, dort, wo der kalte Westwind eindrang, zusammen mit dem Riesen, der Atli Járnsiða genannt wurde.

Starkbier, acht Holzwannen voll, es ging eine große Menge Gerste dabei drauf. Es war nicht viel übrig davon und man musste haushalten, damit man durchkam bis zum Kornmahdmonat, zumal es in den Sternen stand, ob Freya genug Gerste für den nächsten Winter wachsen ließ. Die Saat war zwar ausgebracht, doch hatte sie noch keine Keime und Thors Spätfröste konnte sie jederzeit vernichten.

Åshild hatte Olaf gerade noch weitere vier Wannen Bier ausreden können. Er war sehr freigiebig, eine gute und zugleich gefährliche Eigenschaft. Jetzt winkte er der Sklavin des Bauern Gisli des Schwierigen, damit sie ihm nachschenke. Brighid hieß sie. Als sie mit dem Krug neben ihm stand, tätschelte er wahrhaftig ihren Hintern! Der Zorn stieg ihr ins Gesicht.

Brighid war die Tochter von Ayslin, die Gisli vor sechs Jahren aus Irland geraubt und zur Frau genommen hatte, nachdem er ihren Mann erschlagen hatte, in der Zeit, als der Norweger Turges im Norden Irlands sein eigenes Reich gründete. Hier hatte der verwachsene Streithansel natürlich keine gefunden. Brighid war zwar halbwegs eine Frau und zog manchen Männerblick auf sich, nicht zuletzt den ihres Ziehvaters. Das hatte Ayslin ihr voller Sorge anvertraut, denn Brighid war den Jahren nach noch ein Kind, nicht viel älter als Åshilds und Olafs Tochter Sigrun.

»Benimm dich«, zischte Åshild, während die Gesellschaft das Bier hochleben ließ. »Noch einmal rutschen dir die Flossen aus und du kannst bei den Kühen schlafen!«

»Musst du so laut schreien?«, zischte Olaf zurück.

»Musst du sie begrapschen?«, rief Åshild. »Und wer ist, beim *ragnarök*, Sigurd Wurm im Auge?«

»Lange tot.« Olaf hüstelte. »Sein Sohn ist Gorm der Weiße, dessen Sohn ist Eyvind Klumpfuß und dessen Sohn ...«

Åshild winkte ab. »Schon gut. Es reicht.«

»*Hæ*, Stecher!«, rief Olaf plötzlich. »Trink aus!«

Olaf hatte darauf bestanden, dass die beiden neuen Sklaven an dem Gelage teilnehmen. Sie gehörten zum Hausstand, ob sie wollten oder nicht, sie sollten die Gebräuche kennenlernen. Obwohl der Kleine, den sie Stecher nannten, an der Außenwand im Halbdunkel saß, sah Åshild, dass er bleich geworden war.

»Ich habe keinen Durst«, sagte er gerade so laut, dass man es hören konnte. Obwohl es sich unbeholfen anhörte, der Junge konnte offenbar etwas Nordisch.

»*Hæ!*«, rief Olaf. »Wenn ich sage ›austrinken‹, dann trinkst du aus, klar? Das gehört sich so bei uns und je eher du das lernst, desto besser!«

Der Riese, den sie Atli nannten, beugte sich zum Stecher hinunter und flüsterte ihm etwas ins Ohr, woraufhin der Stecher sein Horn hob und lange trank.

»Na also.« Olaf war zufrieden. Er gab Brighid einen Wink und hieß sie nachzuschenken. Diesmal behielt er seine Finger für sich. Er griff nach einem Gerstenfladen, von denen reichlich gebacken worden waren, legte ein ordentliches Stück von dem Ochsenfleisch darauf und biss hinein. Das Fett glänzte auf seinem Kinn.

Schon stand ein anderer der Männer auf und brachte den nächsten Trinkspruch aus. Wieder mussten alle ihre Hörner leeren. Man trank auf die Verstorbenen fünf Generationen rückwärts, auf sämtliche Helden, die im Kampf gefallen waren, die den ehrenvollen Tod in der Schlacht dem Strohtod auf der Schlafbank vorgezogen hatten und nun in Walhall in der riesigen Halle beieinandersaßen und feierten und, wie behauptet wurde, mit Odin um die Wette Met tranken.

Alle bis auf einen waren guter Stimmung und dieser eine war kein anderer als Gisli der Schwierige, den keiner mochte, weil er schroff war zu allen, was wiederum seinen Grund darin hatte, dass ihn keiner leiden mochte. Wer angefangen hatte, wusste niemand. Vielleicht hatte es mit seinem Vater zu tun, der ebenfalls ein Einzelgänger gewesen und längst tot war. Gisli saß allein, rechts und links neben ihm war reichlich Platz. Er schien darauf zu achten, dass er trank, wenn kein anderer trank, und sein Horn stehen ließ, wenn alle anderen das ihre hoben. Er gehörte zu denen, die in allen Dingen stets das Gegenteil von dem taten, was andere für vernünftig hielten.

Man muss darauf achten, dass er sich nicht mit Kolbjörn, seinem

Nachbarn, prügelt, dachte Åshild. Die beiden stritten sich um die Grenze zwischen ihrem Weideland. Kolbjörns Sklave hatte deswegen im letzten Sommer Gislis Sklaven erschlagen. Gisli hatte Blutgeld verlangt, den üblichen Tarif. Kolbjörn, dieser sture Bock, hatte sich geweigert mit der Begründung, Gisli sei selbst schuld. Das war durchaus möglich, denn in Sachen Sturheit war Gisli unübertrefflich. Männer mit Grundsätzen waren besser als die ohne, aber es kann auch zu viel damit werden. Sie saßen so weit wie möglich voneinander entfernt. Ich muss mit Olaf darüber sprechen, dachte Åshild, er muss zwischen den beiden schlichten, bevor es noch einen Toten gibt. Er muss für Ruhe sorgen. Zum Glück waren es nur die Männer, die für Streit und Unruhe sorgten, weshalb sie auch für die Schlichtung zuständig waren.

Åshild stand auf, den neuen Zinnbecher in der Hand. Sie räusperte sich, bis alle schwiegen und sahen, welch stolze Frau sie war und wie schön in der späten Blüte ihrer Jahre.

»Wir trinken auf alle tapferen und geduldigen Frauen!«, rief sie. »Sie haben die tapferen und kühnen Männer, von denen gerade die Rede war, geboren, die hilflosen Babys an ihren Brüsten genährt, sie großgezogen, ihnen anständiges Benehmen beigebracht, jedenfalls den meisten, äh, nebenbei die Hauswirtschaft geführt, für Wintervorrat gesorgt und Bier gebraut, und zwar ein verdammt gutes, wie ihr heute merkt. Ich trinke auf die Frauen, ohne die unsere toten Helden nicht in Walhall feiern würden! Wo wären sie, hätten wir, ihre Mütter, sie zu Feiglingen erzogen? Wobei, seien wir ehrlich, niemand weiß, ob sie wirklich dort sind. Zurückgekehrt ist bislang keiner, der es uns bezeugen könnte. Alle sind sie tot, ob es nötig war oder nicht, lassen wir besser beiseite. Und ich weiß nicht, ob Tote noch Lust auf große Feiern in riesigen Hallen haben, zumal so ganz ohne Frauen, und ob es so toll ist, jeden Tag im Kampf zu sterben und mittags, wenn es Schweinebraten gibt, wieder lebendig zu werden, und ob es wirklich so schön ist, die eigene Leiche von einer Walküre dorthin schleppen zu lassen, schon gar nicht wie Sighvat der Rote ohne Hände. Und was Odin angeht, dem ist nie zu trauen, oder? Vor dem haben wir sogar ein wenig Schiss, nicht wahr? Nicht umsonst nennt man ihn den Vielgestaltigen. Was wollte ich sagen? Prost auf die Heldinnen! Was wären die Helden ohne die Heldinnen! Wir trinken aus!«

Und sie trank. Ihr fiel ein, was sie noch alles hätte sagen können. Zum Beispiel hätte sie sagen können, dass es andererseits auch nicht schlecht war, wenn die Männer nach der Schlacht nach Walhall kämen und die Frauen, wenn sie denn auch tot wären, ihre Ruhe vor ihnen hätten. Dafür war es zu spät.

Schweigen.

Langes Schweigen.

Lange Blicke.

Die blieben zuletzt an Olaf Tvennumbruni kleben, dem Herrn von Lofotr, dem Mann, der zu großen Opferfesten einlud und auf das rechte Opfer zu Odins Ehren achtete, von dem es hieß, wie man Åshild zugeflüstert hatte, dass er ein Gestaltwandler sei und in das Fell eines Bären oder gar eines Werwolfs schlüpfen könne. Danach sah es jetzt allerdings wenig aus, fand Åshild.

Olaf blieb vorläufig der, der er war, und während er in der Farbmagie zu versinken schien, die das Feuer in sein Glas zauberte, standen einige Frauen auf, zuerst Ayslin, die sich so weit wie möglich fort von ihrem Mann auf eine Bank gesetzt hatte, neben mehrere Bäuerinnen, die am Binnensee ihre Nachbarinnen waren, dann ihre Tochter Brighid, beide prosteten sich zu. Und schließlich erhoben sich nach und nach alle Frauen, die in der Halle waren, mit dem Horn in der Hand, manche zögernd, unsicher, andere zackig, und sie riefen ihr Prost und tranken aus ihren Hörnern und knallten sie leer auf die Tische.

»Toll, Mama«, flüsterte Sigrun.

Åshild schlug sich vor die Brust und rülpste genussvoll, mit einer kleinen Melodie. Sie warf die Zöpfe zurück, sagte zufrieden »So!« und setzte sich wieder.

»Na«, sagte Olaf in die Stille hinein. »Frauen! Nun ja. Also. Uha. Oh. Øh. Ach, Ottar, sag, wie läuft es zuletzt mit der Wikingfahrt im Frankenland? Was sagt mein Bruder Regnar?«

»Nur Gutes«, antwortete Ottar. »Da unten gibt es eine Menge Flüsse, an denen eine Menge reicher Städte liegen, denn reich sind sie, die Franken, wahrhaftig, und umso reicher, als man weiter nach Süden gelangt. Einige haben bereits ihr Winterlager dort aufgeschlagen, auch dein Bruder Regnar.«

»Es läuft ungefähr so wie auf der Themse und mit London?«, fragte Olaf.

»Ja, so ähnlich«, erklärte Ottar und hustete. »Du wartest auf Wind und segelst den Fluss hinauf, was du besser bei Nacht tust. Es könnte sich nämlich herumsprechen, dass du etwas vorhast, was den Leuten nicht gefällt. Irgendwann wirst du eine Kirche …«

»Kirche?«, murmelte es von den Seiten her aus Olafs Gefolge.

»Wisst ihr etwa nicht, was eine Kirche ist?« Ottars Zunge war lose und laut geworden, aber nicht schwer. »Was seid ihr für Schnarchnasen? Olaf, du warst doch in Irland. Ist keiner hier, der dabei war? Diese Häuser, in denen sie ihren Gott anbeten!«

»Haben die etwa nur einen?« Sigrun kicherte. »Ist ja witzig.«

»Halt die Klappe, Sigrun«, sagte Olaf. »Klar weiß ich das. Erzähl weiter, Ottar!«

»Die Christen bauen die Kirchen ziemlich hoch, extra für uns als Wegwarte, scheint mir. Sie sind schon von Weitem zu erkennen, selbst wenn die Nacht so schwarz ist wie Niflheim, wirst du sie gegen den Himmel sehen. Sie sind so hoch, wie ein Langhaus lang ist, und noch höher.«

»Wie soll das gehen?« Olaf kratzte sich den Bart. »Höher, als meines lang ist? In Irland …«

»In Irland«, warf Åshild ein. »Jaja, damals in Irland!«

»Übertreibst du nicht etwas?«, fragte Olaf. Man wusste schließlich, dass ein Ding umso größer wurde, je weiter man sich davon entfernte, und immer kleiner, je näher man ihm kam.

»Leute, übertreibe ich?«, rief Ottar. »Eyvind, was sagst du?«

Eyvind war der Dichter von Borg, den Olaf vor Jahr und Tag in Kaupang aufgegabelt hatte, ein Mann, der aus dem Svealand stammte und, wie er sagte, schon weit herumgekommen war, unter anderem im Osten nach Holmgard und im Süden bis zum Frankenland. Er behauptete von sich, in sämtlichen Versmaßen dichten zu können. Eyvind war kurz und breit wie ein Runenstein.

Er richtete sich auf und erklärte mit tragender Stimme: »Die Türme sind höher, als zwei flotte Eisenvögel fliegen, geworfen von der Säule der Ringe.«

»Was sage ich?« Ottar warf sich in die Brust. »Prost!«

»Prost!«, erwiderte Olaf. Er sah sich um, ob alle ihre Hörner erhoben hatten, dann erst trank er, und als alle getrunken hatten, sagte er: »Fahre fort, Eyvind Skalde.«

»Du wartest auf der Schwanenstraße am Ufer, ein ordentliches Stück von der Kirche weg. Kurz bevor die Himmelskerze zu leuchten beginnt, reitest du dein Wellenross weiter, und falls es nötig ist, gehst du mit den Meerfüßen, bis du bei der Kirche angekommen bist. Dort gehst du mit deinen eigenen an Land und nimmst, was du gebrauchen kannst. Man glaubt es kaum, was die für Schätze haben. Sifs Haar und Freyas Tränen! Ich will im nächsten Jahr wieder mit dir ziehen, Olaf. Lass uns wieder Rabenfutter machen!«

»Gute Idee, Eyvind!«, rief Åshild. »Erkläre denen, die dich nicht verstanden haben, was du gesagt hast.«

»Dichtersprache«, antwortete Eyvind geschmeichelt. »Eisenvögel sind Pfeile, manche von uns sagen auch Wurfschlangen dazu. Säule der Ringe ist der Arm, denn daran tragen wir unsere silbernen und goldenen Ringe. Schwanenstraße kannst du dir denken, das ist der Fluss, das Wasser. Die Himmelskerze ist die Sonne, was sonst, und das Wellenross das Schiff, ist doch klar, und die Meerfüße, na, was sind sie? Die Ruder natürlich! Sifs Haar? Jeder weiß, dass sie Gold gleich glitzern, und ebenso die Tränen der Freya. Schätze eben. Rabenfutter, das sind die Erschlagenen, die die Raben fressen.«

»Das versteht keiner!«

»Nach und nach schon.«

Hinten an der Wand nickte Atli kräftig und wandte sich dem Mönch zu, der an seiner linken Seite saß, und flüsterte mit ihm.

»Und dann«, ergriff Ottar wieder das Wort, »dann nimmt man sich, was man gebrauchen kann, und ist neben der Kirche ein Kloster, wird man einiges finden. Die Mönche sind feige, sie laufen allesamt fort, sofern sie noch können.«

Olaf nahm einen Schluck. Er war in die Jahre gekommen, hatte schon oft aus dem Glas getrunken und jedes Mal, wenn er es hob, musste er an seine Gefährten denken, die jetzt in Irland auf dem Friedhof lagen, das wusste Åshild. Wer alt wird, erinnert sich, und nicht alle Erinnerungen sind gut. Die irischen Mönche hatten sich gewehrt.

»Wehren die sich nicht?«, fragte er.

»Nø«, erwiderte Ottar. »Von allem, was man hört, nicht. Regnar hat bekanntlich die Hammaburg überfallen, Atli wird dir davon berichtet haben. Sie sind fort, so schnell sie können, und nehmen nur Plunder mit, den unsereiner sowieso nicht brauchen kann. Zack, sind alle weg. Bis auf …« Er unterbrach sich, sah sich um und entdeckte Christopherus hinten vor der Plankenwand.

»Bis auf den Langen dort?«, wollte Åshild wissen.

Ottar nickte. Regnar musste ihm einiges berichtet haben.

»Und was für Plunder?«, fragte Åshild. Sie nahm sich vor, später zu klären, was mit Regnar und dem Langen war. Olaf schien ohnehin nicht zu gefallen, dass sie sich benahm, als hätte sie genauso viel zu sagen wie er. Er machte ein saures Gesicht.

»Bücher zum Beispiel«, antwortete Ottar.

»Huh!«, sagte Olaf und tippte mit dem Zeigefinger auf seine Stirn, kurz über der rechten Doppelbraue. In Irland war es nicht viel anders gewesen, obwohl sich die Mönche gewehrt hatten. Immer zuerst den Plunder. »Ich sage es ja. Die spinnen, die Christen. Gold und Silber lassen sie liegen, aber Bücher – die retten sie.«

»All die kostbaren Sachen und die hohen Häuser«, gab Åshild zu bedenken. »Sie müssen doch irgendwie mächtig sein, diese Christen, nach dem zu urteilen, was sie zustande bringen.«

»Mächtig?« Ottar trank aus seinem Horn, das er stets mit sich am Gürtel führte, neben Sax und Axt, ein kostbares Stück, dessen Rand mit Silber eingefasst war. Er hatte sich das vor Jahr und Tag anfertigen lassen, in Kaupang, wo es gute Silberschmiede gab. Er hielt auf Tradition und trank nie aus gläsernen Bechern. Gläser hielten nicht so viel aus wie ein Horn und man musste höllisch aufpassen, dass sie nicht zerbrachen. »Dass ich nicht lache! Mächtig waren wir, die wir ihnen alles genommen haben!«

»Und warum haben sie sich nicht gewehrt?«, wollte Åshild wissen.

»Keine Ahnung. Wahrscheinlich weil sie nicht dazu gekommen sind oder weil sie keine Männer sind. Haben, mit Verlaub, keine Eier. Kämpfen können sie auch nicht. Bevor sie zwei Atemzüge machen, habe ich ihnen die Beine zerhackt und meine Leute geben ihnen den Rest, nicht wahr?«

»War so, war so«, brummte es aus den Bärten um ihn her, die meisten davon ungewaschen, und man hob die Hörner und brachte Trinksprüche aus und trank auf die dummen toten Christen.

»Und woher hat der, der neben dir sitzt …? Wie heißt er?«

»Hákon.«

»Warum hat er die Narbe an der Wange?«, fragte Åshild. »Mich deucht, die fehlte ihm, als ich ihn im letzten Jahr gesehen habe, und sie scheint noch nicht alt zu sein.«

»Das war eine Lanze«, knurrte Ottar. »Reiner Zufall. Pech.«

»Aha«, sagte Åshild. »So ein Eisenvogel.«

»Willst du dich über ihn lustig machen!«, fuhr Ottar auf. »Wir waren an der Küste vor Dorestad, ein Abstecher bloß, und …«

»Ich kenne Männer, die so etwas gar nicht erst an sich rankommen lassen. Und ich frage mich, ob du mit mehr Männern aufgebrochen bist, als jetzt noch bei dir sind.«

Olaf stieß sie an. »Glaubst du etwa, ein Wiking ist eine Spazierfahrt?«

»Lanzen fliegen nun einmal ziemlich schnell und man kann seine Augen nicht überall haben«, erklärte Ottar. »Nicht wahr, Hákon?«

»Diese verfluchte Lanze ist besonders weit geflogen«, sagte Hákon. »Als ob sie von Loki selbst geworfen wäre.«

»Vielleicht fangen sie an, sich zu wehren, die Christen, und Loki hat gar nichts damit zu tun«, sinnierte Åshild laut und fragte sich, ob die Christen wirklich allesamt dumme Leute waren. »Die Lanze kam ja wohl nicht von einem, der weggelaufen war, oder was meinst du, Olaf? Soll mich wundern, was in den Büchern steht, die sie gerettet haben, die Mönche. Scheint ihnen ja teurer gewesen zu sein als Silber und Gold.«

»Sie haben ein heiliges Buch, habe ich gehört«, sagte einer von Ottars Leuten, ein sehniger Typ mit kratziger Stimme und grauen Strähnen im Haar, der dem Stecher gegenüber auf der Bank saß und vorher nicht gesprochen hatte. »Die Bibel. So nennen sie es.«

»Und? Was steht drin?«, fragte Åshild.

»Keine Ahnung«, antwortete der Mann. »Irgendwelche heiligen Geschichten. Von einem Mann, den sie Jesus nennen.«

»Ist das der Gott, den sie anbeten?«

»Nein, er soll Gottes Sohn sein.«

»So wie Thor der Sohn von Odin ist?«, fragte Åshild. »Hat er auch so viele Muskeln und einen roten Bart, dieser Jesus, hat er einen Hammer, einen eisernen Handschuh und einen Kraftgürtel? Schleudert er Blitze und lässt es krachen?«

»Nein«, erwiderte der Mann. »Das heißt, genau weiß ich das nicht. Man hört dieses und jenes. Er soll ein sehr guter Mensch gewesen sein, so viel steht fest.«

»Mensch oder Gott, was denn nun?«, sagte einer der Hüteburschen, der auf derselben Bank saß wie der Stecher.

»Guter Mensch, hehe, was ist das?«, fragte ein anderer.

Olaf lachte, dass das Bier aus seinem Glas schwappte. »Jeder weiß, dass Thor ein Menschenfreund ist und die Riesen erschlägt, die uns Übles wollen. Hat er auch einen Wagen, dieser Jesus, mit dem er über den Himmel und die Erde fahren kann, und zwei Böcke, die ihn ziehen, mit Namen Zahnknirscher und Zahnlücke?«

»Nein«, sagte der Erste. »Es heißt, er sei zu Fuß gegangen, in einer Wüste, die weiter fort ist als Miklagard, und man sagt, er habe weder Wagen noch Schiff und nur zwölf Gefolgsleute gehabt.«

»Zwölf?«, brüllte Olaf. »Nur zwölf? Dass ich nicht lache! Es reicht mir mit diesem Christengesabbel! Kann nicht mal einer was Lustiges erzählen?«

»Ich kann sagen«, kam eine langsame Stimme aus dem Dunkel hinten an der Außenwand. Der Lange, von dem es hieß, er sei Mönch gewesen, war aufgestanden, sein hageres Gesicht im warmen Widerschein des Feuers. Sein trauriger Blick aus tiefen Augen wanderte hin und her. »Ich sagen von Christus, wenn du wollen.«

»Nein!«, rief Olaf. »Wir wollen trinken und keine albernen Christengeschichten hören. Ich sage Prost! Wir trinken auf Freya, der wir dieses Bier gewidmet haben. Sie sorgt für Glück und Fruchtbarkeit und den Frühling, der nun kommt.«

Alle tranken, sogar der Stecher und der Mönch, der sich wieder gesetzt hatte, und der Finne Rautas von der Südküste, ein kleiner knotiger Kerl, der in einem rot-blauen Rock steckte. Das Gelage ging weiter. Olaf hatte einige der Finnen eingeladen, von denen er demnächst die Steuern einzutreiben gedachte. Es konnte nicht schaden, Dinge vorweg zu besprechen.

»*Hæ*, Ottar, mein guter alter Freund!«, rief Olaf mit plötzlicher Entschlossenheit. »Komm, setze dich zu mir!« Er erhob sich ohne Wackeln, scheuchte ein paar Leute mit großzügigen Armbewegungen von der nächsten Bank fort, setzte sich dorthin und deutete auf den gegenüberliegenden Platz. »Wir wollen beieinandersitzen und trinken!«

So geschah es.

Åshild hatte wenig getrunken. Während sie zusah, beschloss sie, das mit den Christen und ihren Büchern ein andermal gründlich zu klären. Ottar hielt sich an einem der Pfeiler fest und sprang beherzt über den Feuergraben, wobei er die Glut nur ein wenig durcheinanderbrachte und heil am Pfeiler auf der anderen Seite des Feuergrabens ankam. Die Funken stoben und aller Blicke hoben sich, es konnte einer dabei sein, der einen Brand auslöste. Brighid füllte Olafs Glas und Ottars Horn, worauf zuerst Olaf sein Glas leerte, dann Ottar sein Horn, und alle mussten ebenso trinken.

Das ging eine Weile so fort, bis der ein oder andere der Männer verschwand, um sich zu entleeren, auf die ein oder die andere Weise, und nicht alle würden es schaffen bis in die frische Luft, sondern nur bis in den Gang, in dem es sauer zu riechen begann wie immer bei solchen Gelagen. Die übrigen tranken weiter. Bis Ottars Leute sagten, nun könnten sie nicht mehr, und sie ließen ihre Hörner ungeleert stehen. Ottar wollte das nicht dulden, er redete ihnen zu, und das nicht wenig oder leise, doch es blieb dabei, sie konnten und wollten nicht mehr.

»Nun denn!«, rief Ottar. »So trinke ich für euch. Ihr für mich und ich für euch, wie es sich gehört!« Er stand auf, griff sich ein Horn, leerte es. So tat er es in rascher Folge für alle acht Männer, indem er jeweils hinter sie trat. Als das letzte Horn geleert war, rülpste er vernehmlich, ließ seines wieder füllen und begab sich bedächtigen Schrittes zurück zu seinem Platz. »Prost, Olaf, trink aus!«

Olaf ließ sich das nicht zweimal sagen und leerte sein Glas. Er erhob sich, ging von einem Platz zum anderen und trank, was in den stehen gelassenen Hörnern der Gesellschaft übrig war, kehrte zufrieden zu seinem Platz zurück, ließ sein Glas wieder füllen und verlangte von Ottar, dass auch er trinke.

So ging es wieder eine Weile fort und sie vertrugen sich prächtig, wie es alten Freunden ziemt. Sie saßen einander gegenüber, sahen sich wohlgefällig an, ließen ihre Trinkgefäße füllen und tranken sie leer. Ihr Gespräch war verstummt. Freunde brauchen keine Worte, und es fiel ihnen wohl keiner mehr ein, auf den sie hätten trinken können.

Es war still geworden in der Halle, die Männer waren müde, sie waren zusammengesunken wie das Feuer. Nicht wenige von ihnen fanden es auf dem Boden bequemer, vielleicht waren sie dort Odin nah, ein dünner Rauch suchte seinen Weg bis unter das Dach und nach draußen. Nach und nach verließen sie die Halle, nicht alle aufrecht, oder sie versuchten es jedenfalls, so gut sie vermochten. Manche würden nur bis in den Gang kommen, wie immer bei solchen Gelagen, wo sie liegen blieben, obwohl es da nicht einladend war. Und glücklich konnte sich schätzen, wer eine Frau fand, die ihn stützte, es mit ihm in die helle Nacht hinausschaffte bis hinter einen Hügel und dort Dinge tat, die sie an einem anderen Tag nicht getan hätte. Sogar Gisli war fort.

Olaf und Ottar machten weiter, noch eine Weile.

»*Hæ*, Ottar!«, rief Olaf. »Mir will scheinen, du wirst langsamer. Schmeckt dir mein Gerstensaft nicht mehr?«

»Oh doch«, erwiderte Ottar und erhob sich, wobei er beide Fäuste auf den Tisch stemmte und sich vorbeugte. »Er schmeckt mir seeehr gut, sooo gut, dass ich ihn, burps, zweimal genießen kann.«

Als er das gesagt hatte, kam aus seiner Kehle ein gewaltiger Schwall, der Olaf ins Gesicht schoss, in die Nase, die Augen und den Mund, und nachdem das erledigt war, setzte sich Ottar wieder.

Olaf wischte sich, was Ottar getrunken hatte, aus dem Gesicht. Er nahm sein Glas behutsam in die Hand, leerte es bis auf den Grund und reichte es wie ein frisch geschlüpftes Küken seiner Frau.

»Ich danke dir für diesen wunderbaren Abend«, sagte Olaf, mit, wie Åshild fand, recht manierlicher Aussprache, und es ruckte in ihm, als hätte er ein lebendiges Tier im Leib, und er tat das, was Ottar zuvor getan hatte, und stand ihm in nichts nach, sodass es an Ottar war, sich zu reinigen.

Åshild sah sich um. Nur Atli, der als Letzter nachdenklich und senkrecht hinter seinem Horn saß. Die anderen hatten sich verkrümelt, bis auf einige, die sich auf allen vieren mit Odin unterhielten.

Olaf verlangte nach Bier und trank allein weiter, bis auch er den Kopf hängen ließ und ihm die Augen zufielen.

Åshild bat Atli, die beiden Trinker fortzuschaffen. Sie ging voraus, während Atli Olaf wie ein Kind ins Ehegemach trug und ihn auf die Felle der Schlafstatt legte. Olaf schnarchte sogleich.

»Sag«, fragte sie, »dieser lange Mensch, der ein Mönch gewesen sein soll, ist er fortgelaufen, als ihr die Hammaburg überfallen habt, wie die anderen, von denen Ottar berichtet hat?«

Atli schüttelte den Kopf. »Nein. Er nicht. Und der Kleine auch nicht. Sie sind – gut.«

Dann sah sie seinen gebeugten Riesenrücken, er stieg über die Schwelle und verschwand.

Åshild fand, dass Olaf alles andere als gut roch. Sie beschloss, im Alkoven der Nebenkammer zu schlafen, in dem Bett, das Helgi früher benutzt hatte, ihr zweiter Sohn, der seit drei Jahren auf Wiking nach Britannien fort war. Ein Raum, den sie selten betrat, weil sie hier dem Gefühl des Verlustes nicht ausweichen konnte.

Wenn man allein war, blieb es nicht aus, dass man ins Grübeln geriet. War sie zu kratzbürstig gewesen? Hatte sie Olaf Unrecht getan? Ihm, der neuerdings halben Kindern an den Hintern griff. Es hatte eine Zeit gegeben, da hatte er um Åshild geworben.

Sie erinnerte sich an das große Gelage, damals, nachdem Olaf
die Häuptlinge von Lofotr unterworfen und zu seinen Vasallen und
Gefolgsleuten gemacht hatte, mit Schwert, Feuer und Heirat, denn
Åshild war die Tochter des mächtigsten unter ihnen. Vier goldene
Plättchen, nicht größer als ein Daumennagel und dünner als die
weiße Haut der Birke, mit dem eingestanzten Paar darauf, das sich
gegenüberstand und sich umarmte, legte er unter die Pfostenlöcher
ihres Hochsitzes zum Zeichen ihrer Verbindung für alle Tage, die
ihnen noch beschieden waren. Vierzig Unzen Silber bezahlte er als
Brautgeld, was deutlich mehr war als der Preis eines armen Mannes,
und noch einmal fünfzehn als Morgengabe nach der Hochzeitsnacht,
womit er sich sehr großzügig zeigte. Eine Fackelprozession begleitete sie und Olaf bis an das Hochzeitsbett, einschließlich der sechs
Zeugen, die den Ehekontrakt beschworen hatten. Olaf platzierte
die Goldplättchen auf die Bettpfosten und nahm ihr die Brautkrone
aus dem Haar, worüber das Pack allerlei schmierige Bemerkungen
machte und anzüglich herumkicherte. Gleich nachdem das Volk endlich verschwunden war, nahm er die Goldplättchen wieder herunter
und legte sie vorsichtig beiseite, damit sie bei dem, was anschließend
ihre Pflicht war zu tun, nicht hinunterfielen und unter die Stiefel
kamen oder sonst wie zu Schaden. Ach, damals …

Sie freute sich auf Olafs Reise. Bald würde er mit dem Knörr abreisen und die Küstenorte aufsuchen, um die Steuern einzutreiben.
Sie würde allein sein. Sie dachte an den langen Sklaven, sie spürte
noch seinen durchdringenden und gleichzeitig melancholischen,
wie nach innen gerichteten Blick, dass jede Frau … Was war ein
Mönch? Und was war er für ein Mann?

39

»Heute wirst du die Kühe hüten, Stecher«, sagte Gisli.

Mathes nickte. Obwohl es noch früh sein musste, war er nicht müde. Es gab keine Nächte mehr, die die Tage voneinander schieden, sie gingen ineinander über. Man schlief ein wenig, wenn sich die Sonne im Norden dem Horizont näherte, und wachte auf, wenn sie sich im Osten wieder erhob. Man wusste nicht, ob man müde war oder überwach.

Es war der erste Tag, an dem er für den Mann arbeiten sollte, den man Gisli den Schwierigen nannte, einen krumm gewachsenen Bauern mit langen Armen und finsteren Brauen, der einer der Stärksten war in Olafs Gefolge.

»Willst du gar nicht wissen, wo?«, fragte Gisli. Seine Stimme enthielt eine Portion Unzufriedenheit.

Ayslin und Brighid mahlten Gerste. Sie schwiegen mit gesenkten Köpfen.

»Ich dachte, Ihr würdet es mir sagen«, antwortete Mathes.

»Zum Denken bist du nicht hier«, knarrte Gisli. »Weißt du, wozu du hier bist?«

»Ja.«

Gisli starrte Mathes an. Sein Adamsapfel wippte wie der Schwanz einer Bachstelze, seine Backenmuskeln spannten sich. »Willst du mich zum Narren halten?«

»Nein.«

Gisli machte einen Schritt auf Mathes zu. Sie standen im dämmrigen Feuerhaus, dem nach Süden zu gelegenen Raum des Hauses, in dem gekocht wurde. Die Feuerstelle war noch warm, über der Glut hing ein Kessel, aus dem Wasserdampf stieg.

Gisli packte Mathes am Kragen und zog ihn sich vors Gesicht.

»Hör zu, Freundchen! Wenn ich dich etwas frage, erwarte ich eine Antwort, und zwar sofort. Merk dir das!« Er ließ Mathes los.

»Ihr habt gefragt, ob ich weiß, wozu ich hier bin, und ich habe sofort mit Ja geantwortet«, sagte Mathes, nachdem er sich aufgerichtet und drei Schritte Abstand hatte.

Gislis Fäuste öffneten und schlossen sich wie im Krampf. Seine Hände sahen aus, als wären sie noch nicht fertig, wie zwei zugehauene Hölzer, die nur taugten zu grobem Gebrauch.

»Hör zu, du fränkischer Wicht! Wenn ich eines nicht vertragen kann, sind das Widerworte. Ich warne dich, mir auf der Nase herumzutanzen. Heute kriegst du noch keine Prügel dafür. Komm!«

Gisli stieß die Tür auf und blieb auf der Hauswiese stehen. Ein Kerl wie einer der Bäume, die schief aus einer Felsspalte gewachsen waren. Seine rechte Faust und Schulter hingen tiefer als die linken. Seine ungleichen Arme waren unmäßig lang. Mathes war ihm gefolgt. Im Westen lag der Binnensee, bis zu dem hinunter Gislis Weiden reichten. Darauf grasten seine Schafe zwischen den Steinwällen, weiße Knollen. Nach Süden hin streckte sich eine steinige Hügelkette bis an den Binnensee. Im Osten erhoben sich die schneebedeckten Berge.

Gisli wies auf die Hügel. »Hinter der Kuppe dort ist der Fluss. Du wirst ihn gesehen haben gestern. Wir nennen ihn Handbergselv. Da ist das fetteste Gras und dort, in der Niederung des Flusses, an seinem Ufer, sollst du die Kühe weiden lassen. Das allerbeste Gras ist auf der anderen Seite des Flusses. Es schadet nicht, wenn du dort mit den Kühen einen kleinen Besuch machst. Das wird guten Skýr und fetten Käse geben. Auch für dich.«

Mathes nickte. »Kriege ich jetzt nichts zu essen? Ich habe Hunger.«

Es war früh am Tag, die Nacht war kalt gewesen, die Sonne steckte hinter den Ostbergen fest, der ewige Westwind zauste die Haare und Mathes fröstelte. Im Norden war die Wärme auch im Sonnenmonat dünn. Bei Regen oder Nebel war es mitunter so kalt wie damals auf der Hammaburg im Winter. Und es regnete und nebelte oft.

»Hunger haben sie alle«, knurrte Gisli, als spräche er mit sich selbst, und spuckte aus. Laut sagte er: »Sobald die Kühe satt sind und sich hinlegen, treibst du sie wieder her. Dann kannst du einen

Teller Graupen essen und von mir aus ein wenig Skýr und Käse. Ayslin wird dir was geben. Und merk dir, Essen gibt es nur nach getaner Arbeit!«

Mathes machte sich auf den Weg. Als er zehn Schritte fort war, drehte er sich um und rief: »Ich bin übrigens kein Franke. Ich bin ein Sachse.«

Bevor Gisli etwas erwidern konnte, sprang er fort, den drei Kühen nach.

Schnaufend und schwanzschlagend schaukelten sie vor ihm hügelan. Er musste ihnen nur folgen. Es hieß, Gisli vertrage sich mit niemandem und sei niemandes Freund. Mathes hatte ihn beim Festgelage in Olafs Halle gesehen. Er hatte sofort gefühlt, dass Ayslin und Brighid ebenso unfreiwillig in Gislis Haushalt waren wie er selbst. Vor sechs Wochen waren sie angekommen, er und Christopherus. Nach ihrer Ankunft hatte Atli seinen Unterricht fortgesetzt, bis Olaf meinte, nun verstünden sie genug und es sei an der Zeit, dass sie anständig arbeiteten, zumal Gisli dringend einen neuen Sklaven benötige, nachdem der frühere gestorben sei.

Gestorben, dachte Mathes und es grauste ihn. Woran mag er gestorben sein? Doch hatte er nicht neugierig scheinen wollen und nicht nachgefragt. Er würde es später erfahren und sich danach einrichten. Die Zeit mit Christopherus und Atli war Vergangenheit, beide waren in Olafs Langhaus verblieben. Christopherus sollte die Schafe hüten und für Feuerholz sorgen, er ging bei dem Jarl und seiner Frau ein und aus.

Mathes war von heute an auf sich allein gestellt. Er konnte den Mönch nicht mehr um Rat fragen. »Du musst ein wenig frech sein«, hatte der gesagt, »aber nicht zu sehr. Du darfst keine Angst zeigen. Dann haben sie Respekt. Und wenn es geht, sei freundlich.« Mathes erinnerte sich, wie Christopherus dem Räuber Regnar entgegengetreten war, nachdem Eldar der Blinde einen der Franziskanerbrüder ermordet hatte, damals, als Eldar nur Eldar hieß.

Die Kühe hatten die Kuppe der Hügelkette erreicht. Unten wand sich das Band des Flüsschens. Das Wasser hüpfte in Windungen hinunter zum Binnensee. Die Gischt blinkte durch den schütteren

Birkenwald, der die Ufer besäumte. Westlich des Sees das Langhaus, in dem der Jarl Olaf von Borg mit seinem Gesinde wohnte.

Ein gewaltiger Bau, ein größeres Haus gab es wohl nirgendwo, es thronte auf der Kuppe des Grashügels. Mehr als vier mal zwanzig Schritte war es lang und so hoch wie ein Schiffsmast. Die übereinandergelegten Bretter auf dem Dach schimmerten von Ferne wie die Schuppen eines Drachens oder der Rücken der Schlange Nidhöggr, von der Atli erzählt hatte, dass sie unten an der Weltenesche lebe, an ihrer Wurzel nage und die Toten peinige. Es gab viele Räume in dem Haus, in denen Mathes nicht gewesen war. Wohl um die fünfzig Menschen lebten darin und im Winter ebenso viele Rinder. Drüben, hinter der Westseite des Binnensees, das dunkle Wasser des Außensees, der mit dem Binnensee nur durch einen schmalen Zufluss verbunden war. Darüber führte eine Zugbrücke, die Tag und Nacht bewacht wurde.

Hinter dem Außensee war das grausame Meer, dem sie entkommen waren, auf ihrer Reise aus dem Süden, über das unendliche Wasser, entlang der grauen Küste, viele Tage, die sie, fast schlaflos und ohne einen trockenen Faden am Leib und nichts als Gischt und Wellen um sie her, gegen den Wind gekreuzt waren. Jeder neue Tag war länger gewesen als der vorige, kälter und windiger und nasser und weiter fort von der Heimat und der Hoffnung auf Flucht und Rückkehr, denn wie sollte er den ganzen weiten Weg auf sich allein gestellt schaffen? Und wie sollte er Mutter und Magdalena finden?

Überall Steine. Das ganze Land bestand aus trostlos grauem Gestein, über das an manchen Stellen etwas Erde gebreitet war. Die Berge jedoch waren purer Fels, an ihren steilen Flanken haftete nichts, ihre nackten Spitzen spießten die Wolken auf.

Nun ging es wieder hinunter. Die Kühe hielten mitunter inne, um das Gras zwischen den Steinen zu fressen. Mathes hörte ihrem Rupfen und Kauen zu und leistete ihnen Gesellschaft. Keine schwere Arbeit. Der gemächliche Gang der Tiere beruhigte die Gedanken. Oder war es, weil er das erste Mal seit vielen Wochen allein und für sich war?

Die Kuppe der Hügelkette lag nun hinter ihm und verbarg Gislis

Hofstelle. Gisli würde ihn womöglich kontrollieren. Also hinüber, auf die andere Seite des Flusses. Er folgte seinem Lauf und fand eine Stelle, an der er die Tiere durch Kies und flaches Wasser hinübertreiben konnte. Hier schienen sie sich nicht auszukennen. Er zog sich Schuhe und Fußwickel aus und durchquerte den Fluss mit den Tieren.

In der Tat, das Gras war fett und dunkelgrün, im Schatten fast blau. Die Kühe konnten sich satt fressen, während Mathes' Hunger wuchs. Die Sonne stand hoch über den metallisch grauen Bergspitzen. Und plötzlich funkelte es silbern im Wasser, die Mooskissen entlang des Bachs leuchteten schmerzlich grell in allen grünen Farbtönen auf, das Gestein war hell geworden, im Gras glitzerte der frühe Tau. Die Stämme der Birken grüßten weiß wie alte Freunde aus dem heimischen Moor und das Plätschern und Murmeln des Wassers klang wie ein Frühlingslied. Es wurde warm und das Land freundlich. In den Niederungen und Senken des kleinen Flusstals war es beinahe windstill. An einem solchen Tag mussten die ersten Menschen an diesen Ort gekommen sein. Alles war an seinem richtigen Platz.

Eine der drei Kühe stammte aus Haithabu, ein großes Tier, mit dem sich Mathes unterwegs auf Ottars Knörr angefreundet hatte. Die Kuh teilte sein Schicksal und er hatte sich bereit erklärt, sie zu melken. Unterwegs hatte sie nur wenig Milch gegeben. Mathes redete mit ihr, mit sanfter Stimme. Interessiert wandte sie den Kopf, sie hatte keine Scheu und sah ihn an, aus melancholischen Augen, die glänzten wie große blaue Pflaumen.

»Brav«, sagte Mathes. »Gib mir ein bisschen von deiner Milch, ja?«

Er näherte sich ihrem Euter. Die Kuh ließ es zu, dass er sich dicht an ihrer Flanke niederhockte, nach den Zitzen griff und sich die warme Milch in den Mund spritzte. Mathes achtete darauf, sie gleichmäßig aus allen vier Zitzen zu melken, und hörte erst auf, als er merkte, wie sich sein Bauch mit der warmen Flüssigkeit gefüllt hatte. Dann ging er hin zu den Birken am Ufer und pflückte und aß ihre bitteren Blätter und Knospen, bis er fast satt war. Vielleicht ist

Gisli doch nicht so übel, dachte er. Immerhin hat er Skýr und Käse versprochen.

Mathes setzte sich, den Rücken an einen kleinen Hügel gelehnt, und ließ sich die Sonne ins Gesicht scheinen. So konnte man das Leben aushalten – könnte man alles andere vergessen.

»He du!«, hörte er eine heisere Stimme. »Schere dich weg da!«

Mathes sah einen Mann von Süden her über die Kuppe jenseits des Flusstals auf sich zukommen. Eine langstielige Axt baumelte in seiner Hand. Mit dem Frieden war es wohl vorbei.

»Das ist unser Land!« Der Kerl blieb stehen. Er hatte schwarze Haare und eine dunklere Haut.

Mathes stand auf und kraulte seiner Kuh den Rücken.

»Bist du der Stecher?«

»So nennt man mich. Seit heute bin ich Gislis Sklave. Er hieß mich, die Kühe über den Fluss zu treiben.«

»Das sieht ihm ähnlich. Mein Herr sagt, er ist verschlagener noch als Loki. Mein Herr hat mir befohlen, jeden zu erschlagen, der seine Tiere auf seinem Land weiden lässt. Ist nicht das erste Mal, dass Gislis Kühe das Gras meines Herrn fressen.«

»Und deshalb willst du mich töten?« Mathes kraulte die Kuh unmerklich, damit sie nicht fortlief. »Ich kann nichts dafür. Ich habe es nicht gewusst. Gisli hat es mir nicht gesagt.«

»Das ist meinem Herrn gleich. Dein Leben ist ihm nichts wert. Mir auch nicht. Und deinem Herrn schon gar nicht. Trotzdem werde ich dich heute verschonen. Einen zweiten Besuch wirst du nicht überleben.«

»Da wäre ich mir an deiner Stelle nicht so sicher«, entgegnete Mathes. »Ich hoffe, du weißt, warum man mich den Stecher nennt.« Atli hatte dafür gesorgt, dass jeder die Geschichte von der Blendung Eldars gehört hatte, wobei er noch ein wenig übertrieben hatte.

Der andere hatte bei diesen Worten die Axt in beide Hände genommen. Er wippte in den Knien. »Ich weiß es. Aber es interessiert mich nicht. Du kannst es ja darauf ankommen lassen. Dein Vorgänger war doppelt so groß wie du und doch habe ich ihn mit dieser

Axt getötet. Da hatte er nur zwei Kühe dabei, eine davon habe ich ebenfalls getötet. Wir haben sie als Schadenersatz behalten. Jetzt hat Gisli wieder drei. Ich werde sicher nicht warten, bis du das dritte Mal hier bist!«

»Ich danke dir, dass du mich gewarnt hat«, sagte Mathes und lächelte. Er begriff, warum Gisli Ottar eine der Kühe abgekauft hatte. »Und dass du nicht gleich auf mich losgegangen bist. Es ist besser, keinen Streit zu haben. Ich bin nur ein Sklave und nicht der Herr über meine Taten. Und wie heißt du?«

»Sie nennen mich den Schwarzen.«

»Du bist doch gar nicht schwarz, nur ein wenig dunkler als andere.«

Der Mann winkte ab. Er ließ die Axt ins Gras fallen und setzte sich daneben. »Ich weiß. Ich stamme aus dem Frankenland. Ich lebte als Kind in einem Kloster, das auf einer Insel lag. Sie heißt Noirmoutier, das weiß ich noch. Das ist Fränkisch und bedeutet schwarzes Kloster. Mein Vater hat mich dorthin gegeben, nachdem meine Mutter gestorben war. Die Mönche trugen ein schwarzes Habit und die Nordleute, die sie ermordet haben, nannten sie deshalb Schwarzröcke.«

»Seit wann bist du auf Lofotr?«

»Lange. Seit ich ein Kind war. Jetzt ist übrigens ein Nordmann der Herr der Insel und er lebt dort mit seinem Gefolge. Einer von Ottars Leuten hat mir das erzählt. Da hat er eine kürzere Anfahrt für seine Raubzüge und muss nicht immer den weiten Weg hin- und hersegeln.«

»Willst du nicht fort?«

»Nein«, lachte der Schwarze. »Wo soll ich hin? Ich habe dort niemand mehr, zumal jetzt Nordleute die Insel beherrschen und ich meine fränkische Sprache vergessen habe. Ich war damals erst vier oder fünf Jahre alt.«

»Du kannst sie von mir neu lernen. Vielleicht …«

»Nein, lass. Mein Herr behandelt mich ganz gut. Er will sogar Olaf überreden, dass er mir Land gibt. Ich werde mir eine Frau nehmen und weiß auch schon, welche. Was will ich dann mehr?

Dann bin ich so gut wie frei! Jetzt musst du wirklich verschwinden. Wenn mein Herr …«

Mathes kam hinter seiner Kuh hervor, versetzte ihr einen freundlichen Klaps.

»Ich danke dir!«, rief er über die Schulter. »Solltest du Hilfe brauchen, werde ich es gerne tun, sofern ich kann. Unsere Herren könnten ihre Probleme übrigens besser selbst regeln, anstatt ihre Sklaven einander töten zu lassen, findest du nicht?«

Als er mit den Tieren auf der anderen Seite des Flusses angekommen war, ließ er sie dort so lange weiden, bis sie satt waren, und machte sich auf den Weg zurück. Natürlich hatte Gisli ihn absichtlich in die Falle geschickt. Nicht umsonst hatte er ihn mit der Aussicht auf Skýr und Käse gierig gemacht. Er würde Mathes ausfragen. Vor allem würde er ihm morgen wieder befehlen, die Kühe jenseits des Handbergselv grasen zu lassen. Und womöglich würde er umherschleichen. Obwohl sich Mathes freundlich mit dem Schwarzen unterhalten hatte, er würde dem Befehl seines Herrn gehorchen und Mathes töten.

40

Schafe hüten, dass sie grasen können und nicht die Gerstenfelder verwüsten. Nicht die schlechteste Arbeit. Sie war sogar gottgefällig, denn warm kleiden muss sich der Mensch im Norden der Welt und essen muss er. Wolle, Fleisch und Getreide. Nun gut, auch die Segel der Räuberschiffe wurden aus Schafwolle gemacht. Keine Rose ohne Dornen. Jarl Olaf auf Borg hatte eine große Herde, mehr als zehn mal zwanzig Tiere. Zunächst musste man sich die Kommandos für den Hund beibringen lassen. Das war nicht schwer, solange man einen Pfiff zwischen den Lippen zustande brachte.

Seit Christopherus wusste, dass die Tochter der Frau Emgard, das braun gelockte Mädchen Hulda, das Massaker auf der Hammaburg überlebt hatte, dazu ihre Mutter und der Mann, den sie als ihren Vater kannte, war sein Herz leicht und froh und die Last der schrecklichen Ereignisse am 12. April war von ihm genommen. Eine Beichte hätte das nicht vermocht, da du die Folgen deiner Taten siehst und gleich wie oft gebeichtet und gereut, sie klagen dich an. Christopherus fürchtete sich weder vor dem Tod, seit er ihn fast gestorben war, noch vor der Hölle. Er hatte den Glauben an des Teufels Reich verloren, seit sich an jenem Tag im April die irdische Hölle auf der Hammaburg aufgetan hatte. Er glaubte nicht mehr an einen zürnenden Gott, der dich der ewigen Qual der Hölle überlässt, sondern an einen gnädigen Gott, der die Menschen so sehr liebt, dass er seinen Sohn ausgeschickt hatte, sich ihre Sünden aufzuladen und um ihrer Willen am Kreuz zu sterben.

Wer die Menschen liebte, war gerecht. Eine kleine Sünde zu viel auf der Waagschale deines Lebens und deine Seele landet in der Hölle, eine Sünde weniger und die Tore des Paradieses öffnen sich? Ein Quäntchen mehr oder weniger soll den Unterschied machen? So ungerecht konnte Gott nicht sein, allen Dogmen der Kirche zum Trotz. Und darauf, ob du gebeichtet und eine Letzte Ölung erhalten hast, konnte es nicht ankommen. Hatten die Brüder, die die Schiffsleute, allen voran Eldar, umgebracht hatten, etwa Gelegenheit dazu gehabt? Konnte Gott so ungerecht sein, ihnen das Paradies zu verweigern, weil sie unschuldig wie Kinder zu plötzlich hatten sterben müssen? Nein, das waren nur Rituale, die den Lebenden trösten und dem Sterbenden Kraft für den letzten Weg geben sollten und der Kirche Macht über die Menschen. Das Kind Hulda hatte überlebt, weil es Gottes Wille war. Nichts geschah ohne seinen Willen. Also konnte es kein schlechtes Kind sein, nur weil es im Ehebruch gezeugt worden war, und folglich konnte der Ehebruch keine schwere Sünde sein, die ihn, Christopherus, das Himmelreich kostete. Die Wege Gottes konnte man nicht nach menschlicher Moral berechnen. Nur woher, fragte sich Christopherus, kommt das Böse? Warum lässt es der Allmächtige zu?

So grübelte Christopherus an diesem Tag, als er sich durchnässt und zerzaust hügelan zum Langhaus hinkämpfte, gegen eisigen Regen und Sturm, mitunter musste er innehalten, die Hände vor dem Mund, damit er ihm nicht den Atem nahm. Gleichwohl, es war ein gelungener Tag, kein Schaf war in die Gerstenfelder eingedrungen, keines war verloren, alle waren sie zurück in dem Pferch, der ihnen für heute Abend bestimmt war. Er hatte eine Handvoll von diesem Berglauch mitgebracht, der so ähnlich wie Knoblauch schmeckte. Die ersten kleinen Sprossen, die an sonnigen Hängen wuchsen. Er hatte ihn in seinem Klostergarten gezogen, nach den Anweisungen des Großen Karl. Doch das war Vergangenheit und vorbei. Er war glücklich, ihn hier in der kalten Ferne wiedergefunden zu haben, es war wie der Gruß eines alten Freundes.

»He, Pfaff, sag, sind die Gerstenfelder noch heil?«

Das war Åshild, die Herrin von Borg. Als hätte sie auf ihn gewartet, stand sie vor dem Männereingang des Langhauses, nämlich dem mittleren, von wo der Gang in einen Vorraum führte. Von dem kam man rechts in die Halle und dahinter in die Gemächer der Eheleute. Es war der einzige Raum, in den man nur von einer Seite gelangte. Das wusste Christopherus, weil er Holz gebracht und die Feuer gehütet hatte.

»Ja, Herrin«, antwortete er und wischte sich das Wasser aus dem

Gesicht. »Die Schafe sind im Pferch. Aber es ist nicht mehr viel Gras. Die Tiere brauchen neue Weiden.«

»Morgen treibt ihr sie in die Berge und sie bleiben dort über den Sommer, ich werde das anordnen.«

Åshild befahl über den Haushalt und die Landwirtschaft, während sich Olaf für den Fischfang und die Steuern verantwortlich gab und mitunter für die Belange seiner Gefolgschaft und Untertanen. Vermutlich hat sich das so ergeben, als er auf Wiking unterwegs war, dachte Christopherus. Nun, da er stand, fror er und begann zu zittern.

»Es tropft von deinem Rock«, sagte Åshild und zog die Tür wieder auf. Sie musste sie festhalten, damit der Sturm sie nicht zerschlug. »Kein Draußenwetter. Komm ans Feuer. Was hast du da? Sigurlaukur?« Sie zeigte auf den Berglauch.

»Wenn er so heißt. Man kann ihn essen.«

»Natürlich kann man ihn essen!«, rief Åshild. »Das wird gut passen! Komm!«

Åshild war nicht die schlechteste Herrin. Christopherus hatte mitbekommen, dass sie Hilfe schickte oder selbst zupackte, wenn ein Kind geboren wurde oder jemand krank war.

Sie ging voraus und führte Christopherus nach links in einen großen Raum, in dem gewebt und geschnitzt wurde. Ein Feuer knisterte im Graben, an den Wänden brannten die Dochte der Tranlampen. Mehrere Frauen webten, die Gewichte an ihren Webstühlen schaukelten und gaben leise Töne von sich. Eine Frau hockte auf einem Schnitzbock und entfernte mit einer Klinge die Rinde von einem Ast, eine andere schlug mit einem Stock auf eine Lage Trockenfisch ein und ein Mann schnitzte an einem Drachenkopf. Christopherus hatte die Leute schon öfter gesehen, sie gehörten zu Olafs Hausstand, doch wusste er weder Namen noch Herkunft.

»Hier!«, rief Åshild und warf Letzterer den Lauch zum Fisch auf den Tisch. »Passt gut zum Essen morgen!« Christopherus befahl sie: »Zieh dich aus, Pfaff!« Und laut zu der, die den Fisch mit dem Stock bearbeitete: »Sorge für trockene Kleider!«

Christopherus zögerte.

»Worauf wartest du?«

»Ich …«

»Ach so. Da drüben.« Sie zeigte auf ein Wollflies, es hing zum Trocknen über einem groben Stock, der zwischen zwei Pfosten auf eingesteckten Astgabeln lag. Dahinter konnte er sich verbergen. »Warte.« Sie verließ den Raum.

Christopherus fror und zitterte, ihn trafen verstohlene Blicke und er war sich nicht sicher, ob er nicht auch ein Kichern hörte. Er wartete, bis die Frau die trockenen Sachen über das Wollflies warf. Als er sich umgezogen hatte, setzte er sich an den Feuergraben, streckte die Hände aus und wärmte sich. Wärme war das Kostbarste im Norden. Wie mochte es erst im Winter sein?

Åshild kehrte zurück.

»Komm her, Pfaff«, sagte sie noch in der Tür. »Ich will dir zeigen, was morgen zu tun ist.«

Sie ging mit ihm vor die Tür. Inzwischen hatte das Brausen des Sturms zugenommen, eine blauschwarze Wolkenwand stand über dem Langhaus, bereit, über die Insel herzufallen, die Lofotr genannt wurde.

»Siehst du dort die Senke zwischen den beiden Bergen?« Sie zeigte nach Südwest. Nebel und Regen trieben dort ihr nasskaltes Geschäft.

»Ja, sehe ich.«

»Dorthin sollt ihr morgen die Schafe treiben und sie weiden lassen und sie nicht wieder zurücktreiben am Abend. Sie werden dort bleiben bis zum Herbst wie in jedem Jahr.«

Christopherus nickte. Åshild erklärte, welche Männer die Arbeit mit ihm ausführen sollten, gab verschiedene Anweisungen und fragte schließlich, ob er alles verstanden habe, was Christopherus bestätigte.

»Eine Sache noch, Pfaff. Du wirst gehört haben, dass der Jarl in zwei Tagen aufbrechen wird, um die Steuer von seinen Finnen einzutreiben. Er wird eine Woche lang abwesend sein. Du wirst in dieser Zeit bei mir in der Kammer schlafen. Nur du und ich allein. Du sollst mir von eurem Gott erzählen und von dem, den ihr seinen Sohn nennt.«

»Aber …«

»Ich kenne deine Einwände. Niemand wird davon erfahren, dem du es nicht selbst erzählst. Und jeder, der davon erzählt, verliert sein Leben.«

»In diesen Dingen sollt Ihr bestimmen«, sagte Christopherus. Sie lächelte und ließ ihn stehen.

Christopherus zog den Rock enger um den Leib und machte sich auf zum nördlichen Ende des Hauses, wo die Schlafkammer der Sklaven war, in der Nähe der Tiere. Der Sturm sog ihm den Atem aus, dass er sich umdrehen musste.

Sie teilten sich den Raum mit neun Männern, jeder hatte eine Schlafstelle auf der Bank, jeder über dem Kopf ein Brett für die Habseligkeiten und ein jeder eine Geschichte von Tod und Grausamkeit. In der Mitte befand sich der Feuergraben. Die Sklavinnen hatten keinen besonderen Raum. Sie wohnten bei den Männern, an die sie gegeben worden waren.

Christopherus legte sich auf die Bank unter die Felle. Was sollte das anderes bedeuten als Gefahr? Er würde wenig davon haben, wenn andere starben, weil sie von dem Ehebruch erfahren hatten. Doch war sie eine stolze und schöne Frau, das war nicht zu leugnen.

41

Gutes Wetter. Frische Brise, keine Wolke, stahlblauer Himmel, weite Sicht. Ein guter Tag für eine Seereise.

Atli war am Abend zuvor auf Gislis Hof aufgekreuzt. Er wolle Bescheid geben, morgen breche man auf, die Abgaben von den Finnen einzutreiben. Mathes solle mitrudern. Man werde früh aufbrechen, er möge gleich mitkommen, es sei noch manches zu erledigen.

»Und wer hütet meine Kühe?«, grantelte Gisli und schob seinen Teller zurück.

»Das wirst du wohl selbst machen müssen«, antwortete Atli.

»Dann weiß ich wenigstens genau, wo sie geweidet haben.«

Mathes zuckte mit den Schultern. Er nahm sich seinen warmen Kittel und verließ das Haus mit Atli. Brighid sah ihnen unglücklich nach, während Mathes froh war, Gisli für eine Woche zu entfliehen.

»Fährt Christopherus auch mit?«, fragte er, während sie nebeneinander, nicht weit vom Ufer des Binnensees, auf dem Weg nach Borg gingen.

»Nein, die Herrin braucht ihn, für die Hauswirtschaft«, antwortete er und fügte hinzu: »Und so.«

»Schade.« Christopherus scheine es besser getroffen zu haben, denn er müsse sich nicht mit einem wie Gisli dem Schwierigen herumschlagen, einem gefährlichen Mann. Es war gut, endlich davon erzählen zu können. Sie hatten sich seit dem Fest nicht gesehen und das war kurz nach ihrer Ankunft gewesen. Gisli war besessen davon, die Kühe unbedingt jenseits des Handbergselv zu weiden. Natürlich hatte er Mathes befragt nach dem ersten Mal und natürlich hatte Mathes behauptet, er habe sie über den Fluss gehütet, was die Wahrheit war. Einige Tage später hatte Gisli wieder gefragt und Mathes hatte seine Antwort wiederholt, was eine Lüge war.

»Hast du dort jemanden getroffen?«, hatte Gisli gefragt.

»Nein, warum?« Schon wieder eine Lüge, der Schwarze war nicht nur das erste Mal dort gewesen. Sie hatten wieder miteinander gesprochen, über den Fluss hinweg, ganz normal, wie zwei Nachbarn. Brighid – sie wolle er als Frau haben, hatte der Schwarze verraten, er schien Mathes zu vertrauen. Das habe er seinem Herrn gesagt, Kolbjörn sei sein Name und der wolle darüber mit Olaf sprechen. Brighid also. Was Gisli dazu sagen würde, konnte man sich denken.

»Och, nur so.«

Gisli war ein verschlagener Hund, er sprach kein Wort ohne Hintergedanken.

»Wen hätte ich denn treffen können?«, fragte Mathes und wusste die Antwort im Voraus.

»Stell nicht so dämliche Fragen und halt die Klappe!«

Noch ein paar Tage später tauchte Gisli auf dem Hügelkamm auf. Kontrolle. Mathes war mit den Kühen diesseits des Flusses.

»Warum weidest du sie nicht drüben, wo das beste Gras ist? Wie ich es dir befohlen habe!«, herrschte Gisli ihn an. Seine Stirnadern waren geschwollen.

»Ich war schon drüben.«

»Du lügst!«

»Geht hin und prüft es nach«, antwortete Mathes. »Ihr werdet die Kuhfladen und das gerupfte Gras sehen.« In der Zwischenzeit hatte nämlich der Schwarze die Rinder seines Herrn dort grasen lassen. Ihre Fladen sahen so aus wie alle Fladen und ihre Klauen zertraten das Gras ebenso wie Gislis Kühe.

»Das werde ich tun«, erklärte Gisli und schaukelte ungleichen Schrittes zum Fluss, überquerte ihn in dem Augenblick, als drüben der Schwarze über den Kamm trat.

»Weg da!«, rief der Schwarze. Die Axt pendelte in seiner Hand. Gisli war unbewaffnet.

»Man wird ja wohl noch …«

Der Schwarze machte einen Satz und hob die Axt. Gisli beeilte sich zurück über den Fluss.

Als er wieder auf seinem eigenen Grund stand, rief er: »Pass auf, Schwarzer, noch einmal und ich werde dich töten! Heute habe ich keine Axt dabei.«

Der Schwarze hatte sich bereits umgedreht und ging fort.

»Du kannst mich zum Holmgang auffordern, wenn du willst!«, hatte er zurückgerufen. Er tat mutig, um seines Herrn Willen, der ihm Land und eine Frau versprochen hatte.

Atli hatte schweigend zugehört und lachte, als Mathes seinen Bericht beendet hatte.

»Du musst aufpassen«, sagte Atli und wurde ernst. »Gisli ist feige, wie alle Verschlagenen. Verzichten wird er nicht. Er wird andere Wege suchen. Du hattest Glück, dass der Schwarze zur Stelle war. Übrigens soll sein Herr, Kolbjörn, auch nicht ohne sein, habe ich gehört. Da haben sich die Richtigen getroffen.«

»Wie meinst du das?«

»Kolbjörn ist zwar nicht besonders streitsüchtig, wird gesagt, aber er geht einem Streit auch nicht aus dem Weg. Und manchmal hat er Anfälle, habe ich gehört.«

»Anfälle?«

»Sie sagen Tobsucht. Er geht den Berserkergang. Man weiß nie.«

Atli erklärte, was das war. Es gab Männer, die wild wurden wie Tiere, die in der Schlacht mit nacktem Oberkörper und ohne Lederschutz auf den Gegner stürmten, Schaum vor dem Mund und ohne Schmerz zu empfinden, sodass sie bis zum letzten Blutstropfen kämpften. Mitunter drehten sie sich gar um und fielen über die eigenen Leute her, als könnten sie nicht Freund und Feind unterscheiden.

»Hast du schon einmal einen gesehen?«, fragte Mathes.

Atli nickte. »Ist lange her.«

»Und wer war das, kenne ich den?«

Atli sah von oben auf Mathes herab und nickte wieder.

»Und wer ist es?«

»Das … sage ich dir nicht.«

»Schade«, sagte Mathes. »Und wie kommt das?«

»Ich weiß es nicht«, antwortete Atli. »Vielleicht ist es das Leben, das dich zum Berserker macht. Manchmal denke ich, ich muss raus aus meiner Haut, ich hasse mich und alle anderen, ich hasse, was wir tun, es tobt in mir drinnen und mein Leib will mittoben. In einer Schlacht ist mir alles egal, ich will sein wie ein Berserker und dann sterben.«

Mathes blieb stehen. »Du redest ja, als ob …«

Atli schüttelte still den Kopf.

»Tu das bloß nicht!«

Sie gingen schweigend weiter.

»Wie gefällt es dir hier?«, fragte Atli nach vielen Schritten.

»Ich lebe. Ob ich morgen noch lebe, weiß ich nicht. Jeder Tag kann der letzte sein. Man muss viel lügen. Dauernd wollen die Leute einen umbringen. Irgendwann ist man dran. Ich kann ja nicht dauernd Glück haben, oder?«

»Na«, lachte Atli. »Die nächste Woche wirst du jedenfalls überleben, da passe ich auf.« Und nach abermals vielen Schritten fragte er: »Du würdest fort, wenn du könntest, nicht wahr?«

Mathes sah Atli an. »Ja. Aber das verstehst du nicht.«

Atli lief mit schweren Schritten neben Mathes her.

»Oh doch«, sagte er. Und nach vielen Atemzügen fügte er hinzu: »Ich würde am liebsten auch gehen.«

»Du?«, fragte Mathes erstaunt. »Warum?«

»Das verstehst du nicht. Das kannst du nicht verstehen. So wie das mit dem friesischen Bauern, den ich …« Atlis Stimme brach. Sein Gesicht war verschlossen, es zuckte um seine Mundwinkel.

Ein weinender Mann verträgt keine Worte.

Sie erreichten die Schifflände, wo der Knörr angetäut lag. Das Schiff war bloß ungefähr fünfzehn Schritte lang, dafür mindestens zwei Klafter breit. Sie hatte nur Platz für sechs Ruderer. Damit transportierte Olaf Waren entlang der Küsten seines Inselreichs. Am Ufer, gleich neben der kalten Schmiede, einem Pfahlhaus, das an eine Felswand gelehnt war und ein Grasdach trug, lag kieloben wie ein gestrandeter Wal Olafs altes Langschiff.

»Müsste mal repariert werden«, meinte Atli und strich mit seinen großen Händen über das rissige Holz. »Mit ein paar Nägeln, Teer und Werg ist es nicht getan. Müssen auch Planken ausgewechselt werden. Sieh hier.« Er zeigte auf eine morsche Stelle unterhalb der Wasserlinie. Jetzt war sie dem Wetter preisgegeben. Man konnte drei Finger durchstecken. »Es gibt hier keine Eichenbäume, die lang genug sind. Man muss sie aus dem Süden holen oder gleich dort die Planken fertigen lassen. Man müsste auch Walbarte oder zumindest Tannenwurzelfasern haben, beides ist im Norden nicht leicht zu kriegen.«

»Warum lässt er es vergammeln?«

Atli zuckte mit den Schultern. »Keine Ahnung. Vielleicht hat er keine Lust mehr. Alle reden sie von ihren Heldentaten in fernen Ländern. Hast du ja gehört. Aber du weißt auch, dass eine Wikingfahrt ...«

»... große Scheiße ist?«

»Ja. Alles, was wir nicht selbst haben oder was wir nicht selbst herstellen können, das rauben wir. Das wird nicht ewig gut gehen, weil wir, weil wir ...« Er verstummte.

Weil wir so viele Menschen töten, dachte Mathes.

Sie gingen weiter, an der Schmiede und einem Tannenwäldchen vorbei, auf steinigem Weg steil hügelan. Kurz darauf sahen sie, vor den Bergen, deren Fels in der Sonne glänzte, kaum fünfhundert Schritte entfernt, das mächtige Langhaus des Jarls Olaf auf Borg.

»Sieht aus wie der Rücken der Midgardschlange«, sagte Atli. »So grau. Irgendwie unheimlich.« Er erzählte, was es damit auf sich hatte. Thor hatte einem Stier den Kopf abgerissen, ihn an seine Angel gehakt und damit das riesige Wasservieh geködert und an Land gezerrt. Gerade als er dem Vieh mit seinem Riesenhammer Mjölnir den Rest geben wollte, kappte der Idiot Hymir die Leine, weswegen das grässliche Tier zurück ins Meer flüchten konnte und dort wohl immer noch für Angst und Schrecken sorgte.

»Ihr habt ziemlich viele Götter«, meinte Mathes. »Blickt ihr da überhaupt durch? Wir haben nur einen.« Es war das erste Mal, dass er wir sagte und sich damit als Christen bezeichnete. »Einen, der die Welt erschaffen hat.«

Sie waren angekommen. Sie hatten Proviant, Seile, Säcke und anderes Rüstzeug zurechtgepackt und die Nacht im Gesinderaum verbracht.

Früh am nächsten Tag schafften sie alles zum Schiff. Dort waren inzwischen die vier anderen Ruderer eingetroffen. Als Olaf selbst als Letzter kam, war der Knörr seefertig und sie legten ab. Der Wind stand ihnen entgegen, sie mussten rudern. Wenig später passierten sie den Durchgang zum Außensee, nachdem die Zugbrücke hochgezogen worden war.

Das Meer empfing sie mit einer kräftigen Brise auf ihr schräg gestelltes Segel, die sie flott nach Süden blies, die Berge und ihre blaugrauen Drachenrücken an der Seite. Hier an der Meeresküste, die noch im Schatten lag, auf dem schmalen Streifen zwischen Berg und Gischt, lebten nur wenige Menschen, Häuser waren nicht zu sehen. Die Felsenküste steil, kalt, nackt, abweisend. Dort oben segelten die riesigen Albatrosse, zwischen ihnen schwirrten die plumpen Papageientaucher.

Sie segelten hinunter zum Nappstrom, wie Atli erklärte, an dessen Küste viele der Finnen wohnten, weil die Fischgründe dort am besten seien. Die Finnen seien die besten Jäger auf See und trauten sich weiter hinaus als selbst die Nordleute und das solle etwas heißen. Olaf gewähre ihnen Beistand und Schutz gegen die Machtgelüste der Herren von den südlichen Inseln, wofür ihm die Finnen Trockenfisch, Seile, Tran und Fett, Marder- und Rentierfelle lieferten und eine bestimmte Menge Vogelfedern.

Mathes sah zuerst die Boote, die umgedreht am Ufer lagen, und die Gammen, als sie schon fast an der Felsenküste angelangt waren, nämlich Erdhäuser, die um eine Bucht nah dem Wasser standen, eng gedrängt auf dem bisschen ebenen Grund zwischen Wasser und Fels, der seine kalte Faust steil zum Himmel reckte. Hier war wenig Platz für Grasland und keiner für einen Gerstenacker. Auf Borg gab es hügeliges Land, die Bergfelsen waren auseinandergerückt und in den geschützten Senken bauten die Nordleute Gerste an.

Während die Finnen herbeiliefen, ruderten sie den Knörr bis dicht an die Felsenküste. Die Finnen stiegen ins Wasser, fingen das Seil und zogen das Schiff an Land. Alles kleine Leute, die meisten nicht größer als Mathes. Die Waren lagen in einer der Gammen bereit, die etwas größer war, sie sollten später geholt und auf das Schiff verladen werden. Jetzt stand die Sonne im Zenit.

Während Jarl Olaf von Rautas, dem Wortführer der Finnen am Nappstrom, eingeladen wurde, übernachtete die Mannschaft in der

Gamme, in der die Waren gelegen hatten. Dort wurden sie bewirtet. Das Haus bestand aus Birkenstämmen, die im Kreis schräg aufgestellt, ineinander verkeilt und mit Birkenrinde und zuletzt mit Grassoden bedeckt waren. Mathes hatte solche Finnenhäuser schon gesehen, am Binnensee. Dort standen sie weit voneinander entfernt, jeweils zu zweit oder zu dritt versteckt in der Landschaft, zwischen Hügeln und Birkenbuschwerk. Man konnte an ihnen vorübergehen, ohne sie zu bemerken.

Spät kamen einige der Finnen, um Neuigkeiten zu erfahren. Zuerst saß man draußen. Am Abend wurde es kühl, die Sonne stand am Horizont über dem Meer, bald würde sie wieder aufsteigen, ohne untergegangen zu sein, sie wärmte nicht mehr. Man ging in das Haus, versammelte sich am Feuer und unterhielt sich über das Wetter und den Fischfang. Im Feuer wurden Steine erhitzt und in einen Lederbeutel gelegt, in dem Fisch kochte. Jeder hatte einen hölzernen Becher und bekam etwas. Der Rauch des Feuers zog oben durch ein Loch. Man konnte es mit einer Steinplatte bedecken, die nun beiseitegeschoben war. Einer der Finnen hütete das Feuer. Bedächtig und, wie es Mathes schien, geradezu zart legte er neue Scheite auf die Glut. Wenn einer der Nordleute einen Scheit achtlos aufwarf, dass die Funken stoben, nahm er ihn fort und legte ihn sorgsam wieder auf.

Die Finnen erklärten, sie würden sehr gern entrichten, was von ihnen verlangt werde, denn seit Olaf der Herr auf Borg sei, habe es keine Angriffe aus dem Süden mehr gegeben. Allerdings sei das Leben auf Lofotr angenehmer gewesen in der Zeit, als gar keine Nordmänner auf den Inseln lebten. Krieg und Zank und Streit und Mord und Totschlag und Steuern gebe es erst, seit diese hier sesshaft geworden seien.

»Und ihr«, fragte Mathes, »schlagt ihr einander etwa nicht tot?«

»Nicht dass ich wüsste«, antwortete ein Mann, der ebenso klein und etwas gelb war wie die anderen und sich Beahkká nannte. »Wir treiben ein wenig Schabernack untereinander, wenn wir Langeweile haben. Meistens lachen wir darüber. Es kann schon mal sein, dass sich der eine über den anderen ärgert. Uns würde aber niemals einfallen, uns deswegen umzubringen.«

Mathes wollte wissen, warum sie keinen Krieg gegeneinander führten wie die Nordleute.

»Einen Menschen zu töten, ist streng verboten«, sagte Beahkká. »Wer einen Menschen tötet, ist böse, dessen Seele wird niemals in das Land Sáiva gelangen. Das gibt es bei uns nicht, das tun nur die Nordleute.«

»Und was macht ihr, solltet ihr doch mal Streit miteinander haben?«

»Dann gehen wir zu unserem Noaiden.«

Mathes wollte wissen, was das sei.

Er bekam keine Antwort, sondern nur den Satz: »Wenn du es unbedingt wissen willst, geh zu Sivva. Sie wird es dir vielleicht erklären. Die Nordleute gehen auch zu ihr, selbst euer Olaf.«

»Er ist nicht mein Olaf, ich bin nur ein Sklave«, traute sich Mathes in Gegenwart der vier Ruderer zu sagen, die er nur vom Sehen kannte.

»Meiner auch nicht«, sagte einer.

»Und meiner auch nicht«, sagte ein zweiter.

So erzählten sie alle drei, welches Schicksal sie in den Norden gebracht hatte. Einer stammte aus dem Süden in der Nähe von Kaupang. Dort hatte eine Horde Nordleute den Hof seiner Eltern überfallen. Sein Pech war gewesen, dass der Hof zu dicht an der Küste gelegen hatte. Er war schon ein paarmal verkauft worden. Der zweite lebte seit vielen Jahren auf Lofotr, Olaf war sein dritter oder vierter Herr. Er stammte von Schottland, wo er ebenfalls geraubt worden war. Und Mathes berichtete von sich und seiner Mutter und seiner Schwester, die an einen Mann aus einem fernen Land im Osten verkauft worden seien.

Jetzt ergriff der eine von den beiden anderen Ruderern das Wort und sagte: »Es ist eine Lüge, dass Olaf zu der Noaidin geht. Die Noaiden sind böse und es ist dumm, sich von ihnen weissagen zu lassen oder sonstige Dienste anzunehmen, denn sie können hexen.«

Der zweite nickte. »Schießt ein Noaide mit dem Pfeil, verfehlt er niemals sein Ziel.«

»Er kann drei Pfeile auf einmal schießen«, sagte der erste. »Sie haben Pfeile, die zurückkehren, nachdem sie weggeschossen worden sind.«

»Und sie können sich in alle möglichen Tiere verwandeln«, trumpfte der zweite auf. »In eine Robbe zum Beispiel oder einen Vogel, sie schwimmen oder fliegen fort in andere Länder. Sie sehen, was an entfernten Orten passiert.«

»Ein Noaide muss eine Frau sein«, behauptete der erste. »Und wenn es ein Mann ist, der diese Zauberkünste beherrschen will, muss er sich zuerst in eine Frau verwandeln.«

»Mit allem, was dazugehört.« Der zweite grinste. »Er muss seinen Arsch …«

»Aber was das Schlimmste ist«, sagte der erste, »der Noaide kann nicht nur sich selbst in ein Tier verwandeln, sondern auch dich. In einen Wolf zum Beispiel.«

Atli schlürfte Fischbrühe, er schmatzte und ächzte, als beträfe ihn das Gespräch nicht, weil er ein Däne war.

»Auf jeden Fall geht Olaf nicht zu der Noaidin. Und wir schon gar nicht«, schloss der erste.

Die Finnen vom Nappstrom hatten schweigend zugehört. Jetzt lachten sie und es war nicht schwer zu erkennen, dass sie die beiden auslachten. Sie stießen einander an, kicherten und sprachen in einer Sprache, die Mathes nicht verstand.

»Was redet ihr da?«, fragte einer der Nordmann-Ruderer.

»Oh«, sagte Beahkká, der ihr Wortführer zu sein schien, ein Mann mit vielen Falten im Gesicht, an denen man nicht ablesen konnte, ob er lachte oder weinte. »Nichts weiter. Wir haben nur über das Wetter gesprochen. Und darüber, dass die Noaiden dich verhexen können. Abends gehst du ins Bett und vergnügst dich mit deiner Frau und morgens wachst du als Käfer auf. Du liegst auf dem Rücken, zappelst mit deinen vielen Beinen, kommst nicht unter dem Fell raus und deine Frau zerquetscht dich mit den Fingern. Und tut sie es nicht, bringt sie das Fell zum Lüften nach draußen und es frisst dich ein Vogel.« Er verzog das Gesicht. Daran, dass die anderen Finnen lachten, sah man, dass auch Beahkká lachte, und zu Mathes sagte er: »Sivva ist nicht von hier. Sie kommt aus dem Osten, von weit her. Von dort, wo es keine Nordleute gibt, die sie beschützen. Wo die Sámi ihre Pelze leider verkaufen müssen, an wen sie wollen.«

Mathes hörte den Spott in der Stimme des Finnen und fragte, was Sámi seien. Er hatte nur einmal einen Finnen gesehen, nämlich den Rautas, auf dem Fest.

Die Finnen lachten wieder. Sie freuten sich oft. Vielleicht war es auch nur eine Methode, mit den Nordmännern umzugehen.

»Wir sind Sámi. So nennen wir uns, aber die Nordleute nennen uns Finnen. Unser Volk ist weit verstreut. Wir haben auch ein Wort für die Nordleute, nur das sagen wir nicht.«

Mathes wollte wissen, an wen diese Sámi ihre Pelze verkaufen würden, wenn es gar keine Nordleute gebe, die sie ihnen abkauften oder abnähmen wie hier.

»Einige von ihnen verkaufen sie weiter an andere Sámi. Die fahren nach Süden zu einem Ort, der Björkö heißt. Manche Sámi fahren ganz dahin. Die Leute, die dort wohnen, nennen ihr Land Svealand.«

»Björkö, sagst du?«, fuhr Mathes auf. »Woher weißt du das?«

»Von Sivva.«

»Und woher weiß die es?«

»Da musst du sie selbst fragen.«

»Wo wohnt sie denn?«

»Na, bei euch. Am Binnensee. Ist bloß schwer, ihre Gamme zu finden.«

In dieser Nacht konnte Mathes nicht schlafen. Björkö – dorthin wollte der Muselmane segeln, der Mutter und Magdalena gekauft hatte. Björkö! Dorthin musste er, koste es, was es wolle. Hatte er sich etwa verraten? Hatte er zu viele Fragen gestellt? Jedenfalls musste er mehr erfahren.

42

Nachdem sie über die Schwelle getreten waren, verriegelte Åshild sogleich die Tür von innen.

Sie waren allein.

Auf dem Tisch stand ein großer Krug Bier.

Åshild schenkte ein. Sie drückte Christopherus das gefüllte Horn in die Hand und stieß mit ihrem Zinnbecher dagegen. »Prost, Pfaff, lass uns trinken!«

»Ich möchte …«

»Trink!«

Sie tranken.

»Was möchtest du?«, fragte Åshild.

»Ich möchte … Euch von unserem Gott und seinem Sohn Jesus Christus berichten. So wie Ihr es gewünscht habt.«

»Tu das!«

Während sie nachschenkte, begann Christopherus seinen Bericht. Es war zwar nicht das erste Mal, dass er einer Heidin vom Christentum erzählte, doch er tat es zum ersten Mal in einer fremden Sprache, die er gerade einigermaßen gelernt hatte, in der ihm noch viele Worte fehlten, das erste Mal bei einer Frau, die auf dem Rand eines Alkovens Platz genommen und ihr dunkles Haar gelöst hatte, das ihr nun breit über Brust und Schultern floss, und das erste Mal mit einem Horn Starkbier in der Hand. Man musste sich den Gegebenheiten anpassen.

Er fing mit dem Leben Jesu an, er berichtete von seiner Geburt in Bethlehem, den Engeln auf dem Felde, den Hirten, die dem Stern gefolgt und die Ersten waren, die das Kind anbeteten, von den Heiligen Drei Königen, die zwölf Tage später mit allerlei kostbaren Geschenken eintrafen, auch sie geleitet vom Stern. Sie kamen aus dem Morgenland, einer von ihnen schwarz, ja wirklich! Von der Art, wie sie gelegentlich in Haithabu auftauchten, wenn auch nicht als Könige, »aber genauso schwarz, bei Gott!«. Er berichtete von Jesu Taufe und vor allem von seinem Wunderwirken. Von der Wandlung von Wasser zu Wein bei der Hochzeit von Kanaan, von der wundersamen Vermehrung des Brotes am See Genezareth und davon, wie Jesus danach – »Bei Sturm, stellt Euch vor!« – über das Wasser des Sees zu seinen Jüngern lief, wie er am See Bethesda Lahme gehend, Blinde sehend und überhaupt alle Menschen, die sich dort versammelt hatten, gesund gemacht hatte und sogar, bei einer anderen Gelegenheit, einen Toten zum Leben erweckt hatte. Er erzählte von seiner Sanftmut, Güte und Barmherzigkeit, davon, dass vor ihm alle Menschen, ob Mann, Frau, Knecht oder Herr, arm oder reich, gleich gewesen waren.

Christopherus unterbrach sich, hustete, weil er einen trockenen Hals bekommen hatte, Åshild prostete ihm zu und sie tranken. Er fuhr fort, berichtete von der schrecklichen Kreuzigung, dem schweren Gang auf steinigem Weg mit Kreuz und Dornenkrone und Blut überall nach Golgatha, wo er ans Kreuz genagelt wurde und den furchtbarsten aller Schmerz- und Durst- und Bluttode starb, und dass Jesus die Menschen geliebt hatte und um ihrer Sünden willen gestorben war.

Warum er sich nicht gewehrt habe wie ein anständiger Mann, wollte Åshild wissen. Weil er die Gewalt habe überwinden wollen, antwortete Christopherus, er sei ja trotzdem wiederauferstanden. Ob er, Christopherus, sich wehren würde, wolle man ihm ans Leben?

»Wahrscheinlich.« Christopherus nickte.

Das verstehe sie nicht, meinte Åshild. Der eine ließe sich wehrlos umbringen und er, Christopherus, ein Gefolgsmann des Hingerichteten, nicht?

Wer nicht wiederauferstehen könne, antwortete Christopherus, der dürfe und müsse sich wehren. Damit war dieses Thema erledigt und sie tranken einen Schluck.

Was eine Sünde sei, fragte Åshild. Sie schenkte nach und bat Christopherus, neue Scheite auf das Feuer zu legen. Das tat er. Sie stieß wieder mit ihm an und sah ihm in die Augen, bis ihm nichts anderes übrig blieb, als den Blick zu senken, hinein ins Horn, und einen ordentlichen Schluck zu nehmen, und als sie ihn immer noch anstarrte, gleich noch einen. Danach konnte er endlich antworten.

Alle Menschen seien geborene Sünder, erklärte Christopherus, ihm fielen Worte ein, die er nicht öfter als einmal gehört hatte, und er erfand Umschreibungen für andere Worte, die er in der nordischen Sprache noch nicht kannte, er fühlte sich auf einer Woge von Mitteilsamkeit und gläubiger Inbrunst. Ja, die Menschen seien schwach, sagte er, sie könnten ihren Begierden nicht widerstehen, und wenn sie diesen Begierden folgten, als da seien Missgunst, Hochmut, Habgier, Neid, Völlerei »und dazu gehört nicht nur die Fresserei, sondern auch die Sauferei, das Saufen von Bier«, sagte er und ließ lauter als nötig einen Rülpser fahren, dann seien das Sünden. Hass und Zorn gehörten dazu, die Menschen machten sich gegenseitig das Leben schwer, man sehe es ja überall, er selbst sei nun Sklave, seiner Freiheit beraubt, weil es einem habgierigen und machtgierigen und hasserfüllten und zornigen Dänen namens Regnar eingefallen sei, die Hammaburg dem Erdboden gleichzumachen und möglichst viele Menschen zu töten, ohne Erbarmen. Seine Klosterbrüder, alle seien sie tot, ermordet.

Nun müsse er Schafe hüten, aber nichts sei so schrecklich, dass es nicht auch seine guten Seiten habe, und das sei, dass Gott ihn in die Lage versetzt habe, den Glauben zu verkündigen, hier, so weit im Norden. Einer schönen Frau dürfe er berichten, dass Jesus Christus, der Einzige, der von einer Jungfrau geboren worden sei, die also niemals das Lager mit einem Manne geteilt habe, der eine Reine, alle Sünden der Menschheit auf sich genommen habe und für sie am Kreuz gestorben sei. So redete Christopherus weiter, er schwärmte von der Barmherzigkeit und von der Treue und der Liebe zu den Menschen und zuletzt, »und das ist das Wichtigste und Allerschwerste im Leben eines Christen«, müsse er Vergebung und Sanftmut lernen und den Verzicht auf Rache, Hass und Groll. Und niemals, Christopherus hob den Zeigefinger, dürfe der Mensch den anderen Menschen niedriger schätzen als sich selbst, damit fange alles Unglück an.

Åshild hörte ihm aufmerksam zu und stieß mit ihrem Zinnbecher an sein Horn. »Es ist wunderschön, was du da sagst, besonders die Mutter Maria, ich verstehe sie so gut, die Arme, sie hat ihren Sohn verloren …«

Sie stand auf, sie streifte mit ihrer Hüfte Christopherus' Arm und schenkte nach. Während sie das Bier in sein Horn goss, stieg der Duft ihres Leibes in seine Nase, sie roch nach Schweiß und frischem Birkengrün und dem Rauch des Feuers, sie war warm und Christopherus glaubte Tränen in ihren Augen zu sehen.

»Von einer Jungfrau geboren, sagst du? Wie soll das gehen?«

Da erhob er sich, machte eine Runde um das Feuer, blieb stehen und zog die Luft tief ein, einmal, zweimal, dreimal, und sagte, das sei eines der vielen Wunder, die überliefert seien, und nun, wo die Herrin das anspreche, da müsse er gestehen, dass er eine der Sünden, um die es ginge, vergessen habe, und das sei die Wollust. Er sagte nicht Wollust, weil er das Wort nicht wusste, sondern er sagte, eine der schlimmsten Sünden sei der Wunsch des Mannes, bei den Frauen zu liegen, und der Wunsch der Frauen, bei den Männern zu liegen. Denn daraus entstünden viele Unglücke und böse Taten, selbst Kriege, und zwar besonders, »wenn es sich um Ehebruch handelt und der Mann demnächst wieder nach Hause kommt«.

Keiner von ihnen sagte eine Zeit lang etwas.

Åshild hob ihren Becher.

»Setz dich«, sagte sie und prostete ihm zu. Und nachdem sie getrunken hatten, fragte sie: »Was ist eine Ehe?«

Das war eine schwierige Frage, die Christopherus nicht gleich beantworten konnte, weshalb er einen kräftigen Schluck nahm, um sich zu besinnen. Zu Hause auf der Hammaburg lebten Männer und Frauen zusammen, wie es ihnen passe, begann er, jedenfalls viele von denen, die außerhalb der Burg gelebt hätten. Manche hätten mehrere Frauen oder neben der sichtbaren noch eine unsichtbare, wie der Graf, manche lebten in der Einehe oder taten nur so, andere machten ein Ritual daraus. Da führe der Vater seine Tochter, die Braut, in das Haus des Bräutigams, dann erst dürften sie das Bett teilen, sollten sie es, ähm, nicht schon vorher geteilt haben, und manche habe er, Christopherus, gesegnet. Die Kirchenordnung habe, was das betreffe, noch zu viele Lücken. Jedenfalls sei es dem Manne nicht erlaubt, mehr als eine Frau zu nehmen, und beide sollten einander treu sein, bis dass der Tod sie scheide.

»Damit werden unsere Männer sicher nicht einverstanden sein«, bemerkte Åshild und schnaubte. »Die Frauen schon eher. Allein wegen der Finanzen.«

Sie schwiegen eine Weile, die Luft schien schwerer zu werden.

Bis Åshild wieder das Horn hob. »Falls du vorhin mich gemeint haben solltest, Pfaff, so sage ich dir: Ich bin nicht verheiratet. Nicht mehr. Ich lebe mit Jarl Olaf, er ist der Vater meiner Kinder, weiter nichts. Er ist fort und hat schon lange nicht mehr meine Nähe gesucht. Er hat sich von mir abgewandt. Und den Segen eines Pfaffen haben wir nie erhalten. Du wirst zugeben müssen, dass ich eine unverheiratete Frau war und bin.«

»Oh«, antwortete Christopherus und stieß mit ihr an.

Sie tranken und dachten nach.

»Außerdem«, ergänzte Åshild, »hat Olaf mir weder Treue geschworen noch hat er sie gehalten. Er hat immer Nebenfrauen gehabt und ich kann nicht zählen, wie oft ich ihn ertappt habe, als er vom Lager einer Konkubine oder einer Bettsklavin fortschlich.«

»Oha«, sprach Christopherus und stieß mit ihr an.

»Kinder hat er ihnen auch gemacht. Es wäre ungerecht, wenn ich …«

»Oje.«

Sie tranken.

»Unverheiratet …«, murmelte Christopherus. »Aber ein Paar, das Kinder kriegt – gibt es bei Euch keine Hochzeit, keine Feier? Werdet Ihr nicht zusammengesprochen?«

»Och, das machen wir manchmal so und manchmal anders. Bei Olaf und mir, da haben uns nur ein paar Leute, die eine Fackel in der Hand trugen, in unsere Kammer gebracht, sie wollten uns zusehen, wie wir … Also, jedenfalls haben wir sie rausgeschmissen und das war's.«

»Soso«, sagte Christopherus und kratzte sich dort, wo einmal seine Tonsur gewesen war. Im Grunde war er kein Mönch mehr. Er war Sklave. Ob sie ihm etwas verheimlichte?

»Mann und Frau sind gleich vor eurem Gott?«, unterbrach sie seine Gedanken, goss ein und prostete ihm zu. »Das finde ich richtig gut!«

Christopherus nickte. Er war froh, weiter berichten zu können. »Das habe ich vergessen zu erzählen. Frauen!« Maria Magdalena sei ihr Name gewesen, sie habe zu den Frauen in Jesu Gefolge gehört. Seit er sie von sieben Dämonen befreit habe, sei sie seine Gefährtin gewesen und ihm gefolgt auf all seinen Wegen, auch auf seinem letzten, habe gesehen, wie er an das Kreuz genagelt worden sei, habe ausgeharrt auf Golgatha, sei bei ihm gewesen, als er voller Verzweiflung, Schmerz und Angst seinen Vater angefleht habe, der ihn verlassen habe, und so mutig sei sie gewesen, dass sie die Erste an seinem leeren Grab gewesen sei, die erste Zeugin der Auferstehung, während sich die Jünger, die Männer, jaja, die Männer, nicht hingetraut hätten, vor Angst oder besser vor Ehrfurcht.

»Auf die Auferstehung!«, rief Christopherus und leerte sein Horn und Åshild tat es ihm nach.

»Sie muss ihn geliebt haben«, sagte Åshild, während sie an ihrer Brosche nestelte. »So kann nur eine liebende Frau handeln, eine Mutter oder eine Geliebte.«

»Meint Ihr? Na ja, irgendwie …«

»Irgendwie? Du hast wohl weder Tochter noch Sohn, sonst würdest du deine Magdalena besser verstehen, ich aber …« Sie verstummte.

Sie schwiegen und die Luft wurde noch schwerer.

Das Feuer war heruntergebrannt. Sie ging hin, legte einen Scheit auf, und als sie zurückkam, blieb sie vor ihm stehen, nahm seine Hände und hielt sie fest.

»Nun sag mir: Was ist ein Mönch?«, fragte sie.

Christopherus seufzte. Ein Mönch, begann er, sei ein einsamer Mann, der sein Leben an Gott versprochen habe, an die Bekehrung der Heiden und an die Barmherzigkeit und gute Werke, an Gebete, an die sieben freien Künste, als da sind, und er zählte sie auf,

311

erläuterte ihren Inhalt. Nachdem er damit fertig und eine gute Zeit vergangen war und sie immer noch seine Hände hielt und ihn immer noch anblickte, als wollte sie jedes Wort von seinen Lippen lesen, da wollte er sagen: und an die Keuschheit. Doch er wusste nicht, was das in der nordischen Sprache hieß, deswegen sagte er nur, dass er Gott versprochen habe, niemals bei einer Frau zu liegen.

Åshild ließ seine Hände fahren und fuhr erschrocken zurück. »Warum das denn? Das ist viel schlimmer als Sklaverei!« Und gegen die Natur des Menschen. Ob der Herr Jesus nie mit einer Frau …?

»Oh nein!«, rief Christopherus und erhob sich. »Bestimmt nicht!«

»Auch nicht mit Magdalena? Seiner Gefährtin? Diese wunderbare Gefährtin, diese so mutige Frau, die ihn liebte? Hat die nicht …?«

Christopherus schüttelte heftig den Kopf.

Åshild schenkte neu ein und setzte sich, sie stießen an, und als sie getrunken hatten, hieß sie Christopherus, sich neben sie zu setzen, indem sie mit der Handfläche auf die Bettkante klopfte.

»Das glaube ich nicht«, sagte sie. Ihre Stimme war weich und zitterte ein wenig. »Er hat sie von sieben Dämonen befreit, sagst du? Welche waren das?«

Das sei nicht überliefert, antwortete Christopherus und wunderte sich, warum er sich darüber noch nie Gedanken gemacht hatte. Denn der größte Dämon war … Ob nicht vielleicht doch …?

»Du sollst mich nur von einem einzigen befreien«, flüsterte sie, bevor er den Gedanken zu Ende denken konnte. »Einen nur.«

43

Am siebten Tag kehrte der Knörr beladen zurück nach Borg. Es ging ein starker Wind und es regnete immer wieder, sodass die Passagiere nass und nicht wieder trocken wurden. Doch stand der Wind günstig, der Seeochse rauschte durch die Wellen des Nordmeeres, die Gischt spritzte über Bord und es war nichts anderes zu tun, als zu frieren, den Wellen zuzusehen und nachzudenken.

Es gab Orte, wo nur Sámi wohnten, und andere, wo die Nordleute unter sich waren wie auf Borg. Sie hielten sich getrennt, als wollten sie nichts miteinander zu tun haben. Die Sámi waren kleiner als die Nordleute. Vielleicht bin ich endlich ein wenig gewachsen, dachte Mathes, manche sind sogar kleiner als ich. Sie hatten eine gelbliche Haut, ihre Augen waren schmal, sie sprachen eine andere Sprache und ihre Boote, mit denen sie zum Fischen hinausfuhren, sahen anders aus, kürzer und breiter. Sie trugen Fellschuhe mit vorn hochgebogenen Spitzen, bunte Röcke in Rot, Gelb, Grün und Blau und manche trugen Mützen mit vier Zipfeln. Sie lebten in Siedlungen, wo mehrere ihrer kleinen Gammen standen. Die Fischgründe mussten gut sein, denn die Gegend war unwirtlich und lud nicht zum Wohnen ein. Gleich hinter ihren Häusern und den Geröllhalden stiegen die nackten Berge steil auf und ließen nur wenig Platz für Grasland. Sie warfen ihre gewaltigen Schatten auf das ganze Leben. Die Sámi waren Jäger, weder hielten sie Tiere noch bauten sie Gerste an. Dafür wussten sie sich Kleidung aus den Fellen der Rentiere zu machen, die sie ebenso jagten wie die Nordleute.

Hatten sie bei einer Siedlung der Nordleute angelegt, blieben die Sklaven für sich, während Olaf und die Seinigen bei dem jeweiligen Häuptling eingeladen wurden. Atli gehörte weder zu den einen noch zu den anderen. Er gesellte sich zu den Sklaven und blieb, wie meistens, wortkarg. Sie saßen in einer der Gammen am Feuer. Die Leute wollten hören, was es Neues auf Borg gebe, ob Olaf wieder auf Wiking fahre oder sein Sohn Helgi von seiner Raubfahrt zurückgekehrt oder unterwegs gefallen sei wie sein älterer Bruder Grím. Das schienen sie zu hoffen, denn sie behaupteten, sie hätten schon immer auf Lofotr und den anderen Inseln gelebt, lange vor den Nordleuten, ja seit die Stammmutter Máttaráhkká die ersten Sámi geschaffen habe und der Sonnengott Beaivi die ersten Rentiere auf seinen Strahlen zur Erde geschickt habe. Oft begannen sie dann, untereinander in ihrer eigenen Sprache zu sprechen.

Für Mathes waren diese Tage unterwegs eine Zeit der kleinen Freiheit gewesen, er stand nicht unter der harten Hand seines Herrn Gisli des Schwierigen. Blies der Wind aus der falschen Richtung, musste von einem Ort zum anderen gerudert werden. Die Ware musste an Bord geschafft, gestapelt und vor Nässe geschützt werden, eine leichte Arbeit. Es gab Zeit, darüber nachzudenken, wie es ihm ergangen war, außerdem hatte er viel mehr Gelegenheit, die neue Sprache zu üben.

Gisli der Schwierige war kein Mann, der es verdient hatte, dass man etwas gern für ihn tat. Als wäre das seine einzige Freude, schlug er seine Leute, nicht nur Mathes, sondern zuweilen auch Ayslin, die mit Gisli das Lager teilen musste. Er tat es mit harter Hand, aber nie so hart, dass man am nächsten Tag nicht arbeiten konnte. Die Wut, sie wuchs mit jedem Tag und mit ihr die Gefahr. Brighid verschonte er, trotzdem hatte sie Angst vor ihm, mehr, als man vor Schlägen hat. Sie wusste, was Gislis Blicke ihr verhießen. Das Mädchen und seine Mutter sprachen Gälisch miteinander, doch nur, wenn Gisli fort war, er litt es nicht. Beide waren verschreckte Wesen. Anfangs hatten sie sogar vor Mathes Angst, erst als sie erkannten, dass er ihr Schicksal teilte und nichts anderes war als ein Rechtloser, wurden sie offener zu ihm. Mathes konnte schon einige Worte Gälisch verstehen. Sobald Mathes Brighid sah, musste er an Irmin denken. Wie es ihr wohl ging?

Die Tage auf dem Hof waren ausgefüllt mit Arbeit. Mathes flickte Zäune, schnitt Birkenstangen, schleppte sie heran und flocht sie ein. Er hütete die Kühe oder die Schafe, wovon Gisli immerhin zweiundzwanzig besaß.

Am schwersten war die Arbeit mit den Steinen. Sie mussten

von den Weiden und Äckern abgesammelt oder, wenn sie groß und schwer waren, ausgebrochen werden, indem man sie halb ausgrub und hölzerne Stangen unter sie trieb, um sie aufzuhebeln. Viele waren zu schwer und doch mussten sie an den Rand des Felds geschafft, am besten zu Mauern aufgeschichtet werden, zum Schutz vor Tieren, die die Saat zerstörten. Viele Steine saßen und blieben fest, sie waren Teil des Felsens, auf dem alles Land lag. Immerhin hatte diese Arbeit den Vorteil, dass Mathes sehnig und zäh wurde und seine Kräfte wuchsen. Taugte das Wetter, musste er allein mit Gisli hinaus aufs Meer zum Fischen. Das waren die schlimmsten Tage gewesen. Gisli besaß ein vierrudriges Boot, das unten am Binnensee unter einem Schuppen bereitlag. Ein Pfad durch den Birkenwald führte hinunter.

Mathes tauchte aus seinen Gedanken auf. Sie waren im Außensee angekommen, der starke Meereswind verlor seine Kraft zwischen den vorgelagerten Inseln, sie passierten die Enge und die hochgezogene Brücke zwischen den beiden Seen. Dort drüben konnte er schon Gislis Bootsschuppen erkennen. Wo mochte sie sein, die Gamme der Noaidin Sivva, die aus dem Osten kam und wusste, wo Björkö liegt? Mathes spähte aus. Nichts als das steinige Ufer, der Birkenwald und das ansteigende Grasland darüber. Er nahm sich vor, die Zauberin so bald wie möglich zu suchen. Dafür musste er eine Gelegenheit finden. Gisli durfte nichts davon wissen, auch Atli hatte er nichts erzählt.

Sie legten an der Schifflände an. Olaf schickte zwei der Sklaven sogleich aus, sie sollten eilen und Pferde und Wagen holen, womit die Waren in die Vorratskammern des Langhauses gebracht werden sollten. Mit den übrigen Sklaven folgte er ihnen und wies Mathes an, mit Atli die Knörr zu bewachen. Sie gingen sogleich zur Schmiede, dort brannte die Esse, an der sie sich wärmen und trocknen konnten.

Sie begrüßten den Schmied. Er war mit der Herstellung eines Sensenblatts beschäftigt. Mit Atli verglichen, war er ein kurzer Kerl, dennoch viel größer als Mathes, er hatte dicke Arme, wilde Haare, eine blaue Mütze und so viele Rußflecke im Gesicht, dass man sein Alter nicht schätzen konnte. Schmiede waren wichtige Leute, sie konnten Waffen und Werkzeug herstellen, ohne die das Leben unmöglich war. Er zog ein längliches Stück glühendes Eisen aus der Esse und bearbeitete es mit leichten Hammerschlägen, zwischendurch sah er zu Atli auf. Schließlich schob er das Werkstück zurück in die Glut, drehte und wendete es, betätigte den Blasebalg, zog es wieder heraus.

»Du siehst aus, als hättest du ein wenig Kraft übrig, mein Freund. Willst mir wohl helfen?« Er reichte Atli die Zange. »Der Hänfling da muss noch ein bisschen zulegen.« Er zwinkerte Mathes aus freundlichen Augen zu.

Atli lachte. »Ist zwar nicht mein Geschäft, aber ich kann es versuchen. Der Hänfling ist übrigens der Stecher. Merk dir das. Was andere in den Armen haben, hat der in der Rübe.«

Der Schmied lachte zurück und griff zu einem anderen Hammer und so arbeiteten sie zu zweit weiter. Atli spannte und entspannte seine Muskeln im Rhythmus der Schläge.

»He«, rief der Schmied in den Lärm hinein, »das klappt ja wunderbar! Willst du mein Gehilfe werden? Mein Schwarzer hat keine Zeit, ich brauche ihn für die Landwirtschaft.«

Das also war Kolbjörn, der Herr des Schwarzen. In einer Lade auf einem Bohlentisch lagen mehrere Saxe und etliche Messer, die der Schmied vermutlich geschärft hatte. Obenauf eines, das dem ähnelte, mit dem er Eldar in Haithabu geblendet hatte. Es hatte eine schmale Spitze. Atlis breiter Rücken. Ein gutes Messer. Ein halber Atemzug und Mathes hatte es sich genommen und in sein Wams geschoben. Sein Herz hämmerte, am liebsten hätte er aufgeblickt. Er zwang sich dazu, ein wenig hin und her zu laufen, wie aufs Geratewohl und scheinbar, ohne auf die beiden Männer zu achten, die miteinander arbeiteten und lachten, als wären sie schon lange Freunde. Sie hatten nichts bemerkt.

Während es in seinem Kopf sauste, ging Mathes langsamen Schrittes zum Knörr, und als er hinter den gestapelten Waren auf den Planken der Lände stand, hing er das Messer in eine Schlaufe an der Innenseite seines Wamses.

»Wann sind sie endlich da?«, rief er.

Atli drehte sich um und zuckte mit den Schultern. »Hast du es etwa eilig, zu deinem Herrn zu kommen?«

»Das nicht.«

Atli lachte. Er schien gute Laune zu haben, bessere als während der gesamten Reise.

Als Mathes zur Esse zurückgekehrt war, sagte der Schmied: »Ich bin Kolbjörn. Man nennt mich auch Andhrimnir, wie den Koch in Walhall. Ich habe von meinem Schwarzen gehört, du bist der neue Sklave von Gisli. Nimm dich bloß in Acht. Die letzten haben es nicht lange gemacht bei ihm, den allerletzten …«

»… den hat dein Schwarzer umgebracht, ich weiß.«

Andhrimnir lachte. »Du scheinst tatsächlich was in der Birne zu haben, Junge. Und ich habe mitbekommen, dass du dich mit dem Schwarzen verstehst. Wäre schade um dich. Wenn du Hilfe brauchst, sag es mir.«

»Danke, Andhrimnir.« Mathes hatte ein schlechtes Gewissen, er hatte den Mann beklaut. »Kannst du mir sagen, wo die Finnin Sivva wohnt?«

»Sivva?« Andhrimnir legte den Hammer hin. »Willst du dir etwa von ihr weissagen lassen, welches Schicksal dir bevorsteht?« Er nahm seine blaue Mütze ab und wischte sich damit den Schweiß aus dem Gesicht.

Mathes nickte.

»Bloß das nicht!«, sagte Atli und sah besorgt aus.

Andhrimnir lachte nur. Er hatte den Hammer wieder gepackt, wollte weitermachen, als eine Frau herbeilief.

»He, Ayslin, was ist los mit dir?«

Nach Luft ringend blieb die Frau stehen.

»Gisli!«, stieß sie hervor und zeigte dahin, woher sie gekommen war. »Hilfe!« Sie hatte einen starren Blick, drehte sich um und stürzte davon.

»Ich habe es geahnt!«, rief Andhrimnir, warf den Hammer auf den Werktisch und stieß Atli an. »Komm mit!«

»Pass auf die Sachen auf!«, rief Atli und schon liefen beide ohne ein weiteres Wort hinter Ayslin her.

Kaum dass sie hinter einem Hügel verschwunden waren, rannte Mathes los, so schnell er konnte. Unterwegs fasste er ein paarmal nach dem Messer, es war an seinem Platz.

Als Gislis Hof in Sicht geriet, hielt er kurz inne. Keiner war zu sehen. Er rannte weiter und zog die Tür zum Feuerhaus auf. Ein heller Schein fiel hinein auf den Tisch und den Mann, der daran saß, und auf das Blut, das auf den Boden tropfte.

Überall Blut. An den Händen. An den Armen. Die tote Fratze, die über den Teller mit Grütze und Skýr gebeugt war. Es tropfte vom Tisch, von dort, wo sein linker Arm lag.

»Was ist geschehen?«, rief Mathes. »Wo sind sie?«

Ein Grunzen und sein blutiger Kopf hing wieder über dem Tisch. Nur das Löffeln hörte man und Gislis Schmatzen und sein hartes Schlucken. Sonst nichts. Nicht einmal das Tropfen des Bluts.

Wo war Brighid? Mathes stürzte in die Kammer – niemand. In den Stall – niemand. Er rannte um das Haus – niemand. Blutstropfen im Gras. Er brauchte die Spur nicht, sie konnte nur nach Süden führen, über die Hügelkette und bis zum Handbergselv. Er rannte los.

Die Kühe, Kolbjörn und Atlis Rücken. Die Beine und Arme des Mannes, den er trug. Der pendelnde Kopf. Sein Gesicht, es war bleich wie Wintergras.

44

Mit jedem Tag starb ein Stück Hoffnung, mit jeder Welle, die sie querten, mit jedem Atemzug.

Sie musste viel an ihren verschleppten Sohn denken und an sein Versprechen, sie und Magdalena zu retten. Nur wie sollte das gehen? Ob Samuel ihr helfen würde? Sicher nicht, er wollte zurück ins Serkland zu seinen Landsleuten, die dort Sklaven waren. Im Land der Nordleute würde er nirgendwo frei sein. Er durfte sich nicht in Gefahr bringen und sie wagte nicht, sich ihm zu offenbaren.

Der Scheich hatte in Haithabu neue Leute angeheuert, sie sollten ihn und seine Ladung beschützen. Es waren einige Seekundige dabei, die er gut bezahlte, damit sie das Schiff sicher nach Björkö in das Land der Sueden brachten. Dort wollte der Scheich den Falken kaufen, den er in Haithabu nicht bekommen hatte, seine restlichen Waren verkaufen und mit dem Silber, das er sich in Haithabu erhandelt hatte, neue Ware einhandeln, vor allem Sklaven und Pelze aus dem Norden, die ihm guten Gewinn im Serkland garantierten. Den Falken, auf den er hoffte, wollte er für sich und die Jagd behalten.

»Mama, was ist ein roter Drache?«

»Kind, was fragst du? Rote Drachen gibt es nicht mehr. Sie sind ausgestorben und man erzählt sich davon aus vergangenen Zeiten.«

»Doch, es gibt sie noch! An dem Schiff, mit dem wir weggebracht worden sind, war vorn einer dran! Auch ein roter!«

»Stimmt. Aber der war nur aus Holz. Warum fragst du?«

»Ich habe gehört, wie sie über einen roten Drachen gesprochen haben, der vielleicht bald kommt. Er soll gefährlich sein.«

Samuel von Nubien räusperte sich vernehmlich. Ein höflicher Mann.

Gundrun von Hammaburg hieß ihn eintreten.

Der Schwarze steckte den Kopf in das niedrige Tuchzelt, das sie und Magdalena auf dem Vorschiff nutzten. Er brachte Essen und Wasser.

»Samuel, was ist eine rote Schlange?« Magdalena erklärte ihm, was sie gehört hatte. Zwei Männer, nebeneinander auf einer Ruderbank sitzend, hatten über einen roten Drachen gesprochen.

Samuel runzelte die Stirn.

»Ich muss fragen«, sagte er, ließ den Vorhang fallen und verschwand.

Ein freundlicher Mann. Er hatte Mathes in Haithabu gerettet, ihm vertrauten sie, obwohl er der Diener und Sklave des Scheichs war. Gundrun von Hammaburg hatte sich an den Anblick seiner schwarzen Haut gewöhnt, Magdalena ihre Angst vor ihm verloren und manchmal, wenn der Scheich nicht auf sie achtete, konnten sie leise Worte mit ihm wechseln. Er sprach Nordisch und nur wenig Fränkisch, doch Magdalena half ihr. Sie hatte schon viele nordische Worte von Atli gelernt. Sie durfte sich überall auf dem Schiff aufhalten, nicht nur bei den anderen Gefangenen, die unter freiem Himmel mittschiffs untergebracht waren, sondern auch bei den Nordleuten, von denen sie weitere nordische Worte aufgeschnappt hatte. Die gebrauchte sie unbefangen und brachte sie Gundrun bei. Lenas Brandwunde war fast verheilt. Eine Narbe würde auf ihrer Wange bleiben, vielleicht zu ihrem Vorteil, wenn sie älter werden würde …

Das Schiff hob und senkte sich schwerfällig über den Wellen. Ein breites Lastenschiff, das sich der Scheich in seiner Heimat hatte bauen lassen. Das Segel war viel kleiner als die der Nordleute, der Mast war nicht besonders hoch. Es gab viel Platz für die Handelsware, selbst unter den Planken, die man aufnehmen konnte, aber nur Platz für sechs Ruderer, die bei Flaute oder Gegenwind eingesetzt werden konnten. Deshalb fuhr es nur langsam. Es würde viele Wochen, sogar Monate dauern, bis der Scheich sein Ziel erreicht hatte, das weiter fort war, als sich ein Mensch vorstellen konnte.

Solange sie unterwegs waren, gab es Hoffnung, und der Scheich hatte keine unbegrenzte Macht über sie, da er nie allein war mit ihr. Sie musste nur ein Kopftuch tragen und ihr Gesicht mit einem Seidenstoff verhängen, sobald sie nach draußen trat. Der Scheich hatte sich ihr bisher nicht genähert. Seine lüsternen Blicke, sie steigerten ihre Angst. Befahl er ihr abends, nachdem sie an Land gegangen waren und ein Zelt für sie errichtet war, Kopftuch und Schleier abzulegen und strich ihr über die blonden Haare, erregte ihn das so sehr, dass er vor Wollust zu zittern begann. Und sie vor Angst und Abscheu. Der Scheich werde sie erst auf sein Lager befehlen, hatte Samuel angedeutet, wenn er mit ihr verheiratet sei, wozu ein Mullah die Ehe segnen müsse. So hießen die Priester der Muslime.

Sie waren zunächst, als sie Haithabu verlassen hatten, auf dem Meer an der Küste entlanggesegelt, die links von ihnen lag, später über das offene Meer und an Inseln vorbei zu einer anderen Küste gelangt, der sie ostwärts folgten.

Sie hörten Samuels Stimme, wie er zuerst mit dem Scheich und dann mit einigen Männern von der Besatzung sprach. Die Stimmen wurden lauter, man stritt wohl gegeneinander. Gundrun von Hammaburg richtete ihr Kopftuch, warf den Schleier über und hob den Vorhang. Samuel hatte einen der Nordleute mit einer Hand am Kragen gepackt, während er ihm mit der anderen in die Wange kniff und sie zwischen Daumen und Zeigefinger verdrehte, sodass der Mann mit Schmerzensschreien in die Knie ging.

»Was ist los?«, wollte Gundrun wissen.

»Seht!«, rief einer der Männer, ein Gefangener von der Hammaburg. »Ein Schiff!«

In der Tat. Von Land her näherte sich ihnen ein Schiff. Der Bugdrache zeigte schon sein aufgesperrtes Maul. Viele Ruderblätter blitzten im Licht der Sonne, sobald sie aus dem Wasser gezogen wurden. Der Streit hatte die Leute abgelenkt. Das Schiff musste sehr schnell sein.

Der Scheich stieß Befehle in seiner Sprache aus, Samuel übersetzte sie in die nordische. Einer der Gefolgsleute des Scheichs packte den Mann, den Samuel festhielt, mit beiden Fäusten und stieß ihn über Bord. Er plantschte umher, offenbar konnte er nicht schwimmen, er schrie, bis ihm das Wasser in den Mund lief und er gurgelnd unterging. Gundrun sah seine aufgerissenen Augen versinken, seine fechtenden Arme und seine Haare, die träge um ihn herschwebten, bis er in der Tiefe verschwunden war.

»Wir werden überfallen!«, schrie der Mann von der Hammaburg.

Das fremde Schiff war bis auf zwei Längen herangekommen, Gundrun von Hammaburg starrte auf das aufgerissene Maul des Bugdrachens, aus dem sich seine Zunge streckte, als wäre er lebendig, und als die erste Lanze heranflog, riss sie ihre Tochter an sich und warf sich über sie in den Schatten des Dollbords.

Die Zunge war rot.

45

Freiheit.

Ein bisschen Freiheit, ein Gefühl, das er lange nicht mehr gehabt hatte. Es war, als würde man schweben. Er ging, wohin er wollte. Alles ist möglich, dachte er. Er hatte keinen Auftrag, keinen Befehl, er folgte seinem eigenen Entschluss. Dieser Tag gehörte ihm, und wenn man alles vergaß, was war, und nicht an das dachte, was noch kommen würde, fühlte man sich frei, fast. Und deshalb stark. Oder war es nur die Sonne, die seine Sinne beseelte?

Er wolle zum Bootshaus, das Dach prüfen, ob es noch dicht sei. »Nimm Birkenrinde mit, zur Sicherheit!«, lautete Gislis letzter Befehl.

Dem Sturm und Regen der letzten Tage war seit gestern die Sonne gefolgt. Auf dem Rückweg hatte er aufs Geratewohl den Pfad verlassen, war nach Norden in den Birkenwald abgebogen, in einiger Entfernung dem Ufer gefolgt, auf Pfade gestoßen, die zu zwei Wohnplätzen führten, die er umging, er wollte niemanden treffen, nur sie.

Die Büsche schlugen ihm gegen die Beine, seine Füße versanken im Blaubeerkraut. Die Früchte waren grün. Das Gras war neu aus dem alten gewachsen, die Birken, die meisten kaum höher als drei Klafter, hatten ihre Blätter ausgerollt, in ihrem Geäst glitzerte die Sonne. Sie nutzten den kurzen Sommer und die Tage des langen Lichts, sie mussten sich für den nächsten Winter wappnen, für Dunkelheit, Kälte und Wind. Die Blätter streiften sein Gesicht und strömten ihren bitteren Geruch aus. Das hohe Trillern eines Dompfaffs, er sah seine rote Brust im Weidengebüsch leuchten, er hörte das sanfte Klatschen der Brandung an die steinige Küste wie den langsamen Schlag seines Herzens.

Was war das? Er blieb stehen. Ein Rascheln. Er duckte sich. Ein Murmeln, eine Stimme – ein Mensch. Er wurde noch kleiner, spähte durchs Geäst, machte ein paar lautlose Schritte. Kein Murmeln, sondern ein leiser Gesang in einer wortlosen Sprache, eine auf und ab gehende Melodie, die nur aus Vokalen zu bestehen schien. Mathes glaubte die Stimmen unbekannter Tiere zu hören, kehlige Laute, traurig und zuversichtlich zugleich. Eine Frau, eine alte, eine spröde Stimme. Mathes entspannte sich, richtete sich wieder auf, horchte. Mücken surrten um seinen Kopf, stachen ihm in Gesicht und Handrücken, in alles Nackte. Er wischte sie fort, focht um sich. Sogleich waren sie wieder da, mehr als zuvor.

Er bewegte sich vorsichtig durch die Büsche, bis sein Blick auf den Rücken eines Menschen traf, der in einem ledernen Kittel steckte. Ein langer weißer Zopf. Am bunt geflochtenen Gürtel pendelte eine Pelzmütze im Rhythmus ihrer Bewegungen.

Der Gesang verstummte. Die Pelzmütze stand still.

»Hilf mir schneiden, Junge«, sagte die Frau. Langsam richtete sie sich auf, in der Hüfte eine Faust, die ein Messer hielt, und drehte sich um. Sie zeigte ein rundes, von Lebensfurchen durchzogenes Gesicht voller Mücken, Schweiß und Lächeln. »Noch besser wäre es, würdest du das da zu meiner Gamme tragen, wenn du mich schon beim Joiken störst.«

Ein Haufen geschnittener Birkenäste, unter denen ein Riemen lag.

»Was ist Joiken?«

»Das ist das, was du gehört hast.«

Mathes packte den Riemen und schnürte ihn so, wie er es beim Heumachen gelernt hatte. Er legte sich mit dem Rücken mittig über den Reisighaufen, zog den Riemen in zwei Schlaufen über die Schultern stramm zu, machte einen Knoten vor der Brust, ging nach vorn auf die Knie und stemmte sich endlich mitsamt der Last hoch. Die Alte musste sehr stark sein.

»Mein neues Bett!« Sie lachte und ging voran. »Du hast schon gelernt, wie man das macht.«

Mathes folgte auf ausgetretenem Pfad durch dichten Birkenwald. Ihr weicher Gang verriet, dass sie weite Wege zu gehen gewohnt war. Als sich vor ihm eine Lichtung öffnete, gewahrte er in ihrer Mitte das dunkle Viereck einer offenen Tür, nach Süden gerichtet, dann das dünne Gras, das auf den schrägen Wänden wuchs, die Gamme der Alten, ein rundes Sodenhaus. Sie wies Mathes an, das Reisig neben die Tür zu werfen, wandte sich um und marschierte zurück, woher sie gekommen waren. Ihm blieb nichts, als ihr zu folgen. Nun ernteten sie gemeinsam Birkenreisig. Es war die erste Arbeit seit langer Zeit, die Mathes ohne Befehl und freiwillig tat. Schweigend arbeiteten sie nebeneinander. Mathes gebrauchte das Messer, das er dem Schmied gestohlen hatte. Die Alte war die Erste, die es sah.

Mit einer zweiten Ladung Reisig auf dem Rücken ging es zurück zur Gamme.

»Jetzt hast du dir eine Mahlzeit verdient, Mathes Stecher«, sagte sie, trat über die Schwelle und verschwand im Dunkel der Gamme.

Mathes hörte sie hantieren. Gleich stieg blauer Rauch aus dem Loch im Dach und aus der Tür, der in der Sonne zerriss und forttanzte, sich auflöste und sich mit der Ewigkeit vermischte. Bald erschien sie mit zwei hölzernen Schalen, in denen sich eine dampfende Flüssigkeit befand. Sie setzte sich draußen an die Wand der Gamme, hieß ihn, es ihr gleichzutun, das Gesicht der Sonne zugewandt, den Rücken an die Graswand gelehnt, ein dichter Schwarm tanzender Mücken um sie her. Mathes wollte sie fortwedeln.

»Du musst sie stechen lassen. Sonst gewöhnst du dich nicht daran«, sagte sie und lachte zahnlos. »Iss und trink.« Sie reichte ihm eine der Schalen. »Liepma und Suovas. Brühe und Räucherfleisch. Vom Rentier. Beaivi meint es gut mit uns heute.«

»Ja«, stimmte Mathes zu. »Die Sonne!«

Er schloss die Augen vor dem grellen Licht, schlürfte die Flüssigkeit und nahm Wärme und Kraft in sich auf. Lange hatte er nichts so Gutes genossen. Bei Gisli gab es karge Kost, meistens Grütze. Lange hatte er nicht neben einem Menschen gesessen, den er schon zu kennen schien und dem er ganz vertraute. Wenn er sich nur die Mücken fortwünschen könnte!

Die Alte schnitzte sich aus einem der Birkenreiser einen kleinen Spieß für die Fleischstücke.

Mathes tat es ihr nach. »Woher kennt Ihr meinen Namen?«

»Der spricht sich rum«, sagte sie.

Und wie hatte sie bemerkt, dass er sich ihr im Birkendickicht genähert hatte?, überlegte er.

»Du hast ziemlichen Lärm gemacht. Hätte jeden Elch in die Flucht geschlagen.«

Das musste Sivva sein. Nur eine Zauberin konnte hören, was nicht zu hören war, sehen, was nicht zu sehen war, und verstehen, was nicht gesagt worden war.

»Ich habe Euch gesucht. Ihr seid Sivva, nicht wahr?«

»Ja.«

»Und gleich gefunden. Ich habe von Euch gehört.«

»Na ja, das bleibt nicht aus«, sagte sie, spießte ein Stück Fleisch auf und mümmelte.

»Ich habe gehört, dass Ihr … von weit her kommt.«

»Und jetzt willst du wissen, wie du dahin kommst, woher ich komme.«

Mathes erschrak. Ein hellsichtiger Geist lebte in diesem alten Leib.

»Erschrick nicht, Junge. Eine Noaidin verrät niemals.«

Sie bat ihn, Wasser zu holen, in einem ledernen Beutel aus der Gamme, und zeigte ihm, wo der Pfad hinunter zum See begann. Nach ungefähr hundert Schritten war er da und kehrte mit frischem Wasser zurück.

Und dann erzählte er. Alles, was er erlebt hatte seit jenem schrecklichen 12. April. Besonders vom Scheich aus dem Serkland, der nach Björkö fahren wollte, mit Mutter und Magdalena, um einen Falken zu kaufen. Als er fertig war, schwieg er mit gesenktem Blick und fühlte dem Schrecken nach.

Die Alte sah ihn lange an.

»Serkland? Weißt du, mein Junge, wie weit weg das ist?«

Mathes schüttelte den Kopf. »Sehr weit muss es wohl sein.«

Nach einer Weile sagte sie: »Wenn einer es schaffen kann, dann du!«

»Warum?«

»Erstens bist du ein geschickter Kerl, der nicht auf den Kopf gefallen ist. Und zweitens, weil die Liebe mächtiger ist als der Hass. Hass macht schwach, obwohl er furchtbar stark aussieht und manche Schlacht gewinnt. Unsere Götter helfen allen, die guten Willens sind. Gisli wird niemals siegen, denn er folgt seinem Hass.«

Offenbar war der alten Sivva nichts verborgen geblieben, obwohl niemand ihren Namen genannt hatte. Der Schwarze hatte Gisli einen tiefen Schnitt in der linken Schulter beigebracht, weshalb er den Arm so gut wie nicht mehr gebrauchen konnte. Er hing ziemlich nutzlos herunter und sein Leib war noch schiefer geworden. Die Wunde heilte nur langsam, wochenlang konnte Gisli viele Arbeiten nicht verrichten und war auf Hilfe angewiesen. Das hatte sein Gemüt keineswegs milder gemacht. Von seinem Hass hatte er nicht gelassen. Der Schwarze hingegen war nach drei Tagen auf dem Fieberlager auferstanden und schnell wieder zu Kräften gekommen. Seine Wunden waren verheilt.

Kolbjörn hatte Entschädigung von Gisli verlangt. Der lehnte ab, er selbst habe den größten Schaden erlitten, maulte er und verlangte ebenfalls Wiedergutmachung, nämlich das ungehinderte Weiderecht südlich des Handbergselv und eine Mark Silber dazu für den erschlagenen Sklaven, Mathes' Vorgänger. Das wiederum gefiel Kolbjörn nicht. Er habe nur sein Recht wahrgenommen, sagte er, und Gisli mehrfach gewarnt. Olaf war es nicht gelungen, Frieden zu stiften. Er wolle Brighid nicht gegen Gislis Willen dem Schwarzen geben, wie es jetzt hieß, und er bedauere es, dass Ottar schon vor Wochen abgereist sei. Und so war der Streit zwischen den beiden nicht entschieden. Doch blieb es ruhig und es kam vorläufig zu keinen weiteren Kämpfen.

»Gisli hat Olaf das Leben gerettet damals, als sie in Irland waren«, erklärte Sivva. »Er ist ihm verpflichtet.«

»Und warum gibt er ihm dann nicht das Weiderecht?«, fragte Mathes.

»Weil Kolbjörns Vater sein Leben verloren hat in Irland, an Olafs Seite, und Olaf ihm gelobt hatte, für seinen Sohn zu sorgen, Kolbjörn. Dem hat er das Weiderecht bis zum Fluss versprochen.«

»Und warum besteht Gisli darauf, obwohl er kein Recht darauf hat?«

»Tja, Junge. Nicht alles, was die Menschen wollen, hat Sinn und Verstand. Vielleicht meint er, sich etwas nehmen zu dürfen, was ihm nicht zusteht, weil er etwas nicht bekommen hat, was ihm seiner Meinung nach zusteht, nämlich einen ansehnlichen Körper. Dass Kolbjörn ein tüchtiger Bauer und dazu ein guter Schmied ist und Gisli nicht, das macht es noch schlimmer. Du weißt ja, wie Gisli ist. Er ist von allen guten Geistern verlassen. Er gönnt es ihm nicht und die schöne Brighid schon gar nicht. Die will er für sich. Wenn du mich fragst, sieht Gisli es auf einen Sohn ab, den Ayslin ihm nicht gegeben hat.«

»Etwa mit Brighid?«, fuhr Mathes auf.

»Mit wem sonst?«

»Wie schrecklich!«

»Allerdings. Außerdem will Kolbjörn den Schwarzen freigeben. Das passt Gisli auch nicht, er selbst würde nie auf die Idee verfallen, einen Sklaven freizulassen. Er ist eben ein verbohrter Bursche. Nun hängt sein Arm, immerhin. Leider wird er sich wohl erholen und gefährlicher sein als zuvor. Kolbjörn ist zwar im Recht, aber er wäre klüger, würde er nicht darauf bestehen. Demütige niemanden, den du nicht vernichten kannst.«

Noch war Gisli ein halber Mann. Deshalb habe er einen Tag für sich, erklärte Mathes. Gisli könne ihn nicht mehr so scharf beaufsichtigen wie bisher. Und schlagen könne er ihn auch nicht und Ayslin nicht und Brighid …

»… ist einigermaßen sicher vor ihm, nicht wahr?«

Ja, das war sie. Wie lange?

»Pass auf, dass du nicht zu einem dieser Männer wirst, die sich selber im Weg stehen«, sagte Sivva. »Davon gibt es schon genug.«

Die Nordleute, erklärte sie, seien bedauernswerte Menschen, sie lebten stets in Zwist und Kampf und viele von ihnen stürben, wie man gesehen habe, von der Hand ihresgleichen. Wie ihre Götter, auch unter ihnen nichts als Krieg, Eifersucht, falsche List und Totschlag. Odin reite niemals ohne seinen Speer am Himmel herum auf seinem achtbeinigen Pferd, er tauche stets vor großen Schlachten auf. Auf eine Liebesgöttin, die nach jeder Schlacht die Hälfte der Toten einsammele und wie eine Hure ihren Leib für ein kostbares Brustgeschmeide verkaufe, und das an vier Zwerge, und die Beischläferin ihres eigenen Bruders sei, auf die könnten die Sámi gern verzichten.

»Kennst du die Geschichte von Odin und Thor? Wie Thor von einer Ostfahrt heimkehrt und auf der anderen Seite des Sundes Odin steht und der Fährmann ist?«

Mathes schüttelte den Kopf.

»Ich mache es kurz. Thor will hinüber, geht die Sage, er ruft den Fährmann und beide fangen an, sich gegenseitig von ihren Heldentaten vorzuprahlen. Wen sie alles schon erschlagen hätten, Riesen mit steinernen Köpfen und Thursenweiber, und mit wie vielen Frauen sie es getrieben hätten, mit Riesinnen gar, mit Weibern von Berserkern. So wie ihre Götter da oben, so machen sie es hier unten, wahrscheinlich wird es tausend Jahre und mehr dauern, bis dieses Gehabe aus den Kerlen raus ist.«

Mathes wusste nicht, was er sagen sollte.

»Ich habe gehört, ihr seid ungläubig da unten.«

»Die meisten nennen sich jetzt Christen.«

»Eben, Ungläubige. Ihr habt den Glauben an die Geister der Natur verloren.«

»Unsere alten Götter leben noch, doch meine Mutter ist Christin. Ich habe fast zu Sif gebetet, als meine Hände verbrannt waren.« Mathes gab wieder, was Regnar erzählt hatte.

»Sif?« Sivva lachte. »Zwar hat sie goldene Haare, aber eine Heilkundige, das ist sie nicht. Das ist eine mit Namen Eir, wenn ich mich nicht irre. Da siehst du, sie wissen es selbst nicht.«

»Da habe ich Glück gehabt«, meinte Mathes.

»Und du? Bist du ein Christ?«

»Ich weiß es nicht. Christopherus ist ein Christ.«

»So? Die Herrin von Borg soll Gefallen an ihm gefunden haben.«

»Er soll ihr von seinem Gott berichten, sagt sie.«

»Sagt er.«

»Ja.«

»Das soll ein jeder selbst wissen«, sagte Sivva. »Man hört das eine und das andere. Wir lieben unsere Sáráhkká, sie liebt uns und beschützt uns und zündet das Feuer in unseren Herzen an. Wir sind Teil der Natur. Die Natur kennt keine Unterwerfung. Deshalb gibt es bei uns weder Krieg noch Sklaverei. Wer Sklaven hält, ist zu faul zum Arbeiten.«

»Warum gibt es böse Menschen und andere, die gut sind oder jedenfalls nicht so böse?«, wollte Mathes wissen.

»Ach«, sagte Sivva nur. »Ach.« Nach einer Weile fügte sie hinzu: »Du wirst es herausfinden.«

Und dabei blieb es.

Die Sonne schien, und wären die Mücken nicht gewesen, diese winzigen Quälgeister, hätte sich Mathes wie im Paradies fühlen können.

»Ich werde Euch helfen«, sagte er. »Nicht nur mit dem Birkenreisig.«

»Und dir werden deine Hilfsgeister helfen«, erwiderte sie.

»Was ist ein Hilfsgeist?«

»Das erzähle ich dir ein andermal.« Dann berichtete sie, dass sie aus Roavvenjárga stamme, einem Ort, der viele Tage entgegen der aufgehenden Sonne entfernt sei.

»Und warum wohnt Ihr hier?«

»Die Wege des Schicksals, mein Junge. Vielleicht ist der Ort, an dem du geboren bist, weiter weg als mein Roavvenjárga. Als ich hierherkam, fragte ich die Erdgeister, ob ich auf ihrem Land wohnen dürfe, und sie waren damit einverstanden. Es ist ein guter Ort.«

Mathes dachte an das, was die Sámi am Nappstrom erzählt hatten.

»Kommen die Nordleute auch zu Euch?« Sogleich schämte er sich seiner Neugier. Was machte es für einen Unterschied, ob er das wusste oder nicht?

Sivva lächelte. »Viele Menschen kommen zu mir, mein Sohn. Alle, die meinen Rat suchen oder krank sind. Die Nordleute haben keine Noaiden, sie haben nur ihr Bier. Sie sagen, das Bier gebe ihnen der Erde Kraft und bringe sie in die Nähe ihrer Götter. Das glaube ich nicht. Mit Bier können sie sich nur betrinken und in die Abgründe ihrer armen Seelen blicken. Höhere Erkenntnisse gewinnen sie damit nicht. Und brauchen sie doch welche, kommen sie zu uns, die sie verachten und beneiden und vor denen sie Angst haben.«

»Darf ich Euch …? Fleisch oder Fisch …?«

Sie schüttelte den Kopf. »Nein, mein Sohn, lass gut sein. Man bringt mir, was ich brauche, ich habe alles. Du bist nur ein Sklave, der sich in Gefahr begibt, wenn er … Meine Wege werden kürzer …«

Zeit aufzubrechen. Es war besser, Gisli nicht zu reizen, er war misstrauischer denn je geworden.

»Ich komme wieder«, sagte Mathes.

»Tu das. Und denk daran, die Sache mit Gisli und Kolbjörn, sie ist noch nicht zu Ende. Wer Angst hat, ist gefährlich.«

46

»Ich muss fort«, sagte Mathes.

»Ich bleibe hier«, erwiderte Atli.

Atli wohnte nun auf Kolbjörns Hof. Er ging ihm bei den Schmiedearbeiten zur Hand und half ihm in der Landwirtschaft. Da war es praktischer, ein Teil von Kolbjörns Hofgemeinschaft zu werden. Außerdem lebte Kolbjörns Schwester mit ihrem Mann und drei Kindern dort. Da Kolbjörns Land zum Teil neben dem Gislis lag, traf Mathes mitunter am streitigen Grenzfluss auf Atli.

»Es ist noch nicht lange her, da hast du gesagt, du wolltest auch am liebsten fort«, sagte Mathes.

»Jetzt nicht mehr«, antwortete Atli und erklärte sich nicht weiter. Nach seinen Wanderjahren hatte er wohl ein neues Zuhause gefunden.

Mathes war enttäuscht, nun würde er sich allein durchschlagen müssen, zumal nicht daran zu denken war, dass Christopherus fliehen würde, selbst wenn sich die Gelegenheit bot. Er hatte es gut getroffen. Es gefiel ihm offenbar, für die Herrin zu arbeiten, und vielleicht noch mehr, den Kindern von Borg Lesen und Schreiben und etwas von den anderen der sieben Künste beizubringen und ihnen nebenher von seinem Christus zu berichten. Åshild ließ es geschehen. Olaf, so hieß es, nahm es widerwillig hin. Zwar lehrte Christopherus die Runenschrift, nachdem er sie selbst gelernt hatte, doch wollte Olaf nichts vom Christentum wissen.

Die Sonne hatte ihren höchsten Stand vor einigen Wochen erreicht. Olaf hatte zur Feier der Sonnenwende zu einem Gelage eingeladen, wieder war Bier in großen Mengen getrunken worden. Alle hatten gute Laune gehabt, bis auf sehr wenige, darunter Gisli, der ohnehin niemals leichten Sinnes war, und Mathes, der immerzu an seine Flucht denken musste. Denn nun würden die Tage kürzer werden. Nicht lange und die Sonne würde wieder ins Meer tauchen, es würde wieder Nächte geben, man würde wieder Sterne sehen.

Mathes konnte die Sprache der Nordleute jetzt einigermaßen sprechen.

Doch wie sollte er fliehen? Über das Meer, auf demselben Weg zurück? Unmöglich.

»Schon die Wache an der Zugbrücke würde uns festnehmen«, sagte Atli. »Selbst wenn wir nachts durchschleichen könnten, sie würden unsere Flucht schnell bemerken und uns noch an der Küste von Lofotr einholen.«

»Uns? Wir? Ich dachte, du kommst nicht mit.«

»Ich werde dir helfen.« Atli lächelte und legte einen großen Finger über seine bartüberwucherten Lippen. Wann hatte der Riese je gelächelt? *»Mitt líf er þitt líf …«*

Es bleibe nur die Flucht von der Ostseite der Insel. Und überhaupt, allein würde Mathes es nicht schaffen. Atli hatte sich kundig gemacht, er war ein freier Mann und konnte gehen, wohin er wollte. So hatte er einmal einen Spaziergang zur Ostseite der Insel gemacht.

»Gar nicht so weit.« Er zeigte auf den ansteigenden Hügel, der hinter ihnen lag. »Du folgst dem Handbergselv bergan und schwenkst oben ein wenig nach Norden ab und schon siehst du unten die Bucht an der Ostseite der Insel. Wir sind dort vorbeigekommen, als wir mit Olaf die Steuern eingetrieben haben.« Man würde es mit flottem Schritt an einem halben Tag schaffen. Dort wohnten einige Sámi und Boote hätten sie auch …

Und dann? Wohin? Das wusste auch Atli nicht zu sagen. Er war ein Fremder in diesem Land.

Mathes erinnerte sich an den Ort.

Tage später suchte er die Noaidin auf. Bedeckter Himmel und Wind. Er fand ihre Gamme schnell, da er sich den Weg gemerkt hatte. Die Tür stand auf. Er näherte sich zögernd, hörte wieder den leisen Singsang der Greisin.

»Komm rein, Stecher«, sagte sie, bevor sie ihn sah.

Sie saß drinnen an einem kleinen Feuer, mit gekreuzten Beinen, das Licht strömte herein, fiel auf ihre Hände, die an einem Leder arbeiteten. Sie nickte ihm freundlich zu, lächelte mehr mit den Augen als mit dem Mund und bedeutete ihm, sich ihr gegenüber auf ein Fell zu setzen, zwischen ihnen das Feuer, das in einem Ring flacher Steine brannte. Sie unterbrach ihre Arbeit, packte das Leder, einen Beutel wohl, hinter sich, füllte schweigend Wasser in einen Kessel auf einer der Steinplatten, die um das Feuer lagen, und stellte ihn an die Flammen. Dann fuhr sie fort zu nähen, zog mit einer Knochennadel ein Lederband durch vorbereitete Löcher am Hals des Beutels.

Mathes wagte nicht, die Stille zu stören. Knacken, Wispern und mitunter ein kleines Fauchen oder Zischen – das Lied des Feuers mischte sich mit dem leisen Rauschen des nassen Waldes. Alte Hände, große Hände, rissige Fingernägel, wie die eines Mannes. Eine Kappe aus Leder, die mit Fellstreifen verziert war, unter der weiße Strähnen ihres Haars hervorquollen. Die vorstehenden Backenknochen machten ihr bronzenes Gesicht fast dreieckig. Kleine Augen. Als das Wasser kochte, langte sie nach einem Beutel, der hinter ihr neben anderen verschiedener Größe an einem Asthaken hing, öffnete ihn und streute etwas vom Inhalt in den Kessel, zog den Beutel zu, hängte ihn zurück, nahm ihre Lederarbeit wieder zur Hand.

Die Gamme war kreisrund, ungefähr vier große Schritte im Durchmesser. Ein mit Birkenstämmen abgegrenzter Weg führte, schmaler werdend, von der Tür zum Feuer. An den Seiten und hinten Felle, auf dem Reisig, das er zu schneiden geholfen hatte. Die Innenwand bestand, wie bei den Sámi am Nappstrom, aus nebeneinanderstehenden abgerindeten Birkenstämmen, von denen einige dickere so ineinander verkeilt waren, manche davon quer, dass die übrigen angelehnt Halt hatten. In den Lücken zwischen den Hölzern war Birkenrinde zu sehen, die von außen aufgelegt war, und hinten, dem Eingang gegenüber, auf einem weißen Stein, lag eine Trommel, mit Leder bespannt, darauf Ornamente, abstrakte Zeichen, Striche, Kreise, Pfeile. Tiere? Menschen?

Die Noaidin beugte sich vor, Mathes war, als griffe sie durch die Flammen hindurch zur Trommel, die Flammen loderten um ihren Arm, sie hielt einen knöchernen, wie ein T geformten Klöppel in der anderen Hand. Er hörte den Trommelschlag wie aus der Ferne, doch näher kommend, zunächst ohne Rhythmus, dazu sang sie ihr wortloses Lied, das weder Anfang noch Ende hatte, auf und ab, sie versetzte ihren Oberkörper in leichte Kreise, in Schwingungen, in einen Tanz im Sitzen, dem sich der Rhythmus der Trommelschläge einfügte.

Mathes sah die Zauberin wie durch Nebel und hörte umso besser. Er hörte, wie ihre Stimme anschwoll, absank vom höchsten Falsett zum Bass, und er hörte Töne, die aus dem Wald in die Gamme zu dringen schienen, sie ausfüllten mit einem Brummen, Knurren, Fauchen und Schnaufen, wie das eines Bären. Dann erklang, wie der Trommelschlag aus weiter Ferne, der sehnsuchtsvolle Schrei eines Singschwans, noch einmal, näher, ein drittes Mal. Mathes spürte den Lufthauch von Schwingen, hörte klatschendes Wasser, spürte, wie es in sein Gesicht schlug, fühlte die Tropfen über die Wangen laufen, Vergangenheit und Zukunft schrumpften zusammen, wurden immer kleiner, bis nur noch Gegenwart blieb, in der alles glühte, was jemals geschehen war und geschehen würde.

Mathes wischte sich das Wasser vom Gesicht. Die Gamme war von Rauch erfüllt. Es war nur der Dampf, der aus dem Gefäß kräuselte. Die Noaidin hielt ihm eine hölzerne Schale entgegen, er nahm sie und trank. Es schmeckte nach Herbst, nach Beeren. Die Noaidin leerte ihren Becher bis auf einen Rest, den sie bedächtig ins Feuer tropfen ließ. Es zischte.

»Sáráhkká«, murmelte sie und noch etwas anderes, was Mathes nicht verstand.

Sie setzte ihre Arbeit fort, und als sie fertig war, zog sie einen ledernen Lappen aus ihrem Wams, schob ihn in den Beutel und reichte ihn Mathes über das Feuer. Was hatte das zu bedeuten?

»Sieh es dir an.«

Er zog den Lappen heraus. Ein Stück Leder, dünn wie eine Messerschneide. Er faltete es auseinander. Groß wie der Rücken eines Mannes. Darauf schwarz eingebrannt Linien, Striche, Wellen, Punkte, Kreise.

»Was ist das?«

»Ich habe dir aufgezeichnet, wie du zur Siida meiner Enkeltochter kommst, bei den Waldsámi vom Árajohka in den großen Sümpfen des Sjávnjaape. Sie braucht Hilfe und ich schicke dich zu ihr.«

Mathes drehte das Leder und versuchte, die Zeichen zu lesen.

»Ich erkläre es dir. Es ist nicht mehr viel Zeit.«

Viel später, nachdem er gegangen war und darüber nachdachte, was geschehen war, fand er das Amulett in dem Beutel. Er nahm es in die Hand und betrachtete es. Ein ovales Horn, glatt, matt glänzend. Eine Scheibe, die man in der Hand einschließen konnte. Darin eine Figur, die Hände und Füße an den Rand stemmte, als wollte sie ihn sprengen.

Ein Sámi, hatte sie gesagt, könne an jeden Ort in der Welt, an dem er einmal in seinem Leben gewesen sei, wieder zurückkehren. Er würde ihn finden, gleich ob bei Tag oder Nacht, im Sommer oder im Winter.

47

Linker Fuß vor, dabei aus der Hüfte heraus der weite Schwung mit dem Sensenblatt von rechts nach links, im Bogen flach über die Grasnarbe hinweg, das Gras sinkt mit leisem Zischen ins Reff. Rechter Fuß vor, dabei das Blatt nach rechts zurückziehen, ausholen und wieder von vorn. So schaukelt man mit kleinen Schritten voran, links, rechts, links, das Gras liegt im Schwad hinter dir, die Kraft muss aus der Mitte kommen, sonst verbiegst du dir den Rücken.

Es war der Zwiemonat, die Zeit, in der man das letzte Gras mähte und kurz darauf mit der Getreideernte begann. Sie sensten Gras für den Winter, zu sechst versetzt hintereinander. Christopherus der Vorletzte, Mathes der Letzte. Er mochte die Arbeit, nachdem er sie gelernt hatte, sie war wie ein Tanz, seine Kräfte waren gewachsen. Die Sonne stand hoch und wärmte noch, der Schweiß lief. Die Tage wurden kürzer, es gab wieder eine Nacht und eine Dämmerung, die eine eigene Zeit des Tages geworden war, sie dauerte lange und bei bedecktem Himmel glaubte man schon am halben Nachmittag, es würde Abend und Nacht. Olaf verlangte von seinen Bauern Hand- und Spanndienste, jeder Hof musste je nach Größe eine bestimmte Anzahl von Tagewerken leisten. Die meisten Herren schickten dafür ihre Sklaven. Einer, der vorn mähte, war ein Bauer, er war der Vorarbeiter und führte Aufsicht.

Während die Männer sensten, harkten die Frauen, unter ihnen Ayslin und Brighid, das Gras zu Haufen zusammen. Andere trugen es zu langen Gerüsten, wo wieder andere es zum Trocknen über Holzstangen hängten. Christopherus richtete sich auf, um seinen Rücken zu dehnen und sich die Hände zu massieren. Sein Sensenbaum war nicht lang genug, er musste gebeugt arbeiten und sich unnütz anstrengen. Mathes hielt inne, um ihm nicht in die Füße zu mähen.

»Hast du das mitbekommen?«, fragte Christopherus.

»Nein, was denn?«

»Es gibt neuen Ärger zwischen Gisli und Kolbjörn.«

»*Hæ!* Weitermachen!«, tönte es von vorn.

Christopherus drehte sich um und mähte weiter. Zug um Zug, von rechts nach links warf er das Gras ins Schwad und Mathes folgte ihm Zug um Zug.

Also doch. Es musste mit dem Pfahl zu tun haben. Das Aufstellen war kein harmloses Spiel gewesen, kein Scherz, den man weglachen konnte.

Schon vor vielen Wochen hatte Mathes eine Steinplatte herbeischaffen müssen, die Gisli auf einer seiner Wiesenmauern gefunden hatte. Sie war ungefähr eine Elle lang und ebenso breit, fast faustdick und sehr schwer. Er hieß Mathes, sie auf vier ebene Steine vor das Haus zu legen. Sogleich ging Gisli daran, mit einem eisernen Dorn, den Mathes immer wieder schleifen musste, Zeichen in die Platte zu ritzen. Mit der einen Hand, in der die Kraft war, ritzte er, mit der anderen, die er noch aufstützen musste, führte er. Aus seinem verzerrten Schiefgesicht stak eine bläuliche Zunge, darauf blasiger Speichel, und folgte dem Kurs seiner Hand. Er arbeitete sorgfältig, mehr als eine Woche lang, von früh bis spät. Wenn er sich abends unbeobachtet hinschlich, sah Mathes die Zeichen. Lange senkrechte Striche, von denen einer oder mehrere kurze schräg nach unten oder oben abgingen, manche davon sich an der Spitze vereinigend. Runen waren es, mussten es sein. Was sie wohl bedeuteten?

Als Gisli sein Werk vollendet hatte, befahl er Mathes, eine Stange aus dem Wald am See zu schneiden, mindestens zwei Klafter lang und unten so, dass man sie gerade noch mit den Händen umfassen konnte, so dick wie ein Arm.

»Sieh her, wie meiner!«, knurrte er.

Als er sie herangeschafft hatte, verlangte Gisli, dass Mathes die Rinde entferne, sie mit dem Beil glatt mache und das obere Ende anspitze. Gisli kontrollierte genau und zwang Mathes mehrfach zur Nacharbeit.

»*Það ætti að vera falleg, niðstöngin mín!*«, knarrte er ungeduldig.

Mathes verstand den Spruch nicht. Schön sollst du sein, meine –

Schimpfstange? Was sollte das bedeuten? Es war nicht leicht, sich in allen Verästelungen einer fremden Sprache zurechtzufinden.

Dann geschah eine Zeit lang nichts, bis eine Woche nach dem Opferfest. Die Steinplatte schien fertig zu sein, denn Gisli rührte sie nicht mehr an. Allerdings hatte er Mathes veranlasst, sie umzudrehen, sodass man die geheimnisvollen Zeichen nicht mehr sehen konnte, und die Stange hatte er einarmig ins Haus geschleppt, als wollte er auch sie verbergen. Das Opferfest war vorletzte Woche gefeiert worden, an einem Tag, der drei oder vier Wochen nach dem Tag gewesen war, an dem die Sonne in der Mitte der Nacht am höchsten stand. Von da ab würde sich ihre Bahn wieder senken, hatte Christopherus erklärt.

Olaf Tvennumbruni hatte sein Gefolge geladen, alle sollten auf dem Rasenplatz vor dem Langhaus im Kreis stehen, in der Mitte der Opferstein. Mehrere Feuer waren entzündet worden. Es wurde ein Hengst herangeführt und neben dem Opferstein an Seilen zu Boden gebracht, wo er zitternd, mit verdrehten Augen und heftigem Blähen der Nüstern auf sein Schicksal wartete.

Olaf trat, beidhändig ein Schwert gepackt, hinter den Hals des Pferdes, holte aus und hieb hinein. Das Pferd schrie ein letztes Mal, es klang wie der Todesschrei eines Menschen. Noch während seine gefesselten Beine zuckten, hielt Olaf eine Schale unter das aus dem Hals schießende Blut. Eyvind Skalde sprach dazu einen langen Vers, den er eigens geschmiedet hatte, Olaf tauchte mit einer Gänsefeder in die Fluten des Todes und spritzte sie in das Feuer, das auf dem Opferstein brannte. Rot in Rot zischte es auf zu dickem Qualm, der Jarl setzte sich den Topf an die Lippen, trank von dem Blut, rief dreimal den Namen Odin und reichte den Topf weiter. Alle taten es ihm nach.

Bier war gebraut worden und eine Wanne Met, Olaf widmete das erste Horn Odin, und nachdem es ausgetrunken war, das zweite Freya, rief beide Male: »Für ein gutes Jahr und Frieden!«

Man setzte sich auf die ins Freie geschafften Bänke und trank und briet das Pferdefleisch auf langen Feuern und reichte sich die Bierhörner oder Krüge über das Feuer hinweg, wie es sich gehörte.

Olaf opferte als Erster von dem Fleisch, indem er ein gutes Stück mit beiden Händen und einer tiefen Verbeugung dem Opferfeuer übergab. Andere taten es ihm wieder nach, wobei sie die besten Stücke für sich behielten und aßen, man weiß nie, wann man wieder so Gutes bekommt, und nur Knochen und Sehnen opferten. Die Sklaven enthielten sich. Christopherus wollte gar nichts essen und wandte sich ab, damit er des heidnischen Brauchs nicht ansichtig wurde. Mathes griff zu, er war hungrig wie fast immer und es gewohnt, Tiere sterben zu sehen, wenn auch auf andere Art.

Eine Woche später ging Gisli gleich morgens fort und tauchte erst am Nachmittag wieder auf, als er Mathes von der Schafherde fortrief. Vor dem Haus lag ein Sack. Gisli verzog das schiefe Gesicht zu einem noch schieferen, was hieß, dass er lächelte, und das konnte nur ein schlechtes Zeichen sein. Das bestätigte sich, als Mathes näher trat. Ein Geruch der Verwesung entströmte dem Sack, schwerer als ein Albtraum.

»Mach ihn auf, hol's raus, aber schnell!«, rief Gisli, wankte auf seinen ungleichen Beinen und knurrte vor Freude.

Mathes hielt den Atem an.

»*Hæ*, Stecher, los, sonst schneid ich dir die Arschbacken ab!«

Das war, wie Mathes gelernt hatte, eine grobe Drohung, die auf seine Ehre abzielte. Wer seine Hinterbacken im Kampf verlor, hatte bewiesen, dass er fortgelaufen und somit ein Feigling war. Deshalb gab es für einen Nordmann nichts Schöneres, als jemandem die Hinterbacken abgeschnitten zu haben. Mathes verschluckte, was er erwidern wollte, denn meistens war es das Beste, nichts zu sagen, und fasste den Sack vorsichtig am Boden an. Mit spitzen Fingern, vielleicht konnte man es herausschütteln.

»Beide Hände, Faulenzer!«

Es half nichts. Kurz darauf wälzte sich ein Pferdekopf aus dem Sack. Ein verwesender Pferdekopf. Maden, alles voller Maden. Mathes wandte sich ab.

»Ein herrlicher Pferdekopf!« Gisli rieb sich die gute Hand an der schlechten.

Darüber konnte man verschiedener Ansicht sein.

Und dann ging es an die zweitschlimmste Arbeit, die Mathes je getan hatte. Sie hatte den Vorteil, dass er dem Gestank entkam. Zuerst musste er die Steinplatte über die Hügelkette bis dreißig Schritte vor das Ufer des Handbergselv schaffen. Das fand Mathes nicht nur sinnlos, was er für sich behielt, sondern auch unmöglich, was er Gisli sagte.

»Schweig, Sklave!«, herrschte Gisli ihn an. Nichts sei zu schwer, man müsse es nur wollen! Für ihn wäre es ein leichtes Stück Arbeit, hätte nicht dieser Hund von Nachbar ihn vorübergehend um den vollen Gebrauch seiner linken Seite gebracht, bestimmt mit der Hilfe des bösen Loki, gegen dessen Ränke der Mensch wehrlos sei.

Die Götter der Nordleute scheinen überhaupt ein hinterhältiges Volk zu sein, dachte Mathes. Bis auf Freya, wie manche Frauen fanden.

Mathes blieb nichts anderes übrig, als es zu versuchen. Tragen konnte er den Stein nur wenige Schritte, er musste ihn abwerfen und Kräfte sammeln. Es war einfacher, ihn auf die Kante zu stellen und zu wälzen, ungefähr wie ein Rad. Am Ende brauchte er zwei Tage, bis er dort war, wo Gisli ihn haben wollte.

Nun stand ihm die schlimmste Arbeit bevor. Der Pferdekopf, er sollte ebenfalls hinüber zum Handbergselv. Der Kopf hatte sich in den zwei Tagen verändert, und das nicht zu seinem Vorteil. Der Gestank hatte sich verdreifacht. Es gelang Mathes, ihn wieder in den Sack zu stecken. Mehrfach musste er vor ihm flüchten, um das Frühstück im Leib zu halten, zuletzt gab er es doch von sich, was Gisli, der in sicherer Entfernung wartete, ein seltenes Grinsen abnötigte. Er freute sich, wenn jemand sein Inneres offenbarte.

Nun musste der Kopf auf die Stange gespießt werden. Das war für Mathes mittlerweile keine Überraschung mehr. Aber zu welchem Zweck? Sie steckten den Fuß der Stange in eine Felsspalte, klemmten ihn dort fest und richteten die Stange mitsamt Kopf und Würmern mittels eines Seils auf. Gisli schmatzte und summte vor Vergnügen und drehte die Stange so, dass das, was einmal das Maul eines lebendigen Pferdes gewesen war, gen Kolbjörns Hof wies. Am Ende sollte Mathes die beritte Platte vor dem Pfahl aufstellen.

Sie war fertig, die merkwürdigste und unbegreiflichste Arbeit, die Mathes je ausgeführt hatte. Gisli hatte sein Werk umrundet, sein eckiger Kopf hatte den anderen dort oben besehen, und während die Würmer herabrieselten, hatte er ein zufriedenes Glucksen hören lassen.

Links, rechts, links. Sie hatten am frühen Morgen angefangen, die Graupensuppe war längst verdaut. Endlich kamen die Küchenfrauen vom Langhaus mit Töpfen und Tüchern und brachten Fleisch, Fladen und frisches Wasser. Sie suchten sich einen Sitzplatz an der Mauer am Rand der Wiese, wo sie sich während der kurzen Essensrast anlehnen konnten. Es wurde nicht viel gesprochen, es war wichtiger zu essen, satt zu werden, zu trinken, um zu schaffen, was das Tagewerk verlangte.

»Was ist passiert?«, fragte Mathes, als er einigermaßen satt war.

»Der Schandpfahl, den du aufgestellt hast …«

»Schandpfahl? Was ist das?«

Soweit er das mitbekommen habe, erklärte Christopherus, sei der sogenannte Schandpfahl eine Methode, jemanden auf den Tod zu beleidigen. Dafür brauche man unbedingt, auf eine Stange gespießt, einen Pferdeschädel, gleich ob frisch oder abgenagt. Gislis Pferdeschädel sei eine besonders schlimme Beleidigung, nicht weil er lebendiger sei als andere, die noch am lebendigen Pferd steckten, sondern weil sich Gisli nicht mit einem Gedicht begnügt habe, das er selbst verfertigt und durch Vortrag bei gewissen Leuten in Umlauf gebracht, »sondern seine Zoten auf einen Stein geschrieben hat. Kolbjörn ist rasend vor Wut. Atli konnte ihn gerade noch davon abhalten, dass er hinläuft und ihn umbringt. Und was Kolbjörn von dir hält, kannst du dir denken.«

Seit der Bauer und Schmied Kolbjörn, den man auch Andhrimnir das Rußgesicht nannte, Atli getroffen hatte, waren die beiden unzertrennlich geworden wie Milchbrüder, niemals traf man den einen ohne den anderen.

»Und was steht auf dem Stein? Irgendwelche Runen, ich habe sie nicht verstanden.«

Christopherus schüttelte den Kopf. »Nicht irgendwelche. Große Schweinereien!«

Mathes verstand nicht. »Erkläre es mir.«

Christopherus steckte sich ein letztes Stück Fleisch in den Mund, kaute umständlich, leckte seinen Löffel sorgfältig ab und verstaute ihn in seinem Beinleder.

»Regnar kommt bald«, sagte er.

»Woher weißt du das?«

»Das hat die Herrin mir erzählt.«

Dass Christopherus der Diener von Åshild auf Borg geworden war, hatte auch Gisli berichtet, der sich sonst nie herabließ, seine Leute an irgendwelchen Ereignissen teilhaben zu lassen. »Wer weiß, was er alles zu tun hat«, hatte er gesagt. »Es können auch nette Sachen dabei sein.« Gisli redete stets in Rätseln, Christopherus neuerdings auch. Mathes hatte sich abgewöhnt, sie zu lösen, sofern sie nicht sein eigenes Wohlergehen betrafen.

»Sie scheint dich gut zu behandeln«, sagte Mathes. »Ich muss immer aufpassen. Wenn Regnar hier ist, wird er womöglich seinen Bruder bitten, dass wir beide für ihn arbeiten. Dann wird es dir schlechter gehen und mir besser.«

»Und Ayslin und Brighid auch schlechter.«

Vielleicht hält sich Gisli zurück, weil ich da bin, dachte Mathes.

»Da sind wir wieder bei Gisli«, sagte er. »Was hat es mit dem Schandpfahl auf sich?«

»Weiter geht's!«, rief der Vorarbeiter und erhob sich.

Alle standen auf, griffen nach ihren Sensen und setzten ihre Arbeit fort.

»Du musst aufpassen«, flüsterte Christopherus Mathes zu, als sie nach getaner Arbeit auseinandergingen.

So blieb er, was Gislis Schandpfahl betraf, im Dunkeln. Als er zurückkehrte, fand er Gisli in bester Laune vor. Deshalb entschloss er sich, ihn zu fragen.

»Was steht auf der Platte, die Ihr eingeritzt habt? Ich habe gehört, Kolbjörn soll sehr wütend sein.«

Gisli ließ ein launiges Schmatzen hören.

»Ich will es dir sagen, Stecher«, knarrte er. »Es ist ganz einfach, was ich geschrieben habe. Odin sei Dank, dass ich die Runen verstehe. Also, zwei Männer stehen vornübergebeugt hintereinander. Der vordere trägt eine blaue Mütze. Keiner von beiden hat es gut getroffen, der vordere am wenigsten.« Und er lachte lautlos, wie es seine Art war, verzerrte das Gesicht, schnappte nach Luft und drosch sich mit der Rechten auf den Schenkel. Als er sich abgeregt hatte und wieder zu Luft gekommen war, sagte er: »Hab mir zwei, drei Leute geholt und sie lesen lassen, die haben sich fast totgelacht!« Und lachte weiter und drosch sich abermals auf den Schenkel. Er lachte und lachte, leider blieb er lebendig.

Soso. Das sollte also der Grund für die Aufregung sein. Dafür, dass Christopherus von Schweinerei sprach, worüber andere sich totlachen wollten. Rätsel über Rätsel. Sollte es dabei bleiben, solange es ihn, Mathes, nichts anging.

Als er sich zur Nacht legte und den Tag an sich vorbeiziehen ließ, fiel ihm die blaue Mütze des Andhrimnir ein. Weshalb hatte Christopherus gewarnt?

48

Es war an dem Tag, als Regnar eintraf.

Sie mähten das letzte Gras für den Winter, arbeiteten am Hang eines Hügels, der zum Binnensee hinunterführte.

Der kurze Herbst war gekommen, der kleine Bruder des Winters. Die Nachtfröste waren zurückgekehrt, die scharfe Luft biss in die Nase, die Feuer brannten wieder höher und länger und für die Nacht legte man das Fell mit der Außenseite nach innen. Nur wenige Mücken waren übrig, sie stachen nicht mehr, torkelten träge in der kalten Luft oder versammelten sich an windgeschützten Stellen in den flachen Strahlen der Sonne. Draußenwetter nannten es die Nordleute, wenn man es aushalten konnte, ohne fortgeblasen zu werden. Verbargen schwarze Wolken die Sonne, drang die Kälte schnell durch die Kleidung, man fröstelte und fürchtete sich vor dem Frostriesen des langen Winters. Christopherus behauptete, es sei nun fast September. Bald würde man die Rinder in die Ställe sperren und die Schafe aus den Bergen hinabtreiben, ein Ereignis, auf das sich viele freuten, da es anschließend ein Fest geben würde mit einem zünftigen Besäufnis.

»Vertraue mir und warte«, hatte Atli gesagt.

Was er vorhabe, hatte Mathes gefragt, aber keine Antwort bekommen, vermutlich weil Atli sie selbst nicht wusste. Er musste also warten. Er war vorbereitet.

Mehrmals hatte er die Noaidin aufgesucht, nach Sonnenuntergang. Sie saß im Schein ihres knisternden Feuers und es war stets so, als hätte sie auf ihn gewartet, denn sie hatte etwas vorbereitet, was er sich als Rechtloser nicht selbst beschaffen konnte: eine Trage aus Weidenholz, Felle, Trockenfleisch und -fisch und das Wichtigste, einen Beutel mit trockener Birkenrinde und Moos zum Anzünden eines Feuers, einen Feuerstein und einen geschmiedeten Feuerschläger. Es könne auf den Tod kalt werden auf den Höhen des Inlandes, wo man den Winden des Dearpmis ausgesetzt sei.

Im Schutz der Dunkelheit verließ er heimlich Gislis Hof, schlich hinunter an den Binnensee zu der Noaidin und verbarg alles unter Steinen, weit oberhalb von Gislis Hof. Vor allem erklärte sie ihm wieder und wieder, welchen Weg er zu gehen habe. Schließlich fand sie Zeit, ihm einige Worte der samischen Sprache beizubringen.

Das letzte Mal war er vor drei Tagen bei ihr gewesen und sie hatte gesagt, dass nun die Zeit seines Aufbruchs gekommen sei. Sie drückte ihm ein glattes Stück Horn in die Hand, oval und dünn wie das andere, das er um seinen Hals trug. Eine Figur, eingeritzt in Strichen. Er hielt es in den Schein der Flammen. Ein Mensch, der in der einen Hand eine Trommel und in der anderen einen Schlegel hielt – eine Noaidin. Wenn er bei den Sámi Hilfe brauche, solle er es vorzeigen. Nur dieses, nicht das andere, schärfte sie ihm ein, das andere sei bestimmt für die Waldsámi von Sjávnjaape. Zuletzt legte sie ihm eine Hand auf den Kopf und sprach Worte, die Mathes nicht verstand.

»Heute Nacht werde ich einen Hilfsgeist bitten, dir beizustehen, er wird dir Mut und Entschlossenheit verleihen«, sagte sie. »Er wird bei dir sein.«

Mit einem letzten Zwinkern ihrer kleinen Augen hatte sie ihn verabschiedet und so war er gesegnet gegangen.

»Seht!«

Alle sahen sie ein Langschiff durch die Enge vom Außensee in den Binnensee gleiten. Die nassen Ruderblätter blinkten in der Sonne. Alle hatten aufgehört zu sensen, der Vorarbeiter war sogleich fort und die Sklaven dachten nicht daran, die Arbeit fortzusetzen. Nur die Freiheit schafft.

»Das muss Regnar sein!«, rief Mathes. Er hatte das Schiff erkannt, das zu seinem Schicksal geworden war. Ihn fröstelte.

»Gott sei Dank!«, rief Christopherus.

»Warum dankst du Gott? Regnar hat dir harte Zeiten angekündigt. Dieses Schiff bedeutet nichts als Unheil!«

»Ich weiß, trotzdem glaube ich, dass es besser ist, wenn ich …«

»… wenn du?«

»Ach, ich weiß auch nicht.«

Schon wieder Rätsel. Regnar würde Christopherus verbieten, vom Christentum zu berichten, wie konnte er dafür Gott dankbar sein?

»Ich werde bald fort sein«, flüsterte Mathes. »Segne mich, Christopherus. Vielleicht hast du sonst keine Gelegenheit mehr dazu.«

Christopherus lehnte seine Sense an die Mauer, legte Mathes die linke Hand auf den Kopf, räusperte sich, richtete seinen von der Arbeit gebeugten Körper auf, wobei es ein wenig knarrte, und während er mit der rechten ein langsames Kreuz schlug, sprach er: »Ich segne dich im Namen des Vaters, des Sohnes und des Heiligen Geistes. Der Herr möge dich auf deinem Weg ins Ungewisse beschützen für alle Tage. Gott wird dir die Kraft geben, die du brauchst auf deinen künftigen Wegen. Sei ein guter Christ, ein ehrlicher und wahrhaftiger Mann und ein Held des rechten Glaubens!« Er wollte zur Sense greifen, besann sich eines anderen, legte Mathes schnell wieder die Hand auf den Kopf und fügte hinzu: »Und lasse dich nicht von den Weibern vom rechten Weg fortlocken ins Gebüsch der Sünde, wie, äh, wie so viele …«

Was der Pfaff wieder rede, fragten die anderen, da Christopherus Sächsisch gesprochen hatte.

»Ich habe ihm den Segen Gottes gegeben, weiter nichts«, antwortete Christopherus und erntete Gelächter.

Es lachten nicht alle mit, sie taten nur so, es klang künstlich. Es hatte sich auf Olafs Hof herumgesprochen, dass Christopherus von Gott und Christus erzählte, und Åshild war nicht seine einzige Zuhörerin geblieben. Vor allem die Frauen, hatte Christopherus einmal gesagt, sie wollten die Geschichten von Jesus Gottessohn hören, die so anders waren als die Heldenberichte ihrer Männer, von denen wahrscheinlich die eine Hälfte gelogen und die andere übertrieben war.

Am Abend war es wie sonst. Nichts deutete darauf hin, dass etwas Besonderes geschehen würde.

Bis es in der Nacht, als sie am dunkelsten war, polterte und jemand rief: »He, Gisli, komm raus!«

Gisli hatte seine eigene Schlafkammer, die Ayslin mit ihm teilen musste, während Mathes und Brighid in getrennten Abteilungen im anderen Teil des Hauses schliefen, neben den Kühen, die dort im Winter untergebracht sein würden.

»Es ist so weit«, flüsterte Brighid.

»Was willst du?«, hörten sie Gisli rufen.

»Dich töten!« Mathes erkannte Kolbjörns Stimme.

»Das könnte dir so passen!«, rief Gisli. »Komm du rein, wenn du was von mir willst!«

»Du sprichst mit der Stimme eines Toten!«, rief Kolbjörn. »Hier draußen leuchtet die Brücke, auf der die Walküre des Todes deine Seele nach Walhall tragen wird!«

Was meint er damit?, fragte sich Mathes.

»Wir müssen raus«, flüsterte Brighid. »Kolbjörn und seine Leute sind da.«

Also doch! Hastig warf Mathes die Felle von sich. Er brauchte kein Licht, er wusste, wo sich alles befand. Vor drei Tagen, an dem Tag, als er das letzte Mal bei der Noaidin gewesen war, hatte er Atli am Handbergselv getroffen. »Halte dich bereit!«, hatte er gesagt. Seitdem hatte Mathes besonders darauf geachtet, das wenige, das er besaß, so zu ordnen, dass er es auch ohne einen Funken Licht mitnehmen konnte. Er schlief stets angekleidet. Nur wer sich sicher fühlt, zieht sich aus, wenn er zu Bett geht.

Plötzlich ein Schrei. Ayslin!

Es krachte. Gisli. Er hielt einen Scheit in der Linken, in dessen Glut sein schweißüberströmtes Gesicht aufschien und seine Augen gelb leuchteten. Rechts klemmte Ayslins Kopf in seinem Schwitzkasten. Mit einem Tritt schleuderte er Brighid zurück auf die Schlafbank.

»Wenn du Brighid umbringen willst, geh nur, du Stecherknirps!« Und brüllte: »Falls du da draußen bist, Schwarzer, glaub bloß nicht, dass du Brighid lebendig bekommst! Du darfst gern fortlaufen, Stecher«, höhnte er. »Dann werde ich dieses Weib blenden, wie du den Eldar geblendet hast.« Und wieder laut rief er: »Du kannst dir deine Schwiegermutter abholen, Schwarzer! Aber erst, nachdem ich sie mit dem glühenden Scheit hier geblendet habe!«

War es möglich, dass er seine Linke wieder gebrauchen konnte? Ayslin knurrte und kratzte und trat ihm nach Kräften gegen die Schienbeine. Das schien Gisli so wenig zu stören wie Mückenstiche. Er zerrte sie hinter sich her wie ein Bündel widerspenstiger Äste.

Schon hatte er die Tür mit seinem Körper versperrt.

»Wenn du nicht rauskommst, werden wir deinen Arsch wohl ein wenig wärmen müssen! Das wird dir wenig helfen, verbrennen wirst du trotzdem!«, hörten sie Kolbjörn rufen. »Sei ein Mann von Ehre, komm raus und stelle dich einem Zweikampf!«

»Komm du!«, antwortete Gisli. »Du weißt ja gar nicht, was Ehre ist! Die hast du dir von deinem Atli nehmen lassen! Dem hast du deinen Arsch hingehalten, du Versager!«

Sie wollten Gislis Haus anzünden! Mathes' Gedanken rasten. Sie rechneten darauf, dass Gisli leben wollte und sich einem Kampf stellen würde. Ohne seine Geiseln. Ob Gisli mitspielte? Rechnete er darauf, dass die Angreifer nicht wagten, die Frauen zu gefährden? Oder würden sie sogar das in Kauf nehmen? Das konnte nicht sein. Atli würde nicht zulassen, dass Mathes zu Tode kam, und der Schwarze wollte Brighid lebendig. Konnte Kolbjörn das egal sein? Wo war der Schwarze?

Es krachte ein zweites Mal, die Tür, vor der Gisli stand, zersplitterte, er fuhr herum und drei Schritte zurück. Jetzt gab das Loch den Blick auf den Himmel frei, über den grüne und blaue, rote und violette Wellen zogen wie galaktische Vorhänge, bevor es wieder dunkel wurde.

Atli! Mit einem Schrei rannte er gegen Gisli an, der Ayslin hatte fahren lassen, den Scheit hob und ihn mit einem gewaltigen beidhändigen Streich auf Atlis Kopf niedersausen ließ, bevor ihn dessen Fäuste erreichten. Es gibt immer einen, der besser ist als du und längere Arme hat. Atli sank auf die Knie, das Geisterlicht am Himmel schien auf Gisli, wie er den Scheit beiseiteschleuderte, sich auf Atli stürzte, den Betäubten hintenüberwarf, ihn an der Kehle packte, ihm die Luft abzudrücken und auf ihm zu reiten. Das Licht am Himmel schien nun auf beider Gesichter.

Plötzlich stand Kolbjörn in der Tür, hinter ihm der Schwarze.

Brighid schoss zwischen beiden hindurch dem Schwarzen in die Arme, und während sich Kolbjörn auf Gisli stürzte, um seinen Schädel mit Faustschlägen zu traktieren wie der Hammer das Eisen, machte Ayslin »Ha!« und hockte auf Gislis Füßen, rammte eine Faust zwischen seine Oberschenkel, dort, wo sie sich zum Hintern vereinigten, zwängte sie hindurch und packte das, was sie hier fand, mit beiden Händen, sie drehte und wrang es.

Gisli lockerte seinen Griff um Atlis Hals und stieß einen langen Schrei aus, der eher ein Geheul war und bis Borg gellte und womöglich noch viel weiter, was Atli aus der Ohnmacht riss. Er nahm sogleich Gislis Hüften in die Beinschere, quetschte tüchtig, richtete sich auf, schob Kolbjörn beiseite, um Gisli bei den Ohren zu packen. Mathes sprang unterdessen um die Kämpfenden umher, tat einen Hechtsprung zu seinem Schlafplatz und griff nach dem Messer, das er Kolbjörn gestohlen hatte. Ayslin drückte zu mit aller Kraft, die sie hatte, Gisli schnappte verzweifelt nach der Luft, die er für einen zweiten Schrei brauchte, denn wer kann schon heulen ohne Atem? Er ließ Atli ganz aus seinen Klauen fahren, sie lösten sich voneinander.

Atli rollte beiseite, richtete sich auf zu seiner vollen Größe und schnappte seinerseits nach Luft. Gisli zog die Beine an, bis er wieder auf den Knien saß. Er schüttelte Ayslin ab, hielt seine ungleichen Fäuste empor und brüllte aus voller Lunge seinen Schmerz heraus, weshalb er sich dem Kampf nicht mehr richtig widmen konnte und Mathes' Messer ihn am Hals traf. Dort, wo es den Tod brachte.

Sie wälzten den Mann, der seinem Beinamen bis zum letzten Atemzug gerecht geblieben war, auf den Rücken und stellten fest, dass er nie wieder aufstehen würde. Sein zerstörtes Gesicht zeigte dem Himmelslicht eine höhnische Grimasse. Bis auf die schweren Atemzüge der fünf Sieger war es still.

»Er ist nicht schöner geworden, seit er tot ist«, bemerkte Kolbjörn und rieb sich die blutigen Knöchel.

»Gut gemacht, Stecher«, sagte Atli und massierte sich den Hals.

»Danke, Mann«, sagte der Schwarze und hielt Brighid fest.

Ayslin weinte, vermutlich vor Freude.

»Wenn er Glück hat, geht seine Seele jetzt über die Brücke Bifröst da oben«, sagte Kolbjörn, der sich umgedreht hatte und auf das Farbspektakel am Himmel wies. »Und dann ist sie in Walhall.«

»Hat er nicht, kommt sie nicht«, sagte Atli. »Der nicht! Was sollen die Anständigen dazu sagen? Wenn Odin einen Funken Vernunft hat, schickt er ihn zurück, dieses Hagelmaul!«

Sie standen vor der Tür und sahen, wie das Feuer in gewaltigen Bahnen grün und blau und grau und gelb über den arktischen Himmel zog und sie vermeinten zu hören, wie es von dort oben herab knisterte aus der Ewigkeit. Oder waren es die Sterne?

Nein. Es waren das Reisig und die Felle auf der Schlafbank, die Gislis Scheit in Brand gesetzt hatten. Mathes sprang hin und rettete seine Habe. Sie schoben die Leiche ein wenig weiter in den Raum hinein und legten die zersplitterten Bretter der Tür darauf, damit sie besser brannte, während der unstete Schein des Feuers an den Wänden für den Toten tanzte.

Ayslin und Brighid würden Kolbjörn zu seinem Hof folgen. Sie würden auf Borg berichten, dass sich Mathes Gislis Befehlen widersetzt habe. Es sei zu einem Streit gekommen, in dessen Verlauf Mathes den Hof in Brand gesetzt habe, und er und sein Herr seien verbrannt. Unterdessen hätten sich die Frauen gerettet und seien zum Nachbarn gelaufen.

»Ob uns das einer glaubt?«, zweifelte Kolbjörn.

»Egal«, meinte Atli. »Sind sowieso alle froh, dass er weg ist. Da machen die Feste viel mehr Spaß.«

»Ich werde Olaf vorschlagen, dass du Gislis Hof übernimmst«, sagte Kolbjörn zu dem Schwarzen. »Das Haus wirst du allerdings neu bauen müssen.«

»Einverstanden.«

»Wir haben keine Zeit«, sagte Atli. »Keiner darf den Stecher sehen, wie er lebendig umherläuft, versteht ihr? Wir müssen fort, und das auf der Stelle!«

»Und was soll ich sagen, wenn einer nach dir fragt?«, wollte Kolbjörn wissen.

»Auch egal«, brummte Atli. »Denk dir was aus. Ach was, ich bin gar nicht weg. Nur ein wenig krank oder so.«

»Bist du mir böse?«, fragte Mathes zuletzt. »Ich meine, wegen des Schandpfahls, ich hatte keine Ahnung, ich …«

»Scheiß drauf!« Kolbjörn winkte ab. »Wer Gisli umbringt, ist mein Freund!«

Damit trennten sie sich.

Die anderen machten sich auf den Weg zu Kolbjörns Hof, Mathes und Atli gingen hügelan und wandten sich nach Osten. Als sich Mathes nach einigen Hundert Schritten umsah, loderten die Flammen schon aus dem First. Das Geisterlicht am Himmel beleuchtete ihren Weg. Es wurde nach und nach schwächer und blasser und erlosch schließlich ganz, bis nur noch dunkle Nacht war und sie sich auf die Sterne verlassen mussten.

Sie fanden Mathes' geheimes Vorratslager.

Kaum wollten sie ihren Weg fortsetzen, fuhr Atli plötzlich herum. »Wer ist da?«, rief er.

»Ich bin es nur«, hörten sie die Stimme des Mönchs. »Christopherus. Ich muss fort von hier.«

»Was habt ihr mitbekommen?«

»Nicht viel. Nur einen furchtbaren Schrei. Hörte sich an wie von Gisli, als ob er in Schwierigkeiten stecken würde.«

»Das kann man wohl sagen«, sagte Mathes.

»Er hat es hinter sich«, meinte Atli.

»Und zwar endgültig«, ergänzte Mathes.

Jeder nahm etwas von Mathes' Sachen und zu dritt schritten sie aus.

49

Wenn es eines Beweises bedurft hätte, dass Gottes Wirken um uns ist jederzeit, dann wurde er in der vergangenen Nacht offenbar. Wäre der Junge nicht mitgekommen, wer weiß, ob wir den Weg gefunden hätten, zumal es kein ausgetretener Pfad war, sondern die ewig gleiche Unendlichkeit des grünen Wassers. Sie reisten über der unergründlichen Tiefe, die nur Gottes Wege hat, auf einem kleinen Nachen wiegte er sie in seiner Hand.

So dachte Christopherus. Sie waren unterwegs im zerklüfteten Inselreich des Nordens, im Nebel des frühen Morgens. Noch im Dunkeln waren sie an der Ostküste von Lofotr angekommen und herabgestiegen zu der Ansammlung von Gammen, die sich wie große grüne Maulwurfshügel um die Bucht kauerten am Ende des Fjords. Er ragte tief in das Landesinnere und nahm sich bei Tag fast wie ein See aus, weil vor seiner Öffnung viele Inseln lagen, die ihn zum Meer hin zu verschließen schienen. Die Hunde schlugen an, und als sie sich einer der Gammen näherten, aus deren Dach schon der Rauch quoll, trat ein Mann heraus. Er blieb vor ihnen stehen, an seinem Bein den knurrenden Hund, seinen ausdruckslosen Blick stumm auf sie gerichtet. Das bedeutete wohl, dass er nach ihrem Begehr fragte, denn es hieß, die Sámi seien wortkarg. Anstelle einer Antwort schob sich Mathes vor seine beiden großen Begleiter, zog einen kleinen weißen Gegenstand hervor und legte ihn dem Sámi in die ausgestreckte Hand.

»*Buore beaivi*«, sagte er und fügte hinzu: »Wir müssen fort. Willst du uns helfen?«

Der in Felle gekleidete Mann schwieg, er hielt sich das Empfangene prüfend vor die Augen, vielleicht öffneten sie sich ein wenig, wie aus Erstaunen oder Hochachtung. Er verschwand damit in seiner Gamme, indem er den Hund zurückließ, der nun freundlich mit dem Schwanz wedelte und an Mathes' Bein schnüffelte, wie war das möglich?

Kurz darauf erschien er wieder, mit einem Jungen, der sein Kindergesicht schon verloren hatte. In geschlossener Faust reichte der Alte den Gegenstand zurück und drückte dabei Mathes' Hand mit seinen beiden.

Mathes sagte einige Worte zu dem Mann, wovon Christopherus nicht viel verstand. Offenbar aber der Sámi, er nickte und sprach leise mit dem Jungen, der ebenfalls nickte. Der Sámi ging voraus, immer den Jungen an seiner Seite, und sie folgten ihnen hinunter zum Wasser. Graublaue Wellen schimmerten im ersten Licht des neuen Tages und schlappten träge gegen das steinige Ufer. Dort befand sich ein kleines Boot, das sie über Bohlen ins Wasser schoben, nachdem Mathes seine Kiepe hineingelegt hatte.

Mathes schlug die Rechte auf sein Herz und beugte den Kopf.

»*Giitu.*« Und nach einem kurzen Schweigen: »Wir kommen von Borg. Dieser lange Mann und ich sind Sklaven, wir stammen aus dem Süden. Und dieser Riese ist Atli der Gute, der uns hilft und mein Schwurbruder ist. Ich versichere Euch, dass keiner von uns etwas Böses getan hat. Vielmehr haben wir viel Bosheit und Unglück erlitten. Wenn jemand nach uns fragen sollte, so sind wir niemals hier gewesen.«

Der alte Sámi nickte wieder. Er hob nur einmal die Hand, bevor sie ablegten, er drehte sich um und ging zu seiner Gamme zurück. Er hatte kein einziges Wort mit ihnen gesprochen. Zuletzt folgte ihm der Hund.

Christopherus packte sogleich eines der beiden Ruder, Atli tat es ihm nach. Sie stemmten sich in die Riemen. Mathes schob sein Gepäck in die Bugspitze, der Junge setzte sich auf die Heckbank und wies den Kurs. Zunächst galt es, möglichst schnell das offene Wasser zu erreichen und aus der Sicht von Land zu verschwinden. Der Junge war wohl der Enkel des anderen. Er mochte elf oder zwölf Jahre alt sein und doch besaß er das Wissen eines alten Mannes. Er schien nicht besonders viel Nordisch zu verstehen.

»Wohin fahren wir eigentlich?«, fragte Christopherus.

Dorthin, wo nach den vielen Inseln das Festland sei, erklärte Mathes, in das ein sehr langer und sehr breiter Fjord rage. Am Ende dieses Fjords zweigten zwei weitere kleine Fjorde ab, in den südlicheren dieser beiden müssten sie fahren.

»*Áhkkánjárga!*« Der Junge nickte. »*Ufuohttá!*« Womit er zwei Worte wiederholte, die auch Mathes gebraucht hatte, als er mit dem alten Sámi gesprochen hatte.

»Was sagt er?«, fragte Christopherus.

»Das Erste war der Name des Ortes an der Mündung des Fjords, der unser Ziel ist, und das Zweite war der Name des großen Fjords, der da zwischen den Inseln und dem Festland ist.«

»Und woher weißt du das alles?«, fragte Christopherus. Sie sprachen Nordisch, damit Atli verstand.

Mathes zuckte anstelle einer Antwort mit den Schultern.

»Etwa die Noaidin?«, fuhr Atli auf. »Hat die dir das beigebracht?« Er ließ das Rudern sein, das Boot kam außer Kurs und Christopherus musste ihn anstoßen, damit er weitermachte. »Du weißt, dass das sehr gefährliche Menschen sind? Wir fahren in die Irre!«

»Nein, nein.« Mathes lächelte.

Christopherus sah, wie der Junge ein Grinsen verschluckte. Offenbar verstand er doch mehr, als er vorgab.

Als sie das offene Meer erreicht hatten, schimmerten im Osten die Schemen weißer Berge vor der aufgehenden Sonne, als würden sie über dem Horizont schwimmen, während im Westen die granitenen Zacken der Inselgebirge so steil und kahl und grau aufragten, als wären sie ganz aus Eisen.

Und als ein guter Wind blies und die Ruder ruhten, da fragte Mathes den Mönch: »Willst du mit mir in den Osten gehen und nach Björkö?« Er erklärte, was es mit dem Ort auf sich hatte.

»Nein«, antwortete Christopherus und schüttelte den Kopf. Am liebsten würde er in die Heimat zurückkehren, sagte er, aber das sei unmöglich, weil er ein Sklave sei und nicht über sein Schicksal bestimmen könne. Auch habe er keinen Proviant wie Mathes und der reiche nur für einen. Er habe sich Hals über Kopf entschieden fortzulaufen. Regnar sei eingetroffen und mit ihm sei der Blinde gekommen, der sogleich nach ihm, Mathes, gefragt habe, ein schrecklicher Anblick, wie er umhergetappt sei, Hassworte ausstoßend, mit den Armen um sich fuchtelnd. Am Abend hätten die Brüder zusammen gesessen, Gerstensaft getrunken und sich des Wiedersehens erfreut, und er, Christopherus, habe, »als ich in der Nacht zurück zu meinem Schlafplatz geschlichen bin, also, als ich von … da hörte ich diesen furchtbaren Schrei, der mir geradewegs durchs Mark fuhr, weil, also, weil …«.

Christopherus stockte. Er hatte, wie so oft in letzter Zeit, die halbe Nacht in Åshilds Schlafkammer verbracht und war nicht auf die Schlafbank zurückgekehrt, die ihm zugewiesen war. Er war umhergewandert unter dem Wunderleuchten am Firmament, von dem er gehört, es jedoch noch nie gesehen hatte und das nur Gottes herrliches Werk sein konnte, ein Menetekel vielleicht, wer weiß, eine Warnung? Wovor? Der Himmel brannte in allen Farben, und als er aufs Geratewohl an die Schifflände am südlichen Ufer des Binnensees gelangt war, die Augen immerzu nach oben gerichtet, da fuhr in dieses schreckliche Wunder der Schrei, hinein in sein Staunen und seine Angst, da brüllte jemand vor Schmerz und Todesfurcht zugleich, ein Mensch in Not, womöglich in seinen letzten Atemzügen. Er war hingelaufen, woher der Schrei kam, um falls nötig zu helfen, und wenig später hörte er einen zweiten Schrei, wohl aus derselben Kehle, und sah den Schein des Feuers, des winzigen Menschenfeuers unter dem gewaltigen Gottesfeuer, und traf auf die vier, die beiden Frauen und den Schwarzen nämlich, die mit Kolbjörn auf dem Weg zu seinem Hof waren. Sie hatten ihm berichtet, wohin die beiden anderen unterwegs waren, und er hatte sie eingeholt, denn laufen konnte er, und er wollte nicht allein zurückbleiben.

»Was soll ich bloß tun?«, fragte Christopherus.

»Mir musst du nichts erklären«, meinte Atli. »Komm einfach mit zurück. Es wird einen Weg geben. Niemand weiß etwas. Ich werde für dich sprechen. Denk an die Kinder. Åshild wird auch für dich sprechen. Regnar wird dir schon nicht den Kopf abreißen.«

Vielleicht, erklärte Christopherus, wenn er ein Freier wäre, könnte er zu dieser Insel fahren, die weit im Westen liege. Er habe Berichte gehört, dass sie unbewohnt sei, man könne dort Land nehmen und vielleicht wieder ein freier Mann werden, der nur Gott und dem Himmel gehorche. Atli hatte auch davon gehört. Einige Nordmänner, die nach Britannien oder Irland hätten segeln wollen, seien im Sturm vom Kurs abgekommen, nach Norden, und durch Zufall an eine fremde Küste gelangt, sie hätten ein Land entdeckt, das grün sei und viel Weideland biete, und einige hätten dort reiche Fischgründe gefunden und Häuser gebaut, in denen sie wohnten während ihres Aufenthalts im Sommer. Sie seien im Herbst mit reichlich Vorrat wieder zurückgekehrt.

»Nur einige Mönche sollen da gelebt haben«, sagte Atli. »Solche wie du.«

»Gelebt haben?«, fragte Christopherus.

»Die Nordmänner haben sie natürlich totgeschlagen«, antwortete Atli. »Was anderes fällt ihnen ja nicht ein.« Er sagte es, als zählte er sich selbst nicht dazu.

»Aber du hast doch auch …«, begann Mathes.

Atlis Augen wurden dunkel. Er sah vom einen zum anderen.

»Ich weiß«, sagte er schließlich und seine Stimme zitterte. »Wenn du nirgendwo dazugehörst und anders bist als alle anderen und wenn alle auf dich runtergucken und über dich lachen, wenn du ihnen den Rücken zudrehst, weißt du manchmal nicht, wohin, du willst nur dazugehören. Und kurz bevor du durchdrehst und alles um dich herum kurz und klein schlägst, wenn du Angst hast, dass du ein Berserker wirst, tust du manchmal Sachen …«

Christopherus hatte still zugehört.

»Oh ja«, sagte er nur. »Oh ja.«

Und dabei blieb es.

Christopherus dachte über die Zeit nach, die hinter ihm lag und ihm wie ein Märchen erschien. Voller Angst und der Entschlossenheit, ihr zu widerstehen, war er in Borg angekommen. Sein zaghafter Spruch auf dem Gelage kurz nach ihrer Ankunft war es wohl gewesen, mit dem er die Aufmerksamkeit der Herrin von Borg auf sich gezogen hatte. Das Leben ist nicht weiß und nicht schwarz, es ist grau, dachte er. Schlechtes kann in Wahrheit gut sein oder Gutes nach sich ziehen und scheinbar Gutes kann schlecht sein oder

Schlechtes nach sich ziehen. Nur der Dumme hat gleich ein Urteil. Was ist eine Sünde?

Er war Sklave und hatte einem Befehl gehorcht, als er der Herrin von Borg auf ihr Lager gefolgt war. Es war mehr als ein Gehorchen gewesen – es hatte ihm gefallen, und das war ein schwaches Wort für das, was er erlebt hatte. Das Weib sei die Lockspeise des Satans, hatte der Abt von Corvey Adalbert gesagt. Wahrlich, köstlich war sie und gelockt hatte sie ihn, aus ihrem verbotenen Kelch zu trinken, die Bogen ihrer Brüste zu berühren. Konnte es der Teufel sein, der sie dazu veranlasst hatte, wer wollte das wissen? Angefühlt hatte es sich nicht besonders teuflisch, eher himmlisch, wie bei der Frau des Schmieds damals, und nicht nur einmal war ihm, als bliesen die Fanfaren des Paradieses. Nein, nicht der Teufel hatte am Lager der Herrin von Borg gehockt, sondern die Engel, so war es Christopherus vorgekommen. Nirgendwo stand geschrieben, dass sich der Teufel in die Gestalt eines Engels verwandeln könne. Vielmehr zeigte er sich als stinkender Bock, halb Mensch, halb Tier, mochte auch als hässliches Hexenweib erscheinen.

Åshild hatte sich mit wohltätigen Händen an Christopherus geklammert wie eine Ertrinkende, kein Falsch war an ihr, sie war einsam in ihrer Verzweiflung und Trauer um den einen verstorbenen Sohn und um den anderen, der nun den dritten Sommer verschollen war. Christopherus hatte sie an Bord gezogen und ihr seine Fürsorge geschenkt, nicht als Sklave hatte er sie geliebkost, sondern als Freier. Liebe ist immer frei. Er hatte sie das Gebet gelehrt und den Trost, den es spenden konnte. Sie hatte ihm alle Geheimnisse ihres Leibes offenbart und er hatte ihr gelobt, keines davon zu verraten. Sie hatte ihm erlaubt, allen, die es wollten, von seinem Herrn Christus zu berichten, von dem er behauptete, er sei der wahre Herrscher der Welt und seine Liebe mächtiger als die Gewalt des Jarls Olaf.

Der war nach einer Woche vom Nappstrom zurückgekehrt und ließ es fortan zu, dass Christopherus Kinder in den sieben freien Künsten unterrichtete. Alles das hatte die Sünde der fleischlichen Lust erst möglich gemacht, sodass diese folglich keine mehr war, keine mehr sein konnte, betrachtete man alles zusammen. Davon abgesehen, dass die launenhafte Ungerechtigkeit, die die Herrin von Borg mitunter an den Tag gelegt hatte, ganz verschwunden war. Ihr Hausstand leuchtete wie die Weidenröschen am Strand, sie war zu jedermann freundlich und hilfsbereit, was Christopherus auf die nächtlichen Freuden schob, die sie einander bereitet hatten. Man berichtete, sie habe einmal bei einer schweren Geburt, bei der sie geholfen habe, über dem Neugeborenen das Kreuz geschlagen, was die Frauen den Männern petzten, worauf Åshild lächelnd behauptete, das sei nicht das Zeichen des christlichen Kreuzes gewesen, sondern Thors Hammer.

Über das alles hätte Christopherus gern mit seinem Bischof gesprochen.

Wir lange noch? Dem tausendsten Gebet fehlt schließlich die Inbrunst und würde nicht beim tausendsten Beilager die Wollust schwinden? Würde er dann wieder Sklave sein? Und wie würde das Leben sein, wenn Regnar zurückgekehrt war, dieser gewalttätige Griesgram? Olaf, sein müder Bruder, hatte sich eingerichtet in seinen Erinnerungen an vergangene Schlachten, die jedes Jahr ein wenig heldenhafter wurden. Kein Wort sprach er über die beiden verlorenen Söhne. Der Verlust hatte ihn gebrochen, ihm alle Kraft genommen, er kümmerte sich nicht darum, was seine Frau in den Nächten tat, ihm reichte es, dass sie aufgehört hatte, ihn zu piesacken, seit Christopherus ihr Vertrauter war.

Am Abend segelten sie weiter, in die Nacht hinein. Es war kalt, sie hüllten sich in ihre Kleidung ein und blickten schweigend zu den Sternen auf und zum Mond, an denen sich der junge Sámi zu orientieren schien, denn um sie her war nichts als das matte Blinzeln der Gestirne im Wasser.

Am nächsten Morgen gingen sie an Land, wo keine Menschen wohnten. Der Himmel war jetzt grau, es regnete. Sie drehten das Boot um und krochen darunter, doch die Kälte hinderte ihren Schlaf. In der Abenddämmerung setzten sie die Fahrt bei gutem Wind fort. Obwohl weder Sterne und kaum der Mond zu sehen waren, wusste der Junge den Kurs offenbar, und sie segelten auch den ganzen folgenden Tag, sie hofften, zumal bei trübem Wetter und begrenzter Sicht, nicht oder nicht mehr verfolgt zu werden.

Der samische Junge angelte unterwegs und fing Dorsche, mehr als genug für alle. Einmal suchten sie Land auf, um ein Feuer zu machen, die Fische zu braten und zu essen und sich zu wärmen. Der Junge trug einen Feuerstein und Zunder bei sich und Mathes brachte sein Schlageisen zum Einsatz.

Am Morgen des dritten Tages gelangten sie an den Ort, den der Junge Ufuohttá genannt hatte. Sie gingen an Land. Während sie sich verbargen, suchte der Junge eine der Gammen auf und kehrte nach einiger Zeit zurück. Sie würden bei den Sámi auf der Rückfahrt Herberge finden, berichtete er.

Bald zweigte ein schmalerer Fjord ins Landesinnere nach Osten ab, um den sich der kahle Stein der Berge fast senkrecht zum Himmel auftürmte. Nur hier und da wuchsen Kiefern aus Felsspalten. Es gab keine Möglichkeit zum Anlanden mehr. Der Wind wurde müde, schlief dann ganz ein, sodass sie zu den Rudern greifen mussten. Bald erhob er sich wieder und blies ihnen entgegen. Das Fortkommen wurde zäh, sie ruderten mühevoll wie in einem großen Grützekessel, dicht am Ufer, um ihm einigermaßen zu entgehen.

So ging der Tag hin bis in den Nachmittag, das Ende des Fjords war in Sicht. Aus einem engen Tal leuchteten ihnen herbstgelbe Birkenblätter und dunkelgrüne Fichten entgegen. Christopherus und Mathes wechselten sich mit Rudern ab, während Atli behauptete, er sei nicht erschöpft. Mathes saß wieder im Bug und ließ seine Arme hängen. Zug um Zug, Schlag um Schlag näherten sie sich dem Ziel ihrer Fahrt. Christopherus ließ den Blick rundum über das Wasser schweifen. Noch nie hatte er eine so steile, so nackte und so hohe Felswand gesehen wie die nördliche Flanke des Fjords. Oben auf der Höhe wuchs ein Wald. Plötzlich gewahrte er dort, woher sie gekommen waren, einen Punkt über dem Wasser, im Graublau des Westens, und als er ihn fixierte, sah er, dass er rasch größer wurde. Er kniff die Augen zusammen. Es war ein Schiff.

»Wir werden verfolgt!«, rief er. Er konnte die Angst in seiner Stimme nicht verbergen.

Sie hielten inne.

»Verfluchte Inzucht und schwarze Galle!«, rief Christopherus. »Ist das …?«

»… Regnars Langschiff!« Atli ballte die Hände zu Fäusten.

Bis zum Ende des Fjords war es nicht mehr weit, man konnte schon die einzelnen Bäume erkennen.

»Schnell!«, fauchte Atli.

Sie tauchten die Ruder wieder ins Wasser und legten alle Kraft in ihre Züge.

Dennoch, die Verfolger näherten sich. Der Bugmann Regnar von Jellinge, der Teufel von Hammaburg! Und wer war die Gestalt neben ihm, der kleinere Mann mit einer Binde um die Stirn? Das konnte nur Eldar der Blinde sein. Gnade Gott, wenn sie nicht rechtzeitig an Land kämen!

Atli zog gewaltig an seinem Ruder, Christopherus hörte das Holz knistern und das Wasser, wie es am Bug aufschäumte. Immer näher kamen die Verfolger und immer näher das rettende Ufer.

»*Hæ*, Stecher!«, rief Regnar. »Du entwischst mir nicht. Und du, Pfaff, auch nicht. Atli, hör auf zu rudern, ich befehle es dir!« Er hielt eine Lanze in der Hand.

Atli gehorchte nicht, er schnaubte wütend, sein Gesicht war rot vor Anstrengung und er legte womöglich noch mehr Kraft in seine Züge. Christopherus versuchte mitzuhalten, so gut er konnte. Der Junge war aufgestanden und witterte nach allen Seiten.

Dann stieß das Boot auf die Sande des Flusses, der sich hier in den Fjord ergoss. Der Same hüpfte über Bord und verschwand zwischen den Bäumen. Mathes hatte sich seine Kiepe gegriffen und übergeworfen. Sie sprangen alle drei ins Wasser und wateten an Land, während Regnars Langschiff zehn Schritte hinter ihnen knirschend auf Grund lief.

»Das könnte euch so passen!«, brüllte Regnar und schickte sich an, über die Bordwand zu klettern, um sie zu verfolgen, aber seine Knochen waren nicht jünger geworden und es sah wenig geschmeidig aus.

»*Hæ*, Stecher, ich krieg dich!«, krähte der Blinde.

»Einen Scheiß kriegst du!«, schrie Atli zurück, während sie durch Farngestrüpp am Ufer des kleinen Flusses, der in den Fjord strömte, zum Wald vorstürmten.

Mathes nahm einen Stein aus dem Wasser und schleuderte ihn den Feinden entgegen. Er landete an Regnars Brust, der aufbrüllte und im Wasser versank, doch sogleich wieder auftauchte.

Jetzt wateten auch die Verfolger an Land.

»Hau ab, Kleiner!«, keuchte Atli. »Verschwinde, versteck dich, ich werde sie aufhalten.«

»Aber …«

»Mach, mach, fort mit dir. Sonst sterben wir alle drei!« Atli hatte sein Schwert gezogen.

Mathes zog das Amulett der Noaidin hervor und warf es Christopherus zu.

Er fing es auf und steckte es ein.

»Was soll ich tun?«, fragte er verzweifelt.

»Kämpfen!«, antwortete Atli. Er hatte sich umgedreht, den Verfolgern entgegen, und reckte sein Schwert. »Hier, nimm meinen Sax. Und dort, den Knüppel. Lass uns sterben, mein Freund!«

IV. SJÁVNJA

Du kannst viele mögliche Leben leben, es kommt nur darauf an,
mit welchen Menschen dich dein Schicksal verbindet.

Mathes

Es war einmal ein schönes Mädchen, das hatte drei Brüder. Diese hassten ihre Schwester und so musste sie vor ihnen fliehen in die Ödmark. Sie wusste bald nicht mehr, wo sie war. Müde vom Umherlaufen fand sie eine Bärenhöhle und ging hinein, um sich auszuruhen.

Bald kam ein Bär, und nachdem er nähere Bekanntschaft mit ihr gemacht hatte, nahm er sie zur Frau und sie gebar einen Sohn. Die Zeit verging, der Sohn wurde erwachsen und der Vater alt. Er sagte, nun könne er nicht mehr lange weiterleben, er wolle deshalb hinausgehen in den ersten Schnee und Spuren machen, damit die drei Brüder sie entdecken, ihn einringen und töten sollten. Seine Frau wollte es verhindern, aber der Bär ließ sich nicht umstimmen.

Wie er gesagt hatte, ging er hinaus nach dem ersten Schneefall, sodass die Brüder die Spuren sahen und ihn einringten. Da befahl der Bär, ein Stück Messing an seiner Stirn zu befestigen, zum Zeichen, dass er von anderen Bären wiedererkannt werde und sein eigener Sohn, der die Höhle verlassen hatte, ihn nicht töte. Als tiefer Schnee gefallen war, machten sich die drei Brüder auf, den Bären zu erlegen, den sie eingeringt hatten. Da fragte der Bär seine Frau, ob alle drei Brüder sie gleichermaßen gehasst hätten, worauf sie antwortete, die beiden ältesten seien garstiger zu ihr gewesen als der jüngste.

Kaum sind die drei Brüder an der Höhle, springt der Bär hinaus, richtet den ältesten Bruder schlimm zu und kehrt unverletzt in die Höhle zurück. Als der zweitälteste Bruder kommt, springt der Bär wieder hinaus, richtet ihn schlimm zu und kehrt unverletzt zurück.

Nun befiehlt der Bär seiner Frau, sie solle ihn um den Leib fassen und mit ihm hinausgehen, und Arm in Arm gehen sie hinaus, der Bär auf seinen Hinterbeinen. Seine Frau setzt sich auf einen Stein und bedeckt das Gesicht mit ihrem Kleid, als wollte sie nicht mit ansehen, wie er getötet und geschlachtet wird, doch sieht sie gleichwohl hin, mit einem Auge.

Die drei Brüder töten den Bären, und als sie sein Fleisch in einem Kessel kochen, kommt der Sohn des Bären. Dem erzählen sie, welch wunderliches Tier sie erlegt haben, das ein Stück Messing auf der Stirn trägt. Da sagt der Sohn, es sei sein eigener Vater, den er daran erkenne, und er verlange seinen Anteil. Das wollen ihm die drei Brüder nicht gewähren und er droht, entweder müssten sie mit ihm teilen oder er werde seinen Vater wieder zum Leben erwecken.

Er nimmt einen dünnen Ast und schlägt damit auf das Fell des Bären, indem er ruft: »Mein Vater, steh auf! Mein Vater, steh auf!«

Darauf beginnt das Fleisch im Kessel so stark zu brodeln, als wollte es herausspringen. Und so sind die Brüder genötigt, dem Sohn seinen Anteil zu geben.

Die Frau des Bären aber lehrte ihre Brüder alle Zeremonien, die sie zu beachten hatten, wenn sie mit einem so grimmigen und gewaltigen Tier fertigwerden wollten.

50

»Hüte dich vor den Noaiden!«, brüllte Atli. »Vertraue ihnen nicht!«
»Sie betreiben die Geschäfte des Teufels!«, rief Christopherus.
Mathes trat auf der Stelle. Was sollte er tun?
»Hau endlich ab!«, brüllte Atli. Seine Stimme überschlug sich.
Mathes' Beine wurden von einem Entschluss gepackt. Sie sprangen fort, am linken Ufer des Flusses entlang, während er hinter sich Geschrei und das Klirren von Schwertern hörte. Er musste sich umsehen. Seine beiden Freunde wurden von den Verfolgern eingekreist. Mindestens sieben oder acht Bewaffnete drangen auf sie ein. Christopherus schwang einen Knüttel, in der Linken den Sax.
»Da ist er, der Verräter, der seinen Herrn umgebracht hat. Da!«, dröhnte Regnars Stimme. »Hinterher! Packt ihn!«
Mathes musste sich abwenden und hetzte weiter, folgte dem Lauf des Flusses, die Verfolger hinter sich. Nach einer Biegung am Ufer dichtes Buschwerk, mit drei Sprüngen hindurch und hinüber, er packte einen der vielen Steine, drehte sich um, schleuderte ihn dem ersten der Verfolger an den Kopf. Der schrie und stürzte. Treffer!, jubelte es in ihm.
Er stürmte ins Wasser, bis an die Oberschenkel, der Fluss war nicht breit, ruderte mit den Händen, packte am anderen Ufer den zweiten Stein, der zweite Verfolger schrie auf und ging unter. Mathes schlug sich durchs Ufergebüsch, rannte weiter, im Zickzack, zwischen den Bäumen hindurch, setzte über Steine, Gebüsch, Farn, aufspritzende Tümpel, Richtung Osten. Weiter, weiter!
Die Verfolger riefen hinter ihm. »Sieh! Dort ist er!«
Er umrundete ein Dickicht, bog irgendwohin ab, hier war es freier. Das war gut, er kam schneller voran, in großen Sprüngen, und es war schlecht, denn seine Verfolger auch. Er gelangte an ein von Büschen überwuchertes Geröllfeld, machte einen Satz hinein und noch einen, rutschte auf nassem Fels aus, stürzte, schlug mit den Knien auf, rappelte sich hoch, fiel wieder, rutschte zwischen

zwei große Brocken in eine glitschige Tiefe, und als er sich wieder aufrappeln wollte, stellte er fest, dass er unsichtbar war, wenn er sich klein machte und an den Felsen anschmiegte, und nicht zu hören, wenn er sich nicht rührte. Er streifte die Kiepe ab, wundergleich war sie heil geblieben. Hockte mit rasendem Herzen und pumpendem Atem. Obwohl das Versteck gut war, einem Angriff von oben war er wehrlos ausgesetzt. Gefangen oder gerettet, je nachdem. Ruhig, ruhig, Mathes! Er hörte Rufe, hörte seinen Namen.

»Stecher, wir kriegen dich!«, riefen sie. Näher. Sie unterhielten sich. Er verstand einzelne Worte. »Verräter, Stecher, wegen dem rennen wir uns den Arsch ab und er schmeißt uns Steine an die Rübe, der Scheißfranke.«

Wenn schon, ihr Scheißnordmänner, dachte Mathes, dann richtig: Scheißsachse. Er sah sich um. Dort klemmte ein kleiner Stein. Sollte er es wagen? Manchmal durfte man nicht denken. Zu viele Gedanken verderben das Ergebnis. Er nahm ihn, richtete sich blitzschnell auf und schleuderte ihn fort, irgendwohin.

»Horch! Da ist er!«, rief es und sie entfernten sich.

Er befand sich irgendwo im dichten Birken- und Nadelwald des Tals, das nach Osten hin, einer Wanne gleich, ringsum waldbewachsene Felsen verriegelten, nur die Fjordseite nicht. Die Stimmen der Verfolger waren leiser geworden und schließlich verstummt. Sie hatten ihn verloren. Ha! Sie würden ihn suchen, um jeden Preis. Oder hatten sie aufgegeben? Nein, sie waren nur still, um ihn besser hören zu können. Schlichen sie gar in der Nähe umher? Lauerten sie darauf, dass er sich zeigte?

Er musste fort.

Dazu musste er wissen, wo er war. Sonst würde er seinen Verfolgern womöglich in die Arme laufen.

Er solle sich nur ja nicht gleich nach Osten wenden, hatte Sivva ihm eingeschärft. Dort würde er zwar an einen großen See gelangen, der Duortnosjávri genannt wurde, auf dem man schnell nach Osten kommen könne. Doch man müsse ein Boot haben und sei nicht sicher, hatte sie gesagt, an seinen Ufern wohnten Leute, die mit den Nordleuten Handel trieben, und das nicht freiwillig, denn die setzten Menge und Preise fest. Sie könnten ihn, den geflohenen Sklaven, womöglich verraten oder festhalten, um sich verdient zu machen bei ihren Herren. Die Sámi seien starke Läufer, gewohnt, im Unwegsamen große Strecken zurückzulegen, zumal sie jeden Tritt kannten. Für sie sei es ein Leichtes, dem Jarl von Borg schnell Nachricht übermitteln zu lassen.

Zunächst müsse Mathes nach Süden und dann erst nach Osten gehen, wo die Berg- und Waldmenschen lebten, hatte die Noaidin gesagt. Bei ihnen sei er sicher und sie werde dafür sorgen, dass ihm Hilfe zuteilwerde. Sie hatte ihm eingeschärft, jenseits entlang der Berge zu gehen, die man bei gutem Wetter von Borg her sehen konnte, schneebedeckte Riesen, deren Eisrücken in der Sonne leuchteten, weil die Götter dort wohnten. Niemand auf Borg außer Sivva war je jenseits dieser Berge gewesen.

Wo war Süden? Wie sollte er durch die Berge kommen, wenn er jetzt schon nicht wusste, wo zum Henker Süden war?

Er musste fort!

Die Sonne war ihm keine Hilfe, der Himmel war bedeckt. Viel war davon nicht zu erkennen. Die Baumkronen verbargen ihn. Auf Borg blies es immer, hier im Wald war es fast windstill. Mathes blieb verborgen zwischen Steinen und Farnkraut sitzen, bis er seine Füße spürte. Sie waren eiskalt, er hatte Hunger. Er fand ein Stück trockenen Felsens, zog die Füße aus dem Wasser. Seine Knie waren blutig geschlagen, funktionierten aber. War noch alles da?

Er tastete die Beutel an seinem Gürtel ab. Die Karte. Wo war der Zunder? Es überlief ihn heiß. Ah, da war er. Sogar trocken geblieben. Gott sei Dank! Stein und Schlageisen, das Messer. Alles da. Nichts davon durfte er verlieren. Von jedem dieser Gegenstände hing sein Leben ab. Es kitzelte im Gesicht, er wischte sich, und als er seine Hand ansah, war sie rot. Er war verletzt! Blut tropfte von seinem Kopf.

Er versuchte, die Wunde zu ertasten. An der Schläfe, da war es. Blut verklebte die Haare. Er spürte keinen Schmerz, musste gegen Äste gerannt sein. Er rupfte ein wenig von dem Farn aus, der über ihm hing, ballte das Grün und presste es auf die Wunde, bis es aufhörte zu bluten.

Was jetzt? Zunächst musste man für ausreichende Kräfte sorgen. Froh, dass er etwas tun konnte, das Sinn ergab, zog er den Trockenfisch aus der Kiepe und aß, aber nicht zu viel, damit er keinen Durst bekam, das schlammige Wasser unter ihm konnte er nicht trinken.

Als er gegessen hatte, nestelte er den Beutel mit Sivvas Karte vom Gürtel, knotete das Band auf, nahm das Leder heraus, faltete es auseinander, drehte es hin und her. Ah, hier war der Fjord. Wellenlinien. Ein langer Strumpf. Hier der Berg. Er faltete es wieder zusammen und verstaute es. Ob die Karte eine Hilfe sein würde? Er wusste es nicht. Ginge es nach Atli, sollte er der Noaidin nicht trauen. Viele Male hatte die alte Sivva ihm eingeprägt, wie er seinen Weg finden sollte. Er musste ihr vertrauen und er wollte es.

Ein Schritt nach dem anderen.

Nachdenken.

Als Erstes musste er sein Versteck verlassen, seinen Schutz aufgeben. Was, wenn sie in der Nähe auf ihn lauerten? Sie konnten sich denken, dass er irgendwo lag und sich nicht rührte. Sollte er die Nacht hier verbringen? Und wenn seine Verfolger ebenfalls die Nacht im Tal verbrachten? Dann war es morgen auch nicht besser.

Also musste er fort.

Er war lange nicht allein gewesen oder nur für kurze Zeit. Es würde dauern, bis er in Gesellschaft gelangte, die ihm besser gefiel als diejenige, aus der er geflohen war, Atli und Christopherus ausgenommen. Die waren nun wohl beide tot. Atli war stark, dennoch musste er so vielen Feinden unterlegen sein. Regnar würde den Verrat, den Atli begangen hatte, niemals verzeihen, obwohl Atli nur seinem Schwur gefolgt war. Er hatte gewählt zwischen zwei Verraten. *Mitt líf er þitt líf.*

Christopherus hatte von Christus erzählt. Es hieß, besonders Åshild sei beeindruckt gewesen vom Herrn Jesus Christus, von seiner Mutter, der tapferen Jungfrau Maria, und vor allem von der Gefährtin Magdalena, die so hieß wie Mathes' kleine Schwester.

Ayslin und Brighid hatten mit leuchtenden Augen berichtet. Christopherus war der erste Christ, der in ihr Leben getreten war, seit Gisli ihr altes ermordet hatte. Es war für sie wie ein Stück Heimat. Allein deshalb würde Regnar den Mönch nicht am Leben lassen. Christopherus mochte ein schlechter Schwertkämpfer sein, seinem starken Geist war Regnar nicht gewachsen. Er störte die seit Generationen geübten Rituale und setzte den Leuten Flöhe in die Ohren. Er hatte mit seinem Unterricht an Olafs Thron gehackt. Was sollte aus dem Herrn der Odinsfeste und Rituale werden, wenn die Christen bestimmten, wann, was und wie gefestet wurde? Wer würde dann der Herr der Rituale sein? Christopherus, wer sonst?

Bestimmt waren die beiden tot, da halfen keine schönen Gedanken. Sie waren gestorben um Mathes' willen, als wäre er etwas Besseres als sie, als wäre sein Leben werter als ihres. Und dazu hatten sie es freiwillig getan. Mathes war weder ihr Sohn noch ein Bruder. Wie war das möglich? Dass ein Mensch sein eigenes Leben hergibt, um ein anderes zu retten? Würde er, Mathes, auch so handeln können? Bei jemandem, der nicht seine Mutter war?

Sie waren tot. Er hatte niemanden mehr. Er war allein und auf sich selbst angewiesen. Keiner würde ihm helfen, keine Seele auf der ganzen Welt. Er wusste nicht, wo er war. Die Feinde belauerten ihn. Sein Leben war in Gefahr. Er weinte, das erste Mal seit jener Nacht vor dem Holmgang gegen Eldar. Irmin, die ihn getröstet hatte, sie wenigstens war gerettet. Da musste er lächeln, mit Tränen in den Augen. Würde er nun sterben, Irmin war gerettet! Und er hatte Ayslin und Brighid vom Joch ihres Herrn befreit. Bei Kolbjörn würde es ihnen viel besser gehen. Es war nicht umsonst gewesen. Er musste sich selbst trösten.

Als er sich ausgeweint hatte, erkannte er, dass es auch einen Vorteil gab. Erstens war er lebendig und so gut wie unverletzt, das war die Hauptsache. Zweitens war er zum ersten Mal in seinem Leben in Umständen, die er selbst bestimmen konnte, abgesehen vom Wetter. Ein Zustand, nach dem er sich gesehnt hatte. Ihm schien, dass die meisten Menschen starben, ohne ihn je kennengelernt zu haben. Man wurde in bestimmte Verhältnisse geboren und blieb darin, man war ein Sklave seiner Herkunft. Es sind immer andere, die dein Handeln bestimmen. Wer frei sein will, muss zuerst allein sein. Wie er, Mathes, der sich viel vorgenommen hatte. Keiner würde ihn mehr Stecher nennen.

Er musste nur erst von hier fort.

Es dämmerte. Bald würde es dunkel sein.

Moos! Das Moos würde ihm zeigen, wohin er gehen sollte.

Mathes arbeitete sich aus dem Steinversteck, so leise wie möglich. Sah sich um – niemand. Sah sich die Felsen an. Richtig. Auf einer Seite nur Flechten, auf der anderen Seite mitunter Moos, besonders an senkrechten Stellen. Das musste Norden sein. Dann war Süden – dort! Er ließ sich wieder hinunter und setzte sich die Kiepe auf.

Er begann zu klettern, aus dem Geröllfeld hinaus. Er hörte nichts. Nur von irgendwo das Tropfen von Wasser und das winzige Wispern des Windes in den Wipfeln der Bäume. Und sein eigenes Keuchen. Er kletterte weiter über Steine, wand sich wie ein Wurm durch Kraut und Wurzeln, es durfte nicht knacken, nicht einmal rascheln. Jeder Schritt musste bedacht werden, seine Augen mussten überall sein. Die Knie bluteten.

Es ging jetzt offenbar bergauf. War er schon am Rand des Tals angekommen? Es sah so aus. Weiter, immer weiter. Es wurde steil und dann noch steiler. Der Hang war übersät mit großen Felsbrocken. Davon gab es wahrlich genug, sie lagen hier seit undenklichen Zeiten, nur von Flechten und Moos überwachsen. Das ganze Land war ein riesiger Stein. Eine kahle Stelle, keine Bäume, keine Büsche, nur Steine, die einst vom Berg gebrochen waren, große und kleine Brocken. Dort durfte er nicht hinüber, er würde von Weitem zu sehen sein. Er ging ein Stück quer, bis Farn, Sträucher und die Wurzeln, die die Nadelbäume in den Fels getrieben hatten, ihn verbargen und nach seinen Füßen griffen. Mathes nahm die Hände zur Hilfe, die Kiepe schwankte auf seinem Rücken. Kein Schritt wollte dem anderen gleichen und das würde bestimmt so bleiben, viele Tage lang. Das war ein anderes Wandern als auf den glatten Wiesen und Wegen von Borg, wo man fast die Augen schließen konnte und doch sein Ziel erreichte. Weiter bergauf. Der Atem ging wie ein Blasebalg, der

Schweiß tropfte ihm von der Stirn wie bei Kolbjörn, dem Schmied, wenn er das Eisen schlug. Was würde ihm sein ohne seinen Freund Atli?

Langsam arbeitete er sich den steilen Berg hinauf. Bald erblickte er ein Stück des Fjords, weit entfernt, und je höher er kam, desto mehr sah er davon. Er stieg noch höher, umging steile Klippen, Klafter um Klafter.

Das Langschiff, es war noch da! Es schien ihm so klein, als könnte er es in der Hand halten.

Über ihm zogen kühle Nebelschwaden den Berg hinauf, während nach unten die Sicht frei war. So wie er das Schiff sehen konnte, so würde man ihn sehen können. Das türkisgrüne Wasser des Fjords, so glatt wie ein riesiges Tuch matt glänzender Seide.

Was sollte er tun? Weiter oder nicht? Er war müde. Erschöpft. Angst macht schwach, sie kostet Kraft. Er würde es ohnehin nicht mehr weit schaffen. Besser hier bleiben, wo der Wald ihn verbarg und bald die Dunkelheit. Er setzte sich hinter einen Stein, lehnte sich an, ließ seine Gedanken wirbeln. Warten, bis das Schiff dort unten in der Dämmerung verschwamm. Ausschau nach einem Schlafplatz. Hier war nichts eben. Er fand ihn zwischen Felsblöcken, die etwas Schutz boten. Warf die Kiepe ab, legte den Renfellsack zwischen das Geröll. Weich würde er nicht schlafen.

Er hörte ein leises Gurgeln. Wenige Schritte weiter rieselte Wasser durch die Steine, er merkte erst jetzt, wie durstig er war, schöpfte mit der Hand und trank, wusch und rieb sich das Gesicht ab. Fühlte sich erquickt. Die Luft roch nach Frost. Ein Feuer? Zu gefährlich, man würde den Rauch von Weitem riechen. Er krabbelte zwischen die Felle und zog die Robbenhaut über Füße und Knie.

Sofort fiel er in Schlaf.

Als der Morgen graute, war sein erster Blick hinunter zum Fjord. Sie waren noch da! Langsam schälte sich das Langschiff des Regnar von Jellinge aus dem Zwielicht, es lag, merkwürdig schief, an der Bucht zwischen den fast senkrechten Bergwänden des Fjords. Sie suchten also noch nach ihm.

Er musste fort, so schnell wie möglich.

Die Nordleute konnten sich denken, dass auch er, Mathes, irgendwo die Nacht verbracht haben musste und noch im Tal oder im Wald an seinen Hängen steckte. Er musste sich sputen. Fühlte sich stark, und obwohl er hungrig war, trank er nur an dem Rinnsal einen kräftigen Schluck, bevor er seine Sachen auf der Kiepe zusammenband und sich zum Berg wandte.

Er traute sich nicht, aufrecht zu gehen. Krabbelte gebückt bergan, wie ein Käfer. Je höher er kam, desto kälter wurde es. Wind frischte auf, trieb Nieselschwaden vor sich her. Das war gut, denn als er zu Tale sah, hatten Nebel und Regen den Fjord verschluckt. Nun war er sicher, jedenfalls ziemlich. Er konnte sich bewegen, wie er wollte, auch wenn er nass wurde. Das war sogar ein wenig Glück. Wer leidet, wird schneller glücklich. Er stellte die Kiepe ab, setzte sich auf einen Stein und aß von dem Trockenfisch. Fand ein paar überreife Blaubeeren dort, wo der Wald lichter war und die Sonne den Boden erreichte.

Nach vielen Atemzügen gelangte er auf ein Plateau. Er hatte es geschafft, er hatte das Tal verlassen. Hier wuchsen keine Kiefern mehr, sondern nur noch Birken, viele dünne Stangen. Aus einer machte er sich einen Stab.

Er war jetzt so lange allein gewesen wie nie zuvor. Die Ereignisse von Borg schienen Wochen zurück und er fragte sich, ob es eine andere Zeit gab, obwohl Gott sie zwischen Tag und Nacht gespannt hatte und seine ewige Sonne und ihre Hilfsgestirne ihre Dauer genau bestimmten. Er befand sich am Beginn eines Hochtals, das nach Süden führte und nach Westen hin von baumlosem Fels und nach Osten von einem Bergrücken verschlossen war, den halbhoch ein schütterer Birkenwald bedeckte. Es rauschte. Ein Bach, der links von Süden her in steinigem Bett hinunter zu Tal floss, dahin, woher er gekommen war.

»Nach Süden«, murmelte er, stieß seinen Stab auf den Grund und marschierte los.

Nun war es hell geworden. Es hatte aufgehört zu regnen, eine milchige Sonne durchdrang den Nebel. Bald war auch der fort. Ein Verfolger würde ihn von weit her sehen können. Keine Zeit zu verlieren. Mathes schritt kräftig aus. Er war nass, es ging ein mäßiger Wind, er fror und musste sich warm- und trockenlaufen.

Jetzt sahen die Gletscher ihn von Westen her. Eine Kette von weiß glitzernden Riesen beobachtete das winzige Wesen, wie es fortging, auf ebenem Grund, stetig aufwärts, auf dünnem Gras und Schotter, und bald stand es zwischen den letzten Birken. Auch nach Osten hin kein Wald mehr, nur noch niedriges Birkengestrüpp, das im Zwielicht des Nebels rot aufglühte. Darüber nackter Fels.

Er hatte die Baumgrenze erreicht.

Nichts deutete an, dass hier je Menschen gewesen waren. Oder hatte er kein Auge für ihre Spuren? Er blickte sich um. Ihn fröstelte, sobald er stehen blieb. Nein, er war der einzige Mensch weit und breit.

Nach vielen Schritten aufwärts erweiterte sich das Tal und knickte vor einem Berg nach Südwesten ab. »Nach Osten musst du dich wenden«, hatte Sivva gesagt. Folgte er dem Tal, würde er in die falsche Richtung gehen. Wie gelange ich nach Osten? Das silberne Band eines Flusses, der links aus einer blaugrauen Kerbe im Berg quoll, passte genau zu Sivvas Beschreibung.

Mathes überquerte das sumpfige Grasland des Tals und machte sich an den steilen Aufstieg, entlang am Fluss, dessen weiße Gischt in einer tiefen Spalte zu Tal donnerte. Oben öffnete sich die Kerbe zu einer kahlen Wanne. Gras, Steine und Moos, kleine Seen, Schnee, Schotterhänge, steile Aufstiege und ebene Flächen wechselten sich ab. Keine Büsche mehr. Der Atem rasselte, das Körperwerk knackte. Mehrmals kniete er nieder, um aus einem der zahlreichen Bäche zu trinken, die von links den Berghang hinunterflossen.

Mathes schaute sich um.

Über ihm jagten Nebelfetzen, durch die die Sonne blinzelte. Sie sagte ihm, dass er ostwärts ging, wie es sein sollte. Der Fjord war längst nicht mehr zu sehen, ebenso wenig das Tal, durch das er zuerst gegangen war. Die Berge, die er von Borg her hatte erkennen können, waren verschwunden. Er befand sich jetzt im Inneren des unbekannten Landes, das er durchqueren wollte. Niemand würde ihm hierher folgen. Die letzte Verbindung zur Inselwelt von Borg war gerissen. Er war kein Sklave mehr! Die Bürde ständiger Angst, sie war fort. Mathes fühlte sich stark und unbezwingbar. Mit einem Jubelschrei schritt er aus.

Später öffnete sich das Tal, senkte sich bergab und gab den Blick frei auf eine neue Welt von Bergen, Seen, Gletschern und Grasland. Mathes lief am Hang entlang, auf der linken Seite über sich grau-blaue Gipfel, auf der rechten ging es sanft hinunter bis zu einem türkisgrünen Fluss, hinter dem sich ein Gletscher erhob.

Jetzt floss das Wasser nach Osten und er folgte dem Fluss. Er lief auf flachen Steinen, Schotterflächen, Grasflecken, durch kleine Sümpfe, der Fluss unten wurde zu einem See, in dem der Gletscher widerleuchtete. Vorn erschien ein weiteres Tal, langsam, mit jedem Schritt öffnete es sich seinen Augen. Es lag quer, der Sonne nach zu urteilen von Nord nach Süd, die gegenüberliegende Flanke glühte in bunten Farben unter der Sonne auf, rot, gelb, braun, und der Berghang war jetzt wieder dicht mit regennassen Büschen bewachsen. Wasser und Sumpf. Immer wieder musste er Bäche überqueren, die in einem steinigen Bett herabrieselten, das eisig kalte Wasser glitzerte in der Sonne und floss dem großen Fluss zu, über den auf der anderen Seite der türkisgrüne Gletscher wachte.

Bald kam er hinunter in das neue Tal. Er musste sich südwärts wenden, da er Abstand halten wollte zu den Leuten, die mit den Nordmännern Handel trieben. Er schaute hinab auf einen Fluss. Davon gab es hier viele. Dieser war größer als alle vorigen. Ein Land des Wassers. Wer Wasser hatte, konnte überleben. Drüben, auf der anderen Seite, eine baum- und fast strauchlose Ebene, die sich flach wie das Wasser nach Süden hin dehnte, bis zu einer Kette von dunklen Bergen, die den Horizont versperrten. Das musste die Gallanbuolda sein, die alte Sivva hatte sie beschrieben. Ein flaches Land, was es zwischen Bergen, Hügeln und Wäldern sonst nirgendwo gab.

Mathes lief am hohen Flussufer entlang und suchte eine breite Stelle. Da musste der Fluss flacher sein und am flachsten dort, wo es schäumte, wo das Wasser aufhüpfte über den Steinen. Damit er nicht ausrutschte, behielt er das Leder an den Füßen. Schon nach wenigen Schritten konnte er sie nicht mehr fühlen. Er stemmte seinen Stab gegen die Strömung zwischen das Geröll, das mit dumpfem Poltern und Rasseln, Knirschen und Schmirgeln über den Grund des Flusses geschoben wurde, als grollte ein böser Geist gegen jeden, der hier hinüberwollte. Das Wasser reichte ihm bis weit über die Knie, langsam tastete er sich Schritt für Schritt vor, beugte sich gegen die Strömung, wie Sivva es ihm erklärt hatte, ging seitwärts, damit die Gewalt des Wassers ihm nicht die Beine durcheinanderbringen konnte. Auf der anderen Seite sammelte er totes Holz von den Weidenbüschen und machte ein Feuer, um seine Füße zu wärmen und das Fußleder etwas zu trocknen. Das eingelegte Heu war nass und verdorben, er warf es weg, sammelte neues und stopfte es hinein.

Während er den Bergen entgegenstrebte, neigte sich der Tag zum Abend, bis es fast dunkel war und er wieder an einen Fluss gelangte. Drüben ein Einschnitt zwischen den Bergen, schmal nur, doch vielleicht würde er da weiterkommen. Der Fluss war noch mächtiger als derjenige, den er vorhin überquert hatte, das Wasser schoss und schäumte zwischen hohen Felsblöcken. Es war zu spät, einen Versuch zu wagen. Vor allem zu kalt, denn die Sonne warf ihre letzten Strahlen über die Berge. Zwischen Weidenbüschen am Ufer fand er etwas Schutz vor dem Wind. Dort legte er seine Felle aus, schlüpfte hinein, aß ein wenig von seinen Vorräten und fiel in einen steinernen Schlaf.

Wenige Schritte neben ihm donnerte das Wasser in Kaskaden zu Tal.

51

Iŋgir zog die Stange aus dem Bach. Dort lag sie, damit sie ihre Biegsamkeit behielt und nicht brach. Sie prüfte, ob die Schlinge noch richtig an der Stange befestigt war. Iŋgir zog ein wenig daran und sie zerriss. Sie musste eine neue anbringen, wie fast jeden Tag.

Sie ging flussaufwärts.

Als sie sich umsah, konnte sie ihre Gamme nicht mehr sehen. Hier, im Birkenwald von Rovvogobba, am Rand der großen Sümpfe um den See Árasaiva, war man nach kaum hundert Schritten unsichtbar. Der Wind flüsterte mit den Bäumen. Während sie weiterging, das knisternde Kraut unter ihren Füßen, versuchte sie einen kleinen Joik, den traurigen natürlich. Es war besser, sich hörbar zu machen.

An der Uferböschung bemerkte sie mehrere Stellen niedergetretenen Grases und einen Fladen blau glänzenden Kots, *lassjka*. Sie waren wieder da gewesen, die Dickhaarigen. Hier hatten sie Wasser getrunken, dort hatten sie gelegen und sich gesonnt und dort hatten ihre Kinder miteinander gerauft und gespielt und dort hatten sie Blaubeeren gefressen. Die Blaubeerzeit war zwar vorüber, aber es gab noch einige überreife Früchte, sie waren süß und zerplatzten zwischen den Fingern.

Die Wälder und Sümpfe zwischen dem Berg Duolbuk und dem großen Fluss Gáidumeatnu seien schon immer die Heimat der Dickhaarigen gewesen, hatte Lávrras gesagt und der musste es wissen. Seine Eltern und Ureltern hatten hier seit den Zeiten gelebt, als die Sámi noch nicht gelernt hatten, Rentiere zu zähmen.

»Sie sind uns ähnlich, die Dickhaarigen. Gehen sie doch auf zwei Beinen, sobald sie uns sehen, sie fressen Beeren, Blätter und Fleisch wie wir Menschen. Die Mutter säugt ihre Kinder so wie unsere Frauen ihre, sie nimmt sie in die Arme wie wir unsere. Im Winter brauchen sie ein Haus wie wir und ihre Fußspuren sind den unseren ähnlich. Und wenn der *puoldaja*, der Bär, brummt, knurrt, heult, brüllt, keucht und jammert, spricht er eine Sprache wie wir. Er hat die Kraft von zehn Menschen und ist weiser als wir, da der Mensch nicht weiß, wie er den Winter ohne Nahrung überstehen soll. Er versteht sogar unsere Sprache, aber wir seine nicht. Hört er uns seinen Namen sagen, wird er böse. Deshalb heißt das Bein des Bären nicht Bärenbein, so wie das Bein des Rentiers Rentierbein heißt, und sein Fell heißt nicht Fell, nein, wir haben für alle seine Körperteile ein besonderes Wort, das wir für kein anderes Tier benutzen. Die *puoldaja*-Kinder tollen umher wie unsere Kinder, manchmal sind sie alle Kameraden.«

Als Kind hatte Lávrras mit ihnen gespielt, wie Junte, sein Sohn, dessen Namen man nicht aussprechen und nicht einmal denken durfte. Und Poros Kinder spielten auch mit ihnen.

»Vor ihnen brauchst du keine Angst zu haben.«

Einmal, in der ersten Zeit, als sie noch Angst gehabt hatte, war Iŋgir am Fuß des Duolbuk gewesen, um die Blätter des einjährigen Engelwurz zu sammeln, dort, wo der Wald schütter wurde und nur noch einzelne kleine Birken wuchsen. Regen hatte eingesetzt und ein Sturm blies, sodass sie mit gesenktem Kopf ging. Sie hörte ein Knirschen und blieb stehen, sah auf. Da war sie zwei Schritte hinter einer Berggroßmutter, die Blaubeeren fraß. Das hatte wohl das Knirschen gemacht. Iŋgir konnte sich nicht bewegen, sie war stumm, wie eingefroren. Die Bergalte drehte sich um und stellte sich auf die Hinterbeine, viel größer war sie als Iŋgir, fast doppelt so groß, und sie roch so gewaltig, dass Iŋgir der Atem stockte. Und so standen sie voreinander, bis sich die Alte mit einem Grunzen umdrehte und auf allen vieren fortging, langsam, denn die *puoldaja* waren faul, sie nahmen sich Zeit, sie hatten es niemals eilig. Junte lachte nur.

»Nein, sie sind unsere Freunde«, hatte er gesagt. »Deshalb ist es besser, sie mit Ehrfurcht zu behandeln und gut über sie zu sprechen. Wer schlecht über sie redet und wer ihren Namen nennt, dem sind sie böse und schaden ihm. Geben wir ihnen ehrenvolle Namen, sind sie gut zu uns. Vor allem schlagen sie unsere Rentiere nicht, zumindest nicht viele, nicht einmal den alten *härk*, der so langsam läuft, auf den wir angewiesen sind bei der Jagd, weil er unsere Beute trägt und die Stangen für unser *lavvu* zieht bei unseren Wanderungen in das Sommerlager. Die wilden Tiere, die in den Nächten gehen, sie sind unsere Feinde. Greift ein Rudel an, töten sie zehn oder gar zwanzig in einer Nacht oder noch mehr. Sie verfolgen sie, trennen ein Tier von der Herde, beißen ihm in die Hinterläufe, bis es stürzt. Mit einem Biss in den Hals töten sie es, lassen es liegen und folgen weiter der Herde, die sich inzwischen wieder beruhigt hat und grast. Sie begreifen nicht, was die wilden Tiere tun, und sie töten das nächste, immer weiter, sie töten sie und rühren sie nicht mehr an, bis auf eines, das fetteste. Das fressen sie, vielleicht zwei, so viele können sie nicht fressen, und sie mögen kein Aas. Die von ihnen getöteten Rentiere stinken, das riecht selbst der Mensch, obwohl seine Nase so schlecht ist. Man kann sie nicht mehr essen. Nur wer um sein Leben hungert, der isst es. Es ist die Angst, die Todeshetze, die das Fleisch verdorben hat. Die Raben fressen das saure Fleisch, sie sind gleich da und bald danach die Füchse. Raben sind schlau, sie wissen alles und geben einander Bescheid. Sie erscheinen nie allein, sondern als ganzer Schwarm. Aber wir reden nicht über sie, über die Langbeinigen, über die Schwänzigen, die wilden Tiere, die Unruhestifter. Niemals. Das würde sie anziehen. Sind sie einmal da, dürfen wir ihren Namen aussprechen. Dann sagen wir: Heute Nacht ist er gekommen, der …«

Es waren die letzten Tage des Herbstsommers, es würde bald Herbstwinter sein, dem gleich der Winter folgt, die Zeit, in der das Feuer niemals erlöschen darf und die wilden Tiere mit den Rentieren von den Höhen herab in die Wälder ziehen und sie anfallen, sodass die Rentiere fliehen, weit fort, und der Mensch kein Fleisch hat und hungern muss. Der erste Schnee war bereits gefallen. Nachts fror es, tags taute er wieder auf. Bald werde mehr Schnee fallen, hatte Lávrras gesagt, er spüre das in dem Daumen, den er bei der Wolfsjagd verloren hätte. Und jeden Tag wurde es ein klein wenig kälter. Bald würde das Schneehuhn sein weißes Federkleid anlegen und mit den Rentierherden ziehen, weil es pickte, was die aus dem Schnee gruben, besonders die Heidelbeeren.

Die Männer waren fort zur Jagd. War alles gut, würden sie bald mit viel Fleisch für den Winter zurückkehren.

Iŋgir fand einen Wacholderbusch, der klein genug war, dass sie ihn langsam aus dem Boden ziehen konnte, doch schnell genug, damit sich die Rinde von den Wurzeln löste. Am besten ging das im Frühlingssommer. Im Herbstsommer war das Glückssache, meistens klappte es nicht, aber heute hatte Iŋgir Glück, das war ein gutes Omen. Nur ohne Rinde waren die Wurzeln geschmeidig genug für eine Schlinge. Es hatte keinen Sinn, die Rinde mit dem Messer abzuschaben, die Wurzeln würden brechen. Weide hielt nicht so lange, Wacholder war viel besser, hier wuchs genug davon. Bloß um die Wohnplätze herum war es kahl geworden. Auch die kleinen Büsche hatten Wurzeln, die lang genug waren.

Sie spülte die Wurzeln im Wasser und lief zu ihrer Gamme zurück. Junte hatte sie im letzten Jahr gebaut, er hatte die schönsten Birkenstämme dafür schon im vorletzten Jahr ausgesucht, gefällt und die Rinde sorgfältig abgeschält, bis sie glänzten. Sie zerschnitt den Busch und legte die Zweige auf dem Boden aus. Während sich der Wacholderduft ausbreitete, setzte sie sich an die Feuerstelle. Das Rauchloch hatte sie vorhin verschlossen und dabei gesehen, dass die Luke beschädigt war, das Fell an der einen Seite der Birkenrinde hatte sich gelöst. Sie musste es ausbessern. Das Feuer war erloschen, unter der Asche glühte es sicher noch. Dort wohnte Sáráhkká, die das Leben beschützt.

Drinnen war es windstill und wärmer, und da sie die Tür aufgelassen hatte, auch hell genug, obwohl die Tage kürzer geworden waren. Sie trennte eine der Wurzelstränge ab, strich sie durch die Finger und knotete eine Schlaufe an einem Ende, durch die sie das andere hindurchzog, bis eine Schlinge entstand, so groß, dass sie eine schlanke Hand hindurchstecken konnte. Dann wickelte sie die Wurzel fest um das Ende der Stange, immer eine Windung über die vorige, sodass die Wurzel festsaß. Zuletzt klemmte sie das Ende der Wurzel am Spalt ein.

Es war gut, wenn die Arbeit alle Gedanken an sich zog. Man musste sich rühren, weitermachen. Man musste essen, man musste Essen heranschaffen. Auch Iŋgir. Jede Frau war eine Jägerin.

Als sie aufstehen wollte, wurde ihr wieder schwindelig. Langsam zog sie sich an einem herausstehenden Holz hoch, verharrte, bis der Blick wieder klar geworden war, und verließ ihre Gamme.

Es war ein guter Ort, hier in den Waldlanden, zwischen den beiden Bächen, die vom Duolbuk herabgeströmt kamen, dem Duolbukjohka und dem Árajohka. Immer im Herbstsommer, wenn die Siida kurz vor der Paarungszeit der Rentiere hierher zurückkehrte, freute sie sich. Nie würde ein Sámi seine Gamme anderswo als in der Nähe des Wassers bauen. Hier hatte schon immer eine Gamme gestanden, solange die Menschen denken konnten. Und nun standen drei hier, in denen die Leute von Lávrras' Siida im Winter wohnten, nämlich Lávrras und Rávdná mit dem ältesten Sohn, dessen Frau und drei Kindern in der einen Gamme und in der anderen Poro mit seinen vier Kindern, wovon der Älteste schon erwachsen und ein tüchtiger Jäger war, der dunkle Biera, der gern mit Iŋgir in ihrer Gamme wohnen wollte.

Tagaus, tagein konnte man das emsige Murmeln des Bachs hören, es weckte sie am Morgen und es wiegte sie am Abend in den Schlaf, es war wie ein unendliches Lied, wie ein langer, langer Joik. Nur im Winter, wenn der Schnee alles zudeckte und der Frost das Wasser zu Eis machte und die Wege des Otters geheimnisvoll waren, schwieg das Wasser. Dann flüsterte nur noch der Wind. Manchmal im Winter, bei *guolldo*, Schneesturm, brüllte er.

Hier war es einsam, obwohl es nicht weit war bis zu den nächsten Menschen, viel weniger als ein *benagullam* nach Osten, schon südlich vom Ruovvojávri, wo die fünf Gammen der Siida von Onkel Iskko standen, zwischen dem Berg Rovvooaivi und dem See Rovvojávre, wo die Sümpfe aufhörten und fester Grund war. Von dort aus gelangte man Richtung Sonnenaufgang auf einen Weg, der sich durch Birkenwälder und Sümpfe bis in die Gegend der Fichten und Tannen wand, bis nach Roavvenjárga, ihrer Kindesheimat. Manchmal dachte Iŋgir über eine Rückkehr nach. Damit wäre Lávrras sicher nicht einverstanden. Und am wenigsten Biera. Es war sowieso zu spät dafür.

Iŋgir machte sich, mit der Stange in der Hand und einem Weidenkorb über dem Arm, auf den Weg. Drüben, auf der anderen Seite des Flusses, pflegte Lávrras vor der Gamme zu sitzen. Zuletzt hatte er an einem neuen Bogen geschnitzt. Er hatte ein Stück Stierholz gefunden. Sie winkte ihm immer zu, er winkte immer zurück. Heute nicht, die Männer waren unterwegs, schon seit Tagen, zur Renjagd am Áhkávárri. An seiner rechten Hand fehlte der Daumen, der, mit dem er das kommende Wetter fühlte, obwohl er nicht mehr vorhanden war, und immer wenn sie Lávrras' Hand sah, musste sie an den denken, dessen Name man nicht mehr sagte. Sogar dann, wenn Lávrras gar nicht da war.

Sie folgte dem Árajohka, bis er sich mit dem Duolbukjohka vereinigte. Hier wurden die beiden Bäche zu einem schmalen Fluss, der sich seinen Weg durch ein Labyrinth aus trügerischen Sümpfen, undurchdringlichen Weidenstangen, schwankenden Moosbuckeln und Birkenwald bahnte. Sie war den ausgetretenen Weg schon oft gegangen. Wo der Sumpf unter dem schwankenden Gras grundlos war, hatten die Alten Dämme aufgeworfen, worauf Birkengestrüpp wuchs, oder geschälte Stangen gelegt. Über dem Fluss lagen gefällte Bäume. Er war tiefer, als sie mit der Stange, die sie trug, messen konnte, und die war doppelt so lang wie sie selbst.

Am besten konnte man Fische kurz vor der Mündung des Flusses in den See Árasaiva fangen. Dort hatten die Sámi an einigen Stellen Steindämme gebaut, um das Wasser aufzustauen. Die Forellen hielten sich am liebsten im knietiefen Wasser hinter dem Stau auf. Tiefer durfte es auch nicht sein, sonst konnte man die Schlinge nicht schnell genug aus dem Wasser ziehen. Iŋgir watete, bis sie sicher auf einem Stein stand, sie bewegte sich so bedächtig wie möglich, weder ihr Schatten noch der ihrer Rute durfte sie verraten.

Heute war gutes Wetter. Es war bedeckt, es spiegelte wenig auf der Wasseroberfläche. Da, der erste Fisch mit seinen braunen und schwärzlichen Flecken. Er stand mit dem Kopf gegen die Strömung, wedelte mit der Schwanzflosse, seine Rückenflosse kräuselte sich. Sie brachte die Rute in Stellung, senkte allmählich die Schlinge ins Wasser und schob sie noch langsamer von vorn über den Fisch. So schwammen sie nicht weg, vielleicht dachten sie, es käme ein Stück Wurzel getrieben. Kein Schatten durfte auf sie fallen und die Schlinge durfte die Kiemen des Fisches nicht berühren. Als sie sich über der Rückenflosse des Fisches befand, ruckte Iŋgir die Rute hoch und zur Seite und warf den Fisch so ins Ufergras, wo er zappelte und nicht zurück ins Wasser konnte.

So fing sie weitere Fische, wechselte zwischen den Staustellen. Die Schlinge hielt. Als sie kein Gefühl mehr in den Füßen und fünf große und zwei kleine Fische gefangen hatte, mehr, als sie für sich selbst brauchte, machte sie kehrt. Unterwegs pflückte sie Preiselbeeren. Es hatte seit einiger Zeit nachts gefroren und sie waren süß geworden. Lávrras würde sich freuen, wenn er heimkam. Iŋgir wusste, wo Multebeeren auf Sumpfbulten wuchsen, man musste verdrehte Wege gehen, um sie zu finden, ohne zu versinken. Multebeeren waren das Köstlichste, was es gab. Zuletzt fand sie Milchlattich. Sie würde die Stängel über dem Feuer trocknen, vielleicht bekäme man etwas Rentiermilch, um sie darin zu kochen. Sobald sie zurück wäre, würde sie ein wenig von allem Sáráhkká schenken. Hoffentlich würde Biera nicht da sein.

Als sie den Rückweg antrat, hörte sie den langen Schrei eines Singschwans. Sehnsucht und Aufbruch. Singschwäne auf dem Ára-saiva? Eigentlich waren sie dort selten, man traf sie erst weiter im Westen an, in den Sümpfen des Serrujávri, oder noch weiter, auf dem Boarkkajávri, der ein *basse jávre*, ein Saivvo-See, war, einer, dessen klares Wasser aus dem Land Saivvo floss, das unter ihm lag. Ein Singschwan, hier! Noch einmal hörte sie den Schrei und ein drittes Mal. Iŋgir durchströmte ein Gefühl der Zuversicht, wie sie es lange nicht mehr verspürt hatte, es war wie eine Botschaft, einige tiefe Atemzüge lang war sie glücklich.

Der Singschwan, das war das Krafttier ihres Großvaters gewesen!

52

Mathes zog den Ring aus dem Kartenbeutel, drehte und wendete ihn. Er passte sogar auf seinen mittleren Finger. Wie war dieser Ring in die Einsamkeit namenloser Berge geraten? Welcher Mensch hatte ihn hier hingelegt?

Wie viele Tage war er schon allein? Drei? Vier? Er drehte sich um, blickte zurück. Der wassergrüne Gletscher, seine Eiszungen leckten hinab zu Tal. Wie wunderbar der Strom von oben ausgesehen hatte, seine vielen Arme, die sich wanden, sich verflochten, zusammenflossen und wieder auseinander, silbrig glänzend, er war hinabgestiegen, steile Grashänge, bis hinunter, er ging in einem kiesig grauen Bett, fast barfuß im kalten Wasser, nachdem er in den Ufersümpfen versackt war. Sobald er an seine Füße dachte, glaubte er zu erfrieren. Die zweite Nacht war kälter gewesen als die erste. Hatte er überhaupt geschlafen? Was, wenn es noch kälter werden würde?

Gestern Morgen – oder war es vorgestern? – war er wach geworden, vor Sonnenaufgang. Steif vor Kälte. Er fühlte seine Füße nicht. Unmöglich weiterzuschlafen. Aufstehen, sich bewegen, gleich nebenan das eiskalte Wasser des Flusses. Es hatte nicht geregnet, es gab trockenes Holz. Das war gut. Das war alles! Warum habe ich kein Holz für ein Feuer bereitgelegt? Im Dunkeln findet man nichts. Das passiert mir nicht wieder. Die Natur verzeiht keine Fehler. Tastete zitternd umher. Wind blies durch dünne Kleidung, obwohl wollene Sachen. Steife Finger, reib die Hände, schlag sie auf die Schenkel, an die Brust, hüpfe umher.

Endlich, mit dem ersten Dämmern fand er trockene Äste an den Weidenbüschen, die das Ufer säumten. Zitternde Hände, steife Hände. Feuerstein, Schlageisen, Zunder. Ein Funke, ein Glimmen, eine winzige Flamme, pusten – ein Feuer! Ein Wunder.

So gut wie möglich versuchte er, sich daran zu wärmen, hielt die Hände in die Flammen, die Füße auch, immer wieder fauchte der Wind hinein, riss Funken mit sich. Aß von seinen Vorräten. Inzwischen war es hell. Als er seine Füße spürte, machte er sich auf. Er musste dem Fluss lange aufwärts folgen, bis er sich traute, ihn zu überqueren. Wieder in die Kälte. Beinkleider ausziehen, ins Wasser tasten, in das rasselnde Flussbett. Diesmal reichte ihm das Wasser fast bis zum Hintern. Tiefer durfte es nicht sein. Sonst würde er sein Gleichgewicht verlieren. Tod und Teufel, murrte es aus der grünen Tiefe, was willst du hier, Fremder, ich ertränke dich!

Kein Gefühl in den Beinen. Die Füße Eisklumpen. Der ganze Leib zitterte wie eine Espe. Dazu der Wind. Wieder ein Feuer? Er versuchte es mit Warmlaufen, Springen und Schreien, schlug um sich und rannte. Nur nicht still stehen! Dem Fluss abwärts folgen bis dorthin, wo ein ansteigendes Tal einen schmalen Keil zwischen die Berge getrieben hatte, an dessen Grund ein Bach dem zuströmte, den er gerade überquert hatte. Die Flanke des Bergs war steil und von Weidengestrüpp überzogen. Wo das wuchs, da war es nass und sumpfig. Sollte er Äste mitnehmen? Wer die Gefahr hinter sich hat, glaubt nicht an die nächste.

Hoch. Immer weiter, immer aufwärts. Kein Gefühl in den Füßen, egal, der Rest schwitzt. Zwei Seen unten im Tal, das allmählich anstieg, sich öffnete, flacher wurde, in eine Stein- und Geröllwüste überging. Er kam in einen gewaltigen steinernen Kessel, an dessen Grund ein dritter See ruhte, sein sattes Grün sah aus wie Seide. Rundum steiler Fels, an dessen Flanke eine Halde herabgerasten Gesteins. Irgendwie musste es weitergehen.

Er entschied sich für die linke Seite, überquerte den Ausfluss des Sees. Weiter aufwärts ein steiles Geröllfeld, mächtige Blöcke versperrten den Aufstieg. Wie eine Ameise kletterte er aufwärts. Plötzlich auf der anderen Seite eine Herde Rentiere, zehn, zwölf Tiere, die ohne Stolpern, ohne Tasten und Zögern durch die Felswelt tänzelten, bergab in weitem Bogen. Der Mensch ist ein tollpatschiges Tier. Wind, Schneetreiben, graues Gewölk. Jeder Schritt ein Wagnis.

Oben, nach einer letzten steilen Steinpartie, nahm ihm der Nebel die Sicht. Vielleicht hundert Schritte. Wohin soll ich?, fragte er den Nebel. Keine Antwort. Die Welt ein weißer Kreis. Er blieb stehen. Nichts war zu hören. Nichts. Kein Wind mehr. Kein Leben. Ein von Gott verlassenes Totenreich. Hier duldeten die Elemente den Menschen nicht.

Die Kälte kroch hoch zu den Knien. Weiter, bevor ich langsam erfriere. Die Rentiere waren von oben gekommen, also musste es drüben Weidegründe geben. Wohin es hochgeht, von dort geht es auch wieder runter. Er war nass. Die Füße aus Eis. Weiter, weiter. Jetzt hörte er wieder etwas. Seinen Atem, das Knirschen des Schnees, das Klacken der losen Steine.

Schnee, Wasser, Steine, Nebel.

Ewigkeiten her.

Schritt für Schritt, vom ersten Grauen des Morgens bis in die späte Dämmerung des Abends. Schritt für Schritt.

Er spürte, dass es wieder bergab ging, und hörte das Rauschen von Wasser. Die Welt, sie stand doch nicht still. Das Wasser, es lebte. Das Totenreich lag hinter ihm. Der Nebel wurde dünner und verschwand schließlich, gab die Sicht auf Hunderte Gipfel frei, die meisten weiß, eine neue Welt. Bis er steil bergab an einen großen See gelangte, der ihn Richtung Osten zwang.

Immer wieder zog er Sivvas Karte zurate und erinnerte sich an ihre Hinweise. Oft war er überzeugt, auf dem richtigen Weg zu sein, und ebenso oft zweifelte er. Versperrten ihm die Berge, Flüsse und Seen den Weg nach Osten, entschied er sich für die südliche Richtung. Rollende Hügel, glühende Farben, eisiger Wind, Regen und Schnee, baumloses Land. Waren die Sámi geschaffen für dieses harte Land, das so lieblich schien unter der Sonne?

Der Ring.

Letzte Nacht ein schreckliches Gewitter. Von einem Atemzug zum anderen. Es war spät, der Himmel grau, ohne Hoffnung und Sonne, es dämmerte eine endlose Dämmerung und er hatte noch keinen Platz zum Schlafen gefunden. Er kam an einen großen Felsblock, in dessen Windschatten es nicht ganz so kalt war. Allein stand der Fels dort, in der Nähe eines Flusses, hoch wie zwei Männer übereinander, fast viereckig ragte er auf. Er bereitete sich ein Bett aus Moos und Kraut, ganz dicht am Fels. Hoffte, trocken zu bleiben, falls es regnete. Knochen lagen da. Er warf sie beiseite.

Kaum hatte er sein Fell ausgebreitet und sich hingelegt, brach das Gewitter über ihn herein, ein gewaltiger Blitz zuckte über den plötzlich schwarzen Himmel, tauchte das Land in sein Silberlicht. Sogleich zerriss ein Donnerschlag die Luft, worauf heftige Böen aufheulten und pfiffen und ein Regen niederging, vor dem er weder weglaufen noch sich schützen konnte. Die Blitze hackten die Dunkelheit in Stücke, es war, als wollten sie Mathes spalten, verbrennen, vernichten. Er konnte nichts tun. Schloss die Augen und wartete zitternd auf den Tod, und öffnete er sie, sah er ausgerissene Büsche über die Steine fegen, ein Blitz blendete ihn.

So musste es sein, wenn der Jüngste Tag angebrochen war, der letzte der Menschheit. Er hatte zwei Menschen getötet und einen dritten blind gemacht, die sieben Geiseln von Stethu lagen auf seinem Gewissen wie Steine, er hatte Berge von Schuld auf sich geladen und nun kamen Gottes Zorn und Strafe über ihn.

»Gnade!«, rief Mathes in das Tosen hinein. »Ich habe es nicht gewollt! Atli, Christopherus, vergebt mir!«

Sturm, Regen, Blitz und Donner tobten um ihn her, die Luft vibrierte. Bis es aufhörte. Hielt der Himmel den Atem an? Eine trügerische Ruhe, durch die allmählich wieder das Rauschen des Flusses drang. Da waren sie wieder, die Sterne, als wäre nichts geschehen. Der Himmel war heil geblieben. Es war dunkel. Ihm war, als wäre er dem Tode geweiht gewesen. Es blieb ruhig.

Das war die schlimmste Nacht. Hatte er überhaupt geschlafen?

Am Morgen hatte er den Ring gefunden. Er lag am Fuß des Steins und glitzerte im Licht des neuen Tages. Messing.

Und bald die nächste Nacht. War es schon Nachmittag?

Vorhin war er verzweifelt gewesen. Dachte, er würde keine Rettung finden, in den Bergen verrecken. Doch als er auf nassem Kies stand, zwischen mäandernden Wässern, im Rücken den Gletscher mit seinen eisgrünen Armen, die den Fels umklammerten, da wusste er, hier war er richtig. Die Noaidin hatte ihn genau beschrieben. »Du siehst ihn erst, wenn du aus dem Hochtal herauskommst, den Fluss und seine vielen Ströme, wie verdünnte Milch fließen sie unten im Tal. Es ist der steilste Abstieg, dennoch ganz leicht, nur über Gras. Folge dem

Fluss, folge dem Tal, es gibt dort keinen anderen Weg, es wird zuerst nach Norden führen, aber bald wieder nach Osten. Verlasse ihn bei der zweiten Biegung nach Norden und gehe ostwärts, hinauf in ein Tal, das wie eine große Wanne ist und von hohen Bergen bewacht wird. Von dort ist es nicht mehr weit, bis die Wälder beginnen.«

Nun hatte er wieder Hoffnung, die Waldsámi von Sjávnja zu finden. Wie war es möglich, dass sie einen Weg beschreiben konnte, den sie ein einziges Mal gegangen war, in die umgekehrte Richtung, vor vielen Jahren?

Weiter, immer weiter. Er steckte den Ring in den Beutel zur Karte und wandte sich talabwärts.

Während sich der Himmel über ihm zu einem Schneeschauer zusammenzog und gleich danach wieder die Sonne durch jagende Wolken schien und es wenig später regnete, stapfte Mathes im nassen Fußzeug über die Schotterflächen des Flusses. Bald hatte er das nächste Tal erreicht. Dort floss das Wasser nach Osten, wie die Noaidin es beschrieben hatte. Zuerst trieben ihn weite Sümpfe an den zerklüfteten Hang eines Bergs. Bald stand er vor einer hügeligen Steinwüste, die unpassierbar aussah. Er kletterte zwischen den Felsen umher, bis er zwei kleine Steine entdeckte, die auf einem großen Stein lagen, ein dritter war an beide angelehnt.

Er näherte sich der Erscheinung, hob einen der Steine auf. Das musste das Werk eines Menschen gewesen sein. Menschen! Hier? Da! Wieder drei Steine, nein, vier! Und genau dahinter noch einmal. Es waren Wegzeichen. Er folgte ihnen, sie führten ihn durch die Geröllhalden, mieden Sümpfe, steile Abbrüche, unnütze Aufstiege und Gestrüppinseln. Die Steine waren von grüngrauen Flechten überzogen. Seit undenklichen Zeiten mussten sie hier liegen. Hier war er vielleicht gegangen, der Mensch, der seinen Ring am großen Stein verloren hatte. Sogleich fühlte er sich weniger einsam.

Mathes war müde. Es begann wieder zu schneien, dünne Flocken wirbelten durch die Luft. Der Himmel grau. Hast du nur den Himmel über dir, ist die Farbe der Hoffnung Blau.

Mathes folgte weiter dem Fluss. Im Nordosten blinkte zwischen zwei dunklen Bergriesen ein tiefblauer See auf, davor, im Tal, herbstbunte Birkenbäume, die ersten seit Beginn seiner Wanderung. Ein Wald! Wald verhieß Windstille, Ruhe, Holz, Feuer, Wärme, Schutz, Geborgenheit. Er verhieß alles, wonach er sich sehnte. Es war nicht weit. Wenn er sich beeilte, würde er es schaffen und vielleicht warme Füße bekommen. Das silberne Band des Flusses machte unten eine Biegung nach Norden. Da drüben, nach Osten hin, eine riesige Wanne zwischen den Gipfeln hoher Berge, so hatte Sivva es beschrieben. Dorthin musste er morgen gehen.

Und dann gewahrte er, auf einer dünnen Grasdecke einen Hang abwärtsgehend, etwas, das abseits seines Wegs, auf der Kuppe eines Hügels, mitten im Wald lag und so gleichmäßig geformt war, wie es die Natur nicht schuf. Eine Gamme? War das möglich? War dieses Land doch nicht menschenleer?

Er blieb stehen. Nichts bewegte sich dort unten.

Sollte er es wagen?

Die Sehnsucht nach Schutz und Wärme war größer als die Angst. Er beschleunigte seine Schritte, merkte sich die Richtung, bevor der Wald die Erscheinung verbarg. Den ersten Baum begrüßte er wie einen Freund, strich über seine weiße Rinde, hatte keine Zeit und sprang weiter, so schnell wie möglich hügelauf und hügelab durch Kraut, Gestrüpp und über Steine. Als ihn gerade die Angst ankam, er könnte vorbeigelaufen sein oder es wäre nur eine Hügelkuppe gewesen, eine Täuschung, eine Einbildung, ging es steil hinab in das Bett eines Bachs, dessen klares Wasser zutraulich murmelnd dem großen Fluss zuströmte. Drüben, wenige Schritte entfernt, oben auf dem runden Hügel – die Gamme.

Die Tür war geschlossen.

»*Buorre beaivi!*«, rief er. Guten Tag. Mit rostiger Stimme, die ersten zwei Worte nach Tagen des Schweigens.

Keine Antwort.

Er zog die Tür auf. Keiner da. Es roch nach Einsamkeit. Die Asche an der Feuerstelle kalt, das Reisig am Boden alt und bröselig. Die Gamme gehörte ihm allein! Es war schon lange niemand mehr hier gewesen.

Vor der Feuerstelle lagen trockenes Holz und ein Häufchen

feine Birkenrinde, ein guter Zunder, genug für ein Feuer, als wäre er eingeladen. Mathes machte sich sofort daran, mehr Holz heranzuschaffen, er wollte nach der Kälte und Nässe der letzten Tage die Wärme genießen. Als die Flammen aufloderten und ihre Hitze strahlte, wärmte er zuerst seine klammen Hände. Paradies! Gestern in der Hölle, jetzt im Paradies, denn schöner konnte es dort nicht sein. Wärme und Sicherheit.

Im letzten Licht ging er hinaus in das Schneetreiben und schnitt sich einen Arm frischen Reisigs, da er ein weiches und duftendes Bett wollte. Er breitete das Reisig auf der linken Seite aus, legte sein Fell darauf und mehr Holz in das Feuer, um seine Füße zu wärmen. Endlich warme Füße! Er freute sich auf eine ruhige und sichere Nacht. Am liebsten hätte er das Feuer bis zum Morgen brennen lassen, doch war er müde nach den halb durchwachten Nächten. Er schloss den Rauchabzug bis auf einen kleinen Spalt, legte sich in seinem Fell zurecht und ließ das Feuer niederbrennen. Sicher würde morgen noch etwas Glut unter der Asche sein. Hoffentlich würde es aufhören zu schneien.

Plötzlich hörte er Schritte. Knirschen im Schnee. Bevor er sich rühren konnte, wurde die Tür aufgerissen, eine dunkle Gestalt erschien vor dem Nachthimmel.

»*Buorre beaivi*«, sagte Mathes.

Die Gestalt hielt inne. Die Tür fiel zu. Er war wieder allein. Was hatte das zu bedeuten? Wenig später wurde die Tür erneut geöffnet, die Gestalt tauchte ein zweites Mal auf. Aus dem Poltern schloss Mathes, dass ein Arm voll Holz vor die Feuerstelle gefallen war. Er hörte ein Pusten, gleich darauf erschien das erste Flämmchen, es beleuchtete das faltige Gesicht eines alten Sámi. Mathes sah seine zusammengekniffenen Augen, seine rissige Hand, die ein Stück brennende Birkenrinde hielt, und den Kragen eines Pelzgewands, in dem er steckte.

Der Blick des Mannes streifte Mathes aus gelben Augen.

»*Bures*«, sagte er. Nur ein Wort. Das sollte wohl Guten Tag heißen. Und dann sagte er: »*Muohta.*«

Mathes hatte einige Worte Samisch von Sivva gelernt, aber das Wort *muohta* gehörte nicht dazu.

»Ich verstehe kein Samisch«, wagte er zu sagen. »Ich bin ein Sachse. Kein Nordmann.« Viele Worte, so kam es ihm vor, vielleicht zu viele.

Langes Schweigen. Das Feuer loderte inzwischen hoch auf. Der Fremde rieb seine Hände darüber, richtete sich ein, breitete seine Felle aus, zog sich die Fellschuhe aus und steckte sie zum Trocknen zwischen die Birkenstämme unter das Dach, öffnete einen Proviantbeutel und aß.

»Schnee«, sagte der Sámi schließlich, als er gegessen und sich zwischen seine Felle gelegt hatte. »*Muohta.* Viel.« Und er fragte: »Was willst du hier?«

Durch das Rauchloch, das nun wieder geöffnet war, rieselten unablässig Schneeflocken, die über dem Feuer schmolzen und mit leisem Zischen starben.

»Ich gehe nach Osten, bis ans Meer«, antwortete Mathes, als handelte es sich um einen kurzen Weg.

»Und wo kommst du her?«

»Von den Inseln im Westen.« Vielleicht hätte ich das nicht sagen sollen, dachte Mathes. Irgendetwas musste er antworten. Eine Lüge wäre nicht besser gewesen. »Von Borg«, fügte er hinzu.

»Sklave?«

Mathes nickte.

»Schläfst draußen, wenn du keine Gamme findest?«

»Ja.«

»Zu kalt.«

»Ja.« Mathes stockte und musste an die letzte Nacht denken und an die davor, die auch nicht viel besser gewesen war, vor allem aber musste er an das Unwetter und seine Todesangst denken und daran, dass er sich hier, in diesem kleinen aus Birken und Erde gebauten Haus, fühlte wie im Paradies, als hätte Gott all seine Wünsche erfüllt. Was wäre aus ihm geworden in dieser Nacht, draußen bei Schnee, Wind und unter freiem Himmel? Mit nassen Füßen und viel zu dünnen Kleidern?

»Es ist schlimmes Wetter«, sagte er. »Gestern war Gewitter, ein schreckliches. Ich bin froh, hier zu sein.«

»*Bajándálki* ...«, murmelte der Fremde, als spräche er mit sich
selbst. Und dann: »Wo?« Die Flammen des Feuers schienen wider im
bronzenen Gesicht des Sámi. Oder war es plötzlich grün geworden?
Mathes beschrieb es ihm, so gut er konnte. Der Stein, der so nah
am Fluss stand, mit beinah senkrechten Seiten wie ein ausgehauener
Würfel, als wäre der Schöpfer tätig gewesen oder ein Riese, ein gewaltiger Steinmetz, mit Fäusten wie Berge, die Blitze, die so plötzlich
vom schwarzen Himmel um ihn her niedergefahren waren wie die
Speere eines himmlischen Heers, ihn in Todesangst versetzt hatten.

»Es war, als sollte ich sterben!«, rief er gegen die Birkenstämme
über ihm.

Lag es daran, dass er so lange allein gewesen war? Er machte
viele Worte, er wollte sich mitteilen, sich gemein machen mit dem
fremden Menschen, er nestelte an seinem Beutel und zog den Ring
heraus.

»Sieh«, sagte er. »Sieh, was ich dort gefunden habe!« Er hielt ihn
dem Fremden entgegen vor das Feuer.

Der wandte sich ab, so heftig, als wäre er erschrocken, entsetzt.
Das konnte nicht sein, denn wer wird vor einem Ring erschrecken?
Zeigte sein Gesicht nicht mehr. Gleich wird er sich umdrehen, dachte
Mathes. Er wird dich etwas fragen wollen. Doch das tat der merkwürdige Sámi nicht. Abgewandt blieb er sitzen, dann legte er sich
zwischen seine Felle, drehte sich fort und sprach kein einziges Wort
mehr.

Da war nichts zu machen. Hauptsache, warm.

Das Feuer brannte zum zweiten Mal nieder. Mathes schob das
Rauchloch zu. Es blieb nichts als der Schlaf. Müdigkeit und Wärme
nahmen ihn in die Arme.

Als er am nächsten Morgen im Zwielicht der Gamme die Augen
öffnete, war der Platz auf der anderen Seite des Feuers leer. Draußen
empfing ihn der Winter. Tiefer Schnee. Schweigen. Endloses Weiß
blendete seine Augen. Und keine Spur führte fort von der Tür. Es
war, als wäre der geheimnisvolle Fremde nie da gewesen.

Mathes war allein mit seiner Angst vor dem Tag.

53

Bis dahin hatte alles gut geklappt.

Sie befanden sich auf dem Rückweg. Es war kalt geworden und windig, vor drei Tagen hatte es viel geregnet, abends hatte es angefangen zu schneien und seit vorgestern bestimmte der Frost über alles, was der Mensch tat. In der einen Hand den Speer, in der anderen den Bogen, arbeiteten sie sich durch den Schnee.

Mit den drei zahmen Rens waren sie aufgebrochen, fünf Männer von der Lávrras-Siida, nämlich Lávrras selbst, sein Sohn Niilas, Poro, dessen Sohn Biera und sein jüngerer Bruder Vuolla, der schon ein guter Jäger und Skiläufer war, und drei Männer von der Siida am Serrujávri.

Das Lockren würde bald brünstig sein. Meistens hatte Lávrras recht, er deutete das Wirken der Götter in allem, was wuchs und lebte, am besten, gleich ob sie über dem Himmel, im Himmel, auf der Erde, unter der Erde oder am Grund der Seen tätig waren. Lávrras konnte die Trommel schlagen und sprach vor jedem Jagdzug mit Leaibolmái, der über Glück und Unglück bei der Jagd wachte und die Erlaubnis gegeben hatte. Es würde frühen Schnee geben. Sie hatten ihre Schneebretter mitgenommen.

Vor zehn Tagen, gerade rechtzeitig, waren sie in den Wald und in ihre Gammen in den Sümpfen des Sjávnja zurückgekehrt, denn es war unmöglich, Hausrat und Beute zugleich zu tragen. Auf den Anhöhen der westlichen Berge hatten sie den Sommer verbracht, um den Mücken einigermaßen zu entkommen. Nun galt es, in der Brunftzeit möglichst viel Fleisch zu machen. Über den Sommer hatten sich die Rentiere fett gefressen, dazu im Herbst reichlich Pilze. Im Winter, wenn sie die Flechten aus dem Schnee graben mussten und der Baumbart rar war, würden sie wieder abmagern.

Die beiden Renochsen waren die Tragtiere und die Renkuh das Locktier. Die Brunft war die beste Zeit für die Jagd. Die besten Jagdgründe befanden sich am östlichen Ausläufer des heiligen Bergs

Áhkávárri, dort gab es viele Schluchten, in denen man das Locktier anbinden und die Renbullen, die sich ihm näherten, einkesseln und töten konnte. Es war ihnen gelungen, eines der Tiere lebendig zu fangen, ein weißes Ren, was sehr selten war. Lávrras bestimmte es sofort für das *bualdon vieron.* Man musste es zur Erde bringen und es mit geflochtenen Weidenringen schmücken. Sodann erstach Lávrras das Tier, und sie verbrannten es in einem großen Feuer und bestatteten anschließend die Knochen, damit es im Lande Saivvo wiederauferstehen und seinen Bewohnern als Nahrung dienen konnte. Alles war so, wie es sein sollte.

Am Fuß des Loktak, dem ersten der sanften Berge des Ostens, waren sie zur Rast in die Gamme eingekehrt, die die Vorfahren dort gebaut hatten, damit die Waldsámi unterwegs ein Obdach hatten.

Es war gut, dass es so kalt geworden war. So gefror das Fleisch und hielt länger. Sie hatten gleich damit angefangen, die Tiere auszuweiden, das Fleisch von den Knochen zu lösen, es in Stücke zu schneiden, die Sehnen herauszuziehen, besonders vorsichtig die Rückensehne, sie war die längste und stärkste und taugte geflochten zur Bogensehne. Man konnte auch Schlingen zum Fischefangen daraus machen, doch dafür war sie zu kostbar.

Natürlich gab es Fleisch satt für jeden. Es war schnell gekocht.

»Köstlich«, sagte Poro, ein schmaler zäher Kerl, der von allen der Schnellste auf Schneebrettern war. Seit der Wolf Lávrras den Daumen abgebissen hatte, gerade als er den ersten Schlag mit der Keule tun wollte, im schnellen Lauf bergab, war Poro der Einzige, der auf Skiern einen Wolf verfolgen, einholen und mit dem Spieß erlegen konnte.

»Eine gute Jagd«, bestätigte Lávrras.

»Da unten in den Schluchten wohnen die Bergalten«, meinte Biera und strich sich den Bart. Seine tiefen Augen leuchteten unternehmungslustig. »Soll mich wundern, wenn derjenige, der dort haust, derselbe ist, der im Frühlingswinter ...«

Ein scharfer Blick von Lávrras ließ ihn innehalten. Alle schwiegen.

»Wir brechen auf«, befahl Lávrras.

Mit der schweren Last kamen sie nur langsam voran, da der erste weiche Schnee, der *lievar*, angetaut war und später gefroren, er hielt nicht. Und durch den neuen Schnee, der nach Einbruch der Kälte in der Nacht gefallen war, musste der Erste eine Spur ziehen. Eine anstrengende Arbeit, bei der sie sich abwechselten. Der Wind hatte den Schnee in die Senken getrieben, man versackte darin, mitunter bis zur Hüfte, manchmal steckte man unten im Wasser eines unsichtbaren Bachs. Das Fleisch war an Stangen gebunden, die die beiden *härkar* hinter sich herzogen. Es dauerte den ganzen Tag, bis sie den lang gestreckten Berg Nihpurisgirka hinter sich gelassen hatten und bergab bis zum See Boarkkajávri gelangt waren, wo sie in den Wald eintauchten und der Pfad begann. Hier kannten sie jeden Baum. Sie folgten dem unter dem Schnee unsichtbaren Pfad abwärts zu den Gammen der Siida am Serrujávri. Die Männer von der Lávrras-Siida würden hier übernachten, denn das letzte Stück des Wegs führte über den Oallajohka. Die Überquerung war gefährlich und es war schon spät.

Jeder hatte ein Stück Fleisch in der Hand und es tat gut, bei der plötzlichen Kälte die heiße Brühe zu schlürfen.

»Was gibt es Neues?«, fragte Lávrras und schmatzte genüsslich.

»Eine Spur«, antwortete der alte Peivas. Er hatte keine Zähne mehr und musste das Fleisch in kleine Stücke schneiden.

Lávrras und die Jäger blickten ihn gespannt an.

»Die eines Mannes«, sagte Peivas endlich. »Allein. Vom Westen her. Er ist nah an unserem Wohnplatz vorbei. Aus der Spur zu schließen, kannte er den Weg nicht. Hierhin und dahin. Muss ein Fremder sein. Und er war sehr müde. Fast wäre er in den See gelaufen, drüben in den Unna Serruŝ.«

»Wer kann das gewesen sein?«, fragte Lávrras.

»Wissen wir nicht. Die Jungs sind den Spuren nach bis zum Oallajohka. Dort haben sie sich verloren. Es war spät. Und dunkel. Es ist viel Wasser.« Es hatte viel geregnet, vor dem Schnee.

Lávrras dachte nach. »Dann wird er die Nacht nicht überstehen.«

»Es sei denn, er versteht sich zu schützen. Holz ist genug da.« Für einen Sámi war es nichts Besonderes, eine Nacht allein bei strengem Frost im Wald zu verbringen.

Lávrras bestimmte, dass gleich morgen, noch vor dem Tag, zwei Leute aufbrechen sollten, um am Fluss nach dem Fremden zu suchen. Peivas ließ die Jungen holen, die beschreiben sollten, an welcher Stelle sie die Spur verloren hatten. Es sei nicht dort, erklärte er, wo er vor Jahr und Tag den Schädel eines Rentiers in eine Baumgabel geklemmt habe, wo der ausgeblichene Knochen immer noch stecke und sein Weiß weithin sichtbar auf die beste Stelle zur Querung des Flusses weise. Es sei dreihundert Schritte flussabwärts von dort, wo Sümpfe das Ufer einschlossen und abgründige Löcher zwischen tückisch bewachsenen Grasinseln die Schritte schwer machten. Poro und sein Sohn Biera sollten mit einem der Jungen vom Serrujávri gehen, die anderen würden folgen.

Damit war das erledigt und man aß und erzählte.

54

»Komm«, sagte Lávrras. »Du musst ihn wärmen!«

Sie hatten ihn nicht weit vom Ufer des Oallajohka gefunden, erfuhr Iŋgir. Er musste es dort, wo die Leute vom Serrujávri die Spur verloren hatten, über den Fluss geschafft haben, aber nicht viel weiter. Der Mann, der jung war und den ersten Bart trug, hatte sich in einer Senke in den Schnee eingegraben, wo der Wind eine breite Wechte geblasen hatte, gar nicht unklug. Sie hatten ihn auf eine schnell gebaute Bahre gelegt und sie von ihrem *härk* ziehen lassen, den sie vorsorglich ohne jedes andere Gepäck mitgenommen hatten.

»Du hast die Wärme«, sagte Lávrras. »Nehmt ihm die Kleidung ab. Seid vorsichtig. Nicht drücken und zerren.«

Sie schnitten dem Bewusstlosen das nasse Zeug vom Leib. Bleich war der Mann, weiß wie Schnee. Sie legten ihn zwischen Iŋgirs Felle. Das Feuer brannte schon.

»Und jetzt du«, ordnete Lávrras an.

Iŋgir schickte sich an, neben den Fremden unter die Felle zu kriechen.

»Du musst ihn mit deiner Haut wärmen, Tochter. Sonst stirbt er!« Er drehte sich um und befahl Poro und Biera, mehr Felle zu holen. Alle sollten kommen. »Sie sollen meine Trommel mitbringen.«

Als er sich wieder Iŋgir zuwandte, saß sie neben dem Fremden und nestelte unentschlossen an ihrem Brusttuch.

»Mach schnell«, bat Lávrras und drehte sich um. »Er ist kein *stállu*.«

Iŋgir beeilte sich, zog sich aus, warf die oberen Felle auf und verschwand darunter, und als sich Lávrras wieder umdrehte, war kaum mehr als ihre Nasenspitze zu sehen.

»Es muss eine Frau sein, die den Frost auftaut. Frauen haben mehr Hitze als Männer und schwangere noch viel mehr.« Es sei nicht gut, wenn ein Mann diese Sache übernehme, das schicke sich nicht, wie Iŋgir sicher wisse, das mache man nur, wenn keine Frau zugegen sei. Eine Frau sei imstande, Leben zu geben. Sie solle dem Erfrorenen so nah sein wie möglich, erklärte der Alte, sich ihm anschmiegen, mal von der einen und mal von der anderen Seite, und ein Bein über ihn schlagen, denn die Leiste sei die wärmste Stelle der Frau. Ein sterbender Mann, der diese Stelle berühre, »hat Lust, ins Leben zurückzukehren«. Der Leib der Frau, sagte er, sei ein besseres Gefäß für die Energie der Geister.

Iŋgir gehorchte. Sie schmiegte sich dem kalten Mann an, brachte vorsichtig ein Bein über seine Leiste, erschrak, als sie sein Glied berührte und den kleinen Kitzel seiner Schamhaare fühlte. Gleichwohl umarmte sie ihn, steckte ihre rechte Hand in seine Achselhöhle und legte den Kopf auf seine Brust. Er war kalt wie Schnee. Seine langen Haare waren nass und so merkwürdig hell, beinahe wie Sonnenstrahlen, wie bei manchen der Nordleute, die sie in Borg gesehen hatte. Sein Bart war ebenfalls hell und dünn.

Die Siida hatte sich in Iŋgirs Gamme versammelt. Alle hatten schnell ihre besten Sachen angezogen. Neikuts, Lávrras Frau, und Sákká, Poros Frau, die eine alt, die andere nicht ganz so alt, sie sollten die Helferinnen des Noaiden sein. Sie trugen einen mit rotem Erlensaft gefärbten Kolt und eine mit Eichhörnchenfell besäumte Mütze. Nur Lávrras selbst war nachlässig und unordentlich gekleidet, sein Kolt hatte gar Löcher. Es galt, Lávrras zu helfen auf seiner gefährlichen Reise in das Totenreich, wo er nach der Seele des Weißen suchen und sie hoffentlich in die Welt der Lebenden zurückholen würde. Lávrras hatte noch alle Zähne. Seine Lebenskraft war stark.

Iŋgir fror. Der Fremde, an den sie sich schmiegte, war schrecklich kalt. Er rührte sich nicht, aber er atmete, mitunter stockend, schnaufte, einmal hustete er, wobei sich sein Kopf krampfartig hob. Nun begann das, was Iŋgir schon oft erlebt hatte.

Lávrras befreite seine Trommel aus dem Fellsack. Es war eine alte Trommel, die er von seinen Vorvätern geerbt hatte und eines Tages Niilas, seinem Sohn, geben würde, sofern der das schwere Los eines Noaiden annehmen würde, das ihm die Geister eines Tages aufbürdeten. Die Kraft der Trommel war mit den Jahren gewachsen.

Sie war behängt mit Messingringen, Bärenzähnen, einem Bärenpenis und den Federn des Singschwans. Er legte die Trommel an seine Brust und umfing sie mit beiden Armen, drehte sie um und wärmte ihre Haut am Feuer, damit sie die richtigen Töne hervorbringe.

Lávrras zog einen Messingring und den Trommelschlegel aus Rentierhorn aus einem kleinen Beutel aus Seetaucherhaut. Er machte sich bereit, fiel auf das linke Knie. Alle taten es ihm nach. Er schlug die Trommel, zuerst weich, dann härter. Lávrras sang dabei und jeder stimmte ein. Der Messingring, den man Zeiger nannte, tanzte auf der Haut der Trommel, blieb mal auf dem einen der roten Symbole und mal auf dem anderen liegen. Der Ring wies dem Noaiden den Weg.

Während er trommelte, rief Lávrras: »Die Not bittet dich, auf Reisen zu gehen! Fliege ins Paradies Sáiva und hole meinen Hilfsgeist!«

Er trommelte weiter, während die beiden Frauen Jammerlaute von sich gaben. Plötzlich löste der Noaide seinen Gürtel, warf seine Mütze fort, legte eine Hand vors Gesicht und schwang den Oberkörper vor und zurück.

»Schirrt das Rentier an! Schiebt das Boot ins Wasser, schnell!«, rief er.

Er wandte dem Feuer den Rücken zu, joikte unablässig, unterbrach sein Trommeln nur, um mit einer Kelle aus mitgebrachten Töpfen zu trinken. In einem war Wasser mit Asche gemischt, in dem anderen ein Sud von Tran, Fischköpfen und Eingeweiden. Im dritten befand sich gekochter Tran, womit er sich Hals und Kehle einschmierte, damit er besser joiken könnte. Die beiden Frauen joikten mit ihm, begleiteten ihn auf seiner Reise, sie ahmten seine Melodie nach, und wenn er meinte, dass es ihnen nicht recht gelang, schlug er sie mit dem Schlegel oder mit der Kelle und sogar mit der Trommel. Schließlich riss er sich die Kleider vom Leib, griff mit beiden Händen ins Feuer, warf Asche und Glut um sich her und über sich selbst, brannte sich Löcher in die Haut. Er blutete, er joikte in hohem Falsett, immer lauter, hielt plötzlich ein.

In diesem Moment hörten sie den Schrei eines Singschwans, drei

Mal, der Fremde zuckte auf, öffnete gar den Mund, ließ ein Stöhnen hören, sank zurück, der Noaide joikte weiter, packte ungestüm die Trommel und trommelte mit wilden Schlägen, bis er zuletzt den Klöppel fortwarf, alle drei Töpfe nacheinander hernahm und alles austrank, was noch in ihnen war, worauf er zusammensank, mit dem Kopf gegen die Türschwelle stürzte und so liegen blieb, in der Hocke, als wäre er tot.

Die beiden Frauen besprachen miteinander, wo sich die Seele des Noaiden nun befinde. Sie joikten leise und schließlich lauter, wandten sich dem Noaiden zu, joikten ihm in die Ohren, bis er wieder erwachte und selbst zu joiken begann. Zuerst dankte er den Frauen, dass sie ihn aus seiner Ohnmacht erweckt hätten, ihm geholfen hätten zurückzukehren. Zuletzt sang er ein sehr unanständiges Lied, in dem er sein Geschlechtsteil pries, das er allen Frauen zum fleißigen Gebrauch überlassen wolle.

Der Noaide kleidete sich erschöpft und mit langsamen Bewegungen wieder an, ohne seiner blutenden Verletzungen zu achten.

»Ich habe seine Seele gefunden«, sagte er mit eintöniger Stimme. »Und meine Hilfsgeister haben mir geholfen, sie zurückzuholen. Der Gerettete wird erwachen, Iŋgir wird ihn weiter wärmen, so wie ich es angeordnet habe. Wir wollen sie jetzt allein lassen.«

Es wurde Holz auf das Feuer gelegt. Alle standen nacheinander auf und verließen die Gamme, Biera als Letzter. Er blieb unter der Tür stehen, sein Gesicht lag im Schatten, dennoch wusste Iŋgir, dass er spöttisch grinste.

»Na«, sagte er, »macht Spaß?«

»Lávrras hat es angeordnet, wie du gehört hast.«

»Aber es macht dir Spaß, oder?«

»Nein, es macht mir keinen Spaß«, antwortete Iŋgir.

»Glaube ich nicht.«

»Dein Problem.«

»Wahrscheinlich ist er bloß ein elender Nordmann.«

»Die sind nicht alle schlecht.«

»Aber die meisten. Sie machen uns kaputt.«

»Eben«, sagte sie. »Nicht alle.«

»Außerdem finden sie sich in den Bergen nicht zurecht, wie man sieht. Sie sind dumm.«

»Auch nicht alle«, beharrte Iŋgir.

»Du scheinst ihn ja schon gut zu kennen.«

»Falsch.«

»Er hat ein Band um den Hals mit etwas dran. Ich habe es vorhin gesehen, als wir ihn hineingetragen haben.«

Dann war Iŋgir mit dem Fremden allein. Sie hatte gelogen. Es war schön, ihn zu wärmen, vor allem jetzt, da sie allein mit ihm war. Er war nicht mehr so kalt wie zu Anfang. Es war eine unerklärliche Nähe zu ihm entstanden, sie fühlte sich ihm verbunden und es war ein wenig aufregend. Denn was würde sie tun, wenn er aufwachte? Sie strich ihm über das Gesicht, seinen Bart, der noch gar nicht kratzte. Seine Lider flatterten, öffneten sich jedoch nicht. Seine Seele schien zu ihm zurückzukehren. Lávrras war ein starker Noaide. Sie musste an sein schlüpfriges Lied denken. Es gab so viele Geheimnisse.

Es war Zeit, die Position zu ändern. Sie zog ihr rechtes Bein an, hob die Felle, krabbelte hinüber zur linken Seite des Fremden, schmiegte sich ihm wieder an, umfasste seinen Leib mit dem linken Arm und schob ihr linkes Bein über seine Leiste, wie Lávrras es gesagt hatte. Sie erschrak nicht mehr, als sie sein Geschlecht fühlte und ihr Geheimnis ihn berührte. Im Gegenteil. Sie legte die Hand auf seine Brust, drängte sich so eng an ihn, wie es möglich war. Wie es Mann und Frau nur tun, wenn sie sich lieben. Lávrras hatte es angeordnet.

Er sollte und musste wieder wach werden!

Iŋgir löste die Hand von seiner Brust, tastete nach dem Band, von dem Biera gesprochen hatte. Eine dünne Lederschnur um seinen Hals. Sie zog daran, und was sie trug, erschien zwischen der Schulter und den Haaren – ein Amulett. Als sie es sah, hörte sie den leisen Schrei des Singschwans.

55

Die letzte Nacht.

Das Leben ist voller Widersprüche, dachte Christopherus. Was richtig scheint, kann falsch sein und umgekehrt. Es gibt keine unumstößlichen Wahrheiten. Außer der Liebe, die niemand zu beschreiben weiß, weil sie in so verschiedener Gestalt daherkommt.

»Was denkst du, Pfaff?«, fragte Åshild. Brighid hatte sie geholt, nachdem die Flüchtlinge ausgeschlafen hatten.

»Ich denke über die Liebe nach.«

»Welche?«, fragte sie, ließ die langen Haare auf seine Brust herab und küsste ihn.

»Die auch. Und welche Verbindung sie zu der anderen hat. Und ob sie von Gott oder vom Teufel ist.«

»Von Gott natürlich, von wem sonst?«

»Sicher?«

Sie nickte. »Eine Mutter weiß das. Helgi, mein verschollener Sohn, er ist wieder da!«

Åshild hatte schon erzählt, was sich ereignet hatte.

Helgi war zwei Tage nach der Katastrophe mit Gisli wiederaufgetaucht mit seinem Langschiff, beladen mit Waren aus Irland und Britannien, an Bord der größere Teil seiner Mannschaft, mit der er aufgebrochen war, und mehrere Frauen, von denen nicht alle freiwillig mitgereist waren. Nicht nur Åshild war glücklich. Olaf schien in kurzer Zeit etwas von seiner alten Statur zurückgewonnen zu haben. Er ging gestrafft und seine matten Augen leuchteten wieder. Er hielt sich in der Nähe seines Sohns, der ein Mann mit langem Bart, breiter Brust und kühnem Gehabe geworden war. Åshild hatte sogleich Bier brauen lassen, Schafe und ein Rind wurden geschlachtet und ein Fest war gefeiert worden, das herrlicher war als alle anderen, die Åshild je ausgerichtet hatte. Die Eheleute hatten einträchtig beieinandergesessen.

Olaf war glücklich, weil sein Sohn wiedergekehrt war, und froh, dass der Gnatzkopf Gisli seiner eigenen Unverträglichkeit zum Opfer gefallen war, ohne ihn mit Schuld zu beladen. Kolbjörn hatte ihm das Geschehen erklärt. Mathes sei bei dem Streit erschlagen worden und verbrannt wie sein Herr. Olaf glaubte das gern, selbst wenn es gelogen war, ihm war nicht nach Zwist. Gislis Hof sollte der Schwarze bekommen. Damit war die Sache für ihn erledigt. Sie bot immerhin Stoff für Erzählungen und Spott in alle Richtungen, womit auf dem Fest gleich begonnen wurde. Eyvind Skalde kündigte ein Gedicht an.

Regnar ließ sich allerdings nicht überzeugen, zumal Christopherus verschwunden war, und nichts lag näher, als dass die beiden von der Hammaburg zusammen geflohen waren. Aber wohin? Er forschte die Leute aus, und weil viele vor ihm Angst hatten und sich Ayslin in ihrer Siegesfreude verplappert hatte, kam es heraus. Regnars Langschiff war nach kurzer Zeit wieder reisefertig und er nahm die Verfolgung auf. Niemand wusste, wie lange es dauern würde, bis sie die Flüchtlinge eingefangen hätten.

Wer es besser wusste, einer davon war Christopherus, konnte trotzdem nicht wissen, wie schnell sich Regnar ein neues Boot oder Schiff zu beschaffen in der Lage war. Zunächst musste er aus dem tiefen Fjord, in dem er steckte wie in einem Sack, hinaus, und zwar zu Fuß, über den steilen Fels, und ob die Sámi von Áhkkánjárga ein Boot für ihn finden würden, nachdem Atli ihnen erzählt hatte, dass Regnar Mathes nach dem Leben trachtete? Dennoch, meinte Christopherus, vermutlich würde er bald zurückkehren, jederzeit war damit zu rechnen, und er sei garantiert zu wütend, als dass er sich von seinem Bruder und seiner Schwägerin dazu überreden lassen würde, ihn und Atli zu verschonen. Deshalb seien sie gestern Abend erst im Schutz der Nacht bei Kolbjörn aufgetaucht.

»Ich habe eine Tochter«, sagte Christopherus. »Das wollte ich dir noch sagen.« Er hatte es bisher niemandem gesagt. »Wegen der Ehrlichkeit.«

»Was?«, lachte Åshild auf. »Du, ein Mönch, der gelobt hat …? So genau scheint ihr eure Grundsätze nicht zu nehmen.«

»Ich bin ein schwacher Mensch«, sagte Christopherus. Würde ich nach Corvey zurückkehren und dem Abt beichten, was ich getan habe, dachte er, würde er mich durchprügeln lassen und mich schimpfen und mir Buße auferlegen für ein ganzes Jahr. Das Leben nach den Regeln des Klosters hat kein Stück Gold aus mir gemacht, nein, ich bin weich wie Blei, ich bin den Verlockungen des Leibes und des Geistes erlegen, ich richte mich nach Begehren und Behagen, ich bin verdorben in Fleisch und Sinn. Nur belüge ich die Welt nicht mit einer Tonsur.

»Oh nein«, widersprach Åshild. »Frauen wissen, was ein starker Mann ist. Und du bist ein starker Mann. Du solltest dich selbst auch ein wenig lieben, nicht immer nur die anderen.«

»So? Und was hat dein Sohn damit zu tun?«

»Mit der Liebe oder mit der Stärke?«

»Mit der Liebe. Mit allem.« Mitunter sprachen Frauen in Rätseln.

»Stärke kommt manchmal als Schwäche daher und Schwäche versteckt sich hinter der Stärke«, sagte Åshild.

»Hm«, sagte Christopherus. »Meinst du?«

»Ja, verstehst du deinen eigenen Herrn Jesus denn nicht?«

»Oh, ich bin ein dummer Mann.«

»Das macht nichts. Es ist nun einmal so, dass Männer dumm sind. Dafür kannst du nichts. Aber stark, das bist du, mein Lieber.«

Er erzählte ihr, wie es mit Regnar zugegangen war, und Åshild sagte darauf, die Vorsehung Gottes habe es so eingerichtet, wie es geschehen sei, da er dem Tode geweiht und dennoch gerettet worden sei.

»Das war so einfach, damit musste sich Gott nicht abmühen«, meinte Christopherus.

Nachdem Regnar gebrüllt hatte, seine Leute sollten Mathes verfolgen, sprangen sie in die Büsche, dem Flüchtenden nach. Allesamt. Es vergingen nicht mehr als drei Atemzüge, bis Regnar mit Atli und Christopherus allein war. Regnar schrie: »Halt, ihr Idioten, so hab ich das nicht gemeint, ihr hirnlosen Hühnerköpfe, ihr Flachärsche, ihr Hosenpisser, ihr …!«, und er schrie manches mehr, was unanständig war und sogar sündigen Ohren schmerzte. Vor allem half es nicht. Die es hören sollten, waren fort, verschwunden im Wald, und ihr Geschrei wurde dünner.

Nach zwei weiteren Atemzügen stand Atli vor Regnar und hielt ihm das Schwert an die Kehle. »Du rührst dich nicht, Chef, sonst muss ich dir leider aufsagen, und das jetzt, mit diesem Ding hier. Und Klappe halten!«

Christopherus stand hinter Regnar und piekte ihm den Sax ein wenig in den Hintern. »Messerchen fallen lassen!«

»Aua! Atli, bist du verrückt geworden?« Regnar ließ sein Schwert fallen.

»Ich, wieso?«, sagte Atli, während er es mit dem Fuß außer Reichweite stieß. »Ich habe gesagt, du sollst die Klappe halten. Bruder, hol mal einen Strick von Bord und bringe irgendeinen Lappen mit.«

Kurz darauf saß Regnar geknebelt und die Hände rückwärts gefesselt an einem Baum. Davon gab es genug.

»Soll ich ihm eine Binde vor die Augen machen?«, fragte Christopherus.

»Nein, lass. Wir haben keine Zeit und er soll sich ruhig mit ansehen, wie sein Schiff auf Grund geht.«

Christopherus peilte und schlug zwei oder drei Äste ab, damit Regnar bessere Sicht hatte.

Es konnte nicht lange dauern, bis der Suchtrupp zurückkehrte. Das Geschrei war verstummt. Der Wald schwieg. Ein gutes Zeichen? Christopherus bewachte Regnar, der knurrte, grunzte und krächzte und mit rotem Gesicht an seinen Fesseln zerrte.

»Sch!« Christopherus hielt Regnar den Sax vor die Nase. »Still!«

Wer friedlich bleiben will, muss bewaffnet sein und Gewalt androhen. Der Nazarener hatte das anders geregelt. Wie konnte das sein? Nun ja, er war gestorben und wiederauferstanden, was nach ihm keinem mehr gelungen war. Während Christopherus lebte, und das, nachdem er gerade hatte sterben sollen. Es war so gut wie eine Auferstehung und man bekam davon gute Laune. Mit blutigen Augen starrte Regnar Christopherus an und blieb still. Man hörte nur etwas Zähneknirschen.

»Na also!«

Atli war schon an Bord des Langschiffs, hatte eine der Äxte gepackt, die dort lagen. Damit machte er dem Ruderboot, das an Deck befestigt war, den Garaus und warf Proviantbeutel in das Ruderboot der Sámi. Dann schlug er ein Loch in den Schiffsboden. Sofort sprudelte das Wasser von unten hinein und Atli sprang in das Boot. Regnars Kopf wurde rot, als wollte er platzen.

»Komm, Bruder!«, rief Atli.

»Ich könnte dir jetzt ein paar schöne Tritte in die Seite geben, Herr Regnar, so wie du mir in Haithabu, wenn du dich erinnerst. Ich spare mir das, ich würde mich für mich selbst schämen. Nur der Feige schlägt den Wehrlosen. Ich würde dir höchstens ins Gesicht furzen, aber dazu habe ich keine Zeit.« Christopherus rannte davon, geradewegs ins Wasser und gerade rechtzeitig, da der erste der erfolglosen Verfolger am Waldesrand auftauchte.

»Herr, was ist geschehen?«, rief er und blieb zögernd stehen, Regnar anstarrend, denn das war ein ungewöhnlicher Anblick.

Er erhielt keine Antwort.

»Schnell!«, presste Atli hervor und zog Christopherus an Bord.

»Du Flachkopf, du blöder Bock, du Arschkröte!«, brüllte Regnar, als sein Gefolgsmann ihm endlich den Knebel gezogen hatte. »Siehst du nicht, du Mäusekopf, was los ist, du dummer Wurm? Dümmer als eine Laus bist du, ach, was sage ich, du bist dümmer als, als, als …« Er schnappte nach Luft, und während er noch überlegte, welches niedere Tier sich mit dem Mann messen könnte, waren die Flüchtenden außerhalb der Reichweite seines Speers.

Regnar stand am Ufer, schüttelte beide Fäuste. Seine Gefolgsleute gesellten sich einer nach dem anderen zu ihm. Er erklärte sie allesamt zu Versagern und Tunichtguten und brüllte Christopherus und Atli seine Flüche hinterher.

»Ich werde euch kriegen«, gellte es über das Wasser. »Ich werde euch finden, gleich wo ihr euch versteckt, ihr Kröten, ihr Söhne von tausend Männern!«

»Lass es«, sagte Christopherus, als Atli den Mund aufmachte, um passend zu antworten. »Das lohnt sich nicht. Lass uns lieber rudern.«

Und das taten sie gut gelaunt.

Als sie außer Sicht waren, sagte Christopherus: »Sag mal, Bruder, deine Leute halten dich für ziemlich blöd und sogar Regnar meint, du wärst ein bisschen schwach von Verstand. Wieso tust du so dumm?«

»Och«, sagte Atli. »Ist manchmal besser, wenn du unterschätzt wirst.«

Ihre Laune wurde noch besser, als der kleine Sámi, ihr Führer, ihnen von hoch oben am Fels zuwinkte, und es dauerte nicht lange, bis der Bursche hinuntergeklettert war und aufgenommen werden konnte. Gemeinsam ruderten sie zurück nach Lofotr, in die Bucht hinein, aus der heraus sie die Insel verlassen hatten. Sie richteten es so ein, dass sie im Dunkeln eintrafen, und der alte Sámi, der ihnen bei der Abreise geholfen hatte, half ihnen ein zweites Mal. Das Boot versteckten sie in seinem Schuppen und sich selbst in der Gamme, um zu essen, die Sachen zu trocknen, auszuschlafen und am nächsten Abend fortzuschleichen, hinüber auf die Westseite der Insel.

In der Nacht kamen sie auf Kolbjörns Hof an und klopften an die Tür des Hauses. Kolbjörn erschien auf der Schwelle, einen langstieligen Hammer in der Hand. Als er Atli im Mondlicht vor sich stehen sah, ließ er ihn fallen und umarmte ihn, und so standen sie, schluchzten und hielten und küssten einander und redeten wirres Zeug. Christopherus hatte sich höflich abgewandt und war hineingegangen, um den Schwarzen und Brighid und die anderen Hofbewohner zu begrüßen.

Sie durften sich nirgendwo blicken lassen.

Åshild hatte Christopherus' Bericht immer wieder mit Lachen unterbrochen.

»Lach nicht, so witzig war das gar nicht!«

»Und Eldar der Blinde? Was ist aus dem geworden?«

»Ach der, habe ich total vergessen«, sagte Christopherus. Nachdem der es von Bord und an Land geschafft habe, sei er den Stimmen der anderen gefolgt, allerdings nicht allzu weit, denn Atli habe ihm gesagt, er solle aufhören, dauernd gegen die Bäume zu rennen, wolle er nicht den letzten Rest von Verstand verlieren, falls er jemals welchen gehabt habe. Mathes sei übrigens schon lange weg, den würden auch die anderen, die noch Augen im Kopf hätten, nicht kriegen, niemand würde Mathes kriegen. Eldar habe geheult und mit seinem Schwert gefuchtelt, bis er es zwischen den Büschen verloren habe. Schluchzend sei der Kerl umhergekrochen, der arme Sünder, womit er so beschäftigt gewesen sei, dass man den Regnar in aller Ruhe habe zurechtmachen können. »Und als er immer noch rumheulte, hat Atli gesagt, er werde ihm gleich die Nase abschneiden, wenn er nicht die Klappe halte, wie er es bei den Leuten von Stethu getan habe.«

»Und dann?«

»Dann war er brav.«

»Was wird aus ihm?«

»Vielleicht wird er sein Schicksal annehmen. Jetzt, wo er den letzten Funken Hoffnung verloren hat, Mathes zu finden.«

»Schwer.«

Christopherus stimmte zu. »Was ich noch sagen wollte: So blöd ist der Atli gar nicht, wie seine Leute alle meinen.«

»Das habe ich wohl gemerkt«, sagte Åshild.

»Wieso merkt ihr Weiber eigentlich immer alles?«

Anstelle einer Antwort lachte Åshild ihr gefährlich tiefes Lachen.

Und damit war diese Geschichte beendet und es blieb noch etwas Zeit, einander fest genug zu drücken und zu liebkosen, damit sie es immer fühlen würden.

»Es war mir eine große Freude, dich kennenzulernen«, sagte Åshild. »Du hast mir wahrhaft das Leben gerettet.«

»Und du meines«, erwiderte Christopherus.

»Dann sind wir quitt!«

»Liebe ist immer quitt. Du schuldest nichts und du hast kein Recht auf etwas.«

Sie stimmte ihm zu und fragte ihn, wohin sie gehen würden, Atli und er. Christopherus antwortete, dass sie nach Süden gehen würden, Kolbjörn würde mitgehen, irgendwohin, wo sie ihres Lebens sicher seien und niemand sie kenne, und er bitte sie, Regnar in ihrem Namen um Verzeihung zu bitten.

So schieden sie.

56

War er das, Mathes von Hammaburg, der hier, in den Wäldern von
Sjávnja, in den großen Sümpfen des Sjávnjaape, auf den Kufen des
mit Holz beladenen Schlittens stand, den der *härk* gemächlich zog,
zurück zu den Gammen der Siida? Oder war es ein anderer? Sein
Körper war derselbe geblieben, so viel war gewiss, jedenfalls das
meiste davon. Das hatte er leicht überprüfen können, als er an sich
hinuntersah: das Muttermal, ein länglicher Fleck am linken Oberschenkel, es war dort, wo es hingehörte. Was, wenn Lávrras die
falsche Seele erwischt hatte? Die eines anderen Sterbenden? Womöglich die eines Nordmanns? Die sich mit dem Körper des ge-
storbenen Mathes verbunden hatte und diesen als einen anderen
Menschen lebendig werden ließ? Es gebe im Leben des Menschen
eine Zeit, in der er seine Seele erhalte, hatte Iŋgir erklärt. Das geschehe mitunter erst nach der Geburt, ja es gebe sogar Menschen, die
lange Zeit gar keine Seele hätten oder sie erst im Erwachsenenalter
bekämen. Erhalte der Mensch seine Seele im Bauch der Mutter, wie
es meistens der Fall sei, so sei es das Werk des Vaters, der sich mit
der Mutter vereinige, er pflanze mit seinem Samen die Seele in das
wachsende Leben.

Wie sollte Mathes wissen, ob er noch der Alte war oder nicht?
Er fühlte sich wie ein neuer Mensch. Niemand aus seinem früheren
Leben war da, den er hätte fragen können. Erst nach und nach war
ihm klar geworden, dass er nur noch sich selbst, sein eigenes un-
sicheres Ich, fragen konnte.

Seit er mit den Waldsámi am Árajohka lebte, dachte er wenig an
seine Mutter und seine Schwester Magdalena und gar nicht mehr an
Irmin. Weil er ein anderer geworden war? Manchmal lockte ihn der
Gedanke, er solle seinen Vorsatz aufgeben, beide zu befreien. War
es nicht sinnlos, es zu versuchen? Wie sollte er sie wiederfinden?
In einem Land, das vielleicht noch weiter fort war von der Hammaburg als die Lávrras-Siida? Er schob den Gedanken beiseite. Es

war eisiger Winter. Allein würde er von hier nicht fortkommen. Er musste warten, bis es wärmer wurde oder sich eine andere Gelegenheit ergab. Dann konnte er sich entscheiden.

Er war gestorben und zu einem neuen Leben wiedererwacht. Er war kein Gerber auf der Hammaburg geworden, der das Handwerk seines Vaters ausübte, bis er es seinem Sohn übergeben würde, nein, er lebte das Leben eines Waldsámi. Er war ein Jäger geworden, er aß ihr Fleisch, er hatte gelernt, mit der Schlinge Fische zu fangen, er hatte Rentiere mit dem Spieß erlegt und wusste, wie man einen *härk* vor den Schlitten spannt, er konnte auf Juntes Schneebrettern, die er von Iŋgir bekommen hatte, ebenso schnell laufen wie die anderen Männer. Du kannst viele mögliche Leben leben, es kommt nur darauf an, mit welchen Menschen dich dein Schicksal verbindet.

Iŋgir hatte ihn verzaubert, so war es. In der Erinnerung erscheint die Gegenwart ein zweites Mal, in einem noch bunteren Kleid. Er war aus dem Totenschlaf erwacht, spürte noch das Eisige und zugleich etwas unermesslich Warmes, Sanftes, Weiches an sich. Kitzeln im Gesicht. Gehörte es zu ihm? War das sein Leib? Ein Kopf auf seiner linken Schulter, Haare kräuselten sich an seinem Gesicht, flochten sich fast mit seinen, ein Arm über seiner Brust. Eine Frau, das wusste er, noch bevor er ihr Gesicht und ihre wunderbaren Brüste gesehen hatte.

Das musste das Paradies sein. Nicht die Gamme, in der er auf seinem Weg zu den Waldsámi übernachtet hatte, sich in Sicherheit wähnte. Als dieser merkwürdige Mann erschienen war, der sich im Laufe der Nacht in Luft aufgelöst hatte und wahrscheinlich nie da gewesen war, vielleicht ein Zerrbild seiner selbst, hervorgerufen von den Geistern, die dieses Land bevölkerten.

Sterben ist leicht, hatte er gedacht, damals, nachdem er in Stethu fast gestorben war. Du hast Angst zu sterben, natürlich. Du willst nicht sterben. Der hohe Schnee, die Kälte, die Sümpfe, sie haben dir die Kraft genommen. Du bist über die Höhen gegangen, warst im Nebel der Wolken gefangen, hast Ziel und Richtung verloren, hier wächst kein Strauch und kein Baum mehr. Du folgst einem Instinkt, den Spuren der Tiere auf den vom Wind frei gefegten Höhen, vornübergebeugt gegen den Wind, Schritt um Schritt, das Tier in dir, es will wieder zu Tal, endlich wieder Sicht, ein See taucht aus dem Weiß auf, du folgst seinem sumpfigen Ufer. Und bald empfängt dich der Wald, die Bäume begrüßen dich, du musst weiter, immer weiter, du schlägst dich durch Farn, irrst im Schilf, sinkst ein in eisigem Wasser bis an die Knie, wirfst dich zurück, du musst weiter, immer weiter, gelangst an einen wütenden Fluss, willst ihn bezwingen, in dir schreit es nach Schutz, Wärme, Ruhe. Zuletzt greifst du an dein Amulett und gehst hinein in die eisigen Fluten. Nach wenigen Schritten wird alles um dich her so langsam. Träge fließt das Wasser dahin. Kein Tosen mehr, nur ein Rauschen. Wie gedämpft durch dicke Wolle. Oder aus großer Ferne. Deine Gedanken werden langsam. Immer langsamer. Bis sie stillstehen. Bis alles stillsteht. Wie ein Rinnsal, das im Sand versickert ist. Und es wird schwarz.

Dein Leben ist noch nicht beendet. Du wachst wieder auf, liegst am Ufer zwischen den Steinen, du wirst überspült von eisigem Wasser, es weckt dich und will dich töten, läuft in deinen Mund, du würgst es aus, dein Kopf blutet. Du kriechst an Land, fort, nur fort, ziehst dich am Gestrüpp die Böschung hinauf, du kriechst weiter, schleifst die tauben Beine hinter dir her, du jammerst und quiekst und keuchst, dein Atem rasselt, du bist ein Tier und bist doch langsamer als jedes Tier. Vielleicht ist deine Seele schon fort, deine nackten Hände graben am ersten Hang ein Loch, und schon während du hineinkriechst, packt dich eine gewaltige Müdigkeit, eine unbezwingbare Sehnsucht nach ewiger Ruhe. Das Letzte, an das du dich erinnern kannst, ist der Griff zu deinem Amulett. Es ist dir gleich, ob es die ewige Ruhe ist, aus der es keine Rückkehr gibt. Du kannst dich nicht wehren. Die Kälte scheint nicht mehr kalt zu sein. Ja sie wärmt. Sie deckt dich zu. Der Schlaf hüllt dich in seine Felle.

Erwacht man im Paradies im Arm einer Frau? Ist das so festgelegt neuerdings? Davon hatte Christopherus gar nichts berichtet. Bei ihm war nur die Rede vom goldenen Licht des Herrn, neben dessen Thron man sitze und nichts als Glückseligkeit empfinde, wobei sich Mathes fragte, wie man vom Herumsitzen glückselig werden könnte.

»Wer bist du?«

»Ich bin Iŋgir.«

Sprechen sie im Paradies alle Nordisch? Er wiederholte seine Frage auf Sächsisch. Lächeln. Kopfschütteln. Sächsisch verstanden sie hier also nicht.

Sie hob den Kopf, stützte sich auf dem Ellenbogen ab und nahm den Arm von seiner Brust. Strich ihm über das Gesicht. Lächelte ihn an.

»Bist du ein Engel?«

»Was ist das?«

»Bin ich nicht im Paradies?«

»Du bist in meiner Gamme. Wie heißt du? Wer bist du?«

»Ich bin Mathes von Hammaburg.«

Sie streichelte seine Brust. So warm die Hand, so braun die Augen, so rund das Gesicht, so warm die Stimme.

»Du lebst«, sagte sie. »Ich habe dich gewärmt.«

»Und wo ist deine Gamme?«, fragte er. »Im Paradies?«

Sie lachte und schüttelte ihr schwarzes Haar. »Nein. Sie steht am Árajohka. Hörst du?«

Ja, er hörte es, ein leises Plätschern, das Gespräch eines kleinen Wassers mit seinen Kieseln am Grund.

»Árajohka? Wo ist das?«

»Wir nennen unser Land Sjávnja. Wir sind die Waldsámi von Sjávnja.«

»Dahin wollte ich!«

»Ich weiß. Du kommst von Borg.«

»Woher …?«

»Mein Großvater lebt dort. Er hat dich zu mir geschickt.«

Mathes dachte nach. »Das kann nicht sein. Ich habe mit Sivva gesprochen, der Noaidin, sie hat mich zu dir geschickt, nicht dein Großvater.«

»Später«, sagte sie nur, lächelte und winkte ab.

Sie erhob sich und legte zwei Holzscheite auf das Feuer, das sogleich wieder hell zu brennen begann. Sie tat es langsam, als dächte sie nach. Sie verbarg ihre Brüste nicht, sie schämte sich nicht vor ihm.

Sie schmiegte sich wieder an ihn. Er zitterte.

»Ist dir noch kalt?«, fragte sie.

»Ja. Und es tut weh an meinen Händen und Füßen. Sie brennen wie Feuer.«

»Das Leben kehrt in deine Glieder zurück. Davon kommt das. Ich muss dich weiter wärmen. Lávrras hat gesagt, ich solle es tun. Er hat deine Seele aus dem Totenreich zurückgeholt.«

»Und dir, ist dir kalt von mir?«

»Ein wenig, ja. Deshalb habe ich dem Feuer Holz gegeben.«

Er legte einen Arm um sie und zog die Felle zusammen. Nun lagen sie so dicht beieinander, wie es ging, und sie atmete in seine Achselhöhle. Das tat sie eine Weile. Dann hob sie den Kopf und küsste ihn auf den Mund, ein kleiner Kuss.

»Das wärmt am besten«, sagte er, schloss die Augen und zog sie an sich, vielleicht noch dichter.

Da küsste sie ihn wieder, nahm seinen Kopf zwischen die Hände, er erwiderte es, ihre Lippen wurden eins, und da es sehr gut wärmte, küssten sie sich so lange, bis sie außer Atem waren. Sie sahen sich in die Augen und erkannten sich.

»Sáráhkká ist bei uns«, flüsterte sie.

»Sáráhkká?«, flüsterte er. »Wer ist das?«

»Pst … später …«

Mit diesen Worten hatte sie ihn umschlungen.

Der *härk* war stehen geblieben und scharrte mit den Hufen im Schnee, um Flechten zu fressen. Mathes hatte es nicht bemerkt, er war in seine Gedanken versunken gewesen.

Er konnte sich gut im Licht der Sterne orientieren, im blauen Halbdunkel, das den Wald beherrschte. Noch waren unten im Wald Tag und Nacht kaum unterscheidbar. Bis vor wenigen Tagen war es ganz dunkel gewesen, nur Nacht und kein Tag. Die Waldsámi wussten, wann die Sonne wiederkehren würde, denn für den Tag, als sie das erste Mal über den Horizont stieg, waren sie alle zusammen den Árajohka hinauf bis halb auf den Duolbuk gestiegen, um sie mit einem vielstimmigen Joik zu begrüßen. Besonders die Männer hatten laut gesungen und Mathes mit ihnen. Es wurden weiße

Schneehühner geopfert und in den nächsten Tagen bestrich man die Türen mit Fett, um Beaivi zu ehren, die Sonne, die alles Leben gab.

Manchmal erschien das Himmelslicht, das die Sámi *guovssahas* nannten, das Licht, das man hören kann. »Sei ganz still und schließe die Augen und du vernimmst ein feines Himmelsknistern, das Flüstern der Ahnen, und du darfst nichts Böses sagen in den Nächten, in denen es über die Unendlichkeit des Firmaments wandert«, hatte Iŋgir gesagt. Jetzt gab es für kurze Zeit ein Dämmerlicht, das sich zwischen den Bäumen schnell verlor und ungefähr die Mitte des Tages anzeigte.

Sein Atem, in winzigen Kristallen verließ er seinen Mund. Mathes liebte die geheimnisvolle Stille, die über allem lag. Er befand sich noch ein Stück weit fort von den Gammen seiner Siida, da er im Dunkeln aufgebrochen und weit nach Osten gegangen war, um ein wenig Kiefernholz zu finden. Es wuchs in den fast hügellosen Wäldern und gab gute Fackeln, machte man Späne daraus.

Lávrras hatte ihm aufgetragen, nach Stierholz Ausschau zu halten, ein Stück befand sich mit auf der Ladung, vielleicht taugte es für einen Bogen. Er hatte Erlenrinde dabei, die zum Färben und für die Bärenjagd gebraucht wurde. Vor allem würde sich Iŋgir über das trockene Birkenholz freuen, das er mitbrachte. Es brannte ruhig und ohne Funken und qualmte nicht. Besonders morgens, wenn das Feuer schon lange kalt war, wenn der gewaltige Frost klirrte, wenn Mathes seinen Kopf als Erster aus dem Fellsack schob, dann war es gut, trockenes Birkenholz für ein schnelles Feuer zu haben. Nasses Birkenholz ließ die Augen tränen.

Lávrras halte große Stücke auf Mathes, behauptete Iŋgir, auch er habe das Amulett des Großvaters erkannt. Da der Großvater ein mächtiger Noaide sei, mächtiger als Lávrras, müsse Mathes ein guter Mensch sein, sonst hätte er ihm weder ein Amulett anvertraut noch ihm den Weg gewiesen.

Iŋgir war schwerfällig geworden, ihr Bauch groß und rund, es würde nicht mehr lange dauern, bis das Kind zur Welt kam. Das Kind, das Junte gezeugt hatte. Es hatte Mathes einige Mühe gekostet, Iŋgir den Namen zu entlocken. Junte war im Frühlingswinter bei der Bärenjagd ums Leben gekommen. Er führte den ersten Speer und traf das Herz des Bären nicht. Einen zweiten Stoß gab es nicht. Der Bär tötete ihn mit einem Prankenhieb, und das, obwohl Junte als *skuorggá* galt, als tüchtiger Bärenjäger, der trotz seiner jungen Jahre schon mehrere Bergalte erlegt hatte. Iŋgir bemerkte erst nach einigen Wochen, dass ein Kind in ihr wuchs. Junte hatte mit ihr nicht in der Gamme seines Vaters Lávrras wohnen wollen, weshalb er eine neue gebaut hatte, und so war es gekommen, dass sie allein darin wohnte, jedenfalls solange es ging. Und nun war Mathes da und konnte ihr helfen, obwohl es Biera nicht gefiel.

Das Zugtier hatte ein wenig gefressen, es konnte weitergehen, zurück in der Spur, die es auf dem Hinweg gelegt hatte, beschwerlich durch den tiefen spurlosen Winterschnee, den die Sámi *åppås* nannten, eines der vielen Worte für die verschiedenen Arten von Schnee, die Mathes gelernt hatte. Er fror nicht, denn er trug die warmen Kleider der Samen. Kolt, Beinkleider, Stiefel, Mütze, Handschuhe, alles aus Fell.

»Du hast meinem Kind die Seele geschenkt«, hatte sie an seinem Hals geflüstert.

So lagen sie beieinander, an jenem Tag der Wiederauferstehung, zwei nackte Menschen, die einander fremd gewesen waren.

»Saráhkká ist die, die unter dem Feuer wohnt und über das neue Leben wacht, das in mir ist«, sagte sie. »Sie wacht über uns alle und freut sich mit uns. Es wird ein Mädchen.«

Alle Kinder waren zuerst Mädchen, die unter dem Schutz von Saráhkká standen. Sollte es ein Junge und ein Jäger werden, wurde das wachsende Leben von der Schwester Juksakka bewacht.

Später sah sie seine Hände an und hob die Felle auf, um seine Füße zu prüfen. Er sagte, wo es am meisten schmerze, und sie bedeckte diese Stellen mit Wärme. Er wurde wieder gesund, auch wenn er den kleinen Finger an der linken Hand und zwei Zehen eingebüßt hatte, den mittleren am linken Fuß und den kleinen am rechten. Der Frost hatte das Fleisch getötet, das Blut wollte nicht mehr fließen, sie waren weiß geblieben, denn weiß ist der Tod im Norden, nicht schwarz. Lávrras bestimmte, dass die Glieder abgeschnitten werden müssten, das Tote vom Lebenden getrennt werden, damit Mathes überlebte. Sonst würde das tote Fleisch den ganzen Mann töten. Es schmerzte weniger als damals die Brandwunden und Mathes lernte wieder gehen und greifen. Einen Finger und zwei Zehen für ein Leben, ein guter Tausch.

Sie waren sich in allem einig.

Iŋgir war mit ihrem Großvater auf Lofotr gewesen. Eines Tages hatte sie ihm gesagt, dass sie Sehnsucht nach ihrer Heimat habe, und er hatte sie fortziehen lassen. Hier am Fuß des Duolbuk, in den Wäldern von Sjávnja, traf sie Junte und blieb. Der Großvater war eine Großmutter geworden, so viel stand fest. Mathes beschrieb alles genau. Es konnte sich nur um ein und dieselbe Person handeln.

»Großvater war ein starker Noaide«, sagte Iŋgir. »Er hat gesagt, Frauen seien stärker und weiser als Männer, also ist er eine Frau geworden. Er konnte verlorene Sachen wiederfinden und Diebe dazu bestimmen, die Beute zurückzubringen. Unter den Nordleuten gibt es nämlich viele Diebe. Sie sind es gewohnt, sich zu nehmen, was sie haben wollen. Sie rauben nicht nur auf ihren Wikingfahrten, hat mein Großvater gesagt, sie bestehlen selbst ihre Nachbarn.«

»Das stimmt«, sagte Mathes und dachte an einige der Sklaven von Borg, die von ihren eigenen Landsleuten geraubt worden waren bei einem Landgang der Wikingfahrer auf dem Nordweg.

»Ich verstehe die Nordmänner nicht«, sagte sie. »Ich habe sie erlebt, als ich auf Lofotr war. Sie wollen immer mehr, als sie brauchen. Sie wollen Reichtum, aber wozu? Was haben sie davon, wenn ihre Häuser und Schiffe so groß sind und sie ihre Arme mit Ringen aus Gold und Silber behängen? Sind sie bei euch im Süden auch alle so?«

Ja, im Süden gebe es ebenfalls Prunksucht und Unersättlichkeit, antwortete Mathes, vor allem die Herren könnten ihren Besitz nicht protzig genug ausstellen. »Wer weniger hat, der ist neidisch. Meistens.«

»Was ist Neid?«

»Hat einer mehr als ein anderer und der andere will auch mehr haben, so sehr, dass er den Reichen erschlägt und dessen Besitz an sich nimmt.«

»Bei uns ist jeder zufrieden mit einer warmen Gamme im Winter und genug zu essen. Mehr brauchen wir nicht.«

Der Wald wurde lichter, er roch schon das Birkenholzfeuer und sah die Gammen, zuerst die des Lávrras und dann, drüben, auf der anderen Seite des Bachs, die von Iŋgir. Seine Heimat. Hier kannte er jeden Baum und jeden Wacholderbusch, der beim Entlangstreifen seinen Duft ausströmte. Es war ihm, als würde er das Lied des Árajohka unterscheiden können von jedem anderen Bach. Er würde immer hierher zurückkehren.

Mathes hätte glücklich sein können. Er beschloss, es ihr später zu sagen, am besten erst, wenn das Kind geboren war.

57

Alle sehnten sich nach dem Licht der Sonne. Da es noch dunkel war, wärmten sie sich in der Gemeinschaft.

Sie hatten sich, wie fast jeden Abend, in der Lávrras-Gamme versammelt. Draußen knackte der Frostriese, drinnen war es warm von den vielen Menschen, alle hatten die Pelze ausgezogen, Biera saß gar mit nacktem Oberkörper und das Feuer brannte nur des Lichtes wegen. Lávrras selbst, seine Frau Neikuts, Niilas mit seiner Frau und den Kindern, Poro und Sákká, Biera und sein Bruder Vuolla und die beiden kleinen Geschwister. Iŋgir war auch dabei, sie stillte Sárá und saß mit bloßer Brust. Es war ein Mädchen geworden, wie sie es vorhergesagt hatte, und sie hatte ihr zu Ehren von Sáráhkká den Namen Sárá gegeben. Sárá war auch Mathes' Tochter, weil er ihr die Seele eingegeben habe, die, wie alle Seelen der Menschen, von Mutter Máttaráhkká herstammten.

Die Lávrras-Gamme war die größte der drei, oval geformt, so-dass an den Seiten neben dem Feuer viel Platz war. Links war das Lager von Lávrras und Neikuts, gegenüber das der Familie von Niilas. Hinter dem Feuer war der heilige Raum *påssjo*, dort durfte niemand sitzen, die Kinder durften dort nicht spielen und niemand ging durch den *påssjo* von einer zur anderen Seite des Raums. Dort wurde die Trommel aufbewahrt und das Fleisch, sofern es nicht draußen gefroren auf dem Gerüst lag, hoch genug und sicher vor Wölfen und Vielfraßen. Das hatte Mathes von Iŋgir gelernt. In-zwischen hatte sie ihm so viele samische Worte beigebracht, dass er wenigstens begriff, worüber geredet wurde, wenn er auch nicht alles verstand.

Biera hatte eine Höhle gefunden, in der ein Bär seinen Winter-schlaf hielt. Er war einmal um sie herumgegangen und hatte seine Fußspur gelegt, sie eingeringt. Es gebe viele Worte für den Herrn der Wälder, hatte Iŋgir erklärt. Bär durfte der Bär jedenfalls nicht genannt werden. Wer sollte den ersten, den zweiten und den dritten

Stich tun? War ein Bär erlegt worden, spannten die Frauen sein Fell auf einen Rahmen, der an einen Stock oder Stein gelehnt aufgestellt wurde. Die Frauen mussten mit verbundenen Augen aus ihren Gammen treten und mit Pfeil und Bogen oder einem Erlenast das Fell treffen. Diejenige, die als Erste traf, bestimmte den Jäger, der den ersten Stich tun sollte, und war es eine verheiratete Frau, bestimmte sie stolz ihren Mann. Das war im letzten Frühlingswinter so geschehen. In diesem Jahr sollte die Trommel bestimmen.

Über die Bärenjagd war an vielen Abenden am Feuer in der Lávrras-Gamme gesprochen worden. Jede Einzelheit. Wer wo bei welcher Jagd gestanden und welchen Stich er getan hatte. Die Geschichten von der Bärenjagd, aus alter und neuer Zeit, waren schon oft erzählt worden und jeder kannte sie. Juntes Tod wurde nicht erwähnt. Eine Bärenjagd konnte man nur im Kopf üben, nicht in der Wirklichkeit. Sie fand nur einmal im Jahr statt, nämlich kurz vor dem Frühlingswinter, wenn der Bär noch schlief. Die Kinder waren dabei, sie sollten hören und lernen, eines Tages würden sie es sein, die auf Bärenjagd gingen.

Drei Jäger mussten es sein, nicht weniger und nicht mehr. Die Jungen durften zwar mitkommen, doch sollten sie nur zusehen, aus sicherer Entfernung. Man würde den Dickhaarigen wecken und töten, sobald er die Höhle verließ. Die Jäger mussten jede Handbewegung im Voraus wissen, nicht nur die eigenen, sondern auch die der anderen. Andernfalls würde man sich womöglich gegenseitig behindern, zwei würden gleichzeitig stechen wollen oder, ebenso schlimm, jeder würde warten, dass der andere zustach, und am Ende würde niemand stechen. Es würde ein Durcheinander geben.

Eine gefährliche Jagd, eine Tat für Kraftkerle, auf Leben und Tod. Mathes hatte sich gefragt, warum sich die Waldsámi ohne Not in solch große Gefahr begaben, denn sie brauchten das Fleisch des Dickhaarigen nicht, um zu überleben. Rentiere waren eine viel leichtere Beute. Man fing sie in Fallgruben, in die man sie hineinhetzte, viele auf einmal, wenn Leaibolmái es zuließ, oder mithilfe des zahmen Lockrens. Der Dickhaarige, hatte Iŋgir erklärt, sei ein heiliges Tier, die Waldsámi töteten es, um seine Kraft und Ruhe, seine Schlauheit und Ausdauer in sich aufzunehmen, ohne diese sei ein Leben auf der Erde unmöglich.

»Ich will den ersten Stich tun!«, sagte Biera und hob stolz den Kopf. Seine dunklen Augen leuchteten, er ließ seine Brustmuskeln zucken.

Lávrras nickte unmerklich. Nachdem Junte, sein ältester Sohn, im letzten Frühjahr bei der Bärenjagd gestorben war, durfte sich sein zweiter Sohn nicht der Gefahr aussetzen. Niilas musste seine Eltern versorgen, wenn sie alt waren. Das würde ihm ohnehin schwerfallen, denn ein Noaide trägt schwer.

Biera hatte sich schon einen Spieß gemacht und jeder wusste es. Er hatte lange nach einem passenden Holz gesucht. Es musste Birke sein, ein junger, schlanker Baum mit möglichst wenigen Ästen, einer, der im Wind gestanden hatte, zäh war und dennoch gerade gewachsen. Alle hatten ihn befühlt, gewogen, begutachtet. Noch länger hatte Biera mit dem Schleifstein zugebracht, bis die Spitze richtig scharf war. Der Spieß lag fest in der Hand. Er war geölt und geschmeidig. Die Biegung durfte erst am Tag vor der Jagd über dem Feuer gemacht werden, sie hielt nur wenige Tage und verschwand von allein wieder.

Der Erste stand vor der Höhle und wartete, dass der Bär herauskam. Er tat den ersten Stich, unbedingt bevor sich der Bär aufrichtete, sonst würde er das Herz nicht erreichen, weil der Bär zu groß ist und mit seinen Pranken fechten kann. Der Stich musste direkt in das Herz geführt werden, möglichst durch das Maul, schräg hinein. Hast du gestochen, kannst du den Spieß nicht mit den Händen halten, der Bär ist viel zu stark. Deshalb musst du das Ende des Speers zu Boden bringen, ganz schnell, in einer einzigen Bewegung, und deinen Fuß daraufstellen, dass der Bär ihn in den Boden presst, wenn er sich vorwärtsbewegen will, und sich so den Spieß immer tiefer in den Körper treibt, bis ins Herz. Schaffst du das nicht oder verletzt du den Bären nur, ist es dein Tod. Ist der Spieß am Boden, musst du ihn drehen, damit er das Herz des Bären zerreißt. Oh ja, es ist eine Tierschinderei, aber es geht nicht anders. Deshalb darf die Klinge nicht spitz und schmal sein, sondern zweischneidig und flach, und deshalb muss der Spieß gebogen sein, denn einen geraden, der in einem

Bären steckt, den kannst du nicht drehen. Die beiden anderen Spieße hingegen müssen gerade sein, einen Bogen dürfen sie nicht haben.

Poro erklärte, sicher werde Biera einen tödlichen ersten Stich machen, »und ich werde den zweiten Stich tun, falls nötig«. Er sagte das, als wäre es nichts Besonderes. So konnte er seinen Sohn beschützen, ihm womöglich das Leben retten. Der Zweite sollte über dem Höhleneingang stehen oder jedenfalls möglichst hoch. Er sollte den Bären wecken und ihn daran hindern, sich aufzurichten, wenn er aus der Höhle kam, indem er ihm auf den Kopf schlug. Er sollte sogleich zustechen, für den Fall, dass der erste Stich den Bären nicht tötete. Der Stich sollte den Bären festhalten, damit er sich nicht auf den Ersten stürzen würde. Mit viel Geschick, erklärte Lávrras, sei es möglich, den Bären zwischen den Nackenwirbeln zu treffen, dann sei er sofort tot.

»Das hat mein Großvater Ánok so gemacht, als ich ein Junge war und noch in die Gamme gehen konnte, ohne mich zu bücken, das habe ich genau gesehen. Ein einziger Stich, von oben in die Nackenwirbel, und der Dickhaarige fiel zu Boden wie ein Stein, den du aus deiner Hand fallen lässt.«

Alle kannten die Geschichte, dennoch wollte jeder sie von Neuem hören. Und Lávrras musste erzählen, vom Wetter, wo die Höhle gewesen war, wer sie eingeringt hatte, wer die beiden anderen Stecher gewesen waren und wo sie gestanden hatten und ob sie einen Großvater oder eine Großmutter der Berge erlegt hatten.

Als alles berichtet war, fragte Lávrras: »Wer soll der Dritte sein?«

Und es war Mathes, als träfe ihn sein Blick von der Seite.

Niemand sprach. Die Kinder waren still. Der Dritte sollte den dritten Stich tun, falls die ersten beiden den *puoldaja* nicht getötet hatten. Er musste links vom Höhleneingang stehen, damit er von dort, von der rechten Seite des Bären her und, ohne sich zu drehen, einen Stoß machen konnte. Ein Linkshänder würde auf der anderen Seite stehen.

»Was ist mit dir, Fremder?«, fragte Biera. »Wie wäre es, wenn du den Dritten machst? Schließlich hast du Kräfte, die andere nicht haben.«

Wie meinte Biera das?

»Oder woher hast du den Ring, den du bei dir trägst?« Es klang herausfordernd.

Woher wusste Biera von dem Ring? Mathes hatte niemandem davon erzählt, auch Iŋgir nicht. Die Begegnung mit dem unheimlichen Mann, der mitten in der Nacht verschwunden war, hatte ihm den Mund verschlossen. Warum erwähnte Biera den Ring?

»Welcher Ring?«, fragte der Noaide dunkel. »Sprich, Fremder!« Eine kalte Wand. Das Feuer knisterte in die Stille hinein.

»Ich habe den Ring gefunden«, sagte Mathes und gab einen Bericht von jenem Tag, an dem er unter dem Gewitter um sein Leben gefürchtet hatte.

»Wo war das?«, dröhnte die frostbeladene Stimme des Noaiden.

»Ich weiß es nicht, ich …«

»Es war am *sieidi* westlich der Schneeberge von Sealggá«, sagte Biera. »Er hat es einem Mann erzählt, den er in der Gamme am Gáidumjohka getroffen hat. Und dieser hat es mir berichtet. Er wohnt in Goržževuolli, das ist nördlich von dort, wie ihr wisst, und sein Name ist Irján. Ihr kennt ihn, er ist ein ehrlicher Mann. Seine Siida opfert dort manchmal. Er war in Todesangst. Er war überzeugt, dass dieser Mathes ein *stállu* ist.«

»Zeige mir den Ring!«, verlangte Lávrras.

Mathes fühlte Iŋgirs Hand, die seine heimlich drückte. Sie sog die Luft ein, als wollte sie etwas sagen oder wie bei einem Schmerz. Er nestelte den Ring aus seinem Beutel hervor und gab ihn Lávrras.

Selbst das Feuer hielt den Atem an.

»Du hast einen *sieidi* entweiht«, flüsterte Lávrras. »Das ist ein heiliger Ort. Es war ein Opferstein und der Ring eine Opfergabe. Wer einen *sieidi* entweiht, den straft Biegga-galei und tötet ihn mit seinem Blitz. Du lebst! Du darfst nicht leben! Du bist mit dem Bösen im Bunde!«

»Nein!«, rief Mathes, die Hände auf dem Kopf. »Das ist unmöglich! Das Gewitter ist schon losgebrochen, gleich nachdem ich mich hingelegt habe. Den Ring habe ich erst am nächsten Morgen genommen. Sehe ich aus, als würde ich Menschen fressen?«

»Nein, das tust du nicht«, sagte Lávrras. »Doch der *stállu* kommt in vielerlei Gestalt. Denk nach. Was tatest du, bevor die Blitze …?«

Mathes überlegte.

»Oh«, stöhnte er. Er fühlte einen Moment lang wieder den Wind, wie er durch seine Kleider fuhr bis auf die Knochen, seine Erschöpfung auf dem einsamen Weg durch die Berge, seine Sehnsucht nach Sicherheit. Er sah den Steinblock vor sich aufragen und wie er um ihn herumging, um zu prüfen, an welcher Stelle der Wind am wenigsten blies. Es fröstelte ihn. »Es lagen dort Knochen umher«, flüsterte er und drückte Iŋgirs Hand. »Ich fror so schrecklich, ich hatte Angst zu erfrieren und die Stelle an dem Stein, sie war windgeschützt, ich habe sie fortgeräumt, die Knochen, und sie – weggeworfen, ohne darüber nachzudenken. Wie konnte ich nur!«

»Du hast den Göttern die Gaben genommen!«, rief eine Stimme, die aus dem Frost des Waldes kam.

»Ja, aber ich wusste es nicht! Ich war so müde!«

»Und wer die Götter beleidigt und einen *sieidi* entweiht, der ist des Todes!«

Alle schwiegen sie, Mathes saß mit gesenktem Kopf und es war, als rückten sie von ihm fort.

»Und warum hat er ihn nicht getötet?«, fragte Iŋgir plötzlich. Die Stimme einer Frau. In Angelegenheiten des Mannes, des Noaiden!

Lávrras blickte sie lange an. Schloss die Augen und saß. Rührte sich nicht, viele Atemzüge lang, während Mathes ihn anstarrte, auf sein Urteil wartete.

Bis Lávrras unvermittelt zu joiken begann, nach seiner Trommel griff und trommelte, seine Haare lösten sich, schaukelten vor seinem Gesicht, er bewegte den Oberkörper hin und her, immer wieder hin und her, viele Male, seine Augen waren immer noch geschlossen, seine Lider zitterten, er riss sie auf, wie mit Gewalt, dass nur das Weiße zu sehen war, und sie hörten das Grunzen eines Bären und den Schrei eines Singschwans. Lávrras streckte die Hand mit der Trommel aus, beugte sich vor und trommelte über dem Feuer, seine Hände fuhren auf und ab, tauchten in die Flammen ein, Glut sprang über die Steine, zwischen die Felle und die Äste, die auf dem Boden lagen, der Zeiger tanzte auf der Trommel. Lávrras trommelte schneller, bis er so plötzlich, wie er angefangen hatte, aufhörte, mitten in der Bewegung, und kein Laut war mehr zu hören.

Lávrras hob den Kopf, als horchte er, alle hätten schwören können, dass sein Mund geschlossen blieb, als eine tiefe Stimme, die nicht die seine war, den Raum füllte: »Du machst den dritten Stich, Mathes Fremder. Bis dahin bist du von der Gemeinschaft ausgeschlossen. Poro und Biera werden dich holen. Ist die Jagd erfolgreich, soll es zwischen dir und uns sein wie zwischen uns.«

Mathes nickte mehrmals.

»Du kannst mit einem Spieß einigermaßen umgehen«, meinte Lávrras und seine Lippen bewegten sich und sein Mund öffnete sich, während er sprach. »Ein Dickhaariger ist allerdings noch etwas anderes.« Er bestimmte, dass Biera Mathes am nächsten Tag fortbringen solle, denn es war inzwischen dunkel geworden.

Mathes hatte zweimal an einer Jagd auf Rentiere teilgenommen und sein Können unter Beweis gestellt.

Lávrras griff erneut zu seiner Trommel, trommelte und joikte und später, nachdem er alles, was gesagt worden war, für richtig erkannt und bestätigt hatte, dachte Mathes an den armen Lazarus von Bethanien, den Jesus zum Leben wiedererweckt hatte. Ich war schon tot, dachte er, und sie haben mich wieder lebendig gemacht. Iŋgir hat das Eis in meinem Körper geschmolzen und Lávrras hat meine Seele aus dem Totenreich zurückgebracht. Er war von Iŋgir und dem Noaiden Lávrras ins Leben zurückgeholt worden. Ein Wunder wie damals in Palästina war an ihm geschehen.

Am nächsten Tag brachte Biera ihn fort. Schweigend folgten sie dem zugefrorenen und überschneiten Lauf des Árajohka aufwärts, bis sie in der Senke zwischen den Bergen Duolbuk und Árasaiva zu einer Gamme kamen, die mitunter für Jagdzüge benutzt wurde und kalt und leer im Schnee stand. Dort ließ er ihn allein. Mathes hatte nicht mehr bei sich als etwas Trockenfleisch, ein Messer, einen ledernen Kochbeutel, eine kleine Axt, den Spieß von Junte und das Zeug zum Feuermachen.

58

»Weglaufen können wir nicht«, meinte Poro.

»Wie fühlst du dich?«, fragte Biera.

»Gut«, log Mathes.

Die Höhle lag am Hang, zwischen einem Felsen und einem Baum. Der Bär hatte einen verlassenen Ameisenbau genutzt.

Nun galt es wieder einmal, das Leben einzusetzen. Hier konnte man nicht weglaufen.

Vorgestern waren sie aufgebrochen zum Fuß des Áhkávárri, um dort, wo die Schluchten waren, den *basse vaise*, das heilige Tier, zu töten.

Schwerer Abschied von Iŋgir.

»Ich werde es überleben, ganz bestimmt«, hatte Mathes gesagt.

»Was wird aus uns, wenn du stirbst? Oder wenn die Jagd misslingt und du fortmusst?« Sie stillte Sárá und Mathes sollte bei ihr liegen und sie umarmen, festhalten, beschützen. »Ich will dich nicht auch verlieren!«

Sie sei schuld am Tod ihres ersten Mannes, sagte Iŋgir, sie selbst habe ihn dazu bestimmt, den Dickhaarigen zu jagen und den ersten Stich zu tun. Iŋgir hatte das aufgestellte Bärenfell als Erste getroffen. Der Pfeil war stecken geblieben. Sie war stolz gewesen auf Junte, der ein tüchtiger Jäger gewesen war, stark und ohne Angst. Dennoch hatte der Zottelige ihn mit einem einzigen Prankenhieb getötet. Er hatte Kraft wie zehn Männer.

Mathes lag an sie geschmiegt, sein Arm umfasste sie und das Kind.

»Hätte ich doch danebengeschossen!«, sagte Iŋgir.

»Dann läge ich jetzt nicht hier«, erwiderte Mathes.

»Oh«, sagte sie und drehte den Kopf, um ihn zu küssen. Das Kind schmatzte an ihrer Brust. Eine der kleinen Hände fuchtelte in der Luft, die andere hielt Iŋgir fest. »Seit du bei mir bist, ist Junte, oh, ist er nicht mehr gekommen.«

»Wenn er nicht mehr lebt, wie kann er zu dir kommen?«

Alle, die gestorben seien, lebten im Land Saivvo, erklärte Iŋir, und sie könnten die Lebenden auf der Erde besuchen, ebenso wie der Noaide ins Land Saivvo reisen könne.

»Er ist zu mir gekommen und hat mich getröstet, wenn ich traurig war. Weil ich jetzt glücklich bin, muss er das nicht mehr.«

Aus Glück wird Unglück und daraus wird wieder Glück.

»Du hast zu wenig Erfahrung mit der Jagd«, fuhr Iŋir fort.

»Ich bin kein *stállu* und ich werde nicht sterben«, sagte Mathes. Viel von seinen Erlebnissen hatte er Iŋir nicht erzählt, weil der Schrecken, den er dabei empfand, zu groß war, aber nun, eingehüllt in Wärme, Zärtlichkeit und Zuversicht, berichtete er ihr vom Überfall der Dänen auf die Hammaburg, wie er in Stethu beinahe hingerichtet worden wäre, und von Eldar, dem er in Stethu das eine Auge und in Haithabu das andere genommen hatte, und das ohne Erfahrung im Kampf.

»Wie schrecklich!«

»Ja, es war furchtbar, ich wollte es nicht, ich wollte ihn nur kampfunfähig machen und dachte, danach würde er mich in Ruhe lassen. Ich hoffe, ich komme deswegen nicht in die Hölle.«

Was eine Hölle sei, wollte Iŋir wissen und Mathes erklärte ihr, dass die Hölle ein düsterer Ort sei, irgendwo tief unter der Erde, wohin die bösen Seelen böser Menschen kämen, damit sie dort vom Teufel und seinen Gesellen gequält würden, bis in die Ewigkeit, mit Messern, Spießen, siedendem Öl und Peitschen.

»Wie schrecklich!«, wiederholte Iŋir und bestritt, dass es wahr sein könne. Bestimmt gebe es gar keine Hölle. Nach dem Tod kämen die Seelen aller Menschen und Tiere in das Land Saivvo, wo sie weiterlebten und das Leben fortgehe wie bisher, nur unter der Erde, an vielen verschiedenen Orten, unter Bergen und Hügeln, oft unter einem See, zum Beispiel dem Boarkkajávri, das sei ein Saivvo-See, in dem man deshalb nicht fischen dürfe. Der habe das klarste Wasser weit und breit, es fließe von unten aus dem Land Saivvo hinein. Mitunter kämen die Seelen zurück nach oben, zur Sonne. »Lávrras reist mit seiner Trommel dorthin und bittet die Menschen, die da leben, den Menschen über der Erde zu helfen. Dann werden sie zu unseren Hilfsgeistern. Es ist gut, viele von ihnen zu haben. Lávrras soll Junte bitten, dir zu helfen.«

»Mach dir keine Sorgen«, sagte Mathes leise, während er ihre Brust streichelte. »Nicht umsonst haben die Nordleute mich den Stecher genannt. Ich will nicht, dass man mich wieder so nennt. Ich will nur Mathes sein. Mathes von Hammaburg. Ich habe es erzählt, damit du keine Angst hast.«

»Biera hat gedacht, du würdest zu feige sein.«

»Ja, er ist eifersüchtig. Er will dich zur Frau haben. Es gibt auch bei euch Neid.«

Iŋgir nickte. »Er dachte, du würdest dich weigern. Dass du sagst, du könntest das nicht.«

»Wenn er meint, dass ich keinen Bären jagen kann, geht er ein hohes Risiko mit mir ein. Wir drei sind aufeinander angewiesen.«

»Das stimmt. Lávrras vertraut dir. Und Biera muss Lávrras gehorchen.«

»Biera hat sich in mir getäuscht. Ich bin schon dreimal gestorben, ich habe keine Angst.«

Ganz richtig war das nicht, was ᥱ da gesagt hatte. Natürlich hatte er Angst. Doch wollte er sie nicht daran teilhaben lassen. Mitunter muss man aus Liebe lügen. Immerhin, ein Mensch war es nicht, der ihm gefährlich werden konnte. Die Waldsámi waren friedlich. Nirgendwo auf der Welt war es friedlicher als hier.

Sárá war satt und schlief. Iŋgir drehte sich um und zog Mathes an sich. Sein Kopf lag zwischen ihren Brüsten. Er atmete den Duft ihres Leibes ein.

»Wann wirst du in den Süden gehen?«

»So bald wie möglich.«

»Wie lange wird es dauern, bis du wiederkommst?«

»Niemand weiß es. Sicher mehr als ein Jahr, vielleicht zwei oder drei.«

»Das wird der schönste Tag in unserem Leben sein!«

»Noch ein schönster Tag. Einen haben wir schon erlebt.«

Er fragte nicht, ob sie auf ihn warten würde, und sie fragte nicht, ob er wiederkommen würde. Es gab keine Zweifel.

Am nächsten Morgen brachen sie auf, Poro, Biera und Mathes. Iŋgir übergab Mathes den Spieß, nachdem sie einen prüfenden Blick auf den Ring geworfen hatte. Mathes hatte den Schaft oben zurechtgeschnitzt, bis er den Ring darüberschieben konnte, wie Iŋgir es verlangte. Sobald er fort sei, wollte sie sich gemeinsam mit den anderen Frauen an die Vorbereitungen machen für die Rückkehr der Männer nach erfolgreicher Jagd. Mathes hatte ausreichend Erlenrinde gesammelt, auf langen Fahrten Richtung Osten.

Es herrschte milder Frost, und während sie gingen, tauchte Baum auf Baum aus dem Nebel auf. Sie hatten den *härk* eingefangen, er sollte das Bärenfleisch tragen. Das Fortkommen in den Wäldern war beschwerlich, doch sobald sie im Westen die Ausläufer des kahlen Nihpurisgirka erreicht hatten, über die der Wind geblasen hatte, lag weniger Schnee. Er war gefroren und sie glitten auf ihren Schneebrettern leicht darüber hin. Nur der *härk* brach manchmal ein. Der Nebel hatte sich verzogen, von oben sahen sie den glitzernden Schnee auf dem großen See Nuvjávre, den erste Risse durchzogen. Die Zeit des Tauens hatte begonnen, der Frühlingswinter stand bevor, an den der Sonne zugewandten Hängen war das erste Kraut zu sehen und in den Bächen hing der Schnee über großen Steinen herunter, was die Sámi *roavrro* nannten. Es würde nicht mehr lange dauern, bis Tag und Nacht gleich lang waren.

Am Abend gelangten sie zur Gamme am westlichen Fuß des Loktak. Dort konnten sie die Nacht warm am Feuer verbringen. Der Bach führte wieder Wasser, sie mussten keinen Schnee tauen. Sie sprachen nicht viel, ihre Sinne waren auf den morgigen Tag gerichtet, der für jeden von ihnen der letzte sein konnte.

Sie brachen früh auf. Der Weg führte sie bergab, durch dichten Birkenwald und Blaubeerkraut, über zugefrorene Seen und Sümpfe bis an die Schluchten am östlichen Fuß des heiligen Bergs Áhkávárri. Dort mussten sie tiefe Kerben queren, steile Einschnitte im Wald, meistens nicht breiter als zwanzig Schritte, in die man hinabsteigen musste, um auf der anderen Seite wieder hinaufzuklettern. Das war mit den Schneebrettern ein beschwerliches Unterfangen, die Böschungen waren zu steil, als dass man einfach hinabsausen konnte. Biera führte die kleine Truppe an.

Als sie wieder an den Rand einer der Schluchten gelangten, blieb er oben stehen und zeigte hinunter. »Da unten ist es.«

Sie banden den *härk* an einen Baum, befreiten ihre Füße aus den Schlaufen der Schneebretter, packten ihre Spieße und stiegen vorsichtig hinab. Mathes tastete nach dem Messer. Ja, es war noch dort, wo es hingehörte. Lávrras hatte ihm eine Scheide aus Renhorn dafür gefertigt. Er nahm es heraus und schob es unter den Gürtel.

Die Schlucht war noch schmaler als die anderen, ihr Grund nur wenige Schritte breit und voller Schnee, in dem tief eingetretene und überschneite Spuren zu sehen waren.

»Hier ist er gegangen, wenn er seine Höhle verlassen hat«, raunte Biera. »Sie schlafen nicht immer, manchmal machen sie einen Spaziergang. Wir müssen leise sein. Er soll nicht aufwachen, bevor wir …«

Vorsichtig schlichen sie sich an die Bärenhöhle heran. Jeder wusste, was er zu tun hatte. Biera nahm vor dem Eingang Aufstellung. Das war ein niedriges Loch, in dem nichts als Schwärze war, in das man auf allen vieren kriechen musste, wollte man hineingelangen. Niemand, dem sein Leben lieb war, würde das wagen. Poro kletterte bedächtig auf den Felsen und tastete umher, bis er festen Stand gefunden hatte. Mathes nahm seinen Posten links neben dem Höhleneingang ein, den Spieß in beiden Händen.

Sie verständigten sich mit Blicken.

Alle drei waren sie bereit. Biera in gebückter Haltung, den gebogenen Spieß vor sich gestreckt.

Poro klopfte mit seinem Spieß auf die Höhle.

»He, Alter«, sagte er, als spräche er zu einem Freund. »Wach auf, komm heraus und sei uns willkommen.«

Sie horchten. Kein Laut war zu hören.

»Komm, Dickhaariger, sei so freundlich, lass uns dir helfen, in ein anderes Leben zu gehen.« Poro hatte etwas lauter gesprochen.

Nichts. War der Bär womöglich nicht zu Hause? War er schon aus seiner Höhle ausgezogen?

»Dicker, komm!«, rief Poro und schlug kräftig auf das Dach der Höhle.

Sie horchten.

Ein Grunzen.

»Na, komm schon, *basse vaise*, komm!«

Ein Brummen. Dumpfe Tritte.

Gleich würde er seinen zotteligen Kopf zeigen.

Poro hielt seinen Spieß in beiden Händen, bereit, den Bären zu stechen, sobald sein Kopf aus der Höhle kam. Seine Zunge steckte heraus.

Das Brummen war ein ärgerliches Grollen geworden und in ein wütendes Brüllen übergegangen. Mathes fixierte das schwarze Loch, hinter dem sein Schicksal wartete.

Endlich erschienen der Kopf des Bären und seine glänzende Nase.

Es war so weit.

59

Die Nachricht erreichte ihn in Corvey.

Noch im Frühsommer im Jahr des Herrn 845 war Ansgar aufgebrochen, wenige Tage nachdem er mit Ebo von Reims und Leuderich in Bremen konferiert hatte. Er war auf dem Weg zur Via Raetia nach Rom unterwegs gewesen und in das Kloster an den Ufern der Weser eingekehrt, um sich von der ersten Etappe der Reise zu erholen, indem er für einige Tage in sein altes Leben zurückkehrte, sich einfügte als einfacher Gast, eintauchte in die klösterliche Ordnung und Ruhe, die seinen rastlosen Geist besänftigten wie nichts anderes.

Eine große Last fiel von ihm. Sogleich suchte er die im letzten Jahr fertiggestellte steinerne Kirche auf und sprach ein Dankgebet. Eine steinerne Kirche! Ein herrliches dreischiffiges Bauwerk, das man nicht einfach niederbrennen konnte.

Weitere zwei Tage Ruhe würde er sich gönnen, durfte unermesslich lange untätig sein. Die gefährliche Überquerung der Alpen konnte er sich sparen. Eine päpstliche Bulle benötigte er nicht mehr. Und er konnte sein Werk im Norden früher beginnen und sich selbst um die Vorbereitung kümmern.

»Die Vorsehung des Herrn hat mir Zeit geschenkt«, sagte er und lachte auf. »Und manche Strapaze gespart.«

»Schön«, sagte Witmar, der gespannt neben ihm stand. »Und wie kommt das?«

»Lass uns gehen«, schlug Ansgar leutselig vor. »Im Gehen spricht es sich besser.«

Sie verließen das Skriptorium, beider liebster Ort im Kloster, und traten aus dem kühlen Schatten zwischen den Säulen hervor in das Licht des frühen Sommers.

Ansgar erklärte es dem Freund, während sie nebeneinander hinunter zum Fluss schlenderten, unter dem Dach der Eichenbäume, vorbei an der langen Mauer, hinter der sich der Klostergarten verbarg.

»Ich hätte gern erfahren, wie es in Rom zugeht«, meinte Witmar.

Er war ein sehniger Typ, die Askese hatte ihre Spuren an Leib und Gesicht hinterlassen. Er war immer der Erste, der sich vom Tisch erhob und zur Arbeit zurückkehrte. Nie dürfe sich ein Mönch übersättigen, sprachen die Regula Benedicti, getreu dem Gebot des Apostels Lukas: *Sehet zu, dass eure Herzen sich nicht mit Völlerei beschweren.* Witmar war ein eifriger Diener Gottes, er widmete sich dem Gebet, der Arbeit und dem Studium wie kaum ein Zweiter, mitunter vergaß er, seine Tonsur zu rasieren, und auch jetzt sprossten die grau gewordenen Haare auf seinem Kopf und drohten einen weltlichen Mann aus ihm zu machen.

»Lass uns über alte Zeiten reden!«, rief Witmar.

Seit damals waren sie beim vertrauten Du geblieben, obwohl Witmar nur ein Nonnus, ein älterer Mönch und ehrwürdiger Vater, und Ansgar ein Bischof war.

»Weißt du noch?«, sagte Witmar.

Sie standen an der Schifflände und betrachteten das eifrig vorüberfließende Wasser. Es könnte das Wasser des Lebens sein, dachte Ansgar, wenn die Leute in der Siedlung flussaufwärts nicht hineinscheißen würden.

»Als wäre es gestern gewesen«, antwortete er und war froh, dass Witmar nicht nach Bruder Eckard gefragt hatte, der eines grausamen Todes am Fuß der Hammaburg hatte sterben müssen und nun auf dem Gottesacker an der Elbe lag.

Das Schicksal des Knaben Fulbert – nur den konnte Witmar gemeint haben – hatte ihn seit damals ebenso wenig losgelassen wie offenbar Witmar. Das Ereignis hatte sie miteinander verbunden. Einer der Schüler musste gemäß den Klosterregeln nahezu wöchentlich wegen Ungehorsam und Renitenz der strengen Zucht unterworfen werden, Hunger und tüchtige Streiche, denn es ist besser, dass der Herr dich züchtigt, als dass deine Seele verloren gehe und ewiger Höllenpein anheimfalle. Dieser spitznasige Unglückliche, der vermutlich nicht dumm war, den seine Eltern ins Kloster gegeben hatten, damit er Lesen und Schreiben lerne, ohne ihnen auf der Tasche zu liegen, hatte einem Mitschüler namens Fulbert in einem Anfall von Raserei eine Schreibtafel so mächtig gegen den Kopf geschlagen, dass dieser ohne Bewusstsein zusammenbrach und erst am nächsten Tag wieder erwachte, worauf ihn am zweiten Tag ein Fieber packte, an dem er am vierten Tag verschied. Er war, man musste es denken, wenn auch nicht unbedingt aussprechen, totgeschlagen worden von einem Mitzögling.

Ansgar hatte den Verletzten betreut und auf seinem Lager bewacht, ihm die Letzte Ölung verabreicht und ging endlich in seine Zelle schlafen, voller Trauer darüber, dass sich so Schreckliches unter seiner Lehrerschaft ereignet hatte, zumal an einem Jungen, der kein böses Wort über seinen Missetäter gesagt hatte. Im Traum erschien ihm die Seele des armen Fulbert, wie sie von Engeln gen Himmel getragen und dort in eine purpurfarben leuchtende Behausung geführt wurde, wo eine Schar von Märtyrern bereits versammelt war – und gerade da war Witmar aufgetaucht und hatte Ansgar geweckt, um ihm vom Hinscheiden des Verletzten zu berichten.

»Ich frage mich bis heute, ob ich etwas falsch gemacht habe«, sprach Witmar vor sich hin.

»Vielleicht hätten wir ihn noch mehr züchtigen sollen«, meinte Ansgar. »Wer die Rute spart, der hasst seinen Sohn«, fügte er hinzu. »Und wer ihn liebt, nimmt ihn früh in Zucht. So steht es geschrieben. Nur der Gerechte darf essen, bis sein Hunger gestillt ist, der Bauch des Frevlers muss darben.«

Doch in dieses dünne und bleiche Kerlchen war der Stachel des Bösen so tief eingewachsen, dass man ihn nicht ausreißen konnte. Ansgar schauderte es. Er erinnerte sich an den Hass in den Augen des Jungen, nachdem er wieder einmal die Peitsche bekommen und sein Hemd über den blutigen Rücken gezogen hatte. Was aus diesem mageren Hundsfott wohl geworden war?

»Dieser verfluch… verflachte, nein, widerspenstige Huren… Hasen… Hosensohn, ich meine …«

»Ich weiß nicht«, murmelte Witmar und seine Stimme klang, als unterdrückte er ein Lächeln. Dann sagte er: »Wir haben von der Hammaburg gehört …«

»Ach«, stöhnte Ansgar. »Lass uns gehen. Es ist Zeit zu essen.«

Wenn er stillstand, fand er keine Worte über das, was geschehen war. Unterwegs berichtete er so kurz wie möglich, es fiel ihm schwer, von der Vernichtung seines Lebenswerks viele Worte zu machen. »Man kann es kaum sagen. Es war furchtbar.«

»Und was ist aus Bruder Christopherus geworden?«, wollte Witmar wissen, denn der hatte seinerzeit in Corvey unterrichtet.

»Oh, der!«

»Ein sanfter Mann«, sagte Witmar. »Vielleicht zu sanft, er war mit der Strafe, die wir dem Missetäter verabfolgten, wohl nicht so ganz einverstanden. Die Kinder liebten ihn, das muss man sagen. Er kam immer mit diesem Korintherspruch an. Glaube, Hoffnung, Liebe, und die Liebe sei …«

»Und jetzt«, unterbrach Ansgar ihn, während er seine Schritte beschleunigte und Witmar hinter sich ließ, weil dieses Bild ihm zwischen seine Gedanken schoss, das ihn seit jener Beichte verfolgte: der Altar, der Mönch, die Frau des Schmieds, ihr Schoß …

»Ihr Schoß, äh, im Schoß, oh Heiliger, im selbigen der Ki-irche, nein, nicht im selbigen … Im Schoß war er, der Kirche, und je-jetzt ist dieser«, rappelte er, indem er den Rücken beugte, den Kopf hin- und herschwang und sich dabei an den Ohren riss wie an Brennnesseln im Rübenbeet. »Jetzt ist dieser überaus weiche und verda…, äh, verflucht, äh, also dieser verfi-fe-fehlbare Mönch in der Hand der Heiden, eine furchtbare Strafe für seine … Und niemand weiß, ob er noch lebt und wohin er ge-gelangt ist. Umso wichtiger, dass wir die Mission im Norden …«

»Renn nicht so!«, rief Witmar. »Ich versteh dich gar nicht.«

»Kommst du mit?«, fragte Ansgar, indem er sich umdrehte, froh, das Thema wechseln zu können. Er nahm sich vor, heute Abend hundertfünfzig Vaterunser lang mit nackten Knien auf den kalten Steinen seiner Gästezelle Buße zu tun. Er würde Steinchen unter die Knie legen. Der Gedanke beruhigte ihn.

»Befehl oder Wunsch?«

»Beides«, pustete Ansgar erleichtert. »Aber der Wunsch ist grö-ßer.«

»Ich bin dabei!«

Sie gaben sich die Hand und schmiedeten Pläne.

Wenig später saßen sie mit den Brüdern beim Essen, an einem abgesonderten Tisch. Es gab, wie es vorgeschrieben war, zwei Gerichte, das eine Fisch, das andere Hühnerfleisch, dazu Grütze und vorjährige Rüben, die man, etwas runzlig schon, aus dem Sand im Keller gezogen hatte, und allerlei Kräuter aus dem Karlsgarten. Neues Gemüse stand so zeitig im Jahr nicht zur Verfügung und vom Fleisch vierfüßiger Tiere hatten sich alle zu enthalten.

König Ludwig der Deutsche hatte während des Reichstags zu Worms Sendboten des Sueden Björn på Håga empfangen und diese hatten ihm, was Ansgar fast nicht glauben wollte, eine Einladung überbracht. Es seien viele in seinem Volk, schrieb der suedische König, die sich den christlichen Ritus eingeführt wünschten, weshalb er an seine königliche Huld die Bitte richte, taugliche Priester zu entsenden. Diese Nachricht, die in Bremen eingetroffen war, hatte ein laufender Bote in Corvey abgeliefert. Ludwig hatte Ansgar sogleich mit der Mission im Norden beauftragt. Es fehlten nur noch die praktischen Vorbereitungen für die Reise.

Am Abend tat Ansgar die Buße. Er musste lange knien, bis er so erschöpft war, dass er ohne sündige Gedanken in Schlaf fallen konnte.

Zwei Tage später begannen sie mit den Vorbereitungen. Das Wichtigste waren die Bücher. Worte sind flüchtig, das Geschriebene bleibt. In Bremen stand zwar ein steinerner Dom, nachdem die Holzkirche abgebrannt war, doch weder ein Kloster noch demzufolge ein Skriptorium, sodass niemand kopieren konnte. Die Bibliothek beschränkte sich auf dürftige zwei Dutzend Bücher, während Corvey die größte Bibliothek im Norden des Frankenreiches besaß und das Zentrum religiöser Gelehrsamkeit war. Deshalb mussten die Bücher in Corvey angefertigt werden. Abt Warin war mit dem Unternehmen einverstanden, sogar begeistert, konnte er ja so den Ruf seines Klosters festigen. Ansgar dankte der Vorsehung, dass er am richtigen Ort war, um die Mission der Sueden ins Werk zu setzen, indem er ein stilles Gebet vor dem Schrein mit den Gebeinen des heiligen Vitus sprach.

Ansgar sorgte für Aufregung im Skriptorium, denn es waren viele Bücher, die er benötigte, nicht nur die Bibel, sondern auch Traktatbücher. Besonders wollte er nicht ohne den Psalmenkommentar des Cassiodor reisen, ein dreibändiges Riesenwerk, drei mal zweihundertfünfzig Blätter, also hundertfünfundzwanzig Doppelblätter, für die man mehr als sechzig Kalbshäute beschaffen musste und für alle drei Bände um die zweihundert. Am besten war Velin, die Haut tot- oder neugeborener Tiere, und natürlich am teuersten. Davon gab es deshalb nur wenige Stücke, die den kostbarsten Schriften vorbehalten waren. Jede Kalbshaut war ein Tier, das man hätte mästen können. Im nächsten Jahr würde es keine gemästeten Rinder geben, was zu berücksichtigen war, und womöglich nicht im übernächsten.

Zum Glück trieb er mit Witmars Hilfe noch einige Werke aus der heidnischen Zeit auf, sogenannte wissenschaftliche Werke, Astronomie, Philosophie und anderes ketzerisches Zeug, außerdem schlüpfrige Epigramme in griechischer Schrift. Diese Machwerke waren auf unbekannten Wegen in den Besitz des Klosters gelangt und hatten die Jahrhunderte in dunklen Abseiten oder verstaubten Kisten überstanden, von denen eine, merkwürdig genug, frische Spuren verräterischer Finger trug und weniger als halb voll war.

Die vollständige und allumfassende Wahrheit war in der Bibel überliefert. Deshalb brauchte man diese sogenannte Wissenschaft nicht und die Verse schon gar nicht, zumal sie dem gemeinen Mönch verboten waren. Nur der Gefeite durfte sich ihnen nähern. Aber wozu? Nun konnten sie wenigstens einem gottgefälligen Zweck dienen, zugleich war man ihrer endgültig ledig.

Ansgar ordnete an, die alte Schrift abzuschaben und die Pergamente neu zu beschreiben. Einige Palimpseste würden nicht schaden, schließlich musste man haushalten. Abt Warin war nicht nur einverstanden, er förderte Ansgars Vorhaben, wo er konnte. Überhaupt ein tüchtiger Bursche, fand Ansgar. Damals, als er das Kloster verlassen hatte, gab es dort keine zehn Mönche, ihn selbst mit eingerechnet, nun aber waren derer so viele, dass er sich die Namen nicht alle merken konnte, nämlich fast sechzig.

Drei Schreiber ließ er von der Gebetspflicht während der hellen Stunden befreien. Sie sollten nicht nur selbst kopieren, sondern auch die Kopisten, die nicht lesen konnten, vor Fehlern bewahren. Die Oberaufsicht übertrug er Witmar. Der schärfte ihnen auf das Genaueste ein, nicht etwa die Texte eigenmächtig zu ändern, eine nicht seltene Unsitte gerade unter tüchtigen Schreibern, da sich manche schlauer dünkten als die Verfasser der Bücher.

Es gab nicht genug Pergamenter, Maler, Illuminatoren, Rubrikatoren, Gerber, Buchbinder und Kunstschmiede. Einige mussten aus anderen Klöstern herbefohlen werden. Das alles kostete viel und wäre ohne die Einnahmen aus der königlichen Münzstätte nicht zu bewältigen gewesen.

Über diesen Geschäften ging der Sommer hin, der Herbst und der größere Teil des Winters, was nicht schade war. Im Winter tat man keine Reisen, schon gar nicht in das Eis des Nordens. Allerdings mussten die Häute bei den niedrigeren Temperaturen länger in der Lauge liegen, bis sie geschmeidig waren, und das Trocknen dauerte ebenfalls länger. Dafür stank es beim Wenden nicht ganz so gotterbärmlich, die Mönche mussten den Atem nicht anhalten und konnten sich etwas mehr Zeit lassen. Das war gut für die Augen, ein Spritzer von der Brühe konnte die Sehkraft kosten.

Während Witmar die Herstellung der Bücher überwachte, reiste Ansgar mehrmals nach Bremen, um die weltliche Seite der Reise zu regeln, wofür er Gauzbert einspannte, den Neffen des Ebo von Reims. Man durfte ihn nicht übergehen. Natürlich würde man nicht zu zweit reisen. Sie brauchten den Schutz Bewaffneter gegen etwaige Überfälle. Diese wiederum mussten bezahlt werden, weshalb sie eine Delegation reicher Kaufleute begleiten würde, die den Handel mit den Sueden in Gang bringen sollten. Damit würden sie die Kosten mehr als ausgleichen können. Wandel durch Handel, das war Ansgars Motto. Es hieß, dass man dort kostbare Felle kaufen könne und Seidenstoffe und Perlen aus dem Osten, die in Björkö viel billiger sein sollten als in Haithabu. Tand, mit dem sich Reiche behängten. Das musste man in Kauf nehmen.

Mit den Christen Geld verdienen, vermutlich war das der Hintergedanke des Björn på Håga. Handel brachte ihm Steuern ein. Und Geld war nichts anderes als Macht. Warum mochte dieser Heide gerade jetzt auf den Gedanken verfallen sein, sich mit den Christen gemeinzumachen? Wollte er gar einen Krieg finanzieren? Gegen wen? Ansgar sollte es gleich sein. Er brannte darauf, im Norden sein Bekehrungswerk fortzusetzen. Hoffentlich würde er mit den Taufhemden auskommen.

60

Noch bevor Poro zustechen konnte, rammte Biera dem Bären den Spieß in den Rachen, und als er das Schaftende hinunterbringen wollte, wie es sein musste, um den Fuß daraufzustellen, damit sich der Dickhaarige den Spieß ins Herz treiben würde, anstatt den Jäger zu töten, da sah Mathes, wie der Spieß dem Bären an der Seite aus dem Hals wieder herausstak. Das Herz war also verflucht nicht getroffen, weshalb Poro, dem das nicht entgangen sein konnte, mit einem Schrei von oben dem Bären seinen Spieß in den Leib stieß, in die rechte Seite. Der Zottelige brüllte seinen Schmerz aus, das Blut quoll aus der Wunde, er richtete sich auf, wurde zum zweibeinigen Riesen, was Poro den Spieß aus den Händen drehte und Bieras Spieß zerbrechen ließ. Doch noch stand er, der Bär prellte ihn zurück, hieb mit seinen Pranken rechts, links, rechts, links gegen Bieras Brust und Kopf, schlug den Speer in Splitter. Biera stürzte rücklings und das rasende Tier begrub ihn unter sich.

Poro warf sich dem Bären auf den Rücken, packte seinen Spieß, zog ihn heraus, das Blut schoss aus dem offenen Loch. Poro stach wieder zu, riss den Spieß ein zweites Mal zurück, wollte ein drittes Mal zustechen, da war Mathes heran, er hatte seinen Spieß fortgeworfen und sein Messer aus dem Gürtel gerissen.

»Lass mich!«, schrie er und sprang dem Bären, Poro abwerfend, auf den Rücken, als wollte er ihn reiten, packte mit der Linken in das Nackenfell, und bevor sich das Tier umwenden konnte, war die Klinge dort eingedrungen, wo sie den Tod brachte.

Augenblicklich sackte der Bär zusammen, Biera unter sich, ein lebloses Bündel roten Fleisches.

»Biera!«, rief Poro. »Biera!«

Sie zerrten den Bären von Poros Sohn. Es war ein Großvater. Alles Blut. Mathes kniete sich nieder, und während Poro mit geschlossenen Augen vor sich hin murmelte, die linke Hand auf Bieras Brust, griff er nach Bieras Handgelenk, um den Herzschlag zu fühlen, wie er es bei Arnhild in Haithabu gesehen hatte, als die ihre Schwester lehrte, wie man Menschen heilt. Er tastete nach der Ader und fühlte nichts. Dann ein schwaches Pochen.

»Er lebt«, sagte er und drehte Biera auf die Seite, wobei Poro ihm half.

Es gab kein Wasser, weshalb sie das Gesicht des Verletzten mit Schnee abrieben. Er blutete aus einer Stirnwunde. Die Kopfhaut aufgerissen, umgeklappt mitsamt Haaren, hing ihm auf der Stirn. Mathes brachte den Lappen wieder an die richtige Stelle.

»Man muss es wohl befestigen«, sagte er. »Sonst wächst es vielleicht nicht wieder an.«

Biera schlug die Augen auf.

»Du lebst!«, rief Poro aus und griff nach Bieras Händen.

»Ein bisschen«, stöhnte Biera und versuchte zu grinsen. Er wandte den Kopf und sah den Bergalten neben sich liegen. »Hast du ihn …?«

Poro schüttelte den Kopf und wies auf Mathes, der Bieras Glieder abtastete. Er solle alle bewegen, verlangte Mathes, und es stellte sich heraus, dass nichts gebrochen war. Außer am Kopf hatte Biera nur Schmerzen im Brustkorb. Wahrscheinlich hatte der Großvater ihm ein paar Rippen gebrochen.

»Lach mal«, sagte Mathes.

»Es gibt nichts zu lachen.« Biera stöhnte.

»Doch«, sagte Mathes. »Wir haben den *basse vaise* getötet.« Er steckte die Daumen in seine Ohren, zog mit den kleinen Fingern seine Mundwinkel auseinander und rollte mit den Augen.

»Au«, lachte Biera.

»Huste mal.«

»Oh«, hustete Biera. Das Blut sickerte aus seiner Kopfwunde.

»Du wirst wieder«, meinte Poro. »Wir müssen nur noch ein wenig Moos finden, damit sich die Wunde nicht entzündet.«

Er stand auf und hatte nach kurzer Zeit von der Birke, die gleich neben dem Eingang zur Bärenhöhle wuchs, einen breiten Streifen Rinde entfernt und die Borke abgeschabt. Aus dem Bast schnitt er Streifen. Aus diesen fertigten sie einen Verband und setzten Biera die Mütze darüber.

Während Biera zusah, machten sie sich daran, das Tier aufzuschneiden und ihm den Pelz abzuziehen.

»He!«, rief Mathes. »Komm her, Biera, hier hast du ein Fell und kannst dich drauflegen! Ist sogar noch warm!«

»Danke, dass du mir das Leben gerettet hast«, sagte Biera.

»Ich?«, fragte Mathes und tat, als wäre er erstaunt. »Ich doch nicht. Hättet ihr beiden den Alten nicht gestochen und gehalten, wäre ich gar nicht zum Zug gekommen.«

Christopherus hatte gesagt, dass man sich einen Menschen auch dadurch zum Feinde machen könne, indem man ihm etwas Gutes tue und somit zu Dankbarkeit verpflichte. Denn viele, die Dank schuldeten, fühlten sich niedriger als derjenige, dem der Dank gebühre, und da beginne der Hass gegen den Wohltäter.

»Warum hast du nicht den Spieß genommen?«, fragte Poro.

Mathes zuckte mit den Schultern. »Vielleicht, weil ich es nicht so gewohnt bin. Nächstes Mal nehme ich bestimmt den Spieß.«

Alle drei lachten und Biera am meisten. Abwechselnd lachte er vor Freude und schrie vor Schmerz. Das war so lustig, dass das Lachen und Schreien kein Ende nahm. Am Abend des nächsten Tages, als sie wieder zur Siida zurückgekommen waren und von dem Bären aßen, so viel sie konnten, und erzählen mussten, wie Mathes den Bären mit einem gezielten Stich in den Halsrücken getötet hatte, und nachdem jeder Bieras Wunde betrachtet hatte und Lávrras alles, was geschehen war, für gut und richtig befunden und festgestellt hatte, dass Mathes kein *stállu* sei, da lachten sie, dass sie schon lange nicht mehr so gelacht hätten, als Biera mit knapper Not dem Tode entronnen sei.

Zuerst aber holten sie ihre Schneebretter und schlugen damit das Fell des Bären, den sie nur noch Pelzgroßvater nannten, zum Zeichen ihres Sieges und damit er ihnen niemals zu nah kommen solle. Poro flocht einen Reif aus Weidenzweigen, die er vorsorglich vom letzten der durchquerten Sümpfe mitgenommen hatte, und band ihn um den Kiefer des Bären. Die ganze Zeit sangen die beiden Sámi ein Lied, und als Mathes genauer zuhörte, stellte er fest, dass es ein Lied in so etwas Ähnlichem wie der nordischen Sprache war.

»Damit er denkt, ein Nordmann hätte ihn getötet«, flüsterte Poro ihm ins Ohr, als Mathes verwundert nachgefragt hatte. »Damit er nicht denkt, dass wir es gewesen sind.«

Nachdem Mathes die Verse einige Male gehört hatte, sang er aus Kräften mit, er war es ja, der die Rache des Bären am meisten zu fürchten hatte. In dem Lied dankten sie dem Bären, dass er sich hatte töten lassen und sie alle drei am Leben gelassen hatte.

Sie brachen auf.

Als sie am Serrujávri angekommen waren, luden sie die Nachbarn zum Bärenfest ein. Die Frauen machten sich sogleich auf den Weg. Bis zum Árajohka sangen sie unablässig das Bärenlied. Die Leute von der Iskko-Siida waren schon versammelt. Sie wurden von den Frauen empfangen, die sich Felle, oder was sonst zur Verfügung stand, vor die Gesichter hielten. Sie durften ihre Blicke nicht auf das Fleisch werfen, und wenn, dann lugten sie höchstens mit einem Auge und durch einen Messingring. Vor allem bespuckten sie die Gesichter der Jäger mit dem Saft gekauter Erlenrinde. Iŋgir bespuckte Mathes immer wieder, bis ihm der rote Saft in den Pelzkragen lief. Sie war voller Freude und lachte immerzu, ihre braunen Augen leuchteten, sie war die Glücklichste und deshalb die Schönste von allen, sie traute sich sogar, Mathes zu umarmen, nachdem sie ihn angespritzt hatte.

»Noch ein glücklichster Tag«, flüsterte sie ihm ins Ohr.

Das Fleisch durfte nur von den drei Jägern gekocht werden, in einer eigens dafür aus losen Ästen in einiger Entfernung schnell errichteten Gamme. Biera war geschwächt und hatte Schmerzen an seiner Kopfwunde, weshalb er nur Ratschläge gab. Das Kochwasser durfte keinesfalls überkochen, ohne dass man kaltes Wasser hinzugeben oder dem Feuer einen Scheit nehmen durfte. Der Berggroßvater durfte nicht wieder lebendig werden und sich rächen.

Die Frauen warteten in den Gammen, bis ihnen das Fleisch durch eine Öffnung hinten im *påssjo* gereicht wurde. Sie durften nur vom Fleisch bis hinauf zur Hüfte des Bären essen, bis dorthin, wo in alter Zeit seine Menschenfrau ihn umfasst hatte, als er sich ihren drei Brüdern stellte. Die Kinder liefen hin und her, von den Frauen zu den Männern und wieder zurück, und die Männer mussten raten, was die Frauen in den Gammen gerade taten. Es gab großen Jubel, wenn die Kinder verrieten, dass sie richtig geraten hatten.

Alle sangen fortwährend das Bärenlied und aßen so lange und so viel, bis von dem Fleisch nichts mehr übrig war und sie so satt waren wie schon lange nicht mehr. Niemand durfte gehen. Zuerst musste der *basse vaise* begraben werden. Poro hatte die Knochen des Tiers sorgsam vom Fleisch gelöst und die Sehnen ausgetrennt. Alles lag einige Schritte neben der Kochstelle auf der Innenseite des Fells.

Lávrras bestimmte die Grabstelle zwanzig Schritte weiter fort, ungefähr auf der Mitte zwischen den beiden Bächen. Dort wurde zuerst der Schnee, dann der Bewuchs entfernt und die hart gefrorene Erde ein wenig abgetragen, bis eine flache Grube entstanden war. Dorthinein brachten die Jäger die Knochen unter den wachsamen Augen des Schamanen, der darauf achtete, dass jedes Knöchelchen in der richtigen Ordnung und genauso auf dem Boden lag, wie es zuvor im Leib des Tiers gewesen war. Auch die Sehnen mussten an der richtigen Stelle ausgelegt werden. Als das erledigt war, häuften sie unter fortwährendem Gesang die abgetragene Erde wieder auf die Knochen, schichteten Zweige und Äste darauf und beschwerten das Grab zuletzt mit Baumstämmen, damit kein Tier das Grab stören konnte.

»Du bist versöhnt mit Leaibolmái, der unsere Jagd bewacht, und mit Biegga-galei, der mit Schaufel und Keule umhergeht und den Sturm macht«, sagte Lávrras, während er die Trommel fortgab, damit sie wieder in den Beutel geschoben werde.

Mathes verstand nicht. »Es war doch kein Sturm.«

»Der Ring, den du mitgebracht hast. Die Götter haben dir verziehen.«

Spät, als sie beieinander unter den Fellen lagen und Sárá über ihnen in der *komse*, einer aus einem ausgehöhlten Baumstamm gefertigten Wiege, schlief, wollte Mathes wissen, was es mit dem Biegga-galei auf sich hatte.

»Warum hat Biegga-galei mich nicht getötet mit seinem Blitz?«

»Wir verstehen die Wege der Götter nicht«, antwortete Iŋgir. »Ich glaube, du solltest nicht sterben, damit du zu mir kommen kannst. Der Ring war der Bote. Er hat dir geholfen, den *puoldaja* zu töten. Er war nur ausgeliehen. Wann wirst du den Ring zurückgeben?«

Bald. Er würde die Schneebretter nehmen und mit Biera gehen. Er würde den Ring zurückgeben und sich mit den Göttern des Waldes versöhnen.

V. BJÖRKÖ

Etwas Besseres als den Tod findest du überall.
Kolbjörn

61

Wer lang allein ist, wird scheu, misstrauisch.

Mathes lugte durch Unterholz und Farn auf die Menschen, die auf der Lichtung lagerten, dreißig Schritte entfernt. Er hatte Stimmen gehört, den Pfad verlassen und sich versteckt. Wald, endloser Wald. Seit er die letzten Höhen des Nordens verlassen hatte, war er im Wald gegangen. Er konnte sehr leise gehen in den Schuhen, die Iŋgir ihm gemacht hatte.

Sollte er sich ihnen anschließen? Eine Gruppe gab Sicherheit. Je mehr Männer, desto besser. Was, wenn die Leute dort drüben ihm feindlich gesinnt waren?

Es war ein langer Weg nach Björkö. Weit konnte es nicht mehr sein, in dieser Gegend schienen mehr Menschen zu leben als weiter im Norden. In den letzten Tagen waren die Pfade breiter geworden, er sah mehr Spuren und musste häufiger ausweichen, weil er befürchtete, plötzlich vor fremden Menschen zu stehen.

Niemand war mit ihm gegangen, weder von der Lávrras-Siida noch von der Iskko-Siida, und auch keiner von den Leuten am Serrujávri. Die Männer wurden gebraucht für den Kampf um Nahrung und Überleben. Es wäre gut gewesen, nicht allein zu sein, wenigstens die ersten Tage.

Es wurde Zeit, als sich der Winter anschickte, zum Frühling zu werden, die Kälte etwas nachließ, die Mücken kommen würden, weshalb man bald die Felle für die *lavvoer* von den Gestellen holen würde, die Stangen bereit machen und umziehen in die baumlosen Regionen im Westen.

Im Frühlingswinter hatte er sich aufgemacht. Das lag viele Tage zurück. Wie viele? Er hatte versucht, sie zu zählen. Bestimmt hatte er sich verzählt. Es waren schon mehr als dreißig. Oder schon vierzig? Mit jedem Tag war es ein wenig wärmer geworden und ein wenig grüner und es gab weniger Schnee in den Wäldern und mehr Wasser in den Flüssen.

Im Land der Waldsámi reiste man im Winter, machte lange Wege auf Schneebrettern. Dafür war es fast zu spät, die Schneeschmelze hatte bereits eingesetzt, das Eis über Seen und Flüssen war gerissen, es gab schon viel offenen Boden. Viel früher hätte er dennoch nicht aufbrechen können. Kälte kostet Kraft, der Mensch muss mehr essen. Muss er sein Fleisch gleichzeitig jagen, droht ihm beständig der Hungertod. Im Winter wuchsen keine Pflanzen. Beeren gab es nur im Herbst. Mathes war kein Sámi, für den es nichts Besonderes war, allein im Winter draußen zu sein. Andererseits, hatte Iŋgir gewarnt, dürfe er nicht zu lange warten, denn im Frühlingssommer verwandelten sich die Sümpfe in Moraste und würden unpassierbar. Die Mücken würden ihn auffressen und das grüne Dickicht der Wälder würde ihm Weitsicht und Weg versperren.

Er hatte sich eine neue Trage geflochten und die Beutel an seinem Gürtel befestigt. Viel war es nicht, was er trug: das Feuereisen und etwas Zunder, ein neuer Fellsack, den Iŋgir gefertigt hatte, das Messer, das er Kolbjörn gestohlen hatte, Juntes Spieß, einen Beutel mit Trockenfleisch für die ersten Tage, ein kleiner Vorrat Schuhheu, das Iŋgir am Rand der Sümpfe geschnitten, getrocknet und geschmeidig geschlagen hatte, und die Münze, die er damals in Stethu von Regnar erhalten hatte, nachdem er Atli vor dem Ertrinken gerettet hatte. Bislang hatte er dafür keine Verwendung gehabt. Vielleicht würde er sie brauchen. Der Messingring war bei Iŋgir geblieben. Eigentlich hatte Mathes ihn zurückbringen wollen, doch war der Weg zu weit gewesen und Lávrras hatte ihm das Versprechen abgenommen, das nachzuholen, sobald er zurückgekehrt sein würde.

Ja, der Ring, er war zum Pfand geworden für die Wiederkehr, er sollte ihn zurückbringen nach Sjávnja. Er hatte ihn bei dem Kampf mit dem Bären beschützt, Leaibolmái sei einverstanden, hatte Lávrras gesagt. Sivvas Karte würde ihm nichts mehr nutzen, er hatte sie zurückgelassen. So war er auf sich angewiesen, eine Wegbeschreibung gab es nicht.

Keiner der Waldsámi war jemals so weit im Süden gewesen. Obwohl sie alle von der großen Stadt im Svealand gehört hatten, in der sich reisende Händler aus der bekannten und unbekannten Welt

trafen, um Handel zu treiben. Man hatte Sámi getroffen, die andere
Sámi getroffen hatten, die weiter im Süden wohnten und wieder
andere kannten, die bis Björkö gelangt waren, und wer etwas zu
verkaufen hatte, traf sich mit ihnen und tauschte Wissen und Ware.
Wie viel von dem, was berichtet wurde, der Wahrheit entsprach,
wusste niemand. Die Menschen in Björkö, hieß es, sollten reich sein,
dort gebe es welche, die nicht zur Jagd gingen und sich kein Haus
bauten, das täten andere für sie, und sie selbst täten nichts anderes,
als nützliche oder schöne Dinge herzustellen, aus Holz, Horn oder
Eisen oder aus einem Stoff, der Glas heiße und gleichzeitig hart wie
Stein und durchsichtig sei wie Wasser.

Besonders begehrt war das Horn der Elche und manche Sámi,
die deren geheime Stellen kannten, an denen sie jährlich ihre Hörner
abwarfen, sammelten und verkauften sie in den Süden. Deshalb
hatten einige Dinge, die es im Leben der Waldsámi früher nicht
gegeben hatte, den Weg in den Norden gefunden, nämlich Eisen
für die Spitzen der Spieße und Pfeile und Messerklingen. Solche
Dinge galten den Waldsámi teurer als anderen das Gold, weil es
die Jagd erfolgreicher machte als mit Hornspitzen. Sie halfen, den
Hunger zu besiegen und den Kindern zu überleben. Es gab sogar
einige Töpfe, die man über dem Feuer aufhängen und darin Fleisch
kochen konnte, was leichter und bequemer war und weniger Holz
und Arbeit kostete. Und nicht zuletzt kamen Ringe und andere
Gegenstände aus Messing aus dem Süden.

Wie sollte er den weiten Weg finden?

Er hatte mit Iŋgir darüber gesprochen, mit Lávrras und mit Biera,
der nach der Bärenjagd ein Freund geworden war. Er solle nicht so
weit nach Osten gehen, darin waren sich alle einig. Mit jedem Schritt
Richtung Meer würden die Flüsse mächtiger werden, tiefer und
reißender. Schneeschmelze. Deswegen solle er sich im Binnenland
halten, dort, wo man die Flüsse noch durchwaten könne.

Und das tat er.

Schlimm waren die Sümpfe. Es war unmöglich zu erkennen, wo
sie aufhörten, welches der sicherste Weg war, sie zu durchqueren, ob
man sie überhaupt durchqueren konnte, wo der feste Grund plötz-

lich ein Ende nahm und ob unter der getauten Oberfläche etwa noch begehbares Eis lag. Oft stand er lange und prüfte, indem er mit der Hand die Augen beschattete, wo fester Grund sein mochte und ob die Stellen miteinander Verbindung hatten. Wo Birken oder Birkengebüsch wuchsen, war es trocken, wo hingegen Weidengestrüpp wuchs, da war es nass, da floss Wasser, da war es sumpfig, plötzlich grundlos. Tritt nicht auf rote Gräser, sie wachsen auf schwankender Haut! Tritt nicht in hohes Gras oder Schilf! Mitunter stand er vor unpassierbarem Morast, musste umkehren, weshalb er sich immer umschaute, um sich den Rückweg einzuprägen, denn jedes Land hat zwei Gesichter. Eines liegt vor deinen Augen, das andere hat sich hinter deinem Rücken verwandelt. Er versuchte, das Land zu verstehen, zu ahnen, was darunter verborgen war.

Er wünschte, er wäre größer und das Gebüsch würde ihm nur bis an die Hüften reichen und nicht bis an die Brust. Oft konnte er nicht sehen, wohin er trat, sank zwischen Moosbuckeln in sumpfige Löcher, fiel um und musste sich aufrappeln und seine kostbaren Schuhe aus dem Morast ziehen.

Bald hatte er die Sümpfe überwunden, was nicht hieß, dass es keine Hindernisse mehr gab.

Das größte war der Hunger. Wer vorankommen will, muss gehen. Wer geht, kann nicht jagen. Wer nicht jagt, isst nicht, und wer nicht isst, kann nicht gehen. Er musste sich Zeit nehmen für die Jagd. Rentiere waren kluge und wachsame Tiere, immer bereit zur Flucht. Eines zu erbeuten, gelang ihm nur einmal. Während die Herde graste, wachten einige der Tiere, lauschten, witterten, sahen alles, was sich bewegte.

Bei den Waldsámi hatten sie die Tiere gemeinsam gejagt, oft mit den Leuten von Onkel Iskko, weil sie die nächsten Nachbarn waren. War eine Herde entdeckt, trieben sie diese zwischen zwei Zäune, die nebeneinander herliefen, immer enger wurden und zuletzt an einem Kliff endeten, wo sich die Tiere zu Tode stürzten, oder an einer Grube, aus der kein Entkommen war und man sie mit dem Spieß töten konnte. Bist du allein, kannst du nur warten und hoffen, dass sie in deine Richtung ziehen und der Wind günstig ist, damit sie dich nicht wittern. Sonst musst du sie in weitem Bogen umrunden. Ist ein Ren in deiner Nähe, musst du aufstehen, um den Spieß zu werfen, und das ist der Augenblick, wo sie dich bemerken und davonspringen. Seinen Bogen hatte er zu Hause gelassen, des schnelleren Fortkommens wegen. Zu Hause!

Fische waren einfacher. Iŋgir hatte ihm beigebracht, wie man sie mit der Schlinge fing, und ihm einen kleinen Vorrat von Wacholderwurzeln mitgegeben, da er aus dem gefrorenen Boden keine ziehen konnte. Als sie verbraucht waren, verlegte er sich auf das Spießen und blieb nicht erfolglos. Seine Treffsicherheit kam ihm dabei zugute. Jeden Tag übte er dazu das Werfen mit seinem Messer. Er war immer hungrig und es gab Tage, an denen er nichts als Birkensprossen und Wasser zu sich nahm.

Schon eine gepresste Handvoll Bartflechten machte satt. Fand er genug davon, sammelte er sich einen Vorrat und konnte weit gehen. Er konnte sie nicht kochen, deshalb schmeckten sie abscheulich. Je wärmer es wurde, desto mehr essbare Pflanzen wuchsen, Sauerklee, Knöterich oder Venusnabel.

Es ist sehr einfach zu verhungern, wenn du allein bist. Auch hatte er noch nicht das Wissen der Sámi über die Pflanzen im Norden, die man essen konnte und deren Wurzeln er vielleicht hätte ausgraben können, wo der Boden schon offen war. Dennoch, langsam bewegte sich Mathes der Sonne entgegen und je weiter er nach Süden kam, desto mehr Pflanzen fand er, die er aus seiner Kinderzeit kannte. Wasser konnte er fast überall mit dem hölzernen Trinkbecher schöpfen, der an seinem Gürtel hing. Iŋgir hatte ihn geschnitzt.

Einmal gelangte er an einen See, sah von oben durch die Stämme der Kiefern hindurch die glitzernden Schneeflächen, die von nassen Rissen durchzogen waren. Zu gefährlich. Jeder See hat ein Ende. War es besser, nach Westen zu gehen, bis dahin, wo ein Fluss in den See mündete? Oder gar ein Stück zurück nach Norden? Oder sollte er sich ostwärts wenden in der Hoffnung, dort schneller einen Übergang zu finden? Mitunter ging er erst in die eine, dann zurück und in die andere Richtung, mitunter war auch das falsch. Oft folgte er den Pfaden der Tiere. Die Rentiere sind schlau, sie gehen stets den bequemsten Weg, sie vermeiden unnütze Steigungen, sie kennen die sichersten Furten.

Ein Feuer, das warme Fellzeug, das er trug, und der neue Schlafsack, den Iŋgir aus weichen Fellen gefertigt hatte, trotzten der Kälte in den ersten Wochen. Er hatte niemals so kalte Füße wie damals, als er von Borg gekommen war. Iŋgirs Liebe steckte in den paradiesisch warmen Winterstiefeln, die sie *gállohat* nannte, die Sohle war aus dem Stirnfell und das Übrige aus dem Beinfell eines Rens, mit trockenem Schuhgras darin. Eines der vielen Dinge, die er gelernt hatte, war, wie man das Schuhheu so in die Stiefel kriegte, dass es wärmte und gleichzeitig nirgendwo drückte. Jetzt, Wochen später, trug er das Gras in den haarlosen Sommerschuhen, nur etwas weniger.

Einmal hörte er Stimmen, da machte er einen weiten Bogen und in der Nacht kein Feuer. Ein anderes Mal stand ein Mann mit einem Spieß an einem Fluss, wie festgewachsen, und ein drittes Mal geriet er auf einen Pfad, der zu einem Wohnplatz führen musste, weil er immer breiter wurde. Man konnte nicht wissen, welcher Gesinnung ein Fremder war. In der Einsamkeit war es besser, auf sich gestellt zu sein und die Menschen zu meiden, als sich in unbekannte Gefahr zu begeben. Wo man den Menschen traf, lauerte der Tod. Mathes fühlte wie die Tiere des Waldes, wie Bär, Vielfraß, Wolf oder Luchs. Auch sie mieden den Menschen, sie blieben unsichtbar, nur manchmal verrieten sie sich durch ihre Spuren oder ihren Kot.

Tagsüber lagen seine Sinne auf jedem Schritt, den er tat. Er war ein Waldläufer geworden, einer, der alles hörte, jede Bewegung wahrnahm und jeden Geruch witterte. Nichts Menschengemachtes entging ihm.

Abends dachte er an Iŋgir. Besonders wenn er in den Fellsack stieg, das Werk ihrer fürsorglichen Hände. Er sehnte sich nach ihr, nach ihrer Stimme, nach ihrem Gesicht. Mitunter beriet er sich mit ihr, erzählte ihr und horchte nach ihrer Antwort in seinem Inneren. Manchmal dachte er auch an Biera, der so eifersüchtig gewesen war. Nach der Sache mit dem Bären hatte sich sein Verhalten geändert.

»Ich bitte dich, für Iŋgir zu sorgen und für Sárá, solange ich fort bin«, hatte Mathes zu ihm gesagt. »Dass ihnen nichts zustößt. Dass sie zu essen haben.«

»Nicht nur ich«, antwortete Biera. »Du kannst dich auf uns verlassen.«

Er hatte recht. In der Siida stand jeder für jeden ein. Jeder wusste, dass er nur in der Gemeinschaft überleben konnte.

»Du hast dir gewünscht, dass Iŋgir dich zum Mann nimmt. Beaivi hat es anders gewollt. Wenn ich nicht wiederkomme, möchte ich, dass sie dich nimmt und du sie.«

»Wann werden wir es wissen, falls du nicht wiederkommst?«

»Ihr werdet es erfahren. Wenn ich sterbe oder so hinfällig bin, dass ich nirgendwo mehr hingehen kann. Nur dann werde ich nicht wiederkommen.«

Biera nickte. »Du musst wiederkommen!«

Auch mit Iŋgir sprach er darüber. Er musste es. Tote müssen den Lebenden helfen, doch sie sollen demütig sein und dürfen nicht über ihr Leben bestimmen. Ob sie Biera nehmen würde, sollte er, Mathes nicht zurückkommen?

»Du wirst wiederkommen. Ich weiß es.« Das war ihre Antwort, nicht mehr.

Sárá, seine Tochter, hatte ihn angelächelt, das erste Lächeln.

Dennoch, je weiter er sich von den Wäldern des Nordens entfernte, desto öfter war Irmin in seine Gedanken zurückgekehrt, besonders am Abend, sobald seine gespannten Sinne zur Ruhe kamen. Als ließen die Kräfte des Schicksals nach, die ihn mit Iŋgir verbunden hatten, und er ertappte sich bei dem Gedanken, wie es wäre, würde er Irmin wiedersehen. Nur wie sollte das möglich sein? Sie war freigekauft worden und lebte vermutlich in Haithabu, jedenfalls weit im Süden und Westen. Er würde den Wegen des Scheichs in den Osten folgen müssen, wollte er seine Mutter und Magdalena befreien. Irmin war seine Rettung gewesen. In der letzten Nacht, bevor er Eldar ein zweites Mal geblendet hatte, hatte sie bei ihm gelegen und ihm ins Ohr geflüstert, dass er den Dänen besiegen würde. Er vertraute Irmin die List an, die er anwenden wollte. »Du wirst es schaffen, du wirst ihn besiegen«, sagte sie. Sie hatte ihm Vertrauen eingegeben in seine Fähigkeit, blitzschnell ein Messer zu werfen, und die Kraft, es auch wirklich zu tun. Ohne Irmin hätte ich niemals siegen können.

Sie war mein Rettungsengel. Sie ist mein Rettungsengel.

Damals war er nur ein Junge gewesen. Jetzt war er ein Mann, der eine Frau und eine Tochter hatte, und er hatte gelobt, zu ihnen zurückzukehren.

Früher oder später musste er sich anderen Menschen anschließen. Allein durfte er den Bewohnern des Svealandes nicht gegenübertreten. Sobald ich wieder unter Menschen bin, dachte Mathes, wird es nicht lange dauern, bis einer von ihnen mir nach dem Leben trachtet. Oder mehrere. Im Svealand lebten viel mehr Menschen als im Norden, nicht nur in Björkö, und bestimmt gab es einen König. Sehr viel kam darauf an, wie stark er war und ob er gerecht war oder, wie fast alle, nur ein Räuber mit festem Wohnsitz, der mit allen Nachbarn im Streit lebte.

Und diese Leute dort auf der Lichtung?

Sie waren gerade angekommen. Acht Menschen und ein Rentier, ein *härk*. Nur drei Männer. Mit Spießen, die sie neben sich in den Waldboden steckten. Ein alter, zwei junge. Zwei junge Frauen, drei Kinder, kein Junge im kampffähigen Alter, alle kleiner als Mathes. Große Lasten, Elchgehörne türmten sich auf dem Rücken des *härk*, sie nahmen es ihm ab, damit er fressen konnte. Die Männer trugen große Rollen, die sie jetzt ablegten, wohl Felle. Sie lagerten unter dem Dach einer Buche, packten etwas zum Essen aus. Es mussten Sámi sein, unterwegs nach Björkö, um Handel zu treiben. Vielleicht waren sie auf der Suche nach einer neuen Bleibe. Mathes beschloss, es zu versuchen.

Als er aufstand, um sich ihnen zu zeigen, flog der erste Pfeil, ein Schrei und einer der beiden Männer brach zusammen. Wo man Menschen traf, lauerte der Tod.

62

Es war kurz nach dem Tag der Auferstehung des Herrn, als sie in den Norden aufbrachen, um die Bekehrung der Heiden ins Werk zu setzen, ihre Seelen ewiger Verdammnis zu entreißen. Die Zerstörung der Hammaburg jährte sich.

Der Weg durch das Teufelsmoor und über Vörde nach Stethu wäre der kürzeste Landweg gewesen, doch war der Seeweg bequemer und vor allem ungefährlicher. Im Teufelsmoor trieb der Leibhaftige sein Unwesen. Viele Übermütige waren hineingegangen und nie wieder herausgekommen, Opfer von Nebel, Sumpf und Hexengeflüster geworden oder nur ausgeraubt und umgebracht, denn Räuber nutzten das Moor als Versteck. Ansgar wünschte sich eine Obrigkeit, die das räuberische Unwesen unterbinden und die Übeltäter mit harter Strafe abschrecken könnte und überhaupt alle Gewalt im Volk ausrotten. Es fehlte an den Steuereinnahmen, die erst einen starken Herrn machten. Ohne Steuern blieb die Obrigkeit schwach, und solange sie schwach war, konnte sie keine eintreiben, das war das Problem. Der Zehnte war eine Pflicht, die zu selten erfüllt wurde.

Der Tross der Missionare bestand, auf zwei gemieteten Schiffen verteilt, aus Ansgar und seinem Freund Witmar, zehn Kaufleuten und, neben einigen persönlichen Bediensteten, ebenso vielen Bewaffneten. Sie sollten die Reisenden beschützen, die Schiffe beschicken und rudern, wenn es nötig war, zu Lande die Pferde versorgen, die Handelsware und die Geschenke für den König der Sueden in gutem Zustand halten, Essen und Trinken zubereiten und soweit erforderlich beschaffen und nicht zuletzt Quartier machen. Was am wichtigsten war, sie sollten die kostbaren Bücher behüten. Ihnen durfte nichts zustoßen.

Die Kaufleute hingegen reisten auf eigene Kosten. Sie hatten die Schiffe besorgt und bezahlten die Bewaffneten. Das war der Grund, warum schon Ludwig der Fromme reisende Händler von Steuern befreit hatte, was sein Nachfolger, der Deutsche, nicht geändert hatte, weshalb sie erst nach ihrer Rückkehr einen Obolus nach eigenem Gutdünken entrichten würden, damit sie weiter das Vertrauen der Herrschaft genössen.

Nachdem man in der Elbmündung geankert und die Tide abgewartet hatte, gelangte das Schiff mit der aufsteigenden Flut in die Mündung der Stör und von dort zur Burg Esesfelth. Graf Egberts Posten waren seit dem Überfall der Dänen doppelt wachsam. Sie hatten die Ankunft der Schiffe angekündigt. Ein großes Ereignis. An der Schifflände drängten sich die Bewohner von Esesfelth, und als die Menschen sahen, wer da im braunen Habit am Bug stand, jubelten sie.

Ansgar freute sich. Er erkannte einen Mann in der Menge, der auf ihn zudrängte und ihn mit großer Freude begrüßte, indem er sich verbeugte, recht tief, aber nicht so tief, dass es unterwürfig war.

»Siegbert von Vörde!«, rief Ansgar. »Wie schön, Euch zu sehen. Ihr hier?«

»Ja, ich lebe hier«, erklärte der Mann mit lachendem Gesicht. »Ich habe hier mein Glück gefunden.«

Er wies auf eine stolze Frau, die erst jetzt aus dem Tor herbeieilte, einen Korb im Arm. Ihre Kleider wehten im Frühlingswind, auf ihrer Brust wippten Zöpfe. Die Menge ließ sie durch an Siegberts Seite. Es war Arnhild, die Heilkundige, und es konnte niemandem verborgen bleiben, dass sie schwanger war. Außer Atem begrüßte sie Ansgar mit einer Verbeugung.

»Wir möchten, dass Ihr unsere Ehe segnet«, sagte Siegbert, indem er einen Arm um Arnhilds breite Hüfte legte und sie vielfach nickte.

Das wird verdammt Zeit, dachte Ansgar und bändigte die aufsteigenden Flüche, indem er die Zähne zusammenbiss.

»Spätestens morgen!«, rief er endlich und lächelte.

Der dicke Graf Egbert gab sich würdig und hielt sich zurück, denn es ist die Frage, wer begrüßt und wer sich begrüßen lässt – die weltliche Obrigkeit, die für das Diesseits sorgt und die göttliche beschützt, oder Letztere, die der weltlichen die Leviten liest. Das war ein kompliziertes Hin und Her. Das Volk machte ein Spalier, als er hinging und sie unterbrach, um sogleich zu berichten von Siegberts

Heldentat, so stolz, als wäre es seine eigene gewesen. Wie er in der schwarzen Nacht geritten sei, um Esesfelth zu warnen, sich durch den Räuberhaufen der Nordmänner und ihre Schwerter gehauen habe, »ein wahrer Heldenritt, das sage ich Euch«. Schwer verletzt sei er angekommen, habe viel Blut verloren, »und ich habe dafür gesorgt, dass er geheilt wird«.

Als er innehielt, um die Wirkung seines Berichts zu steigern, stotterte Ansgar in die Stille hinein: »Ja, verfluchte Inzu…, nein, verdammte … Ich meine, Verdammnis soll sie treffen, diese Heiden, diese Ziegenköpfe und A-Arschgesichter! Ein Hoch auf Siegbert von Vörde!«

Er stellte sich auf die Zehenspitzen und schlug Siegbert auf die Schulter und alle lachten. Ansgar hatte eine laute und tiefe Stimme und jedes seiner Worte drang durch bis zum Letzten in der Menge. Ein Pfaffe, der fluchen konnte wie ein Mann aus dem Volk, das war was!

»Das habe ich alles diesem Ritt zu verdanken!«, rief Siegbert. »Und sie hat mich geheilt.«

Als Ansgar die weiße Schwanzfeder eines Seeadlers aus der Menge ragen sah, die an einem aus Wolle gewalkten Hut steckte, und unter diesem einen scharfäugigen Kerl, der sich gerade ein Lächeln abnötigte, ging er auf ihn zu. »Berowelf! Der Retter! Ich hoffe, Ihr seid wohlauf.«

»Alles wohlauf, Herr Bischof«, raspelte Berowelf. »Das Leben geht weiter.«

»Mit Gottes Hilfe! Ich danke Euch für alles, was Ihr vollbracht habt!«

Ansgar fragte nach dem Schicksal der Geraubten. Arnhild erzählte, was sie darüber wusste.

»Leider konnten wir den Sohn des Gerbers, Mathes hieß er, nicht befreien, und auch nicht Christopherus, den langen Mönch, der trotz großer Gefahr so unerschrocken und mutig geblieben war.«

Und sie berichteten, wie Mathes den Räuber Eldar besiegt habe und die Dänen ihn den Stecher genannt hätten und dass beide in weite Ferne in den Norden verschleppt worden seien, wo sie vermutlich immer noch seien, wenn Gott sie habe leben lassen.

»Christopherus«, antwortete Ansgar. »Der gute Christopherus.« Seine Wangenmuskeln spannten sich, er wollte lieber ein Tau durchbeißen als die Flüche, die in ihm steckten, über die Lippen zu lassen.

»Ein wunderbarer Lehrer«, meinte Arnhild. »Ob er im Norden auch die Kinder unterrichtet? Wenn er noch lebt. Es würde mich nicht wundern. Ohne ihn …«

»Wer weiß, was dieser Kerl alles macht dort oben, dieser … verfi-flucht und zugenäht!«, fuhr es aus Ansgar heraus. »Dem ist verda…, äh, einiges zuzutrauen!«

»Die werden schon irgendwie durchkommen«, meinte Arnhild. »Wer sie in Haithabu erlebt hat, so leicht lassen die sich nicht unterkriegen.«

»Ob sie je wieder heimkehren werden?«, fragte ein Mädchen, das Arnhild gefolgt und sich zu ihr gesellt hatte. Es war rot geworden im Gesicht. »Es sind so viele, die fort sind.«

»Verfluchtes Pack!«, warf Berowelf ein.

»Wer weiß es?« Arnhild tätschelte es an der Schulter. »Sie haben wir freikaufen können.«

»Ohne Mathes hätte ich die schreckliche Zeit nicht überstanden«, sagte das Mädchen.

»Er hat gelobt, seine Mutter und seine Schwester aus der Sklaverei zu befreien«, sagte Arnhild. »Und das wird er tun, so wahr ich hier stehe.« Sie erzählte Ansgar von dem garstigen Scheich und seinem schwarzen Diener, dem sanftmütigen Samuel von Nubien. »Mathes muss ein anderes Leben leben, ich weiß es.«

»Ich habe ihn nicht getauft«, warf sich Ansgar vor.

Dafür wolle er getauft werden, das sei er noch nicht, sagte Siegbert, damit der Ehebund gesegnet werden könne. Er und Arnhild nahmen das Mädchen zwischen sich und erklärten, ein Kind hätten sie schon, ein kluges und anstelliges Mädchen. Irmin lerne die Kräuter- und Heilkunde nach dem Arzneienbuch und helfe nicht nur auf den Feldern, sondern auch im neuen Karlsgarten, während sie Karla, die in Wahrheit Keela heiße und aus Irland stamme, hatten hergeben müssen. Die sei nämlich in Haithabu geblieben, um dort das Handwerk der Töpferei zu erlernen, das sei ihre Bestimmung, und vielleicht, so Gott wolle und sie einen rechtschaffenen Mann finde, werde sie eines Tages hierher zurückkehren, vielleicht mit einem der Töpfersöhne. Irmin habe sich vorgenommen, wenn sie genug gelernt habe, in die Welt hinauszugehen, um woanders den Menschen zu helfen, weil es überall an Heilkundigen fehle.

Als der Name fiel, hatte Ansgar die junge Frau erkannt. Irmin war die Tochter eines rechtschaffenen Korbflechters und seiner Frau, deren einziges Kind. Vater und Mutter waren erschlagen worden, er hatte sie begraben müssen.

»Deine Eltern, sie haben ein würdiges Grab erhalten«, sagte er und machte ein Kreuz.

Irmins Augen füllten sich mit Tränen.

Arnhild legte einen Arm um sie. »Hier hat sie eine neues Zuhause gefunden. Sie wird einmal eine tüchtige Heilerin sein.«

Als Ansgar weitergehen wollte, drängte sich ein junger bärtiger Mann herbei, der ungeduldig neben den anderen gestanden hatte und nun vor ihm auf die Knie gehen wollte. Ansgar duldete es nicht, indem er ihn aufhob, sodass er sich nur noch tief verneigte und sich bei ihm bedankte. Durch den Herrn Bischof sei er von seinen Sünden befreit worden, die er unter dem Joch der Dänen begangen habe. Es war Aedan, der, wie er jetzt in brüchigem Sächsisch berichtete, nach seiner Befreiung in Esesfelth geblieben und einer der Dortigen geworden sei. Er arbeite im Karlsgarten, erklärte er, gemeinsam mit Irmin, die schon eine tüchtige Kräuterfrau geworden sei und lesen und schreiben könne. »Das lerne ich nun auch, damit ich ihr einigermaßen ebenbürtig bin, denn ...« Ihm stockten die Worte, er warf einen Blick auf Irmin, die sich neben ihn gesellt hatte, und beide wurden rot.

»Denn ...?«, fragte Ansgar.

Aedan wurde womöglich noch röter.

Irmin machte eine Verbeugung. »Wollt Ihr uns ebenfalls einsegnen, Herr Bischof? Wir sind elternlose einsame Menschen, niemand ist unser Vormund. Arnhild hat diesen Mann gerettet und sie hat geholfen, mich vor einem schrecklichen Schicksal zu bewahren. Ohne sie wären wir Bettler und hätten uns nicht ernähren können. Wir wollen beisammenbleiben und gemeinsam den Zeiten trotzen. Ihr sollt mich taufen.«

Ansgar legte seine Hände auf die Köpfe des Paars und sagte mit zitternder Stimme: »Das will ich. Das will ich unbedingt!« Und er wunderte sich, dass ihm keine Flüche kamen.

»Vielleicht gehe ich wirklich in die Welt hinaus«, sagte Irmin und griff nach Aedans Hand. »Nach Irland, woher mein … mein Mann stammt. Wir haben beide die Heimat verloren. Nach der Hammaburg kann ich nicht zurück, dort würde mir der Schrecken immer vor Augen sein. Dort wäre wenigstens einer von uns zu Hause.«

Das war eine glückliche Ankunft und Ansgar murmelte mehrfach »Gottes Segen, Gottes Segen«. Es ist gut, dachte er, wenn sich junge Menschen zusammentun, gerade nachdem ihnen Schreckliches widerfahren ist. Es ist die Liebe, die heilt, und die Verantwortung füreinander.

Frohgemut betraten sie die Burg.

Schon am nächsten Tag wurde ein Gottesdienst mit dem heiligen Abendmahl abgehalten. Zu Beginn ließen sich Siegbert und Irmin taufen. Die anderen beiden waren bereits in den Schoß der Kirche aufgenommen worden. Danach segnete Ansgar die Ehen ein, Siegbert und Arnhild und Aedan und Irmin versprachen sich Treue bis zum Tod, dass sie einander lieben, achten und ehren wollten in guten und schlechten Tagen. Zuerst umarmten Arnhild und Siegbert einander und küssten sich und weinten vor Freude über den Segen des Höchsten und Irmin und Aedan taten es ihnen nach.

Abends fand ein Fest statt, zu Ehren des Bischofs, aber auch zu Ehren der Paare, und Berowelf, der Griesgram, flüsterte Ansgar, dass kein Bewohner von Esesfelth sich erinnern könne, je eine so schöne Hochzeit erlebt zu haben, die sogar eine Doppelhochzeit sei, das eine Paar schon alt, sie zählten mehr als zwanzig Jahr, und das andere so jung, der Mann so fremd und beide Waisen.

Am nächsten Tag zogen Ansgar und seine Begleiter weiter auf dem Ochsenweg nach Haithabu. Für die Lasten hatte Egbert ihnen gute Pferde mitgegeben. Obwohl ihre Ankunft durch Sendboten angekündigt und genehmigt war, mussten sie am Danewerk einen ganzen Tag lang warten. Den Wachen gefielen die Waffen der Männer nicht und Ansgar musste den Zweck der Reise ein zweites Mal umständlich erklären und die königlich gesiegelte Kopie vom Einladungsschreiben des Björn på Håga von Björkö vorlegen, die von der Obrigkeit umständlich geprüft wurde.

Der Stadthalter vergalt die Unbequemlichkeit, indem er Ansgar und die Missionare gut aufnahm und sie mit einem Bankett ehrte, als wäre der Überfall auf die Hammaburg vergessen, was er natürlich nicht war. Die Stadt hatte sich verändert seit Ansgars erstem Besuch, der siebzehn Jahre zurücklag. Er erkannte sie fast nicht wieder, sie war viel größer und enger geworden, zwischen den Häusern stank es nach dem Furz des Teufels, es gab viel mehr Handwerker und die Christen hatten eine eigene Siedlung gegründet. Ansgar war versucht, eine Weile in Haithabu zu bleiben, die Gunst der Stunde zu nutzen und vielleicht eine Kirche zu errichten. Schließlich blieb er bei seinem ursprünglichen Plan, denn wer weiß, welche Hindernisse und Prüfungen Gott ihm bereiten und wie viel Zeit es brauchen würde, sie zu bestehen? Haithabu lag in der Nähe zur fränkischen Grenze, man würde leicht wieder hierherkommen können.

Estrid und Keela freuten sich über die Nachrichten aus Esesfelth und Ansgar überbrachte nicht nur ihnen, sondern auch Keela Grüße von dort. Er hielt eine Messe ab, von der die Christen von Haithabu lange zehren mussten, da sie bald aufbrachen, und viel Zeit würde vergehen, bis wieder ein Vertreter Gottes in das Reich der Heiden kommen würde.

Ansgar hatte zwei Seekundige angeheuert, weitere Kaufleute schlossen sich ihm mit einem dritten Schiff an. Wie er gehofft hatte, befand sich in seiner Brusttasche ein Empfehlungsschreiben des Wikgrafen von Haithabu. So war er gut gerüstet. Man wartete guten Wind ab und die kleine Flotte stach in See. Sie segelten ostwärts und hielten sich stets in Sichtweite zum Land, das sie abends aufsuchten, um über Nacht zu lagern. Schon nach wenigen Tagen zeigte sich die neue Küste von Götaland.

»Wann sind wir endlich da?«, fragte Witmar. Er stand am Bug, hielt sich an der Bordwand fest und hatte ein grünes Gesicht.

»Du siehst recht elend aus, mein Lieber«, meinte Ansgar anstelle einer Antwort und rieb sich die Hände. Gott hatte ihm einen kleinen Leib und eine große Gesundheit geschenkt, wovon sein Magen der beste Teil war.

»Uaah!« Witmar würgte und erbrach sich.

»Du bist zu groß.« Ansgar lachte. »Dein Magen ist zu lang. Achte darauf, dass alles über Bord geht.«

»Hochmut kommt vor dem Fall!« Witmar würgte, nachdem er sich entleert und mit Meerwasser den Mund ausgespült hatte. »Seereisen sind nun einmal scheiße.«

»Fluche nicht!«

»Das musst du gerade sagen.«

Ansgar von Bremen war bester Laune. Mit Vergnügen betrachtete er die grüne Gischt um den Bug des Schiffs, der auf und ab ging wie eine Wiege Gottes.

»Uaah«, krächzte Witmar und gab Galle von sich.

»Wozu kotzt du eigentlich noch, wenn nichts mehr kommt?«, fragte Ansgar. »Das strengt unnütz an und schadet deinem Hals.«

»Pass auf, dass ich dir deinen nicht umdrehe«, ächzte Witmar. Sein Gesicht war jetzt grau.

»Ich habe einmal einen guten Ratschlag gehört«, sagte Ansgar. »Den will ich dir weitergeben. Halte den Blick fest am Horizont, das hilft.«

»Versuche ich.«

Ansgar wandte sich ab und schaute über das Heck zu den beiden folgenden Schiffen. Herrliche Instrumente! Wie Gottes Atem sie vorantrieb über das Meer! Wie das Wasser zu weißer Gischt wurde! Wie die Segel die Kraft des Windes in Bewegung umsetzten! Wie das Schiff so viel tragen konnte, ohne unterzugehen! Wahrlich, dachte er, Gott ist groß, er hat dem Menschen geniale Geisteskräfte verliehen, damit er sich die Elemente untertan machen könne. Was wären wir ohne Schiffe und Räder!

»Ich sehe etwas«, hörte er von hinten.

»Ja und es ist wunderbar!«, rief Ansgar. »Gott macht den rechten Wind für uns, damit wir unser Werk der Bekehrung fortsetzen können.«

»Das meine ich nicht.«

»Was denn?«

»Die Schiffe da vorn.«

»Was!«, fuhr Ansgar herum.

»Ich sollte doch auf den Horizont schauen, oder?«

Zwei Schiffe.

»Stopp! Halt!«, schrie Ansgar.

Die Segel wurden gerefft, das Schiff verlor Fahrt. Die Bewaffneten griffen nach ihren Schwertern, manche machten ein bekümmertes Gesicht.

»Sind nur zwei«, meinte der Hauptmann, ein bärtiger Däne. »Mit denen werden wir fertig, falls …«

Die Fremden ruderten, erkannte Ansgar nun, gegen den Wind, während sie selbst in ihre Richtung trieben, den niedergelegten Segeln zum Trotz, der Wind hatte nicht gedreht. Die Schiffe näherten sich unabänderlich einander an. Leider war es eine Menge Ruder, die da ins Wasser tauchten, und als er sie zählen konnte, kam er auf zwanzig Ruderer je Schiff, vierzig Männer also, mit schlechten Absichten, das bewies der Bugdrache, besonders seine rote Zunge.

»Oha«, grummelte der Hauptmann. Und kurz darauf brüllte er: »Fertig machen zum Kampf! Alle zu den Waffen!«

Es gab Gerühre und Geklirre und etwas Gerempel und schon hatten die Leute ihre Schilde vor sich und die Schwerter in den Fäusten und die Kappen auf den Köpfen. Die Bogenschützen hielten ihre Bogen gespannt, die Pfeile eingelegt.

»*Gefast upp!*«, brüllte der Bugmann des ersten Schiffs, als es noch fünf Längen entfernt war. »*Leggðið niður vopnin!*«

»Was?« Ansgar verstand nicht.

»*þið ættið að gefast upp!*«

»Was redest du da, du Heini!«, schrie Ansgar außer sich. Seine Stimme schallte weit und tief. »Du Fliegenhirn! Pissnelke! Ritzenriecher!«

»*Hálfvíti, bleyða, fífl!*«, tönte es zurück.

»Halt!«, rief der Hauptmann. »So wird das nichts!« Er schob Ansgar beiseite. »Lasst mich mal«, sagte er und begann, in fremder Zunge mit dem Anführer der Seeräuber zu sprechen, denn solche mussten es sein.

Es ging hin und her, sogar recht höflich.

»Sie sagen, wir sollen uns ergeben«, übersetzte der Hauptmann. »Er sagt, Ihr seid, äh, ein, also nicht richtig bei Trost. Oder so.«

»Sagt ihm, dass er das ist, was ich gesagt habe, was er ist. Was will er?«

»Alles außer unser Leben.«

»Ist der Mann verrückt?«

»Ich fürchte nicht.«

Sie hatten Gelegenheit, die Räuber aus fünf Schiffslängen Entfernung zu betrachten, und das Ergebnis war nicht gut. Dort saßen vierzig Bewaffnete, bärtige Gestalten mit grimmigen Gesichtern, die ihre Schiffe mit geschickten Manövern stets außerhalb der Reichweite von Pfeilen hielten. Es war nicht schwer, sich vorzustellen, was geschehen würde, käme es nicht zu einer Einigung. Die Leute erweckten nicht den Eindruck, sie täten das, was sie taten, zum ersten Mal.

»Kommt nicht infrage!«, erklärte Ansgar. »Und wenn wir nicht wollen?«

»Dann, sagt er, nehmen sie sich alles, was wir haben, und unsere Leben dazu.«

»Nein, nein und noch mal nein!« Ansgar stampfte auf.

»Wir haben vereinbart, dass bei einem Überfall ich die Entscheidungen treffe«, erklärte der Hauptmann.

»Wir sind noch gar nicht überfallen worden!«

»Das wird sich sofort ändern, wenn …«

»Ich habe keine Angst!«

»Ansgar!«, rief Witmar. »Ansgar!«

»Ich lass mich von diesem … diesem Milchsuppengesicht, diesem … diesem Furznickel, diesem …«

»Ansgar, so höre doch!«

»… Galgenraben! Eckenpisser!«

»Es reicht, Ansgar!« Witmar ging hin und schüttelte Ansgar, dass er schwieg.

Es endete damit, dass die Schiffe der Missionare und Kaufleute an einem felsigen Stück Küste anlanden und alle an Land gehen mussten. Manchmal liegt, wer sich wehrt, verkehrt und der Verstand ist stärker als das Gefühl. Es gab unter Bäumen einen Strand, dort mussten die Schiffe auf Grund gesetzt werden und sie wurden nicht beschädigt.

Die Räuber kreisten die Gesellschaft der Missionare ein, indem sie sich auf dem erhöhten Ufer verteilten. Es gab kein Entrinnen. Alles, was sich auf den Schiffen befand, mussten sie an Land tragen. Immerhin hatte Ansgar aushandeln lassen, dass die Räuber ihm die Bücher ließen, damit würden sie ohnehin nichts anfangen können, nicht zuletzt deshalb, weil keiner von ihnen lesen konnte, schon gar nicht Latein. Ein Schiff, hatten die Räuber zugesichert, würden sie behalten dürfen, um darauf zu segeln, wohin sie wollten, ohne Waffen, mit Proviant für drei Tage. Ein großzügiges Entgegenkommen der Räuber, hatte der Hauptmann übersetzt, immerhin behielten alle Leben und Gesundheit, das sei schließlich das Wichtigste und alles andere als selbstverständlich bei solchen Überfällen.

Ansgars Gesellschaft schickte sich an, das kleinste der Schiffe zu besteigen, das ihnen zugeordnet war. Es würde eng werden. Als er und Witmar zu den Säcken mit den Büchern griffen, pfiff der Räuberhauptmann.

»Hierlassen!«, sagte er und bewegte den nach unten gebogenen Mittelfinger am ausgestreckten Arm auf und ab.

»Aber …«

»Nichts aber«, sagte der Mann, plötzlich in klarem Fränkisch. Er packte den ersten Sack.

Ansgar wehrte sich und sie beide zerrten daran.

»Finger weg!«, rief der Räuber, riss den Sack fort, denn er war viel größer und stärker, und schleuderte ihn beidhändig über Ansgars Kopf hinweg in das Wasser der Ostsee.

»Halt!«, schrie Ansgar und schon war er im Wasser, bis über die Knie. »Nein!«

63

Bevor Mathes darüber nachdenken konnte, was er tun sollte, hatte er sich, die Kiepe zurücklassend, den Spieß in der einen und das Messer in der anderen Hand, nach rückwärts durch den Farn geschlängelt. Er machte einen Bogen und sprang in großen Sätzen den Angreifern in den Rücken. Sie hörten ihn nicht im Kampfeslärm. Drei bärtige Kerle waren es, die mit Spießen auf die Sámi eindrangen, einer von ihnen, der älteste, lag schon da in seinem Blut und suchte sich fortzuziehen. Eine der Frauen war mit den Kindern hinter den Baum gewichen, die andere griff nach einem Ast, die beiden Männer standen, ihre Messer in den Händen, vornean.

Als einer der Angreifer seinen Spieß in einen der beiden Sámi rammen wollte, schrie Mathes: »He! Hierher!«

Da fuhr der Angreifer herum und schon stieß Mathes ihm den Spieß in den ungeschützten Bauch, ließ die Waffe fahren und, indem er drei Schritte zurückwich, das Messer hinüber in seine Rechte fliegen, das er dem zweiten Räuber, der ihn angreifen wollte, in die Schulter schnellte. Zugleich schlug die Frau mit dem Knüppel zu, ein anständiger Schlag auf den Kopf, dass er ohnmächtig umfiel. Die beiden Sámi hatten sich auf den dritten Angreifer gestürzt, ihm den Spieß beiseitegeschlagen. Sie warfen ihn um, waren über ihm und hieben ihre Messer in seine Brust. Er war auf der Stelle tot.

Mathes drehte sich im Kreis – keine weiteren Feinde zu sehen. Allen ging der Atem schwer, die Frauen hatten ihre Kleider vor die Gesichter ihrer wimmernden Kinder geschürzt. Der Durchbohrte stöhnte, die Augen himmelwärts gerichtet, beide Fäuste um den Spieß gekrampft, er wollte ihn herauszerren, doch das Blut wich ihm schon aus dem Gesicht und das Leben aus dem zitternden Leib. Mathes ruckte den Spieß heraus, da der andere, dem das Messer in der Schulter stak, wieder wach geworden war. Er saß schon auf den Knien und wollte sich erheben, tastete nach dem Messer, aber die beiden Sámi hielten ihm ihre an den Hals.

»Gib her!«, sagte Mathes, zog ihm das Messer aus der Schulter und stieß ihn nieder.

Da lagen sie. Ein Toter, ein Halbtoter und ein Verletzter. Dem Gespießten quoll Blut aus den Augen und schäumte ihm grässlich zwischen den Lippen aus, seine schreckliche Grimasse war weiß geworden. Rasselnd ging sein Atem, er ächzte langsamer und ein letztes Mal, schlug mit den Beinen umher, bis sich sein ganzer Leib aufbäumte, niederfiel, zitterte und endlich still liegen blieb. Er tat einen letzten tiefen Atemzug und hauchte sein Leben aus.

Die beiden Sámi knieten jetzt neben ihrem verwundeten Reisegefährten und sprachen leise auf ihn ein.

»Gnade«, bettelte der verletzte Räuber. »Ich bitte euch, lasst mich am Leben! Ich habe Frau und Kinder, die ich versorgen muss! Die zwei da sind schuld, sie haben mich überredet!«

Er trug zerlumpte Kleider und eine tiefe Narbe auf der Stirn, die noch rot war.

»Was ist mit ihm?«, fragte Mathes die Sámi in ihrer Sprache.

»Es wird gehen«, antwortete der Verletzte. »Es blutet stark, aber mein Bauch ist gut.«

»Was machen wir mit dem Feigling hier?«

»Lassen wir ihn laufen«, antwortete der eine der beiden, der eine Mütze mit drei Zipfeln trug.

Der andere, er hatte eine lederne Kappe auf, fügte hinzu: »Er kann uns nicht mehr schaden.«

»Und wenn er Freunde hat und sie aufstachelt, uns zu verfolgen und erneut anzugreifen, um Rache zu nehmen?«

»Wir sind bald in Björkö. Es sind nur noch sechs oder sieben Tage. Er wird uns so schnell nicht folgen können.«

»Wir werden auch langsam gehen müssen. Und wenn er in Björkö Freunde hat? Die sonst sein Raubgut für ihn verkaufen?«

Während sie sprachen, sickerte das Blut aus der Schulter des Räubers, seine ängstlichen Augen sprangen zwischen ihnen hin und her. Offenbar verstand er die samische Sprache nicht.

Die Sámi hatten offenbar keine Lust, den Mann zu töten. Trotzdem, es ist besser, ihn umzubringen, dachte Mathes. Erstens taugt er nicht viel und zweitens kann er uns gefährlich werden. Wer weiß, wie viele Kumpane er hat und wo die stecken? Verdient hat er es außerdem. Er hob den Spieß.

»Hau ab, du feiger Hund!«, hörte er sich sagen und ließ den Spieß sinken. »Wehe, du kommst uns noch einmal in die Quere. Du wirst es nicht überleben!«

Mit Mühe rappelte sich der Mann auf, ließ einen schiefen Blick über die Gesellschaft gehen und schleppte sich fort. Es dauerte nicht lange und er war zwischen den Bäumen verschwunden. Der Wald war gnädig, er verbarg jeden. Ob der Kerl krepieren würde?

Mathes konnte nicht anders und betrachtete die Gesichter der Toten. Er beugte sich hinab und schloss ihnen die Augen. Derjenige, den er mit dem Speer durchbohrt hatte, zeigte ein stilles und friedliches Antlitz, als wäre er damit zufrieden, endlich tot zu sein, erlöst von der Last seiner bösen Taten und froh, keine weiteren begehen zu müssen. Das des anderen war schrecklich verzerrt. Warum sie wohl zu solch elenden Räubern geworden waren?

Sonnenstrahlen blitzten durch die schwankenden Wipfel, Mathes hörte das Konzert des Waldes, das leise Rauschen dort oben, ein Raunen und Flüstern, das Klopfen eines Spechtes, das Knarren sich wiegender Äste und das Krächzen eines Raben. Ein Rabe ist niemals allein, vielleicht erzählte er seinen schwarzen Gesellen von den Leichen, die dort unten lagen.

Wir müssen sie begraben, dachte Mathes.

Die Sámi klopften sich ihre Kleider ab, die Frauen weinten vor Erleichterung und umarmten die Kinder, die mit stummem Entsetzen die zwei Toten anstarrten.

»Wir danken dir!«, riefen die Sámi ein ums andere Mal.

»Lasst gut sein«, sagte Mathes. »Ich habe gar nicht nachgedacht. Ich hatte euch vorher gesehen und überlegt, euch zu fragen, ob ich mit euch gehen kann. Ihr wollt wohl nach Björkö, ich will auch dorthin. Allein ist man ziemlich wehrlos, da wäre ich mit denen bestimmt nicht fertiggeworden. Darf ich mit euch gehen?«

»Ja, komm mit. Wir freuen uns, wenn du mit uns gehst.«

Die Zeit hatte wieder ihr altes Maß.

Eine der Frauen drückte Stoff auf die Wunde des Verletzten, die andere ging fort, streifte umher und kehrte mit einer Handvoll Moos und anderen Kräutern zurück, die sie ihm unter den Verband schob. Er setzte sich langsam auf, lehnte sich an den Stamm der Buche und begann leise zu joiken.

Mathes ging, um seine Kiepe aus dem Farn zu holen. Nie wieder wollte ich töten, dachte er. Und doch habe ich es wieder getan. Erlendur hieß der Erste, Gisli der Zweite und dieser hat keinen Namen.

»Wie kommt es, dass du unsere Sprache sprichst?«, fragte der mit der Lederkappe, nachdem Mathes zurückgekehrt war.

»Das ist eine lange Geschichte«, antwortete Mathes und deutete auf die Toten. »Ich schlage vor, wir …«

Sie fanden eine Senke im Waldboden, sie legten sie so hinein, wie sie waren, und bedeckten sie mit Erde, Ästen und Steinen.

»Was habt ihr da?«, fragte Mathes, als sie fertig und zurück auf dem Lagerplatz waren. Er zeigte auf einen Weidenkäfig, den er erst jetzt bemerkt hatte, weil er zwischen dem abgelegten Gepäck der Reisenden stand. »Ein Vogel. Nein, zwei.«

»Ja, es sind Gerfalken.«

Einer dunkel und grau gesprenkelt, der andere weiß. Ein seltenes Tier, die meisten waren dunkel gefärbt und es gab nur wenige weiße. Und dieses war, wie Mathes bemerkte, als er sich herabbeugte, schwarz-weiß gesprenkelt. Zwei Jungtiere, vielleicht sechs Wochen alt, schon mit scharfem Räuberblick, die noch Flaum zwischen den Federn hatten, das Größte an ihnen war der Schnabel. Die Sámi hätten die Tiere dort, wo sie bisher gewohnt hätten, aus einem Nest genommen, das sich auf einer der Klippen befunden habe. Von einem Sámi, der in Björkö gewesen sei, hätten sie gehört, dass man solche Tiere dort für hohes Entgelt verkaufen könne. Zwei weitere Tiere hätten sie im Nest gelassen, »damit die Eltern nicht traurig sind und es später auch noch Falken gibt«, sagten die Sámi, niemals nehme man alles.

Der Käfig wurde auf dem *härk* befestigt und sie brachen auf. Sie gingen auf einem Fahrweg mit vielen Spuren. Allmählich gelangten sie wohl in besiedelte Gegenden. Der Verletzte konnte nur langsam gehen, sie mussten viele Pausen machen und lagerten sich früh zur Nacht, weit abseits des Wegs.

Der Verletzte war der Vater der beiden anderen Männer, die Frauen wiederum waren seine Schwiegertöchter und die drei Kinder seine Enkel, die zwischen sechs und zehn Jahren alt waren. Der Alte hieß Ásllak, er sei, wie er sagte, ein Hornschnitzer und könne Kämme machen und habe seine Söhne die Kunst gelehrt. Vielleicht sei das Leben in Björkö leichter, sie wollten sich dort als Handwerker versuchen, weshalb sich in ihrem Gepäck schon viele fertige Kämme, Broschen und Spangen befänden, und die Elchgeweihe, die der *härk* trage, würden Arbeit für lange Zeit geben.

Wenn nichts dazwischenkomme, würden sie bald am Ziel sein.

64

»Ansgar!«, rief Witmar. »Ansgar! Du kannst nicht schwimmen!«
Langsam trieb der Sack davon. Ansgar traten die Augen aus dem Kopf. Sein Adamsapfel ging auf und ab, als hätte er eine Maus verschluckt.

»Das war für das Fliegenhirn«, sagte der Mann und griff nach dem zweiten Sack. »Und der ist für die Pissnelke.« Er schleuderte ihn ins Wasser wie den ersten. Er griff nach dem dritten. »Und der für den Ritzenriecher, du Idiot! Feigling! Schwachkopf!«

Ansgar achtete nicht auf die Beleidigungen. Er sah den Büchersäcken nach, die sich aufblähten und auf dem Wasser davontrieben wie tote Schafe. Er weinte.

»Memme! Heulsuse!«, rief der Räuber.

Ansgar ignorierte ihn.

Alles war verloren. Die ganze Mühe! Das Werk vieler gelehrter Köpfe und geschickter Hände, die Frucht vieler Tage und Nächte konzentriertester Emsigkeit, die komprimierte Weisheit von Jahrhunderten, die Worte Gottes, voller Hingebung gebannt auf Pergament, das Opfer seiner demütigen Diener.

Da saßen sie. Auf den Klippen, im Nirgendwo der flachen Küste von Götaland.

Das heißt, nur er saß, Witmar. Ihm ging es viel besser, seit er festen Boden unter den Füßen hatte. Ansgar lief mit auf dem Rücken verknoteten Händen im Kreis umher.

Sie beide hatten nach den Säcken mit den Büchern Ausschau gehalten, nachdem die Räuber mit allem fort waren. Ob sie vielleicht bitte, bitte wieder an Land treiben würden? Dort, der Fleck, das Etwas, das auf der Welle tanzte. Nie hatte jemand länger auf die Wellen der Ostsee gestarrt. Nichts. Der Verlust muss endgültig sein, erst wenn es keine Hoffnung auf das Alte mehr gibt, kann etwas Neues entstehen.

Der Hauptmann wollte den Befehl zum Aufbruch geben. Zurück

nach Haithabu. Ansgar gebot Einhalt. Das verbliebene Schiff lag mit dem Bug am Strand, einige waren wieder an Bord gegangen, der Rest der Kaufleute und Bewaffneten hatte es sich am Strand bequem gemacht, um abzuwarten, bis sich klärte, wohin die Reise ging. Die Kaufleute ließen die Köpfe hängen. Die Bewaffneten hingegen machten Scherze, sie hatten gute Laune. Sie waren nicht nur lebendig geblieben und unverletzt, es steckte auch die erste Hälfte ihres Solds in ihren Taschen. Das Allerbeste, sie konnten wieder nach Hause, auf einem heilen Schiff.

»Kotz Sackimhemd, futverfluchter Himmelarschundzwirn!«

»Wozu fluchst du eigentlich so, wenn es nichts nützt?«, fragte Witmar.

»Diese vermaledeiten Hühnerficker! Galgenschwengel! Hundsärsche! Kotzenschalke! Klunkerhammel! Arschkröten und Dickscheißer! Dass euch der Teufel schände! Dass euch der Blitz beim Kacken treffe! Dass euch die Raben fressen! Dass euch des Bockes Zagel im Arsche drehe …!«

»Ansgar!«

»Was ist?« Ansgar hielt inne.

»Das strengt unnütz an und schadet deinem Hals. Und was sollen die Leute sagen? Außerdem …«

»Willst du mich veräppeln?«

»… außerdem ist dein Reden Sünde. Unflat entströmt deinem Mund. Dafür hat der Schöpfer ihn dir nicht gegeben. Er wird dich womöglich mit Mundfäule strafen. Rufe lieber die Heiligen an.«

Ansgar setzte seine Runden fort. In seinem Gesicht gewitterte es. Er knirschte mit den Zähnen.

»Oh heiliger Veit!«, begann er. »Ich flehe dich an. Hilf mir, mein Werk zu beginnen, und strafe diese Heiden, lass sie ersaufen, lass sie sich zu Tode tanzen, schicke ihnen einen Bock, dessen Zagel …«

»Ansgar!«

»… schicke ihnen den Zorn des Allmächtigen und …«

So machte Ansgar noch eine Weile weiter, bis sich Witmar, nachdem er dreimal hatte eingreifen müssen, erhob. »Es ist genug. Wir sind gescheitert. Wir fahren zurück!«

Ansgar blieb stehen, löste den Knoten auf seinem Rücken und hob die Hände zum Himmel. »So wahr ich hier stehe und Gottes Segen erflehe, so werde ich mein Werk fortsetzen!«

Witmar fragte, wie er das anstellen wolle, mit welchen Geschenken er sich den Jarl Björn på Håga von Björkö geneigt machen wolle, sollte er überhaupt dorthin gelangen?

»Hier!«, rief Ansgar, öffnete seinen Kittel und zog die Pergamente heraus. »Damit!«

»Und wie willst du hinkommen? Die Kaufleute haben nichts mehr zum Handeln, ihr Geld ist weg, wahrscheinlich sind etliche von ihnen mittellos, sie können die Bewaffneten nicht mehr bezahlen. Sie können nicht weiterreisen, selbst wenn sie wollten. Und wir? Wir haben nichts. Gar nichts. Überhaupt nichts!«

»Wir gehen allein!«, brüllte Ansgar. »Mit Gottes Hilfe werden wir ankommen!«

»Findest du nicht, dass die Räuber ein böses Omen für unsere Pläne sind?«

»Nein! Sie sind eine Prüfung unserer Gottestreue!«

Allein, sagte Witmar, seien sie in der Fremde schutzlose Grabenscheißer und die Wahrscheinlichkeit, dass sie beim nächsten Überfall ermordet würden, sei verdammt hoch, worauf Ansgar einwandte, dass der Räuber, verflucht sei er und der Blitz solle ihn beim Kacken treffen, der etwas aus den Taschen eines nackten Mönchs holen könne, noch nicht geboren sei, weshalb es keinen einzigen verfluchten Grund gebe, selbigen zu ermorden, worauf Witmar einwandte, es gebe auch Galgenraben, der Teufel möge sie allesamt verschneiden, die aus Mordlust mordeten, was Ansgar bestätigen musste, denn das hatte er auf der Hammaburg erlebt.

Und weil das Entsetzen seine Seele überschwemmte und ihm die Tränen kamen, als er an die vielen Toten dachte, an die Trauer seiner verlassenen Gemeinde, die Trübsal der Mütter und Waisen, die sein Gewissen beschwerte, da nickte er nur still und biss die Zähne zusammen und atmete dreimal tief ein und wieder aus und flüsterte in den Wind und das Wellenrauschen hinein: »Gott wird uns beschützen, nachdem er zugelassen hat, dass wir des weltlichen

Schutzes beraubt werden. Es muss jemanden geben, zum Teufel, der mich von der verdammten Flucherei abhält, und wer könnte das sein außer dir, mein Bruder? Und außerdem, willst du etwa weiterkotzen?«

Witmar sah auf zum Himmel, wo Gott wohnte in seinen unsichtbaren Gefilden und nicht verriet, was Er mit den zwei kleinen Mönchlein da unten vorhatte, die jetzt nebeneinander auf einem Stein an der Küste eines fremden Landes saßen und die Köpfe hängen ließen. Zwar schien Seine Sonne wie vorhin, unterbrochen von Seinen freundlichen Wolken über der weiten Landschaft, die Er einst geschaffen hatte, auf den Wellen Seines Meeres zeigten sich Schaumkronen. Ansgar schienen sie höher als vorhin. Der Wind, Sein Atem, er hatte womöglich zugenommen, und der westliche Horizont, der Himmel und Wasser schied vom ersten aller Weltentage an, war dunkel oder jedenfalls weniger hell. Eigentlich ziemlich unfreundlich.

»Das Wetter ist nicht besser geworden«, bemerkte Ansgar. »Wenn du genau hinsiehst, sogar schlechter. Womöglich wird es bald stürmen, meinst du nicht?«

»Du hast recht«, sagte Witmar, nachdem er einen letzten langen Blick in die Unendlichkeit des Himmels geworfen hatte, und stand auf. »Das will ich nicht. Lieber sterbe ich als noch einmal auf ein Schiff!«

Und damit war die Sache entschieden. Das Schiff wurde wieder ins Wasser geschoben, alle stiegen an Bord und Ansgar und Witmar wurden unter Winken, Abschiedsrufen und guten Wünschen, die bekanntlich nichts kosten, am Ufer zurückgelassen. Ein Beutelchen mit Grütze hatte man ihnen gelassen.

Der Wind war ihm nicht günstig und es gelang den Ruderern nicht, es auf Kurs westwärts zu bringen. Trotzdem wurde das Schiff immer kleiner.

»Fühlt sich doch etwas anders an … so allein«, meinte Witmar mit kleiner Stimme.

»Ei verflucht, gehen wir!«, rief Ansgar und drehte sich um und ließ ein trotziges Lachen hören. Er stapfte los Richtung Osten, bahnte sich einen neuen Weg durch das Ufergras, das ihm fast bis zum Allerwertesten reichte.

»Fang nicht schon wieder an!«, rief Witmar und folgte ihm. »Ich dulde es nicht!«

»Jaja.«

65

Ihr Zuhause liege weiter im Norden, erzählten die Sámi. Dorthin seien weiße Leute aus dem Süden gekommen, hätten den Wald gerodet und sich Häuser gebaut, um für immer zu bleiben. Auf die Sámi hätten sie keine Rücksicht genommen. Wegen der neuen Höfe und der umherlaufenden Menschen sei die Jagd beschwerlich geworden. Die Rentiere mieden die Gegend und in die Fanggruben, die sie bisher für die Jagd genutzt hätten, könnten sie keine mehr hetzen. Die Wege seien immer weiter geworden und der Hunger größer, sodass man vor der Wahl gestanden habe, weiter in den Norden oder tiefer in die Wälder oder gar über die Berge des Westens zu weichen oder ein Leben im Süden, gemeinsam mit den weißen Leuten, zu versuchen. Das seien schließlich Menschen wie alle, »und irgendwie werden wir uns schon mit ihnen vertragen«.

Ásllak, der Verletzte, ging langsam. Der Räuber hatte ihn an der Seite getroffen, der Spieß hatte keine Eingeweide verletzt und es war nur eine Fleischwunde, eine tiefe allerdings, ein Durchstich. Sie schmerzte ihn stark. Einen Teil seiner Rückenlast hatte Mathes in seine Kiepe genommen, den Rest hatten sie auf den *härk* gebunden. Ásllak stützte sich abwechselnd auf seine Söhne, während der jeweils andere das Rentier führte. Der eine mit der Lederkappe hieß Gárral, der andere mit der Zipfelmütze wurde Hentto genannt. Sie waren sich sehr ähnlich, beide kräftig, bärtig und von gelblicher Gesichtsfarbe und gedrungenem Wuchs.

Mathes fragte, wo sie sich befände und wie weit es noch sei. So genau wüssten sie das nicht, meinte Hentto. Doch sie hätten vor zwei Tagen Sámi getroffen, die hätten gesagt, sie hätten ein Land, das Gästrikland genannt werde, schon hinter sich gelassen, und nun befinde man sich im Sjöland nicht weit vom Meer, weiter südlich liege Björkö. Im Gästrikland und im Sjöland wohnten viele verschiedene Stämme, die dem König von Sala gehorchten. Der heiße Anund und, so habe man gehört, er sei der Bruder des Königs Björn på Håga von Björkö. Die beiden stünden in keinem guten Verhältnis, wie das in den Familien der Waräger nicht ungewöhnlich sei. Unter ihnen komme es oft vor, dass Bruder gegen Bruder und Sohn gegen Vater und sogar umgekehrt Krieg führe, um Macht zu erwerben. Stets wolle der eine den anderen vom Thron stoßen. Nicht anders sei es im Land der Sachsen gewesen, berichtete Mathes, Krieg gegen den Vater oder den Bruder zu führen, sei ganz normal gewesen, viele Menschenleben lang, das habe sein Vater ihm erzählt, und das gemeine Volk müsse für die Herren ins Feld ziehen und die Folgen tragen.

»Ja wozu wollen sie überhaupt Söhne haben, wenn sie Krieg gegen sie führen oder Angst vor ihnen haben?«, fragte Hentto in den Wald hinein. »Bei uns ist es so, dass man einander beisteht.« Einen Thron gebe es nicht bei den Sámi, da sei jeder gleich, und nur wer Erfahrung habe, weise sei oder die Geister sehen könne wie ein Noaide, habe mehr zu bestimmen als andere. Es seien schon merkwürdige Leute, diese Waräger.

»Sie sind tüchtige Menschen und machen weite Reisen bis in die allerfernsten Länder«, fügte der mit der Lederkappe, der Gárral hieß, hinzu. »Es gibt viele unter ihnen, die sehr reich sind. Nur was hilft es ihnen, wenn sie sich untereinander nicht vertragen und Streit in der Familie oder mit den Nachbarn haben? Dann ist das Leben trotzdem schlecht.«

»Unten im Süden, wo ich geboren bin, ist es nicht anders«, sagte Mathes.

Ein Thron war etwas Schlechtes, darin waren sie sich einig. Ein Thron führe dazu, dass sich einer wichtiger und besser dünke als der andere, und damit fange der Streit gleich an.

»Und worum streiten sich die Brüder von Sala und Björkö?«, fragte Mathes.

»Das wissen wir nicht. Meistens geht es um Macht. Der eine will das Land des anderen haben. Sie wollen es so haben, dass sie nur selbst und niemand anders darüber bestimmen kann. Sie sind tüchtig und klug und trotzdem ein bisschen dumm.« Gárral lachte und die anderen fielen ein. Die Kinder freuten sich.

»So etwas würde uns nie einfallen«, sagte Àilu, die Frau des

Hentto. »Der Wald, in dem wir gelebt haben, gehört niemandem. Du kannst ihn nicht in die Kiepe legen und mitnehmen wie einen Fisch, den du gefangen hast. Wir lebten dort und er hat uns alles gegeben, was wir brauchen. Und wir helfen uns gegenseitig, weil wir wissen, dass jeder von uns einmal Hilfe braucht. Will einer alles allein bestimmen, wird es damit enden, dass er in der Not niemanden um Hilfe bitten kann.«

So war es auch bei den Waldsámi von Sjávnja gewesen. Mathes fand es an der Zeit zu berichten, warum er die samische Sprache sprach, und er erzählte, was er erlebt hatte.

»Du kommst also aus dem Land der Christen«, sagte Ásllak, der lange geschwiegen hatte. »Wir haben davon gehört. Bist du ein Christ?«

»Ich weiß es nicht«, antwortete Mathes. »Je nachdem. Ich glaube, bei den Nordleuten war ich ein Christ und bei euch bin ich keiner.« Am liebsten hätte er gesagt, da sei er einer von ihnen, doch schien ihm das aufdringlich und prahlerisch.

»Das verstehe ich nicht. Ich muss nachdenken.«

»Ich verstehe es selbst nicht. Vielleicht ist es so, dass ich den christlichen Glauben bei euch nicht brauche.«

»Und bei den Nordleuten hast du ihn gebraucht?«

»Ja. Komisch.«

Alle lachten und Mathes versprach, vom Christentum zu erzählen, am Abend, wenn sie sich zur Nacht gelagert hätten. Tagsüber war es besser zu schweigen, nicht nur weil das Gehen mit der Last für alle anstrengend war, sondern weil Reden die Sinne so trübte wie Nebel die Sicht. Wer viel redet, nimmt nur sich selbst wahr und womöglich nicht die Gefahr umher.

»Björn på Håga soll den Christen gewogen sein. Sind die Christen besser als die Waräger?«, wollte Hentto wissen.

»Ich kenne keinen Waräger«, sagte Mathes. »Ich habe nur die Nordleute kennengelernt. Unter ihnen gibt es schreckliche Menschen. Ihnen macht es nichts aus, ihresgleichen zu töten.«

»Wie kann das sein?«, riefen die Sámi. »Jeder weiß, das ist die größte Sünde! Das war immer so!«

Mathes zuckte mit den Schultern. Er musste an Atli denken, dem er sein Leben zu verdanken hatte. Zweimal hatte er Mathes gerettet, er hatte sein Leben für ihn gegeben, dennoch hatte er die Hammaburg überfallen und den unschuldigen friesischen Bauern getötet.

»Und was ist dieser Anund für einer, der andere König?«, fragte er.

»Das wissen wir nicht«, antwortete Hentto. »Sie verehren Götter, die sie Thor, Donar und Frei nennen. Es soll eine riesige Gamme in Sala geben, wo Statuen von ihnen stehen.«

»Eine Halle. So nennen sie es«, ergänzte die andere Frau, es war die mit dem Knüppel. »Es heißt, sie sollen Menschen opfern.«

Allen gruselte es und sie schwiegen eine Weile. Keiner konnte sich vorstellen, dass man Menschen töten würde, um sie einem Gott zu opfern, denn das musste ein wahrhaft schrecklicher Gott sein, der sich über einen Mord freute, und sie fragten sich, wen das grausige Schicksal traf, falls es stimmte.

Warum sie nicht mit dem Boot gereist seien, fragte Mathes, um diese Gedanken abzuschütteln. Damit komme man schneller voran und vielleicht sei es sogar weniger gefährlich. Das sei zwar richtig, antworteten die Sámi, doch seien sie Waldsámi, ihre Heimat sei im Inneren des Landes, weit entfernt von der See, sie hätten selbst nicht die Fähigkeit, ein Boot zu bauen, und eines zu kaufen oder sich von den Seesámi anfertigen zu lassen, das sei viel zu teuer, allein wegen der vielen Rückensehnen, die man zum Zusammenfügen der Planken verwende.

So verging die Zeit.

Nach Björkö, meinten die Sámi, seien es vorgestern noch ungefähr sieben tüchtige Tage gewesen, aber nun, wo sie langsamer vorankämen, könne es doppelt so lange dauern.

Sie gingen fast stets im Wald, gewaltige Eichen, Buchen und Fichten breiteten ihre Kronen über ihnen aus, nur manchmal gab es baumfreie Strecken. Dort waren Dörfer, Weide- und Ackerland. Vor bewohnten Gegenden versteckten sie sich rechtzeitig und nur einer von ihnen ging voraus, um zu erkunden, ob man zu freundlich oder feindlich Gesinnten stieß. Die Vorsicht schien überflüssig, stets trafen sie auf Gastfreundschaft, wurden bewirtet und erhielten oft Obdach. Ásllak war noch geschwächt, immerhin hatte sich seine Wunde nicht entzündet. Bald würde sie zu heilen beginnen.

Mathes musste immer wieder an den furchtbaren König denken, der Menschenopfer veranstaltete. Er macht es nicht für einen Gott, dachte Mathes, er tut nur so, in Wahrheit macht er es für sich selbst, um sich des Gehorsams seiner Untertanen zu vergewissern. Je weiter sie nach Süden kamen, je näher der Stadt, die Sala hieß, desto drängender wurden die Gedanken. Er behielt sie für sich, er wollte seine Reisegefährten nicht ängstigen und wahrscheinlich, so überlegte er, stimmt alles gar nicht und wir haben sowieso nichts damit zu tun.

Wieder näherten sie sich einem Dorf. Diesmal fiel das Los auf Gárral vorauszugehen. Mathes verstand die Sprache der Waräger nicht gut genug, besonders wenn sie schnell gesprochen wurde. Immerhin war sie der nordischen Sprache der Schiffsleute von Jellinge und Borg ähnlich.

Gárral trat, seine große Rolle auf dem Rücken und den Stab in der Hand, aus dem Wald ins Licht und strebte der ersten Hütte zu, einem Haus, dessen Wände aus Baumstämmen bestand. Die Gefache waren mit Lehm ausgefüllt wie auf der Hammaburg. Auf dem Dach lag Torf. Gárral verschwand zwischen Büschen und Bäumen irgendwo hinter dem Haus. Offenbar war er dort auf jemanden getroffen.

Aber er tauchte nicht wieder auf. Sie warteten lange, ohne dass etwas geschah.

Was sollten sie tun? Etwas war passiert, so viel stand fest. Gárral musste in Gefahr sein. Sonst wäre er längst zurückgekehrt oder hätte aus der Ferne ein Zeichen gegeben.

»Ich werde hingehen«, sagte Mathes.

»Nein, ich!«, rief Hentto. »Er ist mein Bruder.«

»Gehen wir beide.«

Die Kinder drückten sich an ihre Mütter. Niemand widersprach. Ásllak schwieg. Er war noch zu schwach. Er war seiner Wunde wegen vorsichtig. Es musste etwas geschehen. Sie durften nicht warten, bis es dunkel war. Bis dahin konnte Gárral Endgültiges zugestoßen sein und in der Nacht würden sie ihn nicht finden.

Sie ließen ihre Rückenlasten liegen, wo sie sie abgelegt hatten, und griffen nach ihren Waffen.

»Wenn ihm etwas geschehen ist«, sagte Mathes, »rechnen sie damit, dass er nicht allein ist. Wir müssen einen anderen Weg nehmen.«

Hentto nickte. »Ihr müsst warten! Unbedingt!« In seinem Gesicht stand Entschlossenheit.

66

Kaupang war kein guter Ort. Sie fanden jemanden, der sie auf die östliche Seite des Fjords brachte, von wo sie ihren Weg zu Fuß fortsetzten.

Obwohl Kolbjörn ein geschickter Schmied war und Atli sein begabter Gehilfe, litten sie es nicht länger und wollten fort. Ihr Aufenthalt war ohnehin nicht für lange Zeit geplant, ihr eigentliches Ziel war Björkö im Svealand. Dort, so hatte Atli gesprochen, gebe es niemanden, der ihn an Regnar und seine Leute verraten könne. Björkö sei so weit von den Handelsrouten zwischen Borg, Kaupang und Dorestad entfernt, dass fast nur die Leute dorthin kämen, die im Osten handelten und nicht im Westen wie Regnar. Der sei zwar auch schon einmal dort gewesen, nur so weit würde er jetzt nicht mehr fahren. Nach Kaupang hingegen würde er vielleicht noch einmal kommen und handeln, und wenn nicht, so würde früher oder später jemand auftauchen, der Regnar berichten würde, wen er getroffen habe. Irgendeiner, der Handel triebe im Süden.

»Überfälle macht!«, hatte Christopherus widersprochen. »Sie handeln doch nur mit Sachen, die sie vorher gestohlen haben.«

Atli quittierte diesen Einwand mit Schweigen und niedergeschlagenen Augen. Nach einer Weile sagte er: »Für mich gilt das nicht mehr. Lass du mich zufrieden damit.«

In der Tat. Atli hatte beschlossen, es seinem Freund Kolbjörn gleichzutun. Er wolle seinen Lebensunterhalt nur noch mit seiner eigenen Hände Kraft und Fertigkeit verdienen.

»Du willst deinen Mitmenschen dienen?«, fragte Christopherus. »Das ist recht!« Und er erklärte, dass jegliche Tätigkeit, mit der man seinen Unterhalt verdiene, ohne ein Räuber zu sein, darauf gerichtet sei, anderen zu helfen. Denn entweder stelle man etwas her, was ein anderer brauche, aber weder Zeit noch Kraft noch Können habe, es selbst zu machen, oder man stehe im Dienst eines anderen und helfe, dessen Werke zu tun. Arbeit sei eines Christen Pflicht, behauptete Christopherus.

»Und du?«, fragte Atli und grinste. »Womit verdienst du deinen Unterhalt?«

»Tja«, meinte Christopherus. »Ich helfe euch ein bisschen bei der Arbeit. Ich bin ein Hilfsgehilfe. Und manchmal, wenn ich von Christus berichte oder die sieben Künste lehre, helfe ich den Leuten, Weisheit zu erlangen.«

Ein wenig seiner Weisheit hatte er bereits an Kolbjörn und Atli weitergegeben, er ließ keine Gelegenheit aus, sie zu unterrichten, zuerst in der Schrift, denn das, sagte er, sei die Voraussetzung dafür, sich ohne Lehrer wissender zu machen. Als er von den Büchern in der Bibliothek von Corvey erzählte, staunten die beiden und meinten, die Christen seien wohl allesamt ziemlich klug, worauf Christopherus widersprach und sagte, dass Lesenkönnen allein nicht klug mache. Wer lese, werde nur wissend. Wissen sei zwar eine Voraussetzung für kluges Handeln, doch nicht jeder nutze es dafür, nicht wenige für das böse Gegenteil, so sei es seit alter Zeit, heute und immerdar. Für wahrhaft kluges Handeln benötige man Weisheit. Die stecke in dem Wissen drin, aber sie verberge sich, man müsse sie erst finden. Und schon waren sie bei einer anderen Kunst angelangt, die er Philosophie nannte.

Es stellte sich heraus, dass sich Kolbjörn und Atli besonders für Musik interessierten. Sie sangen Christopherus lange Lieder vor, die sie Zwiegesänge nannten, sie sangen sehr langsam, ihre Stimmen waren verschieden hoch, sie klangen miteinander, sie entfernten sich voneinander, schaukelten umeinanderher, überkreuzten sich und fanden wieder zusammen, ganz wie zwei Schmetterlinge im Sommersonnentanz, und sie sangen so voller Inbrunst, dass Christopherus wehmütig weinen musste. Der Gesang war wie ein Vogel, der seine Gedanken auf den Schwingen forttrug, zu seiner braunhaarigen Tochter auf der Hammaburg – wie mochte es ihr gehen, wie sah sie jetzt aus? – und zur stolzen Frau Åshild auf Borg, die ihm ihre Liebe geschenkt hatte, zum verschollenen Mathes und zu den unbeschwerten Tagen von Corvey. Er erinnerte sich an alles

Schöne, was er erlebt hatte, und ahnte mehr, als er wusste, dass es besser gewesen wäre, kein schlechtes Gewissen zu haben.

Atli konnte auch allein singen, in feierlichem Ton trug er lange Reime in einer unbekannten Sprache vor, und wenn er fertig war, wandte er sich ab und schwieg lange.

»Was sind das für Worte?«, wollte Christopherus eines Abends wissen, als sie in einem Gehölz lagerten und zwei Hühner brieten, die sie als Lohn für Schmiedearbeit in einem der Dörfer des Götalandes erhalten hatten. »Ich habe nichts verstanden.«

»Es ist ein gälisches Lied«, sagte Atli. »Denn ich stamme aus Dyflin, das ist in Irland, und Gälisch war meine Muttersprache.«

»Oh«, sagte Christopherus nur und Kolbjörn machte ein Gesicht, als wüsste er das bereits.

»Ich habe mich den Dänen angeschlossen, weil ich fortwollte.«

»Warum wolltest du fort?«

Der große Mann, der im Sitzen noch so hoch aufragte wie mancher kleine im Stehen, zögerte mit der Antwort, bis er endlich sagte: »Jedenfalls wollte ich fort, mir war alles gleich, nur dass ich fortkam. Erst in Jellinge bin ich in Regnars Gefolge gelandet. Ihr seid die Ersten, denen ich …«

»Und jetzt?«

»Jetzt nicht mehr. Ich werde niemals mehr jemandem folgen. Wir gehen nur noch nach Björkö, nicht wahr?«

Kolbjörn nickte und tätschelte seinem Freund die Schulter. »Er singt die Lieder, um sie nicht zu vergessen.«

Christopherus fragte sich, warum sich Atli gegenüber Ayslin und Brighid auf Borg nicht als Gäle offenbart hatte. Als er sah, wie Atli und Kolbjörn so einträchtig beieinandersaßen und was der eine tat, in die Hände des anderen überging und sie in allem eins waren, ließ er es auf sich beruhen. Neugier schadet, dachte er, wenn sie sich nicht auf Wissenschaft richtet.

So zogen sie weiter westwärts, durch menschenleere Wälder. Sie kamen in abgeschiedene Dörfer, wo sie stets gut aufgenommen wurden, weil ein Schmied überall auf der Welt ein gern gesehener Gast war. Kolbjörn hatte einige wenige Werkzeuge mitgenommen, ein paar Hämmer und Zangen, einen Schürhaken, mehrere Feilen, einen Meißel, einen Wetzstein und einen ledernen Blasebalg, mit dem er, wie Christopherus fand, das Feuer in eine rechte Teufelsglut verwandeln konnte. Als Amboss musste ein Holzklotz reichen, eine Esse ließ sich überall schnell einrichten. Und so machte er sich Hartes fügsam, setzte gebrochene Klingen zusammen, schmiedete Riegel, fertigte oder schärfte Pflugschare, richtete Verbogenes und beschlug Räder mit Eisen. Atli half ihm, längst war er selbst ein Schmied geworden, und beide zusammen waren stark wie fünf Männer.

So waren sie von Borg die lange Küste des Nordwegs nach Süden gelangt, meistens, indem sie sich über See mitnehmen ließen von einem Ort zum andern, bis sie nach Kaupang gelangt waren, sich über den großen Fjord setzen ließen und weiter nach Osten gingen.

Als sie wieder in einem der Dörfer arbeiteten, sagte einer der Bewohner, der ihnen bei der Arbeit an einem Rad zusah: »Ihr seid wahrhaftig willkommene Gäste, es ist für uns sehr schwer, einen Schmied zu bekommen. Und schlimm ist es, wenn es eilig ist und Ernte.«

»Habt Ihr auch schlechte Gäste?«, wollte Christopherus wissen.

»Zum Glück nicht oft. Aber manche essen nur und tun nichts für uns. Gerade vor ein paar Tagen zwei.«

Christopherus fragte, wer das gewesen sei und wohin die beiden Schlingel wollten.

Das seien zwei komische Vögel gewesen, antwortete der Mann, sie hätten schmutzige und löchrige Kleider getragen und seien sehr hungrig gewesen. »Die haben gar nicht wieder aufgehört zu fressen!« Und der eine, so ein Kleiner, schmal wie ein Messer, der eine tiefe Stimme habe und den Dialekt der Dänen spreche, habe am meisten gegessen, »in den ist Grütze für drei Tage reingegangen«, während der andere, auch mit zerzaustem Bart, obwohl größer, ein wenig bescheidener gewesen sei. Das müssten Leute aus dem Süden gewesen sein, denn sie hätten etwas von einem Herrn Jesus erzählt. »Sag, wie heißen die Menschen von dort?«

»Christen? Sachsen? Franken?«

»Ja, so sagten sie. Christen seien sie. Und jetzt fallen mir auch ihre Namen ein. Ansgar und …«

»Was!« Christopherus machte einen Sprung.

»… und Witmar hieß der andere. Ansgar war der Kleine. Sie waren unterwegs nach Björkö.«

»Sag sie noch einmal, die Namen!«, rief Christopherus, er traute seinen Ohren nicht, zumal die Leute im Götaland zwar auch Nordisch sprachen, aber auf eine andere Weise, an die man sich erst gewöhnen musste und manches nicht gleich verstand.

»Ansgar und Witmar, so hießen sie.«

»Und klein war er, sagst du? Und hatte eine tiefe Stimme?«

Kolbjörn hatte seinen Hammer sinken lassen, Atli die Zange beiseitegelegt. Sie ließen Christopherus und den Dorfbewohner nicht aus den Augen. Der nickte und wiederholte die Namen.

»Was ist los?«, brummte Atli.

»Was los ist?«, kreischte Christopherus. »Alles ist los!« Und er tanzte und klatschte in die Hände.

So hatten ihn die beiden noch nicht erlebt, Christopherus' Sinn war stets mild und ruhig, seine Bewegungen gesetzt und überlegt.

»Spinnst du?«, fragte Atli und machte ein besorgtes Gesicht.

»Wenn ich spinne, soll mich der Satan holen!« Christopherus lachte. »Macht schnell, wir wollen sie einholen!«

67

Mathes hatte schon lange kein Sächsisch mehr gesprochen. Er musste nach Worten suchen.

Sie hatten sich angeschlichen, am Waldesrand entlang. Die Lichtung war groß. Es gab mehrere Häuser in weitem Abstand voneinander, dazwischen grüne Wiesen, Zäune, Wege, Äcker, auf denen Getreide wuchs. Sie waren zu dem ersten gegangen, weil sie dachten, dass Gárral bestimmt auch dorthin gegangen wäre. Das war richtig gewesen, leider. Als sie die Tür öffneten, sahen sie in dem Licht, das hineinfiel, den gebundenen Gárral auf einer Schlafbank liegen.

Da war es bereits zu spät. Der Rest des Raums lag im Dämmerdunkel. Eine Menge bewaffneter Männer drängte herein. Sie mussten sich draußen in einem Unterstand verborgen haben. Es hatte keinen Sinn, sich zu wehren. Sie legten ihre Spieße nieder. Die Fremden tasteten sie nach Waffen ab. Sie hatten das Messer nicht gefunden, das Mathes stets im Rücken trug, es steckte so unter seinem Wams, dass er es mit einem Griff über die Schulter herausziehen konnte, wie er es im Kampf mit Eldar getan hatte. Doch gegen zehn oder mehr Männer konnte er nichts ausrichten.

»Ihr gehört zusammen?«

»Nein, das tun wir nicht«, antwortete Mathes, bevor die beiden Sámi etwas sagen konnten. »Ich habe die beiden erst gestern getroffen. Wir sind zusammen weitergegangen. Wir dachten, es ist sicherer, wenn man nicht allein ist, und ich kann ein paar Worte ihrer Sprache sprechen.«

»Soso«, sagte der Wortführer der Dorfleute, ein Mann, der nicht mehr jung war, er hatte graue Strähnen in Haar und Bart. »Man sieht, dass die beiden Sámi sind. Und du bist ein Sachse?« Misstrauen lag in seiner Stimme.

»Ja, hörst du das nicht? Ich bin Mathes von Hammaburg.« Und er fügte hinzu: »Ich bin ein Christ. Und ihr?«

»Das geht dich nichts an. Jedenfalls sind wir keine Christen.«

»Das merkt man, ihr nehmt Unschuldige gefangen. Christen würden das nicht tun.«

»Werde nicht frech! Das ist unsere Sache.«

»Ihr stiftet Unfrieden, obwohl ihr Frieden braucht für euer Leben. Oder weshalb habt ihr Sachsen verlassen?«

»Das geht dich auch nichts an. Ich sage es dir trotzdem. Wir haben es verlassen, weil der verfluchte König uns zu Christen machen wollte.«

»Und jetzt tut ihr etwas, was genauso schlecht ist.« Mathes dachte an die Worte seines Vaters, als er damals von der Vernichtung der Irminsul erzählt hatte und davon, dass der König der Sachsen, der ebenfalls der König der Franken war, die Menschen mit dem Schwert töten ließ, wenn sie keine Christen werden wollten.

Darauf erwiderte der Mann nichts, sein Blick glitt ab, weshalb Mathes vermutete, dass er ein schlechtes Gewissen hatte.

»Was wollt ihr mit mir?«, fragte Mathes. »Ich habe euch nichts getan.«

»Das wirst du sehen. Wohin wollen die beiden?«

»Nach Björkö.«

»Sie sollen ihren Weg fortsetzen. Einfach weggehen. Sie können dich sowieso nicht befreien. Es wäre sinnlos, denn wir sind viele!«

Das sah man. Der Anführer forderte Mathes auf, den Sámi zu sagen, sie sollten sich fortmachen nach Björkö.

»Tut so, als würdet ihr fort nach Björkö gehen. Nehmt die anderen mit. Vielleicht sind wir verraten worden und sie wissen es. Sagt nichts«, wandte sich Mathes an Gárral, der neben ihm stand.

Mathes wusste, dass die Sámi der Unterhaltung folgen konnten. Sie waren klug und schwiegen, sie ließen die Dorfleute glauben, sie verstünden die nordische Sprache nicht.

»Wir gehen, wir kommen«, sagte Gárral so kurz wie möglich in der samischen Sprache und beide verließen die Hütte.

Mathes' Lage war schlimmer als je zuvor, seit er von der Hammaburg geraubt worden war. Anstelle von Hentto hatten sie ihm die Füße gefesselt und die Hände auf dem Rücken gebunden. Es drang nur wenig Helligkeit durch die Ritzen der Tür und das Rauchloch im Giebel. Das Messer an seinem Rücken nutzte ihm nichts. Er wurde bewacht von einem Mann auf einem Schemel, der aus einer umgedrehten Baumwurzel gefertigt war. Der Mann, der zuerst mit ihm gesprochen hatte, war fort.

»Warum habt ihr mich gefangen genommen?«, fragte Mathes.

»Das wirst du sehen«, sagte der Mann. Es klang düster.

»Wer ist euer König?«, wollte Mathes wissen.

»Weißt du das etwa nicht? Stell dich doch nicht dümmer, als du bist.«

»Nein, ich habe im Norden gelebt. Vorher war ich bei den Nordleuten auf Lofotr.«

»Wo ist das?«

»Siehst du! Da wirst du auch nicht wissen, wie der König dort heißt. Und so weiß ich nicht, wie der König bei euch heißt.«

»Anund von Sala.«

»Der die Menschenopfer macht?« Mathes überlief es kalt. Es gruselte ihn von seinen eigenen Worten.

Der Mann schwieg. Das war auch eine Antwort.

»Ihr wollt mich zu ihm bringen, damit ich seinen Göttern geopfert werde?«

Der Mann schwieg und so war es wieder eine Antwort.

»Warum tut ihr das? Seine Götter sind nicht eure Götter!«

Der Mann stand auf, ging vor die Tür und wechselte einige Worte mit einem anderen Mann draußen, die Mathes nicht verstand. Doch die Stimme! Die kannte er, es war die Stimme des dritten Räubers. Er musste sie an die Leute im Dorf verraten haben. Das hatte man also von der Gnade. Hätte er ihn nur getötet! Seine Ahnung hatte ihn nicht getäuscht.

»Deine Kumpane werden dir jedenfalls nicht helfen«, sagte der Bewacher, als er sich wieder auf den Schemel gesetzt hatte. »Sie sind fort, weiter nach Süden.«

Das war gut. Sein Bewacher war noch jung und hatte einen Lockenkopf.

»Es stimmt also, was ich gesagt habe«, sagte Mathes und erwähnte den Verräter nicht. »Jetzt will ich nur wissen, wie lange ich noch lebe. Ich bitte euch, ich möchte die Sonne ein wenig sehen und die Vögel zwitschern hören, bevor ich sterbe.«

Keine Antwort. Der Bewacher blieb auf dem Schemel sitzen, die Unterarme auf den Oberschenkeln, den Blick zwischen seine Füße gerichtet.

»Du brauchst keine Angst vor mir zu haben«, sagte Mathes und machte seine Stimme so fest wie möglich. »Ich habe keine Angst vor dem Tod, ich bin schon viele Male gestorben. Ich denke, du wirst nicht zu feige sein, mir zu antworten. Warum tut ihr das?«

In dem Mann arbeitete es sichtlich, seine Hände rangen gegeneinander, bis er endlich aufstand und vor Mathes stehen blieb und eine lange Rede hielt.

»Ich will es dir sagen, damit du mich nicht für einen Angsthasen hältst. Du wirst es sowieso erfahren, da schadet es nicht, wenn ich es dir jetzt sage. Der König Anund veranstaltet ein großes Opferfest, alle neun Jahre und am längsten Tag des Jahres. Dieses Jahr ist es wieder so weit. Er opfert neun männliche Tiere von jeder Art. Rinder, Pferde, Schafe und Schweine, auch Hühner und andere Tiere, zum Beispiel Eichhörnchen. Und er opfert neun Männer. Jeder seiner Stämme muss ihm einen Mann geben und wir geben dich, denn von unseren soll niemand sterben.«

»Ich danke dir, dass du so offen mit mir gesprochen hast«, sagte Mathes. »Und damit er nicht merkt, dass euer Opfer keines der eurigen ist, habt ihr den Sámi laufen lassen und mich genommen. So ist es, nicht wahr?«

Der Bewacher nickte düster. Er schien wenig Vergnügen daran zu haben, einen unschuldigen Gefangenen zu bewachen.

»Hast du eine Frau?«

»Ja«, sagte der Mann. »Und ein Kind, einen Sohn. Sie …«

»… sind wunderschön und brauchen dich?«

»Ja.«

»Ich habe auch eine Frau. Und eine Tochter. Sie sind Waldsámi hoch im Norden. Ich liebe sie sehr. Ich habe versprochen, zu ihnen zurückzukehren. Nun werden sie vergebens warten. Sie werden mich sehr vermissen und sehr traurig sein. Sie brauchen mich genauso, wie deine Frau und dein Sohn dich brauchen. Ich bin viele Tage gegangen, bis ich hierhergekommen bin.«

»Wir haben nichts gegen dich. Es ist nur …«

Weil er den Mann zum Reden und Zuhören gebracht hatte, erzählte Mathes ihm, dass er nach Björkö und noch viel weiter habe gehen wollen, um seine Mutter und seine Schwester zu befreien. Daraus werde nun nichts, sodass er sich nicht bloß eines, sondern drei Leben auf sein Gewissen lade. Am Ende fragte er den Mann, wann Mittsommer sei. In ungefähr zehn Tagen, erfuhr er. Zehn Tage Zeit, sich zu retten oder gerettet zu werden.

»Ich verstehe euch«, sagte er. »Trotzdem ist es falsch, was ihr tut. Ihr solltet euch lieber weigern, einen der Euren auszuliefern.«

»Was sollen wir tun?«, sagte der Mann. »Nach Sala sind es nur zwei Tage, wir haben hier niemals Ruhe, wenn wir dem König den Gehorsam verweigern.«

»Ein mächtiger König, wie?«

Sehr mächtig sei der König, antwortete der Mann. Er sei einmal dort gewesen, in Sala. Der Ort nenne sich so, weil es dort zwei riesige Langhäuser gebe, in denen sich Säle befänden, die seien so groß, wie kein Mensch sie je gesehen habe, und das beweise die große Macht des Königs.

»Was meinst du, warum handelt er so, euer König? Weil er glaubt, er könnte die Gunst seiner mächtigen Götter gewinnen, oder weil er euch prüfen will, ob ihr gehorsame Untertanen seid, mit denen er tun kann, was er will? Und ihr kriecht vor ihm im Staub! Wer weiß, was er noch von euch fordern wird, das Böse hat keine Spitze. Übrigens ist er gar nicht so mächtig, wie du denkst. Ich war in Borg auf Lofotr und der König dort, er heißt Olaf, der hat ein Langhaus von mehr als achtzig Schritten. So lang ist das Haus eures Königs bestimmt nicht. Und der König von Lofotr opfert keine Menschen. Er ist nämlich so stark, dass er das nicht nötig hat. Wer dauernd zeigen will, wie stark er ist, muss in Wahrheit schwach sein und Angst haben. Ihr könnt eurem König also widerstehen und müsst nichts tun, was man nicht tun darf.«

»Du willst mich wohl weichreden, damit wir dich laufen lassen.«

»Ich sage nur, wie es ist. Und wenn du nachdenkst, wirst du mir recht geben. Was habt ihr ihm bezahlt?«

»Wem? Bezahlt? Was redest du?«

»Das weißt du sehr gut. Dem Mann vorhin, mit dem du gesprochen hast. Sicher hat er euch nicht erzählt, dass er die Sámi mit zwei Kumpanen überfallen hat. Die haben die beiden getötet, weil sie geschickt sind, tapfer und schnell. Den dritten haben sie laufen lassen, weil er sie um Gnade angebettelt hat wie ein Kind und er ihnen leidtat und sie einen milden Sinn haben. Das war gerade, als ich die Sámi getroffen hatte. Ihr habt einen feigen Mörder für einen Verrat bezahlt. Ihr müsst sehr schlechte Leute sein.«

»Beleidige uns nicht!«

»Überlege selbst. Vielleicht seid ihr keine schlechten Leute, sondern habt nur schlecht gehandelt, ohne es besser zu wissen. Doch jetzt wisst ihr es und lasst es dennoch dabei. Damit seid ihr so schlecht wie euer König.«

Mathes erhielt keine Antwort und das war gut so, er hatte dem Mann etwas zum Nachdenken geben wollen. Vielleicht sprach er darüber mit seinen Leuten. Er hatte ein wenig gelogen, denn würden die Leute erfahren, dass er den Sámi geholfen hatte, würden sie wahrscheinlich vermuten, dass diese nun ihm helfen würden. Darauf musste er vertrauen. Allein würde er sich nicht befreien können, trotz des Messers, das er am Rücken trug. Sein Leben hing daran, dass die Sámi ihres für seines einsetzen würden.

68

Es war ein gleißend heller Tag geworden, nachdem sich der Nebel über dem Meer verzogen hatte. Bald würde der längste Tag des Jahres sein, hatte der Bauer gesagt.

Viel Volk hatte sich um sie versammelt. Eine so abgelumpte Gesellschaft und so zerzauste Gesellen, die außer ein paar eisernen Werkzeugen so gar nichts bei sich hatten, mit dem sie hätten Handel treiben können, war wohl selten auf der Insel Björkö. Nämlich fünf Männer, ein Riese mit gewaltigen Fäusten, der größer war als alle anderen, ein Kerl, nicht klein und trotzdem fast so breit wie hoch, der einen Sack trug, aus dem die Stiele seiner Schmiedehämmer und -zangen ragten, zwei Kerle in braunem Habit, beide schmal, der eine kurz, der andere etwas länger, und schließlich der fünfte, ein ganz langer in zerlöcherter Kleidung. Ihre Bärte zeugten von einer langen Reise. Der Bauer, der sie gebracht hatte, wollte sogleich zurück. Sie bedankten sich artig. Einen anderen Lohn hatten sie nicht.

»Siehst du, Witmar, ich habe es gesagt«, meinte der Bischof. »Gott hat seine schützende Hand über uns gehalten, wir sind heil angekommen, wir sind nicht überfallen und totgeschlagen worden und nicht verhungert. Überall wurden wir so empfangen, wie es die Gastfreundschaft gebietet. Und Gott hat mir die Klugheit eingegeben, dass ich die Briefe auf der Brust verwahre.«

Nein, Ansgar war keiner, der sich brüstete, denn der Mensch, der sich seine Gaben selbst verdient hat, ist noch nicht geboren worden.

»Und das ist ein großes Wunder«, erwiderte Witmar. »Dass sie dich so viel haben fressen lassen!«

Als Ansgar dem Statthalter, der gleich erschienen war, das Einladungsschreiben des Herrn Björn på Håga vorzeigte und sich am verschlissenen Rock zupfte mit dem einzigen Wort »Räuber!«, da verstand dieser wohl, wen er vor sich hatte. Das war ein Mann, der sich Herigar nannte, recht stolz umherlief und, wie er sagte, im Auftrag des Königs für Sicherheit und gute Handelsverträge sorge.

Mitunter seien Räuber nicht von Händlern und Händler nicht von Räubern zu unterscheiden. Was die Schiffe an Bord hatten, könne ebenso gut Raub- als auch ehrlich erworbenes Handelsgut sein.

Während die beiden Missionare mit dem Statthalter in einem zweiten Boot zur Insel Adelsö gebracht wurden, um sich dort dem König vorzustellen, dessen stolzes Langhaus im Norden über das graue Wasser hin zu sehen war, trieben sich Christopherus und die anderen zwei in der Stadt um, von Neugierigen und lauten Kindern begleitet, froh, endlich in Sicherheit zu sein.

Björkö war eine große Stadt mit rund fünf mal hundert Menschen, erfuhren sie. Der König hatte die Stadt anlegen lassen, eigens damit Handel getrieben werden konnte und sich mit den Steuern sein Reichtum mehrte. Die Häuser standen auf ungefähr gleich großen Grundstücken auf einem abfallenden Hügel und umgeben von einem Ringwall. Die meisten waren mit Holzplanken bedeckt, einige trugen Dächer aus Schilf wie im Süden. Die Wege zwischen den Häusern führten hinunter zum Wasser und endeten in Stegen, an denen alle Arten von Fahrzeugen lagen. Die Schifflände ungefähr in der Mitte der Uferlinie war viel kleiner als in Haithabu, dennoch, so berichteten die Einwohner, sei jedes Handwerk vertreten, Metallgießer, Schmiede, Korbflechter, Kammmacher, Glasschmelzer, Weber und Schnitzer und Bernsteinschleifer, die es in Haithabu nicht gab.

Kolbjörn ließ sich das Haus des Schmieds zeigen. Unterwegs dorthin wurde Christopherus ein Zelt gewahr, am oberen Rand der Siedlung, nicht weit vor dem Schutzwall. Da es ihm bekannt vorkam, fragte er einen der Neugierigen, wer dort logiere.

»Es ist ein Emir aus dem Serkland«, wurde ihm geantwortet, »mit seinem Gefolge.«

»Hat er einen schwarzen Diener?«

»Oh ja! Ein merkwürdiger Mensch, der jedem einen gewaltigen Schreck einjagt. Woher weißt du das?«

»Och«, sagte Christopherus. »Ich habe von ihm gehört. Spricht sich rum. Was macht er hier?«

»Er wartet die ganze Zeit. Erst hat er gewartet, dass sein Schiff repariert wird. Als das fertig war, ist er nach Jomsborg im Süden gesegelt und hat dort gehandelt. Da hat er seine Sklaven verkauft, weil die ihm mit der Zeit zu teuer geworden sind. Er hat nur eine kranke blonde Frau mit ihrer Tochter behalten. Vor dem Winter ist er zurückgekehrt. Seitdem wartet er darauf, dass er einen Falken bekommt. Es muss ein junger sein, hat er gesagt, einer, der in diesem Frühjahr aus dem Ei geschlüpft ist, er will ihn abrichten für die Jagd. Den will er unbedingt mit in sein Heimatland nehmen.«

»Und wie will er Falken bekommen? Fliegt der zu ihm?«

»Nein«, lachte der Mann. »Ein junger Falke kann noch nicht fliegen, haha. Er will einen kaufen. Es heißt, dass man die Vögel fangen kann, wenn man weiß, wo ihre Nester sind. Einer der Händler, ein Finne aus dem Norden, hat dem Emir zugesagt, er wird ihm einen beschaffen. Jedes Mal wenn ein Finne eintrifft, rennt er hin und fragt nach dem Falken. Der ganze Norden muss voll von Leuten sein, die einen Falken fangen wollen.« Er lachte und schüttelte den Kopf.

»Er ist wohl sehr reich, dieser Emir«, sagte Christopherus.

Alle lachten. Und während Christopherus darüber nachdachte, ob Gundrun wohl schwer krank war und wie es ihr und ihrer Tochter Magdalena ergangen sein mochte und was aus den anderen geworden war, die der Mann, den sie den Emir nannten, verkauft hatte, machte er sich laut über die Reichen lustig, die unersättlich und nie zufrieden seien, und hätten sie sonst schon alles, müssten sie etwas haben, was niemand anders habe, der eine einen Gerfalken, der andere ein großes Schiff, der dritte ein riesiges Haus und der vierte eine zweite oder dritte Frau, dabei sei das ganz egal, da man einen Nagel ohnehin nur auf eine Art einschlagen könne.

Wieder wurde gelacht und der Mann, der sie begleitete, sagte, dass der Emir die blondeste aller Frauen habe, eine, die fast ganz weiß sei, beinahe wie Schnee, er habe sie im Süden gekauft. Außerdem habe er den schwarzen Diener, den schwärzesten aller Zeiten, der so grässlich schwarz sei, dass er eine ganze Mannschaft voller Schiffsräuber in die Flucht schlagen könne, denn genau das habe er vollbracht, jedenfalls nach dem zu rechnen, was die Leute erzählten.

Und er berichtete, dass der Emir vom roten Drachen überfallen worden sei, so heiße der Räuber, weil sein Schiff einen Drachen mit einer roten Zunge am Bug trage, vor der Südküste des Götalandes, da sei der Emir wohl weder der Erste noch der Letzte gewesen, der dieser Bande zum Opfer gefallen sei. Der schwarze Mann habe sich vor dem Bug auf dem Kastell verborgen und sei hochgefahren in dem Augenblick, als der rote Drache habe angreifen wollen.

»Und stellt euch vor, als er aufsprang, und er ist ein großer Kerl, ihr werdet ihn vielleicht noch sehen, da vergaßen die Räuber das Rudern, die Schiffe krachten zusammen, der Schwarze knurrte und schrie lauter als eine Horde Bären.«

Alle lachten.

Dann erzählte der Mann, als wäre er selbst dabei gewesen, die Schlacht sei nur deshalb gut ausgegangen für den Emir, weil die Räuber vorm roten Drachen Angst bekommen, sich forttreiben lassen und nicht wieder angegriffen hätten. »Aber das Schiff des Emirs war ein wenig kaputt und unser Schmied …«

Atli unterbrach den Mann und sagte, genau den suchten sie, und als hätte der Schmied sie gehört, klangen abwechselnd helle und dunkle Hammerschläge aus einem Haus, das unten am Ufer lag, wie in Haithabu am Rand der Siedlung, wegen der Feuergefahr abgesondert von den übrigen Häusern und nah dem Wasser. Kolbjörn lachte und ging sogleich darauf los. Christopherus und Atli folgten und wenig später standen sie in der Schmiede und sprachen mit dem Herrn der Kohleglut und Eisenzangen von Björkö. Die Neugierigen hatten sich verzogen und waren zu ihren Geschäften zurückgekehrt, bis auf einige Kinder, die gespannt vor der Tür warteten.

Während sich Kolbjörn mit dem Schmied in ein Fachgespräch vertiefte und seine Werke besah, nahm Christopherus Atli beiseite und fragte ihn, ob er das mitbekommen habe, was der Einwohner über den Emir berichtet habe.

»Meinst du, ich bin blöd?«, antwortete Atli leise. »Dein Gesicht hat schon fast alles verraten, deshalb habe ich …«

»Samuel von Nubien! Gundrun und ihre Tochter! Mathes' Mutter! Was machen wir?«

»Noch ist er hier, der Emir«, murmelte Atli. »Noch ist er hier. Noch hat er keinen Falken.«

Sie wandten sich den beiden Schmieden zu. Die waren sich einig geworden, dass Kolbjörn gleich mit der Arbeit anfangen könne, es gebe genug zu tun, und auch für den starken Atli finde sich sicher eine Arbeit. Beim Hausbau benötige man Männer, die keine Angst vor schwerem Holz hätten. Und ginge es in der Schmiede einmal besonders heiß zu, könne Atli dort mit anpacken.

Christopherus wollte dem Bischof bei der Mission helfen und nach Kindern fragen, die er unterrichten könne in den sieben freien Künsten. Denn wenn die Mission erlaubt sei, müsse es auch der Unterricht sein. Er ging gleich vor die Tür und fragte die Kinder, die dort ausharrten, ob sie wüssten, wie man das Datum des heiligen Osterfestes berechnete. Und was das heilige Osterfest sei.

»Was, das wisst ihr nicht? Das ist das Fest der Auferstehung!« Und was die Auferstehung sei, ob sie das wüssten. Nein? »Wer erkennt, was er nicht weiß, der weiß schon viel«, sagte er und die Kinder blickten ihn mit großen Augen und offenen Mündern an.

Und so war zunächst alles zum Besten geregelt.

69

Fürchterlich die drei Statuen. Riesig. Sie wurden an ihnen vorbei-
geführt. Ihre geschnitzten Gesichter zuckten, als wären sie lebendig,
im Schattenspiel der Fackeln, die an den Wänden staken. Trommelschläge und hohe Worte der Priester hallten durch die Halle. In der
Mitte Thor, mit grimmigem Gesicht und toten Augen, er trug ein
vergoldetes Zepter und regierte im Himmel und war der Herr über
Wetter und Wind und Blitz und Donner. Neben ihm, auf der einen
Seite, der Krieger Odin. Stiefel, Leder und Helm, tote Augen und
ein Schwert in der Hand, das länger war als alle, die du gesehen hast.
Auf der anderen Seite Frei, der Gott der Fruchtbarkeit, ein Mann
und keine Frau wie auf Borg, auch nur eine blinde Statue, ein riesiges
Glied neben sich.

Dem Frei sollten sie geopfert werden. Sterben für eine gute Ernte,
für Wachstum, Sattsein, Gesundheit, Zukunft und viele Kinder. Eine
Ehre, sagten sie, sei es, für Frei zu sterben, die Krönung ihres Lebens. An den Bäumen würden sie hängen, im Opferhain, bis von
ihren Leichen nichts mehr übrig sei, bis die Tiere des Himmels und
der Erde sie vertilgt haben würden. Die Kraft ihres Opfers würde
wachsen mit jedem Tag.

Sie saßen im Dämmerlicht ihres Kerkers, das ein dunkles Haus
war, und warteten auf den Tod. Dass sie auf den Opferstein gelegt
würden, ein Messer ihre Brust aufschneide, ihre Augen erloschen,
während sie erdrosselt würden, mit einem Strick, die Enden in den
Händen zweier starker Männer. Neun Opfer, die keine Ehre fühlten,
sondern nichts als Angst und Verzweiflung. Neun Männer für neun
Welten, die die Weltesche Yggdrasil trug.

Ein Greis, der sterben sollte, weil er überflüssig war und eine
Last, seine Kinder hatten ihn hergegeben. Er weinte viel. Ein zweiter
Mann, eigentlich ein Junge noch, der nur lallen konnte, auch er war
wohl seinen Leuten zur Last gefallen. Ein dritter, der, wie er immer
wieder herleierte, den Reizen seiner Nachbarin erlegen war, deren

Mann ihn zusammen mit anderen gepackt und hergebracht hatte. Er weinte und erzählte, wie sehr er es bereue, wie schön sein Leben gewesen sei und wie schön es hätte bleiben können, wenn diese Frau ihn nur nicht ... Und so weiter. Ein vierter, den seine Frau hierhin verkauft hatte, weil sie mit einem anderen leben wollte, er hatte nicht geahnt, das eine Intrige um ihn her gesponnen worden war. Er weinte, weil seine Kinder den anderen zum Vater bekommen hatten. Ein fünfter, der versucht hatte, der Häuptling eines Dorfes zu werden, und ebenfalls weinte. Ein sechster, der sich freiwillig zur Verfügung gestellt hatte, weil er des Lebens überdrüssig war und ehrenvoll sterben wollte und jetzt seinen Entschluss bereute. Ein siebter, der krank war und seinen Schmerzen ein Ende machen wollte. Und ein achter noch, der geraubt hatte und auf seine Strafe wartete. Das war derjenige, der mit seinen nun toten Kumpanen die Sámi überfallen hatte. Er hatte es nicht lassen können. Weinten die anderen, weinte er mit. »Oh, hätte ich nur nicht!«

Und der neunte war Mathes von Hammaburg. Er weinte nicht, grübelte nur still, hoffte auf Rettung, und solange du Hoffnung hast, weinst du nicht. Wo mochten die Sámi sein? Mathes dachte nach über Frei und Thor und Odin und Gott und Beaivi und wie sie hießen. Und hatten nicht dieser Scheich und Samuel von Nubien noch einen anderen Gott?

Sie sahen einander im schwankenden Schein der Fackel, die der Wächter hielt, oder beim Wachwechsel, wenn es viermal an die Tür klopfte, und noch einmal viermal, bevor sie sich öffnete, der neue Wächter erschien und der vorige verschwand. Die Wächter gingen mit dumpfen Schritten auf und ab, mitunter vor dem ein oder anderen stehen bleibend, die Stricke prüfend. Jeder war an einen der Balken an der Außenwand gebunden und zwischen ihnen waren es mehr als zwei Schritte. Schweigen und Wimmern wechselten sich ab. Still waren nur Mathes und der Laller.

Draußen mussten weitere Wächter sein. Einer war der mit den Kraushaaren, der schon im Dorf der Sachsen über Mathes gewacht hatte. Mathes hörte seine Stimme. Er hoffte immer noch auf eine Gelegenheit, sein Messer in die Hand zu kriegen. Er hatte nur einen

Versuch. Doch schienen seine Bewacher zu wissen, dass der gefährlichste Moment war, wenn das Essen ausgeteilt wurde. Deshalb wurden die Gefangenen gefüttert, einmal am Tag.

Die Sachsen hatten Mathes wohl nicht länger bewachen und ernähren und sich durch seine Anwesenheit in ihrem Dorf an ihre Feigheit erinnern lassen wollen. Die Hände auf dem Rücken gebunden und das Seil in der Mitte an einer langen Stange befestigt, die vorn und hinten über der Schulter je eines Mannes lag, wurde er bereits am Tag nach seiner Gefangennahme fortgeschafft wie ein wildes Tier. So konnte er niemandem nah kommen. Außerdem wurde der Transport von vier Bewaffneten begleitet, die rechts und links gingen, war der Weg breit genug. Sie gelangten auf immer breiteren Wegen in waldloses Land. Von einem der Hügel sah Mathes als Erstes die Pfähle aufragen und dann die beiden Langhäuser in der Ferne stehen, und als sie sich näherten, stellten sich drei der Hügel als von Menschen geschaffene Kegel heraus. Vielleicht waren es Gräber. Regnar hatte erzählt, es gebe in Jellinge solche großen Hügel, hoch wie fünf oder sechs große Männer übereinander. Oben standen Statuen. Der Weg führte zwischen den Pfählen hindurch, zwei lange Reihen, hundertvierundvierzig an der Zahl, zwölf mal zwölf.

Zuletzt war Mathes zu den anderen Gefangenen gebracht und zum neunten Opfer geworden. Seitdem saß er gefesselt an diesem verdammten Pfosten und konnte sich nicht rühren. Die Tage krochen dahin wie Schnecken, als wäre die Zeit stehen geblieben, dennoch musste sie das Maß haben, das der Allmächtige ihr zum Anbeginn gegeben hatte. Aus einem langen Tag wurde eine kurze Nacht und es folgte wieder ein langer Tag.

Am neunten Tag wurden sie aus dem Kerkerhaus geholt und herausgeführt. Sie mussten durch die lange Phalanx der Pfähle gehen und durch das ganze Volk von Sala, Männer, Frauen, Alte und Junge und Kinder. Sie begafften die Todgeweihten, sangen Lieder zu dumpfem Trommelklang und stampften dazu den Takt. Viel mehr als den Namen Frei, der oft wiederholt wurde, verstand Mathes nicht. Sie sollen verstehen, dachte Mathes, dass wir dem Frei lebendig geopfert werden und man nicht Gestorbene oder Totgeschlagene an die Bäume hängt.

Sollte er so tun, wie ihm war? Den Leuten seine Verzweiflung ausrufen, seine schwindende Hoffnung? Der Gesang hielt inne. Gleich würde das nächste Lied beginnen. Das Volk johlte.

»Warum glaubt ihr an Frei?«, rief Mathes, so laut er konnte. »An eine lächerliche Figur aus Holz auf einem lächerlichen Hügel? Und an eine zweite in eurer Halle? Frei gibt es nicht, sage ich euch! Frei ist eine Erfindung eurer Priester und eures Königs, der uns töten lässt und euch zwingt, uns auszuliefern, nur um euch zu Sklaven seines Willens zu machen, um euch zu zeigen, welche Macht er über euch hat. Damit ihr auf Knien euer Leben fristet. Gott kann nur sein, wer die Welt erschaffen hat, die größten Berge und die tiefsten Seen und die weitesten Meere und die Unendlichkeit des Himmels, die Pflanzen und Tiere, die winzigen, die wir kaum sehen können, und die großen, alle haben sie ihre Bestimmung. Ein Gott, der uns das Pferd und die Kuh gegeben hat, um uns zu helfen und zu ernähren, der uns Menschen geschaffen hat. Euer Frei hat das bestimmt nicht gemacht, nein! Das wisst selbst ihr. Und Thor und Odin auch nicht. Thor donnert nur mit den Wolken herum, die er nicht erschaffen hat, mehr kann er nicht, und Odin ist ein Krieger, der nichts anderes kann als euer König: töten! Töten! Töten! Es ist nicht euer Gott, der die Liebe in unser aller Herzen gepflanzt hat, Leute, sondern ein Gott der Liebe, der keine Opfertoten braucht, ja der sie verbietet. Er hat sie uns eingepflanzt, die Liebe zu unseren Kindern, die Liebe zwischen Mann und Frau, die Liebe zu Mutter und Vater, die Liebe zu den Menschen und den Mut zu guten Taten!«

Außer Atem hielt er inne.

»Amen!«

Was für ein Wort!

Hatte er es wirklich gehört? Mathes warf den Kopf herum.

Christopherus!

Dort stand er, kaum zehn Schritte entfernt, schmal und größer als fast alle um ihn her, mitten in der Menge, ihre Blicke begegneten sich. Christopherus nickte fast unmerklich, in seinen traurigen

Augen blitzte es auf. Dann war Mathes schon vorbei, der Gesang
setzte wieder ein und Christopherus machte den Mund auf und zu,
als sänge er das Totenlied mit den Menschen von Sala. Wie war das
möglich? Christopherus war tot! Er war gestorben, für ihn, Mathes, gefällt vom Schwert Regnars und seiner Gesellen. Ein Wunder
musste geschehen sein. Christopherus war wiederauferstanden! Jetzt
war es kein Totenlied mehr, es war ein Auferstehungslied.

70

Die Gefangenen waren wieder in den Kerker gebracht worden. Der Räuber hatte von einem seiner Kumpane am Wegesrand erfahren, dass die Hinrichtung morgen am halben Tag stattfinden sollte, wenn die Sonne am höchsten stand. Also noch einen halben Tag, eine kurze Nacht und einen allerletzten halben Tag.

Wie zuvor saß Mathes an den Balken gefesselt. Draußen schleppte sich der späte Nachmittag zum frühen Abend hin. Drinnen gab es nur zwei Zeiten: Tag und Nacht. Die Gegenwart dehnte sich, er wünschte, sie sollte niemals zur Nacht werden, die letzte vor dem letzten Tag. Die Gedanken rasten sinnlos durcheinander. Es muss in der Nacht geschehen, es muss in der Nacht geschehen, es muss ... Oder es geschieht nicht mehr. Christopherus, du musst ... Das Auf und Ab des Wächters, Fackel in der Hand. Zwölf Schritte hin, zwölf Schritte her.

»Lass uns frei!«, jammerte der Räuber. »Hab ein gutes Herz! Ich muss meine Kinder versorgen, sie verhungern!«

Die anderen stimmten ein. »Lass uns frei, lass uns frei!«

Keine Antwort. Es war der mit den Locken. Er blieb vor dem Räuber stehen, beleuchtete ihm das Gesicht, prüfte seine Fessel, setzte seinen Weg fort. Zwölf Schritte hin, zwölf Schritte her.

»Warum tust du das?«, fragte Mathes den Wächter. »Du weißt, dass es falsch ist.«

»Meinst du, das macht mir Spaß?«, sagte der Mann. »Wir haben keine andere Wahl.«

»Man hat immer eine Wahl und du hast die falsche getroffen. Schande über dich! Wenn du es willst, kannst du uns laufen lassen.«

»Ja, lass uns laufen«, sagte einer. »Schneide uns die Fesseln durch. Wir binden dich an einen Pfosten und du sagst, dass wir dich überwältigt haben.«

»Ja! Ja!«, riefen andere. »Schneid sie durch!«

»Man wird es mir nicht glauben und mich an eurer Stelle opfern.«

»Dann komm eben mit uns, wir laufen zusammen fort«, sagte ein anderer.

»Ja! Ja! Komm mit!«

»Meine Frau und meine Kinder, sie …«

»Die kannst du später nachholen«, sagte wieder ein anderer. »Wir gehen nach Björkö. Dort hat euer König keine Macht.«

Und so ging es weiter. Der Schwache redet zu viel, dachte Mathes. Er ist sehr schwach, dieser Lockenkopf. Ein böser König hat viele schwache Untertanen. Er traut sich dies nicht und er traut sich das nicht und jenes nicht. Er traut sich nichts. Er hat Angst vor der Gefahr und will ihr ausweichen. Wer sich nicht der Gefahr stellt, wer nichts entscheidet, den holt sie …

Es wurde Nacht. Das Gerede hatte die Zeit gekürzt. Die Hoffnung war aufgeglüht und wieder erloschen, so schnell wie ein Reisigfeuer. Hoffnung kann mehrmals sterben und die Verzweiflung wird mit jedem Mal größer, sie erdrückt dich, sie liegt wie ein riesiger Stein auf deinem Leib.

»Du bist ein elender Feigling!«, rief der Räuber und weinte.

Der Wächter reagierte nicht. Selbst ein Räuber kann recht haben.

Es klopfte. Viermal. Eine Pause. Wieder viermal. Wie bei jedem Wachwechsel. Die Tür ging auf. Ein Mann trat ein. Kapuze. Keine Fackel.

»Oh, bist du schon da?«

»Hm.«

»Brennt deine Fackel nicht? Willst du meine haben?«, fragte der Wächter mit froher Stimme. »Sie wird noch etwas brennen. Ich bringe dir gleich eine neue. Hier!«

»Hm.« Der Neue nickte.

Er griff mit der Linken nach der ausgestreckten Fackelhand des Wächters, packte ihn am Handgelenk, riss ihn zu sich heran. Eine heftige Bewegung mit der Rechten und der Wächter sank mit einem Seufzer, einem leisen Schnarren zu Boden, als wäre er müde.

»Sch!«, machte der Neue.

Das blutige Messer in der einen Hand, hatte er die Fackel in die andere genommen und leuchtete umher, in die verschwitzten Gesichter, die offenen Münder, die aufgerissenen Augen, bis er Mathes gefunden hatte. Er trat schnell vor ihn, beugte sich herab und schnitt ihm die Fessel durch. Ein Messer bringt den Tod oder die Freiheit. Der Wächter zuckte nicht mehr.

»Hentto«, flüsterte Mathes, stand auf und reckte sich, nach seinem Messer an der Schulter greifend.

»Seid still, kein Ton, sonst ist alles verloren!«, flüsterte Hentto.

»Wir machen euch los. Schnell, schnell! Wehe, der Richtige kommt ...«

Sie schnitten allen die Fesseln durch. Vor dem Räuber blieb Mathes stehen. »Wir nehmen dich mit, wenn du still bleibst.«

»Jaja, ich ...«

»Still, sage ich!«

»Kann jemand nicht gehen?«, fragte Hentto.

Niemand antwortete und derjenige, der nur lallen konnte, lallte nicht.

Hentto drückte die Tür auf.

Leise verließen sie das Verlies, schlichen hinaus in die Sternennacht. Mathes hörte Stimmen, ein Lachen und sah drüben roten Feuerschein lecken am Stamm eines Baums, der schwarz in den Himmel ragte. Dort mussten sie sein, die Wachen. Hentto führte sie um das Kerkerhaus herum, langsam, einen Hügel abwärts, durch Gebüsch, über einen Bach. Und schneller. Kein Himmel mehr und sanftes Rauschen, der Nachtwald umarmte sie mit seiner kühlen Schwärze. Sie fassten sich bei Händen und Schultern. Immer weiter, alle schwiegen, hastiger Atem. Nach vielen Schritten stoppte Hentto. Flüstern.

Mathes wurde an den Schultern gepackt.

»Das hast du gut gesagt. Hätte ich nicht besser sagen können.« Christopherus!

»Na, alter Junge.« Und Atli!

Und wo der war, musste Kolbjörn sein! Schnelle Umarmungen, Gárral war da.

»Danke!«

»Das waren wir dir schuldig«, sagte Hentto.

Fünf Retter und neun Befreite machten sich auf den Weg durch den Wald, Hentto vorn, Gárral hinten. Sie hörten Geschrei in der Ferne. Man hatte ihre Flucht entdeckt. Fort! So schnell wie möglich!

Es dauerte nicht lange, da blieb der Alte, den seine Kinder fortgegeben hatten, erschöpft stehen, nach Luft ringend.

»Lasst mich, ich kann nicht mehr«, keuchte er.

Atli nahm ihn auf seinen Rücken. Der Junge, der nur lallen konnte, torkelte, wenn er ging, und blieb zurück. Kolbjörn trug ihn eine Weile, bis er wieder ein Stück gehen konnte, und trug ihn wieder. Hentto hielt ein forsches Tempo. Der Kranke, der hatte sterben wollen, vergaß seine Schmerzen, als er von zwei Befreiten in die Mitte genommen und fortgezogen wurde. Es war fast ein Laufen. Niemand sprach. Keuchen, Knacken der Äste, raschelndes Gebüsch. Anhalten nur zum Trinken. Schlürfen.

Weiter, immer weiter.

Es wurde hell, der neue Tag des Lebens begann, die Sonne nahm ihren hohen Lauf, ihre Strahlen blitzten durch das Blätter- und Nadelwerk des Waldes, sie warf Flecke und Streifen auf den Boden, die Vögel waren erwacht. Bald war die Opferzeit gekommen, die Zeit zum Sterben. Aber sie würden leben. Sala musste in Aufruhr sein, man würde ausschwärmen, sie suchen. Anund von Sala musste außer sich sein.

Weiter, immer weiter. Morgen, Mittag, Nachmittag. Kurze Pausen, zum Trinken, Essen, jeder bekam ein Stück trockenes Fleisch, mehr nicht. Man hörte nur ihre Tritte und das Keuchen.

Erst als sich die Sonne wieder senken wollte, bog Hentto von der südöstlichen Richtung ab und arbeitete sich durch dichtes Unterholz hindurch auf eine Lichtung, die ringsum geschlossen war. Erschöpft warfen sie sich nieder. Sie lagerten sich im kühlen Dämmer.

»Hier bleiben wir«, sagte Hentto. »Niemand wird uns hier finden. Erst in der Nacht gehen wir weiter.«

Kolbjörn zog Trockenfleisch aus dem Beutel. Gárral verschwand und kehrte mit Wasser in einem Fellsack zurück. Alle aßen und tranken.

Endlich Zeit für Worte. Die Angst wich, das Leben kehrte zurück, die Gewissheit.

Die Befreiten wollten sich bei den Rettern bedanken. Die Sámi sagten, sie hätten nur entgolten, was Mathes an ihnen getan habe. Atli murmelte »*Líf mitt er þitt líf*«, Kolbjörn meinte, er habe Atli nur ein wenig begleitet, das sei nicht der Rede wert, schließlich habe man sonst nichts Wichtiges versäumt, und Christopherus sagte, er habe das Spektakel der Heiden von Sala gesehen und eine schöne Predigt gehört, das sei Dank genug.

»Deine Mutter und deine Schwester, sie sind in Björkö«, sagte Christopherus.

Mathes konnte es nicht glauben. Christopherus musste mehrmals wiederholen, was er gesagt hatte. Nein, sie seien nicht fortgereist, der Scheich warte noch darauf, dass er einen Falken kaufen könne. Nun gelte es nur noch, die beiden zu befreien, dann sei das Glück vollkommen, sagte Mathes. Das, warf Gárral ein, werde man sicher schaffen und er könne sich auch vorstellen, wie.

Mathes wollte es wissen, doch Gárral sagte: »Redet man zu viel davon, wird es nichts. Dann kommt das Unglück zurück.«

Dabei blieb es bis zur Nacht.

»Was machen wir mit dem da?«, fragte Mathes, als alle schläfrig wurden, und wies auf den Räuber, der bislang geschwiegen hatte.

»Dem habt ihr das zu verdanken. Er hat mich an den König von Sala verkauft, ein Leben für ein paar Silberstücke.«

»Wie viele hast du dafür erhalten?«, wollte Christopherus wissen.

Der Räuber zögerte.

»Sag es endlich! Sei ehrlich, ein einziges Mal!« Der Sanftmut war aus Christopherus' Stimme gewichen.

»Zehn Unzen Silber.«

»Her damit!«

»Ich habe es nicht mehr, es ist …«

Atli legte eine seiner Pranken auf den Oberschenkel des Räubers, der neben ihm saß, und drückte ein wenig zu.

»Aua! Ich … Lass los!« Er nestelte an seinem Wams und zog einen Beutel hervor mit mehreren Stücken Hacksilber.

»Blödmann«, sagte Atli, nahm es und gab es Christopherus.

»Und übrigens«, sagte der Räuber, »die anderen haben ihre Freiheit meinem Verrat zu verdanken. Sonst wärt ihr ja nicht gekommen.«

»Wo er recht hat, hat er recht«, sagte Christopherus und lachte. »Ein Räuber als Lebensretter, was es nicht alles gibt! Aber du kannst es dir nicht anrechnen, es war Gottes Wille und nicht deiner. In die Hölle fährst du trotzdem, mein Lieber, das ist so wahr wie das Amen in der Kirche.«

»Was ist eine Hölle?«, fragte der Räuber.

»Ja, was ist das?«, fragte Hentto.

»Das ist ein weites Feld«, sagte Christopherus. »Erklär ich euch später. Sag mir lieber, wie findest du im Dunkeln hier durch? Wir sind, wenn ich mich recht erinnere, an derselben Stelle, an der wir auf dem Hinweg gerastet haben.«

»Ein Sámi findet an jeden Ort zurück, an dem er einmal gewesen ist. Ob dunkel oder hell.«

Die Sámi, berichtete die Familie, habe sich, nachdem sie das Dorf der Sachsen verlassen hätten, getrennt. Während die Frauen und Kinder mit dem Alten, dem *härk* und dem ganzen Gepäck vorsichtig und recht langsam weiterzögen, seien die beiden Männer nach Björkö gelaufen, denn sie seien es gewohnt, an einem einzigen Tag sechs oder sieben *benagullam* zurückzulegen. Als Jäger sei man ausdauernd. Dort, so hätten sie gedacht, sei es eher möglich, Hilfe zu holen, weil in Björkö ein anderer König herrsche. Dort seien sie gleich auf die drei anderen gestoßen, und als sie berichteten, sie seien mit einem Mathes von Hammaburg zusammengetroffen, den es zu befreien gelte, hätten diese nicht gezögert, nach Sala zu eilen. Dort hätten sie sich unters Volk gemischt, was nicht aufgefallen sei, da viele Menschen aus verschiedensten Völkern umherliefen, sodass nicht jeder jeden kenne.

»Wir haben eure Wachen beobachtet, sogar mit ihnen gesprochen, und erfahren, wie sie sich abwechseln und ungefähr, wann. Den Rest kennst du. Sie trinken übrigens eine Menge Bier, das hat geholfen.«

»Christopherus hat es uns verboten«, maulte Kolbjörn.

»Es ist nicht gut, viel zu trinken«, widersprach Atli. »Man wird ein anderer und der taugt meistens weniger als man selbst.«

»Ihr scheint mir eine viel bessere Gesellschaft als meine Kinder«, sagte der Alte, der von diesen zum Opfer gemacht worden war. »Die waren nicht besser als der Räuber dort. Ich bin alt und kann nicht mehr viel. Was soll aus mir werden?«

»Wir finden schon was für dich«, sagte Kolbjörn. »Etwas Besseres als den Tod findest du überall. Es ist immer für jeden etwas da.«

»Und der da?«, fragte der Alte und wies auf den Laller.

Der sagte nichts, er konnte nur lallen. Seine Augen leuchteten und er lächelte.

»Für jeden«, sagte Kolbjörn.

»Wir sind alle Kinder Gottes«, sagte Christopherus. »Ein guter Vater liebt seine Kinder gleichermaßen.«

Bevor sie sich schlafen legten, fragte Mathes noch einmal: »Also, was machen wir mit ihm?«

Alle sahen den Räuber an. Der schluckte und senkte das Haupt.

»Ich habe heute schon einen Mann töten müssen, um euch zu befreien«, sagte Hentto leise. »Es ging nicht anders.«

»Verdient hat er es«, brummte es aus Atlis Bart. »Ich meine den Kerl hier.«

»Und das zweimal«, fügte Kolbjörn hinzu.

»Mindestens«, sagte Christopherus.

»Noch einmal verraten kann er uns allerdings nicht«, sagte Atli. »Dann ist er selbst dran. So doof bist du nicht, oder?«

Der Räuber schüttelte schnell den Kopf.

»Strafe muss sein«, meinte Kolbjörn. »Vielleicht sollten wir ihn ein wenig durchprügeln.«

»Eine ordentliche Tracht hat schon manchen gesund gemacht«, sagte Atli und tätschelte das Bein des Räubers mit seiner schweren Pranke.

»Das erledigen wir morgen. Vielleicht«, sagte Kolbjörn. »Jetzt wollen wir singen.«

Die beiden Freunde sangen und Gárral begleitete sie mit einem leisen Joik. Mathes schloss die Augen, damit er besser hören konnte, und er meinte nie ein schöneres Lied vernommen zu haben. Es war, als öffnete sich eine Tür in seinem Inneren und er träte ein in eine wunderbare neue Welt. Seine Augen füllten sich mit Tränen, er wischte sie nicht weg, er ließ es geschehen und schämte sich nicht.

71

Ansgar hatte sein Missionswerk sogleich in Angriff genommen und war seit seiner Ankunft in Björkö von früh bis spät aktiv. Björn på Håga hatte ihn dazu eingeladen und dabei blieb es, obwohl er keine Geschenke bekommen hatte. Er war ein guter Mann. Als Erster ließ sich der Statthalter Herigar taufen, was ein gewaltiger Vorteil war, zumal die Zeremonie neben der Schifflände stattfand, auf der sich das Volk von Björkö versammelt hatte und zusah, wie Ansgar bis über die Hüfte im Wasser stand und seine Sprüche machte, mit einer so lauten und so dunklen Stimme, dass ein jeder verstand. Ein Stück tiefer im Wasser der würdige Herigar und neben ihm Witmar als Helfer, am Ufer wartete Christopherus mit trockenen Sachen.

Ansgar sprach: »Ich taufe dich im Namen des Vaters, des Sohnes und des Heiligen Geistes.« Er nickte Witmar zu. »Du sollst wie Christus sterben ...«

Witmar packte den Täufling am Kragen.

»... und untergehen ...«, fuhr Ansgar fort.

Witmar nahm den Kopf des Mannes in die Ellenbeuge und warf ihn hintenüber, zwang ihn unter Wasser und hielt ihn nieder. Herigars Füße trieben auf und schäumten das Wasser. Das Volk auf der Schifflände hielt auch den Atem an, einige Frauen schlugen sich die Hand vor den Mund.

Es war nicht zu übersehen, dass sich der Riese Atli vordrängte und die Leute auseinanderschob. »He, was macht ihr da! Soll er etwa ersaufen?«

»... und wiederauferstehen!«, sprach Ansgar.

Witmar zog den Statthalter an die Luft, nach der dieser sogleich schnappte, er schnaubte Wasser und hustete. Das Volk lachte erleichtert. Ansgar ruderte sich zum Täufling und strich ihm ein Wasserkreuz auf die Stirn. Damit war die Zeremonie beendet. Ein neuer Mensch namens Herigar watete zitternd zum Ufer, wo Christopherus ihm einen trockenen Umhang reichte.

Das war die erste Taufe nach der Sitte des Benedikt im Reich des Königs von Björkö. Der ließ sich selbst allerdings Zeit, seinem Statthalter nachzueifern, denn es ging ihm, wie Ansgar bald begriff, vor allem darum, seinem Bruder, dem Menschenopferer von Sala, etwas entgegenzusetzen, wobei er langfristig dachte. Er wollte den Handel mit der christlichen Welt des Westens befördern und teilhaben an der weltlichen Macht der Christen, die so fest und steinern schien wie ihre Kirchen.

Nachdem sich Herigar hatte taufen lassen, taten es ihm etliche nach. Ansgar freute sich über jede Seele, die er vor der Verdammnis retten konnte. Manche zweifelten noch, ob sie sich von ihrem alten Glauben trennen sollten, andere dachten, der neue Glaube könnte neben dem alten nicht schaden, wieder anderen dünkte Zwiegenähtes fester, noch andere wollten die Vorteile des Christentums, ohne den alten Glauben zu verlassen. Diesen allen bot Ansgar die Primsegnung an. Er tunkte seine Fingerspitzen in ein Wasser, über das er zuvor einen Segen gesprochen hatte, und zeichnete damit ein Kreuz auf die Stirn. Das war nur eine Vorstufe zur Taufe und ein gutes Lockmittel. Sie vertrieb den Teufel aus der Seele des Gesegneten und machte sie zu einem leeren Gefäß, in der Gott hoffentlich bald wohnen würde, und sie beschützte die Getauften vor dem Dämon des Heidentums. Wer die Primtaufe erhalten hatte, durfte von christlichen Kaufleuten angestellt werden oder Handel mit ihnen treiben.

Wenige Tage später war Christopherus verschwunden, und als Ansgar nachfragte, erhielt er von Witmar die Auskunft, er sei tags zuvor mit seinen beiden nordischen Reisekumpanen fort, mit wieder zwei anderen, die kurz zuvor erst auf der Insel eingetroffen seien, zwei Sámi. Wohin, das wisse er nicht.

Überhaupt war Christopherus Ansgar recht fremd geworden. Immer wieder hatte der Mönch versucht, mit ihm über die Liebe zu sprechen, doch hatte er nicht die Liebe zu Gott oder Christus' Liebe zu den Menschen gemeint, sondern die Liebe zum Nächsten und was es bedeute, seinen Nächsten so zu lieben wie sich selbst und was die Liebe zwischen Mann und Frau bedeute. Letzteres fand Ansgar bedenklich, und bevor ihm Flüche auf die Zunge sprangen, gelang es ihm zu fragen: »Wünschest du zu beichten?« Christopherus hatte stumm den Kopf geschüttelt und das war ein böses Zeichen.

Seit Ansgar schon am ersten Tag nach seiner Ankunft von der armen Gundrun aus Hammaburg und ihrer Tochter Magdalena gehört hatte, stand ihm nichts mehr im Sinn, als sie aus den Klauen des Scheichs zu befreien, zumal dieser und sein schwarzer Diener nicht einfache Heiden waren, die man durch die rechten Worte zu Jesus führen konnte, sondern sie hatten, ganz wie die Christen, nur einen einzigen Gott, den sie Allah nannten. Ein Glaube, der offenbar mit dem Christentum verwandt war. Das hatte er feststellen müssen, als er, seine Angst vor dem Schwarzen niederringend, dem Zelt am oberen Rand der Stadt aufwartete, wie er es in allen Häusern tat oder tun wollte.

Der Schwarze redete und bewegte sich wie ein richtiger Mensch, also war er vermutlich einer, und zwar ein kluger, denn er beherrschte außer Nordisch sogar etwas Fränkisch und dazu eine ganz fremde Sprache, von der man kein Wort begriff. Als Ansgar Jesus Christus anführte, behauptete Samuel, indem er beide Hände zum Himmel hob, das sei ein Messias und hochgeachteter Prophet aller Muslime, so hieß er sich und seine Glaubensbrüder. Sie eiferten diesem nach, er sei ein Weisheitslehrer und Vorbild, da er in Armut und Askese gelebt habe. Dabei leuchteten seine weißen Augen so sehr aus seinem schwarzen Gesicht, dass Ansgar die Furcht anfiel und er nicht begreifen konnte, warum der so klug und ruhig sprach und doch aussah, als hätte ihn der Leibhaftige geschwärzt und ihn so zu einem der Seinigen gemacht. Erst als er von Christopherus hörte, Samuel stamme aus einem Land, in dem die Sonne alle Menschen schwarz brenne, beruhigte sich Ansgar. Der Mönch hatte sich inzwischen mit Samuel angefreundet. Er erzählte Ansgar von Haithabu und dass er das Schauspiel des Schwarzen dort nicht vergessen habe.

Ansgar hatte den Scheich nicht überzeugen können, Gundrun und ihre Tochter freizugeben. Da Ansgar mittellos war, schlug er gar nicht erst vor, sie freizukaufen. Er bekam sie nicht einmal zu Gesicht, um mit ihnen zu beten und ihnen Trost zu spenden. Gundrun sei sehr hinfällig, behauptete Samuel, sie esse so gut wie nichts, und wenn sie es doch tue, gebe sie es von sich. Deshalb sei sie sehr schwach und vertrage keine Aufregung. Da helfe auch nicht die Gegenwart ihrer Tochter, die der Scheich wohl nur um der Mutter willen gekauft habe, die sei ihm sonst nicht viel wert wegen der Narben in ihrem Gesicht.

Wenige Tage nachdem Christopherus verschwunden war, begriff Ansgar, warum sich der Scheich in Björkö aufhielt, denn er handelte nicht. An der Schifflände war wieder Aufruhr, weil Sámi gekommen waren, dazu noch mit einem zahmen Rentier, das, am Kopf gebunden, neben dem Boot hinüber zur Insel schwimmen musste, ein seltenes Schauspiel: eine samische Familie, ein Alter mit seinen Schwiegertöchtern und Enkeln. Die Söhne fehlten, sie seien unterwegs, hieß es. Sámi seien in Björkö nichts Besonderes, berichteten die Leute von Björkö Ansgar, einige wohnten hier, und mitunter kämen welche zum Handeln. Sie sahen zwar ein wenig anders aus als die übrigen Bewohner von Björkö, sie waren kleiner und ein wenig gelb, aber wenigstens waren sie nicht schwarz.

Ansgar suchte die neue Familie auf, um sie zu bekehren. Da erfuhr er, welch kostbare Fracht die Sámi aus dem Norden mitbrachten: zwei Falken. Die wolle der Scheich kaufen, erzählte der alte Sámi, und zwar beide, für den Fall, dass einer auf der Heimreise eingehen würde. Sogleich habe der Scheich seinen Diener und Unterhändler gesandt, nach dem Preis zu fragen. Nein, habe der Sámi geantwortet, das bestimmten seine Söhne, der Herr müsse warten, bis diese zurück seien.

Als Ansgar den Sámi von Christus berichten wollte, taten sie sehr interessiert und hörten ihm aufmerksam zu, eine Taufe oder eine Primsegnung lehnten sie nicht ab und antworteten nur, sie würden das alles miteinander besprechen und später darüber entscheiden.

72

Der Räuber war nicht fortgeschlichen und verschwunden, wie sie es erwartet hatten, sondern er lag in der halben Nacht immer noch da, wo er sich abends niedergelegt hatte, und wollte mit.

»Warum habt ihr mich nicht getötet? Oder wenigstens verprügelt?«, fragte er Christopherus, als sie längst wieder unterwegs waren und in langer Reihe Gárral durch den Wald folgten. »Oder kommt das noch?« Er sah sich nach Atli und Kolbjörn um, die hinter ihm gingen.

»Wir hassen es, Menschen zu töten«, antwortete Christopherus. »Christen ist es streng verboten, die Sámi dürfen es ebenfalls nicht. Sie tun es nur, wenn sie sich oder einen anderen verteidigen müssen, wie du gemerkt hast. Außerdem bereitet es uns keinen Spaß. Warum also sollten wir dich umbringen? Wer einen Schwachen schlägt oder gar umbringt, macht sich niedrig.«

Schweigend folgte der Räuber Christopherus, bis er irgendwann fragte: »Aber die anderen, die keine Christen und keine Sámi sind?«

»Denen bereitet es auch keinen Spaß«, sagte Christopherus. »Kein Tier tötet seinesgleichen. Und keines tötet aus Spaß. Sind Menschen etwa Tiere? Nein. Genau genommen sind sie schlimmer als Tiere. Manchmal. Sehr dumme Tiere nämlich, dümmer als ein Käfer. Wer will gerne dumm sein? Und das freiwillig?« Er lachte und rieb sich die Hände. »Und nun will ich dir erklären, was eine Hölle ist. Dorthin gelangt der sündige und böse Mensch, also so einer wie du, dort muss er für seine Missetaten büßen, nachdem er gestorben ist. Er wird vom Teufel und seinen Gesellen gequält, tagaus, tagein, in der Nacht und immer und ohne Ende, mit Spießen und Nadeln, solche mit Widerhaken, die im Fleisch stecken bleiben, mit Zangen und Quetschen. Er wird übergossen mit kochendem Wasser, erst die Füße, dann die Hände, dann der Rest. Und wenn es wieder heil ist, alles von vorn. Ach, was sage ich! Mit kochendem Öl wird es gemacht, weil es noch mehr schmerzt, und die Gehilfen des Teufels, das sind grässliche schwarze Männer, sie sind schwarz von Kopf bis Fuß. Sie leben in der dunklen Hölle, die tief im Inneren der Erde unter uns ist, wo es fast keine Luft zum Atmen gibt. Ja, man glaubt zu ersticken. Und soll ein Mensch mit einer bösen Seele sterben, also du, zum Beispiel, schickt der Teufel einen von ihnen zu uns, um seine Seele zu holen, ja, so ist es. Die schwarzen Gehilfen holen deine schwarze Seele! Genau so!«

Den Räuber gruselte es sichtlich und er fragte, was man tun könne, damit solches nicht geschehe?

»Tja«, sagte Christopherus. »Du musst ein braver Mensch werden, und das ganz schnell, der niemandem mehr etwas wegnimmt, sondern seinen Unterhalt mit eigenen Händen verdient wie alle anständigen Leute. Vielleicht wird der Teufel dich schon bald holen wollen!«

Der Räuber erzählte, er heiße Herebeald und gehöre zum Volk der Gauten, seine Heimat liege bei den großen Seen im Westen des Landes. Er habe von seinen Vorfahren nichts anderes gelernt, als Räuber zu sein, und geglaubt, es diene seiner Ehre. Doch nun, wo seine Kumpane tot seien und er selbst auf wundersame Weise verschont geblieben sei, obwohl er von allen anderen als der Niedrigste angesehen werde, »da will ich versuchen, ein Leben wie ihr zu führen«. Er wolle nicht in die Hölle, wenn er tot sei, obwohl er es fast nicht glauben könne, dass es eine solche gebe. Gleichwohl, er werde versuchen, rechtschaffen zu sein.

»Gut, mein Sohn«, sagte Christopherus und schlug das Kreuz.

Seither nannten sie den Räuber nicht mehr Räuber, sondern bei seinem Namen und verloren kein Wort mehr darüber, denn es lohnt nicht, die Vergangenheit eines Mannes zu besprechen, der sein Leben geändert hat.

Schon draußen, bevor sie durch die Öffnung in den Palisaden in den Hafen einliefen, sahen sie das Zelt des Scheichs am oberen Rand des aufsteigenden Geländes. Dicht am Ringwall und nicht weit vom Gräberfeld entfernt hatte er seinen Hausstand. Mathes warf sich trotz der Wärme Tücher um Kopf und Schultern und hielt sich beim Anlanden und während sie ihre Sachen auf den Steg warfen, im Hintergrund. Er ging gebeugt an einem Stock, als wäre er krank, weil seine Mutter ihn nicht erkennen sollte, falls sie an der Schifflände auftauchte, und erst recht nicht der Scheich. So war es mit Gárral abgesprochen.

Die Ankunft der Gesellschaft auf Björkö war ein großes Ereignis, das neugierige Volk kam herbei und erkannte den Riesen Atli und den langen Christopherus, einige wollten wissen, warum sie vor Tagen so schnell fortgelaufen seien, als sei jemand hinter ihnen her gewesen.

»Wo wart ihr?«, wurde gerufen. »Was habt ihr gemacht?«

Das würden sie später erfahren, schnauzte Atli, und wenn jetzt nicht alle sofort verschwänden und sie durchließen, damit sie endlich essen und trinken könnten und ausschlafen, sie seien wahrhaftig hungrig und durstig und verdammt müde, dann würde er wütend werden. Er ballte die Hände zu Fäusten, die so groß waren wie Kohlköpfe, und blickte so grimmig unter seiner Stirn hervor, dass die Neugierigen verstummten, zurückwichen und sich maulend zerstreuten.

Vom Hausstand des Scheichs war niemand zu sehen gewesen. Während Gárral und Hentto sogleich nach ihrer Familie suchten, verschwanden die Übrigen zum Schmied, der von allen nur Steðju-Gunnar genannt wurde, weil er einen Baumstamm zum Schmieden nutzte, der so groß und breit war, dass er das Haus hatte drum herum bauen müssen, und alle die Geschichte kannten, wie er vor Jahr und Tag das Stück über das Wasser an das Ufer geschafft hatte. Dort lobten alle Atli für seinen gelungenen Auftritt und es gab Essen und Trinken und danach für jeden einen Schlafplatz, obwohl es eng wurde.

Am nächsten Morgen saßen sie in der Schmiede auf Holzklötzen oder auf dem Fußboden, jeder einen Napf mit Grütze in der Hand. Das Licht des hellen Tages fiel durch ein Windauge auf Mathes' Gesicht. Er habe endlich einmal ausgeschlafen, sagte er, in der ersten Nacht in Freiheit und Sicherheit, und die Befreiten stimmten ihm freudig zu. Sie waren sich einig, der Mensch brauche nicht mehr als ein Dach über dem Kopf, sich satt zu essen und Sicherheit, vor allem Sicherheit, Freiheit von Angst, und das alles gebe es hier in der Schmiede von Björkö. Steðju-Gunnar rief seinen Gehilfen Kolbjörn zu sich und zusammen mit Atli begannen sie das Tagewerk. Christopherus war so zufrieden wie lange nicht mehr.

Plötzlich sprang Mathes auf. »Samuel von Nubien!«

»Mathes von Hammaburg!«

Schon lagen sie sich in den Armen. Die befreiten Opfer von Sala wichen vor Schreck zurück und der Mann, der ein Räuber gewesen war und Herebeald hieß, sank ohnmächtig zu Boden. Während die anderen einen Schreck bekamen und die Hammerschläge verstummten, konnte Christopherus nicht aufhören zu lachen.

»Wie geht es meiner Mutter?«, fragte Mathes, nachdem Samuel Christopherus umarmt hatte.

»Schlecht. Sie verweigert das Essen. Sie ist nur noch ein Schatten ihrer selbst.«

»Wird sie sterben?« Mathes' Stimme zitterte.

»Wenn sie isst, wird sie nicht sterben«, antwortete Samuel. »Wenn sie dich sieht, wird sie essen.«

»Und Magdalena?«

»Sie ist traurig die ganze Zeit.«

Herebeald hob die Lider, und obwohl Samuel nichts weiter tat, als mit den Augen zu rollen, wollte er auf allen vieren fort. Die Tür war versperrt, dort stand der Schwarze, und als Herebeald begriff, dass alle lachten, gab er seinen Fluchtversuch auf und blieb zitternd auf dem Lehmboden sitzen.

»Hat dein Herr schon die Falken gesehen?«, fragte Christopherus, als alle fertig gelacht hatten.

»Ja, hat er. Aber er hat sie noch nicht kaufen können, weil der Sámi, dem sie gehören, auf seine Söhne warten will, die sollen ihm den Preis sagen.«

»Das ist gut! Nun sind sie da!«, rief Christopherus und freute sich.

»Ich werde nachher gleich hingehen.«

Und dann setzten sie sich an den Tisch und steckten die Köpfe zusammen.

73

Vielleicht sei es besser, das Zelt des Scheichs zu überfallen und Gundrun und Magdalena mit Sax und Messer zu befreien, meinte Atli. »Bist du verrückt?«, rief Christopherus. »Das ist eine Stadt des Friedens! Hier darf man keine Waffen tragen, erst recht nicht sie benutzen!« Täten sie das, hätten sie ihr Gastrecht verwirkt und es würde schwere Strafen setzen. Außerdem, die Sámi hätten eine gute Idee.

Dabei blieb es.

Die Sámi, so hatte man es vereinbart, sollten darauf bestehen, den besten Preis für die Falken zu erzielen, deshalb solle der Handel so stattfinden, dass alle mitbieten könnten. Da für einige Tage später ein Handelstag festgesetzt war, zu dem Händler von nah und fern anreisen würden, lehnten sie einen Handel mit dem Scheich bis dahin ab. Das machte keinen großen Unterschied außer dem, dass sich Mathes weiter versteckt halten musste, denn an Jagdfalken bestand kein großes Interesse. Niemand im Götaland oder im Svealand hatte jemals mit Falken gejagt, nur mit Hunden. Doch erhöhte es die Spannung, insbesondere für den Scheich, und sicher auch den Preis. Darauf kam es an.

Zum angesetzten Tag hatten sich viele Händler eingefunden. Sie boten Trockenfleisch, Felle, Bernstein, wunderbar bunte Glaskugeln und vieles andere an. Über die größte Partie Pelzwerk verfügten die zugereisten Sámi. Davon wollte der Scheich ebenfalls haben. Christopherus hatte sich unters Volk gemischt, während Mathes dazu verurteilt worden war, weiter in seinem Versteck auszuharren.

»Also?«, ließ der Scheich Samuel fragen. »Wie ist Euer Preis für die zwei Falken?«

»Ich habe gehört, Ihr habt eine Frau bei Euch, die schön ist und weiße Haare hat«, sagte plötzlich jemand und drängte sich aus der Menge der Zuschauer nach vorn. Es war Kolbjörn.

»Was hat das damit zu tun?«

»Ich weiß es nicht«, sagte Kolbjörn. »Aber ich möchte sie Euch gern abkaufen.«

»Sie ist nicht zu verkaufen«, sagte Samuel. »Habt Ihr sie überhaupt schon gesehen?«

»Ja, das habe ich«, log Kolbjörn. »Als Ihr angekommen seid von Eurer Fahrt nach Jomsborg.«

»Sie ist krank. Warum wollt Ihr sie kaufen?«

»Erstens bin ich Christ. Christen hassen die Sklaverei. Und zweitens möchte ich sie gern zur Frau haben. Ich habe noch keine und allmählich wird es Zeit. Sie wird sicher zustimmen, damit spart sie sich die lange Reise in Eure Heimat.«

Als Samuel alles übersetzt hatte, überlegte der Scheich. Er legte die Hand an seine schmale Nase und drehte sich um.

»Ich lehne ab«, ließ er durch Samuel sagen.

Ásllak erhob sich von der Bank, auf der er saß. Er hatte den Scheich genau beobachtet. Seine Wunde war inzwischen fast zugewachsen.

»Ich mache Euch einen Vorschlag«, sagte er. »Ihr bekommt die Falken, und zwar beide, und ich bekomme die Frau. Ich werde sie dem Mann dort geben, wenn er mir verspricht, die nächsten zwei Jahre für mich zu arbeiten.«

Samuel übersetzte.

Christopherus sah, wie es in dem dunklen Gesicht des Emirs arbeitete. Er nahm seinen Stab, an dem er ging, stellte sich mit seinem schwarzen Sklaven abseits und sie berieten.

Dann drehte sich Samuel um. »Der Emir ist einverstanden!«

74

Glückliche Tage. Nur an Geduld fehlte es Mathes. Der Scheich durfte nicht erfahren, dass Kolbjörn gelogen hatte und der Handel mit den Falken ein Komplott gewesen war. Mathes musste sich unbedingt in der Schmiede versteckt halten.

Das leuchtete allen ein. Samuel von Nubien fand Vorwände, ihn in der Schmiede zu besuchen. Mathes schlug vor, er solle dem Befehl seines Herrn trotzen, in Björkö bleiben und ein freier Mann sein. Samuel lehnte mit Tränen in den Augen ab. Auch er, sagte er, habe eine Mutter, die in den *sokhar*-Feldern des Serklandes arbeiten müsse, sie würde sterben, sollte er nicht zurückkehren. Trauer und Einsamkeit könnten einen Menschen ebenso töten wie der Schlagfluss oder die Seitenkrankheit. Der Emir habe ihm die Freiheit versprochen, nachdem er sein Schiff vor dem roten Drachen gerettet habe. Eigentlich sei er längst frei und diene dem Emir aus freien Stücken. Zuerst müsse er mit seiner Mutter und seinem Volk vereint sein. Erst dann sei er wirklich frei. Sein Herz blute, sagte er zum Abschied, wenn er daran denke, so gute Freunde, die er nun gefunden habe nach langer Einsamkeit, verlassen zu müssen.

Zwei Wochen später reiste er mit seinem Herrn ab. Halb Birka hatte sich auf der Schifflände versammelt und blickte dem Schiff nach. Christopherus sollte mit der Mutter und Magdalena oben am befestigten Wall ausharren, dort, wo das Zelt des widrigen Scheichs gestanden hatte, bis sicher war, dass er tatsächlich aus ihrem Leben verschwunden war. Erst nachdem das Schiff weit fort war und mit dem Blau des Meeres verschwamm, traute sich Mathes vor die Tür und wartete auf die Mutter und Magdalena.

Endlich durfte er sich zeigen.

Mathes lief ihnen entgegen. Die Mutter schrie auf und sank ohnmächtig hin. Es hätte schlecht ausgehen können, hätte Christopherus sie nicht in seinen Armen gehalten. So stürmte nur die Schwester auf Mathes zu und schlang schluchzend die Arme um seinen Hals.

Schnell brachte Kolbjörn kaltes Wasser. Seine Mutter erwachte in der Schmiede und nun war sie es, die Mathes in den Armen lag.

Alle waren sie versammelt vor der noch rauchenden Esse. Kolbjörn war nicht nur ein geschickter Schmied und guter Koch, sondern auch ein feiner Kerl, wie Mathes schon lange wusste.

»So, liebe Frau«, sprach Kolbjörn nämlich. »Ich habe Euch ehrlich auf dem Markt gekauft, Ihr seid nicht mehr die Braut des alten Schandbuben, den wir gottlob los sind. Ich bin es jetzt, der ein Anrecht auf Euch hat. Darauf werde ich nur verzichten, wenn Ihr auf der Stelle diese Grütze esst, die ich für Euch gekocht habe.«

Samuels Prophezeiung wurde wahr. Mathes' Mutter aß, sobald sie frei war und ihren Sohn wiederhatte, und es wurde ein rechtes Festessen. Währenddessen berichtete Mathes ihr, wie es zugegangen war, dass Räuber eine Sámifamilie überfallen mussten, damit er ihnen helfen konnte, die Räuber zu besiegen, und somit die Falken unversehrt bis nach Björkö gelangt waren und dem Scheich gegen die Freigabe der beiden Sklavinnen verkauft werden konnten. Und wie er auf Borg für Gisli hatte arbeiten müssen, wie sich Atli und Kolbjörn kennengelernt hatten und wie er von Borg geflohen war.

»Ein Wunder!«, rief Christopherus.

»Und den Winter, den hast du so weit im Norden zugebracht?«, fragte sie. »Wo? Und wie?«

»Tja«, antwortete Mathes. »Das ist eine zweite Geschichte.« Sie erfuhren von seinem einsamen Weg durch die Berge, wie er fast erfroren war, als zufällig vorbeikommende Sámi ihn gefunden und eine Frau ihn aufgetaut hatte, von dem Gewitter und dem Ring und der Bärenjagd, wie er den Bären getötet hatte, genau wie er es beim Vater und den Ochsen gelernt hatte, ohne den Vater hätte er das niemals geschafft, und wie er gelernt hatte, mit dem *härk* und dem Schlitten zu fahren und Schneebretter zu gebrauchen, auf denen manche schnell wie der Wind sausten, sogar Wölfe einholten, und wie er gelernt hatte, Rentiere zu jagen, mit dem Lockren oder in Fanggruben. Mathes schilderte, wie man sie hineinjagte und wie man sie mit Spießen tötete, er sprang gar auf und tat, als würfe er einen Spieß, dass Magdalena erschrocken zurückfuhr, und dass die

Sámi nicht nur das Fleisch der Tiere aßen, sondern sich auch in ihr Fell kleideten. Er zeigte seine *gállohat* vor und beschrieb, was die Waldsámi von Sjávnja aus den Knochen und Sehnen herstellen konnten, ja, alles, was der Mensch zum Leben braucht, und wie es war, bei bitterstem Frost unter den Fellen zu liegen, nachdem das Feuer längst erloschen war, die Füße im Fußsack, das Fell bis über den Kopf gezogen, damit die Nase nicht abfror. Es war wirklich so grässlich kalt, dass die Spucke als Eis zu Boden fiel, wie der Schnee unter den Füßen knisterte. Und zuletzt, als er alles gesagt hatte, da merkte er, dass noch etwas fehlte, etwas, das unter den vielen Worten versteckt war.

»Ich habe mit Iŋgir gelebt, sie ist meine Frau, sie und ich, wir sind eins gewesen Tag und Nacht. Sie war es, die mich vom Tod zum Leben zurückgebracht hat, sie hat das Eis in mir getaut, hat eine Tochter geboren und sie Sárá genannt, nach Sáráhkká, die das Feuer hütet und die Kinder beschützt, und Sárá, sie ist meine Tochter. Und ich will bald zu ihnen zurückkehren, denn ich bin einer von ihnen geworden.«

Seine Mutter hörte vor Staunen zu essen auf.

»Oh«, sagte sie. »Da bin ich wohl Großmutter?«

»Und ich bin – wie heißt das – Tante?«, fragte Magdalena und klatschte in die Hände.

»Das sind ja Neuigkeiten!«, sagte Kolbjörn, als Mathes ihm übersetzt hatte. »Muss ich nachher gleich Atli erzählen.« Atli helfe bei einem Hausbau, fuhr er fort, man sei dabei, die Schwelle zu setzen, eine komplizierte Sache, da der Hausherr gestorben sei, und nun wollte man ihn unter der Schwelle begraben, damit er seine Familie immerdar vor dem Bösen beschütze. »Oh«, sagte er mit einem Blick auf Christopherus.

Der Mönch winkte ab. »Mir egal. Außerdem weiß Atli längst Bescheid.«

»Und warum hat er mir nichts davon gesagt?«

»Weil Liebe nicht nur ein Gefühl ist, sondern auch ein Entschluss und ein Wille, und der kommt von innen und nicht von außen. Deshalb wartet man besser, bis einer von selbst sagt, was er tun will.«

»Wie wahr«, sagte Kolbjörn. »Was ein Kappenknecht alles weiß!«

Jetzt war es an Mathes' Mutter zu berichten, was ihr und Magdalena widerfahren war. Sie selbst war dem Tode näher gewesen als dem Leben. Der Überfall des roten Drachen hatte ihr das Leben gerettet, sonst wäre das Schiff des Scheichs nicht beschädigt worden, und wer weiß, ob er dann so lange in Björkö geblieben wäre. Sie aß nicht mehr, nachdem sie schon vorher kaum etwas zu sich genommen hatte. Sie wollte dem Scheich keinesfalls in sein Heimatland folgen und sich ihm zuwider machen und lieber Hungers sterben, als die Gemahlin eines kalten Grindkopfs zu werden. Samuel hatte ihr verraten, dass der Scheich magere Frauen verabscheue und hoffe, sie würde, erst einmal im Serkland angekommen, durch reichliches Essen so fett werden, wie er sie sich wünsche. Sie magerte ab, ihre Augen steckten tief im Schädel, ihre Haut war trocken, ihre Haare waren stumpf geworden und nicht länger hellblond, sondern grau. Der Scheich hatte sich allmählich von ihr zurückgezogen, hatte sie seltener berührt, ihr nur noch manchmal über das Haar gestrichen und sie zuletzt fast gar nicht mehr angesehen. Nachdem sie freigekauft war, griff sie beim Essen wieder zu, traute sich aber nicht, ihrem wiedererwachten Appetit vollends nachzugeben.

Nun, wo sie ohne Gefahr ihren Sohn treffen konnte, würde ihr Haar bald wieder glänzen, doch es würde grau bleiben als Zeichen des Schreckens, der sich ihr eingeprägt hatte und den man niemals verliert. Die wiedervereinte Familie sollte nun in einem Haus wohnen, das ihnen überlassen wurde, weil sein Besitzer in den Osten fortgereist war, um Handelsware zu verkaufen.

Während Christopherus eine kleine Schule aufgemacht hatte und Kinder in den sieben freien Künsten unterrichtete, setzte Ansgar eifrig sein Bekehrungswerk fort, vom treuen Witmar unterstützt. Immer wieder versammelten sich die Menschen an der Schifflände, um der Taufe beizuwohnen. Inzwischen hatte man sich an das Spektakel gewöhnt, es hatte sich abgenutzt und die frisch Getauften meinten, das bisschen Ertrinken sei halb so schlimm, wie es aussehe. Sie behaupteten, zu einem neuen Leben aus dem Wasser an Land gegangen zu sein, aber essen und trinken und ihr Tagewerk tun mussten sie ganz wie vorher. Atli und Kolbjörn hatten sich inzwischen auch taufen lassen, das war niemandem entgangen. Vor dem Gott der Christen seien alle Menschen gleich, das sei die Hauptsache am Christentum, sagten sie, allein dafür würde es sich lohnen, Christ zu werden.

Mathes erholte sich von den Strapazen seiner langen Wanderung und Gefangenschaft. Hier und dort half er beim Hausbau und ging den Sámi beim Fischfang zur Hand, denn das, immerhin, hatte er von Gisli dem Schwierigen gelernt. Er machte Streifzüge auf der Insel, die nicht besonders groß war, man konnte sie an einem halben Vormittag umrunden. Mathes ging zwischen den Grabhügeln jenseits des Schanzwerks umher und genoss die Aussicht über die Wasserwelt der Bucht bis dahin, wo Himmel und Meer miteinander verschmolzen. Der Sommer war längst da, und die Zeit drängte zum Aufbruch.

»Deine Gefährten sind bereits getauft«, sagte der Bischof eines Tages, nachdem er Mathes zwischen den Leuten an der Schifflände entdeckt und ihn zu sich gewunken hatte. »Du hast beim letzten Sonntagsgottesdienst gefehlt. Wann möchtest du in die Gemeinschaft Jesu aufgenommen werden?«

»Och«, antwortete Mathes. »Eilt ja nicht.«

»Du redest wie die Sámi, die habe ich schon viermal aufgesucht. Sie haben auch furchtbar viel Zeit. Letztes Mal haben sie gesagt, der Herr Jesus gefalle ihnen sehr gut. Er sei wohl ein guter Fischer gewesen, ein Mann, der sich selbst ernähren könne.« Die Sámi hätten wohl das Gleichnis mit dem Menschenfischer nicht so recht verstanden und ein wenig den Bischof necken wollen, der esse, ohne zu säen, zu ernten und ohne auf die Jagd zu gehen.

Er lachte und Mathes lachte mit ihm.

»Sie sind alle Christen geworden«, sagte der Bischof. »Deine Mutter schon vor langer Zeit, wie du weißt. Atli und Kolbjörn. Und, ach ja, auch Irmin habe ich getauft, in Esesfelth, wo ich sie getroffen habe. Ich habe gehört, dass du und sie …«

Mathes wurde rot. »Ach. Was mag aus ihr geworden sein?«

»Oh!«, rief der Bischof, das sei schnell berichtet. Er habe auf

Burg Esesfelth zwei Ehepaare eingesegnet und eine Doppelhochzeit gefeiert. Ein wahrhaft gottgesegneter Tag sei das gewesen, und er erzählte von Irmin und Aedan, beide hätten sich der Heilkunde angeschworen. Wie glücklich die beiden Paare gewesen seien und wie er selbst einen der schönsten Tage erlebt habe.

»Gott sei Dank«, sagte Mathes und ließ einen tiefen Seufzer ausgehen.

Aber eine Zeit für die Taufe nannte er nicht.

Tage später wurden sie zu den Sámi eingeladen, die sich inzwischen mit Atlis Hilfe eine Gamme gebaut hatten. Atli wollte ihnen anstelle von Kolbjörn helfen, da der in der Schmiede gebraucht werde. Der alte Ásllak war wiederhergestellt. Sie saßen zusammen draußen vor der Gamme am Feuer, die Sámi brieten Fleisch und Fisch, den sie gefangen hatten. Als sich der späte Abend zur kurzen, sternenlosen Nacht neigte, ließ sich Ásllak seine Trommel bringen. Er trommelte und joikte, schloss die Augen und schwankte mit dem Leib hin und her, bis sich seine Augen verdrehten. Dann fielen seine Schwiegertöchter in den Joik ein.

Die Mutter legte ihre Hand in die von Christopherus. Magdalena saß auf Mathes' Schoß und sah dem Noaiden ernst zu.

Mathes schloss die Augen. Da hörte er den leisen Schrei des Singschwans und erblickte Iŋgirs Gesicht.

»Wann wirst du gehen?«, fragte Christopherus leise.

»Übermorgen«, antwortete Mathes.

75

Er hatte es sich bequem gemacht. Den Rücken an einen Hügel angelehnt, saß er im Heidekraut auf weichem Boden, den hölzernen Trinkbecher, den Iŋgir ihm geschnitzt hatte, in der Hand. Der Wind schlief, die Sonne blitzte durchs Geäst, Mathes hörte nichts als den Schlag seines Herzens und das Murmeln des Bachs, der drei Schritte entfernt durch den stillen Birkenwald strömte. Keine Mücken mehr, die ihn stachen, denn die Nächte waren kalt geworden. Er nahm einen Schluck von dem Wasser und ließ es langsam die Kehle hinablaufen. Am liebsten wäre er aufgesprungen und hätte seinen Weg fortgesetzt. Weiter, weiter, rief es beständig in ihm, geh! Die Vorfreude wuchs mit jedem Schritt, der ihn seinem Ziel näher brachte. Er wollte noch ein wenig sitzen und die Ruhe spüren, die in allen Dingen lag, damit er selbst ruhig wurde.

Es konnte nicht mehr weit sein, er hatte die Tage gezählt.

Mathes wusste nicht genau, welcher Wochentag war. Das war gleichgültig. Die Christen mussten sie zählen, damit sie es nicht versäumten, am Sonntag die Arbeit ruhen zu lassen und das heilige Abendmahl zu sich zu nehmen, vor allem, damit sie bestimmen konnten, wann die Auferstehung Jesu gefeiert wurde und an welchen Tagen gefastet werden musste. In den Wäldern des Nordens gab es keine Wochentage und keine Fastenzeiten, sondern nur Jahreszeiten, und der Gottesdienst des Sámi war das Opfer, das er brachte, wenn ihm danach war, nämlich vor der Jagd, um Leaibolmái gnädig zu stimmen, und nach der Jagd, um sich bei ihm zu bedanken. Und kein Sámi versäumte es, täglich Sáráhkká zu opfern, die unter dem Gammenfeuer wohnte. Bei den Sámi hatte die Zeit ein anderes Maß. Der Noaide bestimmte die Zeit für die Jagd und wusste, wann die Rentiere brünstig wurden. Alle anderen Zeiten teilte der Himmel rechtzeitig den Menschen mit, wann es Winter sein, wann die Sonne wiederkehren würde.

Atli, Hentto und Christopherus waren die ersten zehn Tage mit

ihm gegangen. Atli hatte darauf bestanden, ihn sicher durch das
Reich des bösen Königs Anund zu geleiten, und Hentto wusste den
rechten Weg. Christopherus sollte ihn sich merken, weil die Mutter
unbedingt wissen wollte, wo Mathes den Rest seines Lebens verbringen würde. »Wenn ich es nicht weiß, habe ich dich ein zweites Mal
verloren«, sagte sie. »Ich muss es wissen, damit ich zu dir kommen
kann.« Mathes versuchte, den Weg zu den Waldsámi von Sjávnja so
genau wie möglich zu beschreiben. Die Mutter war noch zu schwach
für lange Märsche, Mathes konnte nicht warten, bis ihre Kräfte aus-
reichten. Er musste Sommer und Herbst nutzen und vor dem Winter
bei Iŋgir sein, wollte er sein Leben nicht wieder riskieren. Das Jahr
war fortgeschritten, der längste Tag lag schon einen Monat hinter
ihm. Die Nächte wurden merklich länger und in noch einmal einem
Monat würde im Norden der Frost zurückkehren.

Schwerer Abschied.

»Nun kann ich dich nicht mehr beschützen, Junge«, sagte Atli
und schluchzte.

»Das wird nicht mehr nötig sein, da, wo ich leben werde, wird
mir niemand nach dem Leben trachten. Es ist dort viel sicherer als
an allen anderen Orten, an denen ich gewesen bin.«

»Gott beschütze dich«, sagte Christopherus. »Obwohl du dich
nicht hast taufen lassen, du Schlingel. Wie soll ich das dem Bischof
beibringen?« Dem hatten sie nichts erzählt von Mathes' Abreise.

»Sag ihm, dass es darauf bei den Sámi nicht ankommt. Und pass
gut auf Mutter auf und auf Magdalena«, bat Mathes.

»Ich werde sie nicht mehr verlassen und niemals mehr ein Mönch
sein, sondern ein Lehrer.«

Beide würden in Birka bleiben, hatten sie gesagt. Birka war ein
sicherer Ort, vielleicht fast so sicher wie die Wälder des Nordens.

»Ich werde dich finden, wenn ich dich finden will«, sagte Hentto.
»Der Bischof ist ein guter Mann. Doch seinen Glauben, den brauchen wir Sámi nicht. Zu unserem Leben passt nur unser Glaube.«

Und so kehrten sie um.

»Meine Seele wird immer bei euch sein«, rief er ihnen nach, als
das Blattwerk sie schon fast verbarg.

Sobald er allein war, fühlte er nichts als Glück und Vorfreude. Ein paar Schritte und der Kummer der Trennung hatte ihn verlassen.

Seither war er fünfunddreißig Tage gewandert. Er kam gut voran, nicht zuletzt, weil er oft Engelwurz fand, eine Pflanze, die ihm viel Kraft gab.

Mathes lief weiter wie in den letzten Tagen, immer nach Nordwesten. Er hatte die Sumpflande erreicht und bahnte sich seinen Weg durch das Weidengestrüpp am Ufer eines Flusses und ging, als er endlich trockene Hügel nordwärts entdeckte, auf schwankendem Grund hin und darauf weiter, bis es dämmerte und er sich ein Nachtlager machte. An Holz mangelte es nicht, so konnte er ein Feuer entfachen.

In den Nächten war es kalt geworden. Das war gut, nicht nur weil die Mücken starben, sondern weil Iŋgirs Siida in dieser Zeit das Sommerlager am Fuß des Nihpurisgirka verlassen und zurück zum Wohnplatz am Árajohka ziehen würde. Dort würde er sie leichter finden.

Mit dem ersten Licht des nächsten Tages brach er wieder auf. Er gelangte in eine Gegend, wo die Kiefern seltener wurden und sich nordwärts ein Berg erhob. Durch die Birken hindurch erkannte er, dass die Kuppe kahl war. Er würde ihn überqueren und von oben einen Blick in die Ferne werfen. Das Farbenmeer des Herbstes, die Blätter von Birke, Blaubeere, Preiselbeere und Moltebeere, die nur in den Sümpfen wuchs, rot und gelb und braun leuchteten sie über das Land.

Als er oben war, stieß er einen Jubelschrei aus. Er sah den Áhkávárri, den heiligen Berg, blaugrau erhob er sich jenseits eines Sees, seine unverwechselbare Spitze, die einer Frauenbrust glich, ragte in den wolkenlosen Himmel. Nun war es gewiss, dass er Iŋgir fand. Er war zwar zu weit nach Westen geraten, doch egal – Hauptsache, er wusste, wo er war. In einer der Schluchten am östlichen Fuß des Bergs hatte er den Bergalten getötet. Der See unten musste der Hárrejávre sein, seine Ufer besäumt von gelb in der Sonne leuchtendem Birkenwald. Er endete im Westen in einem großen Sumpf, den Iŋgir das Herz von Sjávnja genannt hatte. Dort, so hatte sie erzählt, gab es eine Gamme, im dichten Wald gelegen, auf einer trockenen Erhebung, in einer Windung eines tief in seinem Bett fließenden Bachs, die nur selten von durchwandernden Sámi benutzt wurde. Dorthin, hatte sie einmal im Scherz gesagt, würde sie mit Mathes gehen, um ein Mal mit ihm allein zu sein.

Im Scherz? Mathes fühlte, er müsse dorthin, auch wenn es ein Umweg war. Er würde den See westwärts umrunden, obwohl es ostwärts sicher kürzer war. Ob er die Gamme finden würde? Er würde warm und gut schlafen, vielleicht das letzte Mal ohne Iŋgir, und es würde niemand kommen und Angst vor ihm haben. Mit etwas Glück gelangte er geradewegs hin. Von hier oben konnte er schätzen, wo sich die Gamme befinden musste. Morgen würde er auf der nördlichen Seite des Áhkávárri entlang ostwärts gehen. Vielleicht würde er es bis zur Siida schaffen, die letzten drei oder vier *benagullam*.

Er begann laut zu joiken und schritt aus, folgte der Höhenlinie, stieg ab, tauchte in den herbstlichen Birkenwald ein und überquerte den Sumpf an seiner schmalsten Stelle, arbeitete sich durch einen Gürtel von Weidenstangen, landete vor einem nicht besonders breiten, aber sehr tiefen Wasser, musste zurück zu einem weiten Bogen und ging endlich wieder hinein in den Wald, der ihn mit freundlichem Schweigen begrüßte, nur das ferne Rauschen eines Wasserfalls von den westlichen Bergen her. Er stieß seinen Stab in den Grund, der nun fester war, streifte durch Wacholdergebüsch, stand plötzlich vor dem Gerippe eines Elchs, den ein Bär geschlagen hatte, beschleunigte seine Schritte, weil der Kot des Bären frisch war, stieg über umgestürzte Birken, tat einen Satz über einen Bach, trat in Wasserlöcher und auf morsches Holz, dass es knackte. Blieb stehen. Was war das?

Er hörte ein Joiken. Eine Frauenstimme drang durchs Geäst.

»Iŋgir!«, schrie er. »Iŋgir!«

Er sprang der Stimme entgegen.

Iŋgir stand vor der Gamme, ihr Kind im Arm. Rauch drang aus dem Dach. Sie lachte ihm entgegen, und als er die Arme um beide schlang, sagte sie: »Ich wusste es!«

Noch ein glücklichster Tag.

Glossar

Áhkkánjárga – samischer Name für Narvik, Nordnorwegen

ask – Maß der Wikinger, rund 16 Liter, unklar, vielleicht nur 11 Liter

bajándálki – samisch, Gewitter

basse jávre – samisch, heiliger See

basse vaise – samisch, heiliges Tier

benagullam – samisches Längenmaß, die Entfernung, aus der man unter günstigen Umständen auf baumlosem Land einen Hund bellen hören konnte, ungefähr 10 Kilometer

bifröst – So nannten die Wikinger den Regenbogen und auch das Polarlicht.

bleyða – isländisch, Angsthase

Brenneyjar – Brenninseln, an der Ostküste Schwedens, nördlich von Göteborg

Bucht – Bezeichnung der Wikinger für den Oslofjord

buore beaivi – samisch, guten Tag

Burg Esesfelth – mittelalterliche Burg in der Nähe von Itzehoe an der Stör

Dearpmis – Windgott der Samen

Dorestad – Handelsstadt in den heutigen Niederlanden, genauer Ort unbekannt

Drápa – höfisches Preislied in der altnordischen Literatur

Duortnosjávri – samischer Name für den See Torneträsk, Nordschweden

Düwelsmoor – Teufelsmoor bei Bremen

Dyflin – So nannten die Wikinger die Stadt Dublin in Irland.

Þið ættið að gefast upp – isländisch, ihr sollt aufgeben

Eldar – altnordischer Name, der sich von dem Wort *eld*, Feuer, ableitet und so viel wie Feuerkopf bedeutet

félag – isländisch, wird wie fjállag ausgesprochen, die Mannschaft, die auf Wiking, also auf Raubfahrt, geht. Der Anführer schließt mit seinem Gefolge einen Vertrag, der die Beteiligung regelt und die Entschädigung, die im Todesfall an die Hinterbliebenen gezahlt wird.

Feuerhaus – So hieß bei den Wikingern die Küche; das war ein gesondertes Haus, in dem aus Gründen des Feuerschutzes getrennt vom Wohnhaus gekocht wurde. Noch heute heißt auf Island die Küche *eldhus*, Feuerhaus.

fífl – isländisch, Schwachkopf

finngaill – gälisch, weiße Fremde

gállohat – samische Winterschuhe aus Rentierfell

Gardarike – Name für das Reich der schwedischen Wikinger in und um Nowgorod und Kiew, weshalb die Ukraine in Wahrheit ein schwedisches Land ist

gefast upp – isländisch, gebt auf

giitu – samisch, danke

guolldo – samisch, Schneesturm

hálfvíti – isländisch, Idiot

Hålogaland – So nannten die Wikinger den nördlichen Teil der norwegischen Küste, etwa nördlich von Trondheim.

härk, härken – samische Bezeichnung für das kastrierte männliche Rentier, Zugtier

hættir strax – isländisch, sofort aufhören

Heliand – altsächsisches Epos über das Leben Jesu Christi, etwa 830

Herseveld – mittelalterlicher Name für Harsefeld, Ort im Weser-Elbe-Dreieck

Hjaltland – Bezeichnung der Wikinger für die Shetlandinseln

Hliuni – mittelalterlicher Name für Lüneburg

hnívatafl – Brettspiel der Wikinger. Die Spielregeln sind nicht überliefert.

Holmgard – Handelsniederlassung der schwedischen Wikinger, Nowgorod

Hylingstaðir – Name der Wikinger für Hollingstedt an der Treene

Jahreszeiten – Die Samen teilten das Jahr in acht Jahreszeiten: Winter, Frühlingswinter, Frühling, Frühlingssommer, Sommer, Herbstsommer, Herbst, Herbstwinter.

jávri – samisch, See

johka – samisch, Bach, kleiner Fluss

Joik – samischer Gesang

Jomsborg – Handelsniederlassung der Wikinger an der Odermündung, Lokalisierung umstritten

Kaupang – mittelalterliche Handelsstadt auf der Westseite des Oslofjords

Knörr – Handelsschiff der Wikinger, genaue Bauweise unbekannt, große Tragfähigkeit

komse – samische Babywiege, gefertigt aus einem ausgehöhlten Baumstamm oder Birkenrinde

Kuril sarpuara – altnordischer Runenzauber gegen vereiterte Adern, frühes Mittelalter: Kuril, du Wundenmacher, gehe du nun, gefunden bist du. Thor, vernichte dich, du Dämon der Krankheit, Kuril, du Wundenmacher.

Lachsnerin – Zauberin, Hexe

láttu konurnar vera – isländisch, lasst die Frauen in Ruhe

lavvu, lavvoer – samische Bezeichnung für das einem Tipi ähnliche Sommerzelt, mit zusammengestellten Stangen, darüber ein zusammengenähtes Tierleder

Leaibolmái – Jagdgott der Samen. Er beschützt die ungeborenen Kinder, die Jungen werden.

leggðið niður vopnin – isländisch, legt die Waffen nieder

Lofotr – Name der Insel Vestvågøy zur Zeit der Wikinger; bedeutet wahrscheinlich Luchspfote

Loki – hinterlistiger und intriganter Riese in der nordischen Mythologie

muohta – samisch, Schnee

Mutterwein – Traubenwein, den sich das gemeine Volk im frühen Mittelalter nicht leisten konnte. Die armen Leute tranken den zweiten Aufguss, den Tresterwein, der aus dem Trester gekeltert wurde.

nóg – isländisch, genug

puoldaja – samisch, Berggroßvater, Umschreibung für Braunbär

ragnarök – Weltuntergang in der nordischen Mythologie

Roavvenjárga – samisch für Rovaniemi, Stadt in Finnland

Sala – Archäologen glauben, dass die schwedische Stadt Uppsala im Mittelalter so hieß, weil der dortige König Anund zwei große Säle/Hallen hat erbauen lassen; *sal, sala*, schwedisch, Saal.

Schafsinseln – Färöer

Schinkenwurz – Nachtkerze. Sie wurde im Mittelalter Schinken des armen Mannes genannt, weil sie ähnlich viel Eiweiß wie Fleisch hat.

Serkland – Name der Wikinger für das Sassanidenreich, Persien

Siida – herrschaftsfreie Gemeinschaft mehrerer samischer Familien, die gemeinsam jagen und sammeln

Silber – Nach der karolingischen Münzreform seit dem Jahr 793 galt Silber als Wertgrundlage. Ein Pfund (etwa 406 Gramm) Silber enthielt 240 Pfennige oder Denare und entsprach 20 Schillingen. Bezahlt wurde mit geprägten Münzen, sehr häufig nur nach Gewicht, wozu Barren oder Münzen in passende Teile zerhackt wurden (Hacksilber). In Haithabu bezahlte man auch mit friesischen Münzen und Perlen aus Glas oder Bergkristall, sofern nicht getauscht wurde.

skál – isländisch, Prost

skáld – isländisch, Dichter

sokhar – arabisch; Begriff, von dem unser Wort Zucker stammt

Sonnenring – Im alten Norden schätzte man die Tageszeit nach der Schattenlänge und teilte den Tag in acht Teile.

stállu – samisch, ein Gespenst, ähnlich dem »schwarzen Mann«, der Menschen frisst und ziemlich dumm ist

Steðju – von *steðja*, isländisch, Amboss

Stethu – mittelalterlicher Name für Stade an der Unterelbe

Stierholz – samisch *biŋal*, untere Seite einer gebogenen Kiefer oder Tanne, die schräg unter anderen Bäumen wächst, schwedisch *tjurved*

Treene – rechter Nebenfluss der Eider. Nordisch Træjå. Der Name kann Waldfluss oder träger Fluss bedeutet haben.

Ufuohttá – samischer Name für den Ofotfjord bei Narvik, Nordnorwegen

Vadrefjörður – Name der Wikinger für Waterford, Irland

Waräger – damalige Bezeichnung für die Wikinger Schwedens

Welanao – Kloster im Mittelalter, in der Nähe des heutigen Münsterdorf, Kreis Steinburg

wilde Tiere, die in den Nächten gehen – samische Umschreibung für den Wolf, *jije-kutseje vaisje*

Zandsch – Bezeichnung für ostafrikanische Sklaven, die im Zweistromland Mesopotamien Rohrzucker produzieren mussten

Nachbemerkungen

Nachbemerkungen zu schreiben, macht Spaß. Dann ist man nämlich fertig mit dem Buch und was sonst bekommt man im Leben richtig, richtig fertig?

Dieses Buch ist kein Geschichtsbuch, sondern ein Roman, weshalb die Handlung im Wesentlichen erlogen ist. Historiker sollten nicht alles für bare Münze nehmen. Dennoch, einige geschichtlich überlieferte Fakten haben mich angeregt.

Vorweg zitiere ich die Norwegerin Anne Stalberg, außerordentliche Professorin für Archäologie, Universität Wissenschaft und Technologie, Trondheim: *Die Wikinger erfreuen sich weltweit unglaublicher Beliebtheit. Aber wir haben wenig, worauf wir stolz sein können, vielmehr sollten wir uns schämen, solche Terroristen zu verherrlichen* (*Adresseavisen*, 15.2.2010). Tja, so ist es. Das waren keine Lämmerschwänzchen. Niemand mochte sie. Wir Heutigen sollten sie so gern mögen, wie wir Räuber mögen.

Dänische Wikinger, die damals noch nicht so genannt wurden, haben am 12. April 845 die Hammaburg überfallen, das spätere Hamburg. Zu dieser Zeit herrschte der Enkel Karls des Großen, Ludwig der Deutsche, über das Ostfränkische Reich, das sich geografisch schon einigermaßen mit dem gegenwärtigen Westdeutschland vergleichen lässt.

Der Überfall auf Stethu hat nicht 845 stattgefunden, sondern erst 994. Dieses grässliche Ereignis ist uns in der Chronik des Thietmar von Merseburg (975/6 bis 1018) überliefert. Vielleicht hat er ein wenig übertrieben, besonders was die Anzahl der Schiffe betrifft. Gleichwohl traue ich den damaligen Dänen die Grausamkeiten zu. Inzwischen sind sie entschieden verträglicher. Der Anführer der Dänen soll Regnar geheißen haben.

Der Benediktiner Ansgar von Bremen (801 bis 865) war Bischof der Hammaburg. Er wird Apostel des Nordens genannt und als Heiliger verehrt. Es gibt viele Kirchen, die seinen Namen tragen.

Seine Biografie hat sein Nachfolger Bischof Rimbert von Bremen auf Latein verfasst. 1865 erschien das Werk auf Deutsch, übersetzt von Leberecht Dreves. Einiges daraus habe ich mir zunutze gemacht und womöglich etwas verdreht. Das geht damit los, dass ich Ansgar auf der Hammaburg ein Kloster verschafft habe, das es damals nicht gab. Ansgar war zweimal im schwedischen Björkö, um zu missionieren. Die Herren Ebo von Reims und Leuderich von Bremen, der Erste Erzbischof, der Zweite Bischof, hat es ebenfalls gegeben, ihre biografischen Daten stimmen so ziemlich mit denen im Roman überein. Auch sonst habe ich mich einigermaßen an den geschichtlichen Rahmen gehalten.

Folgende Orte aus dem Jahr 845 findet man auf unseren Landkarten: Hammaburg/Hamburg, Herseveld/Harsefeld, Stethu/Stade, Burg Esesfelth und Kloster Welanao, beide in der Nähe von Itzehoe. Haithabu, die Handelsstadt der Wikinger, beherbergt jetzt ein Museum bei Schleswig an der Schlei. Borg heißt der Ort auf der Lofoteninsel Vest-Vågøy immer noch. Sjávnja ist der eigentliche samische Name für das Naturschutzgebiet im schwedischen Norrbotten, die Schweden nennen es Sjaunja. Die Insel Björkö liegt südlich von Stockholm, darauf lag Birka, damals an einer Bucht der Ostsee, heute im See Mälaren, nachdem sich das Land um mehrere Meter erhoben hat. Birka ist ein tolles Freilichtmuseum, die Fahrt dorthin aus dem Zentrum von Stockholm ist sehr inspirierend.

Der letzte Jarl von Borg war wahrscheinlich ein Mann namens Olaf mit dem Beinamen Tvennumbruni, der Zwei- oder Doppelbrauige. Seine Frau hieß Åshild. Sie lebten in Wirklichkeit erst Ende des 9. Jahrhunderts auf Borg und wanderten aus unbekannten Gründen nach Island aus, vermutlich weil es wieder einmal Streit mit der Obrigkeit gab. Das steht im isländischen *Landnámabók*, dem Landnahmebuch, das eine genealogische Liste der norwegischen Neusiedler enthält. Er ist der einzig überlieferte Bewohner von Borg.

Ich habe mich der Namen bedient und einiger biografischer Überlieferungen. Das riesige Langhaus verfiel nach Olafs Fortgang. Die Reste wurden 1981 von einem Bauern beim Pflügen wiederentdeckt. Es wurde seither zu einem eindrucksvollen Museum rekonstruiert (www.lofotr.no). Auch seinen Freund, Ottar von Hålogaland, hat es gegeben. Wo sein Hof lag, ist unbekannt. Er lebte später. Man kennt ihn, weil er 890 den König Alfred von Wessex im damaligen Britannien besuchte und ihm von seinen Lebensumständen und Fahrten ins Polarmeer erzählte. Alfred war gerade dabei, ein Geschichtsbuch aus dem 5. Jahrhundert ins Altenglische übersetzen zu lassen. Weil darin ein Kapitel über den Norden fehlte, ließ er Ottars Bericht aufschreiben und anhängen. Das ist bis zu unseren Tagen erhalten geblieben.

Wenig ist aus dem 9. Jahrhundert überliefert. Wie die Menschen im Jahr 845 gedacht und gelebt, was und an wen sie geglaubt haben, wissen wir deshalb nicht, wir können es nur ahnen und vermuten. Ich habe versucht, mich dem anzunähern, so wie ich es mir vorstelle. Modernes Vokabular habe ich weitgehend gemieden, ohne altmodisch zu werden. Gestelztes Mittelalterdeutsch gibt es nicht. Damals hatten die Häuser zum Beispiel keine Fenster, wie wir sie kennen. Glasscheiben wurden erst ab dem 11. Jahrhundert hergestellt. Man verschloss die Wandlöcher, sofern vorhanden, mit Leinenstoff, arme Leute behalfen sich mit Stroh und Reiche konnten sich Blasenhaut leisten. In der Regel pfiff also der kalte Wind hindurch. Deswegen habe ich die Fenster Windauge genannt, wie auf Färöisch *vindeyga*, Neunorwegisch (Nynorsk) *vindauga*, Buchnorwegisch (Bokmål) verkürzt zu *vindu* oder Englisch *window*. Um einen Eindruck zu geben, habe ich mir erlaubt, ein paar Brocken der nordischen Sprache einzustreuen, wobei ich Neuisländisch genutzt habe, das sich nur wenig von der Sprache der Wikinger des Jahres 845 unterscheidet. Nicht umsonst können die Isländer ihre alten Sagas problemlos lesen und das tun sie mit Begeisterung. So etwas haben wir nicht.

Sofern ich samische Worte verwendet habe, stammen sie aus dem heutigen Nordsamisch, die am meisten gesprochene samische Sprache. Es existieren sechs weitere samische Sprachen, nebenbei gesagt.

Die Götter der alten Zeit sind weit durch die Kontinente und Kulturen gereist, sie sind aus der Urzeit nach Griechenland, von dort zu den Germanen und Sachsen und schließlich bis an die Nordränder

Europas gelangt, wobei sie Namen und Gestalt gewandelt haben, sich aber auch ähnlich geblieben sind. Regional wurden sehr verschiedene Riten gepflegt. Lange Zeit bestanden die Götter, die die Christen heidnisch nennen, neben dem Christentum, in das sie sich, wie man am Weihnachts- und Osterfest sieht, schlau eingeschlichen haben. Das Christentum war im unterelbischen Sachsen erst kurz zuvor von Karl dem Großen (747 bis 814) mit dem Schwert verbreitet worden. Die alten Götter waren noch nicht tot. Aber welche waren das? Und wen beteten die Slawen an, die auch in unseren Breiten lebten? Überkommene Flurnamen deuten darauf hin. Niemand weiß es mit Gewissheit. Karl der Große ließ das Heiligtum der Sachsen, die Irminsul, schänden. Was war die Irminsul? Vermutlich ein Pfahl.

Die Religion der Wikinger ist im Dunkel der Vergangenheit nicht mehr deutlich sichtbar. Ob sie wirklich an Walhall und Odin geglaubt haben oder ob die Schilderungen vom Leben der Krieger nach dem Tod nur Nachfantasien weltgebildeter – denn das waren sie! – isländischer Schriftsteller des 12. bis 14. Jahrhunderts waren, die, nachdem im Jahr 1000 das Christentum auf Island angenommen wurde, schon ganze oder halbe Christen waren, wird sich nie klären lassen. Walhall, das Jenseits der tapferen Krieger, taucht in den altisländischen Sagas nur zweimal auf. Ob *ragnarök* eine Umdichtung des Jüngsten Gerichts ist, darüber streiten sich die Fachleute.

Unklar bleibt, ob den Göttern im alten Uppsala tatsächlich Menschen geopfert wurden. Das behauptet Adam von Bremen in seiner Biografie über Ansgar. Einerseits war es Mode, über Heiden zu schimpfen. Die Archäologen haben keine Beweise dafür gefunden. Andererseits kamen Menschenopfer in den archaischen Bauerngesellschaften häufig vor.

Wer sich mit den Wikingern beschäftigen will, sollte keine gefakten Serien gucken, sondern unbedingt die Isländersagas lesen. Dort habe ich ein wenig gewildert, womit ich weder der Erste bin noch der Letzte, insbesondere in der Egils-Saga, der Brennu-Njáls-Saga und in der Saga des kriegerischen Björn aus dem Hítardal. Ohne Bücher keine Bücher!

Noch schwerer zu deuten ist die alte Religion der Samen Nordeuropas in der vorchristlichen Zeit. Es gibt keine schriftlichen Zeugnisse, keine vom Christentum unberührten Überlieferungen und wenig archäologische Erkenntnisse, nur die Lästereien christlicher Kolonialisten, darunter, aus heutiger Sicht, üble Fundamentalisten, die den samischen Schamanen die Trommeln stahlen und sie zerstörten. Einige Schamanen wurden sogar hingerichtet, wenn sie »rückfällig« wurden. Viel später sprengten Gleichgesinnte die Tempel von Palmyra oder die Buddhastatuen von Bamiyan. Die Samen hatten allen Grund, ihre Religion geheim zu halten, und das bis in unsere Neuzeit hinein, denn bis in die 1970er Jahre wurden sie zwangsassimiliert wie fast alle First Nations der Welt.

Eine samische Schriftsprache gibt es erst seit Anfang des 20. Jahrhunderts. Es existieren also nur wenige originär samische Überlieferungen. Der samische Schamanismus hat die Religion überlebt, sie vielleicht gar ein wenig gekapert. Übrigens waren in den topografischen Karten Schwedens die Opferplätze der Samen bis in die Siebzigerjahre des letzten Jahrhunderts eingezeichnet. Heute längst nicht mehr, auf Betreiben der Samen hin, die das übergriffige Veröffentlichen ihrer geheimen Ritualorte als Blasphemie empfanden. Dass an diesen Orten bis in die Siebziger hinein geopfert wurde, darüber habe ich bei meinen damaligen Wanderungen im Norden selbst Zeugnis erhalten.

Kleiner Exkurs. Die schamanistische Sitzung in Kapitel 54 habe ich dem Bericht des Pastors Isaac Olsen nachempfunden (*Om lappernes vildfarelser og overtro*, 1717). Mir schien der einigermaßen »echt« zu sein, zumal er mit Berichten über den Schamanismus anderer Naturvölker im Polarbereich ganz gut zusammenpasst. Olsen war von 1708 bis 1716 der für die Samen zuständige Pastor in Nordnorwegen. Er hat viele christliche Texte, unter anderem Teile der Bibel, ins Samische übersetzt und seine Gesundheit ruiniert, indem er zu viele Winter bei den Samen verbracht und zu oft in Wald und Kälte unterwegs war, bis hinüber nach Kola. Der norwegische Philologe Just Knud Qvigstad, der die handschriftlichen Aufzeichnungen von Isaac Olsen fast zweihundert Jahre später, nämlich 1910, herausgegeben hat, schreibt, dieser sei bei den Lappen besonders beliebt gewesen, was nur bedeuten kann, dass er sie ernst genommen habe, im Gegensatz zu den meisten anderen Kirchenleuten. Das war vermutlich der Grund dafür, dass sein Chef, der dänische Leiter der »Lapplandmission« Thomas von Westen, ihm seinen Posten gekündigt und ihn für den Rest des Lebens als Kirchenbuchschreiber in Trondheim hat vertrocknen lassen. Einen Mann, der nicht nur Latein konnte, sondern auch Samisch in allen Dialekten, dazu Finnisch. Ich will damit nur aufzeigen, dass die Kirche die Sámi nicht als gleichwertige Menschen geachtet hat und ebenso wenig ihre eigenen Leute, wenn die es taten. Exkurs Ende.

Ich bin überzeugt, dass es in der ursprünglichen samischen Glaubensphilosophie keine Hölle gegeben hat. Dieses Instrument, den Leuten genug Angst für genug Gehorsam einzujagen, kannten sie nicht. Wer keine Kriege führt, glaubt auch nicht an die Hölle.

Wie haben die Sámi des 9. Jahrhunderts gelebt? Einige der kurz nach 1900 geborenen Sámi haben ihre gewaltigen Kenntnisse über die Natur, die ihr Volk zum Überleben brauchte, überliefert. Ein letzter Nachhall. Fanggruben kann man übrigens eine Stunde Fußweg vom Ort Nikkaluokta bei Kiruna besichtigen.

Meine Wanderungen im Nationalpark Sjávnja – Teil des größten Sumpfgebiets Europas, in dem man niemals Menschen trifft – haben mich zu diesem Buch inspiriert. Dort, im Land der Braunbären, Luchse und Vielfraße, habe ich die Grundwälle ihrer Gammen gefunden, auf ihren uralten Wohnplätzen mein Zelt aufgebaut und vielleicht ihre Träume geträumt und ihre Gedanken gedacht, bin ihren Fußwegen nachgegangen, die seit ungefähr siebzig Jahren nicht mehr benutzt werden, die man mehr erahnen als sehen kann, bin auf verwitterte Steinwarden gestoßen und auf jahrhundertealten Birkenstangen durch Sümpfe balanciert. Ein menschenleeres und fast unzugängliches Land, das immer die Heimat der Sámi war und von den geheimen Zeugnissen ihrer Existenz durchzogen ist.

Die Rentierwirtschaft von heute, mit zahmen und halbzahmen Tieren, die bis vor zwei Generationen noch überwiegend nomadisch war, gibt es vermutlich erst seit höchstens sechshundert Jahren. Die

Sámi haben aber bereits im 9. Jahrhundert Rentiere gezähmt, um sie bei der Jagd zu nutzen. Ottar von Hålogaland hat König Alfred von Britannien erzählt, dass er sechshundert Rentiere habe, was mir ein wenig übertrieben scheint, zumal die Tiere nicht ihm, sondern »seinen« tributpflichtigen Samen gehört haben dürften. Jedenfalls muss es damals zahme Rentiere gegeben haben.

Wer sich mit dem Leben im frühen Mittelalter bei uns und im Norden beschäftigen oder etwas über das alte Leben der Sámi erfahren möchte, dem empfehle ich nachfolgende Lektüre.

– Robert Fossier: Leben im Mittelalter, 2007
– Halldór Laxness: Gerpla, 1952 (deutsch: Die glücklichen Krieger, 1977, 1991)
– Johan Turi: Muitallus sámiid birra, 1910 (deutsch: Erzählung aus dem Leben der Lappen, 1912)
– Stefan Weinfurter: Karl der Große, 2013
– die Isländersagas

Obwohl ich keine Doktorarbeit geschrieben habe, will ich nicht verheimlichen, wo ich mich anregen und inspirieren lassen habe, denn wir alle stehen auf den Schultern der Vorigen.

– Sigrid Drake: Västerbottenslapparna, 1918, ein Buch, das mir mein verschollener Freund Rudolf Engström aus Umeå anno 1981 geschenkt hat
– Carl-Martin Edsman: Jägaren och makterna, 1994
– J. A. Friis, Lappisk Mythologi, 1871
– Apmut Ivar Kuoljok: Mitt liv som renskötare, 2017
– Lilian Ryd: Renskötarkvinnor, 2015
– Yngve Ryd: Ren och Varg, 2007

Und vieles andere, was ich nicht aufführe.

Buschhörne im Februar 2023

Lust auf weitere Lektüre?

Nominiert für den Friedrich-Glauser-Preis als einer der fünf besten Romane seines Erscheinungsjahres

Wilfried Eggers
Paragraf 301
ISBN 978-3-89425-373-8
Auch als E-Book erhältlich

Brisant, atemberaubend, tiefgründig

Heyder Cengi, ein Türke alevitischen Glaubens, hält sich illegal in Deutschland auf und übernimmt Hilfsarbeiten auf dem Bau. Als eines Tages ein Kontrolleur vom Arbeitsamt erscheint, kommt es zu einem Handgemenge. Der deutsche Beamte stürzt vom Gerüst und stirbt. Währenddessen wird Rechtsanwalt Peter Schlüter gebeten, die Auslieferung von Emin Gül an die türkische Justiz zu verhindern. Gül ist in seiner Heimat verurteilt worden, weil er mitschuldig am Tod von 37 Menschen sein soll. Ein Fehlurteil, sagt Güls Onkel. Schlüter übernimmt das Mandat, doch als er auch mit dem Fall Heyder Cengi konfrontiert wird, gerät er in einen Gewissenskonflikt. Ein vor Jahrzehnten begangener Völkermord wirkt bis heute nach ...

»Ein großer Wurf. Eine literarisch wie politisch überzeugende Lektüre.«
Junge Welt

»Es ist erstaunlich, dass eine der brisantesten Herbst-Veröffentlichungen mit dem raren Etikett ›Türkei-Krimi‹ aus Deutschland stammt. Mit ›Paragraf 301‹ hat Wilfried Eggers einen einfühlsamen, landes- und leutekundigen Roman ... vorgelegt.« *Dr. Hendrik Werner, Die Welt*

grafit

Wilfried Eggers
Ziegelbrand
ISBN 978-3-89425-277-9
Auch als E-Book erhältlich

Peter Schlüter, Rechtsanwalt in der norddeutschen Kleinstadt Hemmstedt, bekommt einen ungewöhnlichen Auftrag aus Polen: Stanislaus Kaczek war im Zweiten Weltkrieg als Zwangsarbeiter in der Ziegelei des »Feldhöbers«, Friedrich von Rönn, tätig. Schlüter soll nun Schadenersatz von Kaczeks Peiniger verlangen.

»Raffiniert verknüpft Eggers die historische Wirklichkeit mit der Fiktion von Einzelschicksalen. Vor allem die handelnden Figuren sind voller Kraft und Leben, schillernd in ihrer Zerrissenheit. Ein Lesevergnügen – nicht nur für Krimifans.« *Bremervörder Zeitung*

Wilfried Eggers
Die oder ich
ISBN 978-3-89425-389-9
Auch als E-Book erhältlich

Horst »Horschi« Kurbjuweit ist ein Außenseiter. Krank und einsam sitzt er in seiner Wohnung am Küchentisch, liest in Pornoheften und beschreibt Zettel mit seinen Lebensplänen. Nun hat Horschi Post bekommen – noch mehr schlechte Nachrichten. Er sucht Rat bei Rechtsanwalt Peter Schlüter. Doch Recht bekommen wollen ist ein bürokratischer Akt. Während die juristischen Mühlen langsam mahlen, macht Horschi eine folgenschwere Entdeckung …

»Mit einem scharfen Blick für psychologische Details gelingt es Eggers, eine intelligente Story mit knisternder Spannung aufzubauen. Sehr lesenswert!« *Neues Deutschland*

Aufrüttelnd, bedrückend, lehrreich

Wilfried Eggers
Das armenische Tor
ISBN 978-3-89425-760-6
Auch als E-Book erhältlich

Ein unglaubliches Verbrechen, geleugnet seit über 100 Jahren

Gleich zwei Ereignisse bescheren Rechtsanwalt Peter Schlüter unruhige Nächte: Nach einer Veranstaltung türkischer Völkermordleugner wird die Armenierin Anahid Bedrosian vergewaltigt. Außerdem ruft ein Unbekannter in Schlüters Kanzlei an und bittet um ein Gespräch. Doch auf dem Weg dorthin wird der Anrufer ermordet. In den Taschen des Toten steckt eine Liste mit armenischen Namen und türkischen Orten sowie die Quittung eines Cafés im Iran. Wer war das Opfer? Schlüter sieht sich mit einem Fall konfrontiert, der die dunkle Geschichte der Türkei aufwirbelt. Der Völkermord an den Armeniern vor über hundert Jahren wirft lange Schatten.

»Wilfried Eggers hat sich – wie er es immer tut – ein heftiges Thema vorgenommen. Es geht um historische Verbrechen und ihre Auswirkungen auf die Gegenwart. Abgefedert wird die Dramatik durch trockenen norddeutschen Humor und herrliche Charaktere in der erfundenen Kleinstadt Hemmstedt. Doch der Hintergrund des Krimis ›Das armenische Tor‹ ist sehr realistisch.« *WDR 4*